KB124845

그림으로 쉽게 풀어쓴
다도茶道·다예茶藝·다사茶事의 안내서

육우 다경 茶經

The Classic Series 09 至心坊

차 문화의 집대성이자 세계에서 가장 오래된 다학茶學의 '바이블'

『다경』은 천 년이 넘는 유구한 역사를 지니고 있는
다학에 관한 세계 최초의 전문 서적이다.
또한 '다성茶聖'으로 추앙받고 있는 육우陸羽 필생의 역작이며,
차 문화의 집대성이자 각종 다사茶事에 관한
그의 '정행검덕精行儉德'을 엿볼 수 있는 최고의 걸작이다.
이 책은 아름답고 정밀한 5000여 컷의 일러스트와 100여 개에 달하는
도표와 도해로 『다경』의 내용을 현대적 감각으로
간단하면서도 쉽게 해설하고 있다.

육우陸羽 지음 | 김진무·김대영 옮김

그림으로 쉽게 풀어쓴
다도茶道·다예茶藝·다사茶事의 안내서

육우 다경 茶經

일빛

■ 일러두기

1. 茶가 마시는 대상물, 즉 객체의 의미일 때는 '차'로 표기하였다. 예를 들면, 녹차, 홍차, 오룡차, 보이차 등으로 표기하였다. 또한 茶와 관련된 기구들도 차로 표기하였다. 예를 들면, 차검, 차시, 차마 등으로 표기하였다.
2. 그러나 茶가 책의 제목이나 추상적 의미인 경우는 대개 '다'로 표기하였다.
3. 그 외에 정하기가 애매한 부분은 일반적으로 알려진 관례에 따라 표기하였다.

다학茶學의 고전 『다경茶經』에 대한 다각적 접근

중국은 예로부터 차의 본산지이자 차 문화의 발원지로 유장한 역사를 자랑하고 있으며, 시시때때로 차를 마시는 풍속은 수천 년 동안 중국인의 일상생활의 일부였다. 중국 문명사의 일부분은 바로 차 문화의 역사라고 할 수 있으며, 이러한 사실은 각종 사료나 차 문화에 관한 전적에서 어렵지 않게 찾아볼 수 있다. 특히 당나라 때 육우(陸羽)가 편찬한 『다경(茶經)』은 그러한 전적 가운데서도 가장 권위 있고 핵심적인 저술이라 할 수 있다.

육우는 일생을 차와 함께 하며 다도(茶道)에 매진하였던 인물로 그의 필생의 역작인 『다경』은 중국 차 문화의 집대성이라 할 수 있다. 『다경』은 차 문화의 역사에 획기적인 영향을 끼쳤으며, 이로부터 중국의 차 문화는 결코 이전에 볼 수 없었던 공전절후(空前絶後)의 발전을 이룩하게 된다. 육우는 이로 인하여 후세인들에 의하여 '다성(茶聖)'으로 존중받고 있으며, 어떤 사람들에게는 '다신(茶神)'으로 섬김을 받고 있다.

육우는 다경을 '경(經)'이라고 정의하고 있는데, 이는 자신의 저서에 전통적 의미의 권위를 부여하고자 하는 의지가 내포되어 있다. 그는 일찍이 1천여 년 전인 당나라 시대에 이미 이 책이 만세(萬世)에 그 명성을 떨칠 것을 예언한 것이다. 『다경』의 원문은 비록 7천여 자에 불과하지만, 차 문화에 관한 체계적이고 계통적인 세계 최초의 전문 서적이라 할 수 있을 것이다. 이 책은 상·중·하의 세 권으로 나뉘어져 있는데, 차의 기원, 채적, 제조, 공구의 사용, 자차(煮茶), 음용, 전고(典故), 산지 등의 내용을 포함하여 모두 열 개의 장으로 구성되어 있다. 『다경』은 후세의 다인들에 의하여 다학(茶學)의 '바이블'로 받들어지고 있으며, 각종 다사(茶

事)의 지침서로 이용되고 있다. 후세에 저술된 차에 관한 일련의 서적들이 모두 『다경』에 관하여 언급하고 있지만, 또한 『다경』의 존지를 높이 받들어 감히 경문의 의미를 반 글자도 훼손하려고 하지 않고 있다.

차는 심신을 맑게 해주는 음료의 일종으로 인체에 유익한 20여 종의 약리적 성분을 함유하고 있다. 특히 과도하고 복잡한 업무나 사회의 급속한 변화 등으로 인하여 많은 스트레스를 받고 있는 현대인들은 차를 마시는 것을 생활화함으로써 큰 도움을 받을 수가 있다. 차를 음미하며 가지는 시간적·정신적 여유를 통하여 생활의 재정비와 더불어 인격의 도야와 심신의 수양을 도모할 수 있기 때문이다. 차를 사랑하고 차에 깊은 관심을 가진 사람이라면 다도(茶道)의 연구나 다예(茶藝)의 수행, 명차(名茶)의 감상이나 음미(吟味) 등에 있어 과연 무엇이 정통적인 방법인지를 고민하고 이를 생활화하고자 노력한 경험이 있을 것이다. 현대에 있어 차에 관한 관심이 높아지면서 차 애호가들은 운남보이차(雲南普洱茶), 서호용정차(西湖龍井茶), 벽라춘(碧羅春), 안계철관음(安溪鐵觀音), 동정오룡차(凍頂烏龍茶), 기문홍차(祁門紅茶) 등의 명차들을 가보처럼 여기고 애지중지할 뿐만 아니라 다도에 적합한 전용 다구나 이에 관계된 물건 역시 차를 애호하는 사람들의 진귀한 수집품이 되고 있다.

차를 애호하는 사람이라면 누구나 『다경』에 관하여 잘 알고 있겠지만, 이 책은 당나라 때 저술되었기 때문에 문자의 의미나 해석에 있어 독자들이 그 내용을 쉽게 이해할 수 없는 부분이 있다. 이 책은 차를 사랑하는 독자들이 『다경』의 내용과 차 문화의 의미에 관하여 보다 정확하게 이해할 수 있도록 돕기 위한 목적으로 기획되었다. 이 책은 차에 관한 육우의 연구와 성과를 정리하고 보충하여 다음과 같이 여덟 개 부분으로 나누어 설명하고 있는데, 독자들은 우선 그 순서를 따라 차의 기원, 도구, 제조, 자기(煮器), 고자(烤煮), 음용, 생산지, 결론 등 8개 부분을 이해하는 것이 필요하다. 당나라 때 『다경』이 편찬된 이래 중국의 차 문화는 천여 년의 역사를 거치면서 수많은 변화를 겪어왔다. 이에 우리는 육우의 『다경』의 정수를 새로운 시각에서 해설함과 동시에 그 이후에 찬술된 차에 관한 각종 경전들을 함께 정리하여 종합적으로 설명하고자 노력하였다. 독자들은 이 책을 통하여 다도, 다예, 다속, 차의 종류, 10대 명차 등에 대한 이해와 더불어 『다경』의 심원한 향기를 느낄 수 있으며, 천여 년에 이르는 차 문화의 역사적 전승 그리고 현대의 차 문화의 다양한 면모 등을 함께 확인할 수 있게 될 것이다. 우리는 이 책을 통하여 독자들이 고대에서 현대로 이어지는 차 문화의 뿌리를 찾아가는 가운데 심원하고 유현한 차의 세계를 엿보기를 진심으로 바라고 있다.

이 책은 약 500컷에 이르는 정교하고 아름다운 일러스트와 100여 장에 달하는 간소한 도표, 70폭의 명차 도보를 전면적으로 삽입함으로써 독서의 편의성과 소장 가치를 함께 추구하고 있다. 이 책이 독자들의 인문적 교양을 심화시키고 수신양생(修身養生)에 필수적인 '다학(茶學)의 지침서'가 되기를 바란다. 또한 우리는 중국의 차 문화에 관한 독자들의 보다 체계적이고 입체적인 이해를 돕고 독서의 무료함을 피하기 위하여 본문의 사이사이에 다음과 같이 흥미롭고 기이한 내용들을 삽입하였다.

- '진선복렬(珍鮮馥烈)'의 풍미는 어떻게 만들어지는가?
- '관공순성(關公 巡城)', '한신점병(韓信点兵)', '맹신임림(孟臣淋霖)', '약침출욕(若琛出浴)' 등 일련의 다도 용어들은 어떤 의미를 내포하고 있는가?
- 전설속의 오룡차(烏龍茶)는 어떻게 이런 괴이한 이름을 가지게 되었는가?
- 철관음(鐵觀音)은 정말로 관음보살이 하계(下界)에 내려온 것인가?
- 우리는 육우가 주창한 '정행검덕(精行儉德)'의 정수를 어떻게 이해하여야 하는가?

그 뿐만 아니라 이 책의 출판을 위하여 차 문화에 관련된 서적과 『다경』과 연관된 각종 연구와 이론 등을 열독하고 분석 정리함으로써 더욱 풍부하고 충실한 내용이 될 수 있도록 힘썼다. 차 문화는 이미 우리의 일상생활 곳곳에 자리를 잡고 있다. 우리는 이 책이 독자들에게 '현대적 의미의 다경(茶經)'의 일부가 되기를 희망하지만 능력의 부족으로 인하여 여러모로 아쉬운 점을 피할 수가 없었다. 독자들의 아낌없는 고견과 질타를 기다리고 있으며, 이를 겸허하게 받아들여 더욱 알찬 내용으로 증보할 것을 약속드린다. 마지막으로 이 책을 통하여 독자들과 함께하는 여정이 즐거운 동반이 되기를 진심으로 희망한다.

제목의 주제어
해당 제목의 본문에서
이야기하고자 하는 주제를 제시했다.

제목 번호
이 책에서는 각 장마다 소
제목의 번호를 붙여 책의
전후 내용을 쉽게 찾아볼
수 있도록 했다.

10 감별의 상上
언가급언불가言嘉及言不嘉

≫≫≫ 『다경』에는 "작미후향(嚼味嗅香 : 씹어서 맛을 보거나 향기를 맡는 것), 비별야(非別也 : 감별이 아니다)"라는 설명이 있다. 여기서 '별別'은 곧 감별을 뜻하며 병차의 호괄호의 기준에 대한 육우의 결론이라고 할 수 있다.

차의 품질과 규격
찻잎의 원료 : 길이 4~5촌 정도의 신초
외형 : 원형(圓形), 방형(方形), 화형(花形)의 떡 모양의 압제차(壓制茶)
제조 공예 : 증기살청(蒸汽殺靑), 도차(搗茶), 인력에 의한 압모(壓模), 홍배건조(烘焙乾燥), 계수(計數), 봉장(封藏)
품질 : 철고인감(啜苦咽甘 : 마실 때는 쓰지만 삼킬 때는 단 맛이 남), '진선복렬', 백색의 탕에 두터운 말(沫), 발(餑), 화(花) (거품)
음용 방법 : 갈아서 끓는 물에 넣고 소금을 약간 더하여 달여 마신다.

'언가(言嘉)' (좋음)와 '불언가(不言嘉)' (나쁨)의 평가
1. 광택(光澤) : 즙이 빠져나온 상태에 대한 표현. 병차의 외형을 보았을 때 광택이 나고 윤기가 흐르는 것이 좋은 것이고 액즙이 다 빠져나가고 윤기가 없어 보이는 것은 좋은 것이라 말하기 힘들다.
2. 추문(皺紋) : 액즙을 내포한 정도에 대한 표현. 병차의 외형을 보았을 때 주름이 있는 것은 보기에는 좋지 않아 보이지만 액즙의 유실이 적고 차의 맛이 진하기 때문에 좋은 것이다.
3. 색깔 : 제작 시간에 대한 표현. 흑색은 하루가 지나서 만든 것이고, 황색은

본문
전문가가 아닌 일반 독자
들의 수준에서 쉽게 이해
할 수 있도록 평이한 문장
으로 설명하여 가독성을
높였다.

도해 제목
본문에서 설명한 주된 내용을 그림과 도표로 분석함으로써 독자들의 이해를 돕는다.

자차煮茶 기구의 생략

송림松林의 바위 위 : 구열을 사용하지 않아도 된다.

구열(具列) (x)

풍로(風爐) (x)

회승(灰承) (x)

마른 나무와 풍로를 이용한 자차(煮茶) : 풍로, 회승, 탄과, 화협, 교상을 사용하지 않아도 된다.

교상(交床) (x)

화협(火夾) (x)

탄과(炭撾) (x)

거(筥) (o)

표(瓢) (o)

숙우(熟盂) (o)

그림과 사진
이해하기 어려운 추상적인 개념을 구체적인 그림으로 풀어서 설명하기 때문에, 독자들이 직관적으로 쉽게 원문의 뜻을 이해할 수 있도록 했다.

표, 완, 죽, 협, 찰, 숙우, 차궤를 하나의 거(筥)에 넣어둘 수 있으면 도람을 사용하지 않아도 된다.

차궤(苄籮) (o)

찰(札) (o)

완(椀) (o)

도표
의미가 명확하지 않은 문장을 도표 방식으로 풀어서 설명했다. 이러한 방식은 복잡한 내용을 쉽게 이해할 수 있도록 해주는 장치이자 이 책의 가장 큰 장점이다.

천수(泉水) 혹은 시냇가 주변에서 의자차 : 수방, 척방, 녹수낭이 필요하지 않다.

품차인의 수가 5인 이하일 때 찻잎을 갈아 미세한 가루로 만드는 경우 : 나합이 필요하지 않다.

만장절벽 아래 동굴에서 차를 마시는 경우에 산어귀에서 미리 차를 말려 가루로 만드는 경우나 혹은 찻가루를 이미 종이에 싸서 합(盒) 속에 잘 놓아두었을 때 : 연이나 불말이 필요하지 않다.

수방(水方)(x)

녹수낭(漉水囊)(x)

나합(羅合)(x)

연(碾)(x)

불말(拂末)(x)

용어 해설
용어와 개념을 해석하였다.

특별제시
특별히 강조하는 내용을 풀이하였다.

용어해설

차에 관련된 특이한 습속 : 투차(鬪茶)

투차 : 유송(劉宋 : 남조의 송나라) 년대(420~479), 대만국립 고궁박물관 소장

투차 또는 '명전(茗戰)'이라고도 한다. 송나라 시대에 위로는 궁정에서 아래로 민간에 이르기까지 널리 성행하였던 차의 품질에 대한 우열을 가리기 위해 비교하고 품평하는 기예와 습속이다. 이 그림 속의 네 사람 중 두 사람은 이미 손에 차를 들고 있고, 한 사람은 지금 차호를 들어 차를 따르고 있다. 다른 한 사람은 차를 끓이기 위해 화로에 부채질을 하고 있는데, 다동(茶童)인 것 같다. 그림 속의 인물은 붓을 많이 써 상쾌하면서도 힘이 있고 가늘면서도 굳센 철선묘(鐵線描)를 사용하였다. 붓을 적게 써 준찰법(皴擦法)으로 산석을 표현하였으며 어린준(魚鱗皴)으로 소나무의 얼룩덜룩한 형태와 푸르고 굳센 모습을 드러냈고, 담묵(淡墨)과 선염법(渲染法)으로 산과 땅을 표현하였다. 그림은 공교하게 묘사하고 있으며 섬세함과 호방함을 겸비하고 있다. 높은 산의 창취수윤(蒼翠秀潤 : 푸르름과 수려함)이 인물을 더욱 생동감 있게 드러냈다.

- 차협(茶夾: 차 집게)
  차호 속 바닥에 깔린 찻잎을 깨끗이 비울 때 사용한다.

- 차호(茶壺)
  차를 우려내는 주요 다기, 백자차호와 자사차호 등이 있다.

- 수호(水壺)
  탕관(湯罐)이나 탕호(湯壺) 등 물을 끓이는 호, 흔히 도기(陶器) 재질로 만든 것이 보인다.

- 차창(茶倉)
  차관(茶罐)이나 차합(茶盒) 등 차를 놓아두고 보관하는 용구이다.

투차는 당나라 때 시작이 되어, 투차를 거쳐 생산된 공차(貢茶) 가운데 복건(福建) 건주(建州)가 차의 고장이라는 세간의 명성을 만들어 냈다. 매년 봄철에 햇차를 제조한 뒤, 다농과 다객들이 햇차의 품질에 대한 우열을 비교하여 순서를 매기는 일종의 경연 활동이었다. 기교를 비교하여 승부를 겨루는 특징이 있으며, 취미성과 도전성이 다분하다. 투차 경연의 승패는 마치 오늘날 구기 시합의 승패와 같이 많은 시민과 향민들의 관심을 끌었다. 당나라 때는 '명전(茗戰)', 송나라 때는 '투차(鬪茶)'라는 이름으로 강한 승부의 색채를 가지고 있지만, 사실은 투차란 일종의 차를 품평하는 행사이고 사회화 활동이었다.

투차에서 승부를 결정하는 기준 :

1. 탕색(湯色 : 찻물의 색깔) : 차탕(찻물 : 품평 용어로 사용될 경우는 찻물보다 차탕이라는 용어를 사용한다)의 색상. 일반적 기준으로는 순백을 상급으로 치며, 청백, 회백, 황백 등의 색은 그 아래로 친다. 색이 순백이면 차의 품질이 어리고 신선하며 증청(蒸靑 : 채적한 찻잎을 솥에 넣고 찌면서 찻잎에 남아 있는 풀 기운을 제거하는 과정)할 때 불 조절이 적절했음을 뜻한다. 색이 청색을 드러내면 증청시 불 조절이 부족했던 것을 뜻하며, 색이 회색을 띠면 증청시 불 조절이 과했던 것이다. 색이 황색을 띠면 때에 이르지 못한 때 채적(採摘 : 채취)한 것이며, 색이 홍색을 띠면 이것은 초배(炒焙 : 불에 쬐어 건조)시 불 조절이 과했던 것이다.

2. 탕화(湯花 : 차의 거품) : 차탕의 표면에 떠오른 포말. 탕화가 뜬 뒤 수흔(水痕)이 찻색의 수선(茶色水線)의 생김이 빠르고 늦음으로 가리게 되는데, 빨리 생기는 것이 지는 것이며 늦게 생기는 것이 이기는 것이었다. 만일 찻가루를 연(碾 : 맷돌)에 곱게 매끄럽게 갈아서 탕을 끓여 점다하여 격불(擊拂 : 차선으로 섞어주는 것)이 적절하면 탕화가 곱고 균일하게 생기는데, 마치 '냉죽면(冷粥面 : 찻물의 거품이 마치 죽이 식어 응결되어 있는 것과 같은 모습)' 같이 잔 가장자리에 엉겨붙어 오랫동안 모여 흩어지지 않는다. 이 중에 가장 좋은 것을 '교잔(咬盞 : 거품이 찻잔의 둘레에 빙 둘러 맞혀 엉겨 있는 상태)'이라고 칭한다. 반대의 것은 탕화가 생겨도 교잔(咬盞)할 수 없어 모였다가 재빨리 흩어지게 된다. 탕화가 일단 흩어지면 탕과 잔이 서로 접한 부분에 곧장 '수흔'이 노출된다. 이로 인해 수흔의 출현하는 빠르고 늦음이 탕화의 우열을 결정하는 근거가 된다.

점다법(點茶法)

점다도다예(點茶道茶藝)는 다기의 준비(備器), 물의 선택(選水, 선수), 불 다스리기(取火, 취화), 끓는 물 살피기(候湯, 후탕), 차 익히기(習茶, 습차)의 다섯 가지 요소를 포괄한다.

1. 다기의 준비(備器) : 점다도의 주요 다기에는 화로(茶爐), 탕병(湯甁), 침추(砧椎 : 차를 부수는데 쓰는 다듬잇돌과 방망이), 차검(茶鈐 : 차를 구을 때 집는 차 집게), 차연(茶碾 : 차를 미세하게 갈 때 쓰는 맷돌), 차마(茶磨 : 차 덩어리를 갈 때 쓰는 도구), 차라(茶羅 : 갈아낸 찻가루를 곱게 걸어내는 체), 차시(茶匙 : 찻숟가락), 차선(茶筅 : 차와 물이 잘 섞이게 휘저어 거품을 내게 하는 솔), 찻잔(茶盞) 등이 있다.

2. 물의 선택(選水) : 송나라 시대에도 물을 선택할 때는 당나라 시대의 관점을 계승하여 산중의 물(山水)을 상품으로 쳤고, 강물(江水)은 중품, 우물물(井水)은 하품이라 여겼다.

3. 불 다스리기(取火) : 송나라 시대에도 불 조절은 기본적으로 당나라 시대와 동일하였다.

4. 끓는 물 살피기(候湯) : 해안탕(蟹眼湯 : 찻물이 끓어오를 때 보글보글 올라오는 거품이 게눈蟹眼 닮았다고 해서 붙여진 이름인데, 너무 오래 끓일 때 생긴다)도 과숙(過熟)한 것으로 보았다. 탕병을 사용하여 물을 끓이는데 기포를 판별하기가 쉽지 않았다. 그래서 탕 살피기가 가장 어려웠다.

5. 차 익히기(習茶) : 차를 익히는 절차는 장차(藏茶 : 차의 저장), 세차(洗茶 : 끓는 물에 한번 씻어냄), 적차(炙茶 : 차 굽기), 연차(碾茶 : 맷돌에 차 갈기), 마차(磨茶 : 덩어리 갈기), 라차(羅茶 : 체치기), 잔(盞), 점차(點茶 : 조고調膏, 격불擊佛), 품차(品茶 : 차의 품질을 가리는 일) 등이 있다.

● 차통(茶筒) : 차시, 차칙(茶則), 차루(茶漏 : 차 깔때기) 등을 넣어 두는 죽기

● 수우(水盂) : 버리고 보충하는 찻물을 담아두는 그릇

● 차관(茶罐) : 찻잎을 보관하는 기구

송나라 시대의 다구 :

북송(北宋)의 채양(蔡襄 : 1012~1067년?, 송나라 문인이고 서예가)은 그의 저술 『다록(茶錄)』에서 당시의 다기는 차배(茶焙 : 차를 말리는 기구), 차롱(茶籠 : 차를 보관하는 바구니), 침추, 차검, 차연, 차라, 찻잔, 차시, 탕병 등이 있었음을 「논차기(論茶器)」에 특별히 기록하였다. 송나라 사람들의 음차(飮茶) 기구는 당나라 시대와 비교해 종류와 수량에서 줄었지만, 송나라 때 다구는 더욱 법도에 신경 써서 형태와 구조가 더욱 정교해졌다. 음차용의 잔, 물 따르기용의 집호(執壺 : 병호), 차를 굽는 용도로 사용하는 검(鈐), 불을 피우는 용도로 사용하는 요(銚) 등을 제작함에 있어서 재질에도 신경을 썼을 뿐만 아니라 더욱 정교하고 섬세하게 제작하였다.

역대 『다경』의 판본 정리

연대(年代)	작자(作者)	저록(著錄)	수장(收藏)	미표명(未標明)	명칭(名稱)
당대(唐代)		V			『신당서(新唐書)』「예문지(藝文志)」 '소설류(小說類)'
당대		V			『당인설회(唐人說薈)』『당대총서(唐代叢書)』본)
송대(宋代)	정초(鄭樵)	V			『통지(通志)』「예문략(藝文略)」 '식화류(食貨類)'
송대	조공무(晁公武)	V			『군재독서지(郡齋讀書志)』「농가류(農家類)」
송대	진진손(陳振孫)	V			『직재서록해제(直齋書錄解題)』「잡예류(雜藝類)」
송대		V			『백천학해(百川學海)』
불상(不詳)		V			『송사(宋史)』「예문지(藝文志)」 '농가류(農家類)'
명대(明代) 홍치(弘治) 14년	불상(不詳)		V		화정각체수본(華珵刻遞修本)
명대 가정(嘉靖) 15년	정씨(鄭氏)		V		보전정씨각본(莆田鄭氏刻本)
명대 가정(嘉靖) 22년	가씨(柯氏)		V		가씨각본(柯氏刻本)
명대 가정(嘉靖)	오단(吳旦)	V			오단각본(吳旦刻本)
명대 만력(萬曆) 16년	손대수(孫大綬)		V		추수재각본(秋水齋刻本)
명대 만력(萬曆) 16년	정복생(程福生)		V		죽소원각본(竹素圓刻本)
명대	왕사현(汪士賢)		V		『산거잡지(山居雜志)』
명대				V	낙원성각본(樂元聲刻本)
명대		V			『백명가서(百名家書)』
명대		V			『격치총서(格致叢書)』

연대(年代)	작자(作者)	저록(著錄)	수장(收藏)	미표명(未標明)	명칭(名稱)
명대		∨			『당송총서(唐宋叢書)』
명대		∨			『다서전집(茶書全集)』
명대	여씨(呂氏)	∨			여씨십종본(呂氏十種本)
명대		∨			『오조소설(五朝小說)』
명대			∨		『문방기서(文房奇書)』
명대			∨		『소사집아(小史集雅)』
명대	포사공(鮑士恭)(가장家藏)	∨			『별본다경(別本茶經)』
청대(淸代) 옹정(雍正) 13년	육정찬(陸廷燦)		∨		수춘당각본(壽椿堂刻本)(『속다경續茶經』 본본)
청대 가경(嘉慶) 10년	장씨(張氏)		∨		조광각각본(照曠閣刻本)(『학진토원學津討原』)
청대			∨		『사고전서총목제요(四庫全書總目提要)』
청대				∨	『고금도서집성(古今圖書集成)』
청대	오기준(吳其濬)			∨	『식물명실도고장편(植物名實圖考長編』
중화민국(中華民國) 12년	노씨(盧氏)		∨		신시기재영인본(愼始基齋影印本)(『호북선정유서湖北先正遺書』 본본)
중화민국		∨			서탑사각본(西塔寺刻本)
일본		∨			일본보력각본(日本寶歷刻本)
일본 천보(天保) 15년		∨			일본교토서사년보각본(日本京都書肆年補刻本)
일본	모로오카 다모츠(諸風存)			∨	『다경평석(茶經評釋)』
1935	William H. Ukers (미국)			∨	『All about Tea』
1949	중국차엽연구사(中國茶葉硏究社)			∨	『차엽전서(茶葉全書)』(한역본漢譯本)*

* 우커스(Ukers)의 『All About Tea』를 우제눙(吳覺農)이 주편으로 중국차엽연구사에서 번역하여 『차엽전서』로 출판하였다.

1장 기본적 이해

절품인난식絶品人難識,
다경억고인茶經憶古人*

　　당나라 시대에 육우가 세계에서 최초로 『다경茶經』을 저술하여 편찬한
이후 차는 천여 년이 넘는 유구한 세월에 걸쳐 많은 사람들의 사랑을 받아오
고 있다. 다학茶學에 있어 최초의 전문 서적으로 고산앙지(高山仰止 : 높은 산
처럼 우러러 앙모한다)하고 있는 걸작 『다경』은 차를 단순히 마시는 평범한 음
료에서 수신양성修身養性의 경지로 승화시켰다는 평가를 받고 있다. 그 내용
의 광대함과 완전함 그리고 정밀하게 기술된 내적 경지는 후세인들이 다학
의 정신을 논할 때 끊임없이 인용하고 예증하는 지침이 되어 왔으며 또한 정
신적 영감을 일으키는 원천이 되어 왔다. 『다경』은 그 자체로 차의 정령精靈
이라고 할 수 있으며, 천여 년의 세월 동안 늘 새로운 면모를 보여주며 계승
되고 있다.

* 세간의 절품도 사람이 알아보질 못하니, 다경을 대하며 옛사람을 떠올리네.

1장의 일러스트 목록

01

세계 최초의 다학茶學 '바이블'
『다경』

>>>> 758년경 중국에서 차에 관한 세계 최초의 전문 서적인 『다경』이 탄생하였는데, 이 책이 후세의 차 생산과 차 문화의 발전에 미친 영향은 이루 다 헤아릴 수 없을 정도다.

『다경(茶經)』은 당나라 시대의 육우가 편찬한 책으로 차에 관한 백과사전이라 할 수 있다. 이 책은 중국의 차 문화의 발전에 있어 한 획을 긋는 중요한 지표로서의 의미를 가지고 있을 뿐만 아니라 당나라 시대에 차 농업이 발전한 산물인 동시에 옛사람들의 차에 관한 경험을 집대성한 것이라 할 수 있다. 육우는 차에 관한 역대의 사료를 수집하는 데 힘쓰는 한편, 그 자신의 실천적 경험을 함께 기록하여 당나라 시대 이전의 차와 관련된 각종 전적, 산지, 효능, 재배, 채적(採摘 : 차 따기), 전자(煎煮 : 차 끓이기), 음용 등의 지식을 총괄하여 중국 고대의 차 문화에 대하여 가장 세밀하고 체계적인 한 권의 책을 완성하였다. 이때부터 차 생산은 보다 합리적이고 과학적인 이론 체계를 갖추게 되었으며, 차의 생산과 발전에 있어서 획기적인 원동력을 발휘하게 되었다.

중당(中唐) 이전의 다사(茶事)에 대한 정리

중당(中唐) 시기 이전 중국은 이미 차 문화가 싹을 틔우고 있었으며 역대 사료들에서 차에 대한 여러 많은 기록들이 있었다. 하지만 차에 대한 정의 및 '차(茶)'라는 글자의 확립에 대해선 여전히 미해결의 상태였다. 육우가 『다경』을 저술하고서야 이들 사료들이 일일이 기술되었으며, 아울러 이로부터 차에 대한 기록은 '차(茶)' 자로 확정이 되었다.*

* '차'의 글자가 이전에는 씀바귀 도(茶)나 다른 글자들로 혼용되다가 육우에 의해서 차 다(茶)로 확정된 이후 지금까지 계속해서 '茶'로 사용하고 있다. 이는 차 문헌학상 큰 의의가 있다고 하겠다.

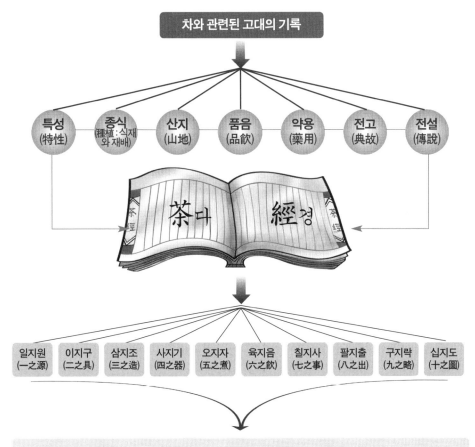

1. 일지원(차의 기원) : 차의 유래, 특징, 산지, 생장 환경, 식종 방법, 약용 효능 등
2. 이지구(차를 따고 만드는 용구) : 찻잎을 채취, 가공하는 각종 공구(工具)의 명칭, 외형, 성능, 기능 등
3. 삼지조(차 만들기) : 찻잎을 따는 시기, 채적할 찻잎의 선택, 채다에서 저장까지의 일곱 단계의 공정인 '칠경목(七經目)', 차의 형태에 있어 여덟 가지의 등급 등
4. 사지기(차를 끓여서 마시기 위한 각종 기물) : 차를 끓이고 마시는 각종 기물(器物)의 명칭, 외형, 성능, 기능 등*
5. 오지자(차 끓이는 방법) : (차를 끓이는 과정과 기예(차를 굽는 방법, 차를 가루내는 방식, 차를 끓이는 물의 선택, 물의 비등의 단계, 음용 방법, 찻물의 색, 향, 맛 등)
6. 육지음(차 마시기) : 차를 마시는 풍속, 방법, 감상(차를 마시는 의미, 역대 명인의 음다 기록, 차의 아홉 가지 어려운 점에 대한 다유구난茶有九難)
7. 칠지사(차와 관련된 일에 관한 역사적 기록) : 차와 관련된 역사적 기록, 각종 고사와 효용
8. 팔지출(차의 산지) : 중국의 중요한 차 생산지와 차의 등급에 대한 열거
9. 구지략(다구의 생략) : 야외에서 차를 우리는 경우에 그 장소의 차이에 따라 일정한 도구의 생략 등
10. 십지도(다경의 필사) : 『다경』의 각 장의 문장을 필사하여 걸어두고 수시로 찾아볼 것을 권유

* 『다경』에서는 '具'와 '器'를 구분해서 쓰고 있는데, '具'는 차를 따고 만드는 용구의 의미로 사용하고 있으며, '器'는 차를 끓여서 마시기 위한 각종 기물의 의미로 사용하였다.

『다경』의 「칠지사(七支事 : 차와 관련된 역사적 기록)」에는 그 이전의 각종 사료 속에 보이는 차와 관련된 다양한 기록이나 인물 등이 정리되어 있을 뿐만 아니라 차의 특징이나 산지, 효능, 약효, 음용, 해핍(解乏), 품평, 청렴(淸廉), 차에 관한 전설이나 각종 다사(茶事), 제사, 차에 관한 시구 등의 광범위한 내용이 기술되어 있다. 이 밖에도 「일지원」에는 '파산과 협천 일대(巴山峽川 : 지금의 쓰촨성四川省 동부 지역과 후베이성湖北省 서부 지역)'에 두 사람이 서로 손을 잡아야만 껴안을 수 있을 정도의 큰 차나무가 있다는 기록과 함께 '차'라는 글자의 어원, 역사상 차에 관한 다섯 가지 명칭에 관하여 기술되어 있다. 육우는 차에 관한 수많은 역대의 전적을 세밀히 살펴보고 중당 시기 이전의 차에 관한 역사를 그야말로 한 폭의 '그림'처럼 묘사해 놓고 있다.

차 문화의 학문적 정립

『다경』에는 차나무를 심는 것부터 차를 따는 법, 차를 끓여 마시는 방법, 역사적 전고(典故) 등이 세밀히 기록되어 있으며, 이는 차 문화학적 맹아와 기틀이 되었다. 후세의 다인(茶人)들은 이러한 토대 위에서 차에 관한 자신들의 새로운 경험과 이론을 보충하고 수정하며, 최종적으로 차 문화가 한 분야의 학문으로 성립할 수 있게 하였다.

차 끓이기와 품평의 '교과서'

육우는 고인들의 차에 관한 경험을 집대성하여 스스로 '전다법(煎茶法)'을 만들었으며, 28개의 차를 끓이고 마시는 용구들을 일일이 열거하면서 차를 끓이는 방법과 그 과정을 기술하였다. 「육지음」에서는 '다유구난(茶有九難 : 차에는 아홉 가지의 어려움이 있다)'을 제시하며 차를 잘 끓이기 위해서 반드시 '조(造 : 제조), 별(別 : 감별), 기(器 : 기물), 화(火 : 불), 수(水 : 물), 적(炙 : 굽기), 말(末 : 가루내기), 자(煮 : 끓이기), 음(飮 : 마시기)'의 아홉 가지 항목에 주의해야 한다고 지적하였다. 육우가 스스로 창안한 '전다법(煎茶法)'은 당시 및 후세에서도 차 끓이기와 품평, 음다의 모범이 되었다.

02 차 음용의 기원
신농씨

>>> 신농씨神農氏, 즉 염제炎帝는 중화 민족의 시조 가운데 한 사람으로 차나무를 최초로 발견한 자이며, 고대 농경과 의학의 발명자라고 전해지고 있다. 중국인의 음다飮茶의 역사는 너무나 유구하지만, 그 기원에 관해서 객관적으로 증명할 수 있는 자료는 남아 있지 않다. 그러나 수천 년 동안 사람들은 차의 발견과 음용의 기원을 신농씨에서 찾고 이로부터 시작되었다고 믿고 있다.

전설에 의하면 상고(上古) 시대 신농씨는 열산(烈山 : 지금의 후베이성湖北省 쑤이저우隨州 주룽산九龍山 남쪽 기슭)에서 태어나 강수(姜水 : 지금의 산시성陝西省 바오지시寶鷄市)에서 성장하였다고 한다. 그는 우두인신(牛頭人身)의 신체를 가지고 있었으며, 태어난 지 3일 만에 말을 할 줄 알았다고 한다. 또한 5일째에는 걷고 달릴 줄 알았으며, 7일이 되었을 때는 치아가 모두 나고, 세 살이 되던 해에는 농경의 일을 알았다고 전하고 있다. 나중에 강성(姜姓) 부족의 수령이 된 그는 불을 능숙하게 다루어 사람들을 이롭게 하였기 때문에 염제(炎帝)라고 불리기도 한다. 강성 부락의 최초의 활동 구역은 지금의 산시성 남부였으나 후에 황하에 인접한 동쪽으로 진출하면서 황제(黃帝) 부락과 충돌을 일으키게 된다. 당시의 패권을 둘러싸고 일어난 이 판천의 전쟁(阪泉之戰)을 통하여 황제가 염제를 패배시키고 두 부족이 결합하면서 화하족(華夏族)을 이루게 되었고, 이러한 이유로 오늘날의 중국인을 '염황(炎黃)의 자손'이라고 부르고 있다.

『다경』에는 '차지위음, 발호신농씨(茶之爲飮, 發乎神農氏 : 차의 음용은 신농씨로부터 시작되었다)'라고 기술되어 있다. 즉 차의 발견과 차의 음용의 기원이 신농씨로부터 비롯되었음을 명확히 하고 있는 것이다.

전하는 바에 의하면 2700년 전의 어느 날 숲 속에서 두루 백초(百草 : 온갖 풀)를 맛보던 신농씨가 갑자기 갈증을 느끼고 주위를 돌아보니, 마침 야생의 차나무 아래에 끓는 물이 있었다고 한다. 이때 한줄기 바람이 불면서 몇 개의 청록색 찻잎이 뜨거운 물에 떨어지자 그 물이 옅은 황색을 띠었는데, 신농씨가 입을 가져다 몇 모금 마시자 홀연 정신이 맑아지고 기분이 상쾌해지는 것을 느꼈다. 즉 이것에서 유래해 차가 발견된 것이다. 후대에 신농씨의 이름을 빌려 지어진 『신농식경(神農食經)』에는 "차명구복, 영인유력, 열지(茶茗久腹, 令人有力, 悅志 : 차를 장복하면 기력이 솟고, 마음이 즐거워진다)"라고 기술되어 있다. 이로부터 우리는 오천년 전에 차를 최초로 마시던 시기에는 차가 '약(藥)'의 일종으로 다루어졌음을 알 수 있다.

또 다른 전설에는 "신농씨가 백초를 두루 맛보다가 하루는 일흔 두 가지 독을 마시고 중독이 되었으나 차를 마시고 해독되었다(신농상편백초, 일우칠십이독, 득차이해지神農嘗遍百草, 日遇七十二毒, 得茶而解之)"라고 전하고 있다. 또한 『신농본초경(神農本草經)』에는 신농씨가 어떤 약초를 먹은 후에 중독이 되었는데 다행히 찻잎의 액이 입으로 흘러들어가 목숨을 보전할 수 있었다고 전하고 있다. 이러한 기록들은 차가 해독의 효능이 있음을 알게 해 준다. 『신농본초경』이 쓰여진 시기는 늦어도 서한(西漢)의 초기로 보이며, 이러한 기록들은 당시의 선조들이 이미 차의 약리적 성격을 알고 있었음을 말해주는 증거라고 할 수 있다.

차(茶)라는 글자의 유래와 관련된 전설 역시 대단히 신기한 측면이 있다. 신농씨는 그 배가 공기처럼 투명하여 외부에서 오장육부가 명확하게 보였다고 한다. 그가 차를 마실 때 차가 뱃속에서 움직이는 것을 살펴보고 '사래사거(查來查去)'라고 말했다고 한다. 마치 위장을 씻는 것과 같았기 때문이다. 그래서 신농씨는 이 식물을 '사(查 : 중국식 발음은 chá)'라고 칭하였는데, 후대의 사람들이 같은 음으로 이를 '차(茶)'라고 했다는 것이다.

염제 신농씨의 전설

염제 신농씨의 재위 시절에는 나라가 태평하고 백성이 두루 평안하였다. 전설에 따르면 그는 백초百草를 최초로 맛보았으며 오곡五穀을 심고 시장市場을 세웠다고 한다. 그 뿐만 아니라 처음으로 마麻를 심고 오현금五絃琴을 제작하였으며 도자기를 빚는 등 중국 민족 초기의 생존과 번영에 중요한 공헌을 한 인물로 기록되어 있다.

신농씨의 공적

시장의 건립
물물교환 및 거래 장소로서 시장을 건립하였다.

일력(日歷)의 수립
성진(星辰)을 정하고 주야(晝夜)를 나누고 일월(日月)을 정하였다.

오현금의 제작
악기를 발명하여 사람들에게 오락을 선사하였다.

오곡을 파종
오곡을 파종하여 가장 중요한 문제인 백성의 먹을거리를 해결하였다.

백초를 맛봄
두루 백초를 맛보고 실험함으로써 의학의 단초를 마련하였으며, 나아가 의학의 토대를 마련하였다.

삼베로 옷 만드는 법을 가르침
백성에게 삼베나 뽕나무로 옷 만드는 법을 가르쳐 의류 발전의 시초가 되었다.

활과 화살의 제작
처음으로 활과 화살을 만들어 외부의 침략에 대비할 수 있게 하였다.

도자기의 제작
도자기를 구워 물품을 저장할 수 있게 하였다.

신농씨와 최초의 차

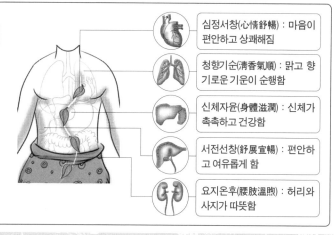

『사(査)』➡『차(茶)』

차가 신농씨의 오장육부 안에서 움직이자 신농씨는 돌연 '힘이 솟고 희열이 이는 것'을 느꼈다고 한다.

심정서창(心情舒暢) : 마음이 편안하고 상쾌해짐

청향기순(淸香氣順) : 맑고 향기로운 기운이 순행함

신체자윤(身體滋潤) : 신체가 촉촉하고 건강함

서전선창(舒展宣暢) : 편안하고 여유롭게 함

요지온후(腰肢溫煦) : 허리와 사지가 따뜻함

경전의 저술자
육우 陸羽

≫≫≫ 서기 8세기경 당나라 시대의 육우는 3권으로 이루어진 『다경』을 완성하였으며, 이것이 바로 차에 관한 세계 최초의 전문 서적이었다.

육우는 당나라 개원(開元 : 713~741년, 현종玄宗의 연호) 21년(733)에 태어났다. 복주(復州) 경릉(竟陵 : 지금의 후베이성湖北省 톈먼시天門市) 사람으로 자(字)는 홍점(鴻漸), 호(號)는 경릉자(竟陵子), 상저옹(桑苧翁), 동강자(東岡子) 등으로 불리어졌다. 그는 신세가 기구하여 어릴 때 작은 돌다리 밑에 버려진 몸이었으나 다행히도 지적(智積) 선사의 품에 거두어져 절에서 성장할 수 있었다. 절에서 자라면서 그는 각종 학문과 불경을 습득하였고, 차 끓이는 법을 함께 배우게 된다. 육우는 일생동안 차를 가까이 하며 다도에 정진하였으며, 특히 시사(詩詞)에 밝고 서법(書法)에 능하였다고 전해지고 있다. 그의 인품과 차에 관한 깊은 소양이 조야에 크게 알려지자 조정에서는 두 차례에 걸쳐 조서를 내려 그를 '태자문학(太子文學)'과 '태상사태축(太常寺太祝)'으로 봉하기도 하였다.

육우는 12세에 용개사(龍蓋寺 : 지금의 서탑사西塔寺)를 떠나 영인(伶人 : 악공樂工과 광대)으로 생활하였다. 비록 용모는 못생기고 말도 더듬었지만 총명함과 유머로써 경릉 태수 이제물(李齊物)의 눈에 들게 된다. 당나라 천보(天寶 : 741~756년, 현종玄宗의 후기 시대의 연호) 5년(746), 육우는 이제물의 소개로 화문산(火門山 : 지금의 톈먼시天門市 불자산佛子山)으로 가서 추부자(鄒夫子)의 처소에서 학문에 매진할 수 있었다. 이 시기에도 독서에 열중하면서 틈틈이 여가를 이용하여 종종 야생차를 채취하여 추부자를 위해 차를 끓이곤 하였다. 이후에 차에 관하여 보다 깊은 지식을 얻

- **754년** 육우는 경릉을 떠나 차를 연구하기 위한 여정에 들어섰다.
  북상하여 의양현(義陽縣 : 지금의 허난성河南省 신양信陽 일대)을 둘러보
  고 그 일대의 차 산지를 조사하였다.
  귀주(歸州 : 지금의 후베이성湖北省 쯔구이秭歸)를 거쳐 양주(襄州 : 지금의
  후베이성 상양襄陽)로 갔다.

- **755년** 파산협천(巴山峽川 : 지금의 악교계鄂交界 지역)에서 두 사람이 손을 잡
  아야만 안을 수 있는 큰 차나무를 발견하였다.
  협주(峽州 : 지금의 후베이성 이창현宜昌縣 하마구蝦蟆口)에서 그 물맛
  을 품평하였다.
  이어서 팽주(彭州), 면주(綿州), 촉주(觸州), 공주(邛州), 아주(雅州), 한주(漢
  州), 노주(瀘州), 미주(眉州) 등의 8개 주를 계속해서 순방하였다.

- **757년** 기주(蘄州) 기수(蘄水 : 지금의 시수이현溪水縣)에 이르러 차를 끓여 품평
  하고 설명하였다.
  여산(廬山 : 또는 광산匡山 혹은 광려匡廬라고도 함)에 이르러 옥렴천(玉
  簾泉), 광려차(匡廬茶)를 맛보았다.
  홍주(洪州 : 지금의 장시성江西省 난창南昌)에 이르러 그곳 서산(西山)의
  백로명차(白露名茶)를 조사하였다.
  서주(舒州), 수주(壽州)를 돌아보고, 잠산(潛山)에 올랐다.

- **759년** 모산(茅山 : 지금의 장쑤성江蘇省에 위치)으로 옮겨 은거하였다.

- **760년** 절강성(浙江省) 호주(湖州)에 이르러 장흥(長興) 고저산(顧渚山)의 자순명
  차(紫荀名茶)를 조사하고 『고저산기(顧渚山記)』를 저술하였다.
  초계(苕溪 : 지금의 저장성浙江省 우싱吳興)에 이르러 산간에 은거하며
  『다경』의 집필을 시작하였다.

- **763년** 항주(杭州)에 이르러 각종 다사(茶事)를 조사하고 천축사(天竺寺), 영은사
  (靈隱寺) 두 사찰에서 생산되는 차를 맛보았다.
  항주(杭州) 경산(徑山)에 도착하여 쌍계(雙溪) 일대의 샘물로 품차하였다.

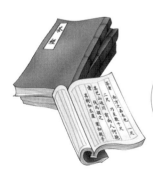

육우는 그야말로 심혈을 기울여
『다경』을 저술하였다. 송나라 시대의
진사도(陳師道)는 『다경』을 위해 지은 글
서문에서 "차에 관한 저술은 육우로부터
시작되었으며 세상에 차가 널리 이용된 것 역시
육우에서 시작되었다.
차와 관련된 성과는 모두 육우의 정성에서
찾아야한다"라고 적고 있다.

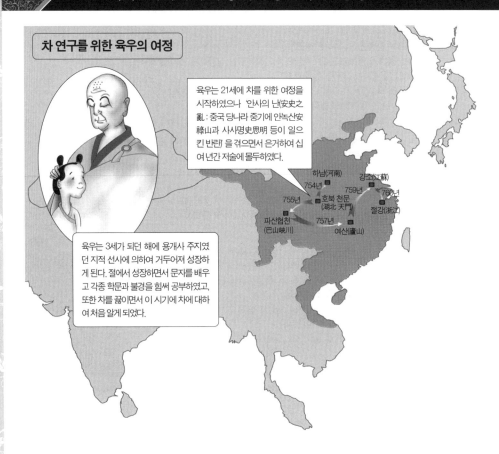

차 연구를 위한 육우의 여정

육우는 21세에 차를 위한 여정을 시작하였으나 '안사의 난(安史之亂 : 중국 당나라 중기에 안녹산安祿山과 사사명史思明 등이 일으킨 반란)'을 겪으면서 은거하여 십여 년간 저술에 몰두하였다.

육우는 3세가 되던 해에 용개사 주지였던 지적 선사에 의하여 거두어져 성장하게 된다. 절에서 성장하면서 문자를 배우고 각종 학문과 불경을 힘써 공부하였고, 또한 차를 끓이면서 이 시기에 차에 대하여 처음 알게 되었다.

하남(河南)
강소(江蘇)
754년
759년
760년
755년 호북 천문(湖北 天門)
절강(浙江)
파산협천(巴山峽川)
757년
여산(廬山)

다성(茶聖) 육우의 일생

대략 733년, 육우는 복주 경릉(竟陵 : 지금의 후베이성 텐먼天門)에서 태어났다. 3세에 용개사 주지였던 지적 선사에 의하여 거두어져서 절에서 생활하기 시작하였다. 12세에 사찰을 떠나 광대패 생활을 시작하였으며 나중에 경릉 태수 이제물의 눈에 들었다.

746년 : 이제물의 소개로 화문산 추부자의 처소에서 독서에 열중하였다. 진정한 학자로서의 생애를 시작하였다고
할 수 있다.
751년 : 추부자와 아쉬운 이별을 하고 예부낭중 최국보(崔國輔)를 알게 되어 '망년지교(忘年之交)'를 맺었다.
754년 : 각종 다사(茶事)를 연구하고 조사하기 위하여 파산협천으로 가는 여정에 올랐다.
757년 : 당나라 시대의 유명한 시승(詩僧)인 교연(皎然)과 친교를 맺었다.
760년 : 27세의 육우는 초계(苕溪)의 물가에 터를 잡고 문을 걸어 잠근 채 『다경』의 집필에 몰두하기 시작하였다.
765년 : 『다경』 초고를 완성하였다. 당시의 사람들이 서로 앞을 다투어 필사하였다.
775년 : 『다경』을 수정하고 다사에 관한 일련의 내용을 증보하였다.
780년 : 『다경』의 판본을 책으로 묶어 정식으로 세상에 출간하였다.
804년 : 육우가 서거한 해로 당시 그의 나이 71세였다. 절강성 호주(湖州) 저산(杼山)에 묻혔다.

육우라는 이름의 유래

점괘(漸卦)*

홍안(鴻雁 : 큰 기러기)이 점차 대륙으로 날아가며 날개가 위의 있게 움직이니 상서롭다.

지적 선사는 『역경(易經)』에 따라 점을 쳐서 '점(漸)'이라는 괘를 얻었다. 이 괘의 괘사(卦辭)는 "큰 기러기 뭍으로 날아가니, 그 깃이 가히 위의를 삼을 수 있음이라(홍점어륙 기우가용위의鴻漸于陸其羽可用爲儀)"라고 풀이하고 있다.
이 괘에 따라 그는 성을 '육(陸)'으로 정하고 이름을 '우(羽)'라 하였으며 '홍점(鴻漸)'으로 자(字)를 삼았다.

육우의 『다경』에 영향을 미친 사람들

저산(杼山) 묘희사(妙喜寺)

교연(皎然)의 가르침

초계초당(苕溪草堂)

육우가 『다경』을 쓸 수 있었던 바탕에는 저산 묘희사에서 받은 교연 화상의 가르침을 빼놓을 수 없다. 교연 화상은 육우보다 수십 년 연장자로 다학에 대하여 풍부한 경험과 지식을 가지고 있었다. 이 때문에 육우는 저산 묘희사에서 오직 『다경』의 집필에만 몰두할 수 있었다. 교연 화상은 육우를 보다 깊은 차의 세계로 안내하여 차의 재배와 관리, 채집과 제조 등의 각종 다사(茶事)에 대한 연구에 심대한 영향을 끼쳤다.
육우의 『고저산기』는 이러한 경험을 토대로 이루어진 실제 경험의 산물이었다. 육우는 이후에 여러 차례 『다경』의 내용을 수정하고 보충하며 점차 완전한 형태로 다듬어 간다. 768년, 교연 화상은 육우의 원활한 집필 환경을 조성하기 위하여 초계초당을 세웠다. 그 또한 육우의 『다경』에 대하여 심혈을 기울였던 것이다.

육우의 유적이 현재도 남아 있나요? 모두 어느 곳에 있나요?

육우의 유적은 대부분 그의 고향인 천문(天門) 경릉(竟陵)에 있단다. 현재는 모두 현지의 명승고적으로 변해 있지.

육우의 유년 시절의 거처
육우의 유년시절의 거처는 경릉성의 서호(西湖) 부근에 흩어져 있다.

소년 시절에 차를 끓이던 장소
육우가 소년 시절에 차를 끓이던 장소는 경릉성의 북쪽에 위치하고 있다.

육우가 은거하여 연구와 저술하던 장소
육우가 은거하여 연구와 저술하던 곳은 천문현(天門縣)에 위치하고 있다.

육우를 모시는 동상
육우를 모시고 제사지내는 신상(神像)은 경릉성의 북문 바깥에 위치해 있다.

* 64괘의 하나. 간괘 위에 손괘가 있는 간하손상(艮下巽上)의 풍산점(風山漸 : ䷴)으로 산위에 나무가 있음(山上有木)을 상징한다.

기 위하여 파산협천을 주유하며 육우는 장강(長江) 연안의 호북(湖北), 강서(江西), 강소(江蘇), 절강(浙江) 등지의 명산과 명천(名川) 혹은 차원(茶園) 등을 찾아다니며 실지 조사를 하게 된다. 여행에서 돌아온 그는 초계의 물가에서 "문을 걸어 잠그고 일체의 다른 것에 신경을 끊고 오로지 저술에만 몰두하였다(『육문학자전陸文學自傳』)"*고 한다. 『다경』을 통하여 차에 관한 모든 것을 세밀히 저술하고자 한 필생의 의지가 담긴 은둔 생활의 시작이었다. 은거 기간에도 그는 명산대천을 찾아다니며 차에 관한 궁금증을 푸는 한편 고승이나 명사들과 긴밀한 교분을 맺고 다도에 관하여 함께 연구하였다.

『다경』의 저술 기간은 약 30여 년에 이른다. 그 기간 육우는 차에 관해 처음 눈 뜨기 시작한 단계부터 여러 지역의 물과 차를 품평하면서 각지의 산천을 두루 찾아다니며 면밀히 조사한 후에 그 깨친 바를 기록하였다. 그리고 다시 보충하는 등의 여러 단계를 거쳐 마침내 건중(建中 : 780~783년, 덕종德宗의 첫 번째 연호) 원년(780) 무렵에 이 획기적인 저술을 최종적으로 완성하게 된다. 그의 성실한 인품과 불교, 시사(詩詞), 서법에 대한 조예, 특히 다학에 관한 방대하고 연박(淵博 : 아는 것이 깊고 넓음)한 전문 지식과 차를 끓이는 뛰어난 기예로 인하여 그는 각계각층의 존경을 받게 된다. 육우의 『다경』이 완성되자 사회의 저명한 명사들이 서로 앞다투어 필사를 하는 등 광범위한 호평을 받으면서 육우의 명성은 나날이 높아져 갔다.

육우는 만년에도 여전히 여러 지방을 돌며 조사를 계속하였다. 여항(餘杭), 소흥(紹興), 무석(無錫), 의흥(宜興), 소주(蘇州), 남경(南京), 상요(上饒), 무주(撫州) 등지를 거쳐 최종적으로 호주(湖州)로 돌아왔다. 정원(貞元 : 785~804년, 덕종德宗의 세 번째 연호) 연말(804), 육우는 차를 향해 불태웠던 그의 빛나는 일생을 접고 서거하였다. 중국의 차 산업과 더불어 세계의 차 생산과 발전에 끼친 그의 탁월한 업적으로 인하여 후세에 '다선(茶仙)' 혹은 '다성(茶聖)'으로 추앙받고 있으며 일부 사람들에게는 '다신(茶神)'으로 섬겨지고 있다.

---

* 761년, 육우가 29세 때 자서전 『육문학자전(陸文學自傳)』 1편을 완성하였다.

04

『다경』에 대한 올바른 이해와 인식
중국 차 문화에 대한 백과사전

>>>> 이 책의 목적은 이 경전을 통하여 우리들의 평범한 일상생활 속에 숨어 있는 비할 데 없이 깊고 풍부한 차 문화에 대한 올바른 이해와 인식을 이끌어내는 데 있다.

중국의 차 문화는 천여 년의 발전과 변화를 거치며 점차 독특한 형식과 규범을 확립하였으며, 사회 각층과 이민족 간의 문화적 융합에 있어서 매우 중요한 작용을 하여 왔다. 고대로부터 현재에 이르기까지 중국의 사회, 정치, 경제 등의 체제나 제도적 분야뿐만 아니라 철학, 사회학, 문학, 예술, 종교 등의 학문적, 정신적 분야와도 깊은 관련을 맺고 있다.

차 문화의 '자연과학적 성격'

차 문화의 자연과학적 성격은 일반적으로 차의 성질을 가리키며, 차의 형태적 특징, 생리학적 특성, 생물학적 특성 등을 모두 포괄한다.

차 문화에 있어 '찻잎에 관한 기술(技術)'

그 내적 의미가 대단히 광범위하다. 널리 차나무의 품종이나 재배, 찻잎의 제조나 가공 등을 모두 포괄한다.

차 문화에 있어 '차엽(茶葉)의 종류와 품종'*

중국의 차 생산의 역사는 수천 년에 이른다. 최초에 찻잎을 날로 씹어 먹기

---

* 차엽(茶葉)은 차의 재료가 되는 생엽(生葉)을 뜻하기도 하고, 가공 후 완성품으로 건물질인 차(茶)를 뜻하기도 한다. 여기서는 완성품으로서의 차를 뜻한다.

시작한 이래 음식처럼 차를 달여 국으로 마시기도 하였다. 그리고 점차 병차(餠茶), 산차(散茶)를 거쳐 녹차, 홍차, 백차, 황차, 흑차, 오룡차 등의 다양한 종류의 다류를 형성하게 된다. 중국 각지에서 생산되는 차의 종류는 수백여 종류에 달하며 가히 세계의 으뜸이라고 할 수 있다.

차 문화에 있어 '품음(品飮)'

품음지도(品飮之道)는 중국 차 문화의 핵심이라고 할 수 있는데, 차 만들기, 차 끓이기, 차의 품평 등을 모두 포괄하는 개념이다. '정차(精茶)'는 차를 올바르게 음미할 수 있는 첫 번째 요소로서 생산지는 물론 채집, 제작 등에 있어서 전체적으로 지역이나 계절, 방법 등을 고려한 세심한 주의와 정성이 필요하다.

차 문화의 '역사'

차나무의 기원('차茶' 자의 역사적 변천과 차나무의 원산지), 차나무의 변천(원시적 형태, 지역에 따른 분화와 변천, 생태에 따른 분화와 변천), 고대의 차에 관한 일 등을 모두 포괄한다.

차 문화와 '종교'

불가(佛家)의 '다선일미(茶禪一味 : 차와 선은 한 가지 맛이다)'는 선 철학의 이념과 차의 내적 의미로서의 청정함을 일체로 융합한 경지라고 할 수 있다. 또한 도가에서는 청정무위(淸靜無爲)의 사상과 차의 순수한 묘용을 결합하여 도인들은 차를 마심으로써 '천인합일(天人合一)'의 진정한 경계를 느낄 수 있다고 주장하였다. 그 뿐만 아니라 유가에서 주장하는 중용, 화해의 이념이나 도덕과 윤리에 대한 강조는 육우가 제창하는 절검(節儉)이나 청렴의 이념과 상보상성(相補相成)의 관계에 있다.

차 문화와 '시사, 서예, 가무, 희곡'

중국의 차 문화는 각종 예술과 서로 상통하는 바가 있다. 예를 들면 차에 관

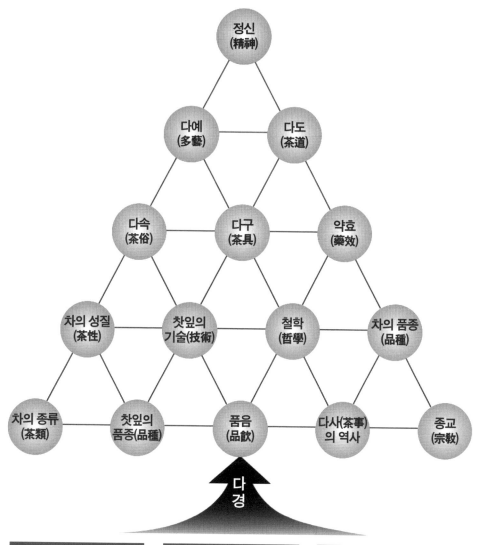

정신
(精神)

다예
(多藝)

다도
(茶道)

다속
(茶俗)

다구
(茶具)

약효
(藥效)

차의 성질
(茶性)

찻잎의
기술(技術)

철학
(哲學)

차의 품종
(品種)

차의 종류
(茶類)

찻잎의
품종(品種)

품음
(品飮)

다사(茶事)
의 역사

종교
(宗敎)

다
경

'음료로써의 차의 장점'

차는 인체에 유익한 다양한 약리적 효능을 가지고 있기 때문에 건강에 매우 이로운 음료라고 할 수 있다.

'음(飮)의 심원한 의미'

조류나 맹수 그리고 인간 등의 생명을 가진 천지간의 모든 존재는 음식에 의존하여 생명을 유지한다. '음(飮)'은 더할 나위 없이 중요한 요소로 생존의 기본적 조건이라고 할 수 있다.

'정행검덕(精行儉德)'의 다인(茶人)

자신의 행위에 신중하고 절제하며 검소하게 생활할 줄 아는 고상한 성품을 가진 사람은 차를 마실 때에도 근심이나 번민 등을 다스려 정신적 해탈의 경지를 추구해 나간다.

한 시, 곡조, 시부, 그림, 서법, 각종 고사, 속담, 노래, 춤, 희곡 등이 그러하다. 당나라 시대 이후의 문인들은 차를 통하여 교유하며 시를 짓거나 그림을 그렸으며 또한 후인들에게 아름다운 작품들을 남긴 바 있다.

차 문화와 '사상적 지표'

육우가 창도한 차 문화는 일상의 각종 다사(茶事) 속에서 정신적 수련과 인격의 승화를 주장하는 것이다. 『다경』은 품음(品飮)을 '정행검덕(精行儉德)'의 사상적 경지로 승화시켰으며 품차(品茶)의 과정을 자아 수양의 기회로 삼아 의지의 탁마와 성정의 도야를 위한 수행의 일부로 삼는 것을 그 중요한 내용으로 하고 있다.

05 차와 중국
차 문화의 역사적 연혁

>>> 상고 시대의 중국의 선조들은 일반적으로 병을 치료하기 위한 약물의 일종으로 차를 이용하였다. 그들은 야생의 차나무에서 연한 가지를 채취하여 날로 씹어 먹다가 이후에 물에다 끓여서 음용하기 시작하였을 것으로 생각된다. 역대의 선조들은 이러한 과정을 거치며 끊임없이 보다 효율적으로 이용할 수 있는 방법을 모색하면서 마침내 차의 씨앗을 심고 제다하는 방법을 찾게 되었으며, 이로부터 차 문화는 실질적인 형식과 내용을 갖추면서 발전되기 시작하였다.

주(周), 진(秦), 양한(兩漢) 시대

서주(西周) : 『화양국지(華陽國志)』(동진東晋의 상거常璩가 편찬한 파巴, 촉蜀, 한중漢中의 지리지)에 의하면, 대략 기원전 1000년경 주(周)나라 무왕(武王)이 주(紂)를 정벌할 때 파촉(巴蜀) 일대에서 이미 차를 "공물(貢物)로 바쳤다"고 기록되어 있다. 이 기록은 차를 공물로 사용한 사실에 대한 최초의 기록이라고 할 수 있다.

동주(東周) : 춘추 시기의 『안자춘추(晏子春秋)』에는 찻잎으로 명채(茗菜 : 차나물)를 만들어 사람들에게 반찬으로 내어놓아 식용하였다는 내용의 기록이 있다.

진(秦)나라가 나머지 육국(六國)을 통일한 후에 사천(四川) 지방의 차나무 재배 기술과 제다 기술이 섬서(陝西), 하남(河南) 등으로 전파되었으며, 이후에 점차 장강 연안의 중·하류 등의 지역으로 확대되게 된다.

서한(西漢) : 『동약(僮約)』(서한 시대 왕포王褒가 한대의 습속과 문화를 기록함)에 "차를 끓이고선 다구를 깨끗이 씻어 둔다(팽도진구烹茶盡具)", 혹은 "무양에서 차를 산다(무양매차武陽買茶)"는 내용의 기록이 있다. 이것은 차가 상업과 무역에 이용되고 있었음을 알 수 있는 최초의 기록이라고 할 수 있다.

동한(東漢) : 화타(華陀 : 170~240년)의 『식론(食論)』에는 "쓴 차를 오래 마시면, 사고에 도움이 된다(고도구식 익의사苦茶久食 益意思)"는 등의 차의 약리적 효과에 대하여 수차례 기술되어 있다.

삼국(三國), 양진(兩晉) 시대

『삼국지(三國志)』에는 동오(東吳)의 군주 손호(孫皓 : 손권의 후예)와 관련하여 "차를 내려 술을 대신하였다(사차명이당주賜茶茗以當酒)"는 고사가 있다. 이 기록은 '이차대주(以茶代酒)'에 관한 최초의 기록이라고 할 수 있다.

서진(西晉)의 장재(張載)가 지은 『등성도루(登成都樓)』의 시 가운데는 "향기로운 차는 여섯 가지 음료 중에 으뜸이다(방차관육청芳茶冠六淸)"*라는 구절이 있으며, 손초(孫楚 : ?~293년, 서진 때 군사 관료)가 지은 노래에 또한 "차는 파촉에서 왔다(차천출파촉茶荈出巴蜀)"라는 언급이 있다. 이러한 기록들은 장강 유역이 중국 차나무의 발원지라는 사실을 알려주는 강력한 근거가 되고 있다.

동진(東晉)의 『진서(晉書)』에는 사안(謝安)과 환온(桓溫)이 늘 다과(茶果)를 이용하여 손님을 접대하였다는 기록이 있다. 이때에 이미 다과를 이용하여 손님을 접대하는 풍속이 보편화되어 있었음을 엿볼 수 있다.

남북조(南北朝) 시대

남조(南朝)는 당시 차의 산지에 가까이 위치하고 있었기 때문에 음차 문화가 대단히 보편적인 현상이었지만, 북조(北朝)에서는 음차 문화가 그리 대중적이지 않았다. 그러나 이후에 북위(北魏)의 효문제(孝文帝)가 한화정책(漢化政策)을 실시하면서 남조로부터 북조로 귀순하는 사람들이 증가하게 되었고 음차 문화 역시 이들을 통하여 광범위하게 전파되어 갔다. 그러나 남북조 초기에는 차가 단지 공물의 일종으로만 인식되고 있었던 것으로 보인다.

남북조 이후 사대부들 사이에서는 현실에서 도피하여 시를 짓고 차를 마시면서 하루를 소일하는 풍조가 유행하였다. 이러한 풍조와 더불어 차의 소비가 점차 증가하게 되면서 남방에서는 차가 매우 보편적인 음료로 자리매김하게 된다.

---

* "『주례』 「천관」 '선부'편의 음용육청의 주석에서 육청은 물, 미음, 단술, 전술, 감주, 기장술이다(『周禮·天官·膳夫·飮用六淸注』六淸 : 水漿醴醇醫酏)"라고 하였다(『강희자전康熙字典』).

당(唐)나라 이전의 차 문화

상고시대	주(周)·진(秦)·양한(兩漢) 시대	삼국(三國)·양진(兩晉) 시대	남북조(南北朝) 시대

옛사람들은 야생의 큰 차나무로부터 연한 부분을 따서 찻잎을 날것으로 씹어 먹다가 나중에 물에 끓여서 죽처럼 음용하였던 것으로 생각된다. 이러한 형태는 최초로 형성된 원시적 죽차법(粥茶法)이라 할 수 있다.

차를 조정에 보내는 공물의 일종으로 여기다가 점차 일상생활의 음료로 삼기 시작하였다. 차를 매매하는 시장과 무역의 초기 형태가 이미 어느 정도 성립되고 있었다.

차의 중심이 동쪽으로 옮겨지기 시작하였으며 소박과 근검을 중시하는 사회적 풍조의 영향으로 차로써 술을 대신하기도 하였다.

상류 계층에서 차를 기호품으로 삼는 풍조가 유행하였다. 다연(茶宴 : 차를 마시며 즐기는 연회)의 예절이 매우 엄격하였으며, 사대부와 승려들이 앞장서면서 차를 마시는 풍조가 크게 성행하였다.

당나라 시대의 차 문화

- 품음(品飮)
- 적 건 차 병 (炙乾茶餠)
- 차작(茶勺)
- 차해(茶海)
- 차완(茶碗) : 육우는 월주요(越州窯)의 사발을 쓸 것을 주창하였다.

「궁락도(宮樂圖)」 실명(失名), 견본설색(絹本設色) 대만국립고궁박물관 소장

당나라 시대에는 음차의 풍조가 성행하면서 음차의 습속이 크게 변화하게 된다. 생으로 씹어 먹으며 갈증을 해결하던 세련되지 못한 음용의 습속으로부터 차를 끓여서 품차하면서 마시는 세련된 격식과 내용을 갖춘 일종의 예술적 성격의 문화로 변하게 된다.

위 그림은 당나라 시대 궁정 안의 사녀(仕女)들이 긴 상 주위에 둘러앉아 차를 음미하며 즐거운 시간을 보내는 상황을 묘사하고 있다. 10명의 사녀가 긴 상의 사방에 둘러앉아 있다. 상 가운데에는 하나의 큰 차해가 배치되어 있으며, 한 명의 사녀가 큰 차작으로 차를 떠서 자신의 차완에 따르고 있다. 왼쪽에 있는 사녀는 차를 굽고 있다. 그 밖의 사녀들은 차를 마시며 즐기고 있다. 작가는 금(琴)을 타는 사람, 피리를 부는 사람, 차를 마시는 사람 등의 면면을 세밀하고 생동감 넘치게 묘사하고 있다. 당나라 시대에 성행하였던 '다도대흥(茶道大興)'의 일면을 엿볼 수 있다.

당(唐)나라 시대

당나라 시대에는 이미 음차 문화가 일상적인 현상으로 자리를 잡게 된다. 차는 성질이 차가우면서도 서서히 단맛이 돌며 정신을 맑게 하는 물리적 특성을 가지고 있었기 때문에 열렬한 환영을 받고 있었다. 이러한 분위기 속에서 『다경』을 통하여 육우가 제시한 '다사대흥(茶事大興)'의 기치는 대단히 큰 사회적 반향을 불러일으켜 중국의 차 문화의 기반을 공고히 다지게 되는 초석이 되었다. 이로부터 차와 관련된 당나라 시대의 제반 사업이 나날이 발전하게 된다. 차의 생산지가 장강의 남북으로 확대되고 차의 종류가 매우 다양해지면서 각종의 명차가 수없이 쏟아져 나왔으며 차 생산과 무역 역시 급속도로 발전하게 되었다. 또한 당시에 크게 성세를 이루었던 불교의 영향으로 일본으로부터 중국으로 불법을 수학하러 왔던 일본의 승려들이 중국에서 차 종자를 가지고 귀국하면서 일본까지 전파되었는데, 이는 후세에 이루어지는 차 문화의 보급과 세계화의 발단이 되었다고 할 수 있다. 당나라 시대를 통하여 이루어진 차 문화의 발전과 후세에 미친 영향력은 일일이 열거하기 힘들 정도로 거대하였다.

송(宋)나라 시대

음차 문화는 송나라 시대에 이르면서 최고 전성기를 이루어 크고 작은 다관(茶館)들이 그야말로 성시를 이룰 정도였다. 대관(大觀 : 1107~1110년, 휘종의 연호) 원년(1107) 송나라 휘종(徽宗) 조길(趙佶)은 『대관다론(大觀茶論)』을 찬술하였다. 이 책은 중국 역사상 황제의 이름으로 논술된 차에 관한 최초의 저술이었으며, 그는 차 문화를 창도한 황제로 높이 평가 받고 있다.

송나라 시대에 이르러 차의 중심지가 남방으로 이동하면서 건차(建茶)가 흥기하게 된다. 건차는 넓게는 무이차구(武夷茶區), 즉 지금의 민난(閩南, 민남)과 링난(嶺南 : 오령五嶺 이남 지역) 일대에서 생산된 차를 말한다. 이 시기에는 차의 종류에도 큰 변화가 일어나 긴압차(緊壓茶 : 증압蒸壓을 하여 단단하게 만든 차) 형태로 제조되었던 이전의 병차(餅茶 : 익힌 찻잎을 찧어서 떡처럼 만든 차, 떡차라고도 함)로부터 말차(末茶 : 가루차), 산차(散茶 : 잎차 형태로 만든 차) 등으로 변화되어 갔다. 그러나 수량적으

송나라 시대의 차 문화

『투차도(鬪茶圖)』 북송(北宋) 유송년(柳松年) 입축(立軸)
견본설색(絹本設色)
투차는 '명전(茗戰)'이라고도 하였다. 송나라 시대에 위로는 궁정
에서부터 아래로는 민간에 이르기까지 보편적으로 유행하였던 시
합의 일종으로 차를 다루는 기술을 통하여 그 우열을 가리던 습속
의 하나였다.
그림 가운데는 네 명의 다인이 있는데, 두 사람은 이미 손에 차를
들고 있다. 한 사람은 차호를 들어 차를 따르고 있고, 시종처럼 보
이는 다른 한 동자는 부채를 흔들며 차를 끓이고 있다. 각각의 인
물들이 매우 세밀하고 고풍스럽게 묘사되어 있어 송나라 시대에
다인들 사이에 유행하였던 '투차'의 정경을 대단히 생동감 있게
보여주고 있다.

원나라 시대의 차 문화

『육우팽차도(陸羽烹茶圖)』 원나라 시대 조원(趙原) 지본
설색(紙本設色) 대만국립고궁박물관 소장
이 그림은 육우가 차를 끓이는 모습을 제재로 한 원나라 때의 작품
이다. 그림을 살펴보면, 한 채의 초옥 안에 육우가 무릎을 감싸고
앉아 있고, 한 동자가 그 옆에서 풍로에 불을 붙이며 차를 달이는
육우를 시중들고 있다. 이 그림의 제목은 '육우팽차도'이다.
이 그림을 제재로 "산중에 있는 띠집은 누구의 집이던가(산중모옥
시수가山中茅屋是誰家), 해질 때까지 한가로이 노래를 불러도(올회
한음도일사兀會閑吟到日斜), 손님은 오지 않고 산새만 오고 가니
(속객불래산조산俗客不來山鳥散), 동자를 불러 물 긷게 하여 새로
이 차나 끓이려네(호동급수자신다呼童汲水煮新茶)" 라는 시가 전하
고 있다. 원나라 때의 음차 문화의 단면을 엿볼 수 있는 그림이다.

명나라 시대의 차 문화

『자차도(煮茶圖)』 명나라 시대 정운붕(丁雲鵬)
이 그림은 한 명의 주인과 두 명의 종복이 집 밖에서 차를 끓이는
광경을 묘사하고 있다. 그림에는 한 명의 관인이 침상에 앉아서 그
의 옆에 놓인 대나무 화로에 막 찻물을 끓이려고 하고 있다. 노복
한 명은 뜰에서 물을 긷고 있다.
명나라 시대에는 차를 끓이는 방법이 전자법(煎煮法)에서 점차 포
음법(泡飮法)으로 변화하고 차를 마시는 장소 역시 실내에서 실외
로 옮겨간다. 음차의 풍조에 일대 변화가 일어났다고 할 수 있다.

청나라 시대의 차 문화

『팽차세연도(烹茶洗硯圖)』 청나라 시대 전혜안(錢慧安)
이 그림의 정자 안에는 금탁(琴卓) 위에 다구, 서책, 거문고가 놓여
있다. 시동은 연신 부채를 부치며 차를 끓이고 있고 주인은 차를
기다리고 있다. 다른 시동 하나는 정자 밖에 있는 물 옆에서 벼루
를 씻고 있다.
청나라 때 이미 차가 상당히 보편적으로 보급되어 일상적인 음료
로 자리를 잡고 있었지만, 그 문화적 성격에 있어서는 당·송 시절
의 성세를 끝내 회복하지 못하고 나날이 쇠락해가는 상황이었다.

로는 여전히 병차나 단차(團茶 : 틀에서 찍어낸 고형차의 일종으로 덩어리 형태의 차)가 다수를 차지하였다. 이 시기에는 또한 향기로운 꽃으로 훈향한 조화차(調和茶)가 출현하기도 하였다.

송나라 시대에는 차의 음용 방식으로 점다법(點茶法)을 이용하였는데, 이 방식은 현대의 말차 음용 방법과 매우 유사하였다. 또한 공차(貢茶)의 출현으로 음차 문화의 발전이 촉진되었으며 '투차(鬪茶)'(또는 '명전茗戰', '점차點茶', '투연鬪礦' 등으로 불리었으며, 차를 품평하여 그 우열을 판별하는 일종의 시합)의 풍조가 크게 일어나 지대한 영향을 미치게 된다.

원(元)나라 시대

원나라 시대에는 일반적으로 민간에서는 산차를 음용하였으며 병차, 단차는 공물로서 주요한 역할을 하였다.* 또한 제다 기술의 발전이 지속적으로 이루어지면서 기계를 이용해 만들어진 차가 출현하였다. 왕정(王楨 : 원나라 때의 유명한 농학자)이 지은 『농서(農書)』에 따르면, 원나라 때에는 여러 지역에서 수전연마(水轉連磨 : 수력을 이용한 수마水磨를 사용해 차를 가루 내는 방법) 기술이 크게 발전하면서 제차(制茶)의 효율성이 크게 제고되었다고 한다.

명(明)나라 시대

명나라 시대에는 각지에서의 차 무역이 이미 매우 보편적인 사회 현상이 되었다. 이 시기에는 음차 방식이 끓여서 마시는 전자(煎煮) 방식에서 점차 우려서 마시는 포음(泡飮)의 방식으로 변화하게 되며, 차를 마시는 장소 역시 집안의 실내에서 실외로 이동하게 된다. 또한 송나라 시대에 성행하였던 '투차'의 풍조가 더욱 심화되면서 다인 사이에 그 기예의 고저를 겨루는 일이 빈번해졌고, 음차의 풍속 역시 더욱 크게 성행하게 되었다. 제다 기술에도 변화가 일어나 대부분

---

* 일부 우려서 마시는 포다법이 등장하기도 하였지만 여전히 가루를 내 마시는 점다법이 보편적인 시대였다. 민간에서는 주로 산차를 사용하였으며, 병차나 단차는 주로 공물로 올려졌다. 물론 민간에서도 100% 산차만을 이용한 것은 아니었다.

의 지역에서 이전의 증청(蒸靑) 방식에서 초청(炒靑)** 방식으로 변화하게 된다. 또한 완성품의 외형도 보다 잘 다듬어 전체적으로 단단하고 튼실한 조색(條索) 상태를 갖추게 된다.

청(淸)나라 시대

청나라 시대 초기에 중앙 정부는 모든 금령(禁令)을 폐기하고 백성들이 자유롭게 차를 재배할 수 있도록 윤허하였다. 백성들에게 차는 이미 일상생활에서 빼놓을 수 없는 음료였다. 이 시기에는 차 생산이 비약적으로 발달하여 프랑스, 영국, 미국 등의 국가에 수출하기 시작하였다. 그러나 청나라의 정치적, 경제적 쇠락과 더불어 차 문화 또한 당·송 시기의 영광을 다시 재현하지 못하고 나날이 쇠락하기 시작하였다.

** 찻잎을 덖는 것이다. 고온의 열을 이용하여 효소의 활성화를 둔화시키거나 저지할 목적으로 행해진다. 결국 발효를 억제하고 보다 좋은 차향을 만들기 위한 목적과 다음 과정인 유념을 용이하게 하기 위한 목적에서 행해진다.

06

고대의 차와 정치
차와 관련된 정책과 법령

>>>> 중당中唐 이전에는 차세茶稅가 없었으나 차의 생산과 무역이 발전함에 따라서 국가에서는 각종 법령을 선포하여 차와 관련된 경제적 조세를 걷기 시작하였다. 다정茶政과 다법茶法은 국가가 차로 인한 이익을 얻는 중요한 수단의 하나였다.

차와 관련된 조세와 법령

안사의 난 이후에 당나라 조정은 황폐해진 국고를 위하여 긴축 정책을 취해야 했다. 이에 정부가 '천하의 차세(茶稅)로 그 십(十)의 일(一)을 걷는'법령을 선포하여 시행한 결과 세액이 크게 증가하게 된다. 이후에 이러한 임시 조치를 점차 '확정적 제도'로 바꾸게 되면서 차세는 소금, 철 등과 더불어 국가의 주요한 세원 가운데 하나가 되었다. 또한 이를 관리하기 위하여 '염차도(鹽茶道)', '염철사(鹽鐵使)' 등의 관직을 설립하였다. 선종(宣宗) 대중(大中 : 847~860년) 6년(852)에는 차세를 소금과 철로부터 분리하고 배휴(裴休 : 791~870년, 당나라 때의 관리)를 앞세워 '다법(茶法)' 12개조를 따로 제정하였다. 이를 통하여 사사로이 차를 매매하는 것을 강력하게 금지하였으며 차세가 조금도 탈루되는 일이 없도록 엄격하게 관리하였다.

차와 관련된 조세와 법령은 사회적 상황에 따라 계속해서 변화되었다. 특히 송나라 시대에는 '삼세법(三稅法)', '사세법(四稅法)', '첩사법(貼射法)', '견전법(見錢法)' 등이 제정되면서 더욱 엄격하게 관리되었다. 그러나 이처럼 과도하고 엄격한 각종 차세는 차 생산에도 타격을 줄 수밖에 없었으며 이에 따라 전국의 수많은 차농(茶農)들이 봉기하는 원인이 되기도 하였다.

차와 관련된 역대의 법령

당나라 시대

1. 차농(茶農)이 사사로이 100근(斤) 이상의 차를 판매하면 장형(杖刑)에 처하였고, 세 번의 위반이 있게 되면 군대에 복무하게 하였다.
2. 차는 사사로이 판매할 수 없었으며 세 차례 이상 사사로이 판매하여 100근 이상이 되거나 혹은 단체가 원행(遠行)에 나서 사사로이 판매하면 모두 사형에 처하였다.
3. 차상(茶商)이 도로에 인접한 역참(驛站)에서 차를 팔 때는 방비(房費)와 퇴잔비(堆棧費)만을 받고 세금은 걷지 않았다.
4. 각 주(州)에 있어 사사로이 차나무를 베거나 차 농업을 파괴하는 자가 있을 때는 현지 관원이 '종사염법(縱私鹽法)'에 의하여 그 죄를 논하였다.
5. 노주(瀘州), 수주(壽州), 회남(淮南) 일대의 차에 대해서는 세액의 50%를 추가로 징수하였다.

송나라 시대

'삼세법(三稅法)' : 경덕(景德 : 1004~1007년, 진종眞宗 때 연호) 2년(1005)에 실시. 차상은 경성(京城)에서 각화무(権貨務)를 돈이나 비단, 금, 은으로 교납하고 관원은 여섯 개의 각무(権務)에 차를 지급하는 증권을 발급하였다.

'통상법(通商法)' : 가우(嘉祐 : 1056~1063년, 인종仁宗 때 연호) 4년(1059)에 실시. 당시의 동남(東南) 지구를 통행할 수 있는 권리에 대한 세금. 일종의 농업세에 해당하며 또한 차조(茶租)라고 칭하였다. 차상과 차농, 원호(園戶) 사이에 이루어지는 자유로운 무역을 말하지만 정부에 일정한 차세를 내야만 했다.

'차인법(茶引法)' : 북송 말기에 채경(蔡京 : 1047~1126년, 북송 말의 정치가이며 재상)이 창안하였다. '장인(長引)'과 '단인(短引)'으로 나누어진다. '장인'은 외지의 일정한 지역에서 차를 판매할 수 있고 그 기한은 1년이었다. '단인'은 오로지 본지(本地)의 일정한 지역에서만 매매할 수 있고 유효 기간은 3개월이었다.

원나라 시대

'감인첨과법(減引添課法)' : 주로 강서(江西)에서 시행하였으며, 차세를 더 걷기 위해 정립한 법이다.

공차(貢茶)

소위 공차(貢茶)는 차의 생산지에서 황실에 전용으로 바치는 차를 말한다.
당나라 시대에는 공차의 생산에만 전념하는 '공차원(貢茶院)'이 있었는데, 절강성 장흥(長興)과 강소성 의흥(宜興)에 가장 먼저 설립되었다.

'각차(榷茶)'와 '차인(茶引)'

각차는 차의 전매제도라고 할 수 있다. 이 제도는 당나라 중기에 이미 시작되었지만 진정한 의미에서 '각차제(榷茶制)'가 시행된 것은 북송 초기였다. 그러나 북송 말기에 이르면 초기의 '각차제'는 다시 '차인제(茶引制)'로 바뀌게 된다. 차인제는 관부가 먼저 차상(茶商)으로부터 '각화무(榷貨務 : 송나라 때 전매專賣 관계 업무를 수행하기 위해 설치한 관청)'와 '차인세(茶引稅 : 차의 전매세)'를 교납하여 '차인'을 구매한 후에 원호처(園戶處)가 구매한 일정한 양의 차를 다시 현지의 관리에게 송달하여 '합동장(合同場)'에서 검사하고 봉인을 하면 이후에 차상이 규정된 수량과 시간, 장소에 맞추어 물건을 내다 파는 제도였다.

공차제(貢茶制)의 기원과 발전

소위 공차(貢茶 : 조정에 공물로 바치는 차)는 차의 생산지에서 황실에 전용으로 바치는 차를 말하는 것이다. 당나라 초기에는 각 지역에서 이름난 명차를 공물로 삼았다. 그러나 황실의 차 소비량이 확대되기 시작하면서 기존에 들어오던 공물의 수량만으로는 황실의 수요를 채울 수가 없었다. 이에 따라 차의 생산과 진상을 전문적으로 감독하는 관영 기관인 '공차원(貢茶院)'이 절강성 장흥(長興)과 강소성 의흥(宜興)에 가장 먼저 설립된다.

송나라 시대에는 다도(茶道)가 크게 성행하면서 '차연(茶宴)', '투차(鬪茶)' 등의 풍조가 만연하였다. 심지어 송나라 휘종(徽宗 : 재위 1100~1125년) 조길은 차에 깊이 심취하여 친히 『대관다론』을 편찬하기도 하였다. 이러한 사회적 풍조로 인하여 송나라 시대의 공차 제도는 당나라 시대보다 더욱 발전된 면모를 가지게 된다.

명나라와 청나라 시기에도 공차제는 계속 실행되었다. 공차의 산지는 더욱 확대되어 사천(四川)의 몽정감로(蒙頂甘露), 항주(杭州)의 서호용정(西湖龍井), 동정(洞庭)의 벽라춘(碧羅春), 안휘(安徽)의 노죽포대방(老竹鋪大方) 등이 모두 황실에 올려지는 '어차(御茶)'로 지정되었다.

'차마호시(茶馬互市)'와 '이차치변(以茶治邊)'

차마호시는 중국 서남부(사천四川, 운남雲南)의 차 생산지와 인근의 소수 민족의 집단 거주지 사이의 교통의 요지에 설치되어 있던 관문 부근에서 열리던 임시적 성격의 시장이었다. 이후에 '차마법(茶馬法)'을 제정하여 이곳에서 차와 말을 교환하도록 정식으로 허용하였다. 인접한 소수 민족의 주민들은 이곳에서 그들에게 풍부했던 말을 이용하여 그들의 생활필수품이었던 차를 획득할 수 있었다. 중국의 내지에서 생산되는 차를 이용하여 소수 민족을 통제하고 그들에 대한 통치를 강화하는 것이 주된 목적이었다. 이것이 바로 '이차치변'의 유래라고 할 수 있다. 그러나 객관적으로 볼 때 이러한 차마호시가 중국 민족의 경제적 교류와 발전을 촉진하는 데 일정한 기여를 하였다는 사실은 부인할 수 없다.

07

차마고도

>>>> 차마고도茶馬古道는 고대의 '차마호시'에서 유래되었으며, 변강의 소수 민족이 마필馬匹을 차와 교환하던 무역 행위를 말한다.

차마고도의 유래 : '차마호시'

차마고도는 당송(唐宋) 시기의 '차마호시'에서 유래되었다. 내지(內地)의 민간에서 부담하던 각종 사역이나 군대의 전투 등에는 대량의 마필이 필요하였다. 이에 따라 티베트 지역이나 천전(川滇 : 사천과 운남을 잇는 지역) 지역 등에 인접한 지역에서 사육되던 좋은 말과 내지에서 생산되던 차 사이의 교역이 자연스럽게 이루어지게 되었으며, 이로 인해 차마호시가 나타나게 되었다.

차마고도

차의 원산지인 운남, 사천 등지는 높고 험한 산이 많고 큰 강으로 막혀 있어 차를 서장(西藏 : 티베트)까지 운송하는 데 큰 어려움이 있었다. 차마고도가 형성된 근본 요인으로는 우선 차와 같은 신비한 음료에 대한 장족(藏族)의 강렬한 욕구를 들 수 있다. 서장 지역과 사천, 전(滇 : 운남의 별칭) 지역 인근에서 나오는 노새나 말, 모피, 약재 등과 사천과 운남에서 생산된 차, 비단, 소금, 일용품 등의 교역을 위하여 고원심곡(高原深谷) 사이에 내왕이 끊임없이 이어지면서 형성된 일정한 교역로가 바로 '차마고도'였다.

차마고도

'차마고도'는 고대의 '차마호시'에서 그 기원을 찾을 수 있다. 운남이나 사천 지역과 서장 지역 사이에 형성되었던 고대의 교역로를 말한다.

사천이나 운남 지역에서 생산되는 차와 서장 지역에서 나오는 마필, 약재 등을 교역하고 마방(馬幇)이 그 운송을 전담하면서 차와 말을 수송하는 멀고 험준한 교역로가 형성되었다. 이런 이유로 '차마고도'라고 부르게 되었다.

'차마고도'는 서로 인접한 사천, 운남, 서장에서부터 시킴, 부탄 왕국, 네팔, 인도를 거쳐 서아시아, 홍해(紅海)의 서쪽 연안까지 이어진다.

'차마호시'

'차마호시'는 중국 서남부(사천, 운남) 지역의 차 산지와 변경의 소수 민족 사이에 있었던 차와 말의 교환이 이루어지던 곳을 말한다.

차와 말의 교환 무역은 고대 서남부 지역의 경제와 문화의 번영을 가져왔을 뿐만 아니라 '차마고도'라는 고대의 무역로를 개척하는 토대가 되었다.

마방

마방(馬幇)은 중국 서남 지구의 독특한 교통과 수송 방식이었으며, 차마고도의 중요한 운송 수단이었다. 마방은 천여 년이 넘는 역사를 가지고 있다.

오늘날에도 교통이 불편한 지역에서는 여전히 그 모습을 찾아 볼 수 있으며 그들만의 특수한 사회적 공동체를 형성하고 있다.

차마고도의 주요 교역로

1. 운남(雲南) 보이차(普洱茶)의 원산지(지금의 씨쌍판나西雙阪納, 쓰마오思茅 등지)에서 출발하여 따리(大理), 리지앙(麗江), 종디엔(中甸), 더친(德欽)을 거쳐 씨장(西藏)의 쬐궁(左貢), 방다(邦達), 차위(察隅) 혹은 창두(昌都), 뤄룽종(洛隆宗), 궁푸장다(工布江達), 라싸(拉薩)에 이르는 길과 다시 장쯔(江孜), 야둥(亞東)을 거쳐 미얀마(緬甸), 부탄(不丹), 시킴(錫金)*, 네팔(尼泊爾), 인도(印度)에 이르는 길로 나누어진다.

2. 쓰촨(四川)의 야안(雅安)에서 출발하여 루딩(瀘定), 캉딩(康定), 바탕(巴塘), 창두(昌都)에 도착한 후에 다시 뤄룽, 궁푸장다를 지나고 라싸를 거쳐 네팔이나 인도에 이르는 길.

열일곱 개의 노선

1. 징홍(景洪) - 쓰마오(思茅) - 푸얼(普洱) - 따리(大理)
2. 텅충(騰沖) - 빠오산(保山) - 따리(大理)
3. 따리(大理) - 지엔추안(劍川) - 리지앙(麗江)
4. 류쿠(六庫) - 푸공(福貢) - 빙종루어(丙中洛) - 공산(貢山) - 츠종춘(茨中村)
5. 바이쉬이타이(白水臺) - 후티아오시아(虎跳峽) - 스구쩐(石鼓鎭) - 웨이씨빠오쩐(維西保和鎭)
6. 샹그릴라(香格里拉) - 번즈란춘(奔子欄村) - 리우퉁지앙춘(溜筒江村) - 씨장망캄(西藏芒康)
7. 청두(成都) - 야안(雅安) - 밍산(名山) - 얼랑산(二郎山) - 캉딩(康定)
8. 청두(成都) - 두캉얀(都康壤) - 샤오진(小金) - 단바(丹巴) - 빠미(八美)
9. 캉딩(康定) - 따오부(道孚) - 루후어(爐霍) - 간지(甘孜) - 더꺼(德格) - 지앙다(江達) - 창두(昌都)
10. 캉딩(康定) - 리탕(理塘) - 바탕(巴塘) - 창두(昌都)
11. 따오청(稻城) - 무리(木里) - 루구후(瀘沽湖) - 리지앙(麗江)
12. 창두(昌都) - 레이우치(類烏齊) - 딩칭(丁靑) - 나취(那曲) - 당씨옹(當雄) - 라싸(拉薩)
13. 창두(昌都) - 방다차오유엔(邦達草原) - 빠수(八宿) - 란우(然烏) - 바미(波密) - 차위(察隅)
14. 바미(波密) - 린지(林芝) - 저당쩐(澤當鎭) - 라싸(拉薩)
15. 라싸(拉薩) - 지앙지(江孜) - 야둥(亞東)
16. 라싸(拉薩) - 르커저(日喀則) - 라지(拉孜) - 장무쩐(樟木鎭)
17. 라싸(拉薩) - 르커저(日喀則) - 부란(普蘭)

* 인도 동부의 네팔과 부탄 사이의 지역. 인도령의 왕국이었으나 1975년 국민투표로 인도의 주로 편입되었다.

08 일호명향편천하(一壺茗香遍天下 : 차호 속의 차의 향기 온 천하에 두루 퍼지네) 차의 세계적 전파

≫≫≫ 중국 차 문화의 세계적 전파는 대체로 다음과 같은 세 가지 경로로 이루어졌다. 첫 번째는 중국에서 다른 나라로 사절을 파견할 때 차를 예물로 가져가면서 차의 전파가 이루어지는 경우이고, 두 번째는 불법을 공부하는 승려나 견당사遣唐使 등이 차를 휴대하고 다른 나라에 들어가면서 차의 전파가 이루어지는 경우이며, 세 번째는 상로를 통한 국제 무역의 방식으로 상품 매매의 형태로 다른 나라에 전파되는 경우가 그것이다. 차 문화가 전파되었던 두 개의 주요한 노선으로는 육로陸路와 해로海路를 들 수 있다.

육로 전파

한(漢)나라 시대의 장건(張騫 : ?~기원전 114년, 한나라 때 여행가이며 외교관)이 서역을 통하여(138년) '비단길'을 개척한 이후에 당시의 장안(長安 : 지금의 시안西安)은 이미 이국간의 문화와 경제 교류의 중심지가 되어 있었다. 이 시기에 중원 각지에서는 차를 마시는 풍조가 성행하였으며, 수많은 아라비아 상인들이 비단이나 자기 등을 거래한 후에 차를 가지고 귀국하였다. 이러한 과정을 통하여 음차 문화는 중국을 넘어 아라비아와 중앙아시아 그리고 서아시아 등으로 퍼져나가게 된다.

중국의 차는 해상의 상로와 육로의 교역로를 따라 유럽으로 전파되었다. 육로는 하북(河北)과 산서(山西)를 중심으로 북으로 만리장성을 넘고 몽고를 거쳐 러시아의 시베리아를 지나는 경로를 통하여 유럽에 전해졌다. 몽고는 이 상로의 중심지라고 할 수 있으며 차를 마시는 풍습이 일찍부터 성행하던 지역이었다. 18세기 초에는 중국의 차가 직접 몽고를 경유하며 러시아로 수출된다.

'차(茶)'란 글자의 해외 전파

세계 각국의 차의 발음은 중국을 기원으로 대체적으로 두 가지 체계로 분류할 수 있다. 첫째는 보통 발음하는 'chá'(茶)이며, 둘째는 복건성 하문(廈門) 지방의 방언인 'tey' (的)이다. 이러한 두 가지 발음이 대외적으로 전파되는 과정에도 시기적으로 선후가 있다. 'chá'가 먼저 전해졌으며, 이 발음을 사용하는 주요한 나라로는 중국 주변의 네 개의 인접국을 꼽을 수 있다. 'tey'는 그 뒤에 전파되었는데, 그 주요한 나라로는 유럽과 남미 등을 들 수 있다.

해로 전파

당나라 덕종(德宗) 정원(貞元) 20년(804), 천태산(天台山) 국청사(國淸寺)에서 불법의 수학을 마친 일본의 승려 사이쵸(最澄)가 차를 가지고 귀국하여 일본의 시가현(滋賀縣)에 옮겨 심으면서 일본으로 전파되었다. 명나라 때 정화(鄭和 : 1371~1433년)는 해로로 이어지는 일곱 번의 서양 원정을 통하여 해로를 개척하였다. 그는 베트남, 인도, 스리랑카, 아라비아 반도를 차례로 거치고 최종적으로 아프리카 동쪽 해안에 도착하였다. 정화의 이러한 항해를 통하여 이 지역들과의 무역 거래가 개척되기 시작하였으며 차의 수출량 역시 크게 증가하게 된다. 남아시아를 거치는 이 길은 나중에 중국의 차가 아시아, 유럽, 아프리카로 수출되는 교역로가 되었는데, 이 길이 소위 '차의 해상 교역로'라고 부르는 노선이었다.

세계 각지의 '차' 자의 글자와 발음

cha(광동어 발음 계열)

북경 cha	한국 cha (da)
일본 cha (sa)	몽고 chai
방글라데시 cha	이란 cha
터키 chay	그리스 te-ai
아라비아 chay	러시아 chai
폴란드 chai	포르투갈 cha

te(복건어 발음 계열)

이탈리아 te	말레이시아 the
인도 tey	네덜란드 thee
영국 tea	독일 tee
프랑스 the	헝가리 tea
스페인 te	덴마크 te
스웨덴 te	노르웨이 te
핀란드 tee	

육로 전파

1. 말은 차를 육로로 전파하는 데 있어서 중요한 교통수단이었다.

2. 차상(茶商)들과 함께 대부대의 말들이 장거리를 거쳐 국외로 차를 운송하였다.

3. 차상과 현지의 상인들이 국외에서 차를 교역하였다.

1606년, 네덜란드인들이 중국의 마카오나 인도네시아 등지에서 차를 매매하기 시작하였으며, 이듬해 직접 중국으로부터 차를 운반하여 귀국하였다. 이후에 영국이나 프랑스 등에도 차를 마시는 문화가 활발해지기 시작한다. 1650년 네덜란드인들은 중국으로부터 수입한 차를 미국까지 판매하기 시작하였다. 일찍이 17세기 초에서 19세기 말에 이르기까지 중국은 세계 각국에 차를 공급하였으며, 다양한 종류의 중국의 차와 문화가 전 세계에 보급 전파되었다.

해로 전파

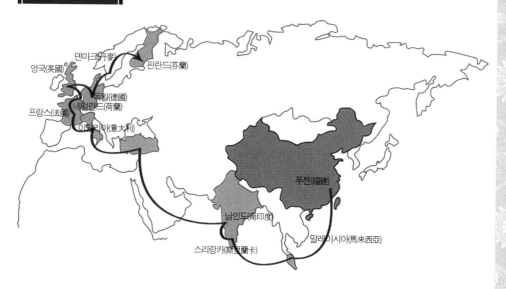

영국(英國)
덴마크(丹麥)
핀란드(芬蘭)
독일(德國)
네덜란드(荷蘭)
프랑스(法國)
이탈리아(意大利)
푸젠(福建)
남인도(南印度)
말레이시아(馬來西亞)
스리랑카(斯里蘭卡)

1. 18세기 유럽으로 차를 운송하던 쾌속선은 해로를 통한 차의 전파에서 당시 가장 신속한 운송 수단이었다. 이러한 함선들은 크기가 상당하여 화물을 대량으로 적재할 수 있었다. 때문에 차, 비단, 도자기 등 중국의 특산물이 유럽으로 대량으로 수출되었으며 중국의 이러한 특산물은 당시 유럽 각국에서 매우 큰 환영을 받았다.

2. 해로를 통한 오랜 항해 끝에 중국의 차가 마침내 당시 유럽의 중심지에 운송된다.
당시 해안의 항구는 차의 운반으로 인하여 가장 번잡한 장소 가운데 하나였다.

3. 차는 유럽의 황실과 대중들에게 열렬한 환영을 받았을 뿐만 아니라 북미에서도 크게 사랑을 받았다.

09 다인茶人에게 있어 수양의 최고 경지

정행검덕

>>> '정행검덕精行儉德'은 육우가 차를 마시는 사람들에게 요구하는 도덕적 수양의 기본적 덕목으로 그가 생각하는 다인의 사상, 품성, 행위, 신념 등의 기준이라고 할 수 있다. 그는 단순한 품차品茶 행위를 정신적인 차원으로 승화시켰다.

정(精)

『관자(管子)』「심술(心術)」에는 '중부정자심불치(中不精者心不治)'라는 글이 있다. 그 의미를 살펴보면, 어떤 사람이 일을 할 때 전심전력을 다하지 않는다면 그의 마음(도덕적 품행) 또한 구할 바가 없다는 뜻이다. 매사에 '인진(認眞)' 두 글자를 늘 두려워하고 어떠한 일을 함에 있어서 항상 전심전력을 다한다면 이롭지 않은 바가 없을 것이다. 육우가 '정(精)'이라는 한 글자를 내세운 것은 다사(茶事)의 각 방면에도 역시 이러한 기준과 마음가짐이 필요하다는 것을 설명하기 위해서였다. '다유구난'은 '조(造), 별(別), 기(器), 화(火), 수(水), 적(炙), 말(末), 자(煮), 음(飮)'을 포괄하고 있다. 종차(種茶), 제차(制茶), 감별(鑑別), 자차(煮茶) 기구의 올바른 이용법, 불의 조절, 알맞은 물의 온도, 차를 굽는 바른 방법, 음차의 순서 등이 모두 정심을 통하여 이루어져야 하며 음차의 진정한 향기에 취하기 위해서는 '구난(九難)'의 정(精)을 잊지 않고 언제나 이에 따라 행하여야 한다는 교훈을 내포하고 있는 것이다.

행(行)

'행(行)'은 이곳에서 두 가지의 의미로 이해할 수 있다. 첫 번째는 품행과 같은 의미로 행동거지를 나타내는 것이고, 두 번째는 다도를 행하는 등의 일을 실

다인(茶人)의 도덕적 수양의 기준

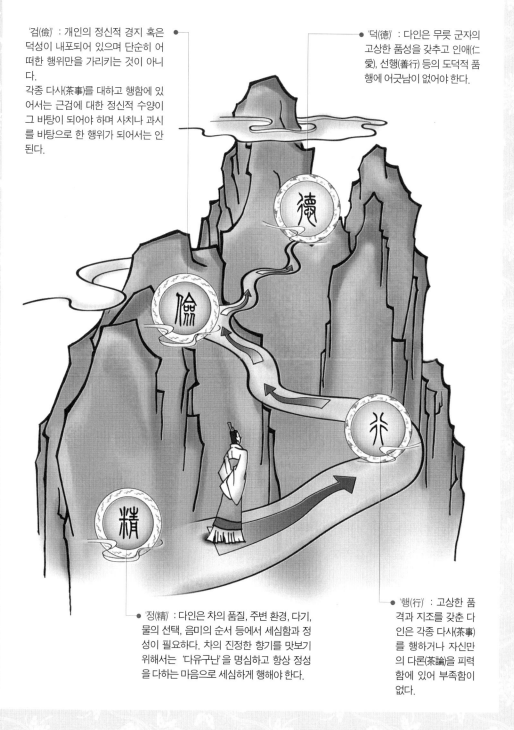

'검(儉)' : 개인의 정신적 경지 혹은 덕성이 내포되어 있으며 단순히 어떠한 행위만을 가리키는 것이 아니다.
각종 다사(茶事)를 대하고 행함에 있어서는 근검에 대한 정신적 수양이 그 바탕이 되어야 하며 사치나 과시를 바탕으로 한 행위가 되어서는 안 된다.

'덕(德)' : 다인은 무릇 군자의 고상한 품성을 갖추고 인애(仁愛), 선행(善行) 등의 도덕적 품행에 어긋남이 없어야 한다.

'정(精)' : 다인은 차의 품질, 주변 환경, 다기, 물의 선택, 음미의 순서 등에서 세심함과 정성이 필요하다. 차의 진정한 향기를 맛보기 위해서는 '다유구난'을 명심하고 항상 정성을 다하는 마음으로 세심하게 행해야 한다.

'행(行)' : 고상한 품격과 지조를 갖춘 다인은 각종 다사(茶事)를 행하거나 자신만의 다론(茶論)을 피력함에 있어 부족함이 없다.

제로 행하는 것을 말한다. 육우가 설명하고자 하는 것은 품격을 갖춘 고상한 다인이야말로 각종 다사(茶事)를 행하거나 품차의 도(道)를 논하는 행위가 더욱 적절하게 이루어진다는 것이다.

검(儉)

『역(易)』「부상전(否象傳)」에 '군자이검덕피난(君子以儉德避難)'이라는 설명이 있다. '검(儉)'이라는 글자는 개개인의 단순하고 구체적인 행위만을 뜻하는 것이 아니라 정신적 품격의 의미를 내포하고 있음을 알 수 있다. 육우는 '검(儉)'을 다인이 몸에 익혀야 할 필수적인 요소로 파악함으로써 모든 다사에서 근검을 앞세우고 사치나 낭비를 경계하고 있다. 『다경』「칠지사」에는 고대의 다사에 관한 예들이 나열되어 있다. 안영(晏嬰 : ?~기원전 500년, 춘추시대 제齊나라의 재상)은 그 신분이 재상에 이르렀음에도 하루 세끼 식사에 다만 거친 차와 담백한 소반만을 곁들였으며, 양주 태수 환온(桓溫)은 성정이 검소하여 매 연회 때에 일곱 개 전반(奠盤)에 차와 음식만을 내렸다고 한다.

덕(德)

육우는 차를 대하는 사람들에게 모든 다사에 있어 특별한 덕행과 품행의 규범을 갖출 것을 요구하고 있다. 군자와 같은 고상한 성정과 기품을 갖춘 사람이야말로 진정한 의미의 다인이라고 보고 있는 것이다. 다인은 또한 인애(仁愛)의 정신이나 선행(善行) 등의 도덕적 품성을 갖추고 실천해야 하는 것이다. 육우가 지은 다음과 같은 시에서 우리는 그의 사상의 단면을 엿볼 수 있다. "황금 가득한 항아리도 부럽지 않고, 백옥으로 만든 좋은 찻잔도 부럽지 않다(불선황금뢰 불선백옥배不羨黃金罍 不羨白玉杯). 아침에 조정에 출사하는 것도 부럽지 않고, 저녁에 대에 올라 경치를 즐기는 것도 부럽지 않다(불선조입성 불선모입대不羨朝入省 不羨暮入臺), 천번 만번 부러운 것은 서강의 강물이니, 내 고향 경릉성을 향해 흘러가네(천선만선서강수 증향경릉성하래千羨萬羨西江水 曾向竟陵城下來)."

10 『다경』의 유가 사상
중용화해 中庸和諧

>>> 일찍이 중국인에 의하여 세워진 유가儒家 사상은 무형의 정신적 유산으로 모든 분야에서 중화 문명의 초석이 되어 왔다. 차 문화 또한 이러한 유가 사상의 정수를 전면적으로 흡수하고 있으며, 그 가운데서도 특히 중용지도中庸之道의 사상은 독특한 풍격을 형성하고 있다.

음차수양(飮茶修養)의 최고의 도덕 - 중용의 덕

중용이란 무엇일까? "치우침이 없는 것을 중이라 하며, 쉬이 변하지 않는 것을 용이라 한다(불편지위중 불역지위용不偏之謂中 不易之謂庸). 중은 천하의 바른 도요, 용은 천하의 지극한 이치다(중자천하지정도 용자천하지지리中者天下之正道 庸者天下之至理)." 중용의 이 구절이 의미하는 바는 사람이나 사물을 대함에 있어서 치우치거나 기울어짐이 없이 원만한 조화를 이루어야 한다는 것이다. 중용이 유가에서 도덕적 규범의 최고의 기준이며 완전히 이상적인 덕성을 가리키는 것이라면, 육우가 말하는 다덕(茶德)은 결국 일련의 다사 과정에 내재되어 있는 도덕과 지조에 관한 내용이라고 할 수 있다.

유가의 중요한 지표 가운데 하나인 덕(德)을 정치적 측면에서 해석하면, 국가 통치에 있어서 덕치에 대한 요구로 나타나며 '중용'은 그 핵심이라고 할 수 있다. 이러한 견해를 다사에 반영하면, 다인은 각종 다사를 행함에 있어서 개개의 행위가 모두 덕을 바탕으로 이루어져야 한다는 설명이 된다.

송나라 시대의 유명한 성리학자 주희(朱熹)는 일찍이 건차(建茶 : 무이차구, 즉 민남과 영남 일대에서 생산된 차)와 강차(江茶)를 비교한 후에 "건차(建茶)는 중용의 덕에 비할 수 있고, 강차(江茶)는 백이(伯夷)·숙제(叔齊)와 같다"라고 말한 바 있다. 그는 '중용'을 다덕(茶德)의 표준으로 제시하고 있는데, 이것은 차의 덕성에 관한 최고의 경지라고 할 수 있다.

차 문화에 있어서 '화(和)'의 아름다움

유가는 화해를 추구하며 '중용지도'를 주장한다. '화(和)'는 고금의 각종 다사에 있어 훌륭하게 구현되고 있다. 일찍이 유정량(柳貞亮)은 "차로 예와 인을 밝힌다(이차리예인以茶利禮仁)"고 말한 바 있고, 민간의 습속에는 "추운 밤에 손님이 오면 차로 술을 대신한다(한야객래차당주寒夜客來茶當酒)"라는 말이 있다. 이러한 내용이 바로 '조화와 공경[和敬]'의 범주가 될 것이다. 구양수(歐陽脩)의 『화매공의상건차(和梅公儀嘗建茶)』에 있는 '선군소쇄유여청(羨君瀟灑有餘清)*'이라는 글귀는 차의 청정함을 설명하는 것이다. 또한 채양(蔡襄)의 『북원(北苑)』에 보이는 '영천출지청(靈泉出地清)**'이라는 구절은 샘물의 청정함을 설명하는 것이며, 소식(蘇軾)의 『급강전차(汲江煎茶)』에 보이는 '자림조석취심청(自臨釣石取深清)***'은 물의 청정함을 말하는 것이다. 그런가 하면 원매(袁枚)의 『시차(試茶)』에 있는 '기경선초함허청(幾莖仙草含虛清)****'이라는 구절은 조화의 아름다움을 표현하고 있다고 볼 수 있다.

완전한 인격적 사상으로서의 '인(仁)'

유가가 추구하는 인격적 사상을 한마디로 표현하면 '인(仁)'이라고 할 수 있으며, 이것은 완전한 인격체를 향해 나아가는 끊임없는 수양을 그 특징으로 하고 있다. 이러한 인격적 사상인 '인(仁)' 또한 중국의 차 문화의 기반이 되고 있다. 차는 따는 것에서 차를 만드는 것, 끓이는 것까지 모두 매우 순수하고 깨끗한 것을 요구하기 때문에 줄곧 청결한 사물로 여겨 왔으며, 이러한 특성은 종종 인덕(人德)에 비유되곤 하였다. 고대에는 '군자인인(君子仁人)'의 정직, 청렴, 공평 등의 덕성이 사람이 추구해야 할 이상적 지표였다. 이러한 '군자의 면모'와 차의 성질이 융합하면서 차의 색(色), 향(香), 미(味)를 음미하는 전 과정에서 정신과 사물의 일체화를 하나의 지표로 삼았으며, 이러한 물아일체(物我一體)를 통하여 정신과 감정이 정화되는 단계가 되면 인격은 자연히 승화된다고 보았다.

* 「매지(梅摯)의 '건차를 맛보다'라는 시에 화답하여」의 후반부에 나오는 시구다. 기쁜 마음으로 함께 자구에 시를 읊으며 차를 따른다니(희공자구음차작喜共紫甌吟且酌), 그대가 차 마시는 중에도 청정함이 남아 있음이 부럽구나(선군소쇄유여청羨君瀟灑有餘清).
** 신령스런 샘은 땅의 청정함을 내어놓고(영천출지청靈泉出地清), 아름다운 나무(차)는 하늘의 묘미를 얻었

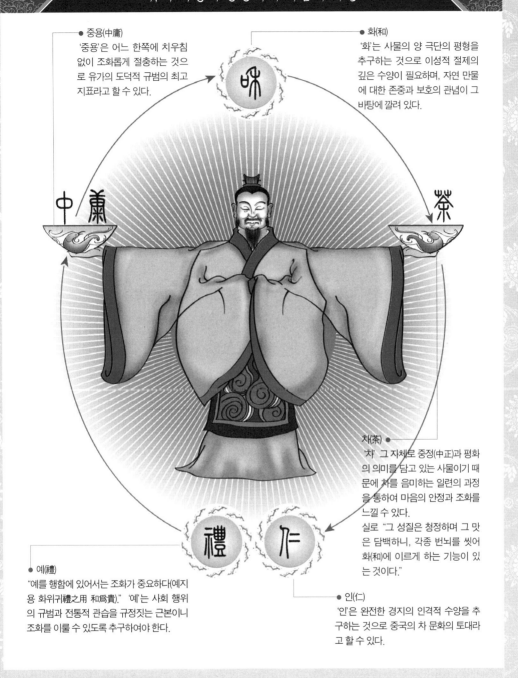

● 중용(中庸)
'중용'은 어느 한쪽에 치우침 없이 조화롭게 절충하는 것으로 유가의 도덕적 규범의 최고 지표라고 할 수 있다.

● 화(和)
'화'는 사물의 양 극단의 평형을 추구하는 것으로 이성적 절제의 깊은 수양이 필요하며, 자연 만물에 대한 존중과 보호의 관념이 그 바탕에 깔려 있다.

차(茶) ●
'차' 그 자체로 중정(中正)과 평화의 의미를 담고 있는 사물이기 때문에 차를 음미하는 일련의 과정을 통하여 마음의 안정과 조화를 느낄 수 있다.
실로 "그 성질은 청정하며 그 맛은 담백하니, 각종 번뇌를 씻어 화(和)에 이르게 하는 기능이 있는 것이다."

● 예(禮)
"예를 행함에 있어서는 조화가 중요하다(예지용 화위귀禮之用 和爲貴)." '예'는 사회 행위의 규범과 전통적 관습을 규정짓는 근본이니 조화를 이룰 수 있도록 추구하여야 한다.

● 인(仁)
'인'은 완전한 경지의 인격적 수양을 추구하는 것으로 중국의 차 문화의 토대라고 할 수 있다.

구나(가훼득천미嘉卉得天味).
*** 손수 낚시돌 곁으로 가서 깊고 맑은 물을 긷는구나(자림조석취심청自臨釣石取深淸).
**** 몇 줄기 선초(차)는 허청(맑고 텅빈 이치)을 머금었네(기경선초함허청幾莖仙草含虛淸).

11 『다경』에 구현된 도가의 우주관
청정무위 清靜無爲

>>>> 도교道敎는 고대의 무속에 바탕을 두고 창립된 중국의 고대 종교의 하나이다. 노자 사상의 영향 아래서 차와 도교는 자연스럽게 결합하게 되었다. 도교의 도사들은 차를 '선초仙草'라고 불렀으며, 도교가 형성된 이후에 차는 점점 일종의 양생養生, 치병治病, 벽사闢邪의 기능을 갖춘 영험한 사물로 다루어지게 되었다.

도가(道家)의 '장생관(長生觀)'이 차 문화에 미친 영향

노자로부터 시작된 도가 사상은 '장생불로(長生不老)'의 개념을 내포하고 있다. 노자는 만물의 근원인 '도(道)'의 영원성을 통하여 생명의 장생불사의 가능성을 암시하였다. 이를 바탕으로 도가의 도사들은 '우화등선(羽化登仙 : 날개가 돋아 신선이 되어 하늘로 오름)'의 길을 찾고자 하였으며 반드시 '생기(生氣)'가 함유되어 있는 식물을 복용하려고 노력하였다. 도홍경(陶弘景 : 456~536년, 남북조 시대의 도사)의 『잡록(雜錄)』에는 "차는 몸을 가볍게 하고 뼈를 바꾸어주며, 단구자(丹丘子)와 황군(黃君)이 이를 복용하였다(차도경신환골 단구자황군복지茶茶輕身換骨 丹丘子黃君腹之)"라고 기술되어 있다. 이러한 기록을 통하여 우리는 차가 도교의 득도성선(得道成仙 : 도를 깨우쳐 신선이 됨)의 이념이나 우화등선의 관념에 대단히 잘 부합하는 음료였음을 알 수 있다.

청정무위의 양생관(養生觀)

도교의 도사(道士)들은 건강이나 장수를 인류의 생명 운동의 일환으로 파악하고 장생불로의 목적을 이루기 위하여 노력하였다. 이를 바탕으로 그들은 적극적인 마음가짐으로 양생에 힘씀으로써 타고난 천생의 체질을 바꿀 수 있다고 믿었으며, 특히 차의 효능에 주목하였다. 심신을 새롭게 만드는 차의 고유한 성질

'천인합일天人合一'은 자연과 인간, 사물과 정신의 상호 포용, 전체적 연관성, 물아일체, 주체와 객체의 통일을 강조한다.

적차(炙茶) : 땔감, 숯, 불이 모두 자연의 사물이다.

취화(取火) : 불은 자연의 사물이다.

연말(碾末) : 찻잎 또한 자연의 사물이다.

선수(選水) : 산수지간(山水之間)에서 선택하는 물 역시 자연의 사물이다.

작차(酌茶) : 차를 마시기 위해서 필요한 작업이다.

자차(煮茶) : 물을 끓이고 차를 끓이는 작업은 인간의 노동력이 필요한 작업이다.

● 도인(道人) 불로장생을 추구하며 마음이 일신(一身)의 주체이며 백신(百神)의 스승'이라는 깨달음을 통하여 "고요함에서 지혜가 생기고, 움직임에서 어지러움이 생긴다(정즉생혜 동즉생혼靜則生慧 動則生昏)"는 이치를 헤아린다.
또한 허정(虛靜)은 천지를 받들고 만물에 통한다는 인식의 바탕 위에서 '청정무위로써 세상과 다툼이 없는 경지'를 추구하여 자연 법칙의 양생지도(養生之道)에 부합하고자 했다.

● 다인(茶人) 차의 담백함, 정순함 등은 자연과 도인이 추구하는 청정, 절검, 겸손과 조화, 반박귀진(返璞歸眞 : 서주西周 본래의 예악제도로 되돌아감)의 정신적 경지와 서로 상통한다.
이것이 바로 수많은 문인과 선비와 다인 등이 차에 대해 깊은 애착을 보이는 이유이다.

과 도교의 양생관은 여러 면에서 서로 부합하였기 때문이다. 소박한 모습으로 그늘에서 묵묵히 자라는 차는 도교가 추구하는 청정무욕의 정신을 상징적으로 보여주고 있다. 차는 그윽하고 고요한 환경에서 마주할 때 비로소 그 진정한 맛과 희열을 느낄 수 있다. 도교와 차 문화는 '청정(清靜)'이라는 점에서 그 공통점을 찾을 수 있다.

'천인합일(天人合一)'의 사상

고인들은 사람과 자연, 정신과 사물은 상호 융합 혹은 전체적 통일성을 가지고 있다고 인식하였다. 천지의 정화를 흡수하는 차는 '만물의 영장'인 인간과 자연스럽게 연결된다. 차의 담백하고 고아한 성질은 인성에 있어서 무욕이나 청정혹은 담백함 등과 비교할 수 있다. 육우의 『다경』은 일상의 다사를 일종의 예술로 승화시켰을 뿐만 아니라 다인의 정신과 자연이 통일체임을 강조하고 있다. 또한 그는 적차(炙茶 : 굽기), 연말(碾末 : 찻잎 가루내기), 불의 다스림(取火), 물의 선택(選水), 자차(煮茶 : 끓이기), 작차(酌茶 : 따르기) 등의 과정으로 이루어지는 '전다법(煎茶法)'이라는 매우 독특한 방법에 대하여 설명하고 있다. 육우의 전다법은 개개의 과정이 모두 자연의 합리적인 조절을 통하여 건강한 생명의 유지와 활력이라는 도가의 이념에 잘 부합하고 있으며 인간과 자연의 통일성을 매우 훌륭하게 구현하고 있다.

12 『다경』에 나타난 불교의 본심本心 사상
정심자오靜心自悟

>>> 처음에 차는 불교와 인연을 맺으면서 승려들을 위하여 제공되는 정신적 각성을 위한 일종의 음료였다. 승려들은 사찰 안에서 대량으로 차를 재배하였으며, 이후에 차의 재배와 제조 그리고 차 문화가 발전하는 데 있어서 빼놓을 수 없는 진보적인 역할을 수행하게 된다. 후대의 일련의 다사 과정의 변화와 실천 속에서 다도와 불교는 점점 그 내적 긴밀함을 더하게 된다.

불교는 기원 전·후에 중국에 들어왔다. 위(魏)·진(晉)·남북조(南北朝) 시대를 거치면서 중국 전역으로 크게 확대되어 그 성세를 높인 불교는 수(隋)·당(唐) 시기에 이르러 전성기를 구가하게 된다. 중국의 다도는 당나라 시대의 육우에 의해 그 기본적 틀이 마련되고, 이후에 다양한 변화와 발전을 거치면서 크게 흥성하게 된다. 육우는 어려서 사찰에서 자라면서 불경을 익히는 한편 차를 끓이고 마시는 법을 함께 공부하였다. 성년이 된 후에는 또한 교연 화상과 망년지교를 맺고 교류하였다. 『다경』과 『육문학자전』에는 불교의 각종 송(頌)과 승려들의 차에 대한 기호(『다경』「칠지사」에는 승려였던 단도개單道開와 법요法瑤가 차소茶蘇를 마셨다고 기록됨)*를 보여주는 설명이 있다. 중국의 다도는 처음 태동할 때부터 불교와 대단히 긴밀한 관련을 맺고 있었던 것이다.

다선일미(茶禪一味)

차와 선종의 인연은 선종의 좌(坐), 선(禪), 정(定)에서 비롯되었다.

좌(坐)는 선종에서 수행할 때 '심주일경(心注一境)', 즉 정신을 집중하고 모든 외물로부터 벗어나는 것을 말한다. 선(禪)은 '정려(靜慮)' 또는 '수심(修心)'을 의미한다. 정(定)은 내면과 정신의 고도의 통일과 안정을 유지하는 것이라고 할 수 있

---

* 정확히 말하면 「칠지사」 원문에는 "단도개가 차소(茶蘇)를 마셨다", "법요가 차를 마셨다"라고 기록하고 있다. "돈황인단도개불외한서, … 소여차소이이(敦煌人單道開不畏寒暑, … 所餘茶蘇而已), 송석법요성양씨, … 반소음차(宋釋法瑤姓楊氏… 飯所飲茶)"

다. 좌선을 통하여 승려들은 눈을 감고 정좌한 채 '고(苦), 집(集), 멸(滅), 도(道)'의 불법의 사제(四諦)를 참구하였다. 그 가운데 특히 '고(苦)'는 근원적인 참구 내용이라 할 수 있는데 차의 성질 역시 쓴맛을 기본으로 한다. 처음에 쓴맛이 났다가 이후에 살짝 단맛이 도는 차의 이러한 특성은 수행자가 '고제(苦諦)'를 타파하고 불법의 '진제(眞諦)'를 음미하는 수행의 과정에 비유될 수 있다.

차를 음미하는 과정은 '정(靜)'의 탐구라고도 할 수 있다. 차를 마시는 순서와 과정은 외부와 내면의 평정과 통일을 추구하는 불교의 수행과 무관하지 않다. 불교의 '정오(靜悟)', '삼사위계(三思爲戒)', 좌선시의 5조(五調 : 조심調心, 조신調身, 조식調食, 조식調息, 수면睡眠)와 '계(戒), 정(定), 혜(慧)'가 모두 '정(靜)'을 추구하기 위한 것이며, 차와 불교는 바로 이러한 점에서 서로 부합된다고 할 수 있다.

다도는 본질적으로 단순하고 평범한 생활과 생활용품 가운데서 생활의 본질을 깨닫는 것으로부터 출발한다. 참선 또한 정려를 통하여 단순하고 평범한 가운데 인생의 대도를 깨닫는 것이다.

차의 세 가지 덕(茶有三德)

불교에서는 차를 수신양성(修身養性)의 일미(一味)로 이해한다. 한편 차에는 다음과 같은 '세 가지 덕'이 있다고 설명한다.

1. 불면(不眠) : 좌선의 자세는 신체를 바로 하고 등을 똑바로 펼 것을 요구한다. 동요됨이 없이 내면을 청정하게 하여야 '경안(輕安)'의 경지, 즉 내외가 일치되는 경지에 도달할 수 있다. 그러나 좌선은 일반적으로 수개월에 걸쳐 지속되기 때문에 승려들은 피로나 권태를 피하기 어렵다. 그런데 차는 신경과 뇌를 각성시키는 특성을 갖추고 있기 때문에 좌선 수행 중에는 '다른 것은 일체 허용되지 않고 오직 차만 허용'되는 것이다.

2. 소화에 유익 : 승려들이 식사 후에 좌선을 하는 경우에는 소화가 순조롭지 못하면 좌선에 방해가 되지만, 차는 생리적으로 소화 작용을 돕는 효과가 있다.

3. 불실(不失) : 차는 청아하고 소박한 성정을 고양시킬 뿐만 아니라 승려들의 성욕을 억제시키는 작용을 하기 때문에 수행에 정진할 수 있도록 돕는 기능을 한다.

차와 좌선 수행

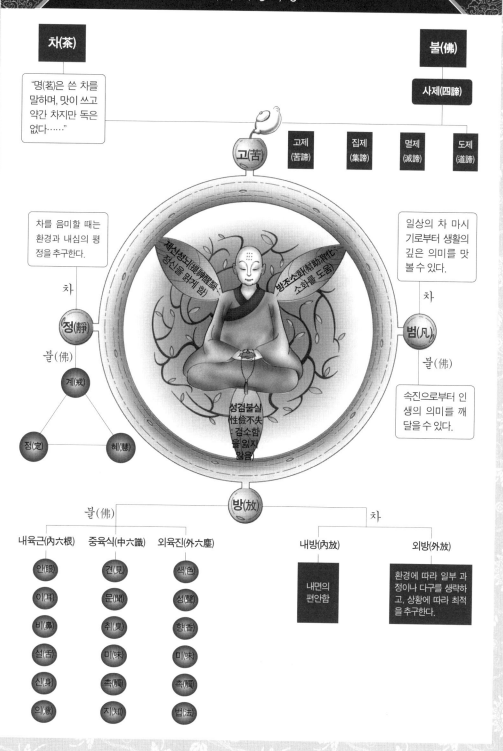

차(茶)

"명(茗)은 쓴 차를 말하며, 맛이 쓰고 약간 차지만 독은 없다……"

차를 음미할 때는 환경과 내심의 평정을 추구한다.

불(佛)

사제(四諦)

고제(苦諦)
집제(集諦)
멸제(滅諦)
도제(道諦)

고(苦)

일상의 차 마시기로부터 생활의 깊은 의미를 맛볼 수 있다.

차

정(靜)

불(佛)

계(戒)

정(定)   혜(慧)

제신성뇌(提神醒腦 : 정신을 맑게 함)

방조소화(幇助消化 : 소화를 도움)

성검불실 性儉不失 : 검소함을 잃지 않음

차

범(凡)

불(佛)

속진으로부터 인생의 의미를 깨달을 수 있다.

방(放)

불(佛)

내육근(內六根)
안(眼)
이(耳)
비(鼻)
설(舌)
신(身)
의(意)

중육식(中六識)
견(見)
문(聞)
취(臭)
미(味)
촉(觸)
지(知)

외육진(外六塵)
색(色)
성(聲)
향(香)
미(味)
촉(觸)
법(法)

차

내방(內放)
내면의 편안함

외방(外放)
환경에 따라 일부 과정이나 다구를 생략하고, 상황에 따라 최적을 추구한다.

13 차와 오행
금金, 목木, 수水, 화火, 토土

>>> '오행五行'은 세계를 구성하고 있는 금, 목, 수, 화, 토의 다섯 종류의 기본적 물질과 그 물질 상호간의 운동과 변화의 법칙을 가리킨다. 차 문화 속에도 이러한 '오행'의 학설과 원리가 내포되어 있다. 이러한 오행에 따르면, 차는 초목草木에 속하고 흙에 차를 심는 것은 토土에 속하며, 기물이나 그릇은 금金에 속하고 샘물은 수水에 속하고 숯은 화火에 속하는 것이다.

세상 만물과 '오행(五行)'

고대의 오행학설은 우주의 각종 물질은 모두 오행의 속성에 따라 귀납된다고 보고 있다. 자연계의 각종 사물, 현상, 성질 및 작용 등과 오행의 특성을 서로 비교해 보면 각각 오행에 따라 분별될 수 있다고 설명하고 있는 것이다. 예를 들면 중국 의학계에서는 인체의 오장과 오행을 서로 배합하여 폐는 금(金), 간은 목(木), 신장은 수(水), 심장은 화(火), 비장은 토(土)에 속한다고 보고 있다. 또한 오행학설은 모든 사물은 각각 고립적이거나 정지된 성질을 가지는 것이 아니라 다섯 종류의 물질 사이에 상생과 상극 혹은 상승과 상모(相侮)의 관계 속에서 존재하며, 이러한 상생상극의 관계 속에서 끊임없이 변화하며 동태적인 균형을 이루고 있다고 설명하고 있다.

금 : '금왈종혁(金曰從革 : 금은 따르고 바뀌는 것)'으로 설명한다. 청결, 숙강(肅降), 수렴(收斂) 등의 작용을 하는 사물은 모두 금(金)에 귀속된다.

목 : '목왈곡직(木曰曲直 : 목은 굽거나 곧은 것)'으로 설명한다. 생장, 승발(升發), 조달서창(條達舒暢) 등의 성질 혹은 작용을 하는 사물은 모두 목(木)에 귀속된다.

수 : '수왈윤하(水曰潤下 : 수는 적시고 내려가는 것)'로 설명한다. 한랭, 자윤(滋潤), 아래로 향하는 운동을 하는 사물은 모두 수(水)에 귀속된다.

화 : '화왈염상(火曰炎上 : 화는 타서 올라가는 것)'로 설명한다. 온열, 상승 작용을

오행의 상생상극

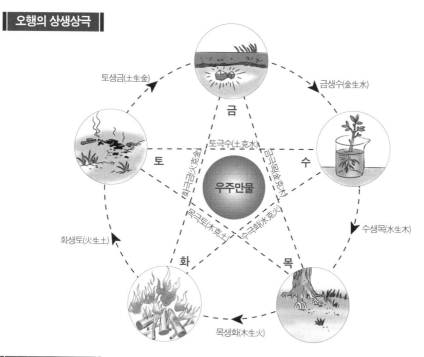

토생금(土生金)

금생수(金生水)

금

토극수(土克水)

토

수

우주만물

화극금(火克金)

목극토(木克土)

수극화(水克火)

금극목(金克木)

화생토(火生土)

수생목(水生木)

화

목

목생화(木生火)

차 가운데의 오행

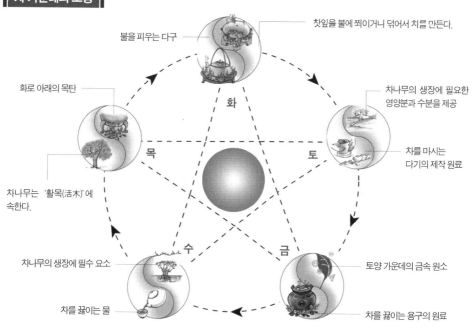

불을 피우는 다구

찻잎을 불에 쬐이거나 덖어서 치를 만든다.

화로 아래의 목탄

차나무의 생장에 필요한 영양분과 수분을 제공

화

목

토

차를 마시는 다기의 제작 원료

차나무는 '활목(活木)'에 속한다.

수

금

차나무의 생장에 필수 요소

토양 가운데의 금속 원소

차를 끓이는 물

차를 끓이는 용구의 원료

하는 사물은 모두 화(火)에 귀속된다.

토 : '토원가색(土爰稼穡 : 토는 심고 거두는 것)'으로 설명한다. 생화(生化), 승재(承載), 수납(受納)의 작용을 하는 사물은 모두 토(土)에 귀속된다.

차 문화와 '오행'

『다경』의 첫 번째 구절은 중국 '남방(南方)'의 '가목(嘉木)'에 대한 설명으로 시작된다. 이치적으로 보면, 먼저 차가 목(木)에 속하는 것은 너무나 당연한 이야기이다. 차나무는 '살아있는' 나무(木)로서 비료와 수분을 자양분으로 성장하며 '흙(土)'을 떠나서 존재할 수 없다. 토양은 본래(광물질, 유기질, 수분, 토양 생물 등에서 조성됨) '오행'의 속성을 모두 구비하고 있기 때문에 차나무는 그 성장 과정에 있어서 이미 '오행'의 운행이 이루어지고 있다고 할 수 있다.

당나라 시대에는 '전차(煎茶)'가 유행하였는데, 육우는 전통적인 '오행'의 이론을 '전다법(煎茶法)'의 다도 속에 융합시켰다. 그는 금, 목, 수, 화, 토의 오행이 서로 잘 조화될 때 비로소 좋은 차가 나온다고 보았다. 먼저 '전차(煎茶)'에 있어서 풍로를 사용하는 것은 오행의 금(金)에 속한다. 다음에 풍로는 땅 위에 세우는데 이것은 오행의 토(土)에 속하며, 풍로 안에서 물을 끊이는 것은 수(水)에 속한다. 또한 풍로는 목탄을 사용하였는데 이것은 목(木)에 속하며, 숯을 이용하여 불을 만드는 것은 화(火)에 속하는 것이다. 그러므로 이러한 오행의 상생과 상극 혹은 음양의 조화의 과정 속에서 제조되는 차는 '백병(百病)의 치료'라는 양생의 목적에 잘 부합하는 음료임을 알 수 있다.

오늘날 차의 제조 과정을 살펴보면, 나무에서 채적한 찻잎(목의 성질), 철로 된 가마솥(금의 성질)에 열을 가하여 이루어지는 '살청(殺青)'*, 유넘(揉捻)** 후의 만화(慢火 : 서서히 불에 쪼여 말리는 것), 홍배(烘焙)***를 거쳐(화의 성질) 차를 만든다. '금'은

---

* 살청은 신선한 잎에 있는 발효 혹은 산화를 촉진시키는 효소를 억제하고 찻잎에 있는 수분을 제거하여 찻잎을 부드럽게 만들고 완성품의 형태를 만들기 편하게 하기 위한 목적에서 이루어진다.
** 유넘은 찻잎의 조직에 상처를 내고 일정한 형태로 성형을 하면서, 비비는 과정에서 차의 진액이 찻잎의 표면에 부착되게 하여 충포(沖泡)할 때 그 액이 물에 용해되기 쉽게 하기 위한 목적으로 이루어진다.

'목'을 이기지만 또한 '화'에 상극인 오행의 성질이 그 과정 속에 융합되어 있으며, 이를 통하여 그 성질이 크게 변하면서 완성품의 차가 만들어지는 것이다. 차를 끓일 때의 끓는 물(수의 성질)이나 사용하는 다구(토의 성질) 역시 모두 오행의 예라고 할 수 있다. 중국 의학계는 인간 역시 이러한 오행이 평형과 조화를 이루어야 신체가 건강하고 명운이 형통한다고 보고 있다. 차는 반복적인 상생상극(相生相克)을 통하여 각종 요소들의 흡수와 조화 등의 과정을 거치면서 음양오행의 정화와 영기를 겸비하게 된다. 이것이 바로 차가 양생의 효능을 갖추게 되는 근원적인 이유라고 할 수 있다.

***홍배는 건조가 양호하게 이루어진 찻잎을 다시 약한 불에 서서히 말리는 과정이다. 모화(毛火)와 족화(足火)로 나누어진다.

14 만병지약 24가지 효능

>>>> 고대에 차는 종종 약초로 사용되었다. 고대의 의서를 살펴보면 차를 단독으로 혹은 다른 약재와 섞어서 약의 재료로 사용했던 것을 자주 볼 수 있다. 약초로서의 효능이 매우 광범위하였기 때문에 옛사람들은 차를 '만병지약萬病之藥'이라 불렀다.

'만병지약'으로서의 차

차의 전통적인 이용 방법은 일반적으로 의학계와 민간에서 전해지고 있는 질병 치료에 관한 각종 방법을 통하여 알 수 있다. 차는 대단히 탁월한 약리적 효능을 지니고 있기 때문에 당나라 시대에는 '차약(茶藥)'이란 말이 있었다. 송나라 시대의 임홍(林洪)이 편찬한 『산가청공(山家淸供)』(1266년경)에는 "차는 곧 약이다 (차즉약야茶卽藥也)"라고 기술되어 있다. 고대에 차는 곧 약으로 인식되었으며 각종 의학서에도 약으로 기록되어 있다. 그러나 현대의 의학적 관점에서 본다면 '차약'이라는 단어는 약방문에 포함된 차 성분에 한정되어야 한다.

차의 여러 가지 약리적 효과를 살펴보면, 먼저 신체 내외의 각종 질병의 예방이나 치료, 임산부나 아이들의 여러 가지 병증의 완화 및 치유 등을 들 수 있으며, 당나라 시대의 진장기(陳藏器 : 681?~757년, 『본초습유本草拾遺』의 저자)는 차를 '만병지약'이라고 칭하였다. 명나라 때 신행(愼行)의 『곡산필진(穀山筆塵)』에도 또한 차를 '백병(百病)의 치료제'라고 설명하고 있다. 또한 명나라 때 이시진(李時珍 : 1518~1593년, 명나라의 의약학자)의 『본초강목(本草綱目)』에는 차의 약리적 성질과 관련하여 "(차는) 맛이 비록 쓰지만 기운이 담박하므로, 곧 음중의 양이니 가히 오르게도 가히 내리게도 할 수 있다. 머리와 눈에 좋은 것은 여기에 근거한 것이다(미수고이기칙박, 내음중지양, 가승가항. 이두목, 개본제차味雖苦而氣則薄, 乃陰中之陽, 可升可降. 利頭

차의 24가지 효능

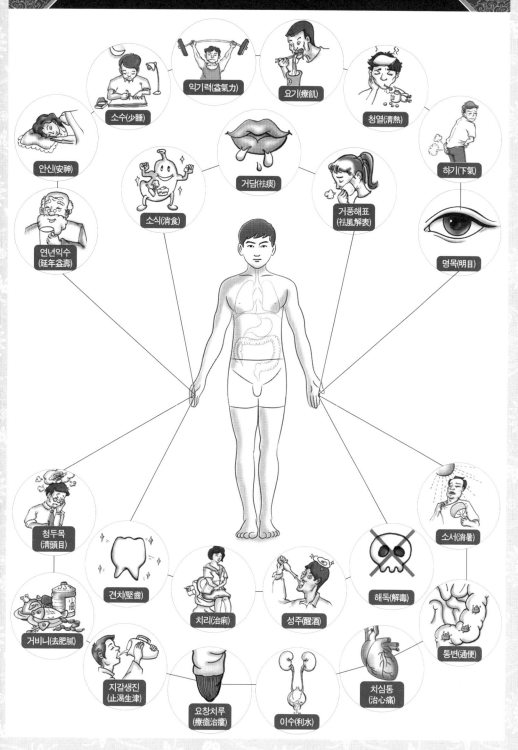

- 익기력(益氣力)
- 요기(療飢)
- 청열(淸熱)
- 소수(少睡)
- 안신(安神)
- 거담(祛痰)
- 하기(下氣)
- 연년익수(延年益壽)
- 소식(消食)
- 거풍해표(祛風解表)
- 명목(明目)
- 청두목(淸頭目)
- 견치(堅齒)
- 치리(治痢)
- 성주(醒酒)
- 해독(解毒)
- 소서(消暑)
- 거비니(去肥膩)
- 지갈생진(止渴生津)
- 요창치루(療瘡治瘻)
- 이수(利水)
- 치심통(治心痛)
- 통변(通便)

目, 蓋本諸此"라고 기술되어 있다. 이것은 차의 기미후박(氣味厚薄)한 성질, 천인합일(天人合一)의 이념, 기운의 승강(昇降), 기맥의 순환 등의 이치를 조화시킨 탁견이라고 할 수 있다.

24가지의 효능

차의 기능 혹은 효능은 결국 질병을 치료하거나 예방하는 약리적 작용을 가리키는 것이다. 『신수본초(新修本草)』의 '소변을 돕고', '담(痰)'을 제거' 등의 기록을 예로 들 수 있다. 중국 의학계에서 설명하고 있는 중요한 효과는 치료의 주요 병증을 가리킨다. 예를 들면 '부스럼', '열갈(熱渴)' 등이 있다. 차의 스물네 가지 효능을 고대의 약서는 크게 두 종류로 표현하고 있다. 첫째는 '약(藥)'에 치우친 것이고, 둘째는 '병(病)'에 치우친 것이다. 보통 '주치(主治)'라는 두 글자로 설명된다. 이러한 효능은 차가 단순히 맛이 뛰어난 음료라는 범주를 넘어 질병 치료에 탁월한 효과가 있다는 것을 보여주는 것이며, 의원이나 약방의 처방으로 상시 이용되었음을 알게 해 준다.

---

1) 소수(少睡) : 중추신경을 흥분시킨다. 피로를 해소시키는 효능이 있어 잠을 적게 자도 개운하다.

2) 안신(安神) : 정신의 안정.

3) 명목(明目) : 눈을 밝게 하며 각종 눈병의 치료에 효과가 있다.

4) 청두목(淸頭目) : 두통 치료의 효과.

5) 지갈생진(止渴生津) : 갈증을 해소하고 타액의 분비를 촉진시킨다.

6) 청열(淸熱) : 내열(內熱)의 해소에 효과가 있다.

7) 소서(消暑) : 여름에 더위를 해소하는 효능이 있다.

8) 해독(解毒) : 약물 등으로 인한 마취나 중독의 치료에 효과가 있다.

9) 소식(消食) : 소화를 돕는다.

10) 성주(醒酒) : 숙취 해소에 효과가 있고 술에 대한 내성을 키워준다.

11) 거비니(去肥膩) : 지방의 제거에 효과가 있다.

12) 하기(下氣) : 위장의 기능을 활성화시키고 분비물의 배설을 촉진시킨다.

13) 이수(利水) : 소변의 배출을 용이하게 하고 신장의 배설 기능을 강화시킨다.

14) 통변(通便) : 대변의 배설을 촉진시킨다.

15) 치리(治痢) : 설사 등의 치료에 효과가 있다.

16) 거담(祛痰) : 가래나 천식의 발병을 저지하고 치료하는 효과가 있다.

17) 거풍해표(祛風解表) : 풍사(風邪)를 제거하고 땀을 내어 풍한(風寒)을 발산시킨다.

18) 견치(堅齒) : 치아의 질병을 예방하고 치유하는 효과가 있다.

19) 치심통(治心痛) : 심박을 조절하고 동맥경화를 억제하여 심장질환을 방지하는 효과가 있다.

20) 요창치루(療瘡治瘻) : 부스럼 증상의 치료에 효과가 있다.

21) 요기(療飢) : 허기를 해소시키는 효과가 있다.

22) 익기력(益氣力) : 체력을 강화시키는 효과가 있다.

23) 연년익수(延年益壽) : 장수

24) 기타

15

도유심오(道由心悟 : 도는 마음을 말미암아 깨달음)
다도茶道

>>>> 중국의 차 문화의 핵심은 다도로 요약할 수 있다. 그 내용을 살펴보면, 차를 준비하고 음미하는 일련의 과정과 행위에는 심오한 도道의 사상(즉 차를 준비하고 음미하는 전 과정을 통하여 인격의 도야, 수신양성, 철학적 이치를 탐구하는 경지로의 승화)이 내밀하게 녹아 있다. 육우는 『다경』을 통하여 처음으로 다도의 개념을 제시하는 동시에 다도의 두 가지 기본적 관점을 명확하게 보여주고 있다.

다도란 무엇인가?

차 문화는 품차(品茶) 활동을 통하여 일정한 예절, 인품, 미학적 관점, 정신, 의경(意境)을 표현하는 일종의 품차 예술(品茶藝術)이라고 할 수 있다. 그것은 다예(茶藝)와 정신의 결합인 동시에 다예를 통하여 정신을 표현하는 과정이다. 중요한 것은 오경(五境 : 찻잎, 찻물, 다구, 불, 환경)의 조화를 연구하고 일정한 법칙을 준수하여야 한다는 점이다.

중국 다도(茶道)의 기원

중국의 차 문화는 8세기 당나라 때 그 연원을 찾을 수 있으며, 육우는 차 문화의 창시자라고 할 수 있다. 당나라 시대의 전다도(煎茶道)를 대표하는 인물로는 육우, 교연(皎然 : 당나라의 시승), 노동(盧仝 796?~835년, 당나라의 시인), 백거이(白居易 : 772~846년, 당나라의 시인), 피일휴(皮日休 : 834?~883년, 당나라의 문인), 육구몽(陸龜蒙 : ?~881년, 당나라의 농학자이며 문인) 등을 들 수 있다. 당나라 시대의 다인들은 전차(煎茶)의 다예를 완성하였으며 품차를 통한 수도(修道)의 사상을 확립하였다.

점다도(點茶道)는 북송의 중·후기에 형성되었으며, 대표적인 인물로는 조길(趙佶 : 1082~1135년, 북송의 8대 황제), 채양(蔡襄 : 1012~1060년, 북송의 문인이고 서예가), 매요신(梅堯臣 : 1002~1060년, 북송의 시인), 소식(蘇軾 : 1037~1101년, 북송의 문호), 황정견(黃

庭堅 : 1045~1105년, 북송의 시인), 육유(陸游 : 1125~1210년, 북송의 시인), 심안노인(審安老人 : 송나라의 시인), 주권(朱權 : 1378~1448년, 명나라 때 『다보茶譜』의 저자) 등을 들 수 있다. 송나라 시대의 다인들은 점차(點茶)의 예술을 창립하였으며, 음차를 통한 수도(修道)의 사상을 발전시켰다.

포다도(泡茶道)는 명나라 후기에 형성되었으며, 대표적인 인물로는 허차서(許次紓 : 1549~1604년, 『다소茶疏』의 저자), 풍가빈(馮可賓 : 『개다전茶箋』의 저자), 진계유(陳繼儒 : 1558~1639년, 명나라의 문인화가), 전예형(田藝衡 : 『자천소품煮泉小品』의 저자), 서헌충(徐獻忠 : 1483~1559년, 명나라의 문인), 장대복(張大復 : 1554~1630년, 명나라의 희곡 작가), 장대(張岱 : 1597~1676년, 명나라의 산문 작가), 원매(袁枚 : 1716~1797년, 청나라의 문인) 등을 꼽을 수 있다. 명나라와 청나라 시대의 다인들은 포차(泡茶)의 다예를 창립하였으며, 이외에도 호포(壺泡), 촬포(撮泡), 공부차포(工夫茶泡) 등의 세 종류의 형식이 더 있었다. 또한 이들은 다도를 위한 전용 다실을 설계하기도 하였다.

견실한 사상적 핵심 - '화(和)'

'화(和)'는 유가, 불가, 도가의 공통된 철학 이념이라고 할 수 있다. 다도에서 추구하는 '화'는 『주역』에 나오는 '보합대화(保合大和)'에서 비롯되었다. 이것은 세상 만물의 음양의 조화로서 큰 화합의 기운을 보전하고 만물을 이롭게 하는 것을 가리키는 것이다.

다도에 구현된 '화'는 차를 우려낼 때는 유가의 '중용지도'에 맞추어 어느 쪽에도 치우침이 없도록 하는 것으로 표현되며 손님을 대접할 때는 공손의 예와 도리를 갖추는 것으로 나타난다. 또한 차를 마실 때는 겸화(謙和)의 예를 갖추는 것으로 나타나고, 차를 음미할 때는 마음에서 검덕(儉德)의 예를 잃지 않는 것으로 드러난다.

수행의 길 - '정(靜)'

유교, 불교, 도교의 삼교가 모두 '정(靜)'을 수행의 방법으로 삼고 있다. 중국의 차 문화는 특히 수신양성의 목적을 이루기 위하여 '다수정품(茶須靜品)'의 이

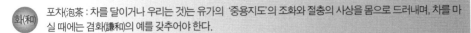

차 문화 茶文化와 수신지도 修身之道

다도를 행하기 전의 마음가짐

화(和) 포차(泡茶 : 차를 달이거나 우리는 것)는 유가의 '중용지도'의 조화와 절충의 사상을 몸으로 드러내며, 차를 마실 때에는 겸화(謙和)의 예를 갖추어야 한다.

정(靜) 차를 마시기 전에는 정적인 분위기가 요구되며 마음 역시 깨끗하고 고요해야 한다.

이(怡) 다도는 즐거움을 요구하는 것이기 때문에 일련의 다사 활동 중에 즐거움을 얻을 수 있다.

진(眞) 다사 활동의 과정 하나하나에는 모두 '진(眞)'이 담겨 있어야 한다.

다도(茶道)에 있어 각종 다구(茶具)

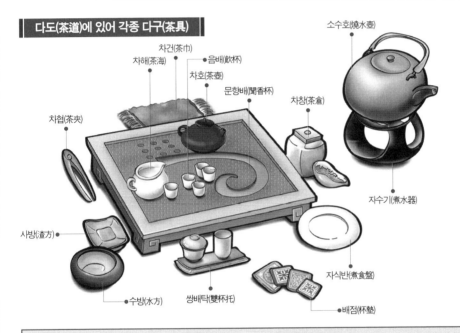

1. **차반(茶盤)** : 찻잔이나 다른 다기 등을 담아두는 소반
2. **차호(茶壺)** : 포차(泡茶)에 있어서 중요한 도구. 재질에 따라 백자차호(白瓷茶壺)와 자사차호(紫砂茶壺) 등으로 나눌 수 있다.
3. **차선(茶船)** : 차호나 찻잔을 담아두는 도구. 물이 차호에서 끓어 넘치면 흘러넘친 물을 모아둔다(완형과 쌍층차선으로 나눈다).
4. **차협(茶夾)** : 차호 안의 찻잎을 청소하는 데 사용하는 도구
5. **수우(水盂)** : 버리는 찻물을 모아 두는 도구
6. **차건(茶巾)** : 다구 밑바닥의 물기를 닦는 데 사용하는 도구
7. **차시(茶匙)** : 찻잎을 직접 차호에 넣는 데 이용하는 도구
8. **차통(茶筒)** : 차시(茶匙)나 차칙(茶則), 차루(茶漏) 등을 꽂아 두는 죽기
9. **수호(水壺)** : 물을 끓이는 데 사용하는 주전자. 지금은 통상적으로 스테인리스 재질로 이루어져 있다. 도토(陶土) 혹은 유리(琉璃)로 조제한 것도 있다.
10. **공도배(公道杯)** : 차를 나누는 데 사용하는 도구. 찻물을 고르게 나누는 데 사용한다.
11. **차칙(茶則)** : 차관(茶罐)에 들어 있는 찻잎을 꺼내어 차호에 넣는 데 사용하는 도구
12. **차루(茶漏)** : 차를 놓을 때 차호(茶壺)의 입구에 놓아두면 차호에 넣기가 수월해진다.
13. **차관(茶罐)** : 찻잎을 놓아두는 도구

론을 발전시켰으며, 이를 통하여 일련의 다사 활동이 고요하고 조화로운 분위기에서 이루어질 수 있도록 연출하고 있다. 중국 역사 속의 저명한 문인이나 예술가, 뛰어난 고승이나 유생 등이 모두 다도를 통한 수행의 길에 있어서 이 '정'을 필수적인 경로로 여기고 있다.

희열의 심경 – '이(怡)'

'이(怡)'라는 글자에는 매우 심오한 의미가 내포되어 있다. 『설문해자(說文解字)』에는 "이(怡)라는 글자는 조화로움이요 즐거움이요 노와 같다(이자화야, 열야, 장야怡者和也, 悅也, 樂也)"라고 주해되어 있다.*

중국의 차 문화는 형식이나 격식에 얽매이지 않고 평시의 일상생활 가운데 자연스럽게 드러난다. 어떠한 일정한 형식에 구속됨이 없이 지위나 종교 혹은 문화적 차이나 환경에 따라 다양한 형태의 다도가 이루어졌다.

중국 다도의 궁극적 목표 – '진(眞)'

중국인이 궁극적으로 추구하는 것은 결국 '진(眞)'으로 귀결된다. 이러한 관점에서 보면 '진'이야말로 중국 다도의 출발점이자 종착점이라고 말할 수 있다. 각종 다사(茶事) 속에 보이는 진차(眞茶)나 진향(眞香), 진미(眞味)에 대한 추구 등을 통하여 이러한 '진'의 예를 찾아볼 수 있다. 차를 마시는 환경에 있어서는 진산진수(眞山眞水)의 환경을 선호하였으며, 서예나 회화에서는 진적(眞迹 : 진짜로 직접 쓰거나 그린 작품)을 추구하였으며, 각종 다구에 있어서는 진짜 대나무 혹은 진목(眞木) 또는 진짜 도자기 등을 요구하였다. 또한 사람에 대하여도 진심(眞心)을 요구하여 손님을 공경하는 데도 진정한 정성이 담겨 있어야 했다. 이렇듯 각종 다사 활동의 모든 과정에서 무엇보다도 '진'을 중시하였다. 이러한 관점에서 본다면, 차 문화는 결국 담백하고 근검하게 이루어지는 일상생활 속에서 진(眞), 선(善), 미(美)가 조화된 이상적인 경지를 구현하는 것을 목표로 하는 것이라고 말할 수 있다.

* 단옥재(段玉裁, 1735~1815년)의 『설문해자주(說文解字注)』에서는 "龢也. 各本作和. 今正. 龢者, 調也. 玉篇曰. 怡者, 悅也. 樂也. 古多段台字. 禹貢. 祇台德先. 鄭注云. 敬和. 從心. 台聲. 與之切. 一部(화야. 각본작화. 금정.

① 감상향명(鑑賞香茗) : 차의 품종을 감상하고 차의 특징을 소개한다.

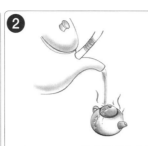

② 맹신림림(孟臣淋霖) : 끓인 물을 차호에 끼얹는다. 맹신(孟臣)은 의흥(宜興 : 지금의 장쑤성江蘇省 남부에 위치한 이상宜興)의 자사호(紫砂壺)를 가리킨다.

③ 오룡입궁(烏龍入宮) : 차시(茶匙)를 이용하여 찻잎을 차호에 집어넣는다.

④ 현호고충(懸壺高沖) : 차호 속에 물을 넣는다. 물이 차호의 입구까지 차면 멈춘다.

⑤ 춘풍불면(春風拂面) : 차호 입구 부분의 거품을 걷어내고 덮개로 차호를 덮는다.

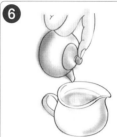

⑥ 훈세선안(熏洗仙顏) : 찻잎의 찌꺼기 등을 씻어내기 위해 차호에 있는 물을 따라낸다.

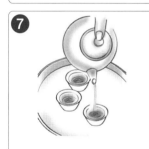

⑦ 약침출욕(若琛出浴) : 처음 끓인 찻물은 잔을 데우는 데 이용한다. '약침(若琛)'은 작은 찻잔을 비유하는 말이다.

⑧ 옥액회호(玉液回壺) : 차호에 다시 끓인 물을 가득 붓는다.

⑨ 유산완수(遊山玩水) : 차호의 밑 부분을 차선(茶船)에 닿게 대고 주위를 따라 한 바퀴 돌려서 차호의 밑바닥에 묻은 물을 닦아낸다.

화자, 조야. 옥편왈. 이자, 열야. 낙야. 고다가태자. 우공. 지태덕선. 정주운. 경화. 종심. 태성. 여지절. 일부"라 설명한다. 즉 "이(怡)는 화(龢 : 和의 古字)이다. 제각기 책에서는 화(和)로 쓴다. 요즘 것이 옳다. 화란 조화로움(調)이다. 『옥편』에서 이르길 란 기쁨(悅)이고, 즐거움(樂)이다. 예부터 태(台)란 글자를 대신 빌려 많이 썼다. 『서경』의 「우공」에 '덕을 앞세우는 것을 기꺼이 공경하면' 이라 나온다. 정현(鄭玄)의 주에 의하면 경화를 뜻한다. 심(心) 변에 따르며, 태성으로, 발음은 이(ㅇ+ㅣ)이다."

** 중국 복건, 광동 지역의 음다 방법으로 일반적으로 공부차라고 한다.

관공순성(關公巡城) : 개개의 잔에 차를 따른다. 차호의 움직임이 성을 순시하는 관우와 닮았다.

한신점병(韓信点兵) : 남은 찻물을 한 방울씩 찻잔에 나누어 붓는다. 한신(韓信)이 군사를 점검하듯 세밀해야 한다.

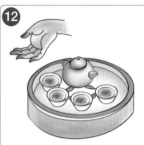

경봉향명(敬奉香茗) : 먼저 주빈(主賓)을 대접하거나 장유(長幼)의 순서에 따라 대접한다.

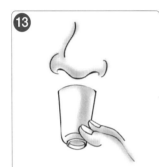

품향심운(品香審韻) : 먼저 향기를 음미하고 나서 차의 맛을 음미한다.

고충저사(高沖低篩) : 끓는 물을 보충하여 두 번째로 차를 우린다. 여덟 번째의 '옥액회호'를 반복한다.

약침복욕(若琛復浴) : 일곱 번째의 '약침출욕'과 같다.

중작묘향(重酌妙香) : 아홉 번째의 '유산완수' 부터 열한 번째의 '한신점병' 까지를 반복한다.

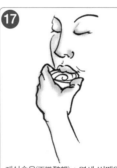

재식순운(再識醇韻) : 열세 번째의 '품향심운'을 반복한다.

삼짐유하(三斟流霞) : 물을 보충하여 세 번째로 차를 달인다.

특별제시

공부차는 포차의 과정과 순서에 대한 깊은 연구와 이해가 필요하다. 법식에 합당한 품음(品飮)의 공부란 결국 차를 얼마나 알맞게 우리는가에 대한 학문이라고 할 수 있다. 이곳에서 설명하는 것은 중국의 조산(潮汕 : 지금의 차오저우潮州와 산터우汕頭) 지역에서 행해지고 있는 다도의 법식이다.

다정(茶庭)

다정은 다실(茶室)에 부속된 정원으로 자연을 느낄 수 있도록 설계되어 있다. 자연을 있는 그대로 옮겨 놓은 듯하며 평화롭고 고요하다.

석등롱(石燈籠 : 이시도로)

녹위(鹿威 : 시시오도시, 첨수添水 즉 소즈라고도 함) : 죽관(竹管)으로 끌어들인 물을 계속해서 죽통(竹筒)에 공급한다. 물이 과다하게 되면 죽통이 평형을 잃고 아래로 기울어지면서 물을 배출한다. 죽통이 원위치로 회복되면 죽통의 밑바닥이 돌을 두드리게 된다(시시오도시는 본래는 새와 짐승 등을 놀래켜 쫓기 위한 용도로 다정에서는 사용하지 않는다).

준거(蹲踞 : 쯔쿠바이) : 석분(石盆 : 초즈바치, 손 씻을 물을 담는 발手水鉢), 병작(柄勺 : 히샤쿠). 손님이 다실(茶室)에 들어가기 전에 손을 씻고 입을 헹구는 기물이다.

관수석(關守石 : 세키모리이시) : 작고 둥근 돌을 열십자로 새끼줄로 묶어 놓음. 손님이 들어가서는 안 되는 구역을 암시한다.

견(筧 : 가케히) : 물을 끌어들이는 죽관

다도(茶道)가 이루어지는 다실

'다실' 혹은 '본석(本席)'이라 부르는 곳은 다도가 정식으로 진행되는 장소를 가리키며 대나무나 갈대로 엮어서 만든다. 상(床 : 도코), 점전첩(点前疊 : 데마에타타미) 등으로 구역이 나누어져 있으며 벽감(壁龕, 도코노마床の間), 로(爐), 목창(木窓) 등이 설치되어 있다. '수옥(水屋 : 미즈야)'이라는 별도의 공간에 차를 준비하기 위한 도구를 보관한다.

특별제시

일본의 다도는 당나라 시대의 중국으로부터 비롯되었다. 이후 센리큐(千利休) 대사가 불교의 선(禪) 사상과 조화시키면서 일본의 독특한 형식을 확립하였다. 일본의 다도는 청적(淸寂)을 추구하고 있으며, 미학과 형식이 결합된 일종의 의례의 성격을 갖고 있다.

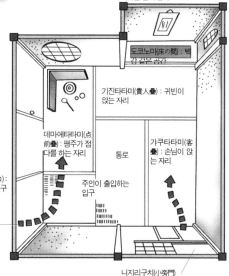

가케모노(掛け物) : 그림이나 글이 있는 족자를 걸어 둔다

도코노마(床の間) : 벽감 같은 공간

기진타타미(貴人疊) : 귀빈이 앉는 자리

데마에타타미(点前疊) : 팽주가 점다를 하는 자리

가쿠타타미(客疊) : 손님이 앉는 자리

통로

사도구치(茶道口) : 주인의 출입구

주인이 출입하는 입구

니지리구치(小旁門) : 약 60센티미터. 손님이 이 문으로 출입하기 위해서는 허리를 굽힐 수밖에 없다. 자연스럽게 겸손한 마음이 일어난다.

다구(茶具)

일본 다도에서 필요로 하는 기본적인 다구는 다음과 같은 것들로 구성된다.
풍로(風爐), 차부(茶釜), 탕병(湯瓶), 차완(茶碗), 자완(瓷碗), 차마(茶磨), 화저(火箸), 수주(水注), 탄람(炭籃), 수번(水麣), 향합(香盒), 차선(茶筅), 차작(茶勺), 차건(茶巾), 차관(茶罐), 우추(羽箒), 탄두(炭斗), 멸기(滅器), 수작(水勺) 등

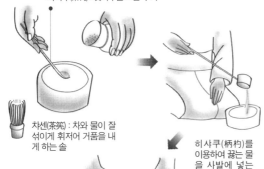

미즈사시(水指) : 가마(釜)에 보충할 물이나 다완 등을 헹굴 물을 담는다.

나쯔메(棗) : 찻가루를 담아두는 옻칠한 그릇. 농차(濃茶)의 경우 차이레(茶入)를 쓴다.

다완(茶碗) : 찻잔

히샤쿠(柄杓) : 물을 뜨는 대나무 구기

겐스이(建水) : 퇴수기

점다(點茶)의 규칙과 예의

차샤쿠(茶杓) : 찻가루를 뜨는 구기

차센(茶筅) : 차와 물이 잘 섞이게 휘저어 거품을 내게 하는 솔

히샤쿠(柄杓)를 이용하여 끓는 물을 사발에 넣는다.

차센(茶筅)을 이용하여 격불한다.

일본 다도(茶道 : 차노유茶の湯)의 법식은 대단히 복잡하다. 찻가루는 매우 정밀하게 갈아야 하고 각종 다구는 늘 깨끗이 닦아서 잘 말려야 한다. 차 스승이 보여주는 세련되고 절도 있는 일련의 동작은 고된 훈련과 노력을 통하여 나오는 것이다. 좋은 차 스승이 되기 위해서는 미적 감각뿐만 아니라 정확한 동작에 대한 명확한 이해가 있어야 한다.

손님이 모두 자리에 앉으면 차 스승은 점화(點火), 자수(煮水), 점차(點茶)*의 과정을 거치며 손님에게 공손하게 나누어 준다. 손님들 역시 두 손을 모아 공경의 예를 표하며 감사의 인사를 전한 후에 세 번 차완을 돌리고 차완을 받은 상태에서 소리를 낮추고 천천히 마신다. 점화, 자차, 점차의 과정은 다도 의식에서 매우 중요한 과정이며 전문적인 훈련이 필요하다. 모두 마신 후에 손님들은 다구를 감상하며 서로 감탄의 말을 주고받는다. 손님들이 주인에게 끓어 앉아 절을 하며 고별인사를 하면 주인 역시 진심으로 고마움을 전하며 배웅한다.

오른손은 찻잔을 감싸듯 어루만지고 찻잔을 왼손 바닥에 올려놓는다.

오른손으로 찻잔을 받아서 시계 방향으로 세 차례 돌린다.

차를 모두 마신 후에는 오른손으로 입술에 닿아 있는 찻잔 주변을 조용히 닦는다. 찻잔을 시계 반대 방향으로 돌리고 주인에게 돌려준다.

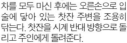

* 점차(點茶)는 차를 달이거나 우리는 것을 뜻한다. 때에 따라 포차(泡茶), 전차(煎茶), 팽차(烹茶) 등이 모두 같은 의미로 사용된다.

16 예술로의 승화
예술로의 승화
다예茶藝

>>>> 다예 즉 음차 예술飲茶藝術은 차를 음미하는 방법과 의경意境을 가리킨다. 이러한 의미의 다예는 당나라 시대에 시작되었으며, 그 중요한 내용으로는 다구의 준비, 물의 선택, 물의 조절, 탕의 온도, 차에 관한 지식과 기술, 차를 마실 때의 환경, 마음가짐과 태도, 차를 주고받는 기본적인 예절 등을 들 수 있다.

'다예'라는 글자의 연원

중국의 다예는 장시간에 걸친 다양한 시도와 실험 속에서 그 내실을 다져왔다. 중국 고대의 일련의 다서들은 모두 이러한 노력의 결실이라고 할 수 있다. 당나라 시대 육우의 『다경』, 송나라 시대 채양의 『다록(茶錄)』, 송나라 휘종의 『대관다론』, 명나라 시대 주권(朱權 : 1378~1448년, 명나라 주원장의 아들)의 『다보(茶譜)』, 장원(張源)의 『다록(茶錄)』, 허차서(許次紓)의 『다소(茶疏)』 등이 모두 차를 주제로 한 저작물이다. 중국 고대에 다도가 확립된 이래 '예술적 지위로서의 차'의 개념 또한 그것에 맞추어 이루어졌다. 이를 바탕으로 시대에 따라 전차 예술(煎茶藝術), 점차 예술(點茶藝術), 포차 예술(泡茶藝術) 등이 형성되며 발전하였다. 비록 '다예(茶藝)'라는 단어의 개념을 직접적으로 표현한 것은 아니지만 '다지예(茶之藝)'라는 단어의 용례는 흔히 볼 수 있었으며, 이것과 '다예(茶藝)'는 한 글자의 차이가 있을 뿐이다.

중당(中唐) 시기의 『봉씨견문기(封氏聞見記)』*에는 "초(楚)나라 사람 육홍점(陸鴻漸)이 다론(茶論)을 펴며 차의 효능과 차를 끓이고 달이는 방법 등을 설명하였고…… 다도가 크게 성행하여 궁궐의 황족과 관료에서부터 조야의 선비에 이르

---

* 당나라 때 봉연(封演)이 전제(典制)와 풍습, 고적과 전설 등을 본대로 들은 대로 기록하여 저술한 견문기이다.

기까지 마시지 않는 사람이 없었다"라고 기술되어 있다. '다도(茶道)'가 '음차(飮茶)의 도(道)'이며 또한 '음차의 기예'였음을 알 수 있다. 육우는 『다경』에서 전차(煎茶)의 도구와 방법 그리고 당나라 시대의 다예에 대하여 상세히 기술하고 있다. 육우야말로 중국의 다도 혹은 다예의 최초의 정립자라고 말할 수 있다.

현재 사용되고 있는 '다예'라는 단어는 대만의 한 다인(茶人)이 20세기 후반기인 1970년대에 제시한 개념*이다. 지금은 세계의 모든 차 문화권 혹은 다인들이 모두 이 개념을 일반적으로 받아들이고 있다.

다예의 주요 내용

일반적으로 '차(茶), 수(水), 기(器), 화(火), 인(人), 경(境)'을 다예의 '6대 요소'로 꼽고 있다. 그러므로 다예는 다인이 일정한 환경 속에서 진행하는 차의 선택, 다구의 올바른 사용, 불의 조절, 차를 바르게 끓이고 우리는 방법, 물의 선택, 그리고 바르게 음미하는 방법에 관한 일종의 예술 활동이라고 말할 수 있다.

다예의 '예(藝)'는 예술을 뜻하며, 규범적인 법도와 뛰어난 기예를 함께 갖추어야 한다. 다예에 이용되는 차는 완성되어진 건물(乾物)의 차를 사용하였다. 이 때문에 차를 재배하거나 찻잎을 따는 일 혹은 차를 제조하는 과정은 보통 다예의 범주에 넣지 않는다.

중국 다예의 정신적인 네 가지 특질

태도(態度) : 차를 끓이고 우리는 과정에서 다인은 그 태도에 흐트러짐이 없고 유연해야 하며 동작에는 절도와 규범이 있어야 한다. 우아하고 기품 있는 자세가 묻어날 때 차를 마실 수 있는 좋은 분위기 또한 자연스럽게 형성된다.

건강(健康) : 차의 다양한 약리적 효능은 심신의 건강에 매우 도움이 된다. 차를 마실 때는 품질이 좋은 완성품의 차를 사용해야 하며 또한 수질을 선택할 때도 좋은 물을 선택하는 것이 심신의 건강에 이롭다.

---

* 1977년 중국민속학회 이사장이었던 러우쯔쾅(婁子匡, 루자광) 교수에 의해 처음으로 제시되었다.

충포(沖泡) 전의 네 가지 요소

1. 주변 공간

가정식(家庭式) : 집안의 객청 혹은 통풍이 잘 되는 곳에 다구를 놓고 손님을 초대하여 이용

화원식(花園式) : 옥외의 정원에 탁상과 의자 등을 설치하고 화초를 감상하면서 차를 마실 때 이용

서방식(書房式) : 서재 혹은 서화가 장식된 방에 다구를 갖추어 놓고 차를 마실 때 이용

다실식(茶室式) : 집안에 전용 다실과 전문 다구를 갖추어 놓고 다도를 진행

2. 포음(泡飮) 용구의 배치

차와 관련된 원칙 : 노차(老茶)나 보이차는 자사호(紫砂壺)를 이용하여 충포한다. 연한 녹차는 유리잔을 사용하여 직접 충포한다. 자기(瓷器)잔을 사용해도 무방하다. 오룡차의 향과 맛을 더욱 잘 음미하기 위해서는 자사호가 가장 적합하다.

도구와 관련된 원칙 : 자기(瓷器)는 열의 전달과 보존에 뛰어난 성능이 있어서 차의 색, 향, 미를 비교적 잘 보존하기 때문에 특히 화차(花茶)에 적합하다. 자사(紫砂)는 보온이나 투과성이 좋아서 차의 향을 잘 보존하고 차가 쉽게 변질되지 않기 때문에 흑차(黑茶)나 오룡차를 마실 때 사용하는 것이 보다 적합하다.

사람과 관련된 원칙 : 노인들은 차에 대한 경륜이 풍부하기 때문에 대부분 자사호를 사용한다. 반면에 젊은이들은 차의 청정한 향이나 찻잎을 감상하는 것을 좋아하기 때문에 백자개완(白瓷盖碗)이나 유리잔을 사용하는 것이 좋다.

성정(性情) : 차를 품(品)하는 것은 단지 차를 마시는 데서 끝나는 것이 아니고 수신양성의 묘리를 담고 있다. 차를 음미하는 전 과정에서 불교의 선리(禪理)나 도학(道學), 유학(儒學) 등의 진수를 탐구함으로써 수신양성의 이치를 체현할 수 있다.

교류(交流) : 다예의 진행 과정을 통하여 다인들은 서로 교류하며 정신적 화해와 통일의 경지에 이를 수 있다.

차의 충포(沖泡) 과정에서 차를 마시는 환경이나 찻잎, 다구, 물 등을 적합하게 선택해야 차의 '색, 향, 미, 형(形)'이 잘 조화된 올바른 다예를 발휘할 수 있다.

다예와 차 문화, 다도, 다속(茶俗)

1. 다예와 차 문화

차 문화는 각종 다사(茶事) 활동 가운데 정신과 물질의 자연스러운 결합과 함께 형성된 총체적 문화라고 할 수 있다. 다예와 다도 모두 음차 문화의 핵심이지만, 음차 문화는 결국 폭넓은 차 문화의 일부분일 뿐이다. 또한 다예 역시 그 형식과 내용에서 차 문화의 일부분이라고 할 수 있다. 다예 혹은 다예 문화는 모두 차 문화를 구성하는 중요한 부분으로 다학의 한 분야라고 할 수 있다.

2. 다예와 다도

다도는 차를 음미하는 일련의 과정을 수행의 목표로 삼는 음차 예술(飮茶藝術)로서 차를 마실 때의 환경, 다예, 예법, 수행의 네 가지 기본적 요소를 포괄한다. 다예는 다도의 기본적인 바탕으로 '예(藝)'를 그 중심에 둔다. 즉 차를 끓이거나 음미하는 일련의 과정에서 예를 강조하는 것이다. 반면에 다도는 '도(道)'에 그 중점을 두고 있다. 즉 다예를 통하여 수신양성이나 만물의 이치에 대한 각종 깨달음을 추구하는 것이다. 다예의 내용은 다도보다 작지만 그 포괄적 범위는 다도보다 크다고 할 수 있으며, 보통 다도와 차 문화 사이에 있다고 보면 된다.

3. 물의 선택

산천수(山泉水) : 수질이 안정적이고 깨끗하며 이질적인 맛이 느껴지지 않는다. 또한 맛이 감미로워 충차(冲茶)에 매우 적합하다(오염된 산천수를 사용해서는 안 된다).

수돗물 : 쉽게 구할 수 있다는 장점이 있다. 물속에 염소를 포함하고 있어 직접 충차하는 것은 좋지 않다. 차를 끓이기 전에 먼저 염소를 제거하여 여과하는 것이 필요하다.

증류수(蒸餾水) : 물속에 이물질이 섞여 있지 않기 때문에 차를 끓여도 차의 본래의 맛을 유지할 수 있다. 하지만 너무 높은 온도에서 이루어진다는 단점이 있다.

우물물 : 수질이 뛰어나지는 않다. 물을 준비할 때 매우 신중해야 한다. 폐기되거나 오염된 우물물로 차를 끓여서는 안 된다.

광천수(礦泉水) : 풍부한 광물질을 함유하고 있다. 차의 맛이 시원하면서도 감미롭기 때문에 차를 끓이기에 매우 적합하다.

우수(雨水)와 설수(雪水) : 고인들은 '천천(天泉)'이라 칭하였지만, 오늘날은 공기의 오염이 매우 심각하기 때문에 차를 끓이는 물로는 적합하지 않다.

4. 찻잎의 품질 감별

외형의 감별 : 차의 형상이나 색채, 길이나 크기의 장단(長短)이나 대소(大小) 등이 고르고 통일적이어야 한다.

향(香)의 감별 : 물에 우린 차의 청정한 향기가 오래 가는지 혹은 다른 맛이 섞여 있는지 등을 감별한다.

맛(味)의 감별 : 맛이 시원하고 강렬한지, 마시고 난 후에 뒷맛이 어떠한지 등을 감별한다.

5대 포차법(泡茶法 : 차를 우리는 방법)

**공부포
(工夫泡)**

- 추천 : 보이차, 오룡차
- 차의 분량 : 1/3~1/2호(壺)
- 물의 온도 : 85℃~95℃
- 온윤포(溫潤泡)* : 1차례
- 끓이는 시간 : 약 30초 정도

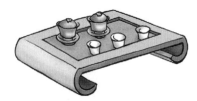

**개완포
(蓋碗泡)**

- 추천 : 녹차, 화차
- 차의 분량 : 1/5~1/4완(碗)
- 물의 온도 : 75℃~85℃
- 온윤포(溫潤泡) : 하지 않아도 됨
- 끓이는 시간 : 약 30초~1분 정도

**쌍호포
(雙壺泡)**

- 추천 : 보이차
- 차의 분량 : 1/5~1/4호
- 물의 온도 : 100℃
- 온윤포 : 1~2차례
- 끓이는 시간 : 약 1~2분 정도

**동심배포
(同心杯泡)****

- 추천 : 홍차, 소타차(小沱茶)
- 차의 분량 : 거름망의 1/5~1/4
- 물의 온도 : 95℃~100℃
- 온윤포 : 1차례
- 끓이는 시간 : 약 30초~1분 정도

**유이자배포
(有耳瓷杯泡)*****

- 추천 : 차포(茶包)
- 차의 분량 : 1개 차포
- 물의 온도 : 95℃~100℃
- 온윤포 : 하지 않아도 됨
- 끓이는 시간 : 약 1~3분 정도

* 세차(洗茶), 윤차(潤茶)라고도 한다. 차 부스러기 등을 씻어내고 차가 고르게 잘 우러나도록 1차적으로 차를 한번
적셔주는 의미이다.

** 잔이나 머그잔에 거름망이 있는 개인 다구를 사용한 포법이다.

*** 머그잔에 티백를 사용한 포법이다.

다예(茶藝)의 9가지 법식

온호(溫壺) : 끓인 물로 차호(茶壺)를 적셔 청결에 신경을 쓰고 차호가 따뜻하게 유지되도록 한다.

정기(淨器) : 끓인 물로 찻잔 등의 다구를 덥혀 잡미(雜味)가 섞이지 않고 청결하게 유지되도록 한다.

투차(投茶) : 차시(茶匙)를 이용하여 적정한 양을 차호에 넣는다.

주수(注水) : 차호에 물을 붓는다. '봉황삼점두(鳳凰三點斗)'라는 다예 기법을 사용할 때는 첫째 손님에게 예를 갖추고, 둘째 차가 끓는 물 가운데서 뒤집히도록 하여야 차의 효능이 더욱 살아난다.

제말(除沫) : 차호 뚜껑을 이용하여 차호 입구에 뜬 거품이나 이물질을 가볍게 제거하고 찻물이 깨끗하고 투명하도록 주의하여야 한다.

분차(分茶) : 문향배(聞香杯) 속에서 차를 뒤집으며 '관공순성(關公巡城)', '면면구도(面面俱到)', '한신점병(韓信点兵)' 등의 다도를 순서에 따라 행한다.

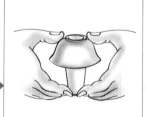

합배(合杯) : 품상배(品賞杯)를 잡아 문향배 위에 덮고 상하로 뒤집으며 돌린다.

문향(聞香) : 문향배를 들어 코앞에 가까이 대고 차의 향을 감상한다.

품상(品嘗) : 품상배를 단정히 들어 차를 맛본다. 입을 닫고 혀와 이, 목구멍 사이에 남아 있는 차의 풍미를 음미한다.

3. 다예와 다속

다예가 차를 음미하는 과정을 예술적인 측면에서 추구하는 것에 그 중점을 두고 있다면, 다속은 차를 마시는 행위나 습관 그 자체를 중요하게 여긴다. 어떠한 다속은 예술적 탐색을 통하여 다예의 일부분이 되기도 하지만, 대부분의 다속은 다만 특정한 민족이나 지방 문화의 일부분일 뿐이고 그 표현 형식을 예술로 헤아릴 수는 없다.

17 천리부동풍千里不同風, 백리부동속百里不同俗*
다속茶俗

>>> 중국은 인구가 헤아리기 힘들 정도로 많을 뿐만 아니라 영토가 광활하여 그 속에 터 잡고 있는 민족 또한 매우 다양하다. 중국에서는 민족을 불문하고 예로부터 차로써 손님을 접대하고 차로써 친구를 사귀는 풍속이 있어 왔다. 고대로부터 전래된 음차飮茶의 습속은 현재에 이르러서도 여전히 중국 각지에서 찾아볼 수 있으며 각기 독특한 차 문화를 형성하고 있다.

중국은 유구한 음차의 역사를 지니고 있으며 각지의 음차 풍속과 관습은 대체로 다음과 같이 분류할 수 있다. 첫 번째는 청음법(淸飮法 : 차의 본래의 맛을 추구하는 것)에 주안점을 둔 음차의 풍속이다. 중국의 녹차, 보이차, 오룡차 등이 이 계열에 속한다. 두 번째는 조음법(調飮法 : 차에 다른 재료를 가미하는 것)에 주안점을 둔 음차의 풍속이다. 중국의 소수 민족에서 볼 수 있는 수유차(酥油茶), 염파차(鹽巴茶), 타유차(打油茶) 등이 이 계열에 속한다. 세 번째는 차를 마실 때 특별히 환경을 강조하는 음차의 풍속이다. 차를 마실 때 시서나 서화를 감상하거나 혹은 가무나 희곡 등을 관람하면서 점심(點心 : 간단한 음식) 등의 다른 것을 함께 가미하는 습속이 여기에 속한다.

차와 손님 접대

중국은 예의지국으로 널리 알려져 있으며 손님이 오면 차를 끓여 대접하는 풍속을 가지고 있다. 차로써 손님을 대접하는 과정 속에는 다음과 같은 '오호(五好)'에 주의해야 한다.

찻잎의 품질 : 깨끗하고 잘 건조되어 윤기가 나는 완성품의 차를 선택한다.

---

* 지역에 따라 풍속이 다르다는 의미이다.

이물질이 끼어 있거나 다른 맛이 나는 등 순수하지 않은 차를 선택해서는 안 된다. 또한 되도록이면 손님이 좋아하는 품종으로 차를 끓여 대접하는 것이 좋다.

수질 : 좋은 수질의 물을 선택해야 한다. 그 좋고 나쁨이 찻물의 색, 향, 미를 결정한다.

다구의 준비 : 지역적 차이 등에 따라 음차 문화가 상이한 경우가 있기 때문에 가급적이면 손님에 맞게 따로 다구를 준비한다. 예를 들면, 자사호, 유리잔, 개완배(蓋碗杯) 등을 들 수 있다.

차 끓이는 기술 : 차의 종류에 맞게 물의 온도나 물의 양, 차를 끓이는 기술을 달리한다.

차를 마시는 예절 : 손님에게 차를 낼 때는 주인은 '단(端), 짐(斟), 청(請)'에 주의하고 손님은 '접(接), 음(飮), 단(端)'의 동작에 유의한다. 차 한 모금을 마신 후에는 주인은 손님의 잔 속에 남은 차의 양을 관찰하고 탕의 양을 헤아리면서 사람 수에 적당히 맞추어 분배한다. 또한 차의 온기가 적당해야 한다.

한족(漢族)의 청음법(淸飮法)

한족은 청음을 선호한다. 그 무엇도 가미하지 않고 차의 원미를 즐기는 것이 차의 특질을 가장 잘 나타낸다고 생각하기 때문이다. 이 방법은 물로 직접 찻잎을 끓이며 어떠한 재료도 가미하지 않는 것이다. 청음 방식은 지역에 따라 서로 차이가 있지만, 대체적으로 다음과 같이 분류할 수 있다. 조산철오룡(潮汕啜烏龍), 품서호용정(品西湖龍井), 광주흘조차(廣州吃早茶), 북경대완차(北京大碗茶), 성도개완차(成都蓋碗茶) 등이다.

유오이족(維吾爾族 : 위구르족)의 내차(奶茶)와 향차(香茶)

신강(新疆) 지역의 북강(北疆 : 천산 이북의 지역)은 소젖을 가미한 내차를 위주로 한다. 이에 대하여 남강(南疆 : 천산 이남의 지역)은 향료를 가미한 향차를 위주로 한다. 차는 모두 복전차(茯磚茶)를 사용한다.

차의 음용 방식

청음법(淸飮法)
- 정의 : 끓는 물에 직접 차를 충포하는 방식. 차에 여타의 다른 것을 가미하지 않고 차의 순수한 진향과 진미를 추구하며 차의 원액과 원미를 음미하는 것이다.
- 분포 지역 : 일본 – '삼록(三綠)'을 추종한다. 즉 건조된 찻잎, 탕의 색, 엽저(葉底 : 끓는 물에 우리고 난 뒤에 나타나는 찻잎의 모양이나 형상)가 모두 녹색이어야 한다. 한국 – '다례(茶禮)'를 특히 중시한다.

조음법(調飮法)
- 개념 : 차의 끓이는 과정에 일련의 조미료나 영양분이 포함된 다른 식품을 가미하는 방식. 조미료로 주로 사용되는 것은 소금, 박하, 레몬 등이고 영양분을 위주로 가미하는 것은 소젖, 벌꿀, 흰 설탕 등이다.
- 분포 지역 : 유오이족의 내차, 몽고족의 함내차, 묘족의 타유차, 백족의 삼도차, 회족의 관관차

한족(漢族)의 음차 풍속

조산철오룡 (潮汕啜烏龍)	항주품용정 (杭州品龍井)	광주흘조차 (廣州吃早茶)	북경대완차 (北京大碗茶)	성도개완차 (成都蓋碗茶)

복건성 남부 지역, 광동성 조주(潮州), 산두(汕頭) 지역 일대에서 유행하였다. 작은 잔을 사용하여 조금씩 섬세하게 오룡차의 풍미를 음미하는 것이 그 특징이다. 좋은 품질의 오룡차와 계곡물을 선택하여 차를 끓이며 아름다운 자사다구(紫砂茶具)를 배치한다. 차를 음미하기 전에 반드시 세(洗), 탕(燙), 충(沖), 괄(刮), 개(盖), 주(注) 등의 과정을 행한다.
차를 마실 때는 먼저 그 향을 감상한 후에 되도록 입을 다물고 조금씩 세심하게 음미한다.

용정차를 우리는 물의 온도는 80℃ 정도가 적당하다. 찻잔은 일반적으로 백자배(白瓷杯)나 유리배(琉璃杯)를 가장 선호한다. 물은 산천수가 좋다.
차를 마실 때는 먼저 잔 속의 푸른 색 찻물을 세밀히 관찰하며 찻잎이 잔 속에서 떠다니는 자태를 감상한다. 찻잔을 코끝에 대고 차의 향기를 맡으며 천천히 마시기 시작한다.

광주(廣州) 사람들은 다루(茶樓)에서 늘 차를 마신다.
잘 끓인 차 한 주전자를 놓고 몇 가지의 간단한 음식(點心)을 먹는데, 이것을 '일충양건(一盅兩件)'이라고 한다. 차와 함께 점심을 먹으며 갈증과 배고픔을 동시에 해결하는 것이다.

중국의 북방 지역(특히 북경 지역)은 대완차(大碗茶)을 마시는 것이 유행이었다.
대완차는 대부분 대호(大壺)를 이용하여 차를 우렸으며 또한 대완(大碗)으로 차를 마셨다.

사천성 성도(成都), 운남성 곤명(昆明) 등지에서 유행하였다. 이 지역의 전통적인 음차 방식이며 가정에서 손님을 접대할 때는 늘 이 방식으로 차를 마셨다.

장족(藏族)의 수유차(酥油茶)

수유차는 찻물에 수유(酥油 : 야크젖으로 만든 버터) 등의 재료를 가미한 차의 일종으로 다시 특수한 방법으로 가공한 것을 넣어 만든 차다. 서장(西藏) 지역은 고원에 위치하여 공기가 희박하고 기후가 건조하며 한랭하다. 수유차는 맛이 다양하며 몸을 따뜻하게 할 뿐만 아니라 추위에 대한 저항력을 증가시킨다. 이 때문에 수유차는 다른 지역의 사람들보다 특히 장족 사람들에게 더욱 중요한 작용을 하여 왔다. 수유차를 마실 때는 예절을 대단히 중시한다. 손님이 찾아오면 주인은 참파(糌粑 : 볶은 쌀보리를 갈아 만든 면. 티베트의 토속 음식)를 내 오고 다시 찻잔 하나를 준 뒤에 그 크기에 맞추어 수유차를 가득 채운다. 또한 혼인할 때 장족 사람들은 차를 귀중한 혼수품으로 여기고 있으며, 이것이 아름다운 혼인을 상징한다고 생각하고 있다.

몽고족의 함내차

몽고족(蒙古族)은 소젖이나 소금을 넣어 함께 끓인 함내차(咸奶茶)를 마시는 것을 선호하였다. 차는 청전차(青磚茶)나 흑전차(黑磚茶)를 많이 애용하며 철 화로를 이용하여 끓였다. 차를 끓이는 과정에 소젖을 가미하는데, 이때에 '용기(器), 차(茶), 소젖(奶), 소금(鹽), 온기(溫)'의 다섯 가지의 조화를 중시하였다. 몽고인은 '삼차일반(三茶一飯)'이라는 풍속을 가지고 있다. 매일 이른 새벽, 주부들이 먼저 일어나 한 솥의 함내차를 끓여 놓으면 온 가족이 하루 종일 마시고 먹는 것이다.

태족의 죽통향차

죽통향차(竹筒香茶)는 태족(傣族 : 따이족)의 특유한 음료의 일종이다. 원재료가 여자의 자태처럼 가늘고 연하기 때문에 이를 '고랑차(姑娘茶)'라고도 하였다. 운남성 서쌍판납(西雙版納, 씨상판나)의 태족 자치구인 맹해현(勐海縣)에서 생산된다. 그 제조법에는 두 종류가 있다. 첫 번째는 가늘고 여린 싹 하나에 이엽(二葉) 혹은 삼엽(三葉)이 돋아날 때 신선한 잎을 채취하여 살청(殺青)과 유념(揉捻)을 거친 후

유오이족의 내차
신강 지역의 북강(北疆 : 천산 이북의 지역)은 소젖을 가미한
내차를 위주로 하며 남강(南崗 : 천산 이남의 지역)은 향료를
가미한 향차를 위주로 하였다.

장족의 수유차
수유차는 갈은 차를 알맞게 삶아
수유(酥油)를 첨가하여 목통 안
에 넣은 후에 봉을 이용하여 힘
껏 내리치면서 휘저어 유탁액(乳
濁液)을 만드는 것이다. 이 때문
에 '타(打) 소유차(酥油茶)'라고도
하였다.

몽고족의 함내차
소젖과 소금을 함께 익
혀 만든 것이 함내차다.
차의 품종으로는 대부분
청전차나 흑전차를 애용
하며 철 화로를 이용하
여 삶았다. 삶는 과정에
소젖을 첨가한다.

태족의 죽통향차
운남성 서쌍판납의 맹
해현, 광남현(廣南縣)에
서 유행하였다.
죽통차(竹筒茶)는 흰털
이 봉처럼 뚜렷하게 솟
아 있다. 찻물의 색이
대단히 맑고 깨끗하며
또한 대나무 잎의 푸른
향이 스며있다.

묘족의 타유차
호남(湖南), 귀주(貴州), 광서(廣
西)에서 유행하였다. 볶은 땅콩,
기름에 튀긴 찹쌀, 물에 불린 누
런 콩, 볶은 쌀, 신차(新茶)를 함
께 배합하여 만든다.

백족의 삼도차
중국 운남성 대리(大理) 지역
의 백족 자치구에서 유행하였
다. 주인이 정해진 순서에 따
라 손님에게 공손하게 고차(苦
茶), 첨차(甜茶), 회미차(回味茶)
를 대접하는 풍속이 있다.
이것은 인생에 대한 깨달음을
상징하였다.

토가족의 뇌차
이를 '삼생탕'이라고도 하였다.
생엽과 생강, 생쌀 등 세 종류의
생질의 재료에 끓는 물을 더하여
만든다.
열을 내리고 독을 해소하며 폐의
기능을 원활하게 하는 효능이 있
으며, 토가족 사람들은 이것을
세 끼 식사 때 불가결한 음료로
삼고 있다.

회족의 관관차
중국의 서북 지역에서 유행하였
다. 중·하등 품질의 초청녹차를
질그릇에 넣고 물을 부어 끓여
만들었다.

에 부드럽고 달콤한 죽통 안에 포장하는 것이다. 다른 방법은 모첨(毛尖 : 녹차의 일종. 품질 좋은 차나무의 어린 순만 가공하여 만듦)과 찹쌀을 함께 쪄서 찻잎을 부드럽게 만든 후에 죽통 안에 집어넣는 것이다. 이 때문에 찻잎에서는 죽향(竹香), 미향(米香), 차향(茶香)의 세 가지 맛이 함께 배어 나온다.

묘족, 동족의 타유차

타유차(打油茶)는 계북(桂北, 구이베이)의 동족(侗族), 장족(壯族), 묘족(苗族) 등의 다민족 거주지에서 볼 수 있는 민간의 음차 풍속이다. 이곳에서는 가가호호 모두 타유차를 마시고 있다.

백족의 삼도차

백족(白族)은 주로 운남성 대리(大理) 지역의 백족 자치구에 거주하고 있다. 명절은 물론 환갑잔치, 혼인, 빈객의 방문 때 주인은 모두 '일고이첨삼회미(一苦二甜三回味)'라는 삼도차(三道茶)로 환영하는 풍속을 가지고 있다. 주인이 정해진 순서에 따라 손님을 향하여 차례로 고차(苦茶), 첨차(甜茶), 회미차(回味茶)를 내놓는 것이다. 이러한 순서와 과정은 인생에 대한 깨달음을 상징한다.

토가족의 뇌차

토가족(土家族)은 주로 중국의 천(川 : 사천성의 별칭), 검(黔 : 귀주성의 별칭), 악(鄂 : 호북성의 별칭), 상(湘 : 호남성의 별칭)의 네 성의 교차 지구에 거주하고 있는 소수 민족이다. 뇌차(擂茶)는 또 '삼생탕(三生湯)'이라고도 한다. 이것은 생엽(生葉)과 생강, 생쌀 등 세 종류의 생질(生質)의 재료에 끓는 물을 더하여 만든다. 뇌차는 열을 내리고 독을 해소하며 폐의 기능을 원활하게 하는 효능이 있으며, 토가족 사람들은 이것을 세 끼 식사에서 불가결한 음료로 삼고 있다.

회족의 관관차

회족(回族)의 주요 거주지는 중국의 서북 지역이다. 회족의 관관차(罐罐茶)는 중·하등 품질의 초청녹차(炒青綠茶)를 원재료로 하여 물을 끓여 만든다. 차를 끓이는 관자(罐子)는 질그릇의 일종으로 크기는 그리 크지 않으며 주요한 재질은 흙이었다. 차를 끓이는 과정은 약을 삶고 달이는 과정과 유사하였다.

18 천년 전통의 중국 차
칠대차류七大茶類

>>> 중국의 차를 분류할 때 특별한 통일된 기준은 없다. 일반적으로는 제조 방법과 품질의 차이에 따라 녹차綠茶, 홍차紅茶, 오룡차烏龍茶, 백차白茶, 황차黃茶, 흑차黑茶로 구분하고 여기에 재가공한 차로 화차花茶를 더하여 모두 7가지로 분류하고 있다.

녹차

중국에서 가장 많이 생산되고 있는 차종으로 '불발효차(不醱酵茶)'에 속한다. 건조를 마친 찻잎, 차의 탕, 엽저가 모두 녹색이라는 점을 특징으로 꼽을 수 있다. 이 계열에 속하는 주요한 품종으로는 서호용정차(西湖龍井茶), 벽라춘(碧螺春) 등을 들 수 있다.

홍차

'완전 발효차'에 속하며 붉은 잎과 붉은 찻물(홍탕홍엽紅湯紅葉)을 특징으로 한다. 크게 공부홍차(工夫紅茶), 홍쇄차(紅碎茶), 소종홍차(小種紅茶)의 세 종류로 구별된다. 주요한 품종으로는 기홍(祁紅), 전홍(滇紅), 민홍(閩紅), 천홍(川紅), 의홍(宜紅), 영홍(寧紅), 월홍(越紅), 호홍(湖紅), 소홍(蘇紅) 등이 있다.

오룡차

청차(靑茶)라고 부르기도 한다. '반발효차(半醱酵茶) 혹은 부분 발효차'에 속한다. 찻잎의 색은 청갈색을 띠며 찻물의 색은 황색을 띤다. 엽저는 '녹엽홍양변(綠葉紅鑲邊 : 잎의 안쪽은 녹색을 띠고 가장자리는 홍색을 띠는 형색)'의 특징이 있으며 농밀한 화향(花香)을 갖추고 있다. 주요한 품종으로는 안계철관음(安谿鐵觀音), 무이대홍

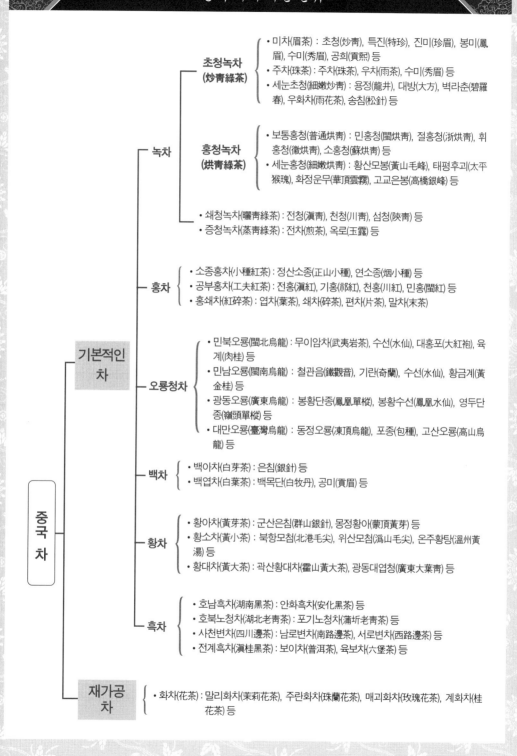

- 중국 차
  - 기본적인 차
    - 녹차
      - **초청녹차 (炒靑綠茶)**
        - 미차(眉茶) : 초청(炒靑), 특진(特珍), 진미(珍眉), 봉미(鳳眉), 수미(秀眉), 공희(貢熙) 등
        - 주차(珠茶) : 주차(珠茶), 우차(雨茶), 수미(秀眉) 등
        - 세눈초청(細嫩炒靑) : 용정(龍井), 대방(大方), 벽라춘(碧羅春), 우화차(雨花茶), 송침(松針) 등
      - **홍청녹차 (烘靑綠茶)**
        - 보통홍청(普通烘靑) : 민홍청(閩烘靑), 절홍청(浙烘靑), 휘홍청(徽烘靑), 소홍청(蘇烘靑) 등
        - 세눈홍청(細嫩烘靑) : 황산모봉(黃山毛峰), 태평후괴(太平猴魁), 화정운무(華頂雲霧), 고교은봉(高橋銀峰) 등
      - 쇄청녹차(曬靑綠茶) : 전청(滇靑), 천청(川靑), 섬청(陜靑) 등
      - 증청녹차(蒸靑綠茶) : 전차(煎茶), 옥로(玉露) 등
    - 홍차
      - 소종홍차(小種紅茶) : 정산소종(正山小種), 연소종(烟小種) 등
      - 공부홍차(工夫紅茶) : 전홍(滇紅), 기홍(祁紅), 천홍(川紅), 민홍(閩紅) 등
      - 홍쇄차(紅碎茶) : 엽차(葉茶), 쇄차(碎茶), 편차(片茶), 말차(末茶)
    - 오룡청차
      - 민북오룡(閩北烏龍) : 무이암차(武夷岩茶), 수선(水仙), 대홍포(大紅袍), 육계(肉桂) 등
      - 민남오룡(閩南烏龍) : 철관음(鐵觀音), 기란(奇蘭), 수선(水仙), 황금계(黃金桂) 등
      - 광동오룡(廣東烏龍) : 봉황단종(鳳凰單樅), 봉황수선(鳳凰水仙), 영두단종(嶺頭單樅) 등
      - 대만오룡(臺灣烏龍) : 동정오룡(凍頂烏龍), 포종(包種), 고산오룡(高山烏龍) 등
    - 백차
      - 백아차(白芽茶) : 은침(銀針) 등
      - 백엽차(白葉茶) : 백목단(白牧丹), 공미(貢眉) 등
    - 황차
      - 황아차(黃芽茶) : 군산은침(群山銀針), 몽정황아(蒙頂黃芽) 등
      - 황소차(黃小茶) : 북항모첨(北港毛尖), 위산모첨(潙山毛尖), 온주황탕(溫州黃湯) 등
      - 황대차(黃大茶) : 곽산황대차(霍山黃大茶), 광동대엽청(廣東大葉靑) 등
    - 흑차
      - 호남흑차(湖南黑茶) : 안화흑차(安化黑茶) 등
      - 호북노청차(湖北老靑茶) : 포기노청차(蒲圻老靑茶) 등
      - 사천변차(四川邊茶) : 남로변차(南路邊茶), 서로변차(西路邊茶) 등
      - 전계흑차(滇桂黑茶) : 보이차(普洱茶), 육보차(六堡茶) 등
  - 재가공차
    - 화차(花茶) : 말리화차(茉莉花茶), 주란화차(珠蘭花茶), 매괴화차(玫瑰花茶), 계화차(桂花茶) 등

포(武夷大紅袍), 동정오룡차(凍頂烏龍茶)를 꼽을 수 있다.

황차

'경발효차(輕醱酵茶)'로 분류할 수 있다. 서한(西漢) 시대에 만들어졌다. 기본적인 제조 과정은 녹차와 유사하지만 찻잎과 찻물이 황색을 띤다는 점에 특징이 있다. 완성품의 차는 조색(條索)이 촘촘하고 단단하며 가는 털이 드러나 있다. 찻물의 색이 행황색(杏黃色)을 띤다. 주요 품종으로는 군산은침(群山銀針), 몽정황아(蒙頂黃芽), 막간황아(莫干黃芽) 등을 들 수 있다.

백차

'경발효차(輕醱酵茶)'에 속하는 차로 표면이 백색의 솜털로 가득 차 있다. 가공 방법이 특이하면서도 간단하다. 즉 살청이나 유념, 발효의 과정을 거치지 않고 단지 위조(萎凋 : 말림)*와 건조(乾燥)의 두 개의 과정만을 거쳐 만든다. 주요한 품종으로는 백호은침(白毫銀針), 백목단(白牧丹), 공미(貢眉), 수미(壽眉) 등을 들 수 있다.

흑차

중국에 특유한 차종의 하나이며 대단히 유구한 생산 역사를 지니고 있다. 비교적 질이 떨어지는 거친 차의 싹에 살청, 유념, 악퇴(渥堆)**, 건조 등의 공정 과정을 가하여 만든다. 주요한 품종으로는 호남흑모차(湖南黑毛茶), 호북노청차(湖北老青茶), 운남보이차(雲南普洱茶)***, 사천남로변차(四川南路邊茶), 광서육보차(廣西六堡

---

* 위조(萎凋)는 찻잎을 시들게 하는 과정으로 적당한 온도에서 선엽의 수분을 유실시키고 내부에 함유되어 있는 물질을 전환시키기 위한 목적에서 행하여진다. 유념(揉捻)과 발효(醱酵)를 위한 준비 과정이라고 할 수 있으며 실내 위조와 실외 위조로 나누어진다.

** 악퇴(渥堆)는 유념이 잘된 찻잎을 습한 환경에 두고서 세균의 힘을 이용하여 발효를 진행하는 과정이다. 악퇴는 특히 흑차의 품질을 결정하는 관건으로 악퇴 시간의 장단, 그 정도의 경중 등이 흑차의 품질에 영향을 미친다.

*** 최근에는 보이차를 흑차와 달리 독자적인 차종으로 분류하여 보이차류 혹은 갈차(褐茶 : Brown tea)류로 보는 견해도 있다.

茶) 등을 꼽을 수 있다.

화차

이를 훈화차(薰花茶) 혹은 향편차(香片茶)라고도 한다. 찻잎과 향기로운 꽃을 함께 붙여 음제(窨制)하여 재가공한 차의 일종이다. 사용된 꽃의 종류에 따라 말리화차(茉莉花茶), 매괴화차(玫瑰花茶), 백란화차(白蘭花茶), 대대화차(玳玳花茶) 등으로 분류된다. 완성품의 특징으로는 향기가 농밀하고 맛이 신선할 뿐만 아니라 찻물의 색이 청량하다는 점을 들 수 있다.

19 서호용정西湖龍井, 벽라춘碧羅春

유구한 역사의 녹차

>>>> 녹차는 불발효차不醱酵茶의 일종으로 생산의 역사가 가장 유구하다. 매우 다양한 품종을 가지고 있으며 찻잎, 찻물, 엽저가 모두 녹색을 띤다는 특징이 있다.

녹차(綠茶)

녹차는 '불발효차'에 속하며 중요한 특징으로는 차, 찻물, 엽저가 모두 녹색을 띠고 있다는 점을 들 수 있다. 중국의 차 역사에서 가장 먼저 생산된 차이며 그런 만큼 대단히 유구한 생산의 역사를 자랑하고 있다. 당나라 시대에는 증청법(蒸靑法)을 이용하여 제조한 녹차가 크게 유행하였다. 이 제조 기술은 이후에 일본 등으로 전파되었으며 많은 나라에서 이 방법으로 차를 생산하였다. 명나라 시대에는 초청법(炒靑法)을 이용하여 녹차를 제조하였다. 녹차는 중국 차 가운데서 최대의 생산량을 자랑하고 있으며 전국의 각 성에서 고루 생산되고 있다. 특히 절강성(浙江省), 강소성(江蘇省), 안휘성(安徽省), 강서성(江西省), 호북성(湖北省), 호남성(湖南省), 귀주성(貴州省)에서 가장 많이 생산되고 있다.

녹차의 원재료는 차나무의 신초(新梢 : 햇가지. 그 해에 새로 나서 자란 가지)의 신선한 잎을 채적한 후에 발효를 거치지 않고 살청, 유념, 건조의 세 공정을 거쳐 만든다. 살청은 신선한 잎에 있는 발효 혹은 산화를 촉진시키는 효소를 억제하고 찻잎에 있는 수분을 제거하여 찻잎을 부드럽게 만들고 완성품의 형태를 만들기 편하게 하기 위한 목적에서 이루어진다. 유념은 찻잎의 조직에 상처를 내고 일정한 형태로 성형을 하면서, 비비는 과정에서 차의 진액이 찻잎의 표면에 부착되게 하여 충포할 때 그 액이 물에 용해되기 쉽게 하기 위한 목적으로 이루

녹차

녹차는 불발효차에 속하며 중국 역사에서 가장 먼저 나타난 차종이다. 당나라 때 이미 증청법으로 녹차를 제조하였다. 이 제조 기술은 이후에 일본 등으로 전파되었으며 여러 나라에서 이 방법으로 차를 생산하였다. 명나라 때에는 초청법을 이용한 녹차가 제조되었다. 녹차는 중국의 차 가운데서 최대의 생산량을 자랑하고 있다. 전국의 각 성에서 고루 생산되고 있지만, 특히 절강, 강소, 안휘, 강서, 호북, 호남, 귀주에서 가장 많이 생산되고 있다.

기본적 제작 과정

 살청 잎에 남아 있는 수분을 증발시키고 풀 특유의 냄새를 발산시킬 뿐만 아니라 효소의 활성을 막고 폴리페놀(Polyphenol) 등의 효소가 기화되는 것을 억제하여 녹차의 특징인 녹색을 유지하게 하기 위한 목적으로 이루어진다.

 유념 차의 싹과 잎을 말아서 비비는 과정이며 차의 조직을 파손시킴으로써 차의 액즙을 유출하게 만들어 충포를 쉽게 하기 위한 목적에서 행해진다.

 건조 찻잎 줄기에 남아 있는 수분을 제거하고 찻잎에 있는 거친 향기를 발산시킨다. 초건(炒乾)과 홍건(烘乾)이라는 두 종류의 방식으로 나누어진다.*
초건(炒乾) : 초청녹차(炒靑綠茶)의 제작 기술. 솥 안에서 진행하며 이청(二靑), 삼청(三靑), 휘건(揮乾)의 세 가지 과정으로 나누어진다.
홍건(烘乾) : 홍청녹차(烘靑綠茶)의 제작 기술. 모화(毛火), 족화(足火)의 두 가지 과정으로 나누어진다.**

포음(泡飮) 방법

유리배포법(琉璃杯泡法)	개완포법(蓋碗泡法)	호포법(壺泡法)	단개포음법(單開泡飮法)

제작 공정과 순서도

선엽
(鮮葉 : 신선한 찻잎)

'살청'의 어원 : 죽간(竹簡)에 글을 쓰던 고대에는 벌레가 좀먹는 것을 방지하기 위해서 불을 이용하여 수분을 완전히 말려주어야 했는데, 이것을 '살청(殺靑)'이라 하였다. 나중에는 어떠한 저작물을 쓴다는 의미로 그 의미가 확대되었다.
"죽간을 살청(殺靑)하려고 하는 것은 경서를 쓰기 위함이다."
—『후한서(後漢書)』「오전(吳傳)」

살청

증기(蒸氣)	과식(鍋式 : 솥 방식) 혹은 곤통(滾筒 : 굴림통 살청기 방식)	
유념(揉捻)		유념(揉捻)
건조(乾燥)	홍건(烘乾)	초건(炒乾)
증청(蒸靑)	홍청(烘靑)	초청(炒靑)
	녹차(綠茶)	

* 초건과 홍건은 건조 방식의 하나이다. 초건은 솥에서 볶아 말리는 과정을 말한다. 이에 반해 홍건은 불에 쬐여 찻잎의 수분을 건조시키는 것이다.
** 모화와 족화는 홍배(烘焙) 과정의 하나이다. 모화(毛火)는 밝은 숯불을 이용하여 홍배를 하는 것이다. 이에 반해 족화는 꺼져가는 숯불을 이용하여 홍배를 하는 것이다.

어진다. 건조는 찻잎의 변질을 막고 저장하기 편하게 만들기 위한 목적에서 행해진다.

녹차는 그 제작과 건조 방법의 차이에 따라 크게 증청녹차(蒸靑綠茶 : 증기로 살청殺靑하여 만든 녹차), 초청녹차(炒靑綠茶)*, 홍청녹차(烘靑綠茶 : 잎을 불에 말린 후에 다시 채반에 말린 것), 쇄청녹차(曬靑綠茶 : 햇볕으로 자연 건조시켜 만든 녹차), 반홍반초녹차(半烘半炒綠茶)의 다섯 종류로 분류할 수 있다.

중국에서 현재 생산되고 있는 녹차의 종류를 살펴보면, 외국에 수출되고 있는 초청녹차로는 미차(眉茶 : 진미珍眉, 특진特珍), 주차(珠茶), 공희(貢熙), 우차(雨茶), 수미(秀眉), 차편(茶片) 등이 있고, 중국 내에서 소비되는 초청녹차로는 서호용정차, 벽라춘, 대방차(大方茶) 등이 있다.

홍청녹차 종류에는 모봉(毛峰), 첨차(尖茶), 과편(瓜片), 녹대차(綠大茶) 등이 있고, 반홍반초의 녹차 종류로는 휘백차(輝白茶) 등이 있다.

초청녹차는 조색(條索)이 가늘고 단단하다는 외형적 특징이 있으며 청아한 향기에 정순한 풍미로 잘 알려져 있다. 찻물은 투명한 벽록색(碧綠色)을 띠며 엽저는 여린 녹색을 띠고 있다. 홍청녹차는 전체적으로 곧은 외형을 가지고 있다. 담백한 향기에 시원하면서도 떫지 않은 맛이 일품이다. 엽저는 부드러운 황록색을 띤다.

---

* 초청녹차(炒靑綠茶)는 가마솥에 덖어서 살청한 찻잎을 유념한 후에 최종적으로 가마솥의 열을 이용하여 건조시켜 만든 차다. 초청녹차가 마지막으로 솥에서 덖음으로 건조시킨 것이라면 증청녹차는 증기를 이용하여 살청 방식으로 제조하여 건조시킨 녹차를 말한다.

20 공부홍차의 천하
세계를 풍미한 홍

>>>>> 홍차는 완전발효차로서 일반적으로 위조萎凋, 유념抹捻, 발효醱酵, 건조乾燥의 과정을 거쳐 생산된다. 품질상의 가장 큰 특징이라면 찻잎과 찻물이 모두 붉은 색이라는 것을 들 수 있다. 중국에서 생산되는 홍차는 그 종류가 매우 다양하고 생산 지역 또한 대단히 광범위한 편이지만 대체로 공부홍차工夫紅茶, 홍쇄차紅碎茶, 소종홍차小種紅茶의 세 종류로 나눌 수 있다.

홍차는 완전발효차로서 찻잎의 색과 찻물의 색이 홍색을 띠기 때문에 '홍차(紅茶)'라고 부르고 있다. 전 세계적으로 생산되고 있는 홍차는 최대의 판매량을 자랑하고 있는 차로서 가장 보편적이며 광범위하게 대중의 사랑을 받고 있는 차라고 말할 수 있다.

홍차의 원재료는 차나무의 어린 싹이며 적당한 시기에 이것을 채적하여 위조, 유념, 발효, 홍건의 제작 과정을 거쳐 만든다. 홍차 제작의 과정에서 화학 반응이 일어나면 찻잎 속의 화학 성분이 변하게 된다. 이러한 화학 반응을 통하여 차의 폴리페놀(Tea Polyphenol) 성분이 90%이상 감소하면서 테아루비긴(thearubigin)이나 테아플라빈(theaflavin) 등의 새로운 성분이 형성되고, 선엽에 비하여 향기를 내는 물질 역시 현저히 높아진다. 이 때문에 홍차는 찻잎과 찻물이 홍색을 띠게 되며 맛이 순후하고 향기가 감미로운 특징을 갖추게 된다.

홍차는 그 제작 방법의 차이에 따라 크게 세 종류로 분류된다. 첫 번째는 공부차(工夫茶)로 찻잎의 조색(條索)이 튼실하며 가늘고 긴 뾰족한 싹의 형태가 뚜렷하다. 또한 맛이 순후하고 엽저가 완전한 형상을 유지한다는 특징이 있다. 두 번째는 홍쇄차(紅碎茶)로 찻잎의 외형이 가늘게 조각나 있다는 점이 특징이며, 엽차(葉茶)*, 쇄차(碎茶), 편차(片茶), 말차(末茶), 홍쇄차(紅碎茶) 등으로 나누어진다. 찻물

* 엽차(葉茶)는 잎차를 말한다. 명나라 시대 이후에 유행하였다. 홍차나 녹차처럼 끓는 물에 우리고 난 뒤에 잎의 모양이 되살아나는 것이 특징이다.

은 맑고 투명한 홍색을 띠고 있으며, 시원하면서도 진한 맛이 자극적이기까지 하다. 현재 국제 시장에서 가장 많이 소비되고 있는 차종이다. 세 번째는 복건성에서 생산되는 소종홍차(小種紅茶)로 품질이 특히 우수하다. 특수 가공을 통하여 연미(烟味)*를 첨가하여 제작된다.

　　중국의 홍차 생산 지역으로는 복건성, 안휘성, 절강성, 강소성, 강서성, 호북성, 호남성, 운남성, 귀주성, 사천성, 광동성, 광서성, 대만 등을 들 수 있다. 중국은 홍차 무역의 경우에 찻잎의 생산지에 따라 명명하는 관습이 있다. 예를 들면 안휘성 기문(祁門) 지역에서 생산되는 차는 '기문홍차(祁門紅茶)'라고 부르고, 운남성에서 생산되는 공부홍차는 통칭 '전홍(滇紅)'이라고 부르고, 사천성에서 생산되는 홍차는 간단히 '천홍(川紅)'이라고 부른다. 홍쇄차의 종류로는 운남홍쇄차(雲南紅碎茶), 광동영덕홍쇄차(廣東英德紅碎茶) 등이 있다. 복건 지역에서는 공부홍차를 '백림공부(白琳工夫)', '정화공부(政和工夫)', '탄양공부(坦洋工夫)'로 구분하고 있다.

---

* 연미(烟味)는 찻잎의 살청 과정에서 목탄의 연기 냄새를 흡수하여 나타나는 특유한 그을음 냄새이다.

홍차

홍차는 완전발효차로서 찻잎의 색과 찻물의 색이 홍색을 띠기 때문에 '홍차'라고 한다. 홍차의 원재료는 차나무의 어린 싹이며 적당한 시기에 이것을 채적하여 위조, 유념, 발효, 홍건의 제작 과정을 거쳐 만든다. 홍차는 그 제작 방법의 차이에 따라 공부차, 홍쇄차, 소종홍차로 나누어진다. 홍차는 복건성, 안휘성, 절강성, 강소성, 호북성, 호남성, 운남성, 귀주성, 사천성, 광동성, 광서성 등과 대만 자치구에서 생산되고 있다.

홍차의 주요한 품종으로는 기문홍차, 천홍, 전홍, 운남홍쇄차, 광동영덕홍쇄차, 백림공부, 정화공부, 탄양공부 등을 꼽을 수 있다.

홍차의 기본 제작 과정

1	위조(萎凋)	적당한 온도에서 선엽의 수분을 유실시키고 내부에 함유되어 있는 물질을 전환시키는 과정이다. 유념과 발효를 위한 준비 과정이라고 할 수 있다.
2	유념(揉捻)	유절(揉切)이라고도 한다. 찻잎의 조직을 파괴함으로써 폴리페놀 성분의 기화를 촉진시키고 차의 형태를 다듬으며 찻물의 농도를 제고시키기 위한 목적에서 행해지는 과정이다.
3	발효(醱酵)	유념을 마친 찻잎을 일정한 온도, 습도, 공기의 조건 아래서 자연적인 생화학 성분에 일정한 화학적 변화를 발생시키는 과정이다.
4	건조(乾燥)	효소의 활동을 막고 기화를 촉진시켜 찻잎에 남아 있는 수분을 발산시킨다. 또한 찻잎에 있는 거친 풀 기운을 다스려 완성된 차의 향기를 제고시킨다.
5	과홍과(過紅鍋)	소종홍차에 가해지는 특수한 처리 과정이다. 발효를 정지시키고 가용성의 폴리페놀 성분을 일부분 보존시킴으로써 찻물이 더욱 농밀해지며 고온에서 상긋한 향을 발산시켜 향기를 더욱 좋게 만드는 작용을 한다.
6	연훈홍배(烟薰烘焙)	소종홍차의 특수한 처리 과정이다. 모화(毛火)할 때 행해지며 과홍(過紅), 복유(復揉)를 거친 찻잎을 체 위에 펼쳐 넣어서 홍청(烘靑)을 하는 동안 선반에 놓고 아래에서 소나무로 불을 때면 소나무 연기가 상승하면서 찻잎에 흡수되어 차에 소나무 향이 베어나게 된다. 이것 또한 소종홍차의 특징이다.

포음(泡飮) 방법

청음법(淸飮法) → 조음법(調飮法) → 배음법(杯飮法) → 호음법(壺飮法)

홍차의 제작 과정도

>>> 오룡차烏龍茶는 반발효차에 속하며 녹차와 홍차 양자의 특징을 겸비하고 있다. 차의 색은 청
갈색이며 찻물은 황색을 띤다. 또한 엽저는 녹저양홍변綠底鑲紅邊의 특징이 있으며 그윽한 난향蘭
香을 갖추고 있다.

오룡차는 또한 청차(靑茶)라고도 불리며 반발효차 종류를 총칭한다. 중국에 특유한 차종의 일종으로 중국의 오룡차 제조법을 전수받은 일본을 제외한 다른 나라에서는 생산되지 않기 때문에 '차 애호가'들의 사랑을 가장 많이 받고 있는 차이기도 하다. 주요한 생산 지역으로는 복건성의 민북(閩北)·민남(閩南) 지역, 광동성, 대만 지역 등을 들 수 있다. 근래에는 호남성, 사천성 등의 지역에서도 소량 생산되고 있다. 주요한 품종으로는 안계철관음(安溪鐵觀音), 무이대홍포(武夷大紅袍), 육계(肉桂), 봉황수선(鳳凰水仙), 동정오룡차(凍頂烏龍茶) 등이 있다.

오룡차는 녹차와 홍차의 제작 공정을 겸비하고 있으며 '녹엽홍양변'의 특징으로 잘 알려져 있다. 이 때문에 녹차와 홍차의 품질상의 우수한 점을 겸비하고 있다. 녹차의 담백하면서도 상쾌한 풍미와 홍차의 농밀하면서도 순후하고 달콤한 맛을 겸비하고 있어 마시고 나면 입 속에 단맛이 돌면서 상쾌하고 시원한 기분을 느낄 수 있으며 입술이나 치아에 미묘한 향기가 남아 마음을 즐겁게 한다. 좋은 품질의 오룡차는 비교적 큰 외형을 가지고 있다. 차의 색은 벽록색(碧綠色)에서 갈오색(褐烏色)까지 다양하며 우려 낸 찻물의 색 역시 등황색(橙黃色)에서 등홍색(橙紅色)까지 매우 다채롭다. 또한 농밀한 향기가 오래 지속되고 시원하면서도 부드럽게 감도는 달콤한 풍미가 일품으로 알려져 있다.

오룡차의 독특하고 뛰어난 품질은 특별한 품종의 차나무와 까다로운 채적

오룡차

오룡차는 또한 청차(青茶)라고도 불리며 반발효차 종류를 총칭한다. 주요한 생산 지역으로는 복건성의 민북·민남 지역, 광동성, 대만 지역 등을 들 수 있다. 근래에는 호남성, 사천성 등의 지역에서도 소량 생산되고 있다. 주요한 품종으로는 안계철관음, 무이대홍포, 육계, 봉황수선, 동정오룡차 등이 있다.
오룡차는 녹차와 홍차의 제작 공정을 겸비하고 있으며 '녹엽홍양변'이라는 미명(美名)으로 잘 알려져 있다. 마시고 나면 입 속에 시원하고 부드러운 단맛이 돌면서 입술이나 치아에 미묘한 향기가 남는다.

기본 제작 과정

1 쇄청 태양을 이용하여 선엽의 수분을 말리고 잎 조각을 부드럽게 한다. 이를 통하여 요청(搖青)* 시간을 줄이고 함유 물질의 화학 변화를 촉진시킨다. 그 뿐만 아니라 엽록소를 파괴하고 풋내를 제거함으로써 요청 과정을 순조롭게 한다.

2 양청 통풍이 잘되는 실내의 서늘한 그늘에서 열량을 발산시키는 과정이다. 잎 속에 들어 있는 수분의 분포를 새롭게 하여 요청 과정을 순조롭게 한다. 일반적으로 약 30분 정도 진행한다.

3 주청 잎들을 대고 서로 비비는 과정이다. 잎의 조직을 파괴하여 차 속에 함유되어 있는 페놀 성분의 산화를 촉진시키고 오룡차에 특유한 '녹엽홍양변'의 특징을 형성시킨다. 또한 수분을 증발시켜 함유 물질의 생화학 반응을 가속화시키면서 차의 향기를 더욱 뛰어나게 만든다.

4 초청 고온의 열을 이용하여 효소의 활성화를 둔화시키거나 저지할 목적으로 행해진다. 이로 인해 발효를 억제하고 보다 좋은 차향을 만들며 다음 과정인 유념을 용이하게 한다.

5 유념과 홍배 일반적으로 다음과 같이 두 차례로 나누어 진행한다. 즉 초유(初揉), 초홍(炒烘), 복유(復揉 : 두 번째 유념 과정) 혹은 포유(包揉), 복홍(復烘 : 두 번째 홍배 과정)의 순서로 진행된다.

포음(泡飮) 방법

조산공부포차법 (潮汕工夫泡茶法)	복건공부포차법 (福建工夫泡茶法)	대만오룡포차법 (臺灣烏龍泡茶法)

제작순서도

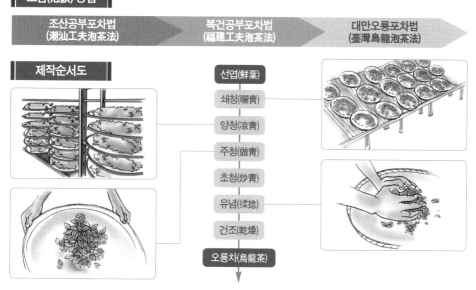

선엽(鮮葉)
쇄청(曬青)
양청(凉青)
주청(做青)
초청(炒青)
유념(揉捻)
건조(乾燥)
오룡차(烏龍茶)

* 요청(搖青)은 바구니에 담은 찻잎을 가볍게 흔들어주면서 발효를 진행시키는 과정이다.

기준, 특수한 제작 공정에서 찾을 수 있다. 오룡차의 재료로 쓰이는 찻잎은 차나무의 신초(新梢 : 햇가지)에서 나오는 개개의 싹에 4~5개의 잎(1芽4~5葉)이 자랐을 때 정아(頂芽 : 끝눈)가 주아(駐芽 : 차나무의 성장이 멈추거나 지연되면서 더 이상 자라지 않는 잎에 난 싹)를 형성했을 때 2~3엽까지 따는데, 이것을 '개면채(開面采)'라고 부른다. 이렇게 채적한 찻잎에 쇄청(曬青), 양청(凉青), 주청(做青) 등의 공정을 거치게 되면 테아루비긴(thearubigins)과 테아플라빈(theaflavins)이 생성된다. 이로부터 오룡차의 대표적인 특징인 '녹엽홍양변'의 특징이 형성되는 동시에 독특한 난 꽃향기를 발산하게 된다. 이후에 고온의 초청(炒青)을 거쳐 완성된 차는 튼실한 상태의 조색(條索)을 가지게 된다. 여기에 마지막으로 홍배(烘焙)의 과정을 거치게 되면 보다 좋은 차향이 베어 나오게 된다.

향기가 특히 뛰어나고 품질이 우수한 이유로 오룡차는 주로 해외 교민들에게 파는 차로 홍콩, 마카오, 동남아 등지로 수출된다.

22

진귀한 은침銀針
백색은장白色銀裝의 맵차

>>>> 백차白茶는 중국에 특유한 차종으로 그 생산 역사 또한 대단히 유구하다. 주요 산지로는 복건성을 들 수 있다. 완성된 차의 표면이 백색의 호(毫 : 가는 털 혹은 융모絨毛)로 가득하다는 점을 중요한 특징으로 꼽을 수 있다.

백차는 경미하게 발효시킨 차의 일종이다. 완성된 차의 아두(芽頭)의 대부분이 온통 흰털로 덮여 있어 마치 흰 눈(銀雪)처럼 보인다고 하여 '백차(白茶)'라고 불린다. 백차는 중국의 특산물로 세계적으로 인정받고 있는 진귀한 품종이며, 그 희귀성 때문에 특히 명성이 높다. 복건성의 송정(松政), 복정(福鼎), 건양(建陽) 등의 지역에서 생산되고 있다. 백차는 이미 천여 년에 이르는 유구한 생산 역사를 가지고 있으며, 일찍이 송나라 휘종의 『대관다론』 가운데에 "백차는 차의 일종이지만 일반적인 차와는 다르다(백차자위일종 여상차부동白茶自爲一種 與常茶不同)"라고 소개된 바가 있다.

백차의 주요 생산지는 주로 복건성 내에 분포되어 있다. 이들 지역은 산림이 울창할 뿐만 아니라 토양의 주성분이 홍색이나 황색으로 이루어져 있고 산도(酸度)가 아주 적합하다는 특징이 있다. 또한 매년 기후가 온화하고 강우량이 풍부하여 차나무의 성장에 매우 유리한 자연 환경이 조성되어 있다. 백차는 차나무 품종의 차이에 따라 대백차나무의 품종에서 채취한 것은 '대백(大白)', 수선차나무의 품종으로부터 채취한 것은 '수선백(水仙白)', 채차차나무(菜茶茶樹)의 품종으로부터 채취한 것은 '소백(小白)'이라고 부른다. 또한 채적 기준의 차이에 따라 대백차나무의 단아(單芽 : 홑눈)에서 제조된 품종은 '은침(銀針)'이라고 하고, 여린 가지의 싹에서 딴 잎으로 만들어 그 완성품이 늘어진 꽃 형상을 하고 있는 것은

'백모단(白牧丹)'이라고 부른다.

　백차의 채적 과정에서는 특히 신선한 잎의 '삼백(三白)'이 중요하다. 즉 어린 싹과 두 조각의 어린잎이 모두 백용모(白茸毛)로 가득 덮여 있어야 한다.

　백차의 제작 과정은 위조와 건조의 두 개의 공정으로 나눌 수 있지만 그 가운데 특히 관건이 되는 것은 위조의 과정이다. 일반적으로 신선한 잎을 채적한 후에 장시간 자연 위조하며 그늘에서 말린다. 전체 과정에 유념이나 초청의 공정이 들어 있지 않다. 이렇게 함으로써 백차의 외형이 찻잎의 자연적 형태를 그대로 유지할 수 있게 된다. 이러한 제조법은 효소의 활성화나 산화작용을 인위적으로 억제하거나 촉진시키지 않을 뿐만 아니라 찻잎의 자연 그대로의 모향(毛香)을 유지시키고 찻물의 신선함을 보증해 준다. 백차는 그 외형이 매우 아름다울 뿐만 아니라 특히 차가운 성질을 갖추고 있기 때문에 열을 내리고 해독하는 데 탁월한 약리적 효능을 가지고 있다.

백차

백차는 경미하게 발효시킨 차의 일종이다. 완성된 차의 아두의 대부분이 온통 흰털로 덮여 있어 마치 흰
눈처럼 보인다고 하여 '백차'라고 부른다. 백차는 중국의 특산물로 세계적으로 인정받고 있는 진귀한 품
종이며 그 희소성 때문에 특히 명성이 높다. 복건성의 송정, 복정, 건양 등의 지역에서 생산되고 있다.
우량한 품종의 대백차나무에서 흰털로 가득 덮인 가늘고 어린 싹의 잎을 원재료로 하여 햇빛을 이용한
위조 과정을 거친 후에 저온에서 홍건(烘乾)한다. 유념이나 초청의 과정을 거치지 않지만 백차만의 독특
하고 세밀한 방법으로 가공하여 제작된다.

기본 제작 과정

전체 제작 과정 : 위조(萎凋), 쇄건(曬乾), 홍건(烘乾)	
'백호은침'의 예	선엽 → 뜨거운 태양 아래서 80~90% 정도 말린다 → 문화(文火 : 약하고 은은하게 타는 불. 40~45℃) → 족건(足乾)에 이를 때까지 불에 쬔다.
'백모단'의 예	선엽 → 햇빛에서 70~80% 정도 말린다 → 체에 널어놓거나 쌓아서 둔다 → 홍배(烘焙) → 간척(揀剔)

포음(泡飮) 방법

다구의 준비 〉 상차(賞茶) 〉 치차(置茶) 〉 침윤(浸潤) 〉 포차(泡茶) 〉 봉차(奉茶) 〉 품음(品飮)

'백호은침' 제작 과정의 예

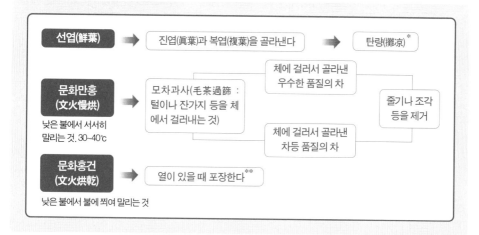

* 탄량(攤凉)은 채적한 찻잎을 그늘진 곳에 펼쳐 놓고 수분을 말리는 과정이다.
** 백용모가 손상되는 걸 막기 위해 열이 남아 부드러운 때 바로 포장한다.

23

몽정산상차蒙頂山上茶

소이득지疏而得之의 황차

>>>> 황차黃茶는 경미하게 발효시킨 차이며 이 또한 유구한 역사를 지니고 있다. 황차는 민황悶黃이라는 독특한 제작 기술을 통하여 만들어지며 찻물과 찻잎이 모두 황색을 띤다는 특징이 있다.

　　황차는 경발효차(輕醱酵茶)의 일종으로 청순한 향기와 상쾌한 맛을 가지고 있으며 또한 비교적 청량한 성질을 지니고 있다. 황차 또한 중국 특유의 차종의 하나이며 주요한 산지로는 사천성, 호남성, 호북성, 절강성, 안휘성 등을 들 수 있다. 황차 역시 유구한 생산 역사를 가지고 있다. 명나라 시대 허차서의 『다소(茶疏)』에는 황차에 대하여 언급하고 있는데*, 이것은 지금으로부터 400여년 이전의 역사적 기록이다.

　　황차는 최초에 초청녹차로부터 발견되었다. 초청녹차의 제작 과정에서 살청과 유념의 과정을 거친 후에 건조가 부족하거나 혹은 미치지 못할 경우에 찻잎이 황색으로 변하고 찻물 역시 변색되면서 하나의 새로운 차의 종류가 나왔는데, 이것이 바로 황차였다.

　　황차는 그 제작 과정이 녹차의 제작 공정과 상당 부분 유사하지만 녹차와 비교할 때 '민황(悶黃)'이라는 공정 기술이 들어간다는 점에 그 특징이 있다. '민황'은 찻잎의 발효를 촉진시키는 과정이며, 이후에 황차와 녹차는 명확하게 구분된다. 이 때문에 녹차는 불발효차의 일종으로 분류되고 황차는 발효차로 분류된다. 황차는 찻잎이 황색을 띠고 있으며 찻물 역시 옅은 황색에서 짙은 황색에 이

* 황차에 대해 좋게 언급한 것이 아니고 잘못된 제다법으로 만든 차이며 식후에 입가심 물로나 쓸 정도라고 저평가하고 있다. 다만 황차에 대한 최초 언급으로는 여겨진다.

황차

황차는 경발효차의 일종으로 청순한 향기와 상쾌한 맛을 가지고 있으며 약간 청량한 성질을 지니고 있다. 황차 또한 중국에 특유한 차종의 하나이며 주요한 산지로는 사천성, 호남성, 호북성, 절강성, 안휘성 등을 들 수 있다. 황차는 최초에 초청녹차로부터 발견되었지만 녹차와 비교할 때 '민황'이라는 공정 기술이 들어간다는 점에 그 특징이 있다.

주요한 품종으로는 군산은침(群山銀針), 몽정황아(蒙頂黃芽), 곽산황아(霍山黃芽), 북항모첨(北港毛尖), 녹원차(鹿苑茶), 평양황탕(平陽黃湯), 곽산황대차(霍山黃大茶), 대엽청(大葉靑) 등을 꼽을 수 있다.

기본 제작 과정

민황	황차의 특징인 '황탕황엽(黃湯黃葉)'을 형성하는 관건이 되는 과정이다. 민황의 과정은 습배민황(濕坯悶黃)과 건배민황(乾坯悶黃)으로 나누어지며 민황의 시간은 짧게는 15~30분 정도, 길게는 5~7일 정도가 소요된다.
'몽정황아'의 예	선엽 → 살청(殺靑) → 초포(初包 : 민황悶黃) → 복과(復鍋) → 복포(復包 : 민황悶黃) → 삼초(三炒) → 탄방(攤放)* → 사초(四炒) → 홍배(烘焙)

포음(泡飮) 방법

상차(賞茶) > 결구(潔具) > 치차(置茶) > 고충(高冲) > 상차(嘗茶)

제작 과정도

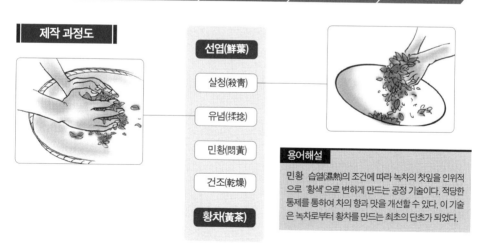

선엽(鮮葉)

살청(殺靑)

유념(揉捻)

민황(悶黃)

건조(乾燥)

황차(黃茶)

용어해설

민황 습열(濕熱)의 조건에 따라 녹차의 찻잎을 인위적으로 '황색'으로 변하게 만드는 공정 기술이다. 적당한 통제를 통하여 차의 향과 맛을 개선할 수 있다. 이 기술은 녹차로부터 황차를 만드는 최초의 단초가 되었다.

* 탄방은 채적한 찻잎을 일정 시간 그대로 놓아두어 산화를 유도하면서 수분을 말리는 과정을 말하며, 넓은 의미에서는 탄량(攤凉)이나 양청(凉靑)과 같다.

르기까지 다양한 '황탕황엽(黃湯黃葉)'의 품질과 풍격을 형성하고 있다. 청아한 향기에 농밀하고 개운한 맛을 지니고 있다.

황차는 그 품종이 대단히 다양하지만 찻잎의 묵은 정도에 따라 황아차(黃芽茶), 황소차(黃小茶), 황대차(黃大茶)로 구분할 수 있다.

황아차는 어린 싹 하나에 돋아난 일엽(一葉) 혹은 차아(茶芽)를 따서 만든 것으로 생산량이 극히 적다. 이 때문에 황차 가운데서도 진품으로 특히 그 명성이 높다. 주요한 품종으로는 호남의 군산은침(群山銀針), 사천의 몽정황아(蒙頂黃芽) 그리고 안휘의 곽산황아(霍山黃芽) 등을 들 수 있다.

황소차는 일아이엽(一芽二葉)이 돋아나는 시기에 딴 찻잎으로 만들지만 연하고 신선한 정도가 황아차에 미치지 못한다. 주요한 품종으로는 호남의 북항모첨(北港毛尖), 호북의 녹원차(鹿苑茶), 절강의 평양황탕(平陽黃湯) 등이 있다.

황대차(黃大茶)는 하나의 싹에서 3~4개의 잎 혹은 4~5개의 잎이 돋아나기를 기다려 따기 때문에 재료가 되는 찻잎이 상대적으로 크고 거칠다. 주요 품종으로는 안휘성 곽산(霍山)의 곽산황대차(霍山黃大茶), 광동성의 대엽청(大葉青) 등을 꼽을 수 있다.

24

보이차普洱茶**의 군락**

독특한 향기의 흑차

>>>> 흑차黑茶는 후발효차後醱酵茶의 일종으로 차의 색이 흑갈색이기 때문에 이러한 이름을 얻게 되었다. 중국 특유의 차종의 하나로 생산 역사가 유구할 뿐만 아니라 품종 역시 매우 다양하다.

흑차는 녹차로부터 비롯된 차의 일종으로 후발효차에 속한다. 찻잎이 흑갈색의 광택을 띠고 있으며 차의 성질이 부드러우면서 독특한 향기를 갖추고 있다. 흑차의 주요한 산지로는 운남성, 사천성, 호남성, 호북성 등지를 들 수 있다. 주요한 품종에는 운남보이차(雲南普洱茶), 사천변차(四川邊茶), 광서육보산차(廣西六堡散茶), 호남흑차(湖南黑茶) 등이 있다. 이 가운데서도 운남보이차가 특히 유명하다.

흑차 역시 대단히 유구한 생산 역사를 자랑하고 있다. 최초의 흑차는 사천에서 생산되었으며 녹차의 모차(毛茶)로부터 증압(蒸壓)을 거쳐 만들어진 것으로 알려져 있다. 과거에는 불편한 교통과 수송의 어려움 때문에 사천에서 딴 찻잎을 서북 지역에 수송하는 경우에는 찻잎의 부피가 감소할 수밖에 없었다. 이 때문에 그것을 덩어리 형태로 압축시켜 이에 대비하는 방법은 당시로서는 매우 뛰어난 선택이었다고 할 수 있다. 찻잎을 덩어리 형태로 압축시키는 동시에 발효의 시간을 비교적 길게 하여 찻잎 안의 폴리페놀 성분이 자동적으로 충분히 산화되게 만드는 것이다. 모차의 색깔이 점점 녹색에서 흑색으로 변하고 완성품의 덩어리가 흑갈색으로 변하면서 흑차가 만들어진다.

흑차를 만들기 위하여 채적하는 찻잎은 비교적 오래되고 긴 것이 좋다. 그 기준이 되는 것은 여린 싹 하나에 5~6개 정도의 잎이 난 것이다. 제작 공정은 살청(殺靑), 유념(揉捻), 악퇴주색(渥堆做色), 건조(乾燥)의 네 가지 공정 과정을 거쳐 이루어진다.

악퇴는 유념이 잘된 찻잎을 습한 환경에 두고서 발효를 진행하는 것으로 온열(溫熱) 작용을 하는 설비를 갖추어야 한다. 악퇴는 특히 흑차의 품질을 결정하는 관건이라고 할 수 있는 중요한 과정으로 악퇴 시간의 장단, 그 정도의 경중 등이 모두 완성된 흑차의 품질에 영향을 미친다. 또한 흑차의 종류에 따라 그 풍격에도 명확한 차별이 있다.

호남흑차(湖南黑茶) : 건차(乾茶)의 조색이 튼실하며 약간 굽은 모양을 하고 있다. 송연향(松烟香)을 풍기는 순후한 향기를 갖추고 있고 조잡한 악취가 전혀 없다. 찻물은 등황색을 띠고 엽저는 황갈색을 띤다. 흑전차(黑磚茶), 복전차(茯磚茶), 화전차(花磚茶)의 원료가 된다.

호북노청차(湖北老靑茶) : 건차의 조색이 비교적 튼실하며 흰 줄기가 나타나 있다. 오흑발록색(烏黑發綠色)을 띠고 있으며 청전차(靑磚茶)의 원료가 된다.

사천변차(四川邊茶) : 찻잎의 조색이 말린 형상을 하고 있으며 돼지의 간과 같은 어두운 붉은색을 띠고 있다. 순후한 향기에 부드럽고 담백한 맛을 지니고 있다. 찻물은 투명한 홍황색이며 엽저는 종갈색을 띤다. 강전차(康磚茶), 금첨차(金尖茶), 방포차(方包茶)의 원료가 된다.

운남보이차(雲南普洱茶) : 보이산차(普洱散茶)와 긴압차(緊壓茶)로 나누고 있다. 산차의 조색이 거칠고 두터운 형상을 하고 있으며 갈홍색에서 오윤색(烏潤色)까지 다채로운 색깔을 보여준다. 정갈하고 달콤한 풍미에 독특한 향을 갖추고 있다. 긴압차는 타차(沱茶)와 칠자병차(七子餅茶) 등으로 나누어진다.

흑차

흑차는 후발효차에 속하며 광택이 흐르는 흑갈색을 띠고 있다. 차의 성질이 온화하고 독특한 향기를 갖추고 있다. 흑차의 주요 산지로는 운남성, 사천성, 호남성, 호북성 등지를 들 수 있고, 주요한 품종으로는 운남보이차, 사천변차, 광서육보산차, 호남흑차 등을 꼽을 수 있다. 그 가운데서도 운남보이차가 가장 유명하다.

흑차를 만들기 위하여 채적하는 찻잎은 비교적 오래되고 긴 것이 좋다. 그 기준이 되는 것은 여린 싹 하나에 5~6개 정도의 잎이 난 것이다. 제작 공정은 살청, 유념, 악퇴주색, 건조의 네 가지 공정을 거쳐 이루어진다.

기본 제작 과정

'호남흑모차(湖南黑毛茶)'와 '복전차(茯磚茶)'의 예

흑모차	선엽(鮮葉) → 살청(殺靑) → 초유(初揉) → 악퇴(渥堆) → 복유(茯揉) → 건조(乾燥)
복전차	흑모차(黑毛茶) → 병배(拼配) → 병퇴사분(拼堆篩分) → 기증악퇴(汽蒸渥堆) → 압제정형(壓制定型) → 건조발화(乾燥發花) → 성품포장(成品包裝)

포음(泡飮) 방법

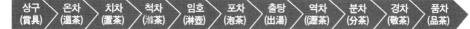

상구(賞具) 〉 온차(溫茶) 〉 치차(置茶) 〉 척차(滌茶) 〉 임호(淋壺) 〉 포차(泡茶) 〉 출탕(出湯) 〉 역차(瀝茶) 〉 분차(分茶) 〉 경차(敬茶) 〉 품차(品茶)

제작 과정도

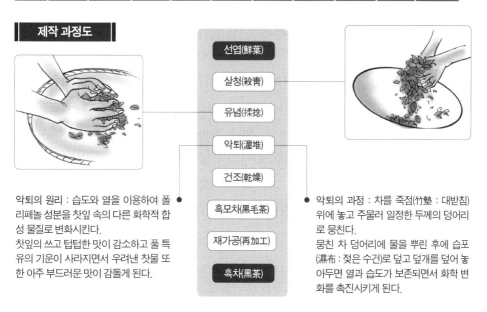

선엽(鮮葉)
살청(殺靑)
유념(揉捻)
악퇴(渥堆)
건조(乾燥)
흑모차(黑毛茶)
재가공(再加工)
흑차(黑茶)

악퇴의 원리 : 습도와 열을 이용하여 폴리페놀 성분을 찻잎 속의 다른 화학적 합성 물질로 변화시킨다.

찻잎의 쓰고 텁텁한 맛이 감소하고 풀 특유의 기운이 사라지면서 우려낸 찻물 또한 아주 부드러운 맛이 감돌게 된다.

악퇴의 과정 : 차를 죽점(竹墊 : 대받침) 위에 놓고 주물러 일정한 두께의 덩어리로 뭉친다.

뭉친 차 덩어리에 물을 뿌린 후에 습포(濕布 : 젖은 수건)로 덮고 덮개를 덮어 놓아두면 열과 습도가 보존되면서 화학 변화를 촉진시키게 된다.

25

말리화차茉莉花茶**와 매괴화차**玫瑰花茶

꽃향기 가득한 화차

>>>> 화차花茶는 또한 훈화차熏花茶 혹은 음화차窨花茶 등으로도 불린다. 꽃향기와 차 향기를 함께 지닌 재가공차류이다.

화차는 훈화차, 훈제차(熏制茶), 향화차(香花茶), 향편(香片) 등으로 불리기도 한다. 고대에는 주로 녹차에 용뇌향(龍腦香)이라는 향료를 첨가하는 방법으로 제조하였다. 13세기의 기록에 말리화의 음차(窨茶)에 대한 기록이 있는 것으로 보아 이 시기에 화차 역시 본격적으로 차의 일종으로 다루어졌던 것으로 보인다. 주요한 산지로는 절강성, 강소성, 사천성, 복건성, 광동성, 광서성 등의 지역을 포괄하고 있다.

화차는 이미 가공된 차를 원료로 하여 식용에 적합한 꽃을 첨가하는데, 향기를 발산하는 신선한 꽃을 재료로 음제(窨制 : 차에 꽃의 향이 깊숙이 스며들게 하는 기술)라는 특수한 공정을 거쳐 만들어진다.

이러한 음제화차(窨制花茶)의 기본적 재료로 사용되는 것은 주로 녹차이며 드물게는 홍차나 오룡차를 사용하기도 한다. 녹차 가운데서도 홍청녹차(烘靑綠茶)를 음제한 화차의 품질이 가장 뛰어난 것으로 알려져 있다. 화차는 음제한 꽃의 종류에 따라 말리화차(茉莉花茶 : 자스민꽃차), 백란화차(白蘭花茶), 주란화차(珠蘭花茶), 대대화차(玳玳花茶), 유자화차(柚子花茶), 계화화차(桂花花茶), 매괴화차(玫瑰花茶 : 장미꽃차), 미란화차(米蘭花茶), 치자화차(梔子花茶), 금은화차(金銀花茶) 등으로 나누어진다.

그 가운데서도 청아하고 분방한 향기를 풍기는 말리화차가 가장 뛰어난 것

화차

화차는 훈화차 혹은 음화차 등으로도 불리고 있으며 매혹적인 화향을 가지고 있는 꽃과 차를 함께 재가공하여 만든 차종이다. 주요한 산지로는 절강성, 강소성, 사천성, 복건성, 광동성, 광서성 등의 지역을 들 수 있다. 화차는 이미 가공된 좋은 품질의 녹차, 홍차, 오룡차를 기본적 원료로 하여 식용에 적합한 꽃을 첨가하는데, 주로 향기를 발산하는 신선한 꽃을 재료로 음제라는 특수한 공정을 거쳐 만들어진다.
그 품종에 따라 말리화차, 백란화차, 주란화차, 대대화차, 유자화차, 계화화차, 매괴화차, 미란화차, 치자화차, 금은화차 등으로 분류할 수 있다.

기본 제작 과정

차배복화 ➜ 옥란화타저 ➜ 음제병화 ➜ 통화산열 ➜ 기화 ➜ 복화 ➜ 제화 ➜ 균퇴장상 등의 공정 순서

화차의 포음(泡飮) 방법

유리개배법(琉璃杯法) ▷ 차호포음법(茶壺泡飮法) ▷ 백자개배법(白瓷蓋杯法)

화차의 제작 순서도

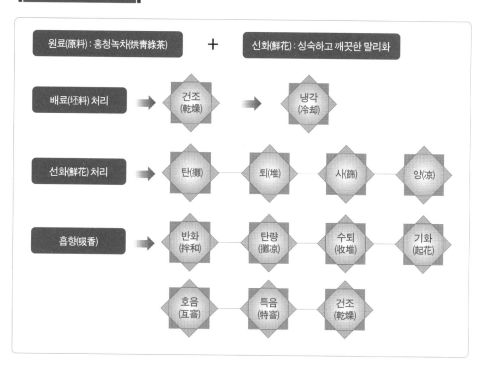

으로 알려져 있다. 다음으로 주란화차는 정순하고 청아한 향기로 이름이 높고 옥란화차(玉蘭花茶)는 농익은 향기로 유명하다. 대대화차 역시 짙은 풍미로 사랑받고 있으며 계화차는 담백한 맛과 향기가 오래 지속되는 것으로 유명하다. 화차 가운데 최대의 생산량을 자랑하고 있는 것은 말리화차이며 화차 총생산량의 70%를 차지하고 있다. 특히 복건성의 복주(福州)나 강소성의 소주(蘇州)에서 생산된 말리화차를 으뜸으로 치고 있다.

화차의 기본 제작 과정은 차배복화(茶坯復火), 옥란화타저(玉蘭花打底), 음제병화(窨制幷和), 통화산열(通花散熱), 기화(起花), 복화(復火), 제화(提花), 균퇴장상(均堆裝箱) 등으로 이루어진다.

말리화차는 기본적으로 사용되는 재료의 차이에 따라 말리대방(茉莉大方), 말리수구(茉莉繡球), 말리홍청(茉莉烘靑), 말리용주(茉莉龍珠)로 구분된다. 말리화는 비록 그 줄기가 거칠고 크긴 하지만 여린 녹색의 잎 조각에 순백의 꽃잎을 갖추고 있으며 특히 향기가 대단히 청아하다. 음제화차로 이용되는 말리화차는 통상적으로 오후에 채적한다. 꽃망울이 포함된 큰 꽃봉오리가 열리기를 기다려 채취하는 것이 더욱 좋기 때문이다. 그것을 몇 시간 정도 늘어서 펼쳐 놓는다. 저녁 8시 전후가 되면 꽃봉오리에서 향기가 새어나오기 시작한다. 이때 기본이 되는 찻잎과 신선한 꽃을 서로 섞은 후에 펼쳐놓고 음제를 진행하여 찻잎이 화향을 흡수할 수 있도록 한다. 일반적으로 이 하나의 과정을 여러 차례 반복하여야 하며 음제 또한 보통 세 차례에서 다섯 차례 정도를 행하는 것이 필요하다.

26 마실 수 있는 골동古董*
보이차

>>>> 보이차普洱茶는 '마실 수 있는 골동'이라는 명성으로 유명하다. 이것은 보이차의 음료로서의 기능과 소장품으로서의 가치라는 두 가지 특성으로부터 비롯된 것이다. 보이차는 단맛이 느껴지는 담백한 풍미의 음료로서의 기능과 다이어트나 항암 또는 노화를 방지하는 약리적 효능을 함께 구비하고 있기 때문에 한때 '보이선풍普洱旋風'이라는 일대 장관을 연출하기도 하였다.

보이차

운남성의 서쌍판납(西雙版納) 등지에서 생산되고 있으며 이곳은 예로부터 보이(普洱)의 집산지로 유명하였기 때문에 이러한 이름을 얻게 되었다. 보이차는 녹차를 이용하여 증압을 거쳐 만드는 각종 운남긴압차(雲南緊壓茶)의 총칭으로 타차(沱茶), 병차(餠茶), 방차(方茶), 긴차(緊茶) 등을 모두 포괄하는 명칭이다. 보이차는 살청, 유념, 쇄건의 과정을 거친 쇄청차(曬靑茶)를 원료로 하여 발수(潑水), 퇴적(堆積), 발효의 특수 공정을 거치고 다시 건조 과정을 거친 후에 가공하여 제작된다. 보이차는 품질이 매우 우수할 뿐만 아니라 향기와 맛 등이 대단히 뛰어나기 때문에 헤아리기 힘들 정도로 높은 가치를 가지고 있다. 그 뿐만 아니라 귀한 약재로서의 약효도 함께 구비하고 있기 때문에 해외 교포들과 홍콩, 마카오 등지에서는 보이차를 양생의 보약으로 생각하고 항상 음용하고 있다.

보이차 또한 대단히 유구한 역사를 자랑하고 있으며 당나라 시대에 이미 보이차의 무역이 있었던 것으로 알려져 있다. 보이차는 우량한 품질의 운남대엽종(雲南大葉種) 차나무의 신선한 찻잎을 봄, 여름, 가을의 세 계절로 나누어 채적한 잎으로 만들어진다. 봄 차는 '춘첨(春尖)', '춘중(春中)', '춘미(春眉)'의 세 등급으로

---

* 고동(古董)은 즉 골동(骨董)을 뜻한다. 희소가치가 있어서 보존 또는 미적 감상의 대상이 되는 오래되고 쓸모 있는 물건을 말한다.

나누어진다. 여름 차는 또한 '이수(二水)'라고도 하며, 가을 차 역시 '곡화(穀花)'라고도 불린다. 이들 보이차 가운데서도 특히 춘첨과 곡화는 가장 뛰어난 품질의 보이차로 꼽히고 있다. 현재 보이차의 재배 지역은 대단히 광범위하여 운남성의 대부분의 지역에서 재배되고 있다.

보이차는 운남성 대엽종의 차나무에서 딴 신선한 잎으로 가공하여 만들고 있으며 전통적인 방법과 현대적인 방법의 두 종류의 공정으로 제작 생산되고 있다.

육대 차산(六大茶山)*

운남성에서 생산되는 보이차는 주로 '육대 차산'에서 나온다. 즉 서쌍판납 지역의 만서차산(曼西茶山)**, 이무차산(易武茶山), 만전차산(蠻磚茶山), 의방차산(倚邦茶山), 혁등차산(革登茶山), 유락차산(攸樂茶山)이 그것이다.

보이차의 약효	보이차 선택의 네 가지 요결(要訣)
1. 다이어트, 혈압 안정, 동맥경화 방지	일청(一淸) : 병면의 향기. 그 향미의 느낌이 맑아야 하며 곰팡이나 부패된 향미가 있어서는 안 된다.
2. 각종 암의 예방과 항암 효과	이순(二純) : 색의 판별. 차의 색이 붉은 대추색을 띠고 있는 것이 좋으며 옻처럼 검어서는 안 된다.
3. 위장 보호 및 관련 질병의 치유	삼정(三正) : 저장 방법. 창고 안에 보존할 때 습도 등으로 인한 변질 방지에 주의해야 한다.
4. 치아 보호 및 관련 질병의 치유	사기(四氣) : 차탕의 맛. 단맛이 감돌고 순후해야 하며 이질의 맛이 느껴져서는 안 된다.
5. 소염 작용, 살균 작용, 설사나 이질의 치유	
6. 노화 방지	

* 육대 차산은 란창강(瀾滄江)을 기준으로 동북쪽의 강내(江內) 지역인 유락(攸樂), 혁등(革登), 의방(倚邦), 망지(莽枝), 만전(蠻磚), 만살(慢撒)을 구(舊)육대차산이라 하고, 서남쪽의 강외(江外) 지역인 남나(南糯), 남교(南嶠), 맹해(勐海), 파달(巴達), 맹송(勐宋), 경매(景邁 : 일부는 경매 대신 포랑布郞을 넣기도 함)을 신(新)육대차산이라 한다.

** 만서 지역은 맹송 서쪽의 맹해 지역으로 강동 지역이 아니다. 『본초강목습유』나 『전해우형지』 등의 기록에서는 유락, 혁등, 의방, 망지, 만전, 만살로 정의하고 있다. 다만 만살은 이무와 같은 지역이다. 『본초강목습유(本草綱目拾遺)』 「본부(木部)」, "普洱府出茶, 產攸樂, 革登, 倚邦, 莽枝, 蠻專, 慢撒六茶山(보이부출차, 산유락, 혁등, 의방, 망지, 만전, 만살육차산)." 『滇海虞衡志』, "普茶名重於天下, 出普洱所屬六茶山, 一曰攸樂, 二曰革登, 三曰倚邦, 四曰莽枝, 五曰蠻磚, 六曰慢撒, 周八百里(보차명중어천하, 출보이소속육차산, 일왈유락, 이왈혁등, 삼왈의방, 사왈망지, 오왈만전, 육왈만살, 주팔백리)."

운남보이차(雲南普洱茶)(공차貢茶)

흑차 계통의 긴압차에 속하며 역사적으로 명성이 매우 높은 차이다. 운남 대엽종에서 채적한 신선한 잎을 쇄청한 모차(毛茶)를 풍(風), 사(篩), 간(揀) 등의 공정을 거친 후에 다시 병배(拼配)하여 개차(蓋茶), 이차(理茶) 등을 만든다. (숙병의 경우) 압축하기 전에 발수, 악퇴의 공정을 행한 후에 발효를 시킨다.

보이차의 특징
차의 형상 : 각진 모서리에 전체적으로 가지런하다.
차의 색채 : 갈홍색(褐紅色)
차탕의 색 : 홍갈색(紅褐色)
차의 향기 : 진향(陳香) : 자연적으로 나는 묵은 향기)
차의 맛 : 순농(醇濃)
엽저(葉底) : 돼지의 간을 연상시키는 짙은 검붉은 색
생산지 : 운남성 맹해(勐海), 덕굉(德宏) 자치구

보이차에 얽힌 전설과 고사

삼국시대 촉나라 재상 제갈량이 군대를 이끌고 운귀(雲貴) 일대를 토벌하려고 하였다.

병사들이 현지의 물과 풍토병을 이기지 못하고 안질 등의 질병으로 고생하게 되자 사기가 크게 저하되었다.

이 차나무의 액과 즙으로 병사들의 안질 등 질병을 치유하였다. 이로부터 안질 등과 관련된 보이차의 치유 효능이 세상에 전해지게 되었다.

이에 제갈량이 지팡이를 암석에 찍어 넣자 지팡이가 한 그루의 차나무로 변하였다.

보이차의 종류

보이전차(普洱磚茶)

보이방차(普洱方茶)

칠자병차(七子餠茶)

보이차의 제작 과정

인공열화(人工熱火) → 살청(殺靑) → 과초(鍋炒 : 덖음솥) / 곤통(滾筒 : 굴림통살청기) → 유념(揉捻) → 건조(乾燥) → 증습악퇴(增濕渥堆) → 쇄수(灑水) / 차균(茶菌) → 건조(乾燥)

27 | 관음觀音처럼 미려하고 철鐵처럼 무거운 차
안계철관음

>>>> 안계철관음安溪鐵觀音은 관음처럼 아름다운 나무의 자태로 유명하다. 그윽한 향기에 달콤한 맛이 일품이며 또한 다양한 종류의 약리적 효능을 지니고 있기 때문에 오룡차 계열의 품종 가운데서도 극상품으로 알려져 있다.

안계철관음

안계철관음은 중국의 오룡차 종류 가운데서도 특히 극상품으로 다루어지고 있다. 원산지는 복건성의 안계현 서평(西坪), 요양(堯陽)이다. 철관음은 오룡차 계열의 명칭으로 차나무의 일종이다. 철관음의 채적은 반드시 차아(茶芽)가 주아(駐芽)를 형성하고 정아(頂芽)가 작게 얼굴을 내밀었을 때 2~3개의 잎을 채적한다. 특히 맑은 날 오후에 딴 신선한 찻잎의 품질이 가장 우수한 것으로 알려져 있다.

상등품의 철관음은 두툼하고 둥글며 무거운 형상의 조색을 하고 있다. 윤기가 흐르는 사록색(砂綠色)을 띠고 있으며 붉은색의 점이 선명하다. 잎 표면에 백상(白霜)이 있는데, 이것은 우수한 품질의 철관음을 구별해 주는 중요한 특징이 된다. 철관음의 찻물은 맑은 금황색을 띠고 있으며 맛과 향이 오래 지속된다. 엽저 역시 두툼하며 광택이 흐르는 실 같은 선들이 드러나 있다. 충포 후의 찻잎은 '녹저홍양변'의 특징을 그대로 보여준다. 한 모금 마시면 입안에 단맛이 돌며 순후한 풍미를 느낄 수 있으며 농밀한 향기가 오래 지속된다. 이 때문에 '칠포유여향(七泡有餘香)'이라는 미명으로도 잘 알려져 있다.

철관음은 아미노산, 비타민, 광물질, 폴리페놀 등의 성분이 비교적 높게 함유되어 있을 뿐만 아니라 다양한 종류의 영양분과 약효 성분을 갖추고 있다. 마음의 안정이나 눈의 보호, 살균 소염, 다이어트, 노화 방지, 항암 작용, 지혈 작용,

안계철관음

안계철관음

역사적인 명차의 하나로 오룡차 계열에 속한다. 청나라 건륭 연간에 창제되었다. 철관음은 신선한 잎의 소개면을 따서 양청(凉青), 쇄청(曬青), 요청(搖青), 초청(炒青), 유념(揉捻), 포유(包揉), 홍건(烘乾) 등의 십여 개의 공정을 거쳐 가공하여 만든다.

안계철관음 특징
차의 형상 : 두터우면서도 둥글다.
차의 색깔 : 사록색(砂綠色)에 윤기가 흐르며 붉은 점이 선명하다.
차탕의 색 : 금황색
차의 향기 : 농밀한 향이 오래 지속되며 매우 그윽한 난향을 풍긴다.
차의 맛 : 부드럽게 감도는 단맛
엽저 : 짙은 홍색
생산지 : 복건성 안계현(安溪縣)

안계철관음에 얽힌 전설과 고사

청나라 건륭 연간에 안계현에 살았던 한 차농(茶農)이 매일 세 잔의 차를 올리며 관음보살을 공양하였다.

어느 날 밤, 그는 꿈에서 관음보살의 형상을 하고 있는 한 그루의 나무를 보았다. 그 나무는 그윽한 난향을 발산하는 차나무의 일종이었다.

다음날, 그 농부는 깎아지른 듯한 절벽의 바위에서 이 차나무를 발견하였다.

이 차나무는 관음보살처럼 미려한 자태에 철처럼 무거웠다. 이 때문에 '철관음'이라고 부르게 되었다.

안계철관음의 감상 방법

1. 끓는 물을 이용하여 질그릇으로 만든 차호와 백자소충(白瓷小盅 : 백자로 만든 손잡이가 없는 작은 잔)을 데운다.

2. 차호 속에 차호 용량의 1/2~2/3에 해당하는 적당한 량의 철관음을 넣고 끓는 물을 붓는다.

3. 1~2분 정도 조용히 차가 우려지기를 기다려 우려진 탕을 작은 잔에 골고루 나눈다.

4. 코로 그 향기를 느끼며 맛을 음미한다. 진한 단맛이 부드럽게 감돈다.

철관음의 제작 과정

양청(凉青) — 쇄청(曬青) — 양청(凉青) — 요청(搖青)/탄치(灘置) — 초청(炒青) — 유념(揉捻) — 초배(初焙) — 복배(復焙) — 복포유(復包揉) — 문화만고(文火慢烤)

심혈관질환의 개선 등에 뛰어난 효능을 보여주고 있다.

철관음의 잎을 채적할 때는 어린 가지에 주아(駐芽)가 형성되기를 기다린 후에 정아(頂芽)가 나오면 '소개면(小開面 : 햇가지의 윗부분의 첫 번째 잎이 두 번째 잎의 1/3 정도보다 작은 크기)' 혹은 '중개면(中開面 : 햇가지의 윗부분 첫 번째 잎이 두 번째 잎의 2/3 정도의 크기)' 시에 아랫부분의 두 번째 혹은 세 번째 잎을 채취한다.

안계철관음의 감별 방법

품질 감정 : 사람의 시각, 미각, 후각을 통하여 찻잎의 형상, 색채, 향기, 윤기, 찻물의 색, 잎 안쪽 등을 감정한다.

1. 외형의 감별 : 철관음의 건조 상태나 외형적 특징, 색깔, 부스러진 정도나 고른 정도, 향기 등을 눈으로 관찰한다. 일반적으로 외형이 굽고 균정하며 묵록색(墨綠色)의 색채에 기름기가 있고 신선하며 향기가 청순한 것을 상품으로 친다.

2. 품질의 감별 : 찻잎을 끓는 물에 충포한 후에 찻잎의 향기, 색채, 윤기, 찻물의 색 등을 감별한다.

   (1) 향기 : 청아한 향기가 그윽하게 퍼지며 오래 지속되는 것을 상품으로 친다.

   (2) 맛 : 찻물이 달고 시원하며 잡물이 섞이지 않고 고른 것을 상품으로 친다.

   (3) 찻물의 색 : 찻물의 색이 맑은 황색이거나 혹은 흰색에 가까우며 그 맛이 만족스러운 것을 상품으로 친다.

   (4) 잎의 안쪽 : 충포를 거친 후의 찻잎의 상태를 청수반(淸水盤)에 넣어 잎의 바닥을 관찰한다. 잎 안쪽이 완전한 형태를 유지하고 있고 유연한 것을 상품으로 친다.

중국의 10대 명차
서호용정차, 벽라춘

>>>> 서호용정차西湖龍井茶는 '사절구가四絶俱佳'라는 미명으로 잘 알려져 있고, 벽라춘碧羅春은 '일눈삼선一嫩三鮮'으로 그 명성이 드높다.

서호용정차

서호용정차는 특히 '색녹(色綠), 향욱(香郁), 미감(味甘), 형미(形味)'라는 사절(四絶)로 유명하다. '용정(龍井)'이라는 명칭은 절강성 항주시(杭州市)에 있는 서호(西湖)의 서남쪽에 위치한 용정촌(龍井村)에서 유래되었다. 특이한 것은 일찍이 청나라의 건륭 황제는 여섯 차례나 강남을 순시한 바가 있는데, 이 가운데 다섯 차례나 오직 서호용정차만을 위한 시를 지었다는 사실이다. 그 가운데 가장 유명한 한 수의 시가 『관채차작가(觀采茶作歌)』라는 시이다. 중국의 고대 황제가 차를 위한 시를 지었다는 것은 매우 드문 일이라고 아니할 수 없다. 이로부터 우리는 건륭 황제가 서호용정차를 얼마나 아꼈는지를 짐작할 수 있다. 이후에 용정차는 '어차(御茶)'로 봉해지게 되는데, 이것 또한 용정차의 명성이 드높아지게 된 중요한 외적 요인의 하나라고 할 수 있다.

용정차를 채적하는 데 있어 중요한 특징을 요약하면 다음과 같이 말할 수 있다. 즉 일시조(一是早 : 시기), 이시눈(二是嫩 : 선별 기준), 삼시근(三是勤 : 근면성)이 그것이다. 용정차는 대대로 일찍 딴 것을 귀한 것으로 여겨왔다. 특히 청명(淸明) 이전에 채취한 것을 극상품으로 취급하였는데 이를 특별히 '명전차(明前茶)'라고 하였으며, 곡우(穀雨) 전에 딴 찻잎으로 만든 것은 '우전차(雨前茶)'라고 구분하여 부르기도 하였다. 채적할 때 특히 강조되는 점은 아엽(芽葉)이 그 형태가 가늘면서 부드러운 동시에 완전한 형태를 하고 있어야 한다는 것이다. 보통 어린 싹 하나를 따는데, 이것을 '연심(蓮心)'이라고 하였다. 또한 일아일엽(一芽一葉)*의 찻잎을 채적하였는데, 그 잎이 흡사 펄럭이는 깃발(旗)과 같고 그 싹은 창(槍)처럼 뾰족하다고 하여 '기창(旗槍)'이라고 표현하기도 하였다. 그리고 일아이엽(一芽二葉)**의 찻잎은 그 형태가 마치 참새의 혀처럼 생겼다 하여 '작설(雀舌)'이라고도 하였다.

용정차는 서호산구(西湖山區)의 각 지역에서 생산되고 있지만 생장 조건이나 질량, 초제(炒制) 기술 등의 차이로 인하여 그 품질에도 차이가 있다. 역사상 생산지에 따라 구분하면 네 개의 품종으로 나눌 수 있다. 즉 사(獅), 용(龍), 운(雲), 호(虎) 네 개의 글자로 표현된다. 그 가운데서도 사봉용정차(獅峰龍井茶)의 품질이 가장 뛰어난 것으로 알려져 있다. 현재는 사(獅), 용(龍), 매(梅) 세 개의 품종으로 나누고 있으며, 이 가운데서도 역시 사봉용정차의 품질이 가장 우수한 것으로 보인다.

벽라춘

벽라춘은 녹차 계열에 속하며 강소성 오현(吳縣)에 있는 태호(太湖)의 동정산(洞庭山)에서 생산된다. 완성품의 벽라춘은 소라처럼 둥근 외형에 독특한 화과향(花果香)을 갖추고 있다.

벽라춘의 채적은 매우 정교하게 이루어져야 하는데 특히 계절성이 강조되고 있다. 보통 춘분(春分)에서 따기 시작하여 곡우에 끝맺었으며 그 기간이 1개월을 넘지 않았다. 극상품의 벽라춘은 청명절 이전 혹은 청명절 무렵에 채취하여 만든 것이다. 벽라춘의 적당한 채적 기준은 일아일엽이 처음 열리는 시기로 본다. 즉 이른 봄 차나무에서 새롭게 움튼 싹에서 막 돋아난 잎 하나를 따는 것이

---

* 일아일엽(一芽一葉)은 차나무의 윗부분에 뾰족하게 움튼 싹과 바로 아래 돋아난 찻잎 하나를 가리킨다. 싹은 창과 같이 뾰족하고 잎은 펄럭이는 깃발과 같은 모양을 하고 있기 때문에 기창(旗槍) 혹은 일창일기(一槍一旗)라고도 한다.
** 일아이엽(一芽二葉)은 차나무에 움튼 싹 하나에서 잎 두 개가 막 갈라져 나오는 상태로 일창이기(一槍二旗)라고도 하며, 잎의 형태가 완전히 펴지지 않고 살짝 말려 있는 형상을 하고 있기 때문에 작설(雀舌)이라고도 한다.

서호용정차

편형(扁形 : 납작한 형태)의 녹차의 일종으로 '색녹(色綠), 향욱(香郁), 미감(味甘), 형미(形味)'의 사절(四絶)로 유명하며 중국 외의 지역에서도 칭송이 자자하다. 청명 전후부터 곡우까지의 시기에 따서 만든 용정차를 최상품으로 치고 있으며, 일아일엽 혹은 일아이엽이 처음 돋아날 때를 적합한 채적의 기준으로 보고 있다.

서호용정차의 특징
차의 형상 : 매우 곧다.
차의 색깔 : 녹윤(綠潤)
차탕의 색 : 녹색(綠色)
차의 향기 : 맑고 농밀한 향
차의 맛 : 달고 시원한 맛이 부드럽게 감돈다.
엽저 : 여린 녹색, 가지런하다.
생산지 : 항주시 서호(西湖) 용정촌

서호용정차에 얽힌 전설과 고사

전하는 바에 의하면, 어느 해인가 항주 용정 차원에 들른 건륭 황제가 차를 따고 있는 한 처자를 보고 있었다고 한다.

태감이 황제에게 태후가 병에 걸렸음을 아뢰자 건륭 황제는 마음이 급해져 한 움큼의 찻잎을 지닌 채 급히 궁으로 돌아오게 되었다.

태후가 황제의 손에 들린 찻잎으로 우린 용정차를 마시고난 후에 병을 털고 가볍게 일어나자 그것을 영단묘약(靈丹妙藥)처럼 생각하게 되었다.

건륭 황제는 용정촌의 열여덟 그루의 차나무를 어차로 봉하고 매년 이 나무에서 찻잎을 따서 태후에게 바쳤다.

벽라춘

역사적으로 이름 높은 명차로 소라 형태의 외형을 가진 초청녹차의 일종이다. 벽라춘의 제조는 채(采), 간(揀), 탄량(攤凉), 살청(殺靑), 초유(炒揉), 차단(搓團), 배건(焙乾)의 일곱 단계의 공정으로 이루어진다. 벽라춘은 또한 '일눈삼선(一嫩三鮮)'이라는 미명으로도 잘 알려져 있다.

벽라춘의 특징
차의 형상 : 튼실하면서도 둥글게 굽어 있어 마치 소라와 같은 형태를 띤다.
차의 색깔 : 비취색이 감도는 은녹색(銀綠色)
차탕의 색 : 여린 녹색에 맑고 투명하다.
차의 향기 : 부드러운 향기가 그윽하다.
차의 맛 : 시원하면서도 진하다.
엽저 : 싹은 크고 잎은 작다. 여린 녹색에 부드럽다.
생산지 : 강소성 오현(吳縣)의 태호(太湖) 동정산

벽라춘에 얽힌 전설과 고사

옛날에 서동정산(西洞庭山) 위에 살던 벽라(碧羅)라는 이름의 처자가 아상(阿祥)이라는 청년을 깊이 사모하였다.

그때에 태호에 살고 있던 악룡(惡龍)이 벽라를 탐하자 아상은 몸을 날려 악룡과 사투를 벌였다.

벽라는 그에게 보답하고자 동정산 위의 차나무에서 딴 찻잎을 끓여 아상에게 마시게 했다.

이후에 벽라가 병에 걸려 아상의 품에서 죽게 되자 사람들이 그녀를 기리기 위하여 동정산의 찻잎을 '벽라춘'이라고 불렀다.

다. 처음 돋아난 어린잎의 모양이 마치 참새의 혀처럼 보이기 때문에 '작설(雀舌)'이라고 부르기도 한다.

벽라춘은 무엇보다도 '일눈(一嫩 : 아엽芽葉) 삼선(三鮮 : 색色, 향香, 미味)'이라는 미명으로 잘 알려져 있다. 벽라춘의 각종 '세수(細秀)'의 특징이 수많은 명차 가운데서도 독보적일만큼 뛰어나기 때문이다. 또한 찻잎을 병 속에 장식하면 언뜻 보기에 봉송(蓬松)처럼 보이기 때문에 '일근벽라춘(一斤碧羅春), 사만춘수아(四萬春樹芽)'라는 미명도 지니고 있다. 이를 통하여 벽라춘의 아엽이 얼마나 섬세하고 부드러운지를 충분히 짐작할 수 있다.

29 중국의 10대 명차
황산모봉, 백호은침

>>> 황산모봉黃山毛峰은 '작설雀舌 같은 형상에 난蘭과 유사한 향'의 특징을 가지고 있으며, 백호
은침白毫銀針은 은침銀針처럼 보이는 백색의 털로 유명하다.

황산모봉

황산모봉은 녹차 계열에 속하며 또한 명차로 잘 알려져 있다. 황산모봉은
유구한 생산 역사를 지니고 있다. 안휘성 황산(黃山)에서 생산되며 도화봉(桃花
峰)의 운곡사(雲谷寺), 송곡암(松谷庵), 자광각(慈光閣)과 반사(半寺) 주위에 분포되어
있다. 이들 지역은 자연 조건이 매우 뛰어나 높은 산과 울창한 수림으로 이루어
져 있다. 또한 운무가 짙고 일조 시간이 짧기 때문에 운무의 기운이 차나무에 스
며들면서 자연적으로 우수한 품질의 차가 형성될 수 있는 조건이 모두 갖추어
져 있다.

황산모봉은 매우 세심하게 채적해야 한다. 완성된 차는 그 외형이 작설처럼
살짝 굽혀져 있고 흰 털이 드러나 있다. 또한 백란(白蘭)과 같은 향기에 달콤하면
서도 진한 맛을 지니고 있다. 황산모봉은 그 품질에 따라 특급, 일급, 이급, 삼급
으로 나누어진다.

황산모봉의 제작 과정은 크게 살청과 홍배의 두 공정으로 이루어져 있다.
살청 과정에서는 뒤집을 때는 되도록 빠르게(번득쾌飜得快), 들어 올릴 때는 되도
록 높게(양득고攘得高), 내려놓을 때는 되도록 섞이지 않게(살득개撒得開), 잡아챌 때
는 되도록 깨끗하게(노득정撈得淨) 행하는 기술적인 주의가 요구된다. 찻잎의 색이
까맣게 변할 때까지 덖은 후에 솥에서 꺼낸다. 특급이나 일급의 모봉(毛峰)은 유

념의 공정을 거치지 않지만, 이급 이하의 모봉은 손으로 유념의 공정을 행하고 있다.

특급품의 모봉(毛峰)은 끓는 물에 충포하면 마치 안개가 피어오르는 듯하며 그윽한 향기가 퍼져 나온다. 또한 그 찻잎이 끓는 찻물에서 똑바로 섰다가 서서히 가라앉는다. 여러 차례의 충포를 거친 후에도 여전히 향기가 남아 있다.

백호은침

역사적인 명차 가운데 하나로 백차 계열에 속한다. 청나라 시대의 가경(嘉慶) 초년에 창제되었다. 주산지는 복건성 동북부의 정화현(政和縣)이다. 은처럼 흰색에 침과 같은 형상을 하고 있으며 백차 계열의 차종 가운데서도 극상품으로 꼽히고 있다. 완성품의 차는 상대적으로 두툼하고 큰 차두(茶頭)에 흰털로 가득 덮여 있다. 완성품의 차가 은처럼 흰 색채에 침처럼 가늘고 뾰족한 형상을 하고 있기 때문에 이러한 이름을 갖게 되었다. 봄에 차나무의 어린 가지에서 돋아나는 일아일엽의 시기를 적합한 채적의 기준으로 보고 있다. 찻잎을 채적한 후에는 손가락을 이용하여 진엽(眞葉)이나 어엽(魚葉)을 벗겨내는데, 이것을 속칭 '박침(剝針)'이라고 한다. 가공 과정을 살펴보면, 먼저 차의 싹을 체 위에 펼쳐서 햇빛 아래 두거나 혹은 통풍이 잘 되는 그늘에서 말린다. 찻잎의 80~90% 정도까지 말린 후에는 배롱(焙籠)을 이용하여 30~40℃ 정도의 불에서 충분히 말려준다.

완성품의 찻잎은 체로 거르는 과정이 필요하다. 체 위에 걸러진 것이 좋은 품질의 차이며 체 아래에 떨어지는 것은 품질이 조금 떨어지는 것이라고 보면 된다. 이후에 길고 두터운 차아(茶芽)를 체 위에 놓고 손으로 경편(梗片:속칭 은침각 銀鍼脚)을 골라 제거하는 동시에 체를 흔들어 이물질을 완전히 솎아낸다. 이것을 다시 낮은 불로 서서히 말린 후에 열이 있는 동안에 포장하게 되면 차의 상쾌한 향기와 품질을 온전히 유지할 수 있다. 완성된 백호은침은 외견상 침과 같은 형상을 가지고 있으며 흰털로 덮여 있다. 흰색이 매우 선명하며 곧게 쭉 뻗어 있는 모양을 하고 있다. 찻물은 행황색(杏黃色)을 띠고 있으며 매우 청신한 향기를 갖추고 있다. 입에 넣으면 노호향(露毫香)을 느낄 수 있다.

황산모봉

황산모봉의 품질에 대한 우열을 결정하는 것은 황산대엽종(黃山大葉種)의 특성, 발아 상태, 싹의 허실 상태, 이모(茸毛)의 다소, 잎의 유연성 등에 달려 있다. 좋은 품질의 황산모봉은 흰털이 이슬처럼 드러나 있으며 진하면서도 시원한 풍미를 지니고 있다. 황산모봉의 제작 과정은 살청과 홍배의 두 공정으로 나누어진다.

특징
차의 형상 : 작설(雀舌), 백호(白毫)
차의 색깔 : 윤기가 도는 황록색
차탕의 색 : 맑고 투명한 황록색
차의 향기 : 맑고 농밀한 향기
차의 맛 : 시원하면서도 상쾌하다.
엽저 : 여린 황색에 부드럽다.
생산지 : 안휘성 황산(黃山), 휴령(休寧)

황산모봉에 얽힌 전설과 고사

명나라 시대에 어떤 현의 관리가 황산으로 유람을 갔다. 밤이 되어 한 사찰에 묶고 있는데 그 사찰의 노방장이 손님을 위하여 차를 대접하였다.

찻물 가운데서 일어난 열기가 1척 높이로 피어오르며 공중에 하나의 모양을 그렸는데, 그 모양이 한 떨기 백란화(白蘭花)의 형상을 띠고 있었다.

노방장은 그에게 차를 마실 때 황산의 샘물을 이용하여야 연화(蓮花)가 나타나는 기현상을 볼 수 있다고 말했다.

황산모봉은 황산의 장관(壯觀)인 '사절(四絶) 가운데 하나로 세상에 이름을 떨치게 되었다.

백호은침

역사적인 명차의 하나로 백차 계열에 속한다. 청나라 시대의 가경(嘉慶 : 1796~1820년, 인종의 연호) 초년에 창제되었다. 복건성 정화 지역의 대백차나무의 우량한 품종에서 봄에 돋아나는 새싹을 원료로 하여 만든다. 일반적으로 3월 하순에서 청명절 이전까지 일아일엽이 처음 돋아날 때 채적하여 차의 싹을 벗겨낸다. 이것을 속칭 '박침(剝針)' 이라고 한다.

백호은침의 특징
차의 형상 : 싹이 두텁고 비대하다.
차의 색깔 : 은처럼 흰털이 가득하다.
차탕의 색 : 엷은 황색
차의 향기 : 털의 향기가 신선하다.
차의 맛 : 부드럽고 상쾌하다.
엽저 : 전체적으로 여리고 부드럽다.
생산지 : 복건성 정화현(政和縣)

백호은침에 얽힌 전설과 고사

아주 오래 전에 복건성 정화현 일대에 오랫동안 비가 내리지 않고 가뭄이 지속되어 질병이 만연하였다.

이때에 지강(志剛), 지성(志誠), 지옥(志玉)이라는 삼남매는 동관(洞官)의 선초(仙草)를 찾아 백성들의 병을 치료하기로 결심하였다.

험준한 산길을 헤치고 나아가 마침내 지옥은 천신만고 끝에 선초를 찾게 되었다.

그녀는 선초의 종자를 산비탈에 가득 심었다. 이것이 자라서 차나무가 되었고, 이것으로 만든 차로 백성의 병을 치료하였다.

30 중국의 10대 명차
군산은침, 무이대

>>> 군산은침群山銀針은 은침과 같은 형상을 하고 있다는 점에서 그 특징을 찾을 수 있으며, 찻물의 색은 금황색을 띠고 있다. 황차 계열의 차종 가운데서도 극상품의 하나로 꼽히고 있다. 무이대홍포武夷大紅袍는 '차중장원茶中壯元'으로 그 명성을 떨치고 있으며 일부에서는 '국보國寶'로 받들어지고 있다.

군산은침

역사적인 명차의 하나로 황차 계열에 속한다. 당나라 시대에 만들어졌으며 당시에는 '황령모(黃翎毛)'라고 하였으나 송나라 시대에는 '백학차(白鶴茶)'라는 이름으로 불리어졌다. 호남성 동정호(洞庭湖) 가운데에 위치한 군산도(君山島)에서 생산되고 있다. 완성품의 차아(茶芽)는 그 형태가 곧고 마치 은침을 연상시키기 때문에 '군산은침'이라는 이름을 얻게 되었다.

군산(君山)은 동정산(洞庭山)이라고도 한다. 이 지역은 토양이 비옥하고 기온이 온화할 뿐만 아니라 연평균 강우량이 1,340mm 정도에 이르고 대단히 습기가 많은 기후이다. 봄과 여름에는 호수 표면을 따라 운무가 자욱하게 깔려 있으며, 군산도에는 각종 수림이 울창하여 차나무의 생장에 대단히 적합한 자연 환경을 이루고 있다.

군산은침의 제작은 탄청(攤青), 살청(殺青), 탄량(攤涼), 초홍(初烘), 탄량(攤涼), 초포(初包 : 민황悶黃) 복홍(復烘), 탄량(攤涼), 복포(復包 : 민황悶黃), 족화(足火) 등의 공정으로 이루어진다. 완성품은 차아(茶芽)의 두터운 정도에 따라 특일호(特一號), 일호(一號), 이호(二號)의 세 등급으로 나누어진다. 군산은침은 황차 계열의 극상품 가운데 하나로 그 색, 향, 미, 형(形)이 모두 뛰어날 뿐만 아니라 금황색의 아두(芽頭)로 인하여 '금양옥(金鑲玉)'이라고 칭송받고 있는 명차다. 유리잔을 이용하

군산은침

역사적인 명차의 하나로 황차 계열에 속한다. 당나라 시대에 만들어졌으며, 당시에는 '황령모'라고 하였으나 송나라 시대에는 '백학차'라는 이름으로 불리어졌다. 그 색, 향, 미, 형이 모두 뛰어날 뿐만 아니라 금황색의 아두로 인하여 '금양옥'이라고 칭송받고 있는 명차다.

군산은침의 특징
차의 형상 : 싹이 두툼하고 곧다.
차의 색깔 : 황록색
차탕의 색 : 맑은 행황색(杏黃色)
차의 향기 : 농밀하면서도 청아한 향기
차의 맛 : 달고 진한 맛이 부드럽게 감돈다.
엽저 : 전체적으로 밝은 황색을 띠고 있다.
생산지 : 호남성 동정호(洞庭湖) 군산도상(群山島上)

군산은침에 얽힌 전설과 고사

전하는 바에 의하면, 군산차의 첫 번째 씨앗은 약 4천여 년 전에 요(堯)임금의 두 딸인 아황(娥皇), 여영(女英)이 심은 것이라고 한다.

후당(後唐)의 명종(明宗) 황제가 처음 차를 마실 때 잔 속에서 흰 연기가 피워 오르며 한 마리 선학(仙鶴)이 나타났다.

선학은 명종에게 머리를 세 번 조아리고 먼 곳으로 아스라이 날아가 버렸다.

명종은 찻잔 속에 찻잎이 세로로 서 있는 것을 보았는데, 그 형상이 마치 하나의 은침(銀針)과 같았다.

무이대홍포

역사적인 명차 가운데 하나로 오룡차 계열의 일종이며 '차중장원'이라는 미명으로 잘 알려져 있다. 대홍포는 무이산의 천심암과 구룡과 암벽 위에서 자라고 있다.

무이대홍포의 특징
차의 형상 : 전체적으로 단단하고 튼실하다.
차의 색깔 : 산뜻한 녹갈색
탕의 색 : 맑고 투명한 금황색
차의 향 : 난향(蘭香)
차의 맛 : 깨끗하고 부드럽게 감도는 단맛
엽저 : 연하고 깨끗하다. 가장자리는 홍색을 띠고 있고 가운데는 녹색을 띠고 있다.
생산지 : 복건성 무이산(武夷山) 천심암(天心岩), 구룡과(九龍窠)

무이대홍포에 얽힌 전설과 고사

옛날에 가난한 유생 한 명이 과거를 보러 상경하던 길에 무이산(武夷山) 아래에 이르러 그만 병이 들어 쓰러지는 몸이 되었다.

천심묘(天心廟)의 노방장이 그를 구하기 위해서 한 잔의 차를 달여 마시게 하였다.

이 유생은 병이 나은 후에 과거에 응시하여 장원에 뽑혔다.

이 유생은 은혜를 갚기 위하여 황제가 하사한 대홍포(大紅袍)를 차나무에 입혔는데, 이후로 이 차나무를 세상에서 '차중장원(茶中壯元)'이라 불렀다.

大紅袍

여 충포하면 찻물의 색이 정순한 행황색(杏黃色)을 띠게 된다. 아두(芽頭)가 그 안에서 세로로 섰다가 천천히 아래로 가라앉는데 찻잔의 바닥에 닿아도 눕지 않고 여전히 세로로 서 있기 때문에 사람들의 탄성을 자아낸다. 엽저는 두텁고 투명하다. 달고 순후한 맛을 지니고 있으며 오래 두어도 그 맛이 변하지 않는다.

무이대홍포

역사적인 명차 가운데 하나로 오룡차 계열의 일종이며 '차중장원(茶中壯元)'이라는 미명으로 잘 알려져 있다. 무이암차(武夷岩茶)의 차종 가운데서도 특히 걸출하여 중국의 국보(國寶)로 여겨지기도 한다.

무이산(武夷山)은 복건성 무이산시(武夷山市) 동남부 지역에 위치하고 있으며, 대홍포(大紅袍)는 무이산의 천심암(天心岩)과 구룡과(九龍窠) 암벽 위에서 자라고 있다. 이곳은 암벽이 높게 솟아 있고 일조 시간이 비교적 짧은 편이지만 기온의 변화는 그리 크지 않다. 또한 바위 위에는 가는 샘물이 그치지 않고 흐르고 있어 비옥한 토양이 형성되어 있다. 이러한 특수한 지리적 환경이 뛰어난 품질의 대홍포를 만드는 바탕이 되고 있다.

완성품의 무이대홍포는 단단하고 튼실한 외형에 녹갈색을 띠고 있다. 찻물의 색은 등황색을 띠게 되며 찻잎 조각은 홍색과 녹색이 서로 어울려 '녹엽홍양변'의 특징을 매우 뚜렷하게 보여준다. 대홍포의 특징 가운데 가장 뛰어난 것은 향기라고 할 수 있다. 순후한 맛과 어우러지는 농밀한 향기가 오래도록 지속되기 때문에 마시고 난 뒤에도 혀와 이 사이에 은은한 향기가 감돌며 여운을 남긴다.

31 동정오룡차, 기문홍차

>>>> 동정오룡凍頂烏龍은 '대만의 차중지성茶中之聖'으로 명성이 높고, 기문홍차祁門紅茶는 그 뛰어난 향기로 유명하여 '군방최群芳最'라는 칭송을 받고 있다.

동정오룡차

역사적인 명차 가운데 하나로 오룡차 계열에 속한다. 반구형(半球形) 포종차(包種茶)의 일종으로 대만(臺灣)의 동정산(凍頂山)에서 생산되고 있다. 동정산은 해발 700여 미터에 불과한 산이지만 차농(茶農)이 산 정상에 오르려면 발끝으로 조심조심 올라야 했기 때문에(즉 동각첨凍脚尖) 이러한 이름을 얻게 되었다. 동정산은 수림이 밀집되어 있고 토질이 양호하여 차나무의 생장에 매우 적합한 생태적 환경을 지니고 있다. 동정오룡차는 뛰어난 품질과 색, 향, 맛으로 인하여 대만을 대표하는 차로 자리 잡고 있으며, 특히 '대만의 차중지성(茶中之聖)'으로 칭송받고 있다.

동정오룡차의 재료가 되는 찻잎은 일반적으로 청심오룡차(靑心烏龍茶) 품종의 차나무에서 채취한 것이다. 신선한 찻잎의 소개면에 돋아난 일심이삼엽(一心二三葉) 혹은 이엽(二葉)을 주의해서 딴다. 이후에 쇄청(曬靑), 양청(凉靑), 낭청(浪靑), 초청(炒靑), 유념(揉捻), 초홍(初烘), 단유(團揉), 복홍(復烘), 재배(再焙) 등의 공정을 차례로 거쳐 제작된다.

쇄청은 먼저 뜨거운 햇볕 아래서 20분에서 30분 정도 말리면서 적당히 수분을 증발시키는 과정이다. 위조는 잘 말린 찻잎을 충분히 발효시키는 작용을 하며, 청아한 향기가 느껴지기를 기다려 고온의 살청을 진행한다. 살청을 마친 뒤에는 전체의 형태를 다듬어 그 외형이 반구형(半球形)이 되도록 성형을 하고 다시 고온의 홍배를 진행하면 카페인 함량이 감소하게 된다. 이러한 과정이 모두 끝나면 완성품의 차가 만들어진다.

동정오룡차의 완성품은 단단하면서도 전체적으로 가지런하며 잎 끝이 새우처럼 둥글게 말린 형상에 흰털이 드러나 있다. 찻물의 색은 맑고 투명한 금황색을 띤다. 차향이 매우 상쾌하며 계수나무의 화향(花香)이 풍겨 나온다. 엽저는 여리고 부드럽다. 엽저의 몸체는 맑은 녹색을 띠는 반면에 가장자리는 붉은색을 띤다. 순후하게 감도는 단맛이 일품이다. 입에 넣으면 대단히 흡족함을 느끼게 된다. 오래 경과한 후에 다시 우려도 잔 밑에 가라앉는 것이 없다.

기문홍차

세계의 3대 고향차(三大高香茶) 가운데 하나로 공부홍차(工夫紅茶) 계열의 걸작이라고 할 수 있다. 안휘성 기문현(祁門縣)에서 생산되고 있으며 백여 년의 역사를 가지고 있지만 그 빼어난 품질에는 변함이 없다. 홍차 가운데서도 독보적이라고 말할 수 있을 만큼 뛰어나 백 년이 지나도 그 명성이 시들지 않고 있다. 특히 향기가 뛰어나고 형태가 아름답기로 유명하다. 국제 시장에서 오랫동안 폭넓은 찬사를 받으며 '차지교교자(茶之佼佼者 : 차 가운데 백미)'라고 불리고 있기도 하다.

기문홍차(祁門紅茶)는 위조(萎凋), 유념(揉捻), 발효(醱酵), 모화(毛火), 족화(足火) 등의 공정을 통해 만들어진다.

기문홍차는 독특한 과당(果糖)과 향미(香味)를 갖추고 있으며 그 청아하고 유장한 풍격은 가히 독보적이라고 할 수 있다. 국제 무역 시장에서는 '기문향(祁門香)'으로 더욱 잘 알려져 있다. 차탕은 선홍색을 띠고 있으며, 엽저는 투명한 붉은색을 띠고 있다. 입에 머금으면 진하면서 부드러운 단맛이 끝없이 느껴진다. 기문홍차는 세계적으로 그 명성이 높지만 특히 영국인들의 사랑을 한 몸에 받고 있다. 영국의 황실과 귀족들은 기문홍차를 시시때때로 애용하고 있으며 일찍이 이 차를 이용하여 여왕의 장수를 기원하기도 하였다. 기문홍차는 '군방최(群芳最)'라는 미명으로도 잘 알려져 있다.

동정오룡차

역사적인 명차 가운데 하나로 오룡차 계열에 속한다. 반구형 포종차의 일종이다. 재료가 되는 찻잎은 일반적으로 청심오룡차 품종의 차나무에서 채취한 것이다. 신선한 찻잎의 소개면에 돋아난 일심이삼엽(一心二三葉) 혹은 이엽(二葉)을 주의해서 딴다. 이후에 쇄청, 양청, 낭청, 초청, 유념, 초홍, 단유, 복홍, 재배 등의 공정을 차례로 거쳐 제작된다.

동정오룡차의 특징
차의 형상 : 완성된 차는 공처럼 둥글게 말려있다.
차의 색깔 : 기름기가 도는 묵록색(墨綠色)
차탕의 색 : 투명한 밀황색(蜜黃色)
차의 향기 : 청향(清香)이 오래 유지된다.
차의 맛 : 부드러우면서도 상쾌한 단맛
엽저 : 녹엽홍양변(綠葉紅鑲邊)
생산지 : 대만 남투현(南投縣) 녹곡향(鹿谷鄉) 동정산

동정오룡차에 얽힌 전설과 고사

청나라 시대에 임풍지(林風池)라는 대만 사람이 복건성으로 과거를 보러 갔다.

수 년 후, 과거에 합격한 그는 36과(顆)의 오룡차 묘목을 가지고 대만으로 돌아왔다.

그는 이 차나무 종자를 대만 남투현의 동정산에 심었다.

도광(道光) 황제가 이 차를 마시고 좋은 차라 칭찬하며 '동정오룡차'라는 이름을 내렸다.

기문홍차

기문홍차는 세계의 3대 고향차(高香茶)로 명성이 높다. 기문홍차는 적당한 시기에 채적하여 잘 보관된 양질의 찻잎을 원료로 하여 위조, 유념, 발효, 모화, 족화 등의 공정을 거쳐 완성된다. 기문홍차는 부드럽게 감도는 단맛이 긴 여운을 남긴다.

기문홍차의 특징
차의 형상 : 전체적으로 단단하다.
차의 색깔 : 윤기가 도는 오색(烏色)
차탕의 색 : 투명한 붉은색
차의 향기 : 시원한 단맛에 과일 즙의 향기를 풍긴다.
차의 맛 : 순후하면서도 시원하고 상쾌하다.
엽저 : 부드러우며 전체적으로 맑고 투명하다.
생산지 : 안휘성 기문현(祁門縣)

기문홍차에 얽힌 전설과 고사

청나라 광서(光緒 : 1875~1908년, 덕종의 연호) 연간에는 기문녹차(祁門綠茶)를 애호하는 풍조가 유행하였다.

이현(黟縣) 사람 여간신(餘干臣)이 고향으로 돌아와 차 농장을 짓고 홍차를 제조하기 시작하였다.

기문 지역과 부근의 다른 지역의 차 농장에서 이를 모방하여 홍차를 만들기 시작하자 홍차가 크게 성행하게 되었다.

전국 각지의 사람들이 '기문홍차'를 마시며 높이 칭송하였다.

32 | 차의 사회적 영향 (1)
시사, 서화

>>>> 차와 관련된 각종 시사詩詞와 문학 그리고 서화書畵는 중국 고대 예술의 귀한 유산으로 전승되고 있으며, 이를 통하여 차 문화의 다양한 사회적 작용과 그 영향력을 엿볼 수 있다.

차와 관련된 시사

차와 관련된 시사(詩詞)는 진(晉)나라 시대에 시작된 것으로 보인다. 좌사(左思 : 250?~305년, 서진의 시인)의 『교녀시(嬌女詩)』에 "차 마시고 싶은 마음 간절하여, 솥의 불을 후후 부네(심위차천극 취허대정력心爲茶荈劇 吹噓對鼎櫪)"라는 구절이 있다. 차에 관한 시사는 그 수량이 대단히 풍부할 뿐만 아니라 제재 역시 매우 광범위하여 아래와 같은 차 문화의 모든 방면에 미치고 있다.

명차(名茶) : 범중엄(范仲淹)의 『구갱차(鳩坑茶)』, 매요신(梅堯臣)의 『칠보차(七寶茶)』, 소식(蘇軾)의 『월토차(月兎茶)』, 소철(蘇轍)의 『송성재한문혜일주차(宋城宰韓文惠日鑄茶)』 등

명천(名泉) : 육구몽의 『사산천(謝山泉)』, 소식의 『구초천지혜산천시(求焦千之惠山泉詩)』, 주희(朱熹)의 『당왕곡수렴(唐王谷水廉)』 등

다구(茶具) : 피일휴와 육구몽이 함께 지은 『차영(茶籝)』, 『차조(茶竈)』, 『차배(茶焙)』, 『차정(茶鼎)』, 『차구(茶甌)』 등

팽차(烹茶) : 백거이의 『산천전차유회(山泉煎茶有懷)』, 피일휴의 『자차(煮茶)』, 소식의 『급강전차(汲江煎茶)』, 육유(陸遊)의 『설후전차(雪後煎茶)』 등

품차(品茶) : 전기(錢起)의 『여조여다연(與趙與茶宴)』, 유우석(劉禹錫)의 『상차(嘗茶)』, 육유(陸游)의 『철차시아배(啜茶示兒輩)』 등

시사(詩詞)

당나라 시대 원진(元稹 : 779~831년)의 『보탑시(寶塔詩)』 혹은 『일언지칠언시(一言至七言詩)』

차(茶)
향엽(香葉), 눈아(嫩芽).
모시객(慕詩客), 애승가(愛僧家).
전조백옥(碾雕白玉), 나직홍사(羅織紅紗).
요전황예색(銚煎黃蕊色), 완전곡진화(碗轉曲塵花).
야후적배명월(夜後邀陪明月), 신전명대조하(晨前命對朝霞).
세진고금인불권(洗盡古今人不倦), 장지취후개감과(將知醉後豈堪誇)!

차
향기로운 잎 부드러운 싹
시객들이 사모하고 승려들의 사랑을 받네.
맷돌은 백옥에 조각했고 채는 붉은 명주로 짰네.
화로에서 황색의 꽃으로 피어나더니 잔에서는 곡진화로 바뀌네.
밤에는 밝은 달 들어오고 새벽에는 아침노을 바라보네.
예부터 사람들의 권태 달래주니 취한 후에 어찌 자랑하지 않을까!

『초계시(苕溪詩)』 권(卷) 미불, 북송 지본(紙本) 행서(行書)

『초계시(苕溪詩)』는 미불*의 대표작 가운데 하나이다. 이 시 가운데 '나경혜천주(懶傾惠泉酒), 점진학원차(点盡學源茶)'라는 두 구절은 그가 친구에게 받은 환대에 대한 것을 묘사한 것이다. 매일 술과 야채를 끊임없이 대접받았지만, 신체의 허약함 때문에 차로 술을 대신하였던 그는 이후에 이 시를 짓게 되었다. 시 가운데 '점진(点盡)'이라는 두 글자는 북송 시절에 세간에 성행하였던 차의 풍속을 보여주고 있다.

서화(書畵)

『한희재야연도(韓熙裁夜宴圖)』 고굉중(顧閎中) 오대(五代) (국부국부局部) 북경고궁박물원 소장

이 그림은 당시 귀족들의 야연(夜宴)의 중요한 요소였던 품차(品茶)와 청금(聽琴) 등의 장면을 세밀하게 표현하고 있다. 차를 마시고 먹는 광경이나 가지런하게 진열되어 있던 다구 등을 통하여 당시 관료들의 야연에서 차가 얼마나 중요한 역할을 하였는지를 알 수 있다. 그림에는 몇 개의 차호, 차완, 차점(茶点) 등이 주빈 앞에 진열되어 있고 주인은 평상에 단정히 앉아 있다. 왼쪽에서는 한 소녀가 거문고를 연주하고 있고, 빈객들은 매우 흡족한 모습으로 차를 마시며 연주를 듣고 있다.

* 미불(米芾 : 1051~1107년)은 북송 시기의 유명한 서예가이다. 자(字)는 원장(元章), 호(號)는 양양만사(襄陽漫士), 해악외사(海岳外史) 등이다. 작은 체면에 구애받지 않고 고서화를 목숨처럼 아꼈기 때문에 세상에서는 '미전(米顚)'이라고 불렸다.

제차(制茶) : 고황(顧況)의 『배차오(培茶塢)』, 육구몽의 『다사(茶事)』, 채양의 『조차(造茶)』, 매요신의 『답건주침둔전기신차(答建州沈屯田寄新茶)』 등

채차(采茶)와 재차(栽茶) : 장일희(張日熙)의 『채차가(采茶歌)』, 두목(杜牧)의 『차산하작(茶山下作)』, 주희의 『차판(茶坂)』, 조정련(曺廷棟)의 『종차자가(種茶子歌)』 등

송차(頌茶) : 소식은 '종래가명사가인(從來佳茗似佳人)'이라 하여 차를 아름다운 미녀에 비교하였다. 진소유(秦少遊)는 『차(茶)』에서 '약불괴두형(若不愧杜蘅), 청감병초국(淸勘拼椒菊)'이라 하여 차를 유명한 꽃에 비유하였다.

차와 관련된 서화

차와 관련된 최초의 서화(書畵)로는 당나라 시대의 화가인 염립본(閻立本 : 601~673년)의 『소익잠란정도(蕭翼賺蘭亭圖)』로 알려져 있다. 오대(五代)의 고굉중(顧閎中 : 오대 남당南唐의 화가)은 『한희재야연도(韓熙裁夜宴圖)』에서 차를 마시는 모습과 각종 다구를 묘사하며 늦은 밤 관리들의 연회에서 차가 얼마나 중요한 역할을 하였는지를 설명하고 있다. 송나라 시대에 차 문화가 얼마나 크게 융성하였는지는 전선(錢選)의 『노동자차도(盧仝煮茶圖)』, 유송년(柳松年)의 『투차도(鬪茶圖)』, 『명원도시도(茗園賭市圖)』 등을 통하여 알 수 있으며, 이 작품들은 다인들의 일상생활에 대한 작가의 이해를 심도 있게 보여주고 있다. 북송(北宋) 말기, 송나라 휘종 조길은 『문회도(文會圖)』를 통하여 문인들 사이에서 이루어지던 대형 차연(茶宴)의 광경을 묘사하고 있다. 송나라 시대에는 차를 마시는 일을 일상생활의 측면에서보다는 고아한 예술적 측면에서 접근하고 있었음을 짐작할 수 있다.

원나라 시대의 조맹부(趙孟頫 : 1254~1322년)는 『투차도(鬪茶圖)』를 통하여 차농들이 차를 음미하면서 그 우열을 가리는 대결을 형상화하여 농촌의 한적한 시기를 적절히 묘사하고 있다. 명나라 시대에 '오문사자(吳門四子)'로 명성을 떨쳤던 문미명(文微明), 구영(仇英 : 1498?~1552년), 당인(唐寅 : 1470~1523년), 침주(沈周)는 모두 차와 관련된 그림을 통하여 차를 통한 벗과의 교우 등을 묘사하고 차가 주는 즐거움을 함축적으로 표현하고 있다. 청나라 시대의 화가들은 다관(茶館)의 문화에

주목하였다. 세상에 빠르게 퍼져가던 다관의 풍속을 비판적으로 묘사하고 있는 각종 글과 소설의 삽화는 근대의 차 문화 현상을 연구하는 데 있어서 중요한 자료가 되고 있다.

33

가무, 희곡

>>>> 가무歌舞와 희곡戱曲은 차 활동과 관련된 두 종류의 예술 형태라고 할 수 있으며, 차와 관련
된 백성들의 각종 생산 활동을 바탕으로 창작된 것이다.

차와 관련된 가무

당나라 시대의 시인 두목(杜牧 : 803~852년)은 『제차산(題茶山)』이라는 시에서
춤과 노래를 주고받으며 찻잎을 따는 흥겨운 장면을 묘사하고 있다. 찻잎을 채
적하는 계절이 되면 차 산지의 곳곳에서 가무를 즐기며 찻잎을 따는 처자들의
모습은 흔하게 볼 수 있는 매우 일상적인 광경이었다.

차와 관련하여 역사적으로 전승되고 있는 대부분의 가요는 주로 차농(茶農)
의 노고를 반영하는 내용으로 이루어져 있다. 명나라 시대 정덕(正德 : 1506~1521년,
무종의 연호) 연간에 절강성 항주 일대에서 유행하였던 『부양강요(富陽江謠)』, 청나
라 시대 진장(陳章)의 『채차가(采茶歌)』 등을 예로 들 수 있다.

현재 전해지고 있는 차가(茶歌)의 대부분은 차향(茶鄕)의 수려한 산천과 차를
따는 낭자들의 미묘한 춘심을 주요한 소재로 하고 있으며, 또한 청춘남녀 상호
간의 사랑과 연모의 정경을 손에 잡힐 듯 묘사하고 있다.

차와 관련된 공연과 희곡

차와 희곡은 역대로 밀접한 관계를 유지하여 왔으며 역사적으로 유명한 희
곡의 적지 않은 장면이 당시의 각종 다사(茶事)와 관련된 내용을 그 소재로 활용
하고 있다. 예를 들면 송원남(宋元南)의 희곡 『심친기(尋親記)』 가운데 나오는 '다

차와 가무, 희곡

가무

전국 각지의 채차(採茶) 낭자들은 모두 가무에 능하였다. 채차 시절이 되면 차 지역의 곳곳에서 채차 낭자들이 춤을 추며 노래를 부르는 광경을 흔히 볼 수 있었다.

각지의 차향(茶鄕)마다 "손으로 찻잎을 따면서 입으로는 노래를 부른다(수채차엽구창가手采茶葉口唱歌). 한 광주리에는 찻잎이 가득하고 한 광주리에는 노래가 가득 담겼다(일광차엽일광가一筐茶葉一筐歌)"는 이야기가 회자되고 있다.

당시에 유행하였던 노래의 대부분은 차향의 아름다운 산수와 차를 따는 즐거움 그리고 남녀 간의 애틋한 연모의 마음을 내용으로 하고 있다.

역사적으로 전승되어 온 차에 관한 가요의 대다수는 차농의 고단함을 표현한 것이다. 명나라 시대 정덕 연간에 절강성 항주 일대에서 유행하였던 『부양강요』나 청나라 시대에 유행하였던 『채차가』 등을 예로 들 수 있다.

희곡

차와 희곡은 비교적 긴밀한 관계를 유지하여 왔다. 차를 그 제재로 삼거나 연출의 한 장면으로 구성하고 있는 희곡은 일일이 거론하기 힘들 정도이며 차를 넣어 제목을 지은 희곡 또한 허다하였다. 강서채차희(江西采茶戲), 황매채차희(黃梅采茶戲), 양신채차희(陽新采茶戲), 월북채차희(粵北采茶戲) 등이 그러한 작품들이다. 이들 지역의 희곡은 본래 고단한 백성들이 차와 관련된 일상의 삶 속에서 흥얼거리며 만든 가요나 춤 등으로부터 비롯되었다.

'용곡려인(龍谷麗人)'이란 곤곡(昆曲 : 중국 전통 희곡의 하나. 세계 문화유산으로 지정)의 다예(茶藝)는 『목단정(牧丹亭)』 「권농(勸農)」이란 작품 가운데 차와 관련된 장면이 발전되어 이루어진 것이다. 곤곡 음악은 다예의 가무, 농사의 장려, 채차(采茶), 영차(咏茶), 점차(點茶), 포차(泡茶), 경차(敬茶) 등으로 구성되어 있다.

『다관(茶館)』(라오서 편극老舍編劇)은 청나라 말기 북경의 '노유태(老裕泰)' 다관에서 이루어지는 각양각색의 인물들의 만남과 운명을 통하여 사회 변혁의 필요성과 필연성을 다루고 있다. 청나라 말에서 중화민국으로 넘어가는 변혁 시기의 다관 문화의 면면을 잘 보여주고 있다.

방(茶訪)'의 장면이 그러하다.

원나라 시대 왕실보(王實甫 : 1250?~1337년?)의 『소소경월야판차선(蘇小卿月夜販茶船)』, 고렴(高濂)의 『옥잠기(玉簪記)』에는 '다서(茶敍)'의 장면이 있으며, 명나라 시대 탕현조(湯顯祖 : 1550~1616년)의 『목단정(牧丹亭)』, 청나라 시대 공상임(孔尙任 : 1648~1718년)의 『도화선(桃花扇)』 가운데에는 '권농(勸農)' 장면이 있다. 이러한 작품들이 모두 분량의 다소를 떠나 차를 소재로 한 장면을 배경으로 삼고 있다.

'채차희(采茶戲)'라는 분야는 각종 다사(茶事)의 발전을 바탕으로 형성된 세계 유일의 희곡의 한 장르로서 중국의 감(贛 : 강서성의 별칭), 악(鄂 : 호북성의 별칭), 상(湘 : 호남성의 별칭), 환(皖 : 안휘성의 별칭), 민(閩 : 복건성의 별칭), 월(粤 : 광동성의 별칭), 계(桂 : 광서성의 별칭) 등의 지역에서 유행하였다. 이것은 차와의 관련뿐만 아니라 차와 희곡이 서로의 접점에서 조화를 이루며 일종의 예술 형식으로 발전한 장르라고 할 수 있다.

1920년대 초 저명한 극작가 텐한(田漢 : 1898~1968년)이 창작한 『환린여장미(環璘與薔薇)』라는 작품 속에는 자수(煮水), 포차(泡茶), 짐차(斟茶) 등 차와 관련된 장면들이 곳곳에 보이고 있다. 또한 라오서(老舍 : 1899~1966년, 소설가) 선생의 『다관(茶館)』은 극 전체가 북경 다관을 배경으로 시대적 상황을 묘사하고 있는 작품으로 오래된 북경 다관의 풍속—차나 식사 등을 판매하는 광경—을 재현하고 있다.

'황매희(黃梅戲)'의 원래 이름은 '황매채차희(黃梅采茶戲)'였다. 이 장르의 작품은 황매현에서 유행하였던 산가(山歌), 채차(采茶) 등을 소재로 형성되었던 일종의 민간 희곡이라고 할 수 있다. 각종 다사 문화(茶事文化)를 극 제목에 반영하고 있는 작품으로는 『송차향(送茶香)』, 『고랑망랑(姑娘望朗)』, 『송차향(送茶香)』 등을 들 수 있다.

'감남다희(贛南茶戲)' 또한 종차(種茶), 채차(采茶), 차 무역 등의 차와 관련된 장면으로 구성된 희곡이다. 차를 넣어 제목을 지은 희곡으로는 『자매적차(姉妹摘茶)』, 『송가매차(送哥賣茶)』, 『소적차(小摘茶)』, 『구룡산적차(九龍山摘茶)』 등이 있다.

34

차의 사회적 영향 (3)
혼례, 제사

>>>> 차와 결혼 혹은 차와 제사의 관계는 혼인이나 제사에서 차 문화가 혼례 의식 혹은 제사 의식의 일부로 격식화되는 과정을 통하여 찾아볼 수 있다.

차와 혼례

차는 전통적 혼례(婚禮) 과정과 융합되면서 대단히 중요한 의례로 작용을 하여 왔다. 이 풍속은 당나라 태종(太宗) 정관(貞觀) 15년(641), 문성(文成) 공주가 티베트(吐蕃토번) 지역으로 시집갈 때 당시의 예절에 따라 차를 휴대하고 들어간 이래 지금까지 1300여 년에 이르고 있다. 당나라 시대에는 음차 문화의 풍속이 대단히 성행하였기 때문에 귀한 차나 찻잎을 혼인의 필수 예물로 챙기는 것이 사회적 풍속이었다.

송나라 시대에는 본래 여자가 시댁에 가져가는 혼수 품목의 하나였던 차가 남자가 여자를 향해 구혼할 때 쓰는 예물로 변화되었다. 원나라 시대와 명나라 시대에는 '차례(茶禮)'라는 용어가 혼인의 대명사로 간주되었으며, 특히 여자들의 경우에는 많은 사람들 앞에서 차례를 올려야 도덕적 혼인으로 인정되었다. 청나라 시대에도 여전히 차례가 사회적 관념으로 유지되었으며 "정숙한 규수는 두 집안의 차를 마시지 않는다(好女不吃兩家茶호녀불흘양가차)"라는 속담이 있었다.

현재도 전국 각지의 농촌에서는 여전히 정혼(定婚)이나 결혼을 '수차(受茶)' 혹은 '흘차(吃茶)'라고 부르고 있다. 또한 정혼할 때의 정금(定金)을 '차금(茶金)'이라고 부르고, 채례(彩禮)를 '차례(茶禮)' 등으로 부르고 있다. 혼례에 차를 사용하는 것을 예의에 합당한 풍속으로 여겼으며 또한 이것은 여러 민족에게 보편적으로 유행하던 풍속이었다. 몽고족의 정혼 풍속에서 차는 친족에게 애정의 표시로 지녀야 하는 귀한 예물이었다. 회족(回族), 만족(滿族), 합살극족(哈薩克族 : 카자흐족)의 풍속에서도 정혼을 할 때 남자가 여자에게 주는 예물이 바로 차였다. 회족은 정혼을 '정차(定茶)' 혹은 '흘희차(吃熙茶)'라고 하고, 만족은 '하대차(下大茶)'라고 부르고 있다. 친족을 영접할 때나 혹은 결혼 의식에서 차를 이용하는 것은 주로 신랑이었다. 혼례 의식에서 차와 직접적으로 관련된 의식으로는 신랑의 '교배차(交杯茶)', '화합차(和合茶)' 혹은 부모나 웃어른을 향하여 올리는 '사은차(謝恩茶)', '인친차(認親茶)' 등의 의식이 있다.

차와 제사

중국은 제사(祭祀)에 차를 사용하는 풍속이 있는데, 이 풍속은 대체적으로 남북조 시대부터 점진적으로 시작된 것으로 보인다. 남북조 시기의 제(齊)나라 무제(武帝) 소이(蕭頤)는 영명(永明) 11년(434)에 "영령에게 제사를 지낼 때 가축으로 제물을 올리는 것을 삼가고, 다만 떡(餠), 차, 마른 반찬, 술과 포(脯)만으로 모시는 것으로 충분하며⋯⋯"라는 조서를 내린 바 있다. 제나라 무제 소이는 차로 제사를 지내던 민간의 예속(禮俗)을 통치 계급의 상례(喪禮)에 과감하게 흡수하고 이러한 형태의 제도를 널리 고무하고 권장하였던 것이다.

중국의 제사 활동을 살펴보면, 제천(祭天), 제지(祭地), 제조(祭竈), 제신(祭神), 제불(祭佛) 등 다방면에 걸쳐 일일이 헤아릴 수 없을 정도다. 차를 이용하여 제사를 모시는 고대의 의례는 일반적으로 다음과 같은 세 가지 형식으로 이루어졌다.

첫째는 차완이나 차충(茶盅) 속에 찻물을 따라 놓아두는 것이고, 둘째는 차를 끓이거나 우리지 않고 다만 차를 놓아두는 것이며, 셋째는 차를 올리지 않고 다만 차호나 차충만을 상징적으로 놓아두는 것이었다.

중국의 소수 민족이나 주변 국가 또한 차를 제품(祭品)으로 삼는 관습이 있었다. 포의인(布依人)들이 토지신에게 제사를 올리는 의례를 예로 들면, 그들은 매월 초일과 십오일에 각 가정에서 쏟아져 나온 마을 사람들이 사당에 모여 등을 밝히고 차를 올리며 토지신에게 온 동네 사람들의 평안과 가축의 안전을 기원하

혼례

'흡차'는 고대에 남자 쪽에서 여자 쪽에 구혼하고 사람을 시켜 여자 쪽에 정혼의 예물을 보내는 행위를 말한다. '흡차'는 혼인에 있어 필수적인 과정이었으며, 그 시초는 당나라 시대에서 찾을 수 있다. 『구당서(舊唐書)』「토번전(吐蕃傳)」에 의하면 문성 공주가 토번의 송찬간포(松贊干布 : 617?~650년)에게 시집을 갈 때 찻잎을 휴대하였다는 기록이 있다. 당나라 태종은 차를 아름다운 혼인의 상징으로 삼았으며, 또한 이로부터 서장 지역에서도 차를 마시는 풍속이 시작되었다.

'수차(受茶)'는 여자 쪽에서 남자 쪽이 보낸 예물을 받는 것을 말한다. 일부 지역에서는 여자 쪽에서 남자 쪽에 한 포의 차와 한 자루의 쌀을 주어야만 했는데, 당시 곤궁한 여자 쪽에서는 '물로 차를 대신하거나 흙으로 쌀을 대신하여' 남자 쪽에 예를 표시하였다. 이에 남자 쪽에서 '물과 흙(水土)'을 받아들이기도 하였다.

차나무는 상록수의 일종이다. 옛사람들은 사람 사이의 애정을 종종 상록수에 비유하고는 하였다. 혼인에서 차로 예물을 삼는 것은 신랑과 신부가 백발이 될 때까지 해로하면서 서로 변치 않는 영원한 사랑을 하겠다는 상징적 의미를 내포하고 있다.

또한 차나무가 자라 무성하게 잎을 맺는 것과 같이 혼인 후에 자손의 번성이 있을 것을 기원하는 상징이기도 하다.

제사

예로부터 차는 제사 물품의 하나로 이용되어 왔다. 조상에 대한 제사, 신에 대한 제사, 신선에 대한 제사, 우주만물에 대한 제사 등 다양한 제사 활동이 있지만 모두 차를 제사 물품으로 이용한다는 공통점이 있다. 이를 통하여 더욱 경건함과 숙연함을 보여주고 있다.

고대에 차를 이용한 세 종류의 제사 형태
1. 차완이나 차충에 찻물을 부어 놓아둔다.
2. 차를 끓이지 않고 그냥 놓아둔다.
3. 차를 놓지 않고 단지 차호나 차충만을 상징적으로 놓아둔다.

* 오른 쪽 그림에 보이는 제사 '전(奠)'자는 장사를 지내기 전에 영좌(靈座) 앞에 간단히 술이나 차나 과실 등을 차려 놓는 것을 뜻한다.

였다. 제품(祭品)은 아주 간단하였으며 주요한 것은 차를 이용하는 것이었다. 또한 운남(雲南) 여강(麗江)의 납서족(納西族 : 나시족)은 남녀노소를 막론하고 죽음 직후에 죽은 자의 입 안에 은가루, 찻잎, 쌀 등을 넣어두었는데, 그들은 이러한 행위를 통하여 죽은 자가 '신지(神地)'로 갈 수 있다고 믿었다. 제사 의식에서 차를 제품(祭品)의 하나로 이용한 것은 차 문화의 발전 과정에서 파생된 봉건적 성격이 짙은 일종의 미신에 가까운 문화이긴 하지만, 이 또한 인류 역사의 실상을 있는 그대로 보여주고 있다는 점을 잊어서는 안 될 것이다.

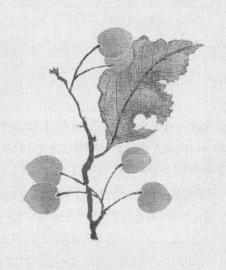

2장 기원起源

백초양위령百草讓爲靈,
공선백초성功先百草成[*]

지구상에 차라는 식물이 나타난 것은 7, 8천만 년 이전의 일이겠지만 인류에 의하여 발견되고 음용되기 시작한 것은 불과 4, 5천 년 전의 일이다. 최초로 차를 발견하고 이용하기 시작한 것은 중국 민족으로 알려져 있다. 그러나 어디서 어떻게 발견하였는지에 관해서 객관적으로 입증할 수 있는 자료가 남아 있지 않기 때문에 다른 식물과 마찬가지로 그 기원에 관해서는 정확한 결론을 내리기가 쉽지 않다. 다만 차에 관한 역사적 사료를 찾아 정리하고, 그 진위에 대한 과학적인 검토를 통하여 그 기원을 짐작할 수 있을 뿐이다.

* 백초가 신령함을 양보하니, 백초가 이룬 것보다 공이 앞서구나. 이는 오대(五代) 때 시승(詩僧)인 제기(齊己 : 864?~943년?)의 「영다십이운(詠茶十二韻)」의 전반부의 글이다.

2장의 일러스트 목록

01 최초의 기원
최초의 기원
차의 발원지로서의 ░░

> ≫≫≫ 믿을만한 사료에 의하면, 중국에서 최초로 차가 발견되고 음용되기 시작한 것은 기원전 1100년경의 주周나라 시대로 보인다. 이 자료를 통하여 우리는 인류가 차와 함께 생활해 온 시간이 지금까지 대략 3000년에 이른다는 것을 알 수 있다. 차에 관한 최초의 이 사료에 의하면 세계에서 최초로 차를 따고 음용한 곳은 중국이었다.

『다경』에는 중국의 '파산협천(巴山峽川)'이라는 곳에는 '두 사람이 손을 맞잡아야만 안을 수 있는' 큰 차나무가 있다는 기록이 있다. 또한 이 저서에서 육우는 각종 차나무의 형태와 특징 등에 대하여 비교적 자세히 묘사하고 있다. 사실은 『다경』 이전의 고대의 각종 사료를 통해서 우리는 중국의 서남부 지역이 차나무의 원산지라는 사실을 뒷받침해 주는 기록들을 찾아볼 수 있는데, 이러한 자료들이 바로 중국이 차나무의 원산지라는 주장의 학술적 근거가 되고 있다.

진(晉)나라 시대의 『화양국지(華陽國志)』*「파지(巴志)」의 기록에 의하면, 기원전 1066년에 주(周)나라 무왕(武王)이 은(殷)나라 주왕(紂王)을 정벌할 때 이미 차가 '공품(貢品)'으로 이용되고 있었음을 알 수 있다.

서한(西漢) 말기, 양웅(揚雄 : 기원전 53~18년)이 지은 『방언(方言)』에는 또한 "촉(蜀)의 서남부 지역 사람들은 차를 설(蔎)이라고 부른다(촉서남인위차왈설蜀西南人謂茶曰蔎)"는 기록이 있다.

『안자춘추(晏子春秋)』에는 "제(齊) 경공(景公) 시절에 안영은 재상으로 지냈음에도 좁쌀로 지은 밥에.......반찬이라곤 단지 명채(茗菜)뿐이었다(영상제경공시 식탈속지반.......명채이이嬰相齊景公時 食脫粟之飯.......茗菜而已)"라고 기술되어 있다.

---

* 중국 동진(東晉) 영화(永和) 11년(355)에 상거(常璩)가 편찬한 파지(巴志), 한중지(漢中志), 촉지(蜀志) 등 12권으로 되어 있는 파(巴), 촉(蜀), 한중(漢中) 등의 지리지이다.

중국에서 발견된 야생의 대형 차나무

광서(廣西) 대명산(大明山)의 야생 차나무
나무의 높이 : 13.3미터
나무의 형태 : 차나무 군락

사천(四川)의 야생 차나무 고목
나무의 높이 : 13.6미터
나무의 형태 : 집중성편(集中成片)

귀주(貴州)의 동재 대차수(桐梓大茶樹)
나무의 높이 : 13미터
잎의 길이 : 21.2밀리미터
잎의 넓이 : 9.4밀리미터

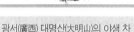

운남(雲南) 대흑산(大黑山)의
야생 차나무
나무의 높이 : 14.7미터
나무의 둘레 : 2.9미터
나무의 형태 : 단주(單株)
나무의 나이 : 약 1700년

광동(廣東) 종화현(從化縣)의 대엽종
(大葉種) 차나무
나무의 높이 : 수 미터에서 수십 미
터에 이른다.
나무의 형태 : 꽃은 피지만 결실이
적다.

차나무의 기원에 관한 논쟁
1824년 이후 인도(印度)에서 야생의 차나무가 발견되었다. 이 차나무를 근거로 일부의 해외 학자들이 중국
이 차의 원산지라는 주장에 이의를 제기하면서 차나무의 발원지에 대한 논쟁이 촉발되었다.
인도와 중국은 태리사해(泰提斯海 : 테티스해)를 사이에 두고 멀리 떨어져 있는 별개의 두 대륙이며, 현재의
히말라야 산맥의 남쪽 산등성이 지역은 고대에는 히말라야 해저 아래에 있었을 것으로 추정된다. 그러므로
차나무의 원산지가 인도라는 주장은 설득력이 떨어지며 차나무의 원산지는 중국의 서남부 지역으로 보는
것이 타당하다.

근대 과학은 다학(茶學)과 식물학의 결합을 통하여 차의 품종, 지질, 기후 등을 과학적으로 분석하고 논증하여 중국의 서남부 지역이 차의 원산지라는 사실을 밝히고 있다.

차나무의 자연적 분포에 대한 검토

현재 세계 각지에서 발견된 산차과(山茶科) 식물은 모두 380여 종에 이르고 있다. 그 가운데 약 260여 종이 중국에서 자라고 있으며, 주로 운남, 귀주, 사천 일대에 분포하고 있다. 이 중에서 산차과에 속하는 것은 약 60여 종 정도이지만 차나무 품종에서 매우 중요한 위치를 차지하고 있다. 산차과 식물은 현재 중국의 서남부 지역에 대량으로 집중되어 있는데, 이를 통하여 우리는 중국의 서남부 지역이야말로 차의 발원지라는 사실을 다시 한 번 확인할 수 있다.

지질 변화와 차 품종의 변화

중국의 서남부 지역은 수많은 산들이 밀집되어 있다. 히말라야 산의 융기에 따라 시작된 지각 변동이 중국의 천전종곡(川滇縱谷)과 운귀산원(雲貴山原)을 형성하기 시작한 후, 근 100만 년에 걸쳐 일어난 대소의 지각 변동을 통하여 수많은 산들과 고원, 하천과 계곡 등이 소규모 단위로 분화되면서 현재의 지형적 환경이 형성되었다. 또한 이러한 지역적 분화는 결국 그에 따르는 기후의 변화를 가져왔다. 이 때문에 원래의 지역에 생장하던 차나무과 식물들이 점차 열대, 아열대, 온대, 한대 등의 지역으로 확대되면서 각각의 환경과 기후에 적합한 형태와 품종으로 분화하게 된다. 최초의 원시적 형태의 차나무가 열대나 아열대 지역에서는 대엽종(大葉種) 혹은 중엽종(中葉種)*의 형태로 변화되었고, 온대 지역에서는 중엽종(中葉種)이나 소엽종(小葉種)의 차나무로 분화되었다. 중국 서남부 지역의 지질과 기후의 변화가 지역과 기후의 차이에 따른 차나무 품종의 분화로 나타난 것이다.

* 대엽종은 일반적으로 찻잎의 길이가 10센티미터 이상인 것을 가리키고, 중엽종은 일반적으로 찻잎의 길이가 7~10센티미터 사이인 것, 소엽종(小葉種)은 일반적으로 찻잎의 길이가 7센티미터 이하인 것을 가리킨다.

차나무의 원시적 형태와 변화

차나무의 형태적 변화나 품종의 분화는 역사적으로 서서히 지속적으로 진행되어 왔지만 원시 형태의 차나무가 비교적 많이 생장하고 있는 지역은 차나무의 원산지에 가깝다고 보는 것이 합리적이다. 중국 서남 지역의 세 개의 성과 그 주변 지역에서 자라고 있는 야생의 차나무는 비교적 원시적 형태와 특징을 그대로 간직하고 있다. 이러한 사실을 통하여 우리는 중국의 서남부 지역이 차나무의 원산지라는 것을 다시 한 번 확인 할 수 있다.

02 | 역사적 전승
'차茶'라는 글자가 구성(표현)

>>>> 중국 고대의 사료 가운데는 차의 명칭과 관련되어 매우 다양한 표현을 사용하고 있으며, 중당中唐 시기에 이르러서야 비로소 차의 음音과 형形 그리고 뜻義을 통일하기 위한 모색이 이루어진다. 이후에 육우의 『다경』이 광범위하게 유통되기 시작하면서 비로소 '차茶'의 자형字形이 확립되어 오늘날까지 이어져 오고 있다.

'차' 자의 유래와 자형(字型)의 확립

중국의 다학사(茶學史)를 살펴보면, 당나라 시대 중기(약 8세기) 이전에는 '차'는 '도(荼)'로 쓰고 'tu'로 읽는 것이 일반적이었다. 도(荼)라는 글자가 최초로 보이는 것은 『시경(詩經)』이다. 『시경』「패풍곡풍(邶風谷風)」 가운데에 "누가 도(荼)를 쓰다고 하는가? 냉이처럼 달다(수이도고 기감여제誰謂荼苦 其甘如薺)"라는 글귀가 있다. 그러나 '도(荼)'는 차와는 다르다. '도(荼)' 라는 글자가 점차 '차'의 의미를 포괄하기 시작한 것은 『이아(爾雅)』「석목(釋木)」이며, 이 가운데 "가(檟)는 고도(苦荼)다(가고도檟 苦荼)"라는 문장이 있다. 서기 2세기 동한(東漢)의 허신(許愼 : 30~124년)은 그가 지은 『설문해자(說文解字)』에서 "도(荼), 고도야(苦荼也)"라고 기술하고 있다. 또한 송나라 시대의 서현(徐鉉 : 917~992년) 등이 쓴 해서주(該書注 : 『설문해자』를 교정하면서 쓴 글) 가운데에도 "이것이 곧 지금의 차자다(차즉금지차자此卽今之茶字)"라는 기록이 있다.

진(秦)·한(漢) 이래 중국의 서남 지역으로부터 내륙의 한족(漢族)의 거주 지역으로 전파되기 시작한 차는 그 쓴맛 때문에 '도(荼)'와 비슷하게 발음하였다. '도(荼)'는 약물과 음료의 성격을 함께 가진 '차'를 표현하기 위하여 사용된 것으로 보인다. 역사적인 자료로 살펴볼 때 '도(荼)'는 그 음과 의미의 용례에 있어서 하나로 통일되어 있진 않았지만, 보통은 '차'를 표현하였던 것으로 보인다. 이후에

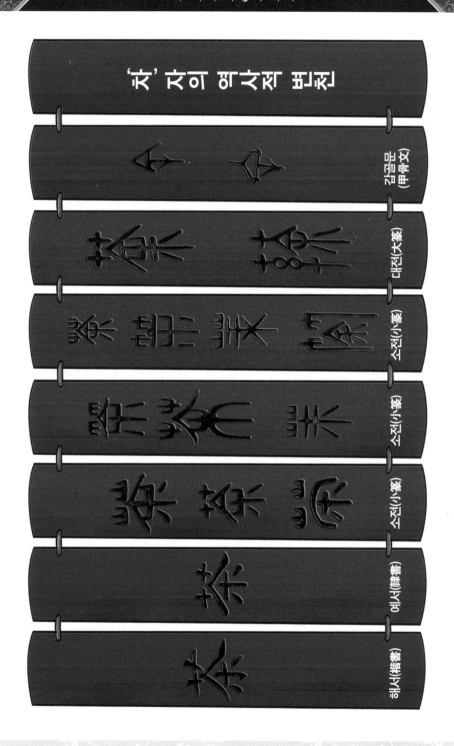

'도(茶)' 자에서 일획이 생략되며 '차' 자로 변화되었는데, 이러한 변화는 육우의 『다경』과 노동(盧仝)*의 『다가(茶歌)』의 영향이 컸던 것으로 판단된다.

육우는 『다경』의 주해에서 '차' 자의 출처는 『개원문자음의(開元文字音義)』(이 책은 당나라 현종玄宗이 편찬하였으며, '차茶' 자는 어찬御撰의 형식으로 정해짐)에서 비롯되었다고 설명하고 있다. 하지만 당시 신(新)·구(舊) 문학의 교체 시기에 안사의 난을 거쳐 번진(藩鎭)**이 세력을 형성하는 등 난세가 도래하게 되면서 '차' 자의 확정과 전파가 그렇게 순조롭게 이루어질 수는 없었다. 이러한 시대적 배경 속에서 육우가 『다경』을 통하여 차의 형(形), 음(音), 의(義)의 세 가지를 확정하고, 통일하여 광범위하게 전파하기 위해 노력하면서 다학이라는 새로운 분야의 초석을 다진 육우의 고뇌와 공헌은 이루 말로 다 표현할 수는 없을 것이다.

자음(字音)의 지역적 차이

중국은 광대한 영토와 엄청난 인구를 가지고 있다. 이 때문에 중당(中唐) 시기에 '차(茶)' 자가 보편적으로 채용된 이후에도 각 지역마다 방언의 차이로 인하여 차 자의 독음에 여전히 통일성을 찾기 힘들었다. 예를 들면 장강 유역과 중원의 북쪽 지역에서는 'cha', 'chai', 'zhou' 등으로, 복건성 복주(福州) 지역에서는 'ta'로, 하문(厦門) 지역에서는 'te'로, 광동성 광주(廣州) 지역에서는 'cha'로, 산두(汕頭) 부근에서는 하문의 'te(tay)'와 비슷하게 발음하였다.

중국의 여러 소수 민족 지역에서도 또한 '차' 자의 발음에 대단히 큰 차이를 보이고 있다. 요족(瑤族)은 'jihu(己呼)', 묘족(苗族)은 'jihu(忌呼)', 귀주성 남부의 묘족은 'chuta', 태족(傣族)은 'la' 등으로 부르고 있다.

---

* 노동(盧仝 : 795?-835년)은 당나라 때 시인이며, 차를 좋아하여 '다선(茶仙)'으로 불리기도 하였다. 그의 저서로 『다가(茶歌)』, 『옥천자시집(玉川子詩集)』 등이 있다.
** 중국 당나라 때의 절도사(節度使)이다. 즉 당나라·오대(五代)의 군직(軍職)으로 부병제(府兵制)가 느슨해진 8세기 초에 북방 민족의 침입을 막기 위하여 변경(邊境)의 요지(要地)에 둔 군단의 사령관(司令官)이다. 안녹산(安綠山)의 난 후에는 나라 안의 요지에도 두어 군정(軍政)뿐만 아니라 민정·재정(財政)까지도 겸하게 되어 강력하고 큰 권한을 가졌다. 송나라 초기에 이를 폐지하였다.

03 차의 별칭
역사상의 별칭과 그 해석

>>>> 차는 그 자형과 의미가 통일되기 이전에 여러 가지 다양한 별칭別稱들을 가지고 있었다. 고대인들의 책에는 이러한 종류의 특용 작물이 다양한 별칭으로 표현되어 있으며, 심지어 어떠한 별칭들은 단지 차나무의 차만을 가리키는 것도 아니었다. 또한 육우가 차를 정식 명칭으로 통일하기 전에 옛사람들은 차를 시어詩語로 사용하여 자신들의 흥취를 담기도 하였다.

도(荼)

『시경』에 "근도(菫荼)는 이(飴 : 엿)와 같다. 모두 고채(苦菜)다(근도여이 개고채야菫荼如飴 皆苦菜也)"라는 용례가 있다. 또한 『강희자전(康熙字典)』*에는 "세상에서 옛적에 도(荼)라고 말하던 것은 곧 지금의 차를 말한다. 차에 몇 가지 종류가 있는지 알 수 없지만, 도(荼), 즉 고도의 도(苦荼之荼)는 지금의 차를 말한다"라고 기술되어 있다. 이러한 사료를 통하여 우리는 '도(荼)'는 현대의 '차'를 가리키며 차 자의 자형이 '도(荼)' 자를 바탕으로 형성된 것임을 알 수 있다.

명(茗)

『안자춘추』와 『신농식경』에는 "도명(荼茗)을 오래 장복하면 몸에 힘이 솟고 즐거워진다(도명구복 영인유력 열지荼茗久服 令人有力 悅志)"라는 기록이 있다. 또한 동한(東漢) 때 허신(許愼)의 『설문해자』에는 "명(茗)은 차의 싹이다(명 도아야茗 荼芽也)"라고 기술되어 있다. 명(茗)은 오늘날에는 차의 아칭(雅稱)으로 쓰이고 있으며, 특히 문인이나 학자들에 의하여 사용되고 있다.

---

* 청나라 때 강희제(康熙帝)의 칙명(勅命)으로 진정경(陳廷敬), 장옥서(張玉書) 등이 편찬하기 시작하여 1716년에 완성한 자전이다.

가(檟)

『이아』「석목」에 "가(檟)는 고도(苦茶)다"라고 기술되어 있다. 또한 동한(東漢)의 허신이 지은 『설문해자』와 진대(晉代)의 곽박(郭璞 : 276~324년, 진나라의 시인이며 학자)이 지은 『이아주(爾雅注)』에도 가(檟)에 관한 전문적인 주석이 있다. 역대의 대부분의 사학자들은 가(檟)를 차와 관련지어 기술하고 있다.

천(荈)

서한(西漢)의 사마상여(司馬相如 : 기원전 179~117년, 시인이며 문장가)가 쓴 『범장편(凡將篇)』은 차를 약물로 열거한 최초의 역사적 기록으로 그것을 '천타(荈詫)'라고 칭하였다. 삼국시대 위(魏)나라의 장즙(張楫)이 지은 『잡자(雜字)』에는 "천(荈)은 명(茗)의 별명이다(천 명지별명야荈 茗之別名也)"라고 기술되어 있다. 또한 진대(晉代)의 진수(陳壽)가 쓴 『삼국지(三國志)』에는 오왕(吳王) 손호(孫皓)가 신하 위요(圍曜)를 위하여 술 대신 은밀히 천(荈)을 하사하였다는 '천이당주(荈以當酒)'의 고사에 대한 언급이 있다.

설(蔎)

당나라 시대의 육우가 지은 『다경』의 주해에는 "양집극(楊執戟)이 말하기를, 촉(蜀)의 서남쪽 사람들은 도(茶)를 설(蔎)이라고 한다(양집극운 : 촉서남인위도왈설楊執戟云 : 蜀西南人謂茶曰蔎)"라고 기술되어 있다. 이것은 한대(漢代)의 양웅(揚雄 : 기원전 53~기원후 18년, 사상가이며 문장가)이 지은 『방언(方言)』에 언급한 내용을 가리키는 것이다. 양웅은 일찍이 '집극랑(執戟郎)'이라는 벼슬을 지냈기 때문에 '양집극(楊執戟)'이라고 지칭한 것이다.

수액(水厄)

『낙양가람기(洛陽伽藍記)』*에는 "……경은 왕후의 팔진(여덟 가지 진귀한 산해진

---

* 동위(東魏)의 양현지(楊衒之 : ?~555년?)가 지은 것으로 북위 때 수도였던 낙양의 기록이다. 특히 대가람의 위치, 역사 등 사찰에 대한 기록이 자세하다.

역사상 차의 별칭

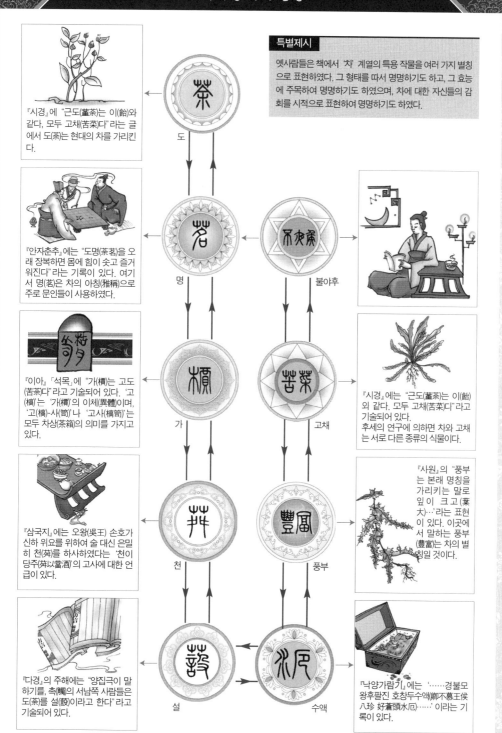

특별제시

옛사람들은 책에서 '차' 계열의 특용 작물을 여러 가지 별칭으로 표현하였다. 그 형태를 따서 명명하기도 하고, 그 효능에 주목하여 명명하기도 하였으며, 차에 대한 자신들의 감회를 시적으로 표현하여 명명하기도 하였다.

『시경』에 "근도(菫荼)는 이(飴)와 같다, 모두 고채(苦荼)다"라는 글에서 도(荼)는 현대의 차를 가리킨다.

『안자춘추』에는 "도명(荼茗)을 오래 장복하면 몸에 힘이 솟고 즐거워진다"라는 기록이 있다. 여기서 명(茗)은 차의 아칭(雅稱)으로 주로 문인들이 사용하였다.

『이아』「석목」에 "가(檟)는 고도(苦荼)다"라고 기술되어 있다. '고(檟)'는 '가(檟)'의 이체(異體)이며, '고(檟)-사(筍)'나 '고사(檟筍)'는 모두 차상(茶箱)의 의미를 가지고 있다.

『삼국지』에는 오왕(吳王) 손호가 신하 위요를 위하여 술 대신 은밀히 천(荈)을 하사하였다는 '천이당주(荈以當酒)'의 고사에 대한 언급이 있다.

『다경』의 주해에는 "양집극이 말하기를, 촉(蜀)의 서남쪽 사람들은 도(荼)를 설(蔎)이라고 한다"라고 기술되어 있다.

도

명

가

천

설

불야후

고채

풍부

수액

『시경』에는 "근도(菫荼)는 이(飴)와 같다. 모두 고채(苦荼)다"라고 기술되어 있다. 후세의 연구에 의하면 차와 고채는 서로 다른 종류의 식물이다.

『사원』의 "풍부는 본래 명칭을 가리키는 말로 잎이 크고 (葉大)…'라는 표현이 있다. 이곳에서 말하는 풍부(豊富)는 차의 별칭일 것이다.

『낙양가람기』에는 '……경불모 왕후팔진 호청두수액(卿不慕王侯八珍 好蒼頭水厄)……'이라는 기록이 있다.

미)을 좋아하지 않고 노비(창두)의 수액(차)을 좋아하는구나(卿不慕王侯八珍 好蒼頭水厄)……"라는 기록이 있다. 이를 통하여 우리는 남북조 시기에는 '수액(水厄)'이라는 두 글자가 '차'를 대신하는 용어였음을 알 수 있다.

풍부(豊富)

『사원(辭源)』에는 "풍부(豊富)는 본디 명칭과 관계된 것으로 잎이 크며 맛이 쓰고 떫다. 명(茗)과 유사하지만 같은 것은 아니며 남월(南越) 사람들은 차를 구하기 어려울 때 이것을 대신 끓여 마신다"라고 기술되어 있다. 여기서 '풍부'는 차의 별칭이거나 혹은 일종의 대용 음료를 가리키는 것으로 보인다.

고채(苦茶)

『시경』에는 "근도(菫茶)는 이(飴)와 같다. 모두 고채(苦菜)다"라고 기술되어 있다. 또한 허신의 『설문해자』에도 "도(茶), 고채야(苦菜也)"라고 기록되어 있다. 주의해야 할 것은 후세의 연구에 의하면, 차와 고채(苦菜)는 서로 다른 종류의 식물이라는 점이다.

기타 명칭

상술한 별칭들 외에도 '차'를 표시하는 명칭으로 '만감후(晚甘侯)', '척번자(滌煩子)', '불야후(不夜侯)', '삼백(森伯)', '청우(淸友)', '여감씨(餘甘氏)' 등의 별칭이 있다.

04

5대 초상五大初相
근根, 경莖, 엽葉, 화花 果

>>> 차나무는 뿌리根, 줄기莖, 잎葉, 꽃花, 과실果 등의 기관으로 구성되어 있다. 『다경』은 차나무의 이러한 형태적 특징을 다음과 같이 비유하여 기술하고 있다. 즉 "나무는 과로瓜蘆처럼 생겼고, 잎은 치자나무와 같으며, 꽃은 백장미와 같고, 과실은 종려나무의 그것과 같다. 줄기는 정향丁香과 같고, 뿌리는 호도와 같다"라고 비유하고 있다.

근(根)

차나무 뿌리의 주요한 작용은 나무를 고정시키고 토양 중의 수분과 물속에 용해되어 있는 영양분을 흡수하며 또한 일련의 영양분을 지상부로 옮기는 것이다. 차가 싹틀 때 배근(胚根)이 생장하여 주근(柱根)을 이루게 되는데, 이 주근 위에 돋아나는 크고 작은 뿌리들을 측근(側根)이라고 부른다. 직근(直根) 계열은 비교적 땅 속의 깊은 부분에 수직으로 분포되어 있고, 측근(側根) 계열은 비교적 땅 속의 얕은 부분에 수평으로 분포되어 있다.

경(莖)

줄기는 차나무의 각 기관을 이어주고 종자로부터 배아(胚芽)나 엽아(葉芽)가 잘 생장할 수 있도록 하며 점진적으로 새로운 가지와 잎, 싹을 형성시키는 작용을 한다. 차나무의 줄기는 일반적으로 주간(主幹), 주축(主軸), 골간지(骨幹枝), 세지(細枝), 신초(新梢)로 나누어진다. 분지(分枝 : 원줄기에서 갈라져 뻗어 나간 가지) 이하의 부분을 주간이라고 부르고, 분지 이상의 부분을 주축이라고 한다. 주간(主幹)은 차나무의 유형을 구별하는 표준이 된다. 주간의 특징과 분지 부위의 고저(高低)의 차이에 따라 차나무의 형태를 교목형(喬木型), 반교목형(半喬木型), 관목형(灌木型)으로 나누고 있다.

엽(葉)

잎은 광합(光合) 작용과 증발 작용이 이루어지는 중요한 기관으로 줄기 끝에 서부터 발육이 이루어진다. 또한 차의 채취의 대상이다. 잎 조각의 형상은 난원형(卵圓形), 도란형(倒卵形), 타원형(橢圓形), 장타형(長橢形), 원형(圓形), 피침형(披針形) 등으로 나누어진다. 잎의 끝은 그 형상의 장단(長短)이나 첨예(尖銳)에 따라 구별되는데, 크게 예첨(銳尖), 둔첨(鈍尖), 점첨(漸尖), 원첨(圓尖) 등의 종류로 나눌 수 있다. 잎 표면은 통상 융기의 정도에 차이가 있으며, 조조(粗糙), 광암(光暗), 평활(平滑)의 구분이 있다.

화(花)

꽃은 차나무의 생식 기관으로 화악(花蕚 : 꽃받침), 화관(花冠 : 꽃부리), 자예(雌蕊 : 암술), 웅예(雄蕊 : 수술) 등의 부분으로 구성되어 있다. 화악의 대부분은 녹색을 띠며 그 외형은 원형에 가깝다. 화관은 백색으로 서로 다른 크기의 5~9개 조각의 화판(花瓣 : 꽃잎)으로 구성되어 있다. 자예는 자방(子房), 화주(花柱), 주두(柱頭)로 조성되어 있으며, 웅예는 화사(花絲)와 화약(花藥)의 두 부분으로 나눌 수 있다. 수량이 대단히 풍부하여 보통 200~300매(枚)에 이른다.

과실(果實)

차나무 종자의 번식 기관이 곧 과실이다. 과실은 삭과(蒴果 : 속이 여러 칸으로 나뉘고 각 칸에 씨가 많이 든 열매)이며, 꽃에서 수정되어 과실로 성숙되기까지 약 16개월이 걸린다. 이때 꽃과 과실의 발육은 동시에 두 과정이 진행된다. 씨와 꽃이 함께 있는 이러한 '대자회태(帶子懷胎)*'는 또한 차나무의 특징 가운데 하나다. 성숙한 과실의 껍질은 종갈색(棕褐色)을 띤다. 종자의 바깥 껍질은 밤나무 껍질과 같은 색이고 종자의 안쪽 껍질은 옅은 종색(棕色)을 띠고 있다. 종배(種胚)의 양쪽은 두 조각의 신백색(砷白色)의 자엽(子葉)과 연접되어 있다.

* 차나무는 꽃이 피기까지 18개월 정도의 시간이 필요한데, 그해에 핀 꽃과 그 전 해에 열린 열매가 같이 맺히는 특징이 있다. 이러한 현상에 대하여 씨와 꽃이 같이 있다고 하여 실화상봉수(實花相逢樹) 혹은 자식을 두고 다시 회임하는 것과 같다고 하여 대자회태(帶子懷胎)라고 표현한다.

차나무의 식주(植株)의 형태

소교목형
(小喬木型)

교목형(喬木型)
차의 종류 : 보이차

관목형(灌木型)
차의 종류 : 서호용정차

차나무의 성장 도표

지상 부분 / 지하 부분

차정(茶精)의 맹아(萌芽) 과정에 대한 도표

잎, 줄기, 꽃, 과실

예첨(銳尖)   점첨(漸尖)

둔첨(鈍尖)   원첨(圓尖)

찻잎의 잎 끝의 형상

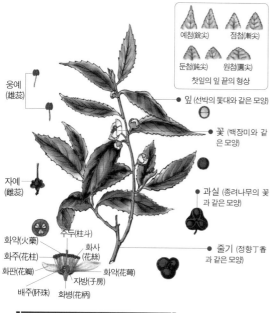

웅예(雄蕊)

자예(雌蕊)

화약(火藥)
화주(花柱)
화판(花瓣)
배주(胚珠)

주두(柱斗)
화사(花絲)
화악(花萼)
자방(子房)
화병(花柄)

잎 (선박의 돛대와 같은 모양)

꽃 (백장미와 같은 모양)

과실 (종려나무의 꽃과 같은 모양)

줄기 (정향丁香과 같은 모양)

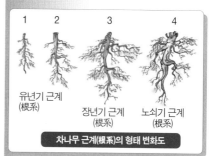

1   2   3   4

유년기 근계
(根系)

장년기 근계
(根系)

노쇠기 근계
(根系)

차나무 근계(根系)의 형태 변화도

1   2   3

차엽초전
(茶葉初展)

일아일엽
(一芽一葉)

일아사엽
(一芽四葉)

아엽(芽葉)의 생장 과정

차나무의 발육 주기 일람

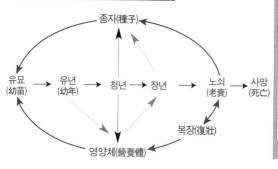

종자(種子)

유묘(幼苗) → 유년(幼年) → 청년 → 장년 → 노쇠(老衰) → 사망(死亡)

복장(復壯)

영양체(營養體)

주아(駐芽)가 달린 신초(新梢)

채적 조건 하의 생장

05 생장의 관건
토양, 수분, 햇빛,

>>> 차나무 역시 다른 식물과 마찬가지로 생장에 있어서 수분, 토양, 햇빛, 열량 등의 적당한 생태적 조건이 필수적이다. 『다경』은 이러한 일련의 생태적 조건을 '야자野者', '원자園者', '양애음림陽崖陰林', '음산파곡山陰坡谷' 등의 비교적 구체적인 표현으로 설명하고 있다.

토양 : 차 나무 생장의 터전

육우는 씨앗을 뿌리는 토양을 상, 중, 하의 세 등급으로 나누고 난석토(爛石土)를 상급으로, 역양토(礫壤土)를 중급으로, 황토(黃土)를 하급으로 설명하고 있다. 차나무의 생장에 필요한 각종 비료(영양소나 수분)는 뿌리를 통하여 토양에서 흡수하기 때문에 토양 속의 화학적 성질의 우열은 차나무 성장의 상태와 직접적인 관련이 있다. '난석(爛石)'은 풍화가 비교적 완전히 이루어진 토양을 가리킨다. 즉 소위 생토(生土)를 말하며, 이 토양은 각종 유기질이나 토양 속의 생물 함유량이 비교적 풍부하여 차나무의 생장 발육에 매우 적합하다. '역양(礫壤)'은 점성이 적고 미세한 모래가 많이 포함된 사질(砂質) 토양으로 중급의 토양으로 본다. '황토(黃土)'는 지질의 점성이 무겁고 성분의 구성에 있어서 비교적 차이가 있는 토양으로 그 질이 가장 낮은 것으로 보고 있다.

수분 : 생명의 원천

차나무는 습도가 높고 강우량이 많은 환경이 생장에 적합하기 때문에 일정한 양의 많은 비를 필요로 한다. 습도가 낮고 강우량이 1500밀리미터에 미치지 못하면 차나무의 생장에 부적합하다. 그러나 증발량이 부족하고 습도가 높은 경우에도 각종 독병(毒病)이나 차병병(茶餠病) 등의 병증이 발생하기 쉽다. 일반 농

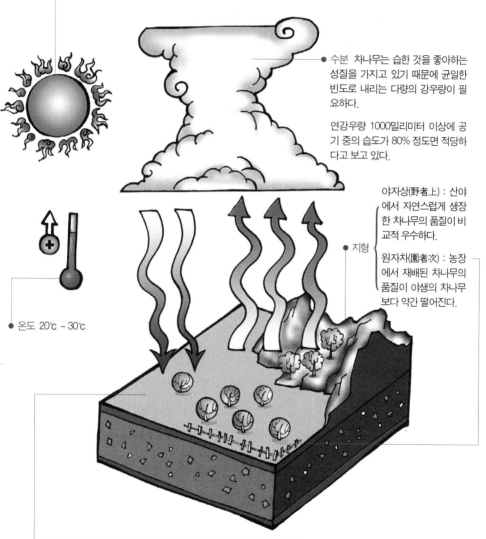

● 햇빛 '양애음림(陽崖陰林)'은 양지바른 산기슭의 수목으로 가려져 있는
생태적 환경이 차나무의 생장에 적합하다는 것을 설명하는 것이다.

● 수분 차나무는 습한 것을 좋아하는
성질을 가지고 있기 때문에 균일한
빈도로 내리는 다량의 강우량이 필
요하다.

연강우량 1000밀리미터 이상에 공
기 중의 습도가 80% 정도면 적당하
다고 보고 있다.

야자상(野者上) : 산야
에서 자연스럽게 생장
한 차나무의 품질이 비
교적 우수하다.

● 지형

원자차(園者次) : 농장
에서 재배된 차나무의
품질이 야생의 차나무
보다 약간 떨어진다.

● 온도 20℃ ~ 30℃

● 토양(土壤) 난석을 상(上)으로, 역양을 중(中)으로, 황토를 하(下)로 본다.
난석(爛石) 풍화가 비교적 완전하게 이루어진 토양으로 소위 생토라고 말하는 토양이며 차나무의 생장발육
에 매우 적합하다.
역양(礫壤) 모래가 많이 포함되어 있고 점성이 적은 사질의 토양으로 차나무의 생장에 그렇게 좋지는 않다.
황토(黃土) 지질의 점성이 무겁고 밀도의 차이가 있는 토양으로 차나무의 생장에는 적합하지 않다.

장의 1년의 재배 기간 가운데 재배에 필요한 수량(水量)은 봄과 여름의 두 계절에 집중된다. 연강우량이 3000밀리미터를 초과하고 증발량이 강수량의 1/2~1/3에 미치지 못하면 차나무는 각종 병을 유발하기 쉽다.

햇빛 : 만물의 필수 에너지원

차나무에 필요한 빛에너지는 주로 일조(日照), 기온, 공기의 습도 등의 몇 개의 경로를 통하여 공급이 된다. '양애음림(陽崖陰林)'과 '음산파곡(陰山坡谷)'은 차나무의 자연적 생장을 위한 두 종류의 환경적 조건을 말한다. '양애음림'은 양지바른 산기슭의 수목의 그늘이 차나무의 생장에 적합하다는 것을 가리키는 것이다. '음산파곡'은 그늘진 산기슭이나 골짜기는 차나무의 생장에 부적합하다는 것을 뜻한다. 이러한 환경은 찻잎의 채적이 불편할 뿐만 아니라 응결성이 강하기 때문에 이것을 음용하게 되면 사람의 배 속에서 종양처럼 뭉치기 쉽다.

지형 : 차나무 생장의 '가속기'

육우는 차나무가 생장하는 지형의 기준으로 '야자상(野者上), 원자차(園者次)'를 제시하고 있다. 즉 이 말은 야생의 차가 품질이 더 우수하며, 차원(茶園)에서 재배된 차의 품질은 이보다 떨어진다는 뜻이다. 이것은 재배 방법과 지형의 차이로부터 품질의 차이가 생긴다는 것을 말하며, 이러한 상황은 당나라 시대 차 생산의 객관적 현실과 비교적 부합된다고 할 수 있다. 이러한 점은 오늘날에도 차 농장의 지형이나 환경적 조건 등을 종합적으로 고려하고 선택하는 데 있어서 음미할 만한 요소라고 할 수 있다.

06

파종播種의 준비

예藝, 식植

>>>> 『다경』에서 설명하고 있는 파종 방법은 결국 다음과 같은 구절로 귀납된다. 즉 "예이부실藝
而不實, 식이한무植而罕茂, 법여종과法如種瓜, 삼세가채三歲可采"의 구절이 그것이다.

여기서 '예(藝)'와 '식(植)'은 씨앗의 번식과 묘목의 이식이라는 두 종류의 방법을 말한다. '부실(不實)'은 차의 씨앗을 뿌리는 토양에 소나무가 무성하지 않아야 한다는 것을 뜻하며, '한무(罕茂)'는 차나무를 듬성듬성 심어야 나중에 무성하게 생장할 수 있다는 것을 가리킨다. 이러한 두 가지 상황에 맞추어 '법여종과(法如種瓜)' 즉 오이 심는 법에 따라 씨를 뿌리고, '삼세가채(三歲可采)' 즉 3년을 공을 들여야 비로소 채취할 수 있다. 찻잎의 채적 연한과 그 시기의 조절은 차의 품종 외에도 차원(茶園)의 지리적 위치나 기후 조건 등에 의하여 영향을 받는다. 현재 저위도에 위치하고 있는 중국의 남부 지역에서는 찻잎의 채취에 굳이 3년을 기다리지 않고 있다.

오늘날 차나무의 종식 방법으로는 종자번식(유성번식)뿐만 아니라 차나무의 영양 기관을 이용하여 새로운 식주(植株)를 형성하는 영양번식(무성번식) 방법이 있다. 이러한 영양번식 방법에는 천삽(扦揷), 압조(壓條), 분주(分株 : 분근分根) 등의 방법이 모두 포함된다. 현재 전국 각지의 차원에서는 종자번식과 영양번식의 방법을 모두 사용하고 있다.

직접 파종

파종 전에 먼저 씨앗을 체로 골라내어 적당한 물에서 발아를 촉진시킨 후에 적시에 얕게 파종하거나 또는 작은 구덩이를 파고 파종해야 한다. 차나무 종자는 두 번째 해 3월까지 거두어들인 것을 파종할 수 있다. 춘계(春季) 파종은 매년 2~3월 사이에 행하고, 추계(秋季) 파종은 매년 10월 하순에서 11월 말까지 행한다. 현재 각지의 차원에서는 주로 추계 파종을 하고 있다. 정상적인 기온의 조건이라면 가을에 파종한 것이 봄에 파종한 것보다 나은 것으로 알려져 있다.

차나무 종자는 구덩이를 파서 뿌리는 것이 보다 합리적이다. 개개의 구덩이에 심는 씨앗은 4~5개 정도가 적당하다. 그 깊이는 3센티미터 정도로 조절하여야 하며 너무 깊으면 오히려 좋지 않다.

묘목의 이식

차나무의 묘목(苗木)을 이식하기 위해서는 먼저 이식의 시기, 묘령(苗齡), 이식 기술의 세 가지 요소를 고려해야 한다. 이식 시기는 묘목의 지상부가 생장이 멈출 때가 적당하다. 보통 이른 봄과 늦가을을 가장 적당한 이식 시기로 보고 있다. 이외에도 이식을 할 때에는 농장의 강우 상황을 고려해야 한다. 차나무의 묘령은 일반적으로 1년생 묘목으로 한다. 이식을 할 경우에 묘목 주근(主根)의 과거의 성장 부분은 잘라내도 좋다. 규정에 따라 적당한 거리를 유지하며 구덩이마다 건장한 묘목 2~3그루를 집어넣는다. 이때 매 그루마다 그 끝을 세심히 나누어 차나무 뿌리가 자연스럽게 뻗어나갈 수 있도록 잘 살펴서 집어넣고 이후에 흙으로 덮어준다. 반쯤 흙을 덮어 준 다음 차나무 뿌리 부분의 흙을 단단히 눌러주고 이어서 물을 뿌려준다. 송토층(松土層)에 완전히 흡수될 수 있도록 충분히 물을 뿌리고, 이어서 묘목의 뿌리가 튼튼히 고정될 수 있도록 계속해서 흙을 단단히 밟아준다.

차자(茶籽)의 직파(直播)

춘파(春播) :
2월 ~3월 사이

추파(秋播) :
10월 하순에서
11월 말까지

정파(定播)

옛사람들의 봄, 가을의 파종 방법

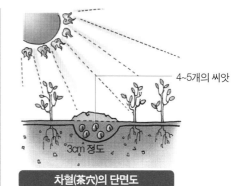

4~5개의 씨앗

3cm 정도

차혈(茶穴)의 단면도

묘목의 이식

이식(移植) 중

묘목의 이식 과정
묘목 주근(主根)의 과거의 성장 부분은 잘라
내도 된다. 뿌리 부분이 흙속에 자리를 잘 잡
았는지 혹은 손상된 부분이 없는지 세심한
주의가 필요하다.

이식(移植) 전

차묘(茶苗)의 이식 전
차나무의 이식은 묘목의 지
상부 생장이 휴면기에 들어
갔을 때 진행하는 것이 좋
다. 일반적으로 늦가을과
이른 봄을 묘목의 이식에
가장 적합한 시기로 보고
있다.

지하의 뿌리 부분

이식(移植) 후

차묘 이식 후
뿌리 주변의 토양을 단단히
눌러주면서 구덩이의 반 정
도까지 흙을 메운다. 그러
고 나서 송토층(松土層)까
지 젖을 만큼 충분히 물을
뿌려준 후에 다시 근경(根
頸) 부분까지 흙으로 메우
고 단단하게 밟아준다.

지하의 뿌리 부분

규정된 거리에 맞추어 개개의 구덩이마다 튼실한 묘목 2~3그
루를 심는다. 한 그루 한 그루 겹치지 않게 그 끝을 적당히 나누
어 주어야 뿌리가 서로 엉기지 않고 자연스럽게 뻗어나간다.

07 | 감별의 비법
세 종류의 감별 방법

>>> 『다경』은 차나무에서 채적한 선엽鮮葉 혹은 아엽芽葉을 가지고 그 색깔, 여린 정도, 형태에 따라 우열을 감별鑑別하는 방법을 제시하고 있다.

색채에 의한 감별법 : '자자상(紫者上), 녹자차(綠者次)'

양지바른 산기슭의 나무 그늘 아래서 잘 생장한 차나무의 자색의 어린잎을 최고의 품질로 꼽고, 녹색의 어린잎을 그 다음으로 보았다. 차나무의 어린잎의 색깔은 차나무의 품종이나 재배 지역의 토양, 복음(覆蔭) 등의 조건의 차이에 따라 현저하게 달라질 수 있다. 당나라 시대의 '불발효(不醱酵)' 병차(餠茶)는 증압을 거친 찻잎의 색이 꼭 녹색이어야 할 필요는 없었지만 쓴맛은 당시의 사회적 요구에 부합하기 위한 불가피한 선택이었다. '자색의 찻잎'이 '녹색의 찻잎'에 비하여 쓴맛이 더하였기 때문에 당나라 시대에는 이를 하나의 기준으로 삼아 우열의 구분을 논한 것이다.

차아(茶芽)가 자색을 띠기 위한 중요한 요소로는 아엽(芽葉)이 강한 자외선을 받아야 한다는 점과 온도가 높아야 한다는 점 그리고 호흡 작용이 원활하여 아엽 내에서 화청소(花靑素 : 안토시아닌)의 형성이 수월하게 이루어질 수 있어야 한다는 점을 꼽을 수 있다. 자연 환경으로부터 발생하는 아엽의 색채 변화만으로 품질의 호불호를 판단하는 것은 현대적 관점에서 본다면 지나치게 단편적인 기준이라고 할 수 있다. 이 때문에 '자자상(紫者上)'의 논점은 오늘날의 생산 현실에 비추어 볼 때 더 이상 부합하지 않는 원칙이라고 할 수 있다.

세 종류의 감별법

색채 감별법
'자자상(紫者上),
녹자차(綠者次)'

눈도(嫩度) 감별법
'순자상(筍者上),
아자차(芽者次)'

형태 감별법
'엽권상(葉卷上),
엽서차(葉舒次)'

양지바른 산기슭의 나무 그늘 아래서 잘 생장한 차나무의 자색의 어린잎을 최고의 품질로 꼽고 녹색의 어린잎을 그 다음으로 보았다. 차나무의 어린잎의 색깔은 차나무의 품종이나 재배 지역의 토양, 복음(覆蔭) 등의 조건의 차이에 따라 뚜렷하게 달라질 수 있다.
(주 : 이것은 당나라 시대 병차의 색채 감별법이다. 그러므로 '자자상'의 논점은 현대의 생산 현실에는 더 이상 부합되지 않는다.)

'순자(筍者)'는 죽순 상태의 싹을 말한다(아엽이 길며 아두芽頭가 통통하고 충실하다).
'아자(芽者)'는 가늘면서도 짧고 약한 아엽을 말한다.
육우는 전자가 후자보다 좋은 점이 많다고 보았다.

'엽권(葉卷)' 이란 차나무의 신초(新梢)에 돋아난 뒤로 말린 형태의 어리고 여린 아엽을 말한다. 이러한 종류의 차아(茶芽)는 여린 성질이 오래 지속되고 그 여린 정도가 양호하기 때문에 최상품의 찻잎을 만드는 주 재료가 된다.
'엽서(葉舒)' 는 차나무의 신초에 처음 돋아나는 곧게 펴진 형태의 어리고 여린 아엽을 말한다. 이러한 종류의 차아는 여린 정도가 떨어지고 여린 성질이 오래 지속되지 않기 때문에 쉽게 딱딱해진다. 이 때문에 찻잎도 뻣뻣하고 차의 품질 역시 비교적 좋지 않다.

'음산파곡자(陰山坡谷者), 불감채철(不堪采掇)'이라는 구절은 그늘진 산비탈이나 골짜기에서 자란 차나무는 낮은 기온과 짧은 일조 시간의 영향으로 싹이 움트는 시간이 더디기 때문에 채취해서는 안 된다는 것을 말하는 것이다. 이러한 종류는 차아(茶芽)의 잎 조각이 작고 얇기 때문에 완성된 차의 품질이 상대적으로 떨어진다.

눈도(嫩度 : 여린 정도)에 의한 감별법 : '순자상(筍者上), 아자차(芽者次)'

찻잎의 어린 정도에 의한 감별은 '순자(筍者)'와 '아자(芽者)'로 구별한다. '순자'는 죽순 상태의 싹을 말하는 것으로 그 아엽(芽葉)이 길며 아두(芽頭)가 통통하고 충실하다. '아자(芽者)'는 짧고 얇은 아엽을 말하며, 이것으로 차를 만들면 그 질량이 그렇게 만족스럽지는 않다.

『다경』에서 제시한 이 양자 사이의 한계와 취사선택에 대하여 이후의 몇몇 다서(茶書)들은 서로 다른 입장을 보여주고 있다. 『대관다론』에서는 어리면 어릴수록 좋다고 설명하고 있고, 『몽계필담(夢溪筆談)』*에서는 지나치게 어리면 오히려 좋지 않고 "길이가 1촌(寸)이 조금 넘고 침(針)처럼 가늘며 다만 싹만 조금 긴 것이 상등품이다"고 설명하고 있다. 당나라 시대 중기 이후에 이루어진 제차(制茶) 방법의 변화와 발전에 따라 '순(筍)'과 '아(芽)'에 내포되어 있던 전통적 의미는 이미 찻잎의 어린 정도를 의미하는 것으로 완전히 바뀌고 있다.

형태에 의한 감별법 : '엽권상(葉卷上), 엽서차(葉舒次)'

차아(茶芽)의 형태적 특징은 '말림(卷)'과 '퍼짐(舒)'의 차이에 있다. '엽권(葉卷)'이란 차나무의 신초(新梢)에 돋아난 뒤로 말린 형태의 어리고 부드러운 아엽을 말한다. 이러한 종류의 차의 싹은 여린 성질이 오래 지속되고 그 여린 정도가 양호하기 때문에 상등품의 찻잎을 만드는 주 재료가 된다. 뒤로 말려 굽어 있는 형태의 여린 찻잎은 우수한 품질의 차를 만드는 찻잎의 형태적 특징 가운데 하나였다. 보이차의 재료가 되는 운남의 쌍강맹고종(雙江勐庫種), 기문홍차의 재료가 되는 양수림종(楊樹林種) 등이 모두 이러한 형태적 특징을 가지고 있다.

'엽서(葉舒)'는 차나무의 신초에 돋아난 곧게 퍼진 형태의 어리고 여린 아엽을 말한다. 이러한 종류의 차의 싹은 여린 정도가 떨어지고 여린 성질이 오래 지속되지 않기 때문에 쉽게 딱딱해진다. 이 때문에 찻잎도 뻣뻣하고 차의 품질 역시 비교적 좋지 않다.

---

* 중국 북송의 학자였던 심괄(沈括 : 1031~1095년)이 문학, 예술, 역사뿐만 아니라 자연과학의 모든 분야를 포함한 백과사전식 문헌이다.

이외에 고산형(高産型) 차나무의 어린잎의 잎 조각이 위로 말려 올라간(葉卷) 것(즉 잎의 각도가 작은 품종)은 비교적 이상적 특징의 품종이라고 볼 수 있지만, 저산형(低産型) 차나무의 어린잎의 잎 조각이 수평으로 뻗어 있는(葉舒) 품종은 그 품질이 비교적 좋지 않은 것으로 인식되고 있다.

08 인체 장부臟腑와의 조화
약용 성분

>>> 차는 허기나 갈증의 해소 작용 외에도 인체에 대하여 다양한 약리적 효능을 가지고 있다. 차의 이러한 다양한 약리적 효능은 체질을 강화할 뿐만 아니라 각종 질병의 예방과 치유에 탁월한 효과가 있다.

알칼로이드 성분

찻잎 가운데 함유되어 있는 주요한 알칼로이드 성분으로는 테오필린(Theophylline), 카페인(caffeine), 테오브로민(Theobromine), 아데닌(adenine) 등을 들 수 있다. 특히 카페인의 함량이 가장 많고 상대적으로 다른 성분의 함량은 떨어진다. 카페인은 인체의 중추신경계통(대뇌, 뇌간, 척수) 등의 부위에 대하여 현저한 흥분을 일으키는 작용을 한다. 즉 카페인은 일종의 각성제로 쇠약해진 호흡중추(呼吸中樞)나 혈관의 운동중추(運動中樞)를 흥분시키는 작용을 하거나 혹은 우울증을 억제하는 작용을 하는 약물이다.

카페인은 인체의 대뇌피질에 대해서도 흥분을 일으키는 작용을 한다. 육체적 피로나 정신적인 갑갑함을 해소하여 심신을 환기시키는 효능이 있다.

카페인은 또한 심리적으로 허약하여 호흡이 가빠졌을 때 호흡을 안정시키고 사지의 경련을 진정시키는 효과가 있으며 이뇨 작용에도 현저한 효과가 있다.

타닌(페놀류에서 파생된 성분)

타닌(tannin)은 찻잎에 함유되어 있는 페놀류에서 파생된 성분을 총칭한다. 차에 함유된 타닌은 병원균의 발육과 생장을 억제하는 작용을 할 뿐만 아니라 만성간염, 이질(痢疾), 곽란(癨亂), 한기에 침습된 신장염 등의 질병에 일정한 효과

타닌(페놀류에서 파생된 성분)
1. 모세혈관의 침투성을 저하시킨다.
2. 대량의 페놀류 물질을 함유하고 있으며 동맥경화의 방지에 효과가 있다.
3. 소염(消炎), 지혈(止血) 작용.
4. 갑상선의 기능을 조절하며 비타민C를 제고시킨다.
5. 지사(止瀉), 살균(殺菌)작용.
6. 방사선으로부터 보호하는 작용(특히 녹차에 대량으로 함유)

알칼로이드 성분
1. 정신의 각성, 피로의 경감
2. 숙취 해소나 금연에 도움이 된다.
3. 이뇨(利尿), 고혈압의 치료, 심장 강화
4. 소화 촉진
5. 심혈관계(心血管系)의 질병 치료에 효과

방향물질(芳香物質)
페놀 : 병원균의 멸살
에탄올 : 위장의 흡수 기능을 강화
포름알데히드 : 살균 작용
페놀류 화합물 : 피부 각질의 방지 및 치료

비타민
비타민B1 : 각기병(脚氣病)의 치료
비타민C : 병균의 억제, 동맥경화 치료
비타민A : 시력의 강화, 야맹증이나 피부병의 방지, 비뇨기관 계통의 질병 방지
비타민E : 세포의 노화를 억제, 수명연장.

1 타닌(페놀류에서 파생된 성분)
찻잎에 함유되어 있는 페놀류에서 파생된 성분을 총칭한다. 차에 함유된 타닌은 병원균의 발육과 생장을 억제하는 작용을 할 뿐만 아니라 만성간염, 이질, 곽란, 한기에 침습된 신장염 등의 질병에 일정한 효과가 있다.

2 알칼로이드 성분
주요한 알칼로이드 성분으로는 찻잎의 염기, 카페인, 테오브로민, 아데닌 등을 들 수 있다. 특히 카페인의 함량이 가장 많고 다른 성분의 함량은 비교적 낮다. 카페인은 인체의 중추신경계통(대뇌, 뇌간, 척수) 등의 부위에 대하여 현저한 흥분을 일으키는 작용을 한다.

3 방향물질(芳香物質)
방향물질은 가래를 진정시키는 효능을 가지고 있다. 찻잎의 방향물질인 알코올, 특히 에탄올 성분은 위액의 분비를 촉진시키고 위의 흡수 작용을 강화시키는 기능을 한다. 메틸알코올과 에탄올은 모두 살균 작용을 하는 효능을 가지고 있다. 방향물질 가운데 포름알데히드 종류, 특히 메틸알데히드 성분은 강력한 살균 작용을 한다.

4 비타민
특히 비타민A, 비타민C, 비타민PP, 비타민H, 엽산, 판토텐산 등이 풍부하게 함유되어 있다. 이 가운데 비타민A는 피부의 각질화나 안구의 건조화를 방지할 뿐만 아니라 빛에 대한 망막의 감각을 강화시켜 야맹증을 방지한다. 또한 비타민D는 동맥경화를 방지하는 작용을 한다.

가 있다. 타닌은 또한 화상에 대해서도 효과가 있으며, 단백질과 결합하여 타닌과 알부민의 화학적 결합을 통하여 위장의 긴장을 완화하거나 위장의 연동을 진정시키는 효과가 있다. 이외에도 설사나 소염(消炎)에도 일정한 효과가 있다.

방향물질(芳香物質)

방향물질은 가래를 진정시키는 효능을 가지고 있는 일종의 약물이다. 기관지의 분비물을 증가시키기 때문에 가래의 치유에 대단히 탁월한 효과가 있다.

방향물질 가운데서도 페놀은 진통 효과가 있다. 인체의 중추신경계를 먼저 흥분시킴으로써 고통을 억제하는 작용을 한다. 또한 침전단백질(浸淀蛋白質)이 함유되어 있는데, 이것은 병원균을 멸균시키는 효능이 있다. 방향물질 가운데 크레졸(cresol) 성분은 해독, 방부, 가래 해소 등에 뛰어난 효과가 있다.

찻잎의 방향물질인 알코올, 특히 에탄올(ethanol) 성분은 위액의 분비를 촉진시키고 위의 흡수 작용을 강화시키는 기능을 한다. 메틸알코올(methyl alcohol)과 에탄올은 모두 살균 작용을 하는 효능을 가지고 있다. 방향물질 가운데 포름알데히드(formaldehyde) 종류, 특히 메틸알데히드(methylaldehyde) 성분은 강력한 살균 작용을 한다.

비타민

찻잎에 함유되어 있는 비타민A(카로틴)는 피부의 각질화나 안구 건조증 혹은 야맹증을 방지하는 효능이 있으며, 비타민D는 동맥경화를 억제하는 효능이 있다. 비타민E는 우수한 품질의 차에 대량으로 함유되어 있는 성분으로 발육을 촉진시키는 작용을 하며, 비타민K는 출혈을 억제하는 작용을 한다. 또한 비타민C는 비교적 찻잎에 많이 함유되어 있는 성분으로 괴혈증(壞血症)의 예방에 중요한 작용을 한다. 이외에 찻잎 가운데 함유되어 있는 비타민PP, 비타민H, 엽산(葉酸 : folic acid), 판토텐산(泛酸 : pantothenic acid) 등이 모두 일정한 약리적 효능을 가지고 있다.

09 질병 예방의 전제
정행검덕지인 精行儉德之人

>>>> '정행검덕'은 차를 마시는 사람이 지키고 따라야 할 정신적 규범으로 질병의 예방과 치유를 위한 실천적 전제라고 말할 수 있다.

　육우는 『다경』에서 오직 정행(精行)과 검덕(儉德)의 성정을 지닌 사람만이 차로써 질병을 쫓고 몸을 보호할 수 있다고 주장하고 있다. 이것은 어떤 의미에서는 오직 '군자(君子)'의 풍모를 갖춘 사람만이 차로써 질병을 예방하고 치유할 수 있다는 뜻으로 해석될 수 있다. 그러나 이러한 설명은 합리적이라고 보기에는 다소 문제의 소지가 있다. 고대의 '군자'의 기준에 관하여 공자는 일찍이 경론을 통하여 "군자유구사(君子有九思), 시사명(視思明), 청사총(聽思聰), 색사온(色思溫), 사공모(貌思恭), 언사충(言思忠), 사사경(事思敬), 의사문(疑思問), 분사난(忿思難), 견득사의(見得思義)"*라고 말한 바 있다.

　여기에서 '구사(九思)'란 결국 군자의 행위를 일정한 범주 내에 제한하는 것이라고 할 수 있다. 엄격한 수행과 절제를 바탕으로 한 이러한 사상은 어떤 측면에서는 매우 가혹한 규범이긴 하지만 이 사상이 후세에 끼친 영향은 이루 말할수 없이 거대하고 심원하였다. 『다경』의 저술 연대나 육우의 성장 배경을 고려해 볼 때 그는 시종 유가의 이러한 사상과 사대부의 음차 규범을 모든 다인이 따

---

* 이는 『논어』 「계씨(季氏)」에 나오는 구절이다. "군자는 아홉 가지 생각하는 바가 있다. 즉 볼 때는 명확히 두루 볼 것을 생각하고, 들을 때는 똑똑하게 깨달을 것을 생각하고, 얼굴빛은 온화하게 할 것을 생각하고, 행동은 공손하게 할 것을 생각 하고, 말할 때는 충언을 할 것을 생각하고, 일은 공경하는 마음으로 처리할 것을 생각하고, 의심나는 것은 물을 것을 생각하고, 분하고 화가 날 때는 어려움이 닥칠 것을 생각하고, 이득을 볼 때는 의로운가를 생각한다."

라야 할 행위의 규범으로 삼고 있었다는 것을 알 수 있다. 이것은 이미 차를 마시는 단순한 행위의 범주를 넘어서 정신적인 차원으로의 승화라고 보아야 한다.

전제로서의 '정(精)'

육우는 『다경』에서 차와 관련된 일련의 일들에 있어서 특히 '정(精)'의 중요성을 강조하고 따로 '다유구난'에 대하여 설명하고 있다. 차의 파종에서부터 제조, 감별, 자차(煮茶) 기구의 용법, 불의 장악, 고차(烤茶 : 차를 불에 말리는 과정)에 대한 연구, 물 끓이기, 품음의 순서 등 모든 과정에 걸쳐 정(精)의 의미를 누차 강조하고 있다. 그는 이와 같은 사상적 바탕 위에서 끓여진 차라야 비로소 '진선복렬(珍鮮馥烈 : 신선하고 강렬한 향)'의 풍미를 지닐 수 있으며, 차의 약리적 효능 역시 더욱 더 양호하게 발휘될 수 있다고 생각하였다. 다인(茶人)이 차를 대함에 있어 늘 섬세함을 잃지 않고 정성을 다하는 자세를 유지하여 '구난(九難)'을 극복할 때 비로소 차를 마시는 일이 마치 감로를 마시는 것처럼 심신에 이로운 일이 될 수 있다고 보고 있는 것이다.

근본으로서의 '검(儉)'

육우는 또한 검소함을 매우 중시하여 '차성검(茶性儉), 불의광(不宜廣)'을 강조하였다. 즉 "차의 본성은 검박함에 있으니, 지나치면 좋지 않다"고 했다. 차를 삶거나 끓이는 용구는 생철(生鐵)을 이용하여 만들 것을 주문하였다. 자질(瓷質) 혹은 석질(石質)을 이용하여 만든 것은 내구성이 없어 오래 쓸 수 없고 은(銀)으로 만든 것은 사치가 과하다고 보았기 때문이다. 근검을 숭상하는 이러한 그의 관념은 『다경』의 도처에서 찾아볼 수 있다.

육우가 강조한 '검덕(儉德)'의 의미는 결국 차의 근본적인 성질인 소박함의 토대 위에 실용성과 품위를 다학의 정신적 지표로 제시한 것이라고 볼 수 있다. 차는 여러 차례 우려 마시기도 힘들지만 또한 과도하게 많이 마시는 것도 곤란하며, 각종 차품(茶品)이나 다구(茶具) 역시 지나치게 사치스러워서는 안 된다. 육우는 이러한 점들을 분명히 인식하고 다인들이 추구해야 할 정신적 지표로서 근

다인茶人의 품성과 질병 예방의 전체

다인은 '정행검덕'을 일상 행위의 규범으로 삼아야 한다. 차를 마시는 일련의 과정에서 이러한 규범으로 자신을 통제하려고 노력한다면, 자연스럽게 심신을 강화하고 질병을 예방하는 효과가 따르게 될 것이다.

정행검덕지인(精行儉德之人)

정(精) : 일을 함에 있어 일의 목적과 의미 등을 분명히 인식하고 세밀히 살피면서 자신과 사물에 대하여 보다 더 완벽한 경지를 추구하는 자세를 가져야 한다.

행(行) : 단정하게 행동하고 그 뜻을 굳게 지켜나가며 고상한 품격을 갖추고자 노력하면 어떠한 일을 행함에 있어서도 흔들림이 없을 것이다.

검(儉) : 근검을 생활의 수칙으로 삼고 낭비하는 일이 없도록 한다.

덕(德) : 인덕이 있는 사람은 자신의 이익을 돌보지 않기 때문에 일을 행함에 있어 마음에 부끄러움이 없고 군자의 진정성을 갖추고 있다.

차의 정화의 흡수

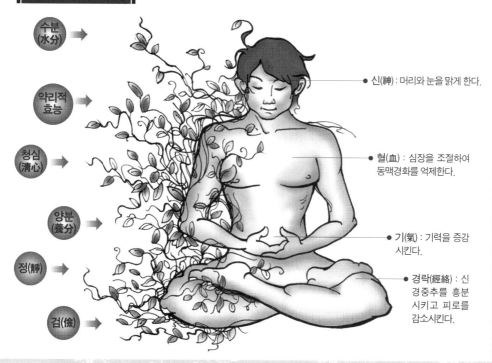

수분(水分)

약리적 효능

청심(淸心)

양분(養分)

정(靜)

검(儉)

신(神) : 머리와 눈을 맑게 한다.

혈(血) : 심장을 조절하여 동맥경화를 억제한다.

기(氣) : 기력을 증강시킨다.

경락(經絡) : 신경중추를 흥분시키고 피로를 감소시킨다.

검과 절약을 제시하였던 것이다. 이러한 절제와 청결의 사상은 특히 후세 문인들의 추종과 옹호에 힘입어 점차 사회의 도덕적 풍조로 받아들여지게 된다. 차의 품음(品飮)에 있어 검소함을 숭상하는 이러한 미덕은 실로 다학 사상의 정수이자 다인의 도덕적 기준의 토대가 된 근본 이념이었다.

10

경고! "차위루茶爲累, 역유인삼亦猶人蔘*

재료 선택의 실책, '육질불치肉質不治'

>>>> 육우는 찻잎의 선택과 사용의 어려움을 인삼에 비교하고 '남방가목南方嘉木'의 특징을 제시하고 있다.

　　인삼(人蔘)은 '신초(神草)'로 불리는 초본식물(草本植物)로 수천 년 동안 영성을 지닌 진귀한 약재로 '신격화(神格化)'되어 왔다. 옛사람들은 인삼을 '사람의 형상을 한 뿌리를 지닌 신성한 식물'로 생각하거나 혹은 '대지의 정령', 즉 대지나 흙의 정화(精華)로 인식하여 왔다.

　　인삼(아시아 인삼)의 원산지는 중국의 동북 지방과 한국이지만, 이후에 일본에서도 재배되고 있다. 예로부터 중국의 선조들은 인삼의 뿌리를 약재로 사용하여 왔으며 또한 인삼을 만병통치의 영약으로 생각하여 왔다. 이시진(李時辰 : 1518~1593년, 명나라 말기의 약학자)의 『본초강목(本草綱目)』에 따르면, 인삼은 눈을 밝게 하고 두뇌를 원활하게 하며 기억력과 감각을 제고시킬 뿐만 아니라 소화를 돕고 번뇌를 억제하며 두통이나 가슴의 통증, 갈증을 다스리고 건망증을 치유하는 등의 무궁한 약리적 효능을 가지고 있다. 인삼의 이러한 일련의 효능은 차의 효능과 크게 다르지 않으며, 양자는 모두 '오래 복용하면 무병장수를 돕는' 특별한 작용을 하는 공통점이 있다.

　　육우는 인삼의 산지를 특별히 다음과 같이 네 개의 등급으로 분류하였다.

　　1. 상등품(上等品) : 상당(上黨 : 지금의 산시성山西省 창즈시長治市)에서 생산된 인삼

* 차도 폐해가 되는 경우가 있으니, 인삼 역시 이와 같다(茶爲累 亦猶人蔘).

2. 중등품(中等品) : 백제(百濟), 신라(新羅)에서 생산된 인삼

3. 하등품(下等品) : 고구려(高句麗)에서 생산된 인삼

4. 등외 : 택주(澤州 : 지금의 산시성 진청시晉城市)에서 생산된 인삼

이 네 개의 등급은 다만 야생 인삼의 구분 방법일 뿐이다. 단순히 생산지에 의하여 품질의 우열을 구분하는 이러한 방법은 야생 작물에 대하여 제한적으로 적용하여야 한다.

야생 작물의 품질의 고저는 생장의 토대가 되는 자연환경과 품종의 우량으로 결정된다. 이 두 가지는 가변적 조건이며 결코 불변적 조건이 아니다.

이 때문에 야생 작물의 산지는 품질의 지표를 가르는 여러 가지 기준 가운데 하나일 뿐이라고 보아야 한다. 또한 인공적으로 재배한 차나무 역시 여러 가지 가변적인 요소들을 고려해야 한다. 예를 들면 차나무 품종의 선택, 차나무의 이식 방법, 찻잎의 채적, 제조 등 인위적 요소들이 그러하다. 이러한 다양한 요소들이 완성품 차의 품질에 종합적으로 영향을 미치는 것이다. 육우가 야생 인삼의 선택과 이용 방법을 찻잎의 선용 방법과 서로 비교한 것은 가장 기초적 방법이라고 할 수 있다. '차위루야(茶爲累也)', 즉 "차도 폐해가 되는 경우가 있다"라는 구절은 차의 올바른 선택과 이용에 있어서 생산지에 대한 고려뿐만 아니라 여러 가지 개별적 인위적 요소도 종합적으로 고려해야 하는 어려움을 보여준다.

'차위루야'라는 구절은 생산지와 완성된 차의 품질의 관계를 부정하는 것은 결코 아니다. 일반적으로 볼 때 명차나 좋은 차로 이름 높은 지역은 대부분 뛰어난 자연환경을 가지고 있다. 기문홍차를 예로 들면, 기문(祁門 : 지금의 안후이성安徽省 키먼祁門) 지역은 자연환경이나 지리적 조건이 우수하여 기문홍차의 번식과 생장에 적합한 조건을 구비하고 있다. 이러한 뛰어난 환경 속에서 재배된 우량한 품질의 찻잎에 기문 고유의 특색 있는 제조 기술이 더해지면서 기문홍차는 세계적으로 명성이 높은 명차가 된 것이다. 그러므로 명차의 품질은 단순히 자연적 조건만이 아니라 여러 가지 인위적 요인 등과 모두 밀접한 관계에 있다고 할 수 있다.

차와 인삼의 유사한 효능

품질의 고하(고려인삼의 예)
1. 상등품 : 상당의 생산품
2. 중등품 : 백제, 신라의 생산품
3. 하등품 : 고구려의 생산품
4. 등외 : 택주의 생산품

인삼의 효능 : 눈을 밝게 하고 정신의 안정을 가져온다. 소화를 돕고 원기를 보충한다. 갈증을 해소하고 번뇌를 억제한다. 기운을 북돋우고 가슴에 담을 해소한다. 신체를 실하게 하여 장수를 돕는다. 두뇌를 원활하게 하며 건망증이나 두통을 다스린다.

용어해설

인삼(人蔘) 초본식물(草本植物), 소엽난형(小葉卵形), 담황녹색(淡黃綠色). 우산과 같은 형상의 화서(花序). 선홍색의 장과(漿果)가 열리며 향기롭고 딜콤하다. 인삼의 원산지는 중국의 동북 지방과 한국이다. 중국인들은 옛날부터 지금까지 그 뿌리를 약으로 다루고 있으며 인삼이 만병통치의 영약이라고 생각해 오고 있다.

차의 효능 : 소수(少睡), 안신(安身), 명목(明目), 청두목(淸頭目), 지갈생진(止渴生津), 청열(淸熱), 소서(消暑), 해독(解毒), 소식(消食), 성주(醒酒), 거비니(去肥膩), 하기(下氣), 이수(利水), 통변(通便), 치리(治痢)

차와 인삼의 공통적인 효능
명목(明目), 익지(益智), 소식(消食), 지갈(止渴), 지번조(止煩燥), 두통의 치유(治頭痛), 흉중의 담 치유, 기억력 강화

차를 마실 때의 금기 사항

1. 공복에 차를 마시는 것을 피한다. 차가 폐(肺)에 들어가면 비위(脾胃)를 차게 만들 수 있다.
2. 차를 너무 뜨겁게 마시는 것을 삼간다. 가장 좋은 상태는 56℃ 이하다.
3. 차가운 차를 마시는 것을 삼간다. 냉차는 한기가 있어 가래나 천식이 생길 수 있다.
4. 충포(沖泡)를 한 후에 오랜 시간이 지난 차를 마시는 것을 피한다. 산화가 진행되지 않아 미세한 균에 오염될 수 있다.
5. 여러 번 충포한 차는 피한다. 차 속에 있는 미량의 유해한 원소가 가장 나중에 떠오르기 때문이다.
6. 식전에 마시는 것을 삼간다. 찻물이 위산을 자극할 수 있다.
7. 식후에 곧바로 차를 마시는 것을 삼간다. 차 속에 함유되어 있는 타닌산이 소화에 영향을 줄 수 있다.
8. 물 대신 차를 이용하여 약을 먹는 것을 피한다. 차 속에 함유되어 있는 타닌산이 약효에 영향을 끼칠 수 있다.
9. 하루를 지나 차를 마시는 것을 피한다. 오래되면 찻물이 변질될 수 있다.
10. 술을 마신 후에 차를 마시는 것을 삼간다. 음주 후에 차를 마시면 위가 상할 수 있다.
11. 차를 너무 진하게 마시는 것을 삼간다. 카페인은 중독성이 강하기 때문이다.
12. 마시기에 적합하지 않은 차 : 그슬리거나 태운 맛이 느껴지는 차, 곰팡이에 변질된 차, 이질적인 맛이 느껴지는 차.

3장 구具, 조造

공욕선기사工欲善其事,
필선리기기必先利其器*

　　『다경』에는 당나라 시대의 병차 생산에 필요한 도구들이 나열되어 있다. 1200여 년의 세월이 지나 이러한 일련의 생산 도구에도 큰 변화가 일어나게 되었지만, 분명한 사실 하나는 이러한 생산 도구와 완성된 차의 품질은 매우 밀접한 관계가 있다는 점이다. 병차의 채제採制와 품질의 감별은 '오질기리(奧質奇離 : 심오질박深奧質朴)'의 관계에 있다. 육우는 풍부한 비유를 통하여 병차의 여덟 개 등급을 형상화하고 있는데, 이 또한 병차의 감별 방법에 대한 육우의 고뇌와 체험의 산물이라고 할 수 있다.

* 어떤 일을 훌륭하게 해내고 싶으면, 먼저 그 도구를 잘 다듬어야 한다.

3장의 일러스트 목록

01 채적 시기의 쌍익雙翼
능로, 영발

>>>> '능로凌露와 영발穎拔'은 당나라 시대에 찻잎을 채적하는 시진時辰과 표준을 가리키는 약칭이었다. 육우는 찻잎 채적에 적합한 시간의 기준을 새벽에 첫 번째로 내리는 노수(露水 : 이슬)와 정발梃拔, 영장穎長을 이용하여 형상화하고 있다. 그러나 능로와 영발이란 두 가지 기준은 그 당시의 병차의 제조 과정을 고려한 합리적인 채적 기준이었을지는 몰라도 현대에 들어서는 더 이상 적합하지 않다.

'능로, 영발'의 의미

능로(凌露) : 이슬을 틈타거나 혹은 맞이한다는 의미이다. 새벽녘에 서서히 밝아오는 빛을 맞아 찻잎을 채적하는 것을 가리킨다.

영발(穎拔) : 영(穎)은 지력(智力)이 높음을 뜻한다. 영발은 차나무의 생장이 양호하게 이루어지는 것을 말한다.

이렇게 의인화된 채적 시간의 기준을 통하여 알 수 있는 것은 대체로 다음과 같다. 첫째, 옥토(沃土)에서 생장하는 차나무는 아엽의 길이가 4~5촌에 이르고 그 잎 조각이 거칠고 억세게 변하기 시작하는 때를 살펴 이슬이 내리는 새벽녘에 채적하였다는 점이다. 둘째, 풀숲에서 생장하는 차나무는 신초(新梢)에서 아엽이 3~5개 정도 자라면 그 가운데서 비교적 곧고 길게 뻗어난 찻잎을 선택하여 채적하였다는 점이다.

육우의 채적 방법론

첫째, 신초의 길이와 성장세를 채적의 기준으로 삼았다. 토양이 비옥한 차원(茶園)에서 자라는 차나무는 생장이 왕성할 때 신초의 길이가 4~5촌(寸)에 이르게 되면 채적할 수 있다. 이때 신초는 이미 충분히 성숙하여 섬유질 등 찻잎의 품질에 불리한 성분이 증가하고 카페인 등의 카테킨과 같은 유리한 성분은 감소하게

능로(凌露)

영발(穎拔)

생장환경

옥토에서 생장한 차나무

풀숲에서 생장한 차나무

아엽이 거칠고 억세며 그 길이가 4~5촌에 이르면 채적할 수 있다.

햇가지에 차례대로 3, 4, 5번째의 아엽이 나면 채적할 수 있다.

채적시기

이슬(露水)이 내린 새벽녘

현대에는 이슬이 내린 찻잎은 품질이 좋지 않다고 인식되고 있다.

아엽이 길면서도 곧게 생장이 잘 이루어졌을 때

육우가 제창한 채적 방법

무엇 때문에 '비가 내리는 날'이나 '맑더라도 구름이 낀 날'에는 찻잎을 채적해서는 안 되는 걸까요?

찻잎을 채적할 때 채적 시기는 매우 중요한 요소란다. 특별히 비가 많이 내리고 기온이 높은 계절에는 차아(茶芽)가 변하기 쉽기 때문에 제때에 찻잎을 채적해야 한단다.

채적하기에 적합하지 않은 날씨

비가 내릴 때는 찻잎을 채적하지 않는다.

이러한 원칙은 오늘날에는 더 이상 실질적인 의미가 없다.

맑더라도 구름이 끼여 있으면 찻잎을 채적하지 않는다.

된다. 그러나 당나라 시대의 병차는 절구를 이용하여 찻잎을 빻고 전자(煎煮) 후에 비로소 음용하는 방식이었다. 다소 복잡한 이러한 전자 과정은 찻잎 조각과 줄기에 여전히 함유되어 있는 유리한 성분을 전자하기 위한 것이었다. 이러한 방식의 채적 기준은 당시 병차의 제조 과정을 고려해 보면 매우 합리적인 기준이었을 것이다.

토양이 척박한 곳이나 풀로 가득 찬 곳에서 생장하는 차나무는 타고난 환경이 열악하기 때문에 찻잎이 돋아나는 지초(枝梢 : 우듬지, 특히 나뭇가지의 맨 위쪽 끝)의 발아에 선후의 차이가 있게 되고 또한 지초의 강약이 생길 수밖에 없다. 이러한 경우에는 그 주 가지와 더불어 정아(頂芽)가 먼저 발아하는데, 그 중에서 성장세가 좋고 튼실한 아초(芽梢)를 선택하여 채적한다. 기준에 부합하는 것을 먼저 채적하고 기준에 부합하지 않는 것은 나중에 때를 보아 채적한다. 이렇게 하면 차나무의 생산량과 질을 향상시킬 수 있고 차나무의 생장에도 도움이 된다.

둘째, 채적 시간과 천기(天氣) 그리고 품질의 관계. 육우는 제차 원료(制茶原料)의 필요성과 당시의 병차의 생산 조건이라는 두 측면에서 접근하였다. 이에 따르면 비가 오는 날이나 혹은 맑더라도 구름이 끼어 있는 날에는 찻잎을 채적하지 않는 것이 원칙이었으며, 날씨가 청량한 경우에는 이슬이 내린 새벽에 찻잎을 채적하는 것을 원칙으로 삼았다. '청유운불채(晴有雲不採 : 맑더라도 구름이 끼어있는 날은 채적하지 않음)'의 원칙은 현대에는 이미 그 실질적인 의미를 상실하였기 때문에 참고할 가치가 없다. '능로채언(凌露採焉 : 이슬을 따라 채적함)'에 있어서 이슬 내린 찻잎이란 채적 기준 또한 오히려 현대인에게는 그 품질에 문제가 있는 것으로 인식되고 있다. 결국 육우가 제시한 이 두 가지의 채적 기준은 당나라 시대의 병차 제조에서 선엽에 함유된 수분을 조절하기 위하여 진행되는 증청(蒸靑)의 공정을 전제로 한 방법이었다고 보아야 한다.

칠경목
찻잎의 채적부터 제조까지의 공정 순서

>>> '칠경목七經目'은 육우가 정리한 당나라 시대의 병차 제조 방법에 있어서의 일곱 단계의 공정 순서를 말하며, 채적採摘, 증차蒸茶, 도차搗茶, 박차拍茶, 배차焙茶, 천차穿茶, 봉차封茶로 구성되어 있다.

당나라 시대의 병차는 7개의 공정 순서를 거쳐 제조되었다. 각각의 단계는 모두 인간의 경험과 안목, 가공, 평판 등을 통하여 이루어지는 작업 과정이었다. 이 과정은 각각 채적, 증차(해괴解塊), 도차(장모裝模), 박압(출모出模), (열차列茶), (천공穿孔), 홍배, 천차, 봉차의 단계로 정리할 수 있다.

채적(採摘) : '능로', '영발'의 기준에 따라 적합한 차아(茶芽)를 인공적으로 채적한다. 채적 도구로 영(籯 : 대바구니. 어깨나 등에 지고 차를 딴다)을 사용하였다.

증차(蒸茶) : 채적된 찻잎을 밀봉된 솥에 넣고 고온으로 증청하는 과정이다. 증차 도구로는 조(竈 : 화덕, 아궁이), 부(釜 : 가마솥), 증(甑 : 시루), 비(箄 : 대바구니), 곡목지(穀木枝 : 뒤지개) 등이 사용되었다.

도차(搗茶) : 절구 공이를 이용하여 증청을 마친 찻잎을 절구통 속에 넣고 찧거나 쳐서 찻잎을 조각조각 분쇄하는 과정이다. 도차 도구로는 저(杵 : 절굿공이)나 구(臼 : 절구) (혹은 대碓 : 방아)가 사용되었다.

박차(拍茶) : 도차 후의 찻잎을 모아 일정한 틀에 넣고 눌러서 모양을 만드는 과정이다. 박차 도구로는 규(規 : 거푸집, 틀), 승(承 : 받침대), 첨(襜 : 행주), 비리(芘莉 : 말리는 채반, 들 것 모양의 체) 등이 사용되었다.

배차(焙茶) : 일정한 모양으로 만든 찻잎 덩어리를 인공적으로 건조하는 과정이다. 배차 도구에는 계(棨 : 송곳), 박(撲 : 차를 떼는 채로 대나무로 만듦), 배(焙 : 불에 쬐어 말리는 배로), 관(貫 : 꼬챙이. 대나무를 깎아서 만든, 오늘날의 오뎅 꼬치와 비슷함), 붕(棚 : 배로 시렁, 선반), 육(育 : 저장 육구, 숙성 통. 나무로 만들어서 대나무로 바깥을 엮고 종이를 풀칠해 바름) 등이 있었다.

천차(穿茶) : 구멍을 뚫어 병차의 수효를 헤아리는 과정이다. 천차 도구로는 천(穿 : 꿰미, 즉 물건을 꿰는 데 쓰는 끈이나 꼬챙이 따위. 또는 거기에 무엇을 꿴 것)이 사용되었다.

봉차(封茶) : 구멍이 뚫린 병차를 다시 불에 쬐어 봉함하는 과정이다. 봉차 도구로는 육(育 : 육구, 즉 완성된 차를 담아두어 잿불의 열기로 건조도가 고르게 됨으로써 차 맛을 좋게 하는 기구)이 이용되었다.

'칠경목(七經目)' 가운데서도 채적은 특히 중요한 작업이었다. 채적은 병차의 품질과 직접적으로 관련이 있기 때문이다. 또한 일곱 단계로 이루어지는 기본 공정 사이에 들어가는 기타의 공정으로 천삽(穿揷)이 있었다. 천삽은 병차의 제조에서 주된 과정은 아니었지만 꼭 필요한 과정이었다. 천삽은 각각의 공정 사이를 이어주고 보조하는 작용을 하는 것으로 다음과 같은 과정이 있다.

해괴(解塊) : 증차 후 도차(搗茶) 전에 행하여지는 공정으로 차(叉 : 깍지)를 이용하여 잘 쪄진 아엽(芽葉)을 뒤집어 주어 열을 고루 발산시키는 과정이다. 찻잎의 색이 황색으로 변하는 것을 방지하고 찻물이 혼탁하게 변하거나 향기가 가라앉게 하는 것을 방지하게 할 목적으로 행하여졌다.

장모(裝模) : 증청 과정을 모두 마친 다음 곱게 찧은 찻잎을 일정한 틀에 넣어 모양을 만드는 과정으로 박차(拍茶) 이전의 과정이다.

출모(出模) : 병차를 쳐서 누른 후에 일정한 형상으로 뽑아내는 것을 말한다.

열차(列茶) : 출모된 병차를 비리(芘莉) 위에 잘 배열하여 자연 건조를 행하는 것이다.

천공(穿孔) : 계(棨 : 송곳)를 이용하여 구멍을 뚫는 과정으로 박(撲)을 이용하여 서로 묶기 편하게 하기 위한 것이다.

이외에도 천공과 홍배 사이에 '해차'(解茶 : 병차를 나누는 것으로 운송에 편함)와 '관차'(貫茶 : 꼬챙이를 이용하여 병차를 꿰는 것)의 두 공정이 있었다.

채적
(採摘)

차아(茶芽)의 채적

농력(農歷) 2, 3, 4월 사이에 '능로', '영발'의 기준에 따라 제때에 채적한다. 좋지 않은 것은 골라내고 상태가 양호한 것은 서로 합친다.

증차
(蒸茶)

차소(茶素 : 카페인)를 유지하는 성형(成型)

증차 도구는 밀폐되어 있다. 증기의 온도를 높여 효소가 산화되는 것을 방지하여야 한다.

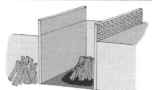

해괴
(解塊)

도차
(搗茶)

저(杵)를 이용하여 차를 찧는다.

찻잎을 분쇄하여야 모양을 만들기에 용이하다.

장모
(裝模)

박압
(拍壓)

차를 눌러 형태를 만든다.

틀을 이용하여 차를 단단히 눌러 모양을 만든다.

출모
(出模)

열차
(列茶)

천공
(穿孔)

인공 건조
(人工乾燥)

병차의 형태를 만든 후에 인위적으로 행하는 건조 과정. '붕(棚)' 위에서 적당히 건조될 때까지 홍배를 진행한다.

홍배
(烘焙)

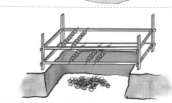

계수(計數)
도구

'꿰미에 꿰는 것(貫串)'을 말한다. 새끼줄 같은 공구에 차를 꿰어 수효를 헤아린다.

성천
(成穿)

봉차
(封茶)

저장(貯藏)

병차의 포장 및 보존과 저장

03 칠경목 1
'채探'

>>>> 『다경』에서 설명하고 있는 채차採茶 도구는 기본적으로 당나라 시대의 병차 제작의 과정에 맞추어 제작된 것이다. 수공으로 만든 채차 도구는 신선한 잎을 가득 채을 수 있도록 대나무로 만든 영(籯 : 광주리)이나 혹은 죽람(竹籃 : 대바구니)을 사용하였다.

당나라 시대에 사용된 채차 공구는 영(籯)이었다. 당나라 시대 이전에 영은 단지 죽기(竹器)의 일종으로 대체로 네 되 정도의 용량이었으며 찻잎을 따기 위한 용도로만 사용된 것은 아니었다. 육우는 『다경』에서 이 영을 각종 찻잎 제조 도구의 머리에 놓고 찻잎을 따서 담아두는 전용 공구로써 설명하고 있다.

별명 : 남(籃), 농(籠)

어원 : 음(音)은 영(盈)과 관련 있다. 『한서(漢書)』에 "황금이 광주리에 가득하여도, 한 권의 경서에 미치지 못한다(황금만영 불여일경黃金滿籯 不如一經)"라는 기술이 있다.

용량 : 다섯 되 혹은 한 말, 두 말, 세 말 등 다양하였다.

사용 방법 : 어깨와 등에 메고 찻잎을 땄다.

중국의 대부분의 지역에서는 모두 대나무가 생산되고 있다. 남(籃)은 이러한 대나무로 제작하는 도구로 그 재료를 구하기가 쉬웠고 값이 저렴하였을 뿐만 아니라 다양한 용도로 사용할 수 있었다. 죽람(竹籃)은 통풍이 잘되었기 때문에 신선한 찻잎의 온도가 상승되는 것을 막고 발열로 인한 변질을 피할 수 있었다. 그뿐만 아니라 대나무의 질량이 가벼웠기 때문에 손으로 쉽게 어깨와 등에 걸거나 혹은 줄로 허리 사이에 매달을 수 있어서 농민들이 찻잎을 딸 때 소모되는 힘을 크게 줄일 수 있었다. 이러한 다양한 장점으로 인하여 죽람은 일찍이 중국에서

채적 도구 - 영(籯)

남(籃), 농(籠), 영(籯)은 대나무를 엮어 만들며 그 용량은 다섯 되 정도였다. 통풍이 잘되기 때문에 신선한 찻잎이 온도의 상승으로 인하여 변질되는 것을 피할 수 있었다. 차농이 찻잎을 딸 때 쉽게 손으로 등에 지거나 혹은 허리 사이에 묶어서 사용할 수 있었기 때문에 채적에 편리하였다.

특별제시

찻잎 채적의 계절
1. 찻잎의 생산 계절(채적을 시작할 때부터 차밭을 닫을 때까지)
2. 신초(新梢)의 발육 정도에 맞추어 채적한다.
육우가 주장한 이론은 현대에는 부적합하다. 당시에 육우는 "채적은 무릇 2월, 3월, 4월 사이에 이루어져야 한다" 라고 주장하였다.

채적 시기
춘차(春茶) : 청명(淸明)에서 입춘(立春)까지
하차(夏茶) : 소만(小滿)에서 하지(夏至)까지
추차(秋茶) : 대서(大暑)에서 한로(寒露)까지

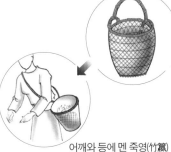

어깨와 등에 멘 죽영(竹籯)

허리에 묶은 죽영(竹籯)

채차 기법

도채(掐採 : 절채折採) :
가늘고 여린 찻잎을 기준으로 삼아 탁정(托頂)과 요두(撩頭) 등의 전 부분을 채적한다.

제수채(提手採) :
채적 기법의 일반적 표준으로 대부분의 녹차, 홍차 산지에서 활용되고 있다.

쌍수채(雙手採) :
채차 효율을 올리기 위한 수법으로 한 손으로 채취하는 것보다 50~100% 정도의 성과를 더 올릴 수 있다. 차나무가 이상적인 형태의 수관(樹冠)을 가지고 있고 채적하는 면이 전체적으로 평평해야 한다.

주의 사항
1. 채적할 때 한 손으로 잡아채서는 안 된다. 아엽을 온전히 따서 죽람(竹籃) 속에 눌리지 않게 집어넣는다.
2. 선엽(鮮葉)을 볕이 드는 서늘한 곳에 놓아 제때에 수청(收靑)한다.
3. 선엽이 무겁게 눌리지 않도록 주의한다.

할채(割採) : 변차(邊茶)의 원료가 되는 찻잎은 거칠고 크기 때문에 대부분 일정한 공구(소철괄도小鐵刮刀, 검도鐮刀, 채적협採摘鋏)를 이용하여 잘라낸다. 채적이 신속하게 이루어지기 때문에 가지가 파열되는 것을 막아 새로운 신초가 발아되기도 한다.

현재는 채차를 위한 전용 기계를 이용하여 채적하고 있다. 기본적으로 수공으로 작업하는 것보다 10배 이상의 효율이 있기 때문에 특히 저급 품질의 차의 수요에 있어서는 충분히 효과적이라고 할 수 있다.

가장 보편적인 채차 공구로 활용되며 천여 년 이상 사용되어 오고 있다.

육우는 『다경』에서 '영(籝)은……차를 채적하는 사람이 짊어지고(負) 차를 따는 도구'라고 설명하고 있다. 이 구절은 죽람을 등에 지고 차를 땄다는 것을 의미한다. 그러나 육우보다 상당히 늦었던 시기의 당나라 시인 피일휴는 그의 저서 『다인(茶人)』에 지은 시에서 "허리 사이에 가볍게 대롱을 찬다(요간패경루腰間佩輕籝)"라고 표현한 바 있다.

이러한 기록으로부터 우리는 당나라 시대에는 두 종류의 휴대 방법이 있었음을 짐작할 수 있다. 첫 번째는 육우가 말한 '허리나 등에 지는(負)' 방법이며, 두 번째는 피일휴가 말한 '허리나 몸에 차거나 매는(系)' 방법이다. 이러한 두 종류의 방식의 차이는 차나무 숲의 고도나 밀도에 의하여 결정되었을 것으로 짐작되지만, 또한 채적 습관과도 관련이 있었을 것이다. 병차(餠茶)의 원료는 대부분 차아(茶芽)의 여린 끝부분부터 채취하였기 때문에 광주리의 부피가 방금 딴 신선한 잎이 눌리지 않을 정도이어야 했고 또한 운송의 편리를 고려해야 했다. 즉 잎의 품질이나 신선도가 보장되는 것이 중요하였다.

찻잎의 채적에 있어서 현재는 수공의 채적으로부터 기계를 이용한 채적으로 넘어가는 과도기에 있다. 채차 공구 또한 각종 채차용 기계가 사람을 대신하고 있다. 인공 채적의 장점은 적당한 찻잎 채적의 기준을 보증할 수 있다는 것이지만, 반면에 비용과 시간이 많이 든다는 단점이 있다. 찻잎의 채적에는 일정한 시간의 제한이 있기 때문에 반드시 처음 발아 시에 채취하여야 하며 그렇지 못하면 차 품질의 저하를 피할 수 없다. 대규모의 차 농장에서는 채적 시기의 제한을 받을 수밖에 없기 때문에 인공적으로만 채적하는 것보다는 인공과 기계가 상호 결합된 채적 방식을 적절히 이용하는 것이 효율적이라고 할 수 있다.

04 칠경목 2 '증蒸'

>>> 증차蒸茶 공구는 모두 다섯 종류가 있었다. 즉 조竈, 부釜, 증甑, 비箄, 차叉가 그것이다. 그 재료에 따라 각각 흙, 철, 나무, 질그릇, 대나무로 제작되었다.

육우가 설명하고 있는 당나라 시대의 증청 공구는 매우 소박하였는데, 이것은 그가 일관되게 주장하였던 근검과 깊은 관계가 있다. 이외에도 그는 또한 실용성을 대단히 강조하고 있다.

조(竈) : 흙으로 제작하였으며, 연돌(煙突 : 불을 땔 때 연기가 빠져나가게 만든 장치)이 없는 화조(火竈)

부(釜) : 띠를 둥그렇게 두른 가마솥

증(甑) : 나무 혹은 질그릇으로 제작, 원통형, 허리에 테를 두르고 진흙을 칠한 증롱(蒸籠)

비(箄) : 대나무를 깎아 만든 바구니 모양의 증격(蒸隔)

차(叉) : 세 개의 아귀를 가진 곡목지(穀木枝)

먼저 '조(竈 : 아궁이)'에 대하여 살펴보면, 육우가 강조한 아궁이는 '굴뚝이 없는(無突)' 또한 임시적인 것이었다. 토조(土竈)는 땔감을 집어넣어야 했기 때문에 입구를 크게 만들었으며 연료로는 소나무 땔감을 주로 사용하였다. 아궁이를 설치하면 연기가 나오기 때문에 통풍이 잘 이루어지도록 세심하게 신경을 써야 했다. 또한 소나무로 만든 땔감은 화염이 상승하면 열량이 아주 빠르게 소실되는 장점이 있었다. 아궁이 내에 온도가 내려가기 시작하면 물이나 차를 끓이는 데에 애로점이 있다.

육우는 화로는 손으로 잡을 수 있는 주둥이가 달린 것을 강조하고 있는데 손잡이가 있어야 물이 말랐을 때 다시 물을 보충하는 일이 용이하기 때문이었다. 화로와 증롱(蒸籠)이 연결되는 곳은 진흙으로 꼼꼼히 밀봉하여 열기나 수증기가 세는 것을 방지하였다. 화로에 손잡이가 달리지 않으면 증롱을 열어 위로부터 물을 보충해야 하는데 이때에 증기가 대량으로 산실되는 단점이 있다.

증격(蒸隔)은 바구니 형태의 증격을 사용하는 것이 평평한 형태의 증격을 사용하는 것보다 찻잎을 거두기가 수월하였다. 목차(木叉)는 화로에서 찐 찻잎을 고루 뒤집어 열을 발산시키는 도구의 일종으로 찻잎의 색이 변하는 것을 방지하고 찻물이 유실되는 것을 방지하기 위한 목적으로 사용되었다. 육우의 이러한 일련의 설계는 대단히 기술적이고 실용적이었으며, 당시의 병차(餠茶) 생산의 현실을 충분히 반영하고 있었음을 알 수 있다.

증청법(蒸青法)으로 차를 제조할 때 가장 중요한 것은 '고온에서 짧은 시간에 증청'이 이루어져야 한다는 점이다. 즉 신속하게 증기의 온도를 높여서 찻잎에 있는 효소의 산화를 억제하는 것이 중요하였다. 온도를 높이는 방법으로 당시에는 증기의 기압을 높이는 방법이 유일한 해결책이었다. 때문에 찻잎을 찌는 각종 용기는 반드시 꼼꼼하게 밀폐하여 내부의 열이나 기압이 세는 일이 없도록 주의해야 하였다.

차아(茶芽)를 찌고 나면 수분의 함유량이 많아지고 잎의 온도 역시 대단히 높아진다. 잎의 액즙과 싹의 점성이 일치하게 되면 반드시 차(叉)를 이용하여 골고루 뒤집어주면서 열을 발산시켜야 한다. 이 때문에 부분적으로는 수분이 기화되기도 한다. 수분이 감소하면 찻잎에 남아 있는 액즙이 더 이상 유실되지 않는다. 탄량을 통하여 열을 발산시키는 과정의 중요한 목적은 찻잎의 색이 황색으로 변하는 것을 막고 찻물이 혼탁하게 되는 것을 방지하며 향기가 가라앉는 것을 피하기 위한 것이다. 탄량은 완성품의 품질을 결정하는 관건이 되는 매우 중요한 공정이라고 할 수 있다.

1 증청을 할 때 증청 도구는 가능한 한 밀폐되어 있어야 하며, '짧은 시간에 고온에서' 증청이 이루어질 수 있도록 주의해야 한다. 증기의 온도를 최대한 신속하게 높여야 효소의 산화를 막을 수 있다.

2 증청을 한 찻잎을 화로에서 들어낸다.

증차(蒸茶)의 정도를 알 수 있는 몇 가지 요소

잘 익지 않았다는 증거 : 색이 푸르며 초목에 '도인(桃仁)'의 기(氣)가 있다.
과하게 익혔다는 증거 : 색이 누렇고 표면의 주름이 축소되거나 늘어진다. 맛이 밋밋하다.
적당하게 익혔다는 증거 : 맛이 감미롭고 기미(氣味)가 향기롭다.

3 찐 찻잎은 반드시 차(叉)를 이용하여 뒤집어주면서 덩어리지지 않도록 하고 열을 발산하도록 유도하여야 한다.

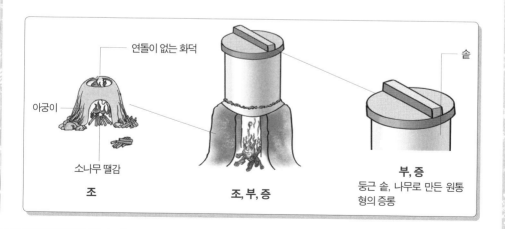

연돌이 없는 화덕

아궁이

솥

소나무 땔감

조

조, 부, 증

부, 증
둥근 솥, 나무로 만든 원통형의 증롱

05 칠경목 3
'도搗'

> ≫≫ 찻잎의 증청을 마치면 이어서 도차搗茶를 진행해야 한다. 즉 저(杵 : 절굿공이)나 구(臼 : 절구)를 사용하여 다 찐 찻잎을 조각조각 빻는 과정이다.

당나라 시대의 병차는 눌러서 만든 긴압차의 일종이었다. 원료가 비교적 거칠었기 때문에 증청을 마친 이후에도 여전히 충분히 쪄지지 않은 부분(질긴 줄기 등)이 있었으며 차의 액즙 또한 그러했다. 이 때문에 공이를 사용하여 빻아주면서 찻잎에서 충분히 액즙이 흐르게 한 것이다.

저(杵) : 차를 빻는 데 사용하는 목봉(木棒)

구(臼) : 돌이나 나무로 만든다. 차를 찧는 기구로 중간의 아랫부분이 쏙 들어가 있다.

대(碓 : 방아) : 나무나 돌로 만들며 다리로 밟아 기울어진 추를 움직여 찻잎을 빻는 기구로 추가 떨어지면서 절구 안의 찻잎을 빻았다.

도차(搗茶) 과정에서 사용하는 절굿공이나 절구는 민간에서 탈곡용으로 사용되는 나무공이나 돌절구에서 비롯되었다. 이러한 공이나 절구의 출현은 상당히 오래되었으며, 고대의 황제가 발명한 것이라고 전하기도 한다. 황제는 '나무를 잘라 공이를 만들고, 땅을 파서 절구를 만들어(단목위저 굴지위구斷木爲杵 掘地爲臼)' 사람들에게 공이와 절구를 이용하여 곡식의 껍질을 벗기는 법을 가르쳤다고 전해지고 있다. 이러한 공이와 절구는 농가에서 반드시 구비해야 할 기본 농기구였으며, 이 때문에 육우 역시 자연스럽게 공이와 절구를 '상용의 좋은 도구'라고 설명하고 있다.

찻잎을 빻는 공구

첫 번째 공구

저(杵)는 민간에서 탈곡에 이용하는 목저(木杵)를 말한다.

쌍인도(雙人搗 : 두 사람이 함께 빻기)
서로의 힘이 균일하게 일치되어야 하며 동작 역시 통일적으로 이루어져야 한다. 저(杵)를 들어 올리고 내리는 서로의 호흡이 일치해야 하며 적시에 차 덩어리를 뒤집어 주어야 한다.

두 번째 공구

발로 경사진 추(錘)를 움직인다. 추가 떨어질 때의 힘으로 돌절구 속에 있는 찻잎과 줄기를 빻는다.

대(碓)
대차(碓茶)는 춘미(春米)를 빻는 방법과 같다. 발로 목추(木錘)를 밟아 높이 들어 올렸다가 발에 힘을 빼면 목추가 차 덩어리를 향해 떨어지면서 잘게 빻아지게 된다. 연속으로 여러 번 행하다가 찻잎 덩어리가 아주 잘게 빻아지면 멈춘다.

저구(杵臼)의 연원

특별제시

상고 시대의 황제가 저(杵)와 구(臼)를 만들었다고 한다. 그는 '나무를 잘라 절굿공이를 만들고, 땅을 파서 절구를 만들어' 이용하여 백성들에게 곡식의 껍질을 탈곡하는 방법을 가르침으로써 백성들의 생활을 이롭게 하였다고 전해지고 있다.

저(杵)
한쪽 끝은 뭉툭하고 다른 한쪽 끝은 가늘게 생긴 원형의 목봉, 멀리 상고 시대에는 곡식을 빻는 용도로 사용되었다.

단목위저(斷木爲杵) : 나무를 잘라 절굿공이를 제작

구(臼)
춘미 등의 물건을 빻는 도구. 대부분 돌을 이용하여 만들며 그 모양은 분(盆 : 동이, 화분)과 유사하다.

착지위구(鑿地爲臼) : 땅을 파서 절구로 이용

3장 | 구, 조 | 205

공이나 절구의 사용은 한 사람이 사용할 때와 두 사람이 사용할 때로 나눌 수 있다. 먼저 증청을 마친 찻잎을 깨끗한 나무절구 혹은 돌절구 속에 집어넣는다. 찻잎의 양이 1/2를 넘지 않게 하여 찻잎이 골고루 빻아지도록 하는 것이 좋다. 한 사람이 혼자서 빻을 때는 공이를 손으로 꼭 움켜쥐고 가능한 있는 힘을 다해 빻아야 하며, 차를 빻는 리듬과 힘의 분배가 균형 있게 이루어져야 힘을 아낄 수 있다. 일정한 시간 동안 빻은 후에는 깨끗한 기구를 이용하여 절구 속의 찻잎을 뒤집어 골고루 힘을 받을 수 있도록 해야 한다.

두 사람이 힘을 합쳐 차를 빻을 때는 두 사람의 리듬이 일치해야 하며, 쌍방의 손이 공이의 윗부분을 나누어 움켜잡아야 한다. 공이를 잡는 힘이 서로 일치해야 할 뿐만 아니라 공이를 올리고 내리는 시간 또한 같은 리듬으로 이루어져야 한다. 두 사람이 힘을 합쳐 빻는 것이 한 사람이 빻을 때보다 힘이 덜 들기 때문에 일반적으로는 이 방법을 사용하고 있다.

방아는 단지 한 사람만이 사용할 수 있으며, 방법은 현재 농가에서 춘미(舂米)를 빻는 방법과 같다. 그 과정을 살펴보면 다음과 같다. 다리로 힘껏 밟아 목추(木錘)를 높이 들어 올린 다음에 다리에 힘을 빼면, 목추가 절구 안에 있는 찻잎 덩어리를 향하여 떨어지게 된다. 추의 힘은 자유 낙하하는 목추로부터 나오며 그 힘의 대소는 추의 중량과 사람의 다리 힘에 따라 결정된다. 추를 이용하여 방아를 찧는 것은 절굿공이를 이용하는 것보다 많은 힘을 아낄 수 있다는 장점이 있지만, 빠르고 민첩하게 움직이기가 쉽지 않다는 점이 있고 또한 고정된 지점에서 찻잎을 빻아야 한다는 단점이 있다.

공이와 절구는 당나라 시대 이후에 비교적 큰 변화와 발전의 과정을 거친다. 송나라 시대에는 차구(茶臼)라는 전문적인 도차 용구가 따로 있었다. 이것은 '도(搗)'의 작용 외에도 '착(搾)', '연(硏)', '마(磨)'의 기능을 겸비하고 있었으며, 당나라 시대에 비하여 그 조작의 동작 역시 크게 변화되었다.

칠경목 4
'박拍'

>>>> 도차搗茶 과정이 끝난 뒤에는 '박拍'의 과정이 이어진다. 즉 잘 빻은 차 덩어리를 규(規 : 일종의 틀) 속에 집어넣고 견실하게 다듬고 눌러서 형태를 갖추는 과정이다.

육우는 '박(拍)'에 사용되는 공구에 대해서도 비교적 상세하게 묘사하고 있다. 또한 그 재질이나 사용 방법을 세밀히 묘사한 뒤에 낡은 우의(雨衣)나 단삼(單衫)을 이용하여 틀을 정결하게 유지할 것을 요구하고 있다. 이러한 내용은 그가 일관되게 강조하고 있는 근검의 또 다른 예라고 할 수 있다.

규(規) : 일종의 틀을 말하며, 이를 모(模) 혹은 권(棬)이라고도 하였다. 철을 이용하여 방형(方形), 원형(圓形), 화형(花形)의 규를 만들었다. 행주치마 등의 천에 올려놓고 병차를 제조하였다.

승(承) : 이를 대(臺) 혹은 침(砧)이라고도 하였다. 돌덩이나 홰나무 혹은 뽕나무를 이용하여 만들었다. 틀을 올려두는 받침판으로 요동이 일어나지 않도록 하는 기능을 하였다.

첨(襜) : 이를 의(衣)라고도 하며 유견(油絹)이나 낡은 우의(雨衣), 단삼(單衫) 등을 이용하여 만들었다. 첨(襜)을 승(承)위에 올려놓고, 다시 그 위에 규(規)를 놓은 다음에 힘을 주어 눌러서 병차를 만들었다.

비리(笓莉) : 이를 영자(籯子) 혹은 방랑(蒡筤)이라고도 하였다. 2.5척의 죽간(竹竿)으로 구간(軀干)을 만들고 5촌 정도로 손잡이를 만들었다. 죽간 사이에는 죽멸(竹篾 : 대껍질)을 이용하여 방안(方眼 : 사각형의 모눈)을 짰다. 그 위에 병차를 놓아두고 자연 건조시키는 용도로 사용되었다.

박차(拍茶)의 과정을 살펴보면, 먼저 첨(襜)을 승(承) 위에 평평하게 놓는다. 첨은 반드시 깨끗한 것을 골라 사용해야 하며 또한 이질적인 맛이나 수분이 스며들지 않는 재질(예 : 유견油絹 혹은 교질膠質)로 만들어야 한다. 첨을 놓을 때는 승(承)을 완전히 덮고 표면을 평평하게 하여 휘거나 움직이지 않도록 해야 한다. 이후에 규(規)를 첨 위에 올려놓고 잘 빻은 찻잎들을 골라 다양한 형태의 규에 빈틈없이 채운다. 찻잎이 위로 넘지 않도록 신경 쓰면서 규 안을 세심하게 채워야 한다.

이때 두드리고 치는 힘은 '착(搾)'이나 '압(壓)'과는 비교할 수 없을 정도로 강해야 한다. 규(規) 안의 차배(茶坯 : 찍은 차)가 더 이상 누를 수 없을 정도로 단단하게 눌려야 그 형태가 제대로 이루어지기 때문이다. 「삼지조」에는 "찻잎을 찐 후에 힘을 다하여 강하게 눌러주어야 고루 평평해지며(증압즉평정蒸壓則平正), 느슨하게 누르게 되면 압력의 차이로 인하여 울퉁불퉁하게 된다(종지즉요질縱之則拗垤)"라고 언급되어 있다. 육우는 여기서 박(拍)이 곧 압(壓)이라고 설명하고 있지만 손을 사용하여 충실히 친다는 의미보다는 손을 사용하여 힘을 다하여 누른다는 의미로 보아야 한다. 사실 누르는 힘이 크지 않으면 병차의 표면이 전체적으로 평평해지지 않을 것이다. 그러므로 '박지(拍之)'의 박(拍)은 박압(拍壓)의 의미로 이해하는 것이 좋다.

규(規)를 이용하여 압축되어 나온 병차는 원형(圓形), 방형(方形), 화형(花形) 등의 상이한 형태를 하고 있다. 이를 통하여 우리는 당나라 시대에 병차의 제작에 있어서 그 미관(美觀)을 얼마나 중시하였는지를 짐작할 수 있다. 우리는 현재도 여전히 이러한 종류의 긴압차의 형태를 볼 수 있는데, 보이방전(普洱方磚), 칠자병차(七子餠茶), 원통차(圓筒茶) 등이 그러한 것들이다.

차배(茶坯)는 규(規) 속에서 일정한 시간 동안 압축한 후에 뽑아낸다. 이때 병차는 이미 일정한 형태를 띠고 있지만 여전히 그 표면이 습하기 때문에 비리(芘莉) 위에서 자연 건조시키는 과정이 필요하며, 이러한 단계를 '열차(列茶)'라고 하였다. 즉 압축된 차 덩어리를 일일이 비리 위에 배열하는 과정이다. 비리는 방안(方眼)이 있는 망이기 때문에 비리 위에 배열할 때는 아랫부분에 빈 공간이 있어야 한다. 이렇게 하여야 병차가 한쪽 면만 탄량되는 것을 방지할 수 있다.

병차 제작에서 '박拍'을 위한 공구와 그 순서

1 병차의 모양을 만드는 공구

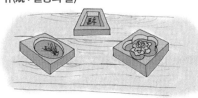

규(規 : 일종의 틀)

병차의 모양을 만드는 틀의 형태는 매우 다양하였다. 당나라 시대에는 완성품 차의 미관에 대하여 매우 깊은 연구가 있었다.

2 규(規), 승(承)

승(承)

승은 규를 올려놓는 도구였다. 그 위에서 찻잎의 가공과 성형이 이루어졌다.

3 승(承) 위에 펼쳐놓는 유견(油絹)

첨의

유견 혹은 우의(雨衣)를 승 위에 펼쳐놓고 차를 만들었다. 이렇게 해야 오래 쓸 수 있고 차의 정화(精華)가 유실되는 것을 막을 수 있었다.

4 첨의(襜衣)

'첨의'는 또한 편하게 '의(衣)'라고 부르기도 하였다. 유견이나 우의 혹은 오래된 홑옷 등을 이용하여 만들었다. 첨의를 승 위에 놓고 이후에 다시 규를 첨의 위에 올려놓고 병차의 제조 작업이 이루어졌다.

5 차 덩어리를 배열하는 공구

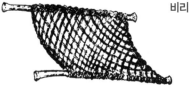

비리

비리(芘莉)는 영자(籝子)라고도 하였으며, 대나무 껍질을 엮어 만들었다. 그물처럼 엮어 많은 구멍을 가지고 있는데, 그 위에 차 덩어리를 진열하여 자연 건조하는 도구로 사용하였다.

6 비리(芘莉)

잘 찍은 차병(茶餅)을 구멍이 있는 비리 혹은 영자 등의 대나무로 엮은 공구 위에 배열하였다.

07 칠경목 5
'배焙'

>>>> 병차는 자연 건조시켜 형태를 잡은 후에도 다시 인공적인 건조가 필요하였다. 그 뿐만 아니라 이후에는 천공穿孔 과정을 통하여 대나무 가지를 이용하여 꿰어 놓아야 했다. 이렇게 해야 풀거나 묶는 작업이 편리하였고 운반하기에도 수월하였다.

'홍배(烘焙)'는 실은 병차에 남아 있는 수분을 완전히 증발시키기 위한 건조 과정이었다. 홍배 과정은 홍배를 위한 토굴이나 시렁 등을 통하여 이루어졌다. 배차(焙茶) 공구에는 형태를 잡은 차에 구멍을 뚫는 추도(錐刀)나 병차를 꿰는 죽조(竹條) 등이 모두 포함된다.

배(焙) : 배차용(焙茶用) 토굴은 깊이 2척, 넓이 2.5척, 길이 1장(丈) 정도였다. 윗부분을 짧은 벽으로 덮고 진흙으로 덧칠하였다.

관(貫) : 대나무로 만든 홍배 공구이며 차를 꿰는 데 사용하였다. 길이는 2.5촌 정도였다.

붕(棚) : 이를 잔(棧)이라고도 하며 높이는 1척 정도였다. 2층으로 이루어진 나무 선반의 형태이며 차를 불에 쬐는 데 이용하였다. 차가 반쯤 말랐을 때 아래층에서 홍배를 행하다가 완전히 마르게 되면 위층으로 옮겼다.

계(棨) : 이를 추도(錐刀)라고도 하였으며 병차에 구멍을 뚫는 데 사용하였다.

박(撲) : 이를 편이라고도 하였으며 대나무로 만들었다. 비리 위에 올려 놓은 병차를 정리하고 흩어놓는 데 사용하던 대나무 가지이다.

병차는 자연 건조를 마친 후에도 여전히 수분 함량이 매우 높았다. 병차는 선엽을 증압하여 제조하는 것으로 현재의 증압차에 비하여 수분이 아주 높았다. 당나라 시대의 병차가 현재의 긴압차와 다른 것은 '계(棨)'을 이용하여 병차에 구

계(棨 : 차에 구멍을 뚫는 데 사용하는 추도)

적흑색(赤黑色)의 사의(絲衣)가 있는 창. 본문에서 설명한 것처럼 창과 같은 형태를 하고 있으며 차에 구멍을 뚫는 데 사용했던 추도다.

박(樸 : 병차를 정리하고 흩어놓는 데 사용하던 대나무 가지)

박은 대나무로 만들며 비리 위에 널어놓은 병차를 흩트리거나 정리하는 데 사용하였다.

배(焙 : 홍차용烘茶用의 배로 토굴)

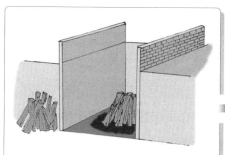

땅을 파서 배굴(焙屈)을 만들었다. 병차를 홍배하기 위한 설비였다.

관(貫 : 병차를 꿰는 데 사용하던 대나무 가지)

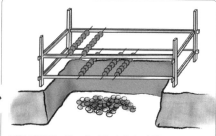

관은 병차를 꿰는 데 사용되었다. 병차를 일일이 꿰어 홍배를 행하였다.

붕(棚 : 병차를 널어놓는 일종의 나무 선반)

붕은 나무를 이용하여 만든 일종의 선반 혹은 시렁이었다. 배굴 위에 놓았다.

육(育 : 병차의 봉장封藏이나 복홍復烘을 위한 공구)

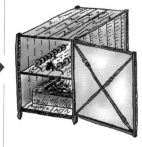

육은 나무로 만든 일종의 궤였다. 대나무를 엮어 만들고 그 위를 종이로 풀칠하였다. 병차를 소장하거나 숙성시키는 용도로 사용되었다.

멍을 뚫어야 했다는 점이다. 또한 '관(貫)'을 이용하여 병차를 꿴 것은 이렇게 해야 나중에 풀기가 쉽고 운반에 용이하기 때문이었다.

계(棨)는 병차의 중심부에 구멍을 뚫는 용도로 사용되었다. 이때 힘이 과하지 않아야 하며 구멍 때문에 병차의 미관을 해치는 일이 없도록 주의해야 한다. 구멍의 크기는 관'이 들어갈 수 있을 정도면 적당하였다. 관'은 작고 부드러운 대나무로 만드는데, 병차가 뭉치는 것을 방지하는 작용을 할 뿐만 아니라 운송에 매우 편리하고 병차의 외적 미관을 유지하는 작용을 하였다.

홍배(烘焙)의 과정을 살펴보면, 먼저 '관(貫)'에 꿴 병차를 '배(焙)' 앞까지 옮긴다. '배(焙)' 위에 만들어 놓은 '붕(棚)' 위에서 홍배를 진행한다. 이때에는 붕 위에 놓고 층을 나누어 홍배하는 것이 좋다. 병차가 반쯤 마르면 관을 아래 붕으로 내리고 완전히 마르면 위의 붕으로 올려 완전히 건조시킨다. 차를 말리는 불의 온도는 처음에는 높고 나중에는 낮아야 한다. 즉 자연 건조를 마친 병차를 대상으로 마지막으로 홍배를 행할 때도 처음에는 붕의 아래층에 배열하여 불에 말리고 나중에 위층으로 옮겨야 한다.

찻잎의 건조 정도는 수분 함량으로 계산한다. 육우가 "완전히 마르면(全乾), 위의 붕으로 올린다(전건 승상붕全乾 升上棚)"라고 쓴 것은 병차의 건조 정도를 설명하는 구절이라고 할 수 있다. 여기서 '전건(全乾)'은 수분이 하나도 없이 완전히 탈수된 건조 상태가 아니라, 눈에 보이지는 않지만 여전히 일정한 수분을 함유하고 있는 상태라고 보아야 한다. 즉 '전건'은 인간의 감각기관(시각, 촉각, 미각)으로 병차가 완전히 건조된 것처럼 느껴지는 상태라고 이해하면 된다. 차의 종류나 성질의 차이로 인하여 '전건'의 기준을 하나로 통일할 수는 없지만, 완성된 차의 질을 결정하는 관건이 되는 요소이기 때문에 세심한 주의를 요하였다.

08 칠경목 6, 7
'천穿', '봉封'

>>> 병차 제조에서 마지막 두 공정은 '천穿'과 '봉封'이며, 각각 계수計數와 봉장封藏을 말한다.

육우는 '천(穿)'이라는 글자에 대하여 상세하게 묘사하고, 이어서 완성된 차의 복홍(復烘)을 위한 공구를 '육(育)'이라고 명명하여 대단히 형상적으로 표현하고 있다. 즉 보호 혹은 양육의 의미를 부여하고 있는 것이다.

천(穿) : 대나무 혹은 나무나 곡식의 껍질을 이용하여 만든 일종의 새끼줄이며, 차를 꿰어 계수(計數)하는 공구를 말한다.

육(育) : 완성된 차를 복홍(復烘)하는 공구로 나무를 이용하여 만든 문이 달린 선반를 말한다. 위를 대껍질로 엮고 종이로 풀칠한 2층 상자였다.

여기서 '천(穿)'은 수를 세는 양사(量詞)이지만, 육우는 이것에 대하여 전문적인 설명을 더하고 있다. 천(穿)은 또한 관천(貫串)이라고 지칭되기도 하였으며, 문장 속에서 쓰기는 평성(平聲)으로 쓰고 읽기는 거성(去聲)으로 읽었다. '천(穿)'과 '천(串)'은 본질적으로는 구별되지 않는다. 병차의 계수 단위로 천(串)을 사용하는 것은 고대에는 대단히 흔한 일이었다. 다만 상대적으로 천(串)자의 사용이 보다 광범위하였고, 천(穿)자의 사용은 극히 적었다는 차이점이 있을 뿐이다.

천(穿)은 새끼줄 종류의 계수 도구로 견고성과 내구성을 구비해야 했다. 당나라 시대에는 전국 각지에서 고루 채취할 수 있었다. 이 때문에 육우는 강동(江東 : 양쯔강長江 하류의 남쪽 연안)이나 회남(淮南 : 화이허淮水 이남 양쯔강 이북 사이) 지역에서는 대나무를 쪼개서 만들고, 협중(峽中 : 양쯔강 상류) 지역에서는 닥나무 껍질을 비벼 꼬아 만든다고 설명하고 있다. 이외의 다른 지역에서도 역시 각각의 지역적 특색에 맞는 재료를 이용하여 만들었다.

병차를 계산하는 천(穿)은 당나라 시대의 지역적 차이에 따라 중량에 크게 차이가 있었다. 강동(江東) 지역에서는 4~5량(兩)에서 한 근까지의 범위를 뜻하였고, 협중(峽中) 지역에서는 50근에서 120근까지의 범위로 쓰였다. 두 지방에서 이처럼 큰 차이가 나는 첫 번째 원인은 '근(斤)'이 '편(片)'의 오기(誤記)일 가능성에서 찾을 수 있다. 120소편(小片)의 병차는 또한 1근에 해당하기 때문이다. 두 번째는 강동 지역은 소매 중심이었고, 협중 지역은 도매 중심이었다는 점이다. 세 번째는 강동 지역의 찻잎은 작고 여리지만, 협중 지역의 찻잎은 크고 거칠다는 점이다. 네 번째는 강동 지역은 단거리 운송이 주가 되었고, 협중 지역은 장거리 운송이 주가 되었다는 점에서 그 차이를 찾을 수 있다.

'육(育)'은 마치 고상(烤箱 : 오븐)처럼 설계하였다. 육(育)은 완성된 차의 복홍(復烘)과 봉장(封藏)을 위한 공구이며 그 속이 두 층으로 나누어져 있었다. 아래층에는 화분(火盆)을 놓고 위층에는 병차를 놓았다. 이후에 화염이 넘실거리지 않는 약한 불을 이용하여 홍배를 진행하였다. 저온 상태로 길게 불에 쬐는 것은 찻잎의 질에 영향이 가지 않도록 하기 위한 고심어린 방법이었다. 이러한 방식은 당나라 시대에 시작되었으며, 완성품의 차를 습기나 곰팡이의 영향으로부터 방지하기 위한 것으로 대단히 중요한 과정이었다.

차를 저장할 때 송나라 시대에는 특히 공차(貢茶)의 저장과 포장이 매우 중시되었다. 어떤 것은 대나무 껍질이나 잎을 이용하여 속을 봉하고 2,3일마다 저온으로 홍배를 하였으며, 어떤 것은 오래된 죽기나 칠기에 저장하였다. 찻잎은 흡수성이 매우 강하기 때문에 저장 과정이나 운송 과정에서 습기나 이물질 등의 영향을 받기가 아주 쉬웠다. 이 때문에 찻잎의 방습(防濕)이나 방매(防黴 : 곰팡이 방지)를 대단히 중요하게 생각하였다.

병차(餅茶)의 봉장(封藏)

천(穿)은 대나무 혹은 닥나무 껍질을 이용하여 만든 일종의 새끼줄이며 차를 꿰어 계수하는 도구였다.

차의 저장 과정에서 공기 중의 습기가 흡수될 수 있기 때문에 병차의 제조 방식에 변화가 필요하였다.

강남 지역은 장마철에는 습도가 대단히 높기 때문에 땅속에 묻혀 있는 화탄(火炭)을 사용하지 않고 은근한 열탄(熱炭)으로 서서히 온도를 높여주는 방법으로 해결하였다. 불을 피워 가열하게 되면 수분을 없애는 효과가 강화되었다.

천(穿)의 각지의 표준

천(穿)은 일종의 계수 공구로 대나무 껍질로 만든 꼬챙이에 꿰어진 병차의 수를 계산하는데 사용되었다(천수串數와 같은 의미로 사용되었으며 거성去聲으로 발음하였다).

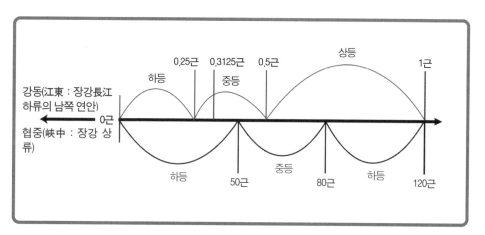

협중 지역의 '천(穿)'의 표준은 아무래도 불합리한 것 같군요.

후대의 학자들은 '근(斤)'이 '편(片)'의 오기일 거라고 생각하고 있단다. 당나라 시대의 병차 계산에서 소편(小片)은 120편(片)의 차를 말하였는데, 이것은 한 근의 차와 차이가 거의 없었단다.

09 | 당나라 시대의 병차에 대한 감평
8개의 등급

>>>> 『다경』에서 설명하고 있는 병차의 평가 방법은 오늘날의 눈으로 보고 하는 평가, 즉 눈으로 그 외형을 감별하는 시각적 평가 방법이었다.

병차는 그 외적 형상을 볼 때 어그러짐이나 떨어져 나간 부분이 없어야 한다는 것 외에도 그 외형의 고른 정도(均整), 압축 정도(松緊), 부드러운 정도(嫩度), 색택(色澤), 깨끗한 정도(淨度) 등을 종합적으로 고려하여 그 우열을 평가하였다. 균정(均整)은 병차의 형태가 눈으로 보기에 고르고 완전한지, 문락(紋絡)은 선명한 정도나 표면의 껍질이 잘 정리되어 있는지를 눈으로 살펴보는 것이다. 송긴(松緊)은 병차의 두텁고 얇은 정도가 일치하는지, 눈도(嫩度)는 병차의 여리고 부드러운 정도를 눈으로 살펴보는 것이다. 색택(色澤)을 본다는 것은 병차의 색채에 윤기가 흐르는지를 살피는 것이고, 정도(淨度)를 본다는 것은 병차에 남아 있는 잎 조각이나 줄기 등을 살펴 함량이 부족한지와 이물질이 섞여 있는지를 알아보는 것이다.

육우는 병차의 외형을 평가하면서 위의 요소들 가운데 단지 그 균정과 색택만을 비교하여 모두 여덟 개의 등급으로 나누고 있다. 그 외면적 형태를 살펴보면 다음과 같다.

두텁고 여리며 색택이 윤기가 있는 병차 :

호화(胡靴) ─ 병차의 표면에 쪼글쪼글하게 (세밀한) 주름이 있는 것.

우억(牛臆) ─ 병차의 표면에 가지런하게 (거친) 주름이 있는 것.

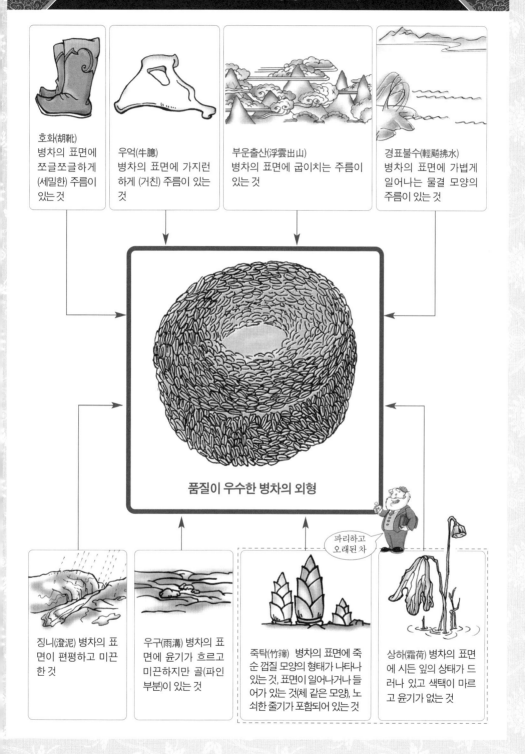

호화(胡靴) 병차의 표면에 쪼글쪼글하게 (세밀한) 주름이 있는 것

우억(牛臆) 병차의 표면에 가지런하게 (거친) 주름이 있는 것

부운출산(浮雲出山) 병차의 표면에 굽이치는 주름이 있는 것

경표불수(輕颷拂水) 병차의 표면에 가볍게 일어나는 물결 모양의 주름이 있는 것

품질이 우수한 병차의 외형

파리하고 오래된 차

징니(澄泥) 병차의 표면이 편평하고 미끈한 것

우구(雨溝) 병차의 표면에 윤기가 흐르고 미끈하지만 골(파인 부분)이 있는 것

죽탁(竹籜) 병차의 표면에 죽순 껍질 모양의 형태가 나타나 있는 것, 표면이 일어나거나 들어가 있는 것(체 같은 모양), 노쇠한 줄기가 포함되어 있는 것

상하(霜荷) 병차의 표면에 시든 잎의 상태가 드러나 있고 색택이 마르고 윤기가 없는 것

부운출산(浮雲出山) ─ 병차의 표면에 굽이치는 주름이 있는 것.

경표불수(輕飇拂水) ─ 병차의 표면에 가볍게 일어나는 물결 모양의 주름이 있는 것.

징니(澄泥) ─ 병차의 표면이 평활한 것.

우구(雨溝) ─ 병차의 표면이 윤기 있고 매끈하지만 골(溝 : 파인 부분)이 있는 것.

파리하고 오래된 차 :

죽탁(竹籜) ─ 병차의 표면에 죽순 껍질 모양의 형태가 나타나 있는 것(표면이 일어나거나 들어가 있으며 노쇠한 줄기가 포함되어 있음).

상하(霜荷) ─ 병차의 표면에 시든 잎의 상태가 드러나 있고 색택이 마르고 윤기가 없는 것.

이상의 내용에서 중요한 것은 병차의 형태와 색깔에 대한 감별이다. 이것을 통하여 원료의 여린 정도, 찻잎을 찐 온도, 찻잎을 빻은 정도, 찻잎을 찧고 다듬은 정도, 액즙의 유실 상황 등을 감별할 수 있다. 육우는 병차의 외형을 통하여 찻잎의 제조 기술과 품질의 상관관계를 다음과 같이 판단하고 있다.

총체적으로 위의 8개의 등급을 살펴보면, 재료의 측면에서는 여린 것이 질이 좋고 오래된 것은 질이 떨어지며, 찻잎에 내포된 액즙의 측면에서는 액즙의 유실이 적은 것이 질이 좋고 유실이 많은 것은 질이 떨어진다. 또한 증압(蒸壓)이 적당히 이루어진 것이 질이 좋고 증압이 과도하거나 부족한 것은 질이 떨어진다고 보고 있다. 또한 육우는 병차의 표면이 편평하지 않으면서 윤기가 흐르는 것을 요구하고 있고, 또한 일정한 주름이 있어야 한다고 보았다. 이와 동시에 그 주름은 세밀하고 얕아야 하며 주름이 거칠면서 깊은 것은 비교적 질이 떨어지는 것이라고 보고 있다. 특히 병차의 표면에 울퉁불퉁 요철이 있거나 또는 그 색깔에 윤기가 없고 노쇠한 줄기가 있는 것은 품질이 가장 떨어지는 것이라고 보고 있다.

육우 역시 단순히 그 외형만으로 병차의 우열을 판단하는 것은 문제가 있다는 것을 잘 알고 있었다. 이 때문에 그는 차를 평가하는 기술을 다시 다음과 같은 세 개의 등급으로 나누어 평가에 신중을 기하고 있다.

가장 안 좋은 평가 방법 — 병차의 표면이 검게 빛나고 평평하게 고른 것이라 하여 좋은 차로 평가하는 기술적 방법

비교적 하급의 평가 방법 — 병차의 표면이 누런색을 띠며 주름이 있고 울퉁불퉁하다는 이유로 좋은 차로 평가하는 기술적 방법

가장 좋은 평가 방법 — 위의 두 가지 상황의 장점과 단점을 고려하여 좋은 병차와 좋지 않은 병차를 종합적으로 평가하는 기술적 방법

10 | 감별의 상上
언가급언불가言嘉及言不嘉

>>>> 『다경』에는 "작미후향(嚼味嗅香 : 씹어서 맛을 보거나 향기를 맡는 것), 비별야(非別也 : 감별이 아니다)"라는 설명이 있다. 여기서 '별別'은 곧 감별을 뜻하며 병차의 호불호의 기준에 대한 육우의 결론이라고 할 수 있다.

차의 품질과 규격

찻잎의 원료 : 길이 4~5촌 정도의 신초

외형 : 원형(圓形), 방형(方形), 화형(花形)의 떡 모양의 압제차(壓制茶)

제조 공예 : 증기살청(蒸汽殺靑), 도차(搗茶), 인력에 의한 압모(壓模), 홍배건조(烘焙乾燥), 계수(計數), 봉장(封藏)

품질 : '철고인감'(啜苦咽甘 : 마실 때는 쓰지만 삼킬 때는 단 맛이 남), '진선복렬', 백색의 탕에 두터운 말(沫), 발(餑), 화(花) (거품)

음용 방법 : 갈아서 끓는 물에 넣고 소금을 약간 더하여 달여 마신다.

'언가(言嘉)' (좋음)와 '불언가(不言嘉)' (나쁨)의 평가

1. 광택(光澤) : 즙이 빠져나온 상태에 대한 표현. 병차의 외형을 보았을 때 광택이 나고 윤기가 흐르는 것이 좋은 것이고 액즙이 다 빠져나가고 윤기가 없어 보이는 것은 좋은 것이라 말하기 힘들다.

2. 추문(皺紋) : 액즙을 내포한 정도에 대한 표현. 병차의 외형을 보았을 때 주름이 있는 것은 보기에는 좋지 않아 보이지만 액즙의 유실이 적고 차의 맛이 진하기 때문에 좋은 것이다.

3. 색깔 : 제작 시간에 대한 표현. 흑색은 하루가 지나서 만든 것이고, 황색은

병차의 외형

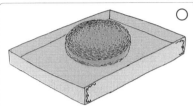

병차에서 즙이 흘러나오며 그 외면에 윤기가 흐른다.

병차의 즙이 과도하게 빠져나가면 찻물의 맛이 밋밋하게 변한다.

함유된 즙의 판단

외형에 주름 무늬가 있으면 맛이 진하다.

즙의 유실이 많으면 찻물이 싱겁게 변한다.

병차의 색깔의 차이

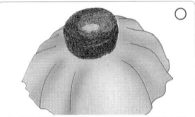

흑색의 병차는 밤을 넘겨서 제작한 것이나 즙이 많다.

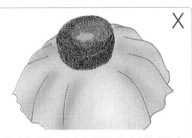

황색의 병차는 당일에 제작한 것이나 즙이 적다.

증압(蒸壓)의 정도

병차의 표면에 요철이 있고 거칠고 느슨하지만 즙이 많다.

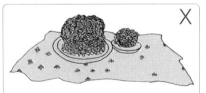

병차의 표면이 평평하고 건실하지만 즙이 유실되었다.

당일에 제작한 것으로 보면 된다. 당일에 제작한 황색이 밤을 넘기고 제작한 흑색에 비하여 좋다. 그러나 즙이 황색보다 흑색이 많다면, 찻물의 색이 황색일지라도 그 품질이 흑색의 찻물에 비하여 오히려 떨어지는 것이라고 할 수 있다.

4. 평정(平正) : 견실한 증압에 대한 표현. 병차의 표면에 울퉁불퉁한 요철이 있으면 증압이 느슨하게 이루어진 것으로 보면 된다. 병차의 표면이 평정한 것이 요철이 있는 것에 비하여 보기에 좋다. 그러나 증압이 견실하게 이루어졌다 하여도 액즙의 유실이 많으면 오히려 요철이 있는 것이 평평한 것보다 좋다고 보아야 한다.

현대의 평가 기술

찻잎의 색, 향, 미는 앞에서 설명한 바와 같이 백여 종의 화학적 성분으로 구성되어 있다. 즉 현대의 과학 기구로 찻잎의 성분을 측정해 보면, 그 품질의 우열을 어떠한 화학적 성분의 많고 적음만으로 평가할 수는 없다. 현대의 차 전문가들은 이미 물리나 화학 등의 이론적 체계에 근거하여 찻잎을 평가하고 있다.

물리적 검증 : 건조된 차의 외형과 차의 품질의 상관성에 근거하여 일정한 용량 내의 찻잎의 중량에 대하여 혹은 일정 중량의 찻잎의 점용(占容) 면적의 대소를 더 고려하여 측정하고 용량이나 비용(比容 : 단위 질량의 물체가 차지하는 부피)을 계산한다.

화학적 검증 : 자외선분광광도계, 색채분석기, 질량분석기 등의 각종 기기를 이용하여 찻물 속의 유기질의 함량과 방향물질의 향을 측정하고 컴퓨터를 통하여 통계 분석을 행한다.

11 제차 공예制茶工藝의 발전

>>>> 중국은 수천 년에 이르는 차의 생산 역사를 가지고 있으며 유구한 세월에 걸쳐 다양한 품종의 차가 생산되고 발전되며 변화되어 왔다.

생자(生煮 : 찻잎을 그대로 끓임), 갱전(羹煎 : 국 요리), 쇄건수장(曬乾收藏 : 말려서 저장함)

인류가 최초로 찻잎을 음용한 것은 차나무의 선엽을 날로 씹어 먹는 것에서 시작되었을 것이다. 각종 도구의 발전과 더불어 이러한 원시적 식용 방법에서 점차 갱(羹 : 국)의 형태로 끓여서 음용하는 방법으로 발전하게 된다. 이렇게 찻잎을 끓여서 먹는 방법은 오늘날의 채소를 끓여 만든 탕과 유사하다고 보면 된다. 운남의 기락족(基諾族)은 지금도 여전히 '양반차(涼拌茶)'를 먹는 관습을 가지고 있다. 이것은 선엽을 빻아 그릇 속에 넣은 후에 여기에 소량의 과즙을 더하고 고추나 소금 등의 조미료를 뿌리고 다시 샘물을 넣어 휘저어 먹는 것이다.

역사상 차와 관련된 갱(羹)에 대한 기록을 살펴보면, 『진서(晉書)』에 "오나라 사람들은 차를 따서 삶았으며, 그것을 명죽(茗粥)이라고 하였다(오인채차자지 왈명죽吳人采茶煮之 曰茗粥)"라는 기술이 있다. 이 기록은 차를 국으로 끓여 음용하는 방법이 비교적 이른 시기부터 사용되고 있었음을 보여준다. 당나라 시대에도 여전히 원시적 형태의 명죽을 먹는 관습이 곳곳에 남아 있다.

다만 삼국 시대의 위(魏)나라에서는 단순하게나마 찻잎을 가공하는 기술이 사용되고 있었던 것으로 보인다. 선엽을 채취하여 떡을 만들어 그늘에서 말리거나 불에 쬐여 말렸는데, 바로 이러한 방법이 제차 기술의 맹아라고 할 수 있다.

증청(蒸青)에서 용봉단병(龍鳳團餅)의 제조까지

병차를 가공하기 시작하던 초기에는 여전히 청초미(靑草味 : 야생의 풀 기운)를 효과적으로 제거하는 방법을 찾지 못하고 있었다. 이후에 이러한 풋내를 효과적으로 제거하기 위한 차농들의 반복적인 실험과 실천을 통하여 점차 증청법(蒸青法)이라는 제차 기술이 만들어지게 된다. 차의 어린 잎을 찐 후에 찧고 빻아서 병차를 만들고, 이어서 병차에 구멍을 뚫고(穿孔) 여기에 꼬챙이를 꿰어 홍건(烘乾)을 행하는 일련의 과정을 거치면서 야생의 풋내를 없앨 수 있었다. 그러나 이러한 과정을 통하여 제작된 차의 맛은 여전히 쓰고 떫었다. 다인(茶人)들 역시 이에 만족하지 않고 신선한 찻잎을 깨끗이 씻어 증청(蒸青)과 압착(壓搾)의 과정을 거치면서 액즙을 제거하는 방법을 통하여 차의 쓴맛을 대대적으로 감소시켰으며, 이러한 일련의 과정이 바로 증청법이었다.

당나라 시대에는 증청을 통한 병차의 제조 기술이 완전히 틀을 잡게 된다. 육우가 『다경』에서 설명하고 있는 병차 제작을 위한 완전한 공정 과정은 증차(蒸茶), 해괴(解塊), 도차(搗茶), 장모(裝模), 박압(拍壓), 열차(列茶), 양건(晾乾), 천공(穿孔), 홍배(烘焙), 성천(成穿), 봉차(封茶)의 과정으로 구성되어 있다.

송나라 시대에는 제차 기술이 비약적으로 발전하면서 새로운 제품이 끊임없이 만들어졌다. 북송(北宋) 연간에는 용봉단차(龍鳳團茶)가 성행하기 시작하였다. 용풍단차는 여섯 개의 공정 과정을 거쳐 제조되었다. 즉 증차(蒸茶), 자차(榨茶), 연차(研茶), 조차(造茶), 과황(過黃), 홍차(烘茶)의 과정으로 이루어졌다.

단병차(團餅茶)에서 산엽차(散葉茶)까지

증청단차(蒸青團茶)는 생산 과정에서 쓴맛이 남고 향이 개운하지 않다는 문제가 있었다. 이러한 문제를 개선하기 위하여 증청 후에 유념이나 긴압의 과정을 생략하고 직접 홍건을 진행하는 등의 제조 과정의 변화가 점진적으로 이루어지게 된다. 즉 증청단차가 산차로 바뀌면서 차의 독특한 향을 유지할 수 있게 되었다. 또한 이에 맞추어 산차의 감상과 품질에 대한 다양한 요구와 견해가 나타나게 된다. 송나라 시대에서 원나라 시대에 이르기까지는 병차와 용봉단차 그리고 산차가 함께 제작되고 소비되었다. 하지만 명나라 시대에 이르러 태조(太祖) 주원장(朱元璋)이 용봉단차를 폐기하고 산차를 크게 부흥시키라는 어지를 내린 이후에는 증청산차(蒸靑散茶)가 크게 성행하게 되었다.

증청(蒸靑)에서 초청(炒靑)까지

찻잎의 특유한 향미(香味)가 가장 많이 남게 되는 제조 방법은 증청산차였다. 그러나 증청산차는 증청을 거친 후에도 여전히 찻잎 특유의 향이 남아 있기는 했지만, 그다지 강렬하지 않다는 점이 문제였다. 이에 따라 건열(乾熱)을 이용하여 찻잎의 특유한 향기를 발산시키는 초청(炒靑) 기술이 만들어지게 된다. 사실 초청녹차는 당나라 시대에 이미 시도되었던 방법이었지만, 당시에는 초제(炒制) 시간이 그리 길지 않았다. 그러나 당(唐), 송(宋), 원(元)을 거치며 다양한 시도를 통하여 그 미비점을 보완하고 발전하면서 초청차(炒靑茶)의 수요와 이용이 점차 증가하게 된다. 명나라 시대에는 초청 제법(炒靑制法)에 의한 차의 생산이 완전히 시대적 대세가 되었다. 초청을 통한 제조법은 대체로 고온의 살청(殺靑), 유념(揉捻), 복초(復炒), 홍배(烘焙)의 과정으로 나눌 수 있다. 이러한 형태의 제조법은 현대의 초청녹차 제조법과 그 차이점을 찾기 힘들 정도로 유사하다.

녹차(綠茶)에서 기타의 차종(茶種)까지

제차 과정에서 찻잎 특유의 향기와 맛을 확보하기 위하여 시도했던 다양하고 상이한 발효 공정은 찻잎 내부의 질적인 변화를 가져왔으며 이를 통하여 일정한 법칙을 찾을 수 있었다. 이로부터 찻잎의 채적에서부터 상이한 제조 과정을 거쳐 각기 독특한 색, 향, 맛, 형태를 가진 소위 6대 차류(六大茶類)가 만들어지게 된다. 즉 녹차, 홍차, 오룡차, 흑차, 황차, 백차가 그것이다.

1. 황차(黃茶)의 생산

황차는 녹차의 초제(炒制) 과정에서 변화되어 나왔다. 명나라 시대의 허차서는 『다소(茶疏)』(1597년)를 통하여 이러한 변화 과정에 대하여 기술하고 있다.

2. 흑차(黑茶)의 출현

녹차의 살청 과정에서 잎이 과다하게 많고 불의 온도가 낮은 경우에는 잎의 색이 검은 빛깔의 짙은 녹갈색에 가깝게 변하게 된다. 혹은 녹모차(綠毛茶)를 한데 모아두고 발효시키는 악퇴(渥堆)를 거치면 흑색으로 변하게 된다. 바로 이것이 흑차(黑茶)의 생산 과정이었다.

3. 백차(白茶)의 유래와 발전

당나라와 송나라 시기의 백차는 우연히 발견된 백엽(白葉)의 차나무 잎을 따서 만든 차를 가리켰다. 현대적 의미의 백차는 송나라 때 녹차의 삼색세아(三色細芽)와 은선수아(銀線水芽)로부터 점차 발전되어온 것이다.

4. 홍차(紅茶)의 생산과 발전

찻잎의 제조 과정에서 햇빛을 이용하여 살청을 대신하게 되면 유념 이후에 찻잎의 색이 홍색으로 변하고, 이로부터 우려낸 찻물의 색 역시 홍색으로 변하는 것을 발견하였다. 이것이 홍차 생산의 출발이었다. 최초의 홍차는 복건성 숭안(崇安)의 소종홍차(小種紅茶)로부터 시작되었다.

5. 오룡차(烏龍茶)의 기원

오룡차는 녹차와 홍차의 특징을 모두 겸비한 차라고 할 수 있다. 녹차와 홍차 양자의 제조법을 서로 모방하고 참조하면서 이로부터 오룡차의 제조법이 발전되었다.

6. 소차(素茶)에서 화향차(花香茶)까지

차에 향료를 첨가하거나 화향을 첨가하는 제조 방법은 유구한 역사를 가지고 있다. 송나라 시대의 채양이 지은 『다록(茶綠)』에는 차에 향료를 가미하는 방법에 대한 설명이 있다. 남송(南宋)의 인물인 시악(施岳)의 사(詞) 가운데도 말리화(茉莉花)를 이용한 배차(焙茶)에 대한 기술이 있다. 각종 꽃을 이용하여 만든 다양한 화차(花茶)에 대한 기록 역시 명나라와 청나라 시대의 사서(史書)에서 무수히 찾아볼 수 있다.

4장 자기(煮器 : 삶는 기구)

각개향만실角開香滿室,
노동녹응쟁爐動綠凝鎗*

각종 음차 기구에 대해서 육우는 기본적으로 탕의 품질을 보다 제고시킬
수 있는 방법을 요구하고, 다른 한편으로는 고아한 조형미가 느껴지는 미적 형
태를 중시하고 있다. 각종 음차 용구는 일견 사소한 일상적인 문제로 여길 수
있지만, 육우는 이 또한 소홀히 여기지 않고 실용성과 예술성을 겸비할 수 있
도록 대단히 세심한 주의를 기울이고 있는 것이다. 육우는 풍로의 설계, 음차
를 위한 각종 자완瓷碗의 형태나 품질, 색채 등에 있어서도 일정한 표준을 요구
하고 있다.

* 차 포장 열자니 향기가 방안 가득하고, 화로에 물 끓으니 푸르게 솥으로 엉겨드네. 이는 오
대(五代) 때 시승(詩僧)인 제기(齊己)의 「영다십이운(詠茶十二韻)」의 전반부이다.

4장의 일러스트 목록

01 실용성과 예술성의 조화
육우가 설계한 전차煎茶 기구

>>>> 『다경』의 「사지기」에는 당나라 시대의 전차법煎茶法에 필요한 각종 자차 용구煮茶用具와 음차 용구飲茶用具가 상세히 망라되어 있다. 이것은 다시 각각 생화生火, 자차煮茶, 고차烤茶, 전차煎茶, 양차量茶, 성수盛水, 여수濾水, 취수取水, 성염盛鹽, 취염取鹽, 음차飲茶, 성기盛器, 파설擺設, 청결淸潔 등의 용구로 세분할 수 있다. 이러한 기구는 그 용도에 따라 독특한 조형성과 창의성을 갖추고 있으며, 비록 조작할 때 번거로운 바는 있지만 그 나름의 논리성을 가지고 있다.

생화 용구(生火用具 : 불을 피우는 용구) : 5종(種)

풍로(風爐) : 불을 피워 차를 끓이기 위한 용구. 단철(鍛鐵)이나 반죽한 진흙을 이용하여 주조하며 그 형상은 고정(古鼎)과 같았다. 벽의 두께는 3푼(分), 가장자리의 넓이는 9푼, 풍로의 벽과 풍로 중앙의 빈 공간은 6푼이며 진흙을 이용하여 채운다. 풍로에는 3개의 다리가 달려 있고, 그 위에는 21개의 고문자가 새겨져 있다. 세 다리 사이에는 3개의 작은 창이 있는데 이것은 바닥 부분의 통풍과 재를 빼내기 위한 것이었다. 또한 풍로의 내부에도 6개의 고문자가 새겨져 있다. 풍로 속에는 연료를 놓은 받침대가 설치되어 있으며, 솥을 잇는 칸막이 3개가 설치되어 있는데 각각 이(離), 손(巽), 감(坎)의 3괘(卦)가 새겨져 있다. 손괘(巽卦)는 바람(風)을 상징하고, 이괘(離卦)는 불(火)을 상징하고, 감괘(坎卦)는 물(水)을 상징한다. 바람은 불을 일으키고 불은 물을 끓일 수 있기 때문에 이 3개의 괘가 필요했다.

회승(灰承) : 3개의 다리를 가진 철 받침대. 풍로의 재를 받는 데 사용하였다.

거(筥 : 광주리) : 대나무로 엮었다. 방형(方形)으로 엮었으며 숯을 넣는 대광주리이다. 사용상의 편의와 미관상의 아름다움을 고려하여 짰다. 높이는 1척 2촌 정도, 직경은 7촌 정도였다. 혹은 먼저 바구니 형태의 나무얼개를 만들고 등나무를 이용하여 짜기도 하였다. 표면은 육각형의 둥근 눈 형태로 엮었으며 바닥과 뚜껑을 윤택이 나게 갈았다.

탄과(炭撾) : 여섯 개의 모서리가 있는 철 기구. 길이는 1척 정도이며 탄을 부수는 데 이용하였다. 윗부분은 뾰족하고 중간 부분은 통통하였다. 잡는 부분에 작은 장식품을 묶어 두기도 하였다. 때로는 망치나 도끼로 만들어 쓰기도 하였다.

화협(火夾) : 이를 저(筯 혹은 筋)라고 부르기도 하였다. 부젓가락(火筯)을 말하며 둥글고 곧은 모양이었다. 탄을 잡아 풍로에 넣는 데 사용하였다. 길이는 1척 3촌 정도였으며 정수리 부분의 끝이 편평하였고 장식은 하지 않았다. 철이나 구리를 열에 달구어 만들었다.

자차 용구(煮茶用具 : 차를 삶는 용구) : 3종

복(鍑 : 솥) : 부(釜) 혹은 과(鍋 : 솥)를 말하며 물을 끓여 차를 익히는 데 사용하는 용구로 오늘날의 차부(茶釜)로 보면 된다. 대부분 생철로 만들었다. 솥의 귀(耳) 부분을 방형으로 만들었는데 이것을 이용하면 중심을 잡아 평평하게 놓기 쉬웠다. 가장자리는 넓게 만들어 열거나 펼치기 편하게 하였다. 솥의 중심 부분은 넓게 하여 화력이 중간에 집중될 수 있도록 함으로써 물이 그 가운데서 끓기 쉽게 하였다. 이렇게 해야 찻가루가 쉽게 끓고 맛 또한 순후해진다. 홍주(洪州)에서는 솥을 사기(瓷)로 만들었고, 내주(萊州)에서는 돌로 만들었다. 사기나 돌로 만든 솥 모두 우아한 외적 형태에 어느 정도의 내구성을 갖추고 있었지만 그렇게까지 튼튼하다고는 할 수 없었다. 은으로 만든 솥은 대단히 청결하다는 장점은 있지만 지나치게 사치스럽다는 느낌을 준다. 내구성만을 생각한다면 철로 만든 솥이 비교적 무난하다고 할 수 있다.

교상(交床) : 나무로 만들었다. 십자로 교차하여 다리를 만들고 위에는 널판을 놓고 중간을 파서 솥을 놓는 데 이용하였다.

죽협(竹夾) : 복숭아나무, 버드나무, 종려나무 등으로 만든다. 길이는 1척 정도였으며 양쪽의 머리 부분은 은을 이용하여 그 속을 감쌌다.

생화 용구(生火用具)

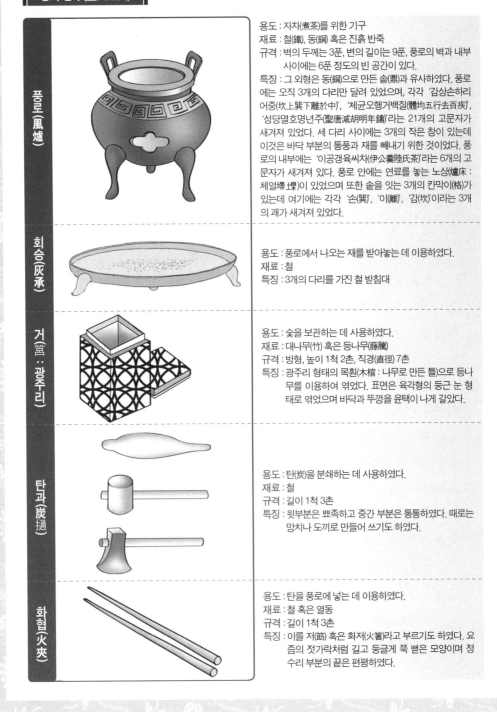

풍로(風爐)

용도 : 자차(煮茶)를 위한 기구
재료 : 철(鐵), 동(銅) 혹은 진흙 반죽
규격 : 벽의 두께는 3푼, 변의 길이는 9푼, 풍로의 벽과 내부 사이에는 6푼 정도의 빈 공간이 있다.
특징 : 그 외형은 동(銅)으로 만든 솥(鼎)과 유사하였다. 풍로에는 오직 3개의 다리만 달려 있었으며, 각각 '감상손하리어중(坎上巽下離於中)', '체균오행거백질(體均五行去百疾)', '성당멸호명년주(聖唐滅胡明年鑄)'라는 21개의 고문자가 새겨져 있었다. 세 다리 사이에는 3개의 작은 창이 있는데 이것은 바닥 부분의 통풍과 재를 빼내기 위한 것이었다. 풍로의 내부에는 '이공갱육씨차(伊公羹陸氏茶)'라는 6개의 고문자가 새겨져 있다. 풍로 안에는 연료를 놓는 노상(爐床 : 체얼埓土 埻)이 있었으며 또한 솥을 잇는 3개의 칸막이(格)가 있는데 여기에는 각각 '손(巽)', '이(離)', '감(坎)'이라는 3개의 괘가 새겨져 있었다.

회승(灰承)

용도 : 풍로에서 나오는 재를 받아놓는 데 이용하였다.
재료 : 철
특징 : 3개의 다리를 가진 철 받침대

거(筥 : 광주리)

용도 : 숯을 보관하는 데 사용하였다.
재료 : 대나무(竹) 혹은 등나무(藤籐)
규격 : 방형, 높이 1척 2촌, 직경(直徑) 7촌
특징 : 광주리 형태의 목훤(木楦 : 나무로 만든 틀)으로 등나무를 이용하여 엮었다. 표면은 육각형의 둥근 눈 형태로 엮었으며 바닥과 뚜껑을 윤택이 나게 갈았다.

탄과(炭撾)

용도 : 탄(炭)을 분쇄하는 데 사용하였다.
재료 : 철
규격 : 길이 1척 3촌
특징 : 윗부분은 뾰족하고 중간 부분은 통통하였다. 때로는 망치나 도끼로 만들어 쓰기도 하였다.

화협(火夾)

용도 : 탄을 풍로에 넣는 데 이용하였다.
재료 : 철 혹은 열동
규격 : 길이 1척 3촌
특징 : 이를 저(筯) 혹은 화저(火箸)라고 부르기도 하였다. 요즘의 젓가락처럼 길고 둥글게 쭉 뻗은 모양이며 정수리 부분의 끝은 편평하였다.

자차 용구(煮茶用具)

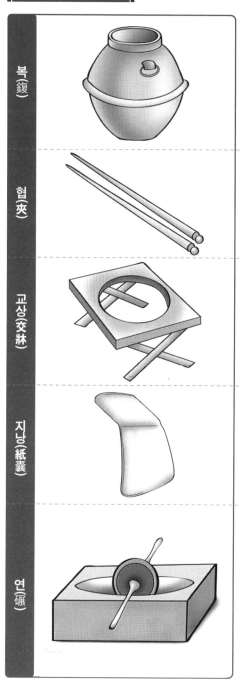

복(鍑)

용도 : 차를 끓이는 용도로 사용.
재료 : 생철(生鐵) 혹은 사기(瓷)나 돌(石)
특징 : 부(釜) 혹은 과(鍋)를 말한다. 솥의 귀 부분은 방형으로 만들었는데 이것을 이용하면 중심을 잡아 평평하게 놓기가 쉬웠다. 가장자리는 넓게 만들어 열거나 펼치기 편하게 하였다. 솥의 중심 부분은 넓게 하여 화력이 중간에 집중될 수 있도록 함으로써 물이 그 속에서 끓기 쉽게 하였다. 이렇게 하여야 찻가루가 쉽게 끓고 맛 또한 순후해진다.

협(夾)

용도 : 차를 불에 구울 때 사용.
재료 : 청죽(靑竹) 혹은 정철(精鐵)이나 숙동(熟銅)
규격 : 길이 1척 2촌
특징 : 불을 만나면 액이 흘러나오는데 그것을 이용하면 차의 맛을 제고시킬 수 있다.

교상(交牀)

용도 : 복(鍑)의 받침대로 이용
재료 : 나무
규격 : 십자형으로 교차하여 선반을 만든다.
특징 : 위에는 널판을 놓고 중간을 파서 솥을 놓는 데 이용하였다.

지낭(紙囊)

용도 : 잘 구운 병차를 보존하는 용도로 사용
재료 : 섬등지(剡藤紙 : 섬지剡地, 지금의 저장성浙江省 성현嵊縣 서남 지역에서 생산되는 등나무나 대나무로 만들었기 때문에 이러한 이름을 얻게 되었다).
특징 : 그 향이 산실되지 않도록 하였다.

연(碾)

용도 : 찻잎을 분쇄하는 용도로 사용
재료 : 귤나무, 그 다음으로 배나무, 뽕나무, 오동나무, 산뽕나무로 제작
규격 : 연(碾)의 안쪽은 원형으로 바깥쪽은 방형으로 만들었다. 폭(輻)의 길이는 9촌, 너비는 1촌 7푼. 타(墮)의 직경은 3촌 8푼, 중간의 두께는 1촌, 가장자리의 두께는 반 촌
특징 : 연(碾)의 안쪽을 원형으로 만든 것은 돌리기 쉽게 하기 위해서고 바깥쪽의 방형은 기울어짐을 방지하기 위해서였다. 타(墮)는 수레바퀴와 같은 형상을 하고 있으며 가운데의 폭(輻 : 바퀴살)은 사용하지 않고 다만 장식만 했다. 축(軸)의 중간 부분은 방형이었지만 병(柄 : 자루, 손잡이)은 둥글었다.

고차 용구(烤茶用具 : 차를 불에 말리는 용구) : 2종

협(夾) : 작은 청죽(青竹)을 이용하여 만들었다. 길이는 1척 2촌 정도였고 차를 불에 쬐여 말리는 도구로 이용하였다. 불을 만나면 액이 흘러나왔는데 이를 이용하여 차의 맛을 높일 수 있었지만 대나무 등의 숲이 없는 계곡에서는 만들기가 쉽지 않았다. 잘 정련된 철이나 숙동(熟銅 : 동합금) 등을 이용하여 만든 것은 내구성이 있어서 오래 사용할 수 있었다.

지낭(紙囊) : 희고 두터운 섬등지(剡藤紙)를 이용하여 두 겹으로 봉제하였다. 그 속에 불에 구운 차를 넣어서 보존하였으며 또한 그 향이 산실되지 않도록 하는 데 사용하던 도구였다.

연차(碾茶) 용구 : 2종

연(碾 : 일종의 맷돌) : 귤나무로 만들었다. 귤나무 다음으로는 배나무, 뽕나무, 오동나무, 산뽕나무로 만든 것을 사용하였다. 연의 안쪽은 원형으로 바깥쪽은 방형으로 만들었다. 안쪽의 원은 돌리기 쉽게 하기 위해서고 바깥쪽의 방형은 기울어짐을 방지하기 위해서였다. 속에는 타(墮) 하나를 놓아 틈이 없도록 하였다. 타는 수레바퀴(즉 연륜碾輪)와 같은 형상을 하고 있으며 가운데의 폭(輻 : 바퀴살)은 사용하지 않고 다만 장식만 하였다. 축(軸)은 길이가 9촌 정도였고 너비는 1촌 7푼 정도였다. 타는 직경이 3촌 8푼 정도였고 중간의 두께는 1촌 정도였으며 변의 두께는 반(半) 촌(寸) 정도였다. 축(軸)의 중간 부분은 방형이었지만 병(柄 : 자루, 손잡이)은 둥글었다.

불말(拂末) : 새의 깃털을 이용하여 만들었다. 찻가루를 털어 깨끗하게 청소하는 용도로 사용되었다.

양차(量茶) 용구 : 3종

나(羅) : 나사(羅篩), 즉 큰 대나무의 굽은 부분을 잘라 원형으로 만들고 위를 가는 사(紗)나 명주로 덮었다.

합(合) : 합은 합(盒)을 말한다. 대나무 마디를 이용하여 만들거나 혹은 삼나무를 이용하여 만들어 옷으로 칠하였다. 나사의 체에 걸러진 차를 덮개가 있는 합에 저장하는 데 사용하였다. 높이는 3촌, 덮개는 1촌, 바닥은 2촌, 직경은 4촌이었다.

칙(則) : 바다조개, 굴, 대합 등의 껍질을 이용하여 만들거나 혹은 동, 철, 대나무를 이용하여 탕시형(湯匙形 숟가락 모양)으로 만들었다. 차의 다소(多少)를 헤아리는 표준으로 사용하는 도구였다. 대체로 1승(升)의 물을 끓일 경우에 1방촌(方寸) 정도의 비(匕 : 옛날의 국자, 숟가락)의 차를 사용하지만, 담백한 차를 좋아하는 사람은 이보다 조금 적게 넣고, 진한 차를 애호하는 사람은 이보다 조금 더 넣었다.

성수(盛水) 용구 : 1종

수방(水方) : 생수를 저장하는 용도로 사용하였다. 주목(欘木) 혹은 홰나무, 개오동나무, 가래나무 등의 목판으로 만들었다. 안과 밖의 이음새는 모두 옷으로 칠하여 밀봉하였으며 물 1승을 가득 채울 수 있었다.

여수(濾水) 용구 : 1종

녹수낭(漉水囊) : 차를 끓이는 물을 여과하는 용도로 이용하였다. 녹수낭의 골격은 생동(生銅)을 이용하여 만들었다. 생동은 물이 스민 후에도 이끼 등의 더러운 물질이 남지 않을 뿐만 아니라 비리거나 떫은맛을 없앨 수 있었다. 숙동으로 만들면 쉽게 더러워질 수 있고, 철로 만들면 비리거나 떫은맛이 느껴졌기 때문에 이러한 재료는 피하였다. 숲이나 계곡에 은거하는 사람은 대나무나 나무를 이용하여 만들기도 하였는데, 대나무로 만든 것은 내구성이 강하지 않고 먼 여행길에 휴대하기가 불편했기 때문에 일반적으로 생동으로 만든 것을 많이 사용하였다. 물을 여과하는 낭은 푸른 대나무의 껍질을 이용하여 엮었다. 주머니 형태로 둥글게 만든 다음에 그 위를 녹색의 명주로 깁고 다시 그 위를 세밀한 기교가 돋보이는 장식품을 달아 꿰매었다. 낭의 원의 직경은 5촌 정도, 손잡이의 길이는 1촌 5푼 정도였다.

취수(取水) 용구 : 3종

표(瓢) : 이를 희표(犧杓)라고 부르기도 하였다. 호로(葫蘆 : 조롱박)를 절개하여 만들거나 나무를 조각하여 만들었다. 희(犧)는 바로 목표(木杓 : 나무바가지)를 말하며 현재는 배나무로 만든 것을 상용하고 있다.

숙우(熟盂) : 사기 혹은 질그릇으로 만들었다. 물 2승을 채울 수 있었다. 끓인 물을 담아 저장하는 용도로 사용되었다.

죽협(竹筴) : 대나무로 만든 부젓가락의 일종이다. 차를 끓일 때 탕의 중심 부분을 돌아가며 쳐주면 차의 고유한 성질을 일깨울 수 있다.

아래에 열거한 것은 성염(盛鹽), 취염(取鹽), 음차(飮茶), 성기(盛器), 파설(擺設), 청결(淸潔) 용구(用具)이다.

성염(盛鹽), 취염(取鹽) 용구 : 2종

차궤(鹺簋) : 사기로 만들었다. 소금을 놓아두는 그릇이었다. 원의 직경은 4촌 정도였고, 합형(盒形), 병형(瓶形) 혹은 호형(壺形) 등의 다양한 형태를 가지고 있었다.

게(揭) : 대나무로 만들었다. 소금을 취하는 용구로 길이는 4촌 1푼, 넓이는 9 푼 정도였다.

음차(飮茶) 용구 : 2종

완(碗) : 차를 마시고 음미하는 용구이다. 당나라 시대 월주자기(越州瓷器)를 으뜸으로 꼽았고 정주(鼎州)와 무주(婺州)의 것을 그 다음으로 쳤다. 악주자기(岳州瓷器) 역시 상품으로 보았으며 수주(壽州)와 홍주(洪州)의 자기를 그 다음으로 보았다. 또한 세간에 형주자기(邢州瓷器)가 월주자기에 비하여 뛰어나다는 말이 있었지만, 육우는 다음과 같은 몇 가지 이유에서 그렇지 않다고 생각하였다.

첫째, 형주자기가 은(銀)과 같다면 월주자기는 옥(玉)과 같다. 둘째, 형주자기가 눈(雪)과 같다면 월주자기는 얼음(氷)과 같다. 셋째, 형주자기는 희고 탕(湯)의 색이 홍색을 띠지만 월주자기는 푸르고 탕의 색이 녹색을 띤다.

불말(拂末)

용도 : 찻가루를 털어 청소하는 용구
재료 : 새의 깃털

나(羅)

용도 : 체를 이용하여 찻가루를 거르는 용구
재료 : 대나무
특징 : 절단한 큰 대나무를 둥글게 휘어 원형으로 만들고 그 위에 사(紗)나 견(絹)을 덮는다.

합(合)

용도 : 걸러진 찻가루를 저장하는 용구
재료 : 대나무 마디 혹은 삼나무
규격 : 높이 3촌, 덮개 1촌, 바닥 2촌, 직경 4촌

칙(則)

용도 : 찻가루를 뜨는 용구
재료 : 바닷조개, 굴, 소라 혹은 동(銅), 철(鐵), 죽(竹)
규격 : 탕시형(湯匙形)
특징 : 대체적으로 1승의 물을 끓일 경우에 1방촌 정도의 비(匕)의 차를 사용하지만, 담백한 차를 좋아하는 사람은 이보다 조금 적게 넣고 진한 차를 애호하는 사람은 이보다 조금 더 넣으면 된다.

수방(水方)

용도 : 생수를 저장하는 용구
재료 : 주목(椆木) 혹은 화나무, 개오동나무, 가래나무
규격 : 물 1승 정도의 용량
특징 : 안과 밖이 접하는 모든 부분을 옻을 칠하여 밀봉하였다.

녹수낭(漉水囊)

용도 : 차를 끓일 물을 여과하는 용구
재료 : 생동으로 골격을 만들고 푸른색 대나무 껍질을 엮어 낭(囊)을 만들었다.
규격 : 낭의 원의 직경은 5촌, 병(柄)의 길이는 1촌 5푼
특징 : 낭의 이음 부분은 녹색의 견(絹)으로 깁고 그 위에 세밀한 장식품을 달아 꿰매었다.

표(瓢)

용도 : 물을 뜨는 용구
재료 : 호로 혹은 배나무
특징 : 이를 희표라고 부르기도 하였으며 호로를 잘라 만들었다.

숙우(熟盂)

용도 : 끓인 물을 담아두는 용구
재료 : 사기 혹은 질그릇으로 제작
규격 : 물 2승 정도의 용량

완(碗)

용도 : 찻물을 담아두는 용구
재료 : 자질(瓷質)
규격 : 사발작은 잔)과 유사. 반 승 정도의 용량
특징 : 위쪽의 입술이 닿는 부분은 오그라들지 않도록 하고 바닥 부분은 살짝 활 모양이 되도록 하였다.

찰(札) : 수유나무를 종려나무 껍질에 단단히 밀착시켜 묶어 만들었다. 혹은 대나무 조각을 종려나무 위에 단단히 묶어 만들었다.

파설(擺設) 용구 : 3종

분(筥) : 백포(白蒲 : 왕골)를 둥글게 말아 엮어 만들었다. 완(碗)을 담아 놓는 데 이용하는 용구로 10개 정도의 완을 놓아둘 수 있었다. 또한 일상의 광주리로 이를 대신할 수도 있었는데 두 폭의 섬지(剡紙)로 방형을 만들어 봉하였다. 역시 완 10개 정도를 놓아둘 수 있었다.

구열(具列) : 다기를 진열하는 데 사용하며 현대의 술 진열대와 비슷하였다. 나무나 대나무를 이용하여 선반 형태로 만들었고, 빈틈이 없도록 칠을 하였기 때문에 옅은 흑색을 띠었다. 길이 3척, 넓이 2척, 높이 6촌 정도로 만들었다.

도람(都籃) : 차를 모두 마신 후 나중에 사용하기 위하여 다구를 거두어 저장하는 용구였다. 대나무 껍질을 삼각형의 방안(方眼) 모양으로 엮어 만들었다. 외면은 널찍한 대껍질 두 개씩을 종으로 엮고 가는 대껍질로 묶었다. 높이 1척 5촌, 길이 2척 4촌, 넓이 2척 정도로 만들었다. 바구니(籃) 바닥은 넓이 1척, 높이 2촌 정도가 적당하였다.

청결(淸潔) 용구 : 3종

척방(滌方) : 씻은 후의 물을 저장하는 데 이용하는 용구를 말한다. 가래나무를 잘라 만들었다. 제조법이 수방(水方)과 동일하였다. 물 8승을 담을 수 있었다.

재방(滓方) : 차의 찌꺼기를 모아두는 데 사용하는 용구를 말한다. 제조법은 척방과 동일하고 그 용량은 5승 정도였다.

건(巾) : 거친 명주를 이용하여 만들었다. 길이 2척 정도로 두 개씩 만들어 각종 그릇과 다기를 교대로 닦을 수 있도록 하였다.

차계(鹺簋)

용도 : 소금을 넣어두는 용구
재료 : 사기로 제작
규격 : 4촌
특징 : 병형 혹은 호형

찰(札)

용도 : 다기를 청소하는 데 사용
재료 : 종려나무 껍질, 수유나무, 대나무
규격 : 미상
특징 : 큰 모필(毛筆)의 형상

게(揭)

용도 : 소금을 취하는 용구
재료 : 대나무로 제작
규격 : 9 × 4 × 1촌
특징 : 소금을 쉽고 빠르게 취할 수 있다.

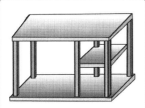

구열(具列)

용도 : 다기를 진열하는 용구
재료 : 나무 혹은 대나무로 제작
규격 : 3 × 2 × 6촌
특징 : 상이나 선반 형태, 오늘날 주방의 선반과 유사하다.

분(畚)

용도 : 완구(碗具)를 진열하는 용구
재료 : 백포(白蒲) 혹은 두 폭의 섬지를 이용하여 제작
규격 : 완 10개를 놓아둘 수 있었다.
특징 : 청결하고 통풍성이 좋다.

도람(都籃)

용도 : 다구를 저장하는 용구
재료 : 대나무의 껍질
규격 : 1.5 × 2.4 × 2척

척방(滌方)

용도 : 다구를 씻은 물을 저장하는 용구
재료 : 가래나무
규격 : 물 8승 정도의 용량
특징 : 방형, 옻으로 칠하여 밀봉하였다.

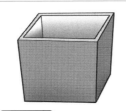

재방(滓方)

용도 : 차의 찌꺼기를 놓아두는 용구
재료 : 나무로 제작
규격 : 물 5승 정도의 용량
특징 : 방형, 옻으로 칠하여 밀봉하였다.

건(巾)

용도 : 다구를 문질러 닦는 용구
재료 : 거친 명주
규격 : 2척
특징 : 2개를 만들어 교대로 다구를 문질러 닦았다.

적차(炙茶) 병차를 불 위에 놓고 굽는다. 수분을 증발시킴으로써 연말(碾末)이 쉬워진다.

연말(碾末) 맷돌을 이용하여 병차를 가루 낸다.

취화(取火) 먼저 차를 끓일 목탄을 준비하고 탄과(炭撾)를 이용하여 쪼개어 풍로에 넣은 다음 불을 붙여 물을 끓인다.

선수(選水) 차의 품종에 맞추어 근처의 수원지에서 적합한 수질의 물을 취한다.

수방(水方) •

복(鍑) •

화로(火爐) •
탄과(炭撾) •

재방(滓方) •
분(畚) •

• 구열(具列)

• 나(羅), 합(合)

• 도람(都籃)

• 차궤(鹺簋)

• 완(碗)
• 표(瓢)
• 찰(札)

• 칙(則)

• 척방(滌方)

다기와 차의 준비(備器와 備茶)
차를 끓일 용구와 차를 빠짐없이 준비한다.

자차(煮茶) 물을 끓일 때는 '삼비(三沸 : 세 가지 끓는 모양)'에 주의해야 한다. 표주박(瓢)으로 첫 번째 떠낸 찻물을 '준영(雋永)'이라고 한다.

작차(酌茶) 솥(鍑)에서 끓인 신선한 찻물을 세 개의 완(碗)에 나눈다. 최대 5완(碗)까지 나눌 수 있다.

음차(飮茶) '진선복렬(珍鮮馥烈)'한 차의 향기의 맛을 음미하면서 마신다.

다구의 청소(潔器) 다 마시고 난 뒤에는 다기를 깨끗이 닦아 특별히 제작한 도람(都籃)에 넣어두고 다음에 다시 사용할 수 있게 준비한다.

02

오행의 조화를 구현한 설계

풍로, '오행의 균형과 백질 유'

>>>> 풍로風爐는 당나라 시대의 전차법煎茶法에서 대단히 중요한 도구였다. 육우는 이와 관련된 연소 기구를 첫 번째로 설명하는 동시에 그 스스로 외관을 설계하였다. 이를 통하여 그가 얼마나 풍로를 중시하였는지를 짐작할 수 있다

    육우가 말하는 풍로는 귀 두 개와 다리 세 개를 갖춘 형태로 옛날의 솥과 매우 유사한 모양이었으며 철이나 구리를 제련하여 만들었다. 풍로의 안쪽 벽은 두께 6푼 정도의 진흙으로 발라서 연소 시에 풍로 내의 온도를 높일 수 있도록 하였다. 풍로 가운데 설치한 탁상에는 탄화(炭火 : 숯불)를 놓았다. 풍로의 아랫부분에는 통풍을 위한 창이 있으며 또한 모두 세 개의 선반이 있어서 차를 끓이는 솥을 놓게 되어 있다. 그리고 풍로의 밑바닥에는 재를 받는 회승(灰承)이 있어서 대단히 실용적으로 설계되어 있었다.

    풍로의 설계에는 매우 독특한 예술성이 가미되어 있다. 세 개의 풍로 다리 위에는 다음과 같은 21자의 고문자가 새겨져 있다. 각각 '감상손하리어중(坎上巽下離於中)', '체균오행거백질(體均五行去百疾)', '성당멸호명년주(聖唐滅胡明年鑄)'라는 구절이 그것이다. 정(鼎)은 『주역(周易)』의 64괘중의 하나로 손(巽)의 아래, 이(離)의 위에 있다. 『주역(周易)』 「정(鼎)」에 의하면 "상왈(象曰) : 목상유화(木上有火), 정(鼎)", 즉 "상에 가로되, 나무 위에 불이 있는 것이 정(鼎)이다"라고 기술되어 있다. 정(鼎)은 고대에 음식을 삶거나 익혀서 열량을 조절하는 기구에서 비롯되었다. 괘(卦)의 뜻에 따르면, 손(巽)은 바람을 주재하고 이(離)는 불을 주재하기 때문에 '손하(巽下), 이상(離上)'은 곧 바람을 아래로 흐르게 하여 불을 피우고 불 위에서 음식을 요리하는 것을 가리킨다. 한편 감(坎)은 물을 주재하므로 '감상(坎上),

이하(離下)'는 곧 차를 끓이는 물을 위에 놓고 풍로 아래로 바람이 흐르게 하여 불이 그 사이에서 연소되게 하는 것을 가리키는 것이다. 솥의 다리에 있는 선반에는 각각 '손(巽)', '이(離)', '감(坎)'이라는 괘 이름과 그 상징이 되는 동물의 형상인 '표(彪 : 범)', '적(翟 : 꿩)', '어(魚 : 물고기)'가 새겨져 있다.

풍로의 또 다른 다리에는 '체균오행거백질(體均五行去百疾)'이라는 일곱 개의 문자가 새겨져 있다. 그 의미는 오장(五臟)의 조화를 통하여 백병이 생기지 않도록 한다는 의미이다. 중국의 고대 한의학에서는 오행에 근거하여, 즉 금, 목, 수, 화, 토는 그 속성상 인체의 오장육부와 연관되어 있으며 서로 상생 상극하며 운행된다는 이론에 입각하여 오장육부 사이의 생리 현상과 병리 현상의 변화를 설명하고 있다. 또한 이를 임상 치료의 지침으로 삼고 있다. 풍로의 다리에 있는 이 일곱 개의 글자는 차의 약리적 효능과 작용을 설명하는 것이다.

풍로의 세 번째 다리에 새겨져 있는 '성당멸호명년주(聖唐滅胡明年鑄)'라는 일곱 글자는 풍로의 주조 시간을 구체적으로 설명하고 있다. 여기서 '성당멸호(聖唐滅胡)'란 일반적으로 당나라 대종(代宗) 광덕(光德) 원년(763년)에 '안사의 난'의 마지막 반란 세력을 평정하고 종사를 지켰던 시기를 말한다. 이로써 풍로는 그 다음 해인 서기 764년에 주조된 것임을 알 수 있다.

육우가 설계한 풍로는 일찍이 당나라 시대의 시인인 피일휴나 육구몽이 『다정(茶鼎)』이라는 시를 통하여 소개한 바가 있다. 시승(詩僧) 교연과 유우석(劉禹錫 : 772~842년, 당나라의 시인) 등도 또한 자신들의 시에서 이에 대하여 논한 바가 있다. 솥 형태의 풍로는 그 사용 기간이 그렇게 길지도 않았지만 아주 짧지도 않았다. 송나라 시대에 이르러 '점차법(點茶法)'으로 바뀌었을 때도 전국 각지에서는 여전히 풍로가 사용되고 있었다. 명나라 시대에는 차를 끓이는 화로의 종류가 매우 다양해지면서 죽로(竹爐), 와로(瓦爐), 지로(地爐) 등의 화로가 사용되었다. 차를 마시는 방식이 전차(煎茶)의 방식으로부터 점차 전수(煎水)의 방식으로 바뀌게 된 이후에도 솥 형태의 풍로는 여전히 오랜 시간 동안 그 명맥을 유지하였다. 이러한 사실을 통하여 우리는 육우의 『다경』이 후세의 음차 문화에 얼마나 큰 영향을 미쳤는지를 짐작할 수 있다.

육우가 설계한 풍로

표범

꿩

물고기

체균오행거백질(體均五行去百疾)
오행의 원리와 인체 장부(臟腑)의 연관성에 기초하여 상생상극의 이론을 통하여 차로써 오장의 조화를 도모하고 백병을 물리칠 수 있다는 의미를 담고 있다. 결국 차의 약리적 작용과 효능을 가리키는 것이다.

괘의(卦義)에 따르면, 바람(風)은 아래에서 불(火)을 돋우고 불은 위에서 음식을 조리하는 것을 돕는다는 의미를 가지고 있다.
위쪽에 차를 끓이는 물을 놓고 풍로의 밑에 있는 입구를 통하여 바람이 들어와 불을 돋우면 불이 풍로의 내부에서 타오르게 된다. 결국 이것은 물을 끓여 차를 삶는 기본 원리를 괘로 표현한 것이라고 할 수 있다.

감(坎)

이(離)

손(巽)

감상손하리어중(坎上巽下離於中)

성당멸호명년주(聖唐滅胡明年鑄)
일반적으로 '성당멸호'는 당나라 대종 광덕 원년, 즉 763년 '안사의 난'을 종식시켰던 해를 가리키는 것으로 인식되고 있다. 이 해의 '명년(明年)'은 764년이며, 바로 이 해가 풍로의 제조 연대가 된다.

감괘, 손괘, 이괘

감(坎)

감(坎)은 물(水)을 뜻하며 험하고 험한 상태를 가리킨다. 두 개의 감(坎)이 중복되니 험한 것에 험한 것이 더해지는 것이며 험한 것이 중복되는 것이다. 하나의 양(陽)이 두 개의 음(陰)에 빠져 있는 형국이다.
다행인 것은 음은 허하고 양은 실한 것이니 굳건한 믿음과 성실함으로 돌파할 수 있다는 점이다. 비록 험난함이 계속해서 다가온다 해도 타고난 성품이 찬연히 빛을 발할 수 있다.

손(巽)

손(巽)은 바람(風 : 손괘巽卦)을 뜻한다. 겸손하면 이득이 따르고 바람은 거듭해서 불어온다. 긴 바람은 끊이는 법이 없고 구멍이 없으면 들어오지 못하는 법이니 손(巽)은 순리를 뜻한다. 겸손한 태도와 행위를 유지한다면 이로움이 계속 따르게 된다.

이(離)

이(離)는 불(火 : 이괘離卦)을 뜻한다. 이(離)에 따라 움직이니 붙이고 밝음이다. 태양은 오르내리기를 반복하며 운행에 멈춤이 없다. 유연하고 온순한 마음으로 대처해야 한다.

>>>> 육우는 자신이 앞서 주창한 '육씨차陸氏茶'를 상商나라 이윤伊尹의 '이공갱伊公羹'과 비교함으로써, 그가 『다경』을 통하여 제시한 다학茶學의 새로운 이념과 저술이 유일무이한 것임을 강조하고 있다.

　　육우가 설계한 풍로의 벽에 달려 있는 세 개의 작은 동구(洞口)에는 각각 '이공(伊公)', '갱육(羹陸)', '씨차(氏茶)'라는 두 개씩의 고문자가 새겨져 있다. 이를 연이어 읽으면 '이공갱(伊公羹)'과 '육씨차(陸氏茶)'가 된다. 여기의 이공은 상나라 초기의 이윤을 가리키며 대단히 뛰어났던 재상으로 각종 사료에 기록되어 있다. 『사해(辭海)』에는 『한시외전(漢詩外傳)』(한漢나라 때 한영韓嬰이 지은 책)의 기록을 인용하여 "이윤……은 정(鼎)을 지고 도마를 능수능란하게 다루어 오미(五味)를 내었으며 나중에 재상이 되었다(이윤……부정조차조오미이입위상伊尹……負鼎操且調五味而立爲相)"라고 기술되어 있다. 이 기록은 정(鼎)이 고대에는 조리 기구의 일종이었음을 보여주는 최초의 기록이다.

　　정(鼎)에 대해서 살펴보면, 정(鼎)은 갑골문자 형태를 하고 있다. 윗부분은 솥의 좌우 귀와 배를 형상화한 것이고 아랫부분은 솥의 다리를 형상화한 것이다. 그 본래의 뜻은 고대의 각종 음식을 삶거나 익히는 기물을 의미하였다. 상(商)나라와 주(周)나라 시절에 성행하였으며, 음식을 삶거나 익힐 때 사용하던 주방 기구 혹은 공적을 기록하여 종묘에 놓아두던 일종의 예기(禮器)였다. 또한 고대에 나라를 전할 때 함께 전하던 중요한 기물이었으며 일부의 정(鼎)에는 공덕을 칭송하는 글이나 노래가 새겨져 있다. 후대에는 연단(煉丹), 전약(煎藥), 분향(焚香), 자차(煮茶) 등의 다양한 목적으로 이용되었다. 이러한 정(鼎)을 이윤은 음식을 조

풍로에 새겨진 '이공(伊公)', '갱육(羹陸)', '씨차(氏茶)'

갱육

이공

씨차

특별제시

육우는 '이공(伊公)', '갱육(羹陸)', '씨차(氏茶)'라는 여섯 개의 고문자를 풍로의 배 부분에 있는 세 개의 동구(洞口)에 새겨 넣었다. 이것을 이어서 읽으면 '이공갱(伊公羹)' '육씨차(陸氏茶)'가 된다. 육우는 자신이 창제한 음차법(飮茶法)을 '이공갱'에 비견하고 차의 수신양생, 치국제가평천하의 정신적 의미를 강조하고 있다.

이윤

이윤과 정(鼎)은 어떤 연관성이 있나요?

이윤의 이름은 지(摯), 윤(尹)은 그의 관명(官名)이었다. 신국(莘國 : 지금의 산둥성山東省 차오현曹縣) 사람으로 상나라 초기의 대신이었다. 그는 정(鼎)을 이용하여 조리하는 법을 사람들에게 권장하였으며 음식의 조리와 천하를 얻고 천하를 다스리는 도리가 다르지 않음을 깨달은 사람이었다.

그는 상나라 탕왕(湯王)의 신임을 얻어 그를 보좌하였으며, 상나라 초기의 안정을 가져왔던 일대의 명재상이었다.

'이윤상탕'의 전고(典故)가 된 『사해(辭海)』에는 『한시외전(漢詩外傳)』의 "이윤……은 정(鼎)을 지고 도마를 능수능란하게 다루어 오미를 내었으며 나중에 재상이 되었다"라는 글이 인용되어 있단다. 이것은 정(鼎)이 조리 기구의 일종이었음을 알려주는 최초의 기록이란다.

리하여 맛을 내는 데 이용하였으며, 육우는 차를 끓이는 데 이용하였다. 두 사람은 정(鼎)을 각각 자신의 길에서 자신의 의지대로 이용했던 최초의 선구자라고 할 수 있다. 이윤은 성왕(成王)을 보좌했던 주공(周公)에 비견되는 인물로 '이윤상탕(伊尹相湯)', '주공보성왕(周公輔成王)'이라는 구절의 바로 그 사람이다. 두 사람 모두 중국 역사에서 혁혁한 공적을 세운 인물로 후세인들은 그들을 기려 성현의 예로서 제사를 지내고 있다.

육우는 『다경』의 제4장에서 차를 끓이는 각종 기물과 그 방법, 차를 올바로 음미하는 방식과 필요한 태도 등을 논술하고 있다. 그 뿐만 아니라 '정행검덕'이라는 네 글자의 다덕 사상(茶德思想)을 제시하고 있다. 이로부터 육우의 전차법은 비로소 그 이론적 체계를 갖추게 되는데, 이것이 바로 '육씨차(陸氏茶)'의 근본이라고 할 수 있다. 이러한 육우의 전차법은 후세에 '문사차(文士茶)'라는 별칭으로 불리기도 하였다. 이 방식은 당나라 시대의 기존의 다른 음차 방식 혹은 음차 방법을 폐기시키고 그 자리를 대신하게 되었으며 오래지 않아 사회의 각계각층, 특별히 사대부 계급이나 문인, 선비 등의 칭송과 찬탄을 받게 되었다. 이 방식은 다인(茶人)들이 차를 끓이고 음미하는 전 과정에서 환경과의 상호 조화를 추구하는 형태로 진행되는 것이 핵심이었다. 다인들은 차를 마시는 단순한 행위를 넘어 꽃을 감상하거나 혹은 금(琴)을 연주하거나 혹은 시를 짓거나 그림을 그리는 등의 일련의 고아한 품격의 예술적 형태로 자신들의 의경(意鏡)을 표현하며 정신적 수양의 목적으로 삼았던 것이다.

'전차법(煎茶法)'에서 주창하고 있는 차의 품질이나 물의 품질에 대한 엄격한 선택, 불의 세밀한 조절, 다덕(茶德)과 다례(茶禮)의 중시, 근검절약을 강조하는 사상 등은 지금까지도 여전히 대단히 큰 영향력을 발휘하고 있다. 육우가 힘써 강조했던 '전차법'은 중국차의 역사를 바꾸어 놓은 음차 방식의 획기적인 전환과 변혁이었다고 할 수 있으며, 그의 『다경』은 그 이후에 크게 흥기하였던 '다도대흥(茶道大興)'이나 '천하익지음차(天下益知飲茶)' 등의 새로운 사회적 풍조의 출발점이었다고 할 수 있다.

후세의 다인들은 이러한 그의 공적을 기려 그를 '다신(茶神)' 혹은 '다성(茶

聖)'으로 높이 받들고 있다. 육우가 자신이 창도한 전차법을 이공갱에 견주어 높임으로써 그 스스로 위대함을 천명한 사실은 그 당시에 이미 그 자신이 후세인들에 의하여 다학의 '성인(聖人)'으로 추숭될 것을 예감하고 있었다는 증거라고 할 수 있다.

04 독특한 설계 이념
독특한 설계 이념
복鍑 - 정령正令, 수중守中

>>> 복鍑에 대한 육우의 설계 이념은 "방기이方其耳, 이정령야以正令也", "광기연廣其緣, 이무원야以務遠也", "장기제長其臍, 이수중야以守中也"라는 문장에 잘 나타나 있다. 정령正令, 무원務遠, 수중守中은 모두 유가儒家의 '중정中正' 사상을 반영하고 있다.

'복鍑' 자는 당나라 시대의 중기 이전에는 극히 드물게 사용되던 글자였다. 『사해辭海』 가운데 「방언方言」의 다섯 번째에는 "부釜는 서쪽에서 왔으며, 부釜라고도 하고 복鍑이라고도 한다(부, 자관이서 혹위지부 혹위지복釜, 自關而西 或謂之釜 或謂之鍑)"라고 설명되어 있다. 또한 『안사고주顏師古注』에는 "복鍑은 솥 형태이며 입구가 크다(복, 부지대구자야鍑, 釜之大口者也)"라고 설명되어 있다. 육우는 『다경』에서 '복鍑' 자를 선택적으로 사용하고 있으며 복鍑의 제작에 대한 자신만의 독특한 설계 이념을 기술하고 있다. 이를 통하여 우리는 그가 자차 기구(煮茶器具)를 얼마나 중시하였는지를 짐작할 수 있다.

복鍑은 그 형태가 솥과 유사하여 큰 입구를 가진 솥의 형태를 하고 있으며, 차와 물을 끓이는 데 사용하였다. 보통의 솥 종류와 다른 점은 네모난 귀와 넓은 변 그리고 소위 '제臍 : 배꼽'라고 말하는 돌출된 바닥 부분에 그 차이점이 있다. 육우는 그것을 풍로의 구조와 조화시키는 설계에 고심한 끝에 마침내 독특하고 창의적인 형태를 설계하였다. 귀를 네모난 방형으로 설계한 것은 이동을 수월하게 하기 위해서였고, 변을 두텁고 넓게 설계한 것은 바닥에 놓을 때 보다 안정적이기 때문이었다. 또한 제臍를 길게 설계하여 열을 받아들이는 면적을 최대한 넓게 만들었다(몸체까지의 거리가 길고 바닥이 비교적 넓어야 한다. 바닥이 뾰족한 것은 물을 끓이는 데 부적합하다).

복(鍑) - 유가(儒家)의 '중정(中正)' 사상의 반영

육우가 설계한 다기는 그 재질과 규격 등의 외적인 측면에서 볼 때 깊은 고뇌와 연구의 흔적이 서려 있으며, 그 세부 구성에서도 인간을 위한 철학적 이념과 원칙이 체현되어 있다. 유가의 중정 사상은 특히 그가 설계한 '복(鍑)'에 세밀히 체현되어 있다.

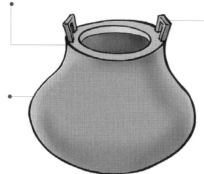

"광기연(廣其緣), 이무원야(以務遠也)"
복(鍑)의 가장자리가 넓어야 뜻에 맞게 잘 펼쳐질 수 있게 된다.

"방기이(方其耳), 이정령야(以正令也)"
귀가 네모나야 복(鍑)을 단정하게 놓기 쉬워진다.
　이것은 유교의 도덕 이념인 '신정영행(身正令行)'의 이념을 구현한 것이다. 즉 자신이 단정해야 비로소 어떠한 어려움 없이 국가를 관리할 수 있다는 의미를 내포하고 있다.

"장기제(長其臍), 이수중야(以守中也)"
복(鍑)의 중심부가 넓어야만 화력이 집중될 수 있고 물이 끓을 때 찻가루 역시 고루 잘 풀어지게 되며 맛 또한 순후해진다.
　이것은 유교의 '수중(守中)' 사상을 체현한 것으로 중용의 도리를 잘 지킬 때 비로소 그 행위에 도덕적으로 불편부당함이 없다는 의미를 내포하고 있다.

용어해설

　중정(中正)　중(中)은 사물이 중도를 지켜 불편부당함이 없음을 가리킨다. 정(正)은 사물의 변화와 발전에 있어서 정도를 지키고 원칙에 부합함을 가리킨다. 유교의 사상에서 '중정'은 중용과 정직을 그 핵심으로 하고 있으며 일종의 처세의 도리라고 할 수 있다.

'병(瓶)'에 이르기까지의 과도기적 변화

송나라 시대의 와병(瓦瓶)

명나라 시대의 자다구(瓷茶具)

청나라 시대의 차조(茶銚)

특별제시

복(鍑)은 당나라 시대 이후 서서히 쇠퇴하기 시작하였다. 이것은 후대로 가면서 음차의 방식이 '전차(煎茶)'의 방식에서 '투차(鬪茶)'나 '점차(點茶)'의 방식으로 변화하게 된 것과 관련이 있다. 복(鍑)은 이미 역사의 유물이 되어버리고 말았지만, 다기에 대한 육우의 설계 이념인 실용성과 예술성 그리고 철학적 이념이 잘 체현된 용구였다고 말할 수 있다. 또한 복(鍑)은 현대의 차호(茶壺)의 원형적 성격을 가지고 있다.

『다경』에는 복(鍑)의 규격과 용량의 다소에 대하여 설명하고 있지 않지만, 사료를 통하여 우리는 대체적인 윤곽을 어느 정도 도출해낼 수 있다.

죽협(竹夾) : '길이 1척'

수방(水方) : '1두(斗) 정도'

완(碗) : '반 승(升) 이하'

분(畚) : '그릇 10개 정도를 저장'

이러한 사항으로부터 알 수 있는 것은 깊이가 1척 이하(죽협의 길이보다 작아야함)이며, 그 용량이 5승에서 1두(수방 용량)에 이른다는 것이다. 죽협을 사용하여 찻물을 휘저으려면 몇 촌 정도의 여유가 있어야 한다. 그렇다면 복(鍑)의 깊이는 6~7촌을 크게 넘지 않아야 했을 것이다. 개개의 다완은 실제적으로는 단지 1/5승 정도에 불과하다. 복(鍑)의 용량은 1두(斗)를 넘지 않고 4~5승, 심지어 3~4승에 이르면 그것으로 이미 충분하다고 할 수 있다.

결론적으로 복(鍑)의 체적은 그리 크지 않았고, 그 짝이 되는 풍로 역시 대단히 작았을 것으로 짐작된다. 또한 24종류의 기명(器皿)은 한꺼번에 하나의 죽람 안에 넣을 수 있게 되어 있기 때문에 복의 중량 역시 그리 무겁지 않았을 것이라고 생각된다. 복에는 덮개가 없기 때문에 복 중의 물 혹은 찻물이 끓는 상황을 눈으로 확인하면서 말(沫), 발(餑), 화(花)의 형태가 형성되는 것을 판별할 수 있었다. 덮개가 없으므로 위생이나 열의 효율, 향기 등의 요인에는 불리한 영향이 있을 수 있으며, 이러한 점들은 육우의 설계가 지닌 결함이라고 할 수 있다.

송나라 시대에 이르면 차를 끓이고 음미하는 과정에서 복(鍑)의 사용 빈도가 현저히 떨어지게 된다. 이 시기에는 일반적으로 금속이나 사기 혹은 돌을 이용하여 병(甁)을 만들어 사용하였다. 명나라 시대에는 도자기로 만든 다구를 이용하여 물을 끓이고 차를 우려서 마시는 방식이 보편적이었다. 청나라 시대의 초기에는 서양에서 수입한 구리로 만든 제품이 크게 유행하였다.

>>> 당나라 시대의 병차는 찻잎을 어느 정도 익히고 맷돌에 갈아야(연말碾末) 비로소 끓여 마실 수 있었다. '말末'은 곧 연차碾茶, 즉 찻잎을 맷돌에 갈아 나온 가루 형태를 말한다.

연차 용구(碾茶用具)는 연(碾 : 타墮를 포괄)과 불말(拂末)이었다. 현재 중국의 약국에서는 한약을 가는 기구인 약연(藥碾)을 흔히 볼 수 있는데, 연차의 연(碾)과 타(墮)는 이러한 약연의 초기 형태라고 볼 수 있다. 기본적으로 그 외형이 동일하고 사용 원리 또한 완전히 일치한다. 다만 사용하는 재료에서 차이가 있을 뿐이다. 약연(藥碾)은 금속으로 만들지만, 차연(茶碾)은 나무로 만들고 크기가 조금 작다고 보면 된다.

후대의 다인인 송나라 시대의 채양은 은이나 철을 이용하여 차연을 만들어야 한다고 생각하였다. 조길은 그의 저서 『대관다론(大觀茶論)』에서 연(碾)은 은으로 만든 것이 가장 좋고 철로 제련한 것이 그 다음이라고 설명한 바 있다. 생철로 만든 것은 불로 담금질하여 정밀하게 두드리는 과정을 거치지 않으면, 이음새 부분의 검은 철가루 때문에 차의 색이 변할 수 있었다. 송나라 시대의 시문 가운데에도 또한 황금과 돌을 재료로 하여 만든 차연에 대한 언급이 있다. 예를 들면 범중엄(范仲淹 : 989~1052년, 북송의 정치가이고 학자)의 『투차가(鬪茶歌)』에는 "황금연반녹운비(黃金碾畔綠雲飛), 벽옥구중취도기(碧玉甌中翠濤起), 즉 "황금 맷돌 가에는 초록 구름 날리고, 벽옥 찻그릇 속에서는 푸른 물결 일어나네"라는 구절이 있다. 이러한 일련의 사실은 모두 고대의 다인들은 실천적 경험 속에서 이미 나무로 만든 차연은 그 실용성이 떨어진다는 것을 인지하고 있었음을 말해준다.

연(碾) 이전의 과정은 자차(炙茶)이며, 연(碾) 이후에는 나차(羅茶 : 사사, 체로 거르는 것)의 과정이 이어진다. 연으로 간 차를 체로 거르는 것은 대단히 중요한 공정이었다. 육우의 전차법은 찻가루를 복(鍑) 안에서 삶아서 가루의 굵기 등을 일정하게 조절하는 과정이 필요하였다. 찻가루는 나(羅)를 이용하여 체로 거르는 과정을 통하여 비로소 고루 조밀해진다. 나(羅)에 의하여 걸러진 가루는 합(合) 안에 떨어지는데, 나합(羅合)은 바로 사자(篩子 : 체)와 저반(底盤 : 받침 그릇)의 조합이었다. 나광(羅框 : 나羅의 테두리)은 대나무로 만들고 사망(篩網 : 체의 그물)은 사견(紗絹)을 이용하여 짰으며, 저반(底盤)은 대나무 마디로 만들었다. 이러한 종류의 사(篩)는 크기가 아주 작아서 입의 직경이 4촌에 불과하였다. 나사(羅篩)를 이용하여 걸러진 찻가루는 합에 넣어 보존하였다. 이때 칙(則 : 차의 일정한 양을 뜨는 작은 수저) 역시 합(盒)에 함께 넣어 두었다. 복(鍑)에다 물을 끓이다가 물이 끓으면 찻가루를 넣고 작은 죽협(竹夾)으로 고루 저어주었다. 이런 과정을 통하여 기포의 형상이 차례로 말(沫), 발(餑), 화(花)의 형상을 띠며 변하게 된다.

칙(則)은 바다 속의 조개껍질이나 동(銅), 철(鐵), 죽(竹)을 이용하여 만든 숟가락의 일종으로 찻가루를 뜨는 데 사용하였다. 1승의 물을 끓일 경우에는 약 1방촌(方寸) 크기의 칙(則)으로 찻가루를 떴다. 담백한 맛을 좋아하면 칙(則) 속의 찻가루를 조금 줄이고 진한 맛을 선호하는 경우에는 찻가루를 조금 더해서 끓였다.

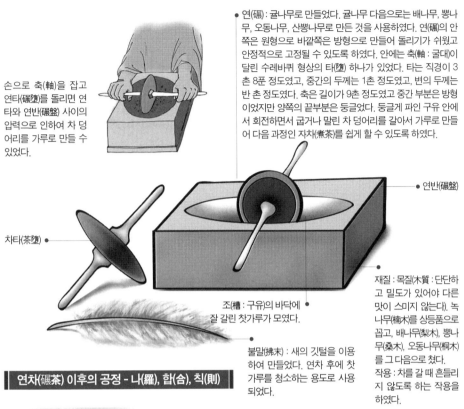

손으로 축(軸)을 잡고 연타(碾墮)를 돌리면 연타와 연반(碾盤) 사이의 압력으로 인하여 차 덩어리를 가루로 만들 수 있었다.

연(碾) : 귤나무로 만들었다. 귤나무 다음으로는 배나무, 뽕나무, 오동나무, 산뽕나무로 만든 것을 사용하였다. 연(碾)의 안쪽은 원형으로 바깥쪽은 방형으로 만들어 돌리기가 쉬웠고 안정적으로 고정될 수 있도록 하였다. 안에는 축(軸 : 굴대)이 달린 수레바퀴 형상의 타(墮) 하나가 있었다. 타는 직경이 3촌 8푼 정도였고, 중간의 두께는 1촌 정도였고, 변의 두께는 반 촌 정도였다. 축은 길이가 9촌 정도였고 중간 부분은 방형이었지만 양쪽의 끝부분은 둥글었다. 둥글게 파인 구유 안에서 회전하면서 굽거나 말린 차 덩어리를 갈아서 가루로 만들어 다음 과정인 자차(煮茶)를 쉽게 할 수 있도록 하였다.

연반(碾盤)

차타(茶墮)

조(槽 : 구유)의 바닥에 잘 갈린 찻가루가 모였다.

재질 : 목질(木質 : 단단하고 밀도가 있어야 다른 맛이 스미지 않는다). 녹나무(楠木)를 상등품으로 꼽고, 배나무(梨木), 뽕나무(桑木), 오동나무(桐木)를 그다음으로 쳤다.
작용 : 차를 갈 때 흔들리지 않도록 하는 작용을 하였다.

불말(拂末) : 새의 깃털을 이용하여 만들었다. 연차 후에 찻가루를 청소하는 용도로 사용되었다.

연차(碾茶) 이후의 공정 – 나(羅), 합(合), 칙(則)

사(篩 : 체) 아래의 찻가루

나사(羅篩)를 이용하여 걸러진 차

칙(則) : 양을 헤아리는 도구의 일종. '합(合)' 안에 넣어 두었다. 육우는 바닷조개나 소라 등의 껍질 혹은 동, 철, 죽 등으로 만든 숟가락을 사용하였다. 소기(小箕)의 일종으로 충당할 적당량의 차를 헤아리는 용도로 사용된다.

나(羅) : 차를 거르는 용도로 사용되었다. 대나무를 활처럼 굽혀 원형으로 만들고 그 위를 가는 사(紗)나 견(絹)으로 묶었다.
재질 : 대나무나 삼나무를 불에 쬐여 활 모양으로 굽혀 만들었다. 주위에 기름을 바르고 옻칠하였다.

나면(羅面) : 가는 사견(紗絹)으로 만들었다.

합(合) : 차를 저장하는 용도로 사용하였다. 합(合) 혹은 합(盒)은 대나무나 얇은 삼나무를 이용하여 원형으로 만들었다. 높이 3촌, 덮개 1촌, 바닥 2촌, 구경(口徑) 4촌 정도였다. 찻가루를 거를 때는 덮개를 덮어 찻가루가 소실되는 것을 방지하였다.

06 | 자차 용구가 찻물의 품질에 미치는 영향
녹수낭, 녹유낭

>>>> 육우는 차를 끓이는 기구와 찻물의 품질은 직접적인 관계가 있다고 보았다. 28종류의 자차 용구煮茶用具, 음차 용구飲茶用具 가운데에서 녹수낭漉水囊과 녹유낭綠油囊은 흔히 사람들이 경시하기 쉬운 도구이지만, 육우는 이러한 도구에 대해서도 역시 세심하게 주의를 기울이고 있다.

육우는 수질을 대단히 중요하게 생각하였을 뿐만 아니라 수질의 판별에도 매우 정통하였다. 매번 차를 끓이기 전에 차를 끓이는 데 사용할 물을 녹수낭에 반드시 한번 걸러서 사용할 것을 강조하였다. 이것은 보기에 따라서 결벽증처럼 보일 수도 있지만, 다음과 같은 두 가지 요인에 대한 고려를 담고 있다.

첫째는 눈에는 보이지 않지만 선택된 물에 불순물이 들어 있을 가능성이 있다는 점이고, 둘째는 물을 담아 놓은 수방(水方)에 덮개가 없었다는 점이다. 물속에 깨끗하지 못한 불순물이 들어갈 경우를 고려하여 육우는 차를 끓이기 전에 물을 여과하는 과정의 필요성을 주장하고 있는 것이다. 육우가 녹수낭을 다구의 일종으로 편입시키기 이전까지 녹수낭은 당나라 시대 불교의 '선가 6물(禪家六物)' 가운데 하나였다. 육우는 그 자신이 어려서부터 사찰에서 성장하였기 때문에 불가의 각종 용구에 대하여 대단히 친숙했다. 불교에서는 '정명(淨明)'을 제창하며 마음을 비우고 욕심을 버릴 것을 주장한다. 본심과 자신이 물욕에 동하는 바가 없도록 다스리고 외물(外物)에 물들거나 사로잡히지 않고 청정을 지킬 때 비로소 청허(淸虛)의 경지에 도달할 수 있게 되는 것이다. 불교의 이러한 '정(淨)'의 이념은 육우의 사상에 직접적인 영향을 끼쳤다. 그는 이러한 사상을 다구에 응용하여 녹수낭으로 물을 여과함으로써 청결한 '정수(淨水)'를 만들고자 한 것이다.

또한 녹수낭이 불가에서 널리 사용되었던 이유 가운데 하나는 휴대가 용이

녹수낭(漉水囊)

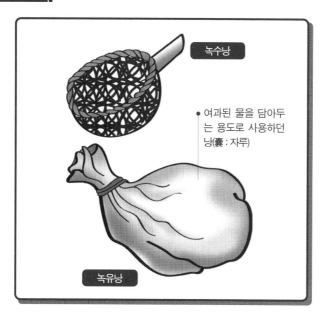

녹수낭

● 여과된 물을 담아두는 용도로 사용하던 낭(囊 : 자루)

녹유낭

용어해설

녹수낭(漉水囊 : 범어, parisravana)은 불가에서 물을 여과하거나 벌레를 쫓던 도구로 승려들을 위한 육물(六物) 혹은 십팔물(十八物) 가운데 하나였다. 승려들은 계를 받은 후 항상 이 물건을 휴대하여 실수로 물속의 벌레들을 죽이는 것을 피할 수 있었으며 또한 위생적인 문제도 해결할 수 있었다.

녹수낭의 정수(淨水) 과정

❶ 국자 형태의 쇄대(灑袋)를 만든다.

❷ 녹수낭을 호구(壺口)에 걸어둔다.

❸ 물을 여과한다.

하다는 점이었다. 이러한 장점 또한 육우가 녹수낭을 다구의 일종으로 편입한 이유의 하나이기도 하였다. 고대의 다인들이 야외에서 차를 끓여 마시는 경우나 혹은 육우가 말한 '산수상(山水上)'의 산천수(山泉水)를 이용할 수 없는 경우에 그들이 주변에서 선택하는 물은 위생상의 문제를 가질 수 있었다. 이러한 경우에는 녹수낭을 이용하여 물을 여과함으로써 보다 좋은 수질의 물을 만드는 것이 가장 빠르고 효과적인 방법이었다고 볼 수 있다.

녹유낭(綠油囊)은 녹수낭을 담아두는 자루의 일종이었으며, 이것 또한 선가(禪家)에서 사용하는 물품의 하나였다. 그 외형이 큰 입을 가진 자루 모양이었기 때문에 물을 담는 용도로도 사용할 수 있었다. 다만 밖으로 세어 나오는 일을 막기 위하여 기름칠을 하였다. 육우는 녹수낭과 녹유낭의 용도에 주목하고, 『다경』에서 물을 여과하는 도구의 하나로 녹수낭을 편입하여 설명하고 있다. 그러나 후세의 다인들은 이것들을 그렇게 중시하지 않았던 것으로 보인다. 『다경』 이후의 역대의 다서(茶書)를 살펴보면 다시 녹수낭에 대하여 언급하는 것은 찾아보기 힘들고, 다만 물을 여과하기 위하여 사용하던 불가의 도구 가운데 하나로 취급하고 있기 때문이다.

육우가 가장 선호한 찻잔
월요청자배越窯靑瓷杯

>>> 다구의 재질과 색은 찻물의 색을 평가하는 기준이 된다. 현대인들은 보통 백색의 자완瓷碗이나 자배瓷杯를 사용하여 차를 감상하려고 하지만, 육우는 청색의 자배瓷杯를 사용할 것을 주장하였다.

월요청자(越窯靑瓷)

육우는 월요자배가 찻물의 특징을 부각시키는 데 매우 적합하다고 보았다. 특히 찻물의 녹색을 보다 깊이 있게 드러낸다고 생각하였다. 육우가 자신의 이러한 견해를 힘써 주창한 이후로 당나라 시대의 저명한 문인아사(文人雅士 : 문인과 선비)들이 앞을 다투어 월요(越窯)를 찬미하는 시를 지었다. 당나라 시대의 시인 육구몽은 일찍이 "가을의 장관을 월요가 열었으니, 뭇 봉우리에 깃든 비취색을 빼앗았구나(구추풍로월요개 탈득천봉취색래九秋風露越窯開 奪得千峰翠色來)"라는 시구로 월요를 찬미한 바가 있다. 월요청자는 온윤하기가 옥(玉)과 같고 전체적으로 청록의 유약 색에 황색의 빛이 슬쩍슬쩍 어우러진다. 이러한 잔의 색채로 인하여 찻물의 녹색이 더욱 아름답게 드러나게 되었고, 또한 이 때문에 차를 좋아하는 수많은 문인아사의 칭송과 추종을 받게 되었다.

음차 풍조의 성행 또한 월요청자의 형태에 대하여 일정한 영향을 끼쳤다. 당나라 시대 초기에는 가늘면서도 높게 세운 형태의 청자가 주를 이루었는데, 당나라 시대 말기에 이르게 되면 하엽식(荷葉式)이나 화구식(花口式)의 완(碗) 혹은 반(盤)이 나타나게 된다. 광소(光素)로 그 형태를 장식하는 것이 주를 이루었으며, 꽃을 그려 넣거나 새겨 넣기도 하였고, 각종 문양을 붙여 장식하기도 하였다. 문양의 선이 간결하고 섬세하며 생동감이 넘쳤다. 당나라 말기에서 오대(五大)*에 이르는 시기의 월요청자는 '비색자(秘色瓷)'라고 칭해졌는데, 유약을 칠한 청벽색(靑碧色)의 면이 특히 수정처럼 맑고 투명하게 빛났기 때문이었다.

육우가 특히 월요배를 아낀 이유

육우는 청록색의 자배(瓷杯)를 사용하여 찻잎의 좋고 나쁨을 판별할 것을 주장하였다. 동시에 월요가 '청즉익차(靑則益茶 : 찻물의 색의 깊이를 더함)'의 장점을 가지고 있음을 강조하였다. 당나라 시대에 형요백자(邢窯白瓷)는 귀천을 불문하고 천하의 사람들이 모두 사용하던 잔이었다. 육우는 월요(越窯)가 형요(邢窯)보다 뛰어나다는 것을 설명하기 위하여 다음과 같은 세 개의 비유를 들고 있다.

1. 재질의 측면 : 형자(邢瓷)가 은(銀)과 같다면, 월자(越瓷)는 옥(玉)과 같다.
2. 색깔이나 느낌의 측면 : 형자(邢瓷)가 눈(雪)과 같다면, 월자(越瓷)는 얼음(氷)과 같다.
3. 찻물의 색 : 형자(邢瓷)는 희기 때문에 찻물의 색이 홍색을 띠며, 월자(越瓷)는 푸르기 때문에 찻물의 색이 녹색을 띤다.

육우는 또한 월요에서 제작된 구(甌 : 작은 사발)가 가장 뛰어나다고 생각하였는데, 이것이 찻물의 청색을 더욱 깊이 있게 드러낸다고 보았기 때문이다. 또한 당나라 시대에 다른 요(窯)에서 생산된 것은 모두 월요에 미치지 못한다고 지적하기도 하였다. 수주요(壽州窯)에서 생산된 완은 찻물이 자색(紫色)을 띠고, 형요(邢窯)에서 제작된 완은 찻물이 홍색을 띠게 되며, 홍주요(洪州窯)에서 나온 완은 찻물이 흑색을 띠었다. 당나라 시대의 병차로 끓인 찻물의 색은 보통 맑은 홍색에 가까웠지만, 육우는 심미적 관점에서 보았을 때 찻물의 색이 녹색을 띠는 것이 홍색을 띠는 것 보다 아름답다고 설명하였다. 이를 통하여 우리는 월요에 대한 그의 남다른 애정을 짐작할 수 있다.

---

* '오대십국(五代十國)'을 줄여서 부르는 명칭이다. 907년에 당나라가 망한 뒤 중국에는 후량, 후당, 후진後晉, 후한, 후주까지 5개 왕조와 서촉, 강남, 영남, 하동 등지를 나누어 차지한 10여 개 정권이 난립하였다. 이것들을 모두 아울러서 '오대십국'이라고 부른다. 일반적으로 '오대'라고 하면 후량부터 후주까지 5개 왕조만을 가리키기도 한다. 960년에 송나라 태조 조광윤(趙匡胤)이 왕조를 건립하고, 이어서 978년에 오월국(吳越國)이 송나라로 완전히 편입됨으로써 오대십국의 분열은 끝나게 된다.

월요(越窯)에 대한 육우의 애정

찻물의 색은 전체적으로 녹색을 띠면서도 언뜻언뜻 황색의 빛이 섬광처럼 번득였다.

태질(胎質)은 회세니(灰細膩).

유질(釉質)의 온윤함이 옥과 같다.

꽃 문양의 조각

월요차잔(越窯茶盞)

용어해설

월요(越窯) 월요는 고대 중국 남방의 청자요(靑瓷窯)였다. 주요한 곳으로는 현재의 저장성(浙江省) 상우(上虞), 위야오(余姚), 치시(慈溪), 닝보(寧波) 등의 지역을 들 수 있다. 이 일대는 고대에 월주(越州)에 속하 있었기 때문에 이러한 이름을 얻게 되었다. 당나라 시대는 월요의 공예가 가장 화려하게 꽃을 피웠던 시기로 천하의 으뜸으로 자리 잡았다. 성당(盛唐) 이후의 제품은 아름다웠을 뿐만 아니라 매우 정교하여 가는 선 하나에도 소홀함이 없었다. 또한 구연(口沿) 부분을 화구(花口), 하엽구(荷葉口), 규구(葵口) 등으로 처리하고 바닥 부분을 보다 넓게 만들어 옥벽형(玉璧形) 혹은 옥배형(玉杯形)으로 제작하였다. 태체(胎體)는 회태(灰胎)를 사용하여 섬세함과 견고함을 살리고 있다. 유액은 푸른색 유액을 써서 수정처럼 빛나는 것이 마치 옥이나 얼음 같았다. 육우는 그의 저서 『다경』을 통하여 각종 차완을 평가하면서 월요의 제품을 그 수위에 올려놓고 있다.

법문사(法門寺)에서 출토된 당나라 시대 궁정(宮廷)의 다구

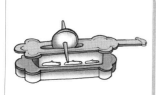

유금차연자(鎏金茶碾子) (연차용碾茶用)

기락문동(伎樂紋洞)

금으로 도금한 나(羅), 합(合), 칙(則)

유금은구(鎏金銀龜) (찻잎 저장용)

소면담황색유리차잔(素面淡黃色琉璃茶盞), 차탁(茶托) (음차용飮茶用)

기락문조달자(伎樂紋調達子)

1987년 산시성(陝西省) 푸펑현(扶風縣)의 법문사(法門寺) 유적에서 당나라 시대에 궁정에서 사용되던 금은으로 만든 한 세트의 정미한 다구가 출토되었다. 이렇게 출토된 다구를 통하여 우리는 당나라 시대에는 두 가지 형태의 차 문화가 존재하였음을 알 수 있다. 첫 번째는 육우로 대표되는 형태로 자연과의 조화를 중시했던 검박한 민간의 차 문화이며, 두 번째는 황실로 대표되는 형태로 화려함을 중시했던 사치스런 궁정의 차 문화였다.

08 역대의 다구
다구 대관大觀

>>>> 중국 고대에는 다구茶具를 다기茶器 혹은 명기茗器라고 부르기도 하였다. '다구'라는 용어는 한漢나라 시대에 이미 사용되고 있었으며, 진晉나라 시대에는 다기茶器라고 말하기도 하였다. 육우는 『다경』에서 채차 도구採茶道具는 다구라고 칭하고, 자차 도구煮茶道具는 다기라고 부르며, 그 것들을 각자 용도에 따라 구분하여 사용하였다.

다구(茶具)의 발전과 변화

원시 사회의 사람들은 야생의 차나무를 발견하였을 때 생잎을 그대로 씹어 먹거나 혹은 간단히 익혀 죽으로 먹었다. 이때에는 전용 다구의 개념이 없었다. 이후에 신분제 사회인 노예제 사회에 이르러서야 비로소 단순한 형태의 다구가 생산되기 시작한다. 주요한 것으로는 차를 끓이는 화로와 차를 마시는 몇 개의 그릇 그리고 차를 보관할 수 있는 단순한 관(罐) 등을 들 수 있다.

진(秦)·한(漢) 시기에 이용되던 포차(泡茶) 방법은 병차를 빻아 가루로 만들고 항아리 종류의 주전자에 넣은 다음 여기에 끓는 물을 붓고 파나 귤 등을 함께 넣어 맛을 살리는 방식이었으며, 이와 함께 소박한 형태의 간단한 다구가 나타나게 되었다. 중당(中唐) 시기에 북방 지역에서 차를 마시는 풍조가 성행함에 따라 전국 각지에서 도요(陶窯)가 활발하게 일어나기 시작하였으며, 이 시기에 비로소 불로 제련된 과정을 거친 다구가 주류를 이루게 된다.

육우는 『다경』에서 자차(煮茶), 음차(飲茶), 적차(炙茶), 저차(貯茶) 용구 모두 29가지를 열거하고 있다. 그러나 이는 매우 번잡하였기 때문에 일반 백성들이 이용하기에는 한계가 있었다. 송나라 시대에는 민간에서 차를 마실 때 찻잔(일종의 소형 다완茶碗으로 입구가 넓고 바닥이 좁은 형태)을 주로 사용하였다. 명나라 시대에는 차를 마시는 백색의 자기를 선호하였으며, 다기의 형태는 작고 정교한 것이 주

다양한 재질의 다구(茶具)

도토 다구(陶土茶具) : 신석기 시대에 이미 출현하였다.

유리 다구(琉璃茶具) : 당나라 시대에 시작되었다.

금속 다구(金屬茶具) : 금, 은, 동, 철, 석 등으로 제작하였다.

칠기 다구(漆器茶具) : 청나라 시대에 시작되었으며 주요한 산지로 복건성의 복주(福州) 지역을 꼽을수있다.

자기 다구(瓷器茶具) : 다구의 주류라고 할 수 있다. 가장 많은 비중을 차지하고 있다.

죽목 다구(竹木茶具) : 수·당 이전에 유행하였다. 아름다웠을 뿐만 아니라 가격이 싸고 재료를 구하기가 쉬웠다.

송나라 시대의 다구

송나라 시대에는 투차가 유행하였다. 다구도 당나라 시대에 비하여 많은 변화가 있었다. 남송(南宋) 함순(咸淳 : 1265~1274년, 도종度宗의 연호) 5년(1269), 심안(審安) 노인이 창제한 『다구도찬(茶具圖贊)』은 송나라 시대 투차 용구의 집성도라고 할 수 있다. 명칭을 '십이선생(十二先生 : 12가지 다구)' 이라고 하였는데, 이는 송나라 시대의 관제에 따른 관명(冠名)에 맞춘 것이다.

위홍려(韋鴻臚) 차로(茶爐)

목대제(木待制) 차구(茶臼)

금법조(金法曹) 차연(茶碾)

석전운(石轉運) 차마(茶磨)

호원외(胡員外) 차표(茶杓)

나추밀(羅樞蜜) 차라(茶羅)

종종사(宗從事) 차추(茶帚)

칠조비각(漆雕秘閣) 차탁(茶托)

도보문(陶寶文) 차완(茶碗)

탕제점(湯提点) 탕병(湯瓶)

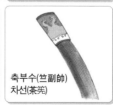

축부수(竺副帥) 차선(茶筅)

사손방(司損方) 차건(茶巾)

를 이루었다. 명나라 중기 이후에는 자호(瓷壺)와 자사호(紫砂壺)를 숭상하는 풍조
가 일어났다. 청나라 시대에는 채자 다구(彩瓷茶具), 복주 칠기(福州漆器) 등의 다구
가 연이어 유행하였다.

종류와 산지

도토 다구(陶土茶具) : 신석기 시대의 중요한 발명의 하나로 먼저 꼽을 수 있는
것은 흙으로 빚은 질그릇을 들 수 있으며, 이것이 점차 비교적 견고한 형태의 질
그릇으로 변화되었다. 그리고 이후에 표면에 유액을 바른 질그릇으로 발전되었
다. 각종 도기(陶器) 가운데 특히 의흥(宜興)의 자사 다구(紫砂茶具)는 첫손에 꼽힐
정도로 뛰어났다. 자사 다구는 북송(北宋) 초기에 이미 그 뛰어남이 부각되기 시
작하여 명나라 시대에 크게 유행하게 된다.

자질 다구(瓷質茶具) : 다구 가운데 비교적 큰 비중을 차지하고 있다. 아름답고
값이 싸다는 것이 장점이었으며 일반 백성들이 차를 마실 때 필수적으로 갖추어
야 했던 물건이었다. 청자 다구(青瓷茶具), 백자 다구(白瓷茶具), 흑자 다구(黑瓷茶具),
채자 다구(彩瓷茶具) 등으로 나눌 수 있다.

1. 청자 다구는 절강에서 제작된 것이 가장 좋았다. 당나라 시대의 월요다구
   (越窯茶具)는 육우로부터 '의우차(宜于茶 : 차에 적합)'라는 찬사를 받은 바 있다.
2. 백자 다구(白瓷茶具)는 질그릇과 사기그릇의 장점을 겸비하였다. 유액을
   바른 표면이 매우 희고 정치하였다. 찻물 고유의 색이 가장 잘 드러났으
   며 각종 찻잎의 충포에 적합하였다.
3. 흑자 다구(黑瓷茶具)는 절강, 사천, 복건 등에서 생산되었다. 당나라 말기에
   시작되어 송나라 시대에 가장 성행하였다. 송나라 시대에는 차를 마시는
   방식에 변화가 일어나 전차법(煎茶法)으로부터 점차 점차법(點茶法)으로 변
   화하기 시작하였다. 송나라 시대에는 또한 투차의 풍조가 크게 유행하였
   는데, 이는 흑자 다구가 부각될 수 있었던 중요한 환경적 요인의 하나이기
   도 했다.
4. 채자 다구(彩瓷茶具)는 현란하고 다채로우며 유액에 두터운 광택이 있었

자사호(紫砂壺)

- 기공(氣孔)
- 호뉴(壺鈕)
- 뉴좌(鈕座)
- 개면(盖面)
- 호견(壺肩)
- 개연(盖沿)
- 유구(流口)
- 과도(過渡)
- 호구(壺口)
- 파기(把基)
- 호류(壺流)
- 호파(壺把)
- 유경(流莖)
- 파내권(把內圈)
- 호복(壺腹)
- 호저(壺底)

의흥자사호를 사용하여 포차를 하면 차의 고유한 진향(眞香)을 그대로 느낄 수 있었다. 그 뿐만 아니라 찻잎의 색, 향, 미가 상당히 오랫동안 유지되었다. 상등품의 자사호는 다음과 같은 몇 가지 조건에 부합되어야 한다.

1. 조형이 간결하고 자연스러웠으며 호신(壺身)은 큰 네모 형태로 제작하여 안정성을 확보하였다.
2. 우수한 재질의 진흙을 재료로 사용하였는데 또한 자사토는 많은 장점이 있었다. 흙의 색이 어떠하든 그 입자가 거칠지 않아야 불 속에서도 일정한 흡수율과 투기율(透氣率)이 확보된다. 이러한 자사호는 또한 차의 고유한 향이나 찻물의 온기가 상당히 오랫동안 잘 유지되었다. 호체(壺體)의 색이 자연스럽고 소박하였으며, 손으로 호체를 어루만지면 광택이 흐르는 듯하고 화조(火燥)의 기운이 전혀 느껴지지 않았다.
3. 옛사람들은 '삼산제평(三山齊平)'을 호(壺)를 평가하는 기준으로 삼았다. 즉 호체를 옆에서 보았을 때 호취(壺嘴)와 호구(壺口)의 윗부분이 가지런해야 했고, 호체를 내려다봤을 때는 호취와 호구, 개뉴(盖鈕), 호(壺)가 나란히 수평을 유지해야 했고, 호체를 정면에서 보았을 때는 호의 좌우의 양 어깨 부분이 나란하게 가지런해야 했다.
4. 검개작가(鈴盖作家)의 인장(印章)이 명가의 제품이라면 그 가격은 상당히 비쌌다. 그러나 자사호는 옛날부터 모방이 많았기 때문에 검인(鈴印)은 단지 감정할 때 참고해야 할 많은 사항 중에 하나일 뿐이었다.
5. 자사호의 덮개와 호구(壺口) 사이의 공간은 작아야 했다. 호신(壺身)에 물을 가득 채운 후에 덮개 위에 있는 공기 구멍을 따라 공기가 빠져 나가게 했고 호취는 물방울이 새는 일이 없어야 한다. 사용하기 좋도록 호취의 안은 여조(濾罩 : 거름망)로 장식하였다.

다. 특히 청화자 다구(青花瓷茶具)는 사람들의 주목을 가장 많이 받았다.
청화자(青花瓷 : 청화백자)는 주로 경덕진(景德鎮)에서 생산되었으며 남색과 백색이 조화된 꽃문양의 담백한 아름다움으로 사람들의 마음을 사로잡았다.

칠기 다구(漆器茶具) : 청나라 시대에 처음 만들어졌으며 주요 산지로는 복건성의 복주(福州) 지역을 꼽을 수 있다. 칠기 다구는 그 품종이 매우 다양하여 '보사섬광(寶砂閃光)', '금사마노(金絲瑪瑙)', '고조(高雕)', '방고자(傍古瓷)', '유변금사(釉變金絲)' 등의 품종이 있다.

유리 다구(琉璃茶具) : 유리 다구는 당나라 시대에 제작되기 시작하였다. 투명한 재질에 맑은 광택을 지니고 있으며 가소성(可塑性 : 고체가 외부에서 탄성 한계 이상의 힘을 받아 형태가 바뀐 뒤 그 힘이 없어져도 본래의 모양으로 돌아가지 않는 성질)이 강하다는 장점이 있었다. 또한 차를 충포할 때 그 변화 과정을 남김없이 지켜볼 수 있다는 장점이 있을 뿐만 아니라 뛰어난 미관과 저렴한 가격으로 인하여 많은 사람들의 사랑을 받아왔다.

금속 다구(金屬茶具) : 금(金), 은(銀), 동(銅), 철(鐵), 석(錫) 등의 금속을 재료로 사용하여 만들었다. 고대부터 가장 오랫동안 사용되어 오고 있는 도구라고 할 수 있다.

죽목 다구(竹木茶具) : 수(隋)·당(唐) 이전 시기에 사용되던 다구이다. 도자기를 제외하고 민간에서는 대나무로 다양한 도구를 만들어 사용하였다. 대나무로 만든 다구는 그 외관이 아름답고 가격이 저렴하며 주변에서 쉽게 재료를 구할 수 있다는 장점 외에도 찻잎을 오염시키지 않고 인체에 유해하지 않다는 장점이 있었다. 『다경』「사지기」에 나열되어 있는 28종의 다구의 대부분은 대나무를 이용하여 만든 것이었다. 다만 내구성이 그리 강하지 않았기 때문에 장시간 사용하기가 어렵고 오래 보존하기 어렵다는 단점이 있었다.

자사 다구(紫砂茶具)의 감상

자사 다구(紫砂茶具)는 가장 대표적인 도토 다구의 하나로 옛사람들은 자사토

(紫砂土)를 '자옥(紫玉)'에 비유하곤 하였다. 주요 산지로는 중국의 의흥(宜興) 지역을 꼽을 수 있다. 의흥은 호(滬), 영(寧), 항(杭) 지역의 중심에 위치하고 있다. 북송(北宋) 초기 의흥에서 생산된 흑갈색의 건요 다구(建窯茶具)는 차 애호가들 사이에서 진귀한 제품으로 그 명성이 높았다. 명나라 시대에 이르면 의흥자사호(宜興紫砂壺)는 당당히 명가(名家)의 반열에 오르며 광범위한 대중성을 확보하게 된다.

자사호(紫砂壺)는 뛰어난 조형적 기교에 네모형의 소박한 형태와 단아한 인상 등의 외형적 장점을 지녔을 뿐만 아니라 온기와 맛을 보존하는 효능이 있었기 때문에 차의 맛과 향을 더욱 농밀하게 즐길 수 있었다. 자사호는 그 내부와 외부를 유액으로 처리하지 않고 의흥산 깊은 곳에서 나오는 자사니(紫砂泥)로 칠하였다. 자사니는 우수한 재질에 모래의 함유량이 적고 높은 가소성(可塑性)을 가지고 있으며, 미량이나마 인체에 유익한 원소를 함유하고 있다.

주요한 특징 : 가소성이 좋고 투기성(透氣性)이 뛰어났다. 보온성과 내구성 역시 매우 우수하였다. 조형적으로는 크게 기하형체, 자연형체, 근문형체(筋紋形體)의 세 종류로 나눌 수 있다.

5장 고烤, 자煮

감고조태화甘苦調太和,
지속량적중遲速量適中*

　　당나라 시대에 차를 마시는 법, 즉 병차를 고자烤煮하는 방법과 그 순서를 살펴보면 먼저 찻잎을 불에 익혀 말리고烤炙, 이를 다시 빻아서 가루로 만든 후에 끓인 물에 차를 끓여서 작은 찻잔에 따라서 마시는 순서로 진행되었다. 육우는 이러한 일련의 과정 가운데 고적烤炙의 과정을 비교적 비중 있게 다루고 있다. 고적烤炙의 과정은 좋은 재료를 선택하여 불을 피우고 끓는 물을 이용하여 차를 달인 후에 따라서 마시기까지의 일련의 과정을 말한다. 이 과정에서 육우는 또한 물의 올바른 선택과 이용 방법에 관하여 비교적 세밀하게 설명하고 있으며, 이것은 후세의 다례에서 특히 물에 관한 지침이 되고 있다.

---

* 단맛과 쓴맛의 강함과 어우러짐을 조절하고, 느리고 빠른 것의 적절함을 헤아린다.

5장의 일러스트 목록

01 자煮의 필요성 | 색, 향, 미

>>> 품차品茶 연구의 기본적 토대는 결국 '색色, 향香, 미味'의 세 가지 항목으로 정리할 수 있다. 당나라 시대에는 이 세 가지 측면과 자차煮茶 과정과의 연관성이 매우 중요한 문제였으며, 차를 어느 정도 익히는 것이 차의 색과 향, 맛이라는 세 가지 항목을 더욱 양호하게 할 수 있는가가 쟁점이었다. 현대인은 찻잎의 생장, 채적, 저장 등의 전체 과정을 과학적 관점에서 분석하면서 차의 최적의 '색, 향, 미'를 연구하고 있다.

육우가 『다경』의 「오지자」에서 언급하고 있는 '기색상야(其色緗也)'라는 구절은 끓는 물에 차를 끓였을 때 나오는 찻물의 색이 담황색이라는 것이며, 찻물의 표면에 떠오르는 거품의 일종인 말발(沫餑)의 색을 가리키는 것이 아니다. 찻물이 끓을 때 생겨나는 말발의 색은 보통 흰색이었다. 또한 '기형사야(其馨歑也)'라는 표현은 차의 향기가 아름다운 것을 말한다. 송나라 휘종(徽宗) 조길이 『대관다론』에서 설명하고 있는 '차유진향(茶有眞香)' 역시 육우의 설명과 같은 의미를 담고 있다. 차의 향이 주는 그 미묘한 느낌을 정확하게 표현하는 것은 불가능한 일이다. 다만 문자 몇 개를 이용하여 간신히 그 느낌의 일부만이라도 담아내고자 하지만 이 역시 쉽지 않은 일이다.

차 속에 함유되어 있는 방향물질(芳香物質)은 유기화학에 의한 분류에 의하면 300여 종의 성분으로 분석되고 있다. 찻잎은 각각의 품종에 따라 모두 각자의 독특한 향기를 가지고 있으며, 인간은 다만 그 향기를 몇 마디 말로 형상화하여 묘사할 수 있을 뿐이다. 『다경』에서는 차의 맛을 언급할 때 "그 맛이 단 것이 가(檟)이고, 달지 않고 쓴 것이 천(荈)이며, 입에 넣을 때는 쓰지만 목으로 넘어갈 때는 단맛이 도는 것이 차다(기미감 가야, 불감이고 천야, 철고인감 차야其味甘 檟也, 不甘而苦 荈也, 啜苦咽甘 茶也)"라고 설명하고 있다. 즉 먼저 쓰고 후에 단맛이 돌아야 하는데 이것은 좋은 품질의 차가 가지고 있는 일반적인 특징이었다. 여기서 단맛이 의

차색(茶色)의 형성도

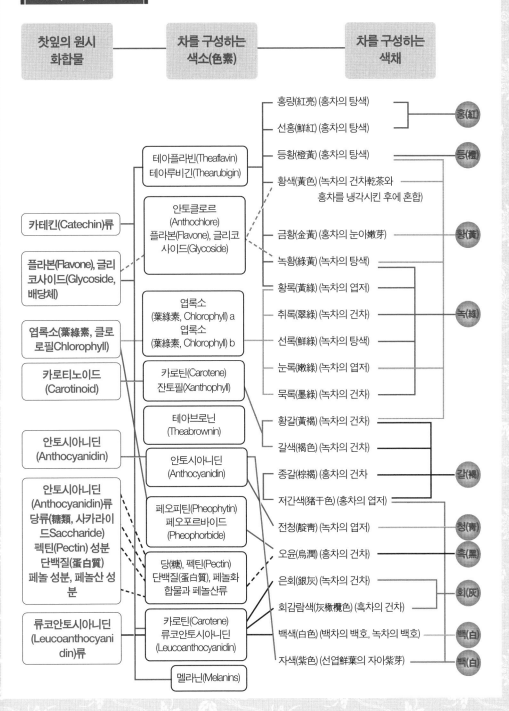

찻잎의 원시 화합물	차를 구성하는 색소(色素)	차를 구성하는 색채

홍량(紅亮) (홍차의 탕색)

선홍(鮮紅) (홍차의 탕색)

홍(紅)

테아플라빈(Theaflavin)
테아루비긴(Thearubigin)

등황(橙黃) (홍차의 탕색)

등(橙)

황색(黃色) (녹차의 건차乾茶와 홍차를 냉각시킨 후에 혼합)

카테킨(Catechin)류

안토클로르
(Anthochlore)
플라본(Flavone), 글리코
사이드(Glycoside)

금황(金黃) (홍차의 눈아嫩芽)

황(黃)

플라본(Flavone), 글리
코사이드(Glycoside,
배당체)

녹황(綠黃) (녹차의 탕색)

황록(黃綠) (녹차의 엽저)

엽록소
(葉綠素, Chlorophyll) a
엽록소
(葉綠素, Chlorophyll) b

취록(翠綠) (녹차의 건차)

선록(鮮綠) (녹차의 탕색)

녹(綠)

엽록소(葉綠素, 클로
로필Chlorophyll)

눈록(嫩綠) (녹차의 엽저)

카로틴(Carotene)
잔토필(Xanthophyll)

묵록(墨綠) (녹차의 건차)

카로티노이드
(Carotinoid)

황갈(黃褐) (녹차의 건차)

테아브로닌
(Theabrownin)

갈색(褐色) (녹차의 건차)

안토시아니딘
(Anthocyanidin)

안토시아니딘
(Anthocyanidin)

종갈(棕褐) (홍차의 건차)

갈(褐)

저간색(猪干色) (홍차의 엽저)

안토시아니딘
(Anthocyanidin)류
당류(糖類), 사카라이
드Saccharide)
펙틴(Pectin) 성분
단백질(蛋白質)
페놀 성분, 페놀산 성
분

페오피틴(Pheophytin)
페오포르바이드
(Pheophorbide)

전청(靛靑) (녹차의 엽저)

청(靑)

오윤(烏潤) (홍차의 건차)

흑(黑)

당(糖), 펙틴(Pectin)
단백질(蛋白質), 페놀화
합물과 페놀산류

은회(銀灰) (녹차의 건차)

회감람색(灰橄欖色) (흑차의 건차)

회(灰)

류코안토시아니딘
(Leucoanthocyani
din)류

카로틴(Carotene)
류코안토시아니딘
(Leucoanthocyanidin)

백색(白色) (백차의 백호, 녹차의 백호)

백(白)

자색(紫色) (선엽鮮葉의 자아紫芽)

백(白)

멜라닌(Melanins)

미하는 것은 시원하고 상쾌한 느낌을 주는 단맛을 가리키는 것이며 설탕과 같이 단순히 달기만 한 맛을 뜻하는 것이 아니다.

『다경』에서 설명하고 있는 '색, 향, 미'는 차를 끓인 후의 찻물을 단순히 인간의 신체 감각을 통하여 직관적으로 판단하여 표현한 것이다. 당시의 낙후된 과학 수준으로는 현재와 같은 과학적 분석은 불가능했기 때문에 육우는 단지 그 자신의 감각에 의지하여 찻물의 우열을 평가할 수밖에 없었다. 현재는 과학적 분석과 기술을 이용하여 차의 '색, 향, 미'의 형성 원인을 객관적으로 분석하고 있다.

차향(茶香)의 형성도

차종(茶種)	선엽(鮮葉)의 향기 화합물	기미(氣味)
녹차, 황차, 백차	시스-3-헥세놀(cis-3-Hexenol) [=청엽 알코올] 에스터(Ester)류 화합물	청향(淸香)
홍차	알파-페네틸 알코올(α - Phenethyl Alcohol) 제라니올(Geraniol)	검난향(黔蘭香)
홍차, 화차	베타-이오논(β - Ionone) 시스-자스몬(cis-Jasmon)	매괴화향(玫瑰花香)
홍차	자스민락톤(Jasmine Lactone) 네롤리돌(Nerolidol)	과향(果香)
오룡차	테르피넨(Terpinen) 살리실산 메틸(Methyl Salicylate) 페네틸 알코올(Phenethyl Alcohol)	화향(花香)
흑차	방향족 알코올(Aromatic Alcohol) 테르피네올(Terpineol) 네롤리돌(Nerolidol)	진향(陳香)
녹차	헥실 알코올(Hexyl Alcohol) 3-에틸렌 알데하이드(3-Ethylene aldehyde)	청초향(靑草香)
화차, 홍차	리날로올(Linalool) 자스민락톤(Jasmine Lactone) 메틸 자스모네이트(Methyl Jasmonate)	첨화향(甜花香)

차의 색(色)을 결정하는 요인

차의 종류에 따라 차의 색 역시 서로 차이가 있었다. 이러한 차이는 완성된 차의 색이나 찻물의 색에서도 나타난다. 차의 품종에 따른 일련의 색깔은 결국 찻잎 가운데 함유되어 있는 각종 화합물에 의하여 결정된다.

차의 향(香)을 결정하는 요인

찻잎의 향기는 찻잎에 함유되어 있는 향기 화합물에 의하여 결정된다. 현재는 찻잎의 과학적 분석과 감정을 통하여 약 500여 종의 휘발성 향기 화합물의 존재를 밝혀내었다. 개개의 향기 화합물은 상이한 비율과 배열, 조합 등으로 각종의 특수한 향기를 형성하게 된다.

차의 맛(味)을 결정하는 요인

차의 맛은 찻잎의 화학적 성분의 양과 그것에 대한 인간의 감각 기관의 종합적 반응이라고 할 수 있다. 찻잎은 달고, 시고, 쓰고, 상쾌하고, 떫은맛 등의 매우 다양한 풍미를 가지고 있다. 상쾌한 맛을 내는 주요한 성분은 다양한 종류의 아미노산이다. 아미노산은 미묘하면서도 복잡한 맛을 가지고 있다. 어떤 것은 상쾌한 가운데 단맛이 나고, 어떤 것은 상쾌한 가운데 신맛이 나기도 한다. 떫은맛의 주성분은 폴리페놀 성분의 화합물이고, 단맛의 주성분은 아미노산과 가용성 당(糖)이다. 쓴맛의 주성분은 카페인, 안토시아니딘, 티 사포닌 등이고, 신맛의 주성분은 다양한 종류의 유기산(有機酸)이다.

차미(茶味)의 형성도

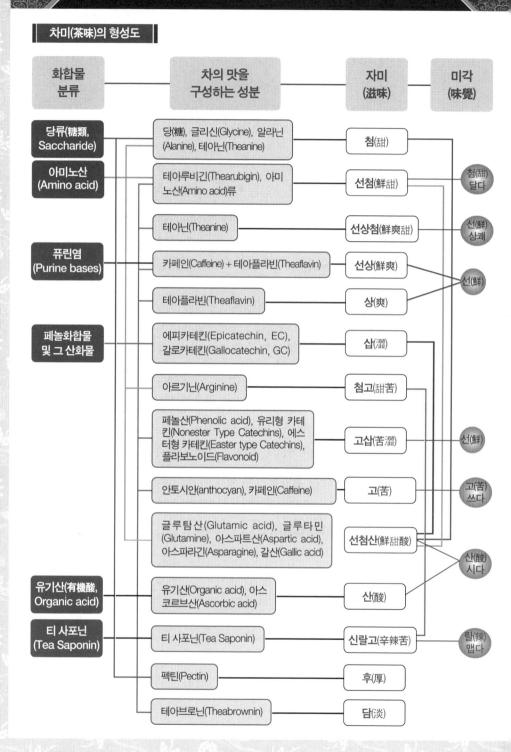

지혜의 기술
고, 연

>>>> 고烤와 연碾은 병차餠茶를 만들어 음용하기 전에 반드시 거쳐야 하는 두 가지 과정이었다. 육우는 이들 과정 역시 비교적 비중 있게 다루고 있으며, 이 과정을 차의 맛과 향이 순일한지 여부를 결정짓는 중요한 관건으로 보았다.

　당나라 시대의 사람들이 주로 즐기던 차는 병차였으며, 이것은 '발효시키지 않은' 증압차에 속하였다. 이러한 종류의 차는 찻잎에 내재된 함수량이 엽편(葉片)이나 찻잎을 빻아 만든 가루에 함유되어 있는 수분보다 높았기 때문에 완성된 후에도 인공 건조나 자연 건조의 과정이 필요하였다. 『다경』이 저술된 시대에는 건조 기술이나 포장 기술, 저장 조건 등이 모두 열악하였기 때문에 병차의 함수량이 특히 높을 수밖에 없었다. 이 때문에 병차를 마시기 전에 고차(烤茶)의 과정을 거치지 않으면 병차를 빻아 가루로 만드는 작업이 어려웠을 뿐만 아니라 차를 마실 때에도 차의 향기나 맛을 유지하기가 매우 곤란하였다. 이런 이유로 육우는 고차의 과정을 대단히 중요하게 생각하였다.

　육우는 '고(烤)'에 대한 심도 있는 연구를 통하여 특히 다음과 같은 몇 가지 사항에 주의할 것을 당부하고 있다. 첫째, 맞바람이 부는 상태로 불 위에서 고차를 행해서는 안 된다는 점이다. 이런 경우에는 불의 세기가 일정하지 않고 또한 불의 기운이 고루 퍼지지 않기 때문이다. 둘째, 고차는 고온에서 이루어져야 할 뿐만 아니라 주의 깊게 뒤집어 주어 열을 받는 면이 한쪽에 치우치지 않고 고르게 될 수 있도록 해야 한다는 점이다. 그렇지 않으면 열을 받는 부분과 열을 받지 않는 부분에 차이가 생길 수 있기 때문이다.

　또한 고차의 시간에 대해 살펴보면, 초고(初烤)를 행할 때는 병차의 표면이 두꺼비 등처럼 올록볼록해져야 하고, 불에서 5촌 정도 거리를 두어야 한다. 복고(復烤)의 진행 여부는 병차의 건조 방법(홍건烘乾 또는 일쇄日曬)에 따른 기화 상태나 유연성 등을 고려하여 결정하였다. 초고와 복고 사이에는 일정한 냉각 시간이 필요하며, 그 기준은 '권이서(卷而舒)'의 상태를 기준으로 점검하였다. 이러한 고차 과정의 적절한 반복을 통하여 바깥쪽만 마르고 안쪽은 설마르는 상태를 피하고 또한 이상적인 향기를 갖출 수 있게 된다.

육우는 눈초(嫩梢 : 어린가지 끝, 아芽, 순筍)를 불에 말린 후에 그 형태가 부드럽게 변해가는 과정에 대하여 묘사한 바가 있다. 예컨대 눈초를 찌고 난 후에 빻는 것, 즉 찻잎을 곱게 빻는 도란(搗爛)을 행하여도 싹의 일부는 여전히 남아 있으며, 이렇게 남아 있는 아순(芽筍)은 마치 어린아이의 관절이나 여린 팔과 같다는 것이다. 이로부터 우리는 아순이 눈아(嫩芽)를 말하는 것이 아니라 줄기에 달린 눈초를 가리키는 것임을 알 수 있다.

육우는 맷돌에 잘 갈린 좋은 찻가루를 얻기 위해서는 온도를 천천히 내려야 한다고 주장하였다. 또한 찻가루를 갈 때는 과립의 형태가 되도록 갈아야 하며 조각 형태나 분말 형태가 되도록 갈아서는 안 된다고 강조하고 있다.

송나라 시대의 제차 기술은 당나라 시대와 비교하면 매우 큰 변혁이 있었다. '도(搗)'의 공정이 '착(榨)'으로 변하였고, '연(研)', '상모(上模)', '홍배(烘焙)'의 공정에도 역시 많은 개혁과 변화가 있었다. 송나라 시대에는 일련의 제차 과정 속에서 이미 연열(研熱)이나 연투(研透) 등으로 찻잎을 처리함으로써 병차를 비교적 용이하게 갈 수 있게 되었고 또한 마시기 전에 다시 불에 말릴 필요가 없었다.

송나라 시대 이후에는 산차가 점차 병차를 대신하게 되었다. 이것은 음용 전에 따로 말리거나(烤) 가는(碾) 과정이 필요하지 않았으며, 심지어는 증압차에 대하여도 또한 말리거나 굽는 과정이 필요하지 않았다. 다만 기후가 상대적으로 조습한 지역이나 습도가 높은 시기 혹은 함수량이 많은 찻잎의 경우에는 음용 이전에 먼저 숯불을 사용하여 찻잎을 불에 말리거나 익히는 관습이 여전히 남아 있었다.

고(烤) (당나라 시대 전차법煎茶法의 한 과정) (1)

1. 고차를 시작할 때 차 덩어리는 불에서 어느 정도 거리를 두어야 한다.

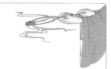

2. 온도는 높아야 하며 차 덩어리를 부지런히 뒤집어주면서 모든 면이 골고루 열을 받을 수 있도록 한다.

3. 초고를 행할 때는 표면이 마치 두꺼비 등처럼 올록볼록해져야 하고, 불에서 약 5촌 정도 거리를 두어야 한다.

4. 차 덩어리가 부드럽게 변하게 된다.

5. 차 덩어리의 색이 갈색으로 변할 때까지 불에 말리게 되면 맑은 향이 사방으로 퍼져나간다.

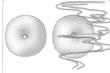

6. 고(烤)의 과정이 완전한지의 여부는 '권이서'의 상태를 기준으로 점검한다(고烤의 전과 후의 비교).

7. 열기가 있는 동안에 두꺼운 종이주머니를 이용하여 보기 좋게 포장하고 냉각되기를 기다렸다가 연차의 과정으로 들어간다.

주의할 점

맞바람이 부는 상태에서는 불 위에서 고차를 행해서는 안 된다. 불의 세기가 일정하지 않고 또한 불의 기운이 고루 퍼지지 않기 때문이다. 복고의 진행 여부는 병차의 건조 방법(홍건烘乾 혹은 일쇄日曬)에 따른 기화 상태나 유연성 등을 고려하여 결정한다.

연(碾) (당나라 시대 전차법煎茶法의 한 과정) (2)

> 육우는 『다경』 「오지자」에서 고(烤)가 잘된 차를 '열이 있는 동안(承熱)' 종이로 잘 싸서 저장해 두면, 그 '정화지기(精華之氣)'가 유실되는 것을 막을 수 있다고 설명하고 있다. 차 덩어리가 냉각된 후에 연차의 과정을 시작한다.

먼저 냉각된 차 덩어리를 두드려 작은 덩어리로 만든다.

덩어리 상태의 차를 연발(碾鉢)에 집어넣는다.

차를 갈아 가루로 만든다.

잘 갈린 찻가루를 나(羅), 합(盒)에 넣고 체로 거른다.

덮개를 덮고 사차(篩茶)를 진행한다.

잘 걸러진 차의 과립은 그 밀도나 크기 등이 적당하고 균일하다.

03 | 엄격한 선택 '활화活火'

>>> 연료의 선택에서도 비교적 엄격한 기준을 제시하고 있다. '활화', 즉 불꽃이 넘실거리는 목탄木炭을 사용해야 했다.

육우는 고차(烤茶)나 자차(煮茶) 과정에서 가장 적합한 연료는 목탄(木炭)이라고 보았으며, 그 다음으로 단단한 땔나무를 사용할 것을 주장하였다. 기름기가 붙어 있는 땔나무나 오래된 나무 부스러기 등은 연료로 사용하기에 부적합하다고 보았다. 이에 대하여 육우는 다음과 같은 '노신지미(勞薪之味 : 상한 땔감의 안 좋은 냄새가 음식이나 차에 베어 나는 맛)'의 전고를 인용하고 있다. 이 고사는 진(晉)나라 때 순욱(荀勖 : ?~289년, 정치가)이 무제(無帝)와 함께 식사를 하면서 있었던 일에서 유래한 것이다. 황제와 함께 식사를 하고 난 순욱이 갑자기 '노신(勞薪 : 낡아서 못쓰게 된 나무나 썩은 나무)'을 불살라 지은 음식이라고 말하였다. 이에 의아함과 호기심을 느낀 황제가 다른 신하에게 어떻게 된 일인지를 물었다. 질문을 받은 신하가 나가서 전말을 살펴보고 돌아와 과연 오래된 마차의 수레바퀴를 잘라 불태워 지은 음식이 틀림없다고 대답했다고 한다.

차를 끓일 때 '활화'의 적절한 이용은 맛의 우열을 가름하는 대단히 중요한 요소의 하나다. 그리고 이러한 '활화'의 관건은 어떤 연료를 선택하느냐에 달려 있다. 육우는 기름이 함유된 땔나무의 사용에도 반대하였다. 이러한 종류의 나무는 이질적인 맛의 원인이 될 수 있으며 차의 고유한 향기와 풍미를 상하게 할 수 있다고 보았기 때문이다. 그의 이러한 걱정이 합리적인 이유는 당나라 시대의 전차법은 하나의 복(鍑)에 물을 끓인 후에 여기에 곱게 갈아 놓은 찻가루를 집

연료의 선택

고차(烤茶)나 자차(煮茶) 과정에서 가장 적합한 연료는 목탄이다. 그 다음으로 단단한 땔나무를 사용한다. 기름기가 붙어 있는 땔나무나 오래된 나무 부스러기 등은 연료로 사용하기에 부적합하다.

O

가용(可用)

'목탄위상(木炭爲上)'

'활화'는 화염이 넘실거리는 목탄을 가리킨다.

'경신(勁薪)' (경시硬柴)

1. 상목(爽木 : 뽕나무)
2. 괴목(槐木 : 홰나무)
3. 동목(桐木 : 오동나무)
4. 역목(櫟木 : 상수리나무)

X

불가용(不可用)

'노린내나 비린내가 나는 나무' (기름기가 붙어 있는 나무)

고목(賣木)

백목(柏木 : 측백나무)

송목(松木 : 소나무)

회목(檜木 : 노송나무)

'고목(賣木), 패기(敗器)' (진이 많거나, 낡거나 못쓰게 된 나무)

노신지미(勞薪之味)
노신은 바로 고목(賣木)이나 패기(敗器)를 말한다. 이런 종류의 나무를 불살라 음식을 만들면 이질적인 맛이 생긴다는 고사로 『진서(晉書)』「순욱전(荀勖傳)」에서 유래하였다.

『진서』「순욱전」에 기록되기를, 진(晉)나라 시대 순욱(荀勖)이 무제(武帝)와 함께 음식을 먹게 되었다. 식사를 마친 순욱이 '노신(勞薪)'을 불살라 음식을 지었다고 말하자, 무제가 다른 신하에게 이에 대해 물었다. 이에 질문을 받은 신하가 과연 오래된 마차의 수레바퀴를 잘라 불태워 음식을 만든 것이 틀림없다고 대답하였다.

자차(煮茶)의 연료에 대한 옛사람들의 태도

1. 가연성이 좋아야 한다. 화력이 아주 낮아서는 안 되며 또한 점점 강해지거나 점점 약해져서도 안 된다.
2. 연료 자체에 다른 이질적인 맛이 있어서는 곤란하다. 연료는 음용자의 애호 정도에 따라 다양하게 선택할 수 있다.

이 항목은 현대의 음차 문화의 관점에서 보더라도 유익한 점이 있다.

어넣는 방법이었기 때문이다. 그가 설계한 복(鍑)에는 덮개가 없었다. 이것은 찻물이 끓을 때 생기는 기포의 상태, 즉 말, 발, 화의 상태를 관찰하기 편하다는 장점이 있는 반면에 찻물의 표면으로 공기 속의 티끌이 들어가 찻물의 질이 떨어지는 것을 막을 수 없다는 단점이 있었다.

당나라 시대의 소이(蘇廙)는 『십육탕품(十六湯品)』에서 최종적으로 차의 우열을 결정짓는 것은 결국 찻물의 질이라고 서술한 바가 있다. 유명한 품종의 차도 잘못 끓이게 되면 일반적인 보통의 차와 구별이 없게 된다. 차를 끓일 때 사용하는 물, 각종 다구, 연료의 우열 등이 모두 찻물의 질에 일정한 영향을 미치는 것이다.

연료의 선택과 찻물의 품질에 관하여 명나라 시대의 허차서는 『다소(茶疏)』에서 "화(火), 단단한 목탄(木炭)을 으뜸으로 치고……(화, 필이견목탄위상火, 必以堅木炭爲上)"라고 설명하고 있다. 전예형(田藝蘅 : 1524년?~?, 명나라의 문학가)은 『자천소품(煮泉小品)』에서 소나무 가지나 솔방울을 사용할 수도 있다고 적고 있다.

연료 선택의 관건

1. 가연성이 좋아야 한다. 화력이 아주 낮아서는 안 되며 또한 점점 강해지거나 점점 약해져서도 안 된다.
2. 연료 자체에 다른 이질적인 맛이 있어서는 곤란하다. 연료는 음용자의 애호 정도에 따라 다양하게 선택할 수 있다.

04

결정적인 요소 : '물의 선택'

산수상山水上, 강수중江水中, 정수하井水下

>>>> 찻물茶湯의 질의 성패는 물 끓이기, 충포沖泡, 감상을 통하여 결정된다. 이 때문에 물과 차의 관계는 불가분의 '지우(摯友 : 절친한 벗)'의 관계에 비유할 수 있다.

차의 품질은 결국 찻물을 음미함으로써 이루어지는 것이기 때문에 수질의 선택은 찻물의 성패에 직접적인 영향을 미친다. 육우는 이러한 물의 중요성을 깊이 인식하고 물을 '구난(救難)'의 하나로 꼽고 있다. 또한 육우는 『육선가(六羨歌)』를 통하여 "황금 항아리도 부럽지 않고, 백옥의 잔도 부럽지 않네(불선황금뢰 불선백옥배不羨黃金罍 不羨白玉杯), 아침에 조정에 출사하는 것도 부럽지 않고, 저녁에 대에 올라 좋은 경관 구경하는 것도 부럽지 않네(불선조입성 불선모인대不羨朝入省 不羨暮人臺), 다만 서강의 물은 천 번 만 번 부러우니, 경릉성 아래로 조용히 흘러들 뿐이라네(천선만선서강수 증향경릉성하래千羨万羨西江水 曾向境陵城下來)"라고 찬미하고 있다. 육우는 물을 그 근원에 따라 구분하고 '산수상, 강수중, 정수하'의 순서로 우열을 정하고 있다.

1. 천수(泉水) : 비교적 깨끗하고 시원하다. 부유물이 적고 투명도가 높으며, 오염이 적고 수질이 안정적이다.

육우는 '산에서 나는 물은 유천(乳泉)이나 석지(石池)에서 넘쳐흐르는 것이 좋은 것'이라고 쓰고 있다. 이것은 암동의 종유석으로부터 떨어져 내려 석지 안에서 모래 등의 여과를 거쳐 천천히 솟아오르는 샘물이 가장 좋다는 뜻이다. '유천'에 흐르는 물에는 대량의 이산화탄소가 함유되어 있기 때문에 차를 끓이는 물로는 매우 이상적이라고 할 수 있다. 입에 넣으면 시원하면서도 상쾌한 단맛이 진하게 느껴지기 때문이다. 그러나 샘 속에는 각종의 오염 물질도 함유되어 있다는 점은 주의해야 한다. 물이 흐르는 속도가 빠른 경우에는 맑은 물속에 부유물이 남아 있을 수가 없다. 다만 '넘쳐흐르는(漫流)' 물이라는 표현은 샘물이 연못에 충분히 머무르면서 각종 부유물이 충분히 가라앉은 후에 올라오는 것을 의미하며, 이를 통하여 연못의 청정성이 어느 정도인지를 확인할 수 있다.

2. 강수(江水) : 비교적 경도(硬度 : 물속에 알칼리 토금속土金屬이 녹아 있는 정도)가 낮은 편이다. 지면수(地面水)의 일종이라고 볼 수 있으며 물속에 용해되어 있는 광물질은 그리 많지 않다. 지류의 유입이나 거친 격류 등으로 인하여 강물에는 많은 모래와 진흙, 유기물 등의 불용물질 등이 섞이기 때문에 상대적으로 수질이 혼탁할 수밖에 없다. 또한 강물은 계절의 변화와 환경 오염의 영향을 크게 받는다. 이 때문에 강물은 차를 끓이는 용도로는 결코 이상적인 물이라고는 할 수 없다. 이러한 이유로 육우는 우리에게 사람이 거의 살지 않고 오염이 적게 된 강변의 물을 채취하여 이용할 것을 권하고 있다.

3. 정수(井水) : 우물물은 지하수에 속한다. 물속의 부유물의 함량이 낮고 투명도가 높다. 지층을 흐르는 과정에서 소금 등의 광물질이 비교적 많이 유입되기 때문에 소금의 함유량과 경도가 비교적 크다. 이외에도 우물물의 경도가 비교적 큰 것은 지층에 흐르는 많은 물질이 용해되어 있기 때문이다. 우물물은 대부분 그늘에 있어 해가 잘 들지 않고 공기와의 접촉도 그리 크지 않다. 또한 물속에 용해되어 있는 이산화탄소의 성분이 아주 적기 때문에 차를 끓였을 때 시원한 맛이 별로 느껴지지 않는다.

현대 과학의 관점에서는 수질의 우열을 평가하고 형량하기 위해서는 반드시 체계적인 수질 지표가 제시되어야 한다. 이러한 수질 지표는 수질의 특징이나 일정한 성분의 함유량을 객관적으로 반영할 수 있는 자료이어야 한다.

육우는 차를 끓일 때 물의 선택을 매우 중시하였다. 그는 물을 그 근원에 따라 구분하고 '산수상(山水上), 강수중(江水中), 정수하(井水下)'의 순서로 우열을 정하고 있다.

경(氫 : 수소) 양(氧 : 산소)

수(水) : H$_2$O는 수소와 산소의 두 종류의 화학 원소의 결합으로 이루어진 무기 화합물로 상온상압(常溫常壓)의 상태에서는 무색무미(無色無味)의 투명한 액체다.

상승(上乘)

산수(山水) : 부유물이 적고 이산화탄소가 많이 함유되어 있다. 마시면 시원하고 상쾌하다.

불가용(不可用)

폭포(瀑布) : 거의 수직으로 급속하게 떨어지는 물로 사람이 질병에 걸리기 쉽다.

여과(濾過)가 필요

수곡중수(水谷中水) : 물은 맑지만 흐름이 거의 없다. 더운 여름에 서리가 내리는 것처럼 차지만 뱀이나 전갈이 있을 가능성이 있다. 먼저 한두 번 퍼서 버린 후에 새로이 솟아오르는 물을 따로 취하여 이용한다.

상승(上乘)

천수(泉水) : 깨끗하고 맑다. 부유물이 적고 매우 투명하며 수질이 안정적이다.

이상적이지 않은 물

강수(江水) : 일종의 지면수이다. 용해된 광물질이 그리 많지 않고 경도 역시 비교적 적다. 일반적으로 강수는 포차(泡茶)의 용도로 적합하지 않다.
그러나 거의 오염이 되지 않고 인가에서 멀리 떨어진 곳에 있는 강수는 취용할 수 있다. 또한 포차에 사용해도 무난하다.

이상적이지 않은 물

정수(井水) : 일종의 지하수이다. 부유물의 함량이 낮고 물의 투명도가 높다. 지층을 흐르는 과정에서 소금 등의 광물질이 비교적 많이 유입되기 때문에 소금의 함유량과 경도가 비교적 크다.
수원(水源)이 깨끗하고 사람들이 보통 사용하고 있는 검증된 우물물은 포차에 이용할 수 있지만 사람에 따라 느낌이 차이가 있을 수 있다.

05 | 소수燒水의 예술
삼비三沸

소수燒水의 예술

>>>> 자차煮茶는 엄밀히 말하면 소수燒水와 자차煮茶의 두 공정을 모두 포함하는 과정이다. 그 중에서도 소수가 먼저 이루어진다. 소수는 보기에는 아주 간단한 과정 같지만 차를 끓여 음미하는 전체 과정의 관건이 된다고 할 수 있을 정도로 매우 중요한 과정이다. 육우는 이것을 '삼비'로 나누고 비유의 형식을 통하여 표현하고 있다. 후세의 사람들이 당나라 시대의 '전차법'을 쉽게 이해할 수 있도록 형상화를 통하여 설명하고 있는 것이다.

　당나라 시대의 사람들은 자차를 할 때, 먼저 물을 복(鍑 : 솥)에다 넣고 끓였다. 물을 끓이는 소수(燒水)의 과정은 자차의 '전주(前奏)'라고 말할 수 있다. 육우는 물이 끓는 변화의 과정을 하나하나 세심하게 관찰하고, 다음과 같이 묘사하고 있다.

일비여어목(一沸如魚目)

　물을 끓일 때 어안포(魚眼泡 : 물고기 눈 모양의 기포)가 나타나고 미미한 소리가 들리기 시작할 때가 바로 첫 번째인 일비(一沸)의 상태다. 어안포는 비교적 작은 기포(물이 가열된 후에 솥의 밑바닥에 나타나는 일련의 작은 기포)이며, 물속의 공기가 뜨거운 열에 용해되면서 솥의 표면에 형성된 것이다. 기포에는 일정한 양의 공기가 함유되어 있다. 이 때문에 열을 받으면 거품과 수증기를 만들게 되는 것이다. 온도가 다시 높아지기 시작하면 작은 기포가 팽창하면서 부력 작용으로 인하여 밑바닥으로부터 상승하게 된다. 온도가 상승하면서 물의 수위가 낮아지면 기포 내의 수증기가 다시 응결하여 물이 맺힌다. 기포의 외압이 그 내부의 압력보다 강하기 때문에 이때 기포의 부피는 축소된다. 온도가 계속 상승하면 기포 내의 수증기가 다시 물방울로 응결되고 부피 역시 다시 축소되면서 진동이 발생한다. 진동의 주파수와 물을 끓이는 용기의 주파수가 서로 같아지면 공진(共振) 현상이

삼비(三沸)의 형상화

일비(一沸)

어목(魚目) : 물을 끓일 때 물고기 눈 모양의 거품이 일어나며 미미한 소리가 들린다.

이비(二沸)

용천(涌泉) : 가장자리에 일련의 구슬들이 연이어 샘솟아 오르는 것과 같은 상태가 된다.

삼비(三沸)

고랑(鼓浪) : 북소리와 같은 소리를 내면서 기포가 거칠게 솟아오르는 상태가 된다.

수비(水沸)의 원리

용기의 밑바닥 부분에 작은 거품이 생기기 시작한다.

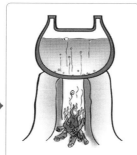

온도가 상승하면 기포가 팽창하면서 바닥에서 위로 떠오르기 시작한다.

상승하다가 온도가 비교적 낮은 부위에 이르면 기포는 다시 물로 변하고 기포의 부피 역시 축소된다.

계속해서 온도를 높이면 수온이 상승한다.

기포는 계속해서 상승하지만 그 부피는 다시 축소된다.

기포가 수면까지 완전히 상승하고 수면에서 비등한다.

발생하면서 물소리가 나게 되지만, 이 상태의 물은 아직 비등점에 도달한 것은 아니다. 다만 작은 기포들의 형상이 물고기의 눈(魚眼)과 같은 모양을 띠게 된다.

이비여용천(二沸如涌泉)

온도가 계속 상승하게 되면 솥 안의 기포 역시 점점 증가하게 되고 기압 역시 올라가게 된다. 이때 수면과 솥의 가장자리에서 기포의 취집이 이루어지는데, 그 부피 역시 증가하게 되고 그 상승 속도와 수량 또한 수온의 상승에 따라 끝없이 증가하게 된다. 솥의 가장자리에 일련의 구슬들이 연이어 샘솟아 오르는 것과 같은 상태가 된다. 이것이 바로 '이비(二沸)'인 '여용천(如涌泉)'의 형상이다.

삼비사고랑(三沸似鼓浪)

솥 안의 수면에서 기포가 마치 물결이 치며 뒤집어지는 것과 같은 상태가 되는데, 이것이 바로 삼비(三沸)의 상태다. 수온이 충분히 높아지면 기포 내의 수증기가 포화 상태에 이르고 기압이 증대하며 기포가 상승하는 과정에서도 다시 부피가 줄어들지 않고 계속 올라가게 된다. 기포의 부력 역시 크게 변하면서 밑바닥으로부터 상승하여 수면을 뚫고 올라 증기를 방출하게 되고 물은 비등하게 된다. 물이 비등한 후에는 기포와 용기의 공진 현상이 발생하면서 물 역시 소리가 나지 않게 된다. 육우는 삼비 후에는 다시 끓여서는 안 된다고 강조하고 재차 끓인 것은 이용하지 말 것을 당부하고 있다.

06 수온水溫의 형상화
노老와 눈嫩

>>>> 고대와 현대의 자차煮茶 혹은 포차泡茶의 차이점이라면 하나는 '자(煮 : 끓이는 것)', 하나는 '포(泡 : 우리는 것)'라는 점에 있다. 그러나 양자는 모두 적당한 온도의 물에서 찻잎을 끓이거나 충포한다는 점에서는 본질적으로 동일하다.

옛사람들은 차를 끓이는 물을 매우 조심스럽고 세밀하게 다루었다. 포차에 가장 적합한 물의 상태는 막 비등하여 기포가 일어나는 때이며, 이러한 상태의 물에 끓인 차는 그 '색, 향, 미'가 매우 훌륭하였다. 물을 끓일 때는 강한 화력으로 빠르게 끓이는 것이 중요하며 천천히 끓이는 것은 좋지 않다. 물의 비등 상태가 오래 지속되면 넘치기 시작하는데, 이것이 바로 옛사람들이 말하는 '수로(水老)'(현대인들 또한 이렇게 호칭)의 상태다. '수로'의 물은 이산화탄소가 거의 발산된 상태이기 때문에 차의 시원하고 상쾌한 맛이 크게 떨어진다. 또한 옛사람들은 완전히 끓지 않은 물을 '수눈(水嫩)'이라고 불렀는데, 이 역시 차를 끓이기에는 부적합한 상태라고 보았다. 비등하지 않은 물은 온도가 낮기 때문에 차 속의 유효한 성분이 쉽게 녹아들지 않아 그 향기가 떨어질 뿐만 아니라 찻가루가 수면에 떠올라 마시기에도 불편했기 때문이다.

육우는 물의 비등 정도를 식별(형태나 소리 등을 감별)하려는 목적은 모두 '수눈' 혹은 '수로'를 방지하기 위함이라고 설명하고 있다. 끓지 않은 물은 마시기에도 적합하지 않지만 차 속에 함유되어 있는 수용성 물질을 충분히 용해시키지 못하기 때문에 차의 맛이나 향기에 부정적인 영향을 미친다. 물이 끓어 넘치기 시작하면 물은 계속해서 비등하며 끓임없이 물속의 이산화탄소를 용해시켜 배출함으로써 차의 맛이 밋밋하게 변하게 된다. 이렇게 끓어 넘치는 물에 차를 타는 경우에는 차의 색감이 떨어지게 되고 맛에도 좋지 않은 영향을 준다.

하천의 물이나 우물물을 끓어 넘치도록 오래 끓이면 과도한 수분의 증발로 인하여 물속에 남아 있는 아초산염의 함량이 지나치게 높아지게 된다. 이와 동시에 물속에 있는 일부의 초산염이 물의 비등의 영향으로 인하여 아초산염으로 변하게 되면서 아초산염의 함량이 더욱 높아지게 된다. 이것은 일종의 유독성 물질로서 사람이 마시면 중독되기 쉽다. 육우가 제창했던 "삼비 이상의 수로(水老)는 마시면 안 된다(삼비, 이상수로불가식야三沸, 已上水老不可食也)"라는 견해는 현대의 과학적 관점에서 볼 때도 그 근거가 충분한 매우 정확한 관점이었다고 할 수 있다.

현대에는 모두 포차법(泡茶法)*을 이용하여 차를 우려 마시고 있다. 포차에 있어서 특히 물의 온도는 찻물의 색이나 맛의 우열을 결정짓는 중요한 요인의 하나라고 할 수 있다. 이 때문에 좋은 차를 올바로 음미하기 위해서 그에 맞는 적당한 수온을 찾는 일이 더욱 중요해지고 있다. 고급 녹차 같은 경우에는 80℃ 정도의 수온이 가장 적당하며, 100℃의 끓는 물에 충포하는 것은 오히려 좋지 못하다고 보고 있다. 그 이유는 포차의 수온과 찻잎의 유효물질이 물속에서 용해되는 정도는 정비례 관계에 있기 때문이다. 수온이 점점 높아지면 용해도가 점점 커지고 찻물은 점점 농후해진다. 이와 반대로 수온이 점점 낮아지면 용해도가 점점 떨어지며 찻물의 색이 점점 엷어지게 된다.

---

* 포차법은 명나라 시대 이후에 유행하였던 방식으로 마른 찻잎(葉茶)을 뜨거운 물에 넣어 우려마시는 방식이다.

노(老)와 눈(嫩)의 판별

수로(水老)

- 이산화탄소(CO₂)가 과도하게 발산되면서 찻물의 상쾌한 맛이 떨어지게 된다.
- 비등이 오래 지속된 물
- 연료를 너무 과하게 불사른 상태

물의 비등이 오래 지속된 상태를 옛사람들은 '수로'라고 불렀다. 이때는 이산화탄소가 모두 발산되어 차의 시원하고 상쾌한 맛이 크게 떨어진다.

수눈(水嫩)

- 수온이 낮아 포차하기에 적합하지 않다.
- 아직 끓지 않은 물
- 아궁이벽이 너무 두터우면 물의 온도를 높이거나 화력을 상승시키는 데 불리하다.
- 연료가 아직 충분히 연소되지 않은 상태

아직 비등이 이루어지지 않은 상태의 물을 옛사람들은 '수눈'이라고 하였는데, 이 또한 포차에 적합하지 않았다. 수온이 낮기 때문에 차 속의 유익한 성분이 쉽게 녹아들지 않아 향기가 떨어지고 찻가루가 수면에 떠올라 마시기에도 불편하였다.

'눈(嫩)' 혹은 '노(老)'의 상태를 방지하기 위해서는 물의 비등 정도를 판별해야 한다. 이때는 형태에 대한 판별은 물론이고 소리의 판별이나 기운의 판별까지 함께 행해야 한다. 불에 충분히 끓지 않은 물은 마시기에도 좋지 않고 또한 차 속의 수용성 물질이 충분히 용해되지 않는다.

차종(茶種)에 근거한 포차(泡茶)의 적당한 온도

금방 비등하기 시작한 물에 포차하는 것이 좋다. 이 상태의 물에 포차하여 만든 찻물은 맛과 향이 매우 뛰어나다.
포차의 수온과 찻잎 속에 함유되어 있는 유효 물질이 용해되는 정도는 정비례 관계에 있다.
수온이 높아질수록 유효 물질의 용해의 정도도 역시 높아지고 찻물 역시 더욱 진하게 된다. 이와 반대로 수온이 낮아지면 용해의 정도도 역시 낮아지고 찻물 역시 싱겁게 나온다. 고급 녹차는 80℃ 정도가 적당하다.

1. 녹차(綠茶)
   수온 : 75℃ ~ 85℃
   시간 : 30초 ~ 1분 정도

2. 홍차(紅茶)
   수온 : 95℃ ~ 100℃
   시간 : 30초 ~ 1분 정도

3. 오룡차(烏龍茶)
   수온 : 85℃ ~ 95℃
   시간 : 약 30초

4. 황차(黃茶)
   수온 : 75℃ ~ 80℃
   시간 : 30초 ~ 1분 정도

5. 백차(白茶)
   수온 : 75℃ ~ 85℃
   시간 : 30초 ~ 1분 정도

6. 흑차(黑茶)
   수온 : 100℃
   시간 : 1분 ~ 2분 정도

07 자차煮茶의 예술
자煮, 작酌

>>>> '자煮'의 관건이 수온의 장악에 있다면, '작酌'의 관건은 첫 번째로 떠내는 표주박瓢의 '준영 雋永'에 달려 있다.

작차(酌茶)의 관건 : 일표(一瓢) – 준영(雋永)

작차(酌茶)는 표주박이나 국자를 이용하여 찻물을 떠내는 행위를 말한다. 이러한 작차 과정은 차를 끓인 이후의 단계에서 매우 중요한 과정의 하나다. 첫 번째 물이 끓을 때에 국자를 이용하여 수면에 떠 있는 수막(水膜 : 흑운모黑雲母와 같은 색의 막)을 한 겹 떠내야 한다. 이것은 찻가루 속에 숨겨져 있던 이물질이며, 마시기에 적합하지 않기 때문에 반드시 버려야 한다. 물이 여전히 끓고 있을 때 작차를 시작한다. 이때 국자를 이용하여 첫 번째로 떠낸 것을 '준영'이라고 하는데, 그 맛이 더할 수 없이 훌륭하였다. 준(雋)은 그 맛이 뛰어난 것을 의미하고, 영(永)은 그 맛이 오래가는 것을 가리킨다. 국자로 떠낸 이 준영의 찻물은 버리지 말고 반드시 '숙우(熟盂)' 내에 남겨두었다가 말(沫), 발(餑), 화(花) 상태의 거품을 북돋우면서 물이 다시 비등하는 것을 방지하는 데 이용해야 한다. 이후에 국자를 사용하여 일일이 차완에 따라서 마시게 되지만, 그 맛이 처음의 '준영'에 미치지 못한다.

자(煮)와 작(酌)의 네 가지 특징

1. 첫 번째 단계로 물을 끓인 다음 '게(揭)'를 이용하여 적당한 양의 소금을 집어넣고 다시 '칙(則)'을 이용하여 일정한 양의 찻가루를 집어넣는다. 그 순서를

288 │ 다경

작차(酌茶)의 관건 - 일표(一瓢) - 준영(雋永)

물이 끓어 첫 번째로 비등할 때 수면 위에 떠오르는 한 겹의 흑운모 같은 색의 수막은 떠내어 버려야 한다.

'준영'은 차의 맛이 지극히 뛰어나다는 것을 표현한 것이다. 준(雋)은 맛의 훌륭함을 가리키고, 영(永)은 그 맛이 오래 지속됨을 가리킨다.

작차를 행할 때 표주박으로 첫 번째 떠낸 찻물을 '준영'이라고 한다.

자(煮), 작(酌)의 네 가지의 특징

❶

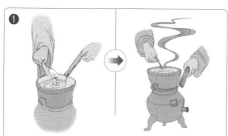

먼저 물을 끓인 후에 소금을 넣고 그런 후에 다시 찻가루를 집어넣는다. 하나의 복(鍑) 안에서 먼저 물을 끓이고 나서 차를 익히는데, 이것이 바로 소금을 넣은 차였다.

❷

물의 상태는 '삼비', 즉 물의 기화 상태를 보고 구분한다. 각각 '어목(魚目)', '연주(連珠)', '고랑(鼓浪)'이라 하였다.

❸

말발의 생성에 주의하면서 각각의 차완에도 말발이 고르게 분배될 수 있도록 한다. 작차는 삼비의 형성 과정을 세심하게 살피면서 진행되는데, 이때 국자로 첫 번째로 떠낸 찻물을 '준영'이라고 한다.

❹

작차는 찻물이 비등할 때에 행한다. 차의 찌꺼기가 비등하는 물을 따라 움직일 때 국자로 떠서 차완에 넣는다. 차완에 분배된 찻물에는 말발과 차의 찌꺼기가 함께 들어있게 된다.

정리해 보면, 복(鍑 : 솥) 안에 먼저 물을 넣어 끓인 다음에 여기에 소금을 넣고 이어서 찻가루를 넣어 차를 끓이는 순서로 진행된다.

2. 물의 비등 형태, 즉 물의 기화 현상은 삼비(三沸)로 나누어진다. 육우는 이것을 각각 '일비, 여어목(如魚目)', '이비, 여용천연주(如涌泉連珠)', '삼비, 여등파고랑(如騰波鼓浪)'이라는 비유를 통하여 문학적으로 형상화하고 있다. 이러한 분별은 단순히 그 형태만을 보고 판단하는 '형변(形辨)'의 일종이라고 할 수 있다. 당나라 시대에 사용되던 솥에는 덮개가 없었기 때문에 '형변'은 끓는 물의 상태를 확인할 수 있는 가장 좋은 식별 방법이었다.

3. 육우는 말, 발, 화의 형태로 이어지는 기포의 상태에 주의를 기울이면서 차완에 고르게 분배하는 데 세심하게 신경을 썼다. 첫 번째 비등할 때 떠낸 한 바가지의 '준영'의 물은 물이 재차 비등하는 것을 막거나 찻물의 맛을 제고하는 데 이용하였다.

4. 찻물이 비등할 때 작차를 순서대로 진행한다. 찻가루는 비등하는 물의 상태를 보면서 집어넣는다. 차완에 떠낸 찻물에도 말, 발, 화의 형상이 나타나 있어야 한다. 이때 차완에 따르는 찻물에 차 찌꺼기가 어느 정도 따라오는 것은 어쩔 수 없는 일이었다.

육우의 전차법은 당나라 시대 중기의 시인 백거이, 육구몽, 피일휴 등의 깊은 찬탄을 받은 바 있으며, 이들은 모두 전차(煎茶)와 관련된 시를 남기고 있다.

당나라 시대를 지나 송나라 시대에 이르면서 제차 방법의 변화와 산차의 홍기에 따라 물을 끓이는 용구 또한 복(鍑)에서 병(瓶 : 동병銅瓶)으로 바뀌게 된다. 그러나 병은 입구가 아주 작았기 때문에 물이 끓을 때 그 안의 물의 비등 상황을 확인하기가 어려웠다. 이 때문에 물의 끓는 형태를 시각적으로 확인하던 '형변' 또한 행하기가 곤란해졌다.

그리고 차를 가루로 만들어 사용하던 당나라 시대의 전차법(煎茶法)이 송나라 시대에는 포차법(泡茶法)으로 바뀌게 된다. 이러한 제반 상황의 변화로 인하여 물의 비등 상황을 판단하는 방식 역시 그 형상을 보고 판별하는 방식에서 물이 끓으면서 나는 소리를 통하여 감별하는 방식으로 변하게 된다. 송나라 시대의 시인들이 물의 비등 상태를 송림(松林) 속을 지나는 바람소리나 빗소리 등에 비유하여 묘사하고 있는 것은 이러한 상황의 변화에 기초한 것이다. 송림 속을 지나는 바람소리나 빗소리와 비슷한 소리가 들릴 때 동병(銅甁)을 손에 잡고 있다가 병 안에서 아무 소리도 들리지 않을 때 끓는 물을 차완에 채우면 찻물의 표면으로 자연스럽게 한 겹의 말(沫)이나 발(餑)이 떠오르게 된다.

08 찻물의 정화
말, 발, 화

찻물의 정화

>>> '말沫, 발餑, 화華'는 모두 찻물의 표면에 떠오르는 거품을 말하며, 당시에는 이것이 찻물의 정화라고 인식되어 그 표면의 형태에 대단한 의미를 두었다. 현대인들의 차에 대한 평가 기준으로 보면 이러한 세 개의 항목이 모두 의미 없는 것이지만, 예전에 병차를 자작煮酌하여 마시던 시대에는 이것이 곧 찻물의 정화로 인식되었다.

작차를 할 때 중요한 점은 각각의 차완에 말발(沫餑)이 고르게 분포되도록 나누어야 한다는 것이었다. 그 당시에는 말발이 곧 찻물의 정화라고 인식되었기 때문이다. 이렇게 하지 않으면 다섯 개의 차완에 나누어 따른 찻물의 맛에 차이가 있다고 보았다. 『다경』은 말발의 상태를 문학적으로 형상화하여 상세하게 묘사하면서 얇음(薄), 두꺼움(厚), 가늘고 가벼움(細輕)의 기준에 따라 말(沫), 발(餑), 화(花)의 세 종류로 구분하여 설명하고 있다. 『다경』은 소위 말발이라고 하는 것은 찻물의 표면에 떠오르는 거품을 가리키며, 이것이 곧 찻물의 정화임을 강조한 후에 얇은 거품은 말(沫), 두꺼운 거품은 발(餑), 가늘고 가벼운 거품은 화(花)라고 부르고 있다.

육우는 말, 발, 화에 대하여 다음과 같이 세밀하게 묘사하고 있다.

말(沫)은 한 겹의 얇은 거품으로 수면에 뜬 녹태(綠苔)나 술잔 속의 국판(菊瓣)처럼 보인다.

발(餑)은 비등할 때 차 찌꺼기에서 나오는 두꺼운 거품으로 마치 흰색의 눈처럼 보인다.

화(華)는 가늘고 가벼운 거품으로 마치 표류하고 있는 조화(棗花 : 대추 꽃)나 물가에 떠 있는 청평(靑萍 : 부평초) 혹은 푸른 하늘에 떠 있는 구름(浮雲)처럼 보인다.

육우가 설명하는 '전차법'의 작차 방식을 그 근본에서 살펴보면, 결국 '균

말(沫), 발(餑), 화(華)

말발은 곧 찻물의 정화로 인식되었다. 얇은 거품을 말(沫)이라고 부르고, 두꺼운 거품은 발(餑)이라고 하였으며, 가늘고 가벼운 거품은 화(華)라고 불렀다.

말(沫) : 찻물의 표면에 떠오르는 거품

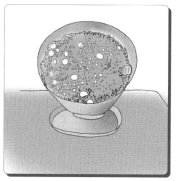

발(餑) : 발은 아래 부분에 가라앉아 있던 차의 부스러기가 비등할 때 떠오르는 한 겹의 거품으로 대량의 부유물이 함유되어 있는 두꺼운 거품을 가리키며 마치 눈(雪)처럼 보인다.

화(華) : 화 상태의 거품은 마치 조화, 청평, 부운(浮雲), 녹태(綠苔), 국판(菊瓣)처럼 보인다.

(均)'이라는 한 글자로 정리할 수 있다. 즉 말, 발, 화 상태의 찻물을 다섯 개의 차완에 고르게 분배하는 것이다. 작차의 과정이란 결국 찻물을 떠서 차완에 따를 때 말발을 '고르게(均)' 분배되도록 나누는 과정이라고 할 수 있다. 그는 이러한 말발이 찻물의 정화임을 강조하고 '말(沫)'을 제일 먼저 설명하고 있다.

이로써 우리는 육우가 '말'의 상태를 가장 좋은 것으로 인식하고 있었음을 짐작할 수 있다. 그가 말의 상태를 '녹태'나 '국판'에 비유하고 있는 것을 볼 때 '말' 상태의 거품은 크기가 매우 작을 뿐만 아니라 거품 사이에 틈이 없다는 것을 알 수 있다. 또한 '말'의 상태는 차의 찌꺼기가 들어 있지 않은 순수한 차의 거품의 상태라는 것을 짐작할 수 있다.

두 번째가 '발(餑)'이다. 육우는 이 상태를 백설(白雪)에 비유하였다. 특별히 지적하고 싶은 것은 발은 차의 찌꺼기가 비등할 때 떨어져 나오는 두꺼운 거품으로 대단히 선명하게 보인다는 점과 이물질이 함유되어 있기 때문에 그렇게 순수하지는 않다는 점이다.

세 번째는 '화(華)'로 그렇게 순수하지도 않지만 또한 이물질이 그렇게 많이 섞이지도 않은 가늘고 가벼운 거품을 가리킨다. 육우는 이것을 '조화', '청평', '부운'에 비유하면서 문학적으로 아름답게 형상화하고 있다. 거품 사이에 틈이 있고 투명한 거품에 가깝다.

'말, 발, 화'는 당나라 시대의 병차를 끓일 때 나타나는 거품이며, 찻물의 정화로서 그 대표적인 특징을 갖추고 있다고 알려져 왔다. 비록 현대의 평가 기준과는 극명한 차이가 있지만 차에 대한 육우의 독특한 이해와 사랑을 보여주는 일면이라고 할 수 있다. 또한 그가 창립한 '전차법'을 이해할 수 있는 관건이 되는 중요한 요소 가운데 하나라고 할 수 있다.

09

짐차(斟茶 : 차 따르기)의 연구

차성검茶性儉, 불의광不宜廣

>>>> '차성검'은 육우가 창도한 정행검덕의 철학을 구성하는 세부적 지표 가운데 하나라고 할 수 있다. 그는 찻물의 양이나 마시는 횟수 등의 조절을 통하여 본질적으로 검소의 중요성을 강조하고 있다.

'차성검, 불의광'은 육우가 창도한 다학의 정수라고 할 수 있다. '성검(性儉)'이란 비단 차의 물리적 특징만을 가리키는 것이 아니라 물을 과다하게 끓일 경우에 차의 약리적 효능이 크게 떨어지는 것을 경계하는 의미도 내포되어 있다. 또한 차완(茶碗)의 수를 과하지 않게 조절함으로써 찻물의 정수를 확보하기 위한 것이기도 하였다. 후세의 사람들은 특히 두 번째 점에 대하여 "차를 마실 때 함께 마시는 손님이 적어야 귀하다(음차이객소위귀飮茶以客少爲貴)"라고 결론짓고 있다.

육우가 중시한 것은 찻물의 질이나 차완의 수량이었다. 그는 5완(碗)을 넘지 않는 것이 좋다고 주장하였다. 차를 마실 때 온기가 있는 동안에 음용해야 하는 이유는 찻물의 정화인 '말, 발, 화'는 곧 차에 내재되어 있는 일종의 '영기(英氣)'가 표면에 떠오르는 것이라고 보았기 때문이다. 차가 식게 되면 이러한 '영기(英氣)'가 소실되어 버리기 때문에 차의 맛과 음용의 의미가 반감되는 것이다.

'차성검(茶性儉)'의 '검(儉)'은 결핍이나 엷음 혹은 적음이라는 의미를 내포하고 있다. 차를 끓이는 물이 과도한 것보다는 약간 적을 때 오히려 차의 향은 더욱 순일하고 강렬해진다. 반면에 물이 과다하면 찻물 속에 있는 유효 성분의 함유량이 감소하게 되면서 찻물의 맛과 효용이 크게 떨어지게 된다. 차를 마시는 것은 단순히 갈증만을 해소하기 위한 것이 아니다. 차는 정신을 맑게 할 뿐만 아니라 인체에 매우 유익한 약리적 효능을 함께 가지고 있기 때문에 오랫동안 세인들의 사랑을 받고 있는 것이다. 물이 과다하면 차의 맛이 밋밋하게 변하는 동시에 차의 약리적 효능 또한 저하된다. 이렇게 되면, 그냥 물을 마시는 것과 어떤 차이가 있을까? 이 때문에 물이 너무 과하게 많으면 좋지 않다고 하는 것이며 또한 "많으면 그 맛을 제대로 내기가 어렵다(광즉기미암담廣則其味黯澹 혹은 暗淡)"라고 말하는 것이다.

그래서 후세의 "차는 객이 적어야 귀하다(이객소위귀以客少爲貴)"는 주장은 육우의 '차성검'의 관점을 확장한 것에 지나지 않는다. 육우는 차를 음미하는 조건으로 '손님이 적을 것(客少)'을 명확하게 제시한 바는 없다. 그러나 찻물의 품질에 대한 그의 견해를 살펴보면, 찻물의 '양(量)'을 찻물의 '질(質)'을 결정하는 하나의 기준으로 제시하고 있음을 알 수 있다.

육우에 의하면, 끓이는 물이 1승 정도이면 찻물을 분배하는 차완은 5완(碗)이 넘지 않도록 할 것을 요구하고 있다. 또한 적게는 3완 정도가 적합하며 각각의 차완에 따르는 양은 차완 크기의 2/5를 넘지 않아야 한다고 강조하고 있다. 또한 참석한 인원이 열 명에 가깝다면 차라리 두 개의 풍로에 나누어 끓일 것을 주장하였다. 그 뿐만 아니라 네다섯 번째 잔에 이르러 크게 갈증이 일지 않는다면 더이상 마시지 말 것을 당부하며 이를 어기는 경우에 '심(甚)'이라는 한 글자로 점잖게 질책하고 있다. 그러나 이러한 내용을 통하여 그가 실질적으로 강조하고 있는 것은 찻물의 양이 아니라 그 품질이라고 보아야 한다. '양(量)'은 결국 '질(質)'에 부속되는 것이기 때문이다.

육우의 '차성검'의 원칙은 시대를 넘어서는 매우 보편적인 원칙이라고 할 수 있다. 현재 소호배(小壺杯)에 따라 마시는 공부차(工夫茶)는 검(儉)이라는 차의 성질을 궁극적으로 보여주고 있다. 또한 다륜충포법(多輪沖泡法)은 적당한 포차 시간을 파악함으로써 작은 차완에 찻물을 하나도 남김없이 골고루 분배할 수 있으며, 차의 색과 향, 맛에 있어서 최적의 상태를 확보할 수 있다. 때문에 누구나 차의 진향(眞香)을 느낄 수 있다.

차성검, 불의광 : 음차(飮茶)에 있어서는 손님이 적을수록 귀하다. 손님이 많으면 소란스러워지고 이렇게 되면 차의 고아한 풍취를 느낄 수 없게 된다.

육우는 찻물의 양이 아니라 찻물의 질을 대단히 중요하게 생각하였다. 끓는 물 1승을 5완에 분배하는데 각각의 차완에 담긴 찻물의 양은 차완 크기의 2/5를 넘지 않아야 한다.

'차성검'의 '검(儉)'에는 결핍이나 부족함이라는 의미가 내포되어 있다. 또한 찻물에 용해되는 유효 성분의 함유량이 많지 않다는 것을 지적하는 의미도 담겨 있다. 이 때문에 포차에 사용하는 물이 과다하게 많지 않을 것을 요구하고 있는 것이다. 물이 너무 많으면 차의 맛 또한 싱겁게 될 수밖에 없다.
육우의 '차성검'의 원칙은 가루차를 끓여 마셨던 당나라 시대의 전차법을 대상으로 처음 주장된 것이지만 시대를 넘어 현재까지도 통용되는 보편적 의미를 지니고 있다.

6장 음용飮用

음파방지심飮罷方知深,
차내초중영此乃草中英[*]

음飮이란 글자는 현실에 있어서 결코 경시할 수 없는 깊은 의미를 가지고 있다. 육우는 '탕혼매(蕩昏寐 : 각성제)'라는 한 단어로 음차의 특수한 의미를 강조하고 올바른 음차의 방식과 방법을 논하고 있다. 또한 육우는 차에 대하여 다음과 같은 '구난'으로 세분하고 있다. 즉 채적採摘, 가공加功, 감별鑑別, 취화取火, 선수選水, 고차烤茶, 연차碾茶, 자차煮茶, 음차飮茶의 아홉 가지 항목이 그것이다. 그는 이러한 아홉 가지 항목의 어려움을 말하며 언제나 정성을 다하는 마음가짐으로 세심하게 이행할 것을 당부하고 있다. 이렇게 정성을 가지고 공을 들일 때 비로소 '진선복렬'한 차를 끓여 낼 수 있게 되며 또한 차의 고유한 색, 향, 미를 진정으로 즐길 수 있게 된다고 보았기 때문이다.

---

* 마시기를 파하면 비로소 그 심오함을 알고, 이것이 바로 백초 중의 으뜸인 것을.

6장의 일러스트 목록

01 음차飲茶의 특수한 의의
탕혼매

>>> '탕혼매(蕩昏寐 : 각성제)'라는 용어는 차가 생리적, 약리적 측면에서 졸음을 쫓고 정신을 맑게 하는 데 탁월한 효과가 있는 음료라는 것을 단적으로 보여준다. 또한 차는 정신적 생활의 측면을 제고시키는 작용을 한다. 이것은 차가 졸음 등의 혼미한 정신 상태를 각성시키고 쾌적한 정신적 상태를 유지할 수 있게 해주는 효과적인 청정 음료임을 말해준다.

육우의 음차 철학은 인류 역시 조류나 야수 등과 마찬가지로 음식에 의지하여 생존하고 있다는 사실에서 출발한다. 음(飲)에는 매우 다양하고 심원한 의미가 내포되어 있다. 갈증을 해소하기 위하여 물을 마시는 것이나 번민과 근심을 떨치기 위하여 술을 마시는 것처럼 피로를 풀거나 정신을 맑게 하기 위하여 차를 마시는 것은 더할 나위 없이 효과적이다.

향기 그윽한 한 잔의 맑은 차는 육체적으로 누적된 피로를 해소시키고 가라앉았던 의욕을 다시 불러일으키는 작용을 한다. 또한 마음을 안정시키고 정신을 각성시키는 효능이 있기 때문에 특히 정신적 스트레스가 큰 작업에 시달리는 사람들의 뇌력(腦力 : 정신을 써서 연구하는 힘) 회복에 큰 도움이 된다. 차의 24가지 효능이란 결국 일련의 병증을 치유 혹은 개선하거나 사람의 원기나 체력을 증강시키는 효과를 말하는 것이다.

현대 과학은 찻잎에는 지방, 단백질, 카페인, 폴리페놀, 10여 종의 비타민 등 무려 350여 종에 이르는 다양한 성분이 함유되어 있음을 밝히고 있다. 대단히 풍부한 영양소와 적절한 생리 기능의 조절 등을 통하여 약리적 측면이나 건강의 측면에서 매우 탁월한 효과를 갖추고 있음을 보여주고 있는 것이다.

알칼로이드는 찻잎에 함유되어 있는 유효 성분의 3~5%를 차지하고 있다. 이것은 테오필린(Theophylline), 카페인, 테오브로민(Theobromine), 아미노필린 차의 효능은 단지 갈증의 해소에 그치지 않는다. 피로를 해소시키고 심신의 평정을 가져오는 등 대단히 탁월한 생리적, 약리적 작용을 한다.

조류(鳥類) ➡ 야수(野獸) ➡ 인류(人類)

천지간의 만물

공통점

음식에 의지하여 생명을 유지한다.

차이점

음차는 신경과 뇌의 기능을 활성화시켜 심신의 평정을 가져다준다.

뇌력(腦力)의 제고

대뇌피질의 기능과 뇌력의 활동을 증강시켜서 작업을 수월하게 하게 할 뿐만 아니라 수면의 질과 양을 개선시키는 효과가 있다.

정신(精神)의 진작

음차는 신경중추를 자극하고 대뇌피질을 흥분시키는 작용을 함으로써 즐거움과 흥분을 가져온다.

향기 그윽한 한 잔의 맑은 차는 육체적으로 누적된 피로를 해소시키고, 중추신경을 자극하여 즐거움과 흥분을 가져오고, 가라앉았던 의욕을 다시 불러일으키고, 집중력과 사고를 높여 준다.

피로(疲勞)의 해소

(Aminophylline) 등의 성분을 모두 포함하고 있다. 그 가운데서도 카페인의 함량이 가장 많고, 물에 매우 쉽게 용해된다. 끓는 물에 충포하여 찻물을 만드는 경우에 찻물 가운데 차지하는 카페인의 함량은 차의 함량의 약 80%를 차지한다. 한 사람이 매일 4~5잔의 차를 마시게 되면, 체내에 0.3그램의 카페인을 흡수하는 것이다. 카페인은 중추신경을 자극하여 세포의 신진대사를 촉진시키고 체내의 혈액 순환을 증진시키는 작용을 한다. 정신을 각성시켜 혼미한 정신을 추스르거나 각종 피로나 권태감 등을 해소하는 효과가 있으며, 대뇌의 사유 활동을 활성화시켜 객관적 사물에 대한 인식력을 높여주고 심장이나 신장 등의 생리적 기능을 증강시키는 효과가 있다.

카페인은 차 속에 함유되어 있는 다른 성분과 서로 결합하여 작용하기도 한다. 개개인이 차를 마시는 과정을 통하여 흡수하는 카페인은 단순히 카페인만을 복용하는 경우와 비교할 때 그 흡수량도 적고 효과도 완화되지만 부작용은 거의 없다. 카페인과 각종 대사물질은 인체 내에서 장시간 보존되지 않으며 일정량이 쌓이면 산화되어 오줌 등의 형식으로 체외로 배출된다. 사람이 단순히 카페인만을 복용했을 경우에 생기는 부작용을 피할 수 있는 것이다.

차를 마시는 것은 단순히 정신을 맑게 하는 데 그치지 않고 인체 내의 조혈(造血) 기능을 돕고 뼈나 근력을 강화시키는 동시에 갑상선 기능 등의 생리적 활동을 제고시키는 등 생명 유지에 매우 유익하게 작용한다. 때문에 노년층이나 청·장년층 혹은 뇌를 많이 사용하는 정신적 활동가들은 차를 많이 마실수록 자신의 신체 건강에 대하여 매우 탁월한 효과를 볼 수 있다.

02 음차飮茶 최고의 경지 '품品'

>>> 품차品茶란 찻잎의 향기나 맛을 감별하거나 혹은 찻물이나 차의 모양 등을 감상하는 데 있어서 정신적인 의경意境에 치중하여 스스로 즐길 줄 아는 것을 가리킨다. 이것은 물질적인 향유인 동시에 또한 일종의 문화적인 품격이라고 할 수 있다.

품(品)은 단순히 갈증을 해소하는 것만을 가리키는 것이 아니라 정신적인 즐거움을 추구하는 일종의 생활 예술이라고 할 수 있다. 육우는 차를 여타의 다른 음료와 구별하여 다루고 있다. 그는 차는 인체에 유익한 영양분을 공급하는 매우 이로운 음료이며, 또한 일종의 '탕혼매'로써 그 생리적, 약리적 작용이 우수하여 수신양생에 매우 효과적인 음료라고 인식하고 있다.

차에 대한 그의 지극한 애정은 무엇보다 먼저 차를 '가목(嘉木)'이라고 정의하고 있는 데서 알 수 있다. 그는 예로부터 당시까지 전해지는 고서를 일일이 살펴보고 차의 기원이나 병리적 효과뿐만 아니라 전고(典故)에 관한 내용을 채록하여 기록하였다. 또한 차의 선택이나 음용의 어려움을 인삼의 선용(選用 : 여럿 중에서 가려 뽑아 씀)에 비교하며 함께 논하고 있다. 그가 창도했던 '정행검덕(精行儉德)'의 '정(精)'은 찻잎의 채적에서부터 차를 끓여 마시기까지의 '구난'에 대한 그의 실천적 경험의 산물로서 하나하나의 과정마다 지극한 정성과 세심함을 요구하는 것이라고 볼 수 있다.

그는 당시에 민간에서 행해졌던 일종의 '창차(瘡茶 : 삶은 차에 조미료를 더하여 끓이는 것)'를 배수구의 폐수와 다를 바 없다고 보았으며, 동시대 사람들이 이러한 방식으로 차를 만드는 관습에 대단히 비판적이었다. 그는 새로운 방식의 전차법을 제시하면서 찻물의 맛은 '진선복렬(珍鮮馥烈 : 시원하면서도 달고 향기가 강렬함)'해야 한다고 주장하였다. 또한 첫 번째로 따른 찻물을 '준영'이라고 불렀다.

그리고 차를 끓일 때 '1칙(則)'의 찻가루를 넣은 경우에는 단지 3완 정도의 양만 끓이는 것이 가장 좋다고 보았으며 많아도 5완을 넘지 않도록 당부하였다. 그가 이렇게 '차성검, 불익광'의 정신을 강조하고는 있지만, 차를 아끼기 위하여 물을 더하여 차를 끓이는 것에는 반대하였다. 이렇게 하면 찻물이 너무 묽어져서 좋은 찻물이 나올 수 없기 때문이었다. 결국 그에게 있어 자차(煮茶)나 음차의 최종적인 목적은 품에 있음을 알 수 있다.

그렇다면 '품(品)'이란 과연 무엇일까? 그 의미는 찻잎의 향이나 맛의 감별 혹은 찻물이나 차의 모양 등을 감상하는 데 있어서 정신적인 의경에 대한 강조이며, 또한 이를 통하여 스스로 즐길 줄 아는 자세를 가리키는 것이다. 그는 무릇 품차인(品茶人)이라면 세심하게 음미하면서 천천히 마실 줄 알아야 한다고 주장하면서, "세 번 품하면 널리 그 참맛을 알게 되고, 세 번이면 능히 마음을 움직일 수 있다(삼품방지진미 삼번재능동심三品方知眞味 三番才能動心)"고 말하였다.

또한 육우는 여름에 차를 마시고 겨울에는 차를 마시지 않는 습속에 반대하면서 계절에 상관없이 늘 차를 마실 것을 주장하였다. 해갈이나 해열의 목적으로 여름에만 차를 마시던 당시의 편벽된 견해에서 벗어나 겨울에도 역시 차를 마실 것을 강조한 것이다. 실제적으로 찻물에는 인체에 유익한 수많은 영양소들이 함유되어 있기 때문에 차를 마시는 것을 일상화함으로써 정신의 안정과 신체의 강화를 도모하고 각종 질병을 예방하거나 치유하는 효과를 얻을 수 있다. 현실 생활에서는 여름에는 뜨거운 날씨 때문에 대량으로 차를 마시며 갈증을 해소하고, 겨울에는 차가운 날씨 때문에 적게 마시거나 피하게 된다. 그러나 정신적인 측면에서 본다면 차를 마시는 데에 여름이나 겨울의 구분이 있을 수 없으며 매일매일 꾸준히 차를 마시는 것이 대단히 효과적이라고 할 수 있다.

찻잎의 감별

시각 (視覺)	후각 (嗅覺)	미각 (味覺)	촉각 (觸角)
눈으로 살핌	코로 살핌	입으로 살핌	손으로 살핌

찻물의 품상(品嘗)

녹차 (綠茶)	홍차 (紅茶)	오룡차 (烏龍茶)
상쾌하면서도 진하다.	선홍의 색에 맛이 강렬하다.	강렬하면서도 감미로운가하면 어느새 시원하고 상쾌해진다.

후차향(嗅茶香)

녹차 (綠茶)	홍차 (紅茶)	오룡차 (烏龍茶)
향기가 맑고 청량하다.	향기가 대단히 강렬하다. 찻물이 눈부시게 붉고 아름답다.	잘 익은 복숭아의 향미를 풍긴다. 탕의 색은 청갈색이다.

03 처처處處의 정의구정精宜求精*
구난九難

>>> 육우는 '다유구난茶有九難', 즉 '일왈조一日造, 이왈별二日別, 삼왈기三日器, 사왈화四日火, 오왈
수五日水, 육왈적六日炙, 칠왈말七日末, 팔왈자八日煮, 구왈음九日飮'을 강조하였다. 이것은 찻잎의
채취에서부터 끓여 마시기까지의 전 과정에서 한순간도 소홀함이 없이 힘써 정精을 추구해야 한
다는 의미를 내포하고 있다.

　　'구난'은 실질적으로 차의 제조부터 음용에 이르기까지 한순간이라도 정성
스런 마음과 세심함을 잃어서는 안 된다는 육우의 실천적 요구라고 할 수 있다.
이 가운데 '조(造), 별(別), 기(器)'는 그가 창제한 '전차법'의 앞부분의 세 가지 과
정으로 차의 채적, 가공, 감별 그리고 채차(採茶) 도구와 자차(煮茶) 도구 등의 선택
과 관련되어 있다. 당나라 시대 전차법의 뒷부분을 구성하는 다섯 가지 항목, 즉
'사왈화, 오왈수, 육왈적, 칠왈말, 팔왈자'는 다음과 같다.

　　'사왈화(四日火)', 취화(取火) : 목탄(木炭)을 가장 좋은 것으로 보았고, 단단한
잡목을 그 다음으로 보았다. 이물질이나 기름이 함유되어 있는 나무 혹은 썩거
나 낡은 나뭇가지는 사용하지 않는다.

　　'오왈수(五日水)', 선수(選水) : 산수(山水)를 가장 좋은 것으로 보았다. 특히 종
유석으로부터 떨어지는 물이나 물의 흐름이 급하지 않은 석지(石池)의 물을 최상
으로 보았다. 강수(江水)나 하수(河水)를 그 다음으로 보았다. 이 경우에도 사람들
이 거주하는 곳에서 어느 정도 떨어진 곳에 있는 강이나 하천의 물을 선택해야
한다. 정수(井水)는 수질이 가장 떨어지는 것으로 취급하였다. 다만 사람들이 늘
이용하는 우물물은 안전성이 검증된 것이기 때문에 사용할 수 있다고 하였다.

* 뛰어난데도 더욱 뛰어나려고 노력을 함

차나무
생장의 관건

토양(土壤)	수분(水分)	햇빛(光能)	지형(地形)
난석(爛石)을 상(上), 역양(礫壤)을 중(中), 황토(黃土)를 하(下)로 보았다.	차나무는 조습한 것을 좋아하며 주기적으로 내리는 일정한 강우량이 중요하다.	양지바른 산비탈이 좋다. 그늘진 산비탈이나 계곡은 좋지 않다.	야생에서 자연스럽게 자란 것을 보다 좋은 것으로 보았고 농장에서 자란 것은 그 다음으로 보았다.

차의 채적(採摘)에서 자음(煮飲)까지의 아홉 가지 어려운 점

음용(飲用)	자차(煮茶)	연말(碾末)	고적(烤炙)	선수(選水)	취화(取火)	기구(器具)	감별(鑑別)	제조(制造)

불가용
(不可用)

여름에 음용하고 겨울에 음용하지 않는다.	비린내가 나는 풍로와 완의 사용	조작에 있어서 숙련이 필요 없다.	청록색의 분말, 청백색의 분말	불에 쬐어 말리거나 구울 필요가 없다.	바깥쪽은 익히고 안쪽은 익히지 않는다.	급류와 죽은 물의 사용	기름기가 있는 잡목, 비린내가 나는 탄(炭)	입으로 씹어서 맛을 판별하고 코로 향기를 맡아서 구별한다.	해가 없는 날 채적하고 야간에 불에 쬐어 말리는 것
X	X	X	X	X	X	X	X	X

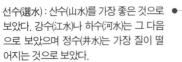

선수(選水) : 산수(山水)를 가장 좋은 것으로
보았다. 강수(江水)나 하수(河水)는 그 다음
으로 보았으며 정수(井水)는 가장 질이 떨
어지는 것으로 보았다.

취화(取火) : 목탄을 가장 좋
은 것으로 여겼다. 비린내가
나거나 기름기가 묻어 있는
나무 혹은 썩은 나무는 부적
합하다고 생각하였다.

비기(備器) : 각종 자차(煮茶)
용구와 성차(成茶) 용구를
빠짐없이 준비해야 한다.

제조(制造) : '이슬이 있을 때(능
로凌露)'에 '잘 자란(영발穎撥)'
찻잎을 채적한다.

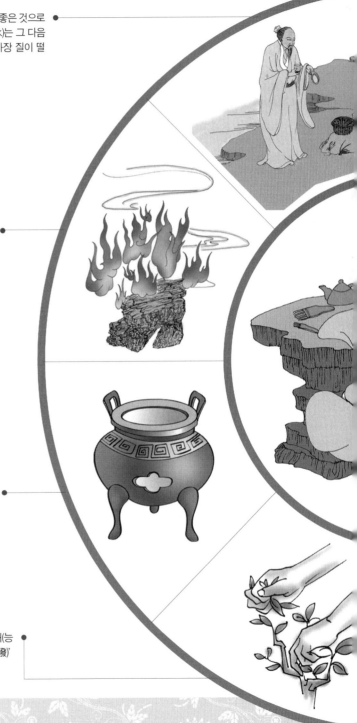

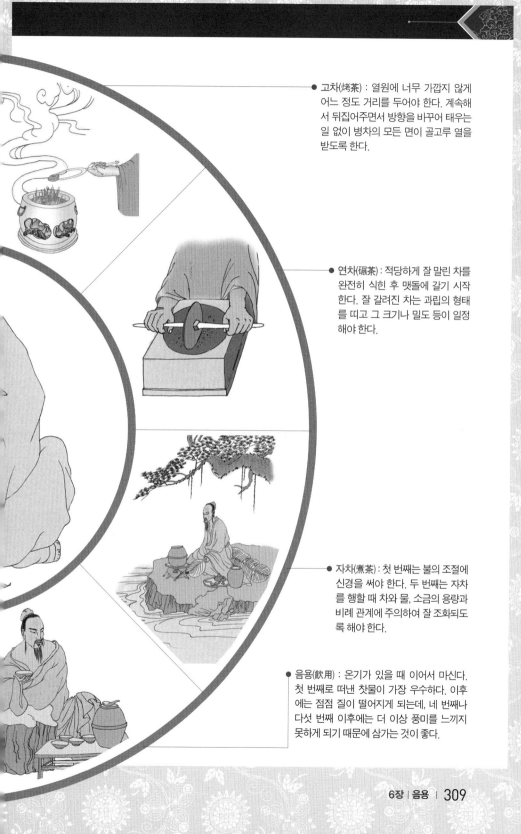

● 고차(烤茶) : 열원에 너무 가깝지 않게 어느 정도 거리를 두어야 한다. 계속해서 뒤집어주면서 방향을 바꾸어 태우는 일 없이 병차의 모든 면이 골고루 열을 받도록 한다.

● 연차(碾茶) : 적당하게 잘 말린 차를 완전히 식힌 후 맷돌에 갈기 시작한다. 잘 갈려진 차는 과립의 형태를 띠고 그 크기나 밀도 등이 일정해야 한다.

● 자차(煮茶) : 첫 번째는 불의 조절에 신경을 써야 한다. 두 번째는 자차를 행할 때 차와 물, 소금의 용량과 비례 관계에 주의하여 잘 조화되도록 해야 한다.

● 음용(飮用) : 온기가 있을 때 이어서 마신다. 첫 번째로 떠낸 찻물이 가장 우수하다. 이후에는 점점 질이 떨어지게 되는데, 네 번째나 다섯 번째 이후에는 더 이상 풍미를 느끼지 못하게 되기 때문에 삼가는 것이 좋다.

'육왈적(六日炙)', 고차(烤茶) : 연구에 의하면 이 단계는 매우 많은 열이 소모되었다. 열의 진원지로부터 6~10밀리미터 정도 떨어져서 말려야 하고, 끊임없이 뒤집어주면서 방향을 전환하여 열이 병차의 모든 면에 골고루 퍼질 수 있도록 하고 혹시라도 태우는 일이 없도록 조심해야 했다. 2~3분 정도 말리게 되면 병차가 점점 부드럽게 변하면서 표면에 백색의 수증기가 안개처럼 일어난다. 6~7분 정도가 지나면 병차의 표면이 짙은 갈색을 띠게 되고 살짝 타는 듯한 냄새가 사방에 퍼져 나간다.

'칠왈말(七日末)', 연차(碾茶) : 적당하게 잘 말린 차는 '열이 있을 때(진열趁熱)' 깨끗한 소가죽을 이용하여 보기 좋게 포장하여 '정화지기(精華之氣)'의 산실을 막는다. 이와 같이 행하고 30분 정도 지난 후에 병차 전체가 서늘하게 식어 실내의 상온과 비슷해지면 맷돌에 갈기 시작한다. 차를 갈 때는 먼저 불에 말렸다가 식힌 병차를 두드려 작은 덩어리로 만든 후에 맷돌에 넣어 갈아야 한다. 차를 갈았을 때 잘 갈린 차는 과립의 형태를 띠어야 하며, 그 거칠고 미세한 정도가 적당하고 균일해야 한다.

'팔왈자(八日煮)', 자차(煮茶) : 차를 삶는 과정은 조화가 필요하였다. 첫째는 불을 적당하게 조절해야 하고, 둘째는 차와 물 그리고 소금의 양이 적절하게 비례 관계를 유지해야 한다. 물이 끓는 정도는 표면에 '미세하게 피어나는 연기'로 살피기 시작하는데, '어목(魚目)' 형상의 기포가 나타나며 미미하게 소리가 나기 시작할 때를 '일비(一沸)'로 본다. 이때에 수온은 86~88℃에 달하게 되며 '소금으로 맛을 조절'해야 한다. 100밀리리터의 물에 비례하여 소금의 양을 조절한다.

최상의 향과 맛
진선복렬珍鮮馥烈

>>> 찻물茶湯의 맛에 대하여 육우는 '진珍, 선鮮, 복馥, 렬烈'이라는 네 개의 글자를 사용하여 설명하고 있다. 차의 색色, 차의 맛味, 차의 향香, 차의 품品에 있어서의 최상의 정도를 각각 한 글자의 단어로 표현한 것이다.

육우가 말하는 '진선복렬'은 감각 기관을 통하여 느껴지는 찻물의 최상의 특징을 압축하여 표현한 것이다.

진(珍) : 사물의 희소성이나 진귀함에 대한 표현으로 최상의 찻물을 이로써 표현하였다. 그가 찻물의 품질에 대하여 얼마나 신경을 썼는지 알 수 있다. 그는 찻물의 풍미에 있어서도 그 희유성과 진귀함에 주목하였다.

선(鮮) : 찻물의 원액(原液)과 원미(原味) 그리고 신선도가 유지되는 것을 표현하였다.

복(馥) : 찻물의 향기가 멀리 유장하게 퍼져야 하며 마시지 않고도 먼저 그 향기가 느껴져야 한다.

열(烈) : 차의 맛이 달고 농밀해야 한다. 그윽한 향기가 감도는 상태에서 마시는 차의 맛 역시 농밀해야 한다. 이와 같을 때 진정으로 '품(品)'이라고 말할 수 있다.

『다경』에 '대저 진선복렬이라고 하는 것은 다완의 수가 삼(三)……(부진선복렬자, 기완수삼……夫珍鮮馥烈者, 其碗數三……)'이라는 말이 있다. 이 구절이 의미하는 바는 '1칙(則)'의 찻가루로는 단지 세 잔 분량의 차를 끓이는 것이 적당하며, 그래야만 찻물의 '진선복렬'한 풍미를 가장 잘 유지할 수 있다는 것이다. 다섯 잔 분량의 차를 끓이게 되면 그 풍미가 현저하게 떨어지게 된다고 보았다. 현재 조산(潮汕, 차오산) 지역에서는 오룡차를 마실 때 차호(茶壺)의 대소 등을 연구하여 적절한 사람의 수나 차완의 수효를 정하고 있다. 차를 맛볼 때는 마시기 전에 반드시 그 향을 먼저 감상하고, 이후에 천천히 입으로 조금씩 음미해야 한다. 찻잔이 작은 것은 차를 마시는 목적이 갈증의 해소에 있는 것이 아니라 차를 음미하며 마음을 다스리는 데 있기 때문이다.

육우는 찻물의 색, 향, 미를 중시하였으며 또한 "씹어서 맛을 보거나 코를 대어 냄새를 맡는 것은 올바른 감별법이 아니다(작미후향 비별야嚼味嗅香 非別也)"라고 하였다. 즉 그는 찻잎을 잠시 '건간(乾看)'하는 것으로 차의 품질을 감별해서는 안 되며 반드시 차를 끓여서 찻물의 상태까지 살펴보는 '습간(濕看)'을 행하여 감별해야 한다고 하였다. 찻물의 표면에 나타나는 '말, 발, 화'의 형태까지 살펴보아야 찻물의 향미를 진정으로 감상할 수 있다고 본 것이다.

찻물을 품상하는 습속은 당나라 시대부터 송나라 이후까지 이어지면서 점차 상층 사회에 '투차(鬪茶 : 이를 '명전茗戰'이라고도 함)'의 풍조를 일으켰다. 당시 가장 좋은 차를 황제에게 진상하기 위하여 전국 각지의 명차를 수집하였으며, 또 한편으로는 투차를 통하여 '투품(鬪品)'을 평가하면서 공차(貢茶)에 적합한지를 결정하였다.

투차의 승패를 결정짓는 세 가지 조건

1. '차색귀백(茶色貴白)', 즉 차탕의 색을 비교하여 전체적으로 백색인지의 여부를 감별한다. 차탕의 색이 깨끗한 백색을 띠는 것을 상품으로 보았다.

2. 차완(茶碗)의 주위를 비교하여 물의 흔적이 있는지 여부를 감별한다. 차탕이 차완의 벽에 달라붙어 있을 때 그 '첩벽(貼壁)' 시간의 길이를 살핀다. 긴 것을 상등의 품질로 보았고 짧은 것을 하등의 품질로 보았다.

3. 차탕의 표면을 비교하여 미세한 찻잎 가루가 부유하고 있는지의 여부를 감별한다. 찻물 표면에 있는 찻가루를 비교하여 나중에 가라앉는 것을 상등품으로 보았고 먼저 가라앉는 것을 하등품으로 보았다.

'진선복렬'은 더할 수 없이 상쾌하고 강렬한 최상의 찻물의 상태를 표현한 것이다. 육우는 찻물은 단지 세 잔 정도의 분량만 끓여 마실 때 그 진미를 맛볼 수 있다고 주장하며 부득이한 경우라도 최대 다섯 잔을 넘기지 말 것을 당부하였다. 그가 이처럼 되도록 적게 끓여 그 진미를 맛볼 것을 권한 것은 찻물의 정화가 흐려지는 것을 원하지 않았기 때문이다.

또한 '품(品)' 자의 형상은 세 개의 잔이 이루는 모양과 비슷하며 이렇게 해야 차의 진향을 맛볼 수 있다고 생각하였다. 현재도 공부차를 품하는 다도에서는 작은 잔을 사용하여 마시는 것이 법식이며, 이 또한 육우의 '품(品)'의 정신에 그 뿌리를 두고 있는 것이라고 볼 수 있다.

'건간(乾看)'
완성된 차의 색, 기미 등을 음미하고, 찻잎을 씹어보거나 그 향기를 맡아본다.

'습간(濕看)'
월주요 사발이 차색에 어울린다(녹색을 나타내게 함). 차를 마실 때는 시원하고 상쾌한지 혹은 진한 맛이 나는지 등을 세밀하게 살펴본다.

찻물의 상태에 대한 감별
차탕을 끓일 때는 차탕의 표면에 나타나는 '말, 발, 화'의 상태를 세밀하게 살펴보고 찻물의 우열을 판별한다.

작차(酌茶)
1 '칙(則)'의 찻가루로 다만 세 잔 분량의 차를 끓인다. 찻물을 '품(品)' 자 형태로 놓인 세 잔에 따라 나누고 그 신선하고 상쾌한 풍미를 음미한다.

5인의 손님
이 경우에도 세 잔 분량의 차만 끓인다. 다만 나눌 때는 조금 적게 마시더라도 다섯 개의 잔에 고르게 나눈다.

7인의 손님
최대 다섯 잔 분량의 차를 끓여 일곱 잔에 고르게 나눈다. 찻물의 시원한 풍미를 최대한 유지하기 위한 방법이라고 할 수 있다.

6인 이하의 손님
잔의 수를 계산하지 말고, 남겨두었던 가장 좋은 찻물(준영)로 빠진 사람 것을 보충한다.

05
음차 풍조의 전파
방시침속, 성어국조

>>> 예전부터 당나라 시대까지의 음차의 역사에 대하여 육우는 「육지음」 속에서 다음과 같은 문장으로 개괄하고 있다. "차지위음茶之爲飮, 발호신농씨發乎神農氏, 문어노주공聞於魯周公……방시침속(滂時浸俗 : 시대의 물결을 타고 널리 퍼져), 성어국조(盛於國朝 : 나라 전체에 성행하였다)."

당나라 시대 음차 풍조의 성행과 일정한 역사적 조건

진시황이 중국을 통일한 이후 한나라의 건립에서부터 당나라 시대에 이르는 800여 년의 기간은 그야말로 파란만장한 시기였다. 이 사이에 중국은 삼국(三國), 양진(兩晉), 십육국(十六國), 남북조로 이어지는 오랜 전란의 시기를 거쳐야 했다. 수나라(581~618년)의 안정 기간은 그리 길지 않았다. 당나라가 수나라를 이어 전국을 통일하면서 비로소 국정의 안정과 국력의 신장을 가져오게 된다. 국정이 안정되면서 조정은 농업의 장려를 위하여 균전제를 정착시키고 각종 부역을 면해주는 조치를 단행하게 된다. 이러한 개혁과 더불어 장기적으로 사회의 안정이 지속되자 농업의 생산력 또한 비약적으로 발전하였다. 수나라 때 개발되기 시작한 경항대운하(京抗大運河)는 남북의 교통 왕래에 대대적인 편리를 제공하였고, 이와 더불어 차의 생산과 무역, 소비 역시 크게 발전하게 되었다.

『봉씨문견기(封氏聞見記)』(당나라의 봉연封演이 쓴 문견록)에는 "차가 회강을 따라 모이는데, 배와 마차가 끝없이 이어지며(기차자강회이래 주거상속其茶自江淮而來 舟車相續), 차를 산처럼 쌓아놓으니, 금액을 헤아리기 어려웠다(소재산적 색액심다所在山積 色額甚多)"라고 기록되어 있다. 이를 통하여 당나라 시대의 차 무역이 얼마나 번성하였는지를 짐작할 수 있다. 당시 차상(茶商)의 세력은 염상(鹽商)의 세력과 어깨

당나라 시대 이전 음차와 관련된 저명한 인물

춘추 시기(春秋時期)

안영(顏嬰)

양웅은 한나라 초기 가장 유명한 다인이었다. 이 당시 문인들의 음차에 대한 태도와 행위가 차 문화의 영역을 개척하는 단초가 되었다. 이후에 여러 왕조를 거치며 차는 문화와 사상적 측면에서 체계적인 틀을 갖추기 시작한다.
양웅은 그의 저서 『방언(方言)』에서 한편으로는 차의 약리적 효능을 설명하고, 다른 한편으로는 문학적 관점에서 차에 관해 논하면서 차에 관한 문헌들을 정리하였다. 이로부터 문인과 차의 끈끈한 결연이 시작되었으며 또한 중국의 차 문화가 싹을 틔우게 되는 계기가 되었다고 볼 수 있다.

한(漢)나라

양웅(楊雄)

안영은 제(齊)나라 경공(景公) 시절 재상을 지냈으나 매일 껍질 벗긴 밥에 셋에서 다섯 정도의 반찬만을 먹고 차를 마셨다.
『안영춘추(顏嬰春秋)』에는 "차를 오래 창복하면 기력이 충만하고 희열이 솟는다(차명구복 영인유력 열지茶茗久服 令人有力 悅志)"라고 기록되어 있다. 이것은 차의 약리적 효능을 설명한 것이다.

한(漢)나라

사마상여(司馬相如)

사마상여의 『범장편(凡將篇)』에는 당시에 사용하던 약 이름이 기록되어 있다. 이 가운데 '천타(荈詫)'의 맛에 대한 부분이 바로 '차'에 대한 설명이다.
차가 쓴 맛을 가진 음료이면서 또한 약재로 다루어졌음을 알 수 있다.

삼진(三晉)

위요(韋曜)

원명은 위소(韋昭)였다. 박학다식하여 오(吳)나라 제4대 군주였던 손호(孫皓)의 총애를 받았다.

위(魏)·진(晉) 이래 선비들은 지속되는 정쟁과 전란에 지쳐 한적한 전원에 묻혀 지내는 은일한 생활을 추구하게 된다. 이들은 대자연 속에서 시를 짓거나 차를 마시고 혹은 거문고를 타거나 그림을 그리며 유유자적한 생활로 소일하였다.
사안은 이러한 시기의 일대의 명사였다. 그는 40세 이전에 회계(會稽 : 지금의 저장성浙江省 사오싱현紹興縣)의 동산에 은거하여 시부(詩賦)를 짓고 차와 더불어 친구들과 교류하며 인격도야와 수신양생에 힘을 쏟았다. 그는 일생 동안 다도에 심취하였는데 『진서(晋書)』에는 사안은 친구들과 만날 때 언제나 차과(茶果)로 대접하였다고 기록되어 있다.

서진(西晉)

사안(謝安)

당나라 시대에 음차 풍조가 성행할 수 있었던 몇 가지 조건

역사적 조건

진(秦)·한(漢)으로부터 당나라에 이르기까지의 800여 년의 시기는 장기적으로 전란의 시기였기 때문에 농업의 생산력이 대단히 불안정하였다.

수나라 시대(隋代 : 581~618년)의 안정적 시기는 너무나 짧았다. 다만 경항대운하는 남북의 교통 왕래에 대대적인 편리를 제공하였다.

당나라가 전국을 통일하면서 비로소 국정의 안정과 국력의 신장이 이루어진다. 농업의 생산력 또한 비약적으로 발전하고 대운하(大運河)를 통한 차의 생산과 소비, 무역 거래가 크게 증가하였다.

정부가 금주조치를 취하자 술값이 폭등하였고, 술이 몸에 해롭다며 적지 않은 애주가들이 이 술 대신 차를 마시게 된다. 차가 술을 대신하게 되면서 음차 풍조의 전파는 더욱 촉진된다.

② 사회적 조건

당나라 시대에는 사회가 안정되고 국력이 신장되면서 백성들 역시 평화롭게 자신들의 일에 매진할 수 있었고, 수공업과 농업 등의 생산성과 효율성이 크게 증대되었다.

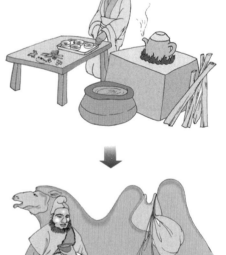

당나라 시대에는 차의 무역이 대단히 번성하여 차상(茶商)의 세력이 염상(鹽商)의 세력과 어깨를 견줄 정도였다.

음차의 풍조가 광범위하게 전파되면서 변강 지역이나 새외(塞外)의 민족들까지 차를 마시는 생활이 일종의 풍속이 되었으며, 이러한 풍속이 지금까지 여전히 유지되고 있다.

인문적 조건

당나라 시대에는 사회의 안정과 더불어 문화가 크게 발달하면서 문인들 사이에서 차를 마시며 시를 짓는 풍조가 유행하였다. 이러한 상황에서 육우의 『다경』이 세상에 모습을 드러내자, 차 문화는 학문적 체계를 갖추며 급속도로 발전하기 시작한다.

이백(李白)

이백은 당나라 시대의 위대한 시인이었다. 자유분방하고 호방한 시풍에 상상력이 풍부하였고 시어의 선택이 물 흐르듯 자연스러웠으며 리듬감이 뛰어나 후세인들에 의해 시선(詩仙)으로 받들어지고 있다.

이백의 일생은 술(酒)과 차(茶)와 달(月)과 친구(友)를 빼놓고는 말할 수가 없다. 그는 일찍이 『답족질승중부증옥천선인장차(答族侄僧中孚贈玉泉仙人掌茶)』란 글을 통하여 "차가 이 돌 가운데서 자라는데, 옥천은 쉬질 않고 흘러가네(茗生此石中 玉泉流不歇)"라는 명구를 남긴 바 있다.

피일휴(皮日休)

피일휴는 당나라 시대의 문학가로 일찍이 한림학사를 지냈다. 피일휴는 당시의 유명한 선비들과 함께 늘 시를 지으며 소일하였는데, 차오(茶塢), 다인(茶人), 차순(茶筍), 차영(茶籯), 차사(茶舍), 차조(茶竈), 차배(茶焙), 차정(茶鼎), 차구(茶甌), 자차(煮茶)의 열 수의 시를 지었으며, 차의 제조와 품음에 이르기까지의 모든 것을 대상으로 했다.

그들은 시인 특유의 영감과 풍부한 어휘력으로 당나라 시대의 각종 다사(茶事)와 차 문화, 차의 역사 등을 흥미롭게 묘사하였으며, 이것은 오늘날 매우 귀중한 역사적 자료로 다루어지고 있다.

육구몽(陸龜蒙)

육구몽은 당나라 시대의 유명한 문학가로 일찍이 진사 시험에 추천되었으나 합격하지 못하고 나중에 보리(甫里 : 지금 장쑤성江蘇省 쑹장현松江縣)에 은거하였다.

육구몽은 차를 매우 좋아하여 고저산(顧渚山) 아래에 차 농장을 짓고 매년 새로운 차를 얻어 조세(租稅)를 대신하였으며 늘 차를 감상하며 지냈다고 한다. 밤낮을 재촉하여 『품제서(品第書)』라는 책을 편찬하였지만 애석하게도 지금은 전해지지 않고 있다.

육우

육우는 『다경』을 세상에 내놓으면서 음차의 대도를 크게 일으켰다. 이 때문에 당나라 시대는 음차 풍조가 가장 성행했던 시기로 기록되고 있다.

육우가 창립한 '전차법'은 다도와 수신 양성의 유기적 결합을 가져왔으며, 또한 음차의 순서와 규범화가 체계적으로 이루어지면서 차 문화는 단순한 일상생활 속의 음용 습관에서 일종의 고아한 정신적 향유의 경지로 발전하게 된다.

이러한 변화는 후세의 문인들과 다인들의 다학에 대한 태도에 막대한 영향을 미치게 된다.

를 견줄 정도였다.

당나라 시대 중기 이후에 조정이 금주령(禁酒令)을 선포하고 술값의 특별 인상을 시행하자 반사적으로 차의 생산과 소비가 나날이 증가하게 된다. 금주령이 내려지기 이전에 술은 많은 사람들이 즐겨 찾는 기호품이었다. 문제는 술의 원료가 대부분 식량이었다는 점이다. 음주인의 증가에 따라 식량의 소모 역시 나날이 증가하였다. 당나라 시대의 인구는 건국 초기부터 100여 년간을 거치며 300만호(萬戶)에서 840여 만호로 두 배가 넘게 증가하였고, 이에 따라 사람들이 필요한 식량 역시 배로 증가하였다.

그러나 안사의 난 이후에 파산이나 피신을 한 농민들이 늘어나게 되면서 식량 생산이 급격히 감소하게 된다. 이 때문에 당나라 건원(乾元 : 758~760년, 숙종肅宗의 연호) 원년(758), 수도인 장안에서는 술 매매를 금지하는 조치를 취하였다. 이에 따라 제사를 제외하고는 어떠한 사람도 음주를 하지 못하게 되었다. 이 기간 동안 술 가격이 크게 높아지게 되면서 적지 않은 애주가들이 술 대신 차를 선택하는 '이차대주(以茶代酒)'의 생활로 변화하였다. 이러한 시대적 상황이 음차 문화의 광범위한 보급과 전파의 원동력으로 작용한 것이다.

이밖에도 당나라 시대의 걸출한 문인들이 차 문화의 성행과 전파에 일정한 추동 작용을 하였다는 점을 빼놓을 수 없다. 이러한 인물들로 이백(李白), 피일휴, 안진경(顔眞卿 : 709~785년, 당나라의 서예가), 백거이, 유우석(劉禹錫 : 772~842년, 당나라의 시인), 유종원(柳宗元 : 773~819년, 당나라의 문장가이며 시인), 육구몽, 온정균(溫庭筠 : 812?~870년, 당나라의 시인) 등을 꼽을 수 있다. 육우가 『다경』을 세상에 선보이면서 다도대흥(茶道大興)을 제시하고 음차의 순서를 규범화하자 일련의 걸출한 문학가들이 모두 육우가 제창한 '전차법'을 추종하게 되었다. 그들은 자신들의 시문 속에 음차를 칭송하는 시나 노래를 대량으로 지으면서 음차 풍조의 유행을 선도하였다. 당나라 시대에는 차를 칭송하는 내용의 시문이 특히 풍부하였는데, 이러한 것들이 모두 차 문화 발전에 일정한 원동력으로 작용하였던 것이다.

06 음차 풍조의 전파자
불교의 승려들

>>> 음차 풍조의 전파 정황을 살펴보면, 역사적으로 특히 불교 신도들이 일정한 역할을 하고 있음을 알 수 있다.

우리는 허다한 사료와 고서 속에서 종차(種茶)나 음차(飮茶)와 관련된 승려들의 이야기를 수없이 찾아볼 수 있다. 이 가운데 가장 최초의 기록은 서한(西漢 : 기원전 206~서기 24년)의 감로선사(甘露禪師) 오이진(吳理眞)에 관한 기록으로 알려져 있다. 그는 일찍이 사천성 몽산(蒙山)에서 친히 차나무를 종식하였는데, 바로 이것이 불교의 승려와 종차(種茶)에 관한 최초의 기록이었다.

진(晉)나라 시대 이후에 중국의 승려들은 불교의 사상에 도가와 유가의 사상을 융합하면서 스스로 중국 풍격의 불교를 창시하였으며, 그 수행 방법은 '계(戒)', '정(定)', '혜(慧)'의 세 가지로 요약할 수 있다. 이 가운데 수계(守誡)는 불교도들에게 대단히 중요한 수칙이었으며, 이 수칙의 첫 번째가 바로 술을 경계하는 계주(戒酒)였다. 이로부터 '이차대주(以茶代酒)'의 풍조가 자연스럽게 형성되었다.

『다경』에 기술되어 있는 음차와 관련된 불교 승려로는 『예술전(藝術傳)』 가운데 단도개(單道開), 『속명승전(續名僧傳)』 가운데 석법요(釋法瑤), 『송록(宋錄)』 가운데 담제도인(曇濟道人)이 있다.

육우는 어린 시절에 사찰 안의 불교적 분위기 속에서 성장하였기 때문에 불교와 관련된 사물에 대하여 굉장히 친숙하였다. 비록 그가 장성하면서 더 이상 불교에 뜻을 두지 않게 되었지만 그는 몇 명의 불교 승려들과 매우 친밀하게 교류하였다. 이 때문에 그는 사찰 속에서 행해지는 음차 문화에 대단히 친밀한 감정을 느끼고 있었다.

　불가에서 권장하는 좌선이나 음차는 불교도들에게는 빼놓을 수 없는 일상 사였으며, 불학의 점진적인 발전과 더불어 불교 특유의 장엄하고 엄숙한 다례(茶禮)가 형성되게 된다. 송나라 시대에는 적지 않은 선종의 사찰에서 조정에서 거행하는 '장의(丈衣 : 가사袈裟)' 종류의 불교의 의례를 거행하거나 혹은 큰 기도를 거행할 때는 늘 다례를 이용하여 경사스러움을 표시하고는 하였다.

　일본의 에이사이(榮西 : 1141~1215년) 선사는 일찍이 천태산(天台山) 만년사(萬年寺)에서 송나라 황제의 조서를 받아 경사(京師)로 초빙되어 불교의 전례(典禮)를 짓고 경산사(徑山寺)에서 성대한 다례를 거행한 바가 있다.

　불교와 중국의 차 문화는 대단히 밀접한 관계가 있다. 불가에서는 특히 '다선일미(茶禪一味)'의 설법을 강조하고 있으며, 고래로 전해지고 있는 "명산에는 사원이 있고, 명산에는 명차가 있다(명산출사원 명산출명차名山出寺院 名山出名茶)"라는 속담 또한 불교와 차 문화와의 불가분의 밀접한 관계를 말해준다.

　불교의 승려들은 차 문화의 전파에 있어서 매우 중요한 역할을 수행해 왔다. 일련의 고승들과 이름난 사찰에서는 음차 풍조를 일상화하고 장려함으로써 당나라 시대와 그 이후의 역대 왕조에서 계속해서 음차 풍조가 활성화될 수 있도록 하는 구심점 역할을 하였다. 또한 불교의 사찰은 대부분 명산대천에 위치하고 있었기 때문에 사찰 내에서 재배된 차는 품종이 특히 우량하였다.

　현재 알려져 있는 명차 가운데 적지 않은 수의 품종이 불교의 승려들이 사찰 내에서 최초로 재배하였던 것이며, 이후에 이것을 점점 발전시켜 제작된 품종이라는 것은 주지의 사실이다. 이와 더불어 사찰 내의 안온한 분위기 또한 명차의 전승과 보호에 일정한 작용을 하였다. 불교의 승려들은 차를 종식하는 기술을 각지에 전파하였으며, 이러한 기예는 이후에 중국 각지에서 생산된 각종 명차의 생산과 재배에 대단히 큰 영향을 미치게 된다.

음차와 관련된 유명한 불교도

감로선사 오이진

서한(西漢 : 기원전 206~서기 24년) 감로선사 오이진은 일찍이 사천성 몽산(蒙山)에서 친히 차나무를 종식 한 바가 있는데 바로 이것이 불교의 승려와 종차(種茶)에 관한 최초의 기 록이다.

단도개

동진(東晉) 영화(永和) 2년(346), 단도 개는 하북(河北) 소덕사(昭德寺)의 선 실에서 좌선을 하다가 잠을 쫓기 위 하여 차를 마시고 경문을 염송하였 다. 이때 그가 마신 것은 일종의 '차 소(茶蘇 : 차와 자소紫蘇로 조제하여 만든 차'였다.

담제도인

남조(南朝)의 송(宋)나라 효무제(孝武 帝)의 두 황태자가 팔공산(八公山) 동 산사(東山寺)에 가서 담제도인을 배 알하였다. 그는 절 안의 명차를 두 사 람에게 전하였다. 이것은 승려가 차 로써 손님을 대접한 사실에 관한 최 초의 기록이다.

차 문화의 일본 전파

일본의 최징화상
(最澄和尚, 사이초 : 767~822년)

중국에서 불법을 수행하면서 차에 관한 기술 을 함께 공부한 후 차 종자(茶種)를 가지고 귀 국하여 음차 문화를 전파하는 것이 불교 승려 를 통한 차 문화 전파의 주요 방식이었다.

일본의 영서화상
(榮西和尚, 에이사이 : 1141~1215년)

6세기	7세기	8세기	9세기	10세기
	덕종(德宗) 원년		1168	1191
남북조	수(隋)	당나라 시대	송(宋)	

차 종자를 가지고 일본으로 돌아 가 시가현(滋賀縣)에서 파종하였 다.

첫 번째 중국 방문

차 종자를 가지고 귀국하여 일본 성덕사(聖德寺)와 영선사(靈仙寺)에 서 파종하였다.

7장 산출産出

하산상춘명何山嘗春茗,
하처농청천何處弄淸泉*

육우는 『다경』의 「팔지출」에서 당나라 시대의 차 산지와 명차, 각종 차의 특징, 차의 품질 그리고 자연적, 지리적 관계 등에 대하여 상세하게 정리하고 있다. 그러나 육우가 정리한 자료를 완전하다고 보기 어려운 것은 차나무의 원산지 가운데의 하나인 윈난雲南 지역이 제외되어 있기 때문이다. 여기에 기술되어 있는 팔도八道에는 현재의 후베이성湖北省, 후난성湖南省, 산시성陝西省, 허난성河南省, 안후이성安徽省, 저장성浙江省, 장쑤성江蘇省, 쓰촨성四川省, 구이저우성貴州省, 장시성江西省, 푸젠성福建省, 광둥성廣東省, 광시성廣西省 등 13개 성이 두루 망라되어 있다.

* 어느 산 봄 차를 즐기고, 어느 곳 봄 샘물을 농하고 계시는가? 이는 석교연(釋皎然)의 시「방육처사우(訪陸處士羽)」에 나오는 구절이다.

7장의 일러스트 목록

01

당나라 시대의 차 생산지
팔도八道

>>>> 『다경』의 「팔지출八之出」에는 당나라 시대의 차 생산지인 8개의 도(道 : 43개의 주州와 군郡, 44개의 현縣을 포함)가 열거되어 있다. 또한 어느 산, 어느 지역에서 생산되는지가 명확하게 설명되어 있다. 그러나 차의 원산지 가운데 하나인 윈난성雲南省이 제외되어 있다는 것은 매우 유감스러운 일이다.

도(道)는 당나라 개원(開元 : 713~741년, 현종玄宗의 연호) 21년(733) 이후 지방을 분할하던 행정 구역 단위로 대체로 현재의 성(省)에 해당하는 구역이었다. 당나라 시대에는 도(道) 아래에 주(州)(혹은 군郡)가 설치되어 있었는데, 이것은 현재의 전구(專區)와 대체적으로 일치한다. 주 혹은 군 아래로는 현(縣)이 설치되어 있었으며, 이것 역시 현재의 현과 상당히 일치한다.

중국의 역대 왕조는 고유한 행정 제도에 따라 각 지역을 분할하였으며, 이것은 시대에 따라 차이가 있었는데 당나라 시대 역시 예외는 아니었다. 그리고 지방 행정 단위인 당나라 시대의 도는 나중에 한 번의 큰 변화를 거치게 된다. 도(道)가 처음 설치된 것은 당나라 정관(貞觀) 원년(627)이었다. 당시의 조정은 자연적 환경이나 지리적 형세, 교통 상황 등을 기준으로 전국을 10개의 도(10개의 도는 다시 293개의 주로 분할)로 나누었다. 즉 관내도(關內道), 하남도(河南道), 하동도(河東道), 하북도(河北道), 산남도(山南道), 농석도(隴石道), 회남도(淮南道), 강남도(江南道), 검남도(劍南道), 영남도(嶺南道)의 열 개의 도가 그것이다.

당나라 개원 21년에 이르러 도의 변경이 이루어진다. 당시의 행정 구역의 확대에 따라 새롭게 15개의 도로 확대되어 설치되었다. 산남도와 강남도를 각기 동(東)·서(西)의 양도로 나누었으며, 검중도(黔中道), 경기도(京畿道), 도기도(都畿道)를 새롭게 증설하였다.

'팔도(八道)'에 포괄된 지역

① 산남도(山南道)   ④ 절동도(浙東道)
② 회남도(淮南道)
⑤ 검남도(劍南道)   ③ 절서도(浙西道)
⑦ 강남도(江南道)
⑥ 검중도(黔中道)
⑧ 영남도(嶺南道)

이 지도는 역사적 자료를 참고하여 만든 일종의 시의도(示意圖)이며,
이 지도를 함부로 사용해서는 안 된다.

1. 산남도	현재의 쓰촨성(四川省) 자링장(嘉陵江, 가릉강) 유역의 동쪽, 산시성(陝西省) 친링(秦嶺, 진령), 깐수성(甘肅省) 판중산(蟠塚山, 반총산) 남쪽, 허난성(河南省) 푸뉴산(伏牛山, 복우산) 서남쪽, 후베이성(湖北省) 윈수이(鄖水, 운수) 서쪽 등에 해당되며, 쓰촨성(四川省) 충칭시(重慶市)에서 후난성(湖南省) 웨양(岳陽, 악양) 사이의 창장(長江, 장강) 이북을 모두 포괄하는 지역이었다.
2. 회남도	현재의 화이허(淮河, 회하) 이남 지역, 창장(長江) 이북 지역, 동쪽으로는 바다에 이어지고 서쪽으로는 호수에 닿아 있는 베이잉산(北應山, 북응산) 지역, 한양(漢陽 : 후베이성 동쪽, 우한武漢시 일부) 일대, 허난(河南)의 동남부 지역을 모두 포괄하는 지역이었다.
3. 절서도	현재의 장수성(江蘇省) 창장(長江) 이남, 마오산(茅山, 모산) 동쪽과 저산(浙山, 절산) 신안장(新安江) 북쪽 지역에 해당한다.
4. 절동도	현재의 저장성(浙江省) 취장(衢江, 구강) 유역, 푸양(浦陽, 포양) 유역의 동쪽 지역에 해당한다.
5. 검남도	현재의 쓰촨성(四川省) 푸장(涪江, 부강) 유역의 서쪽 지역, 다두허(大渡河, 대도하) 유역과 야룽장(雅礱江, 아로강) 하류의 동쪽 지역, 윈난성(雲南省) 란창장(瀾滄江, 난창강) 유역, 아이라오산(哀牢山, 애뇌산) 동쪽 지역, 취장(曲江, 곡강), 난판장(南盤江, 남반강) 북쪽 지역, 구이저우성(貴州省) 수이청(水城, 수성), 푸안(普安) 서쪽 지역과 간쑤성(甘肅省) 원현(文縣) 일대에 해당한다.
6. 검중도	진(秦)나라 시대 검중군(黔中郡)의 관할은 현재의 후난성(湖南省) 위안수이(沅水, 원수), 펑수이(澧水, 풍수) 유역, 후베이성(湖北省)의 칭장(淸江, 청강) 유역, 쓰촨성(四川省)의 쳰장(黔江, 검강) 유역과 구이저우성(貴州省)의 동북 지방 일부분에 해당한다. 당나라 시대 검중도(黔中道)의 관할과 진(秦)나라 시대 검중군의 관할은 대체적으로 일치한다. 하지만 동쪽으로 위안수이(沅水)와 펑수이(澧水)의 하류 지역, 즉 현재의 타오위안(桃源, 도원), 츠리(慈利, 자리)의 동쪽은 포함되지 않았으며, 서쪽으로는 오늘날의 구이저우성(貴州省)의 대부분 지역을 포함하고 있었다.
7. 강남도	현재의 저장성(浙江省), 푸젠성(福建省), 장시성(江西省), 후난성(湖南省) 등과 장수성(江蘇省), 안후이성(安徽省)의 창장(長江) 이남 지역, 후베이성(湖北省), 쓰촨성(四川省)의 강남 일부, 그리고 구이저우성(貴州省)의 동북부 지역에 해당한다.
8. 영남도	현재의 광둥성(廣東省), 광시성(廣西省)의 대부분과 월남(越南 : 베트남)의 북부 지역에 해당한다.

『다경』에 언급되어 있는 '팔도'는 산남도(山南道), 회남도(淮南道), 절서도(浙西道), 절동도(浙東道), 검남도(劍南道), 검중도(黔中道), 강남도(江南道), 영남도(嶺南道)의 8개의 도를 말한다.

육우는 당나라 시대의 각 지역의 자연적, 지리적 형세에 따라 차의 산지를 나누고 있다. 8개의 도는 현재의 후베이성(湖北省), 후난성(湖南省), 산시성(陝西省), 허난성(河南省), 안후이성(安徽省), 저장성(浙江省), 장쑤성(江蘇省), 쓰촨성(四川省), 구이저우성(貴州省), 장시성(江西省), 푸젠성(福建省), 광둥성(廣東省), 광시성(廣西省)의 13개 성(省)과 자치구를 두루 포괄하고 있다. 이를 통하여 당나라 시대의 차 생산지가 얼마나 광범위했는지를 짐작할 수 있다.

이와 같이 광범위한 차의 생산지를 육우는 도대체 어떻게 구분을 할 수 있었을까? 육우가 21세에 차를 알기 위한 여정을 시작한 후, 그는 한평생을 차를 찾아 대강(大江 : 장강長江) 남북의 곳곳을 두루 돌아다니는 편력의 연속이었다. 직접 가보지 못한 지역도 있었지만 자료의 수집과 정리를 통하여 대부분의 차 산지에 대해서는 이미 알고 있었다. 육우는 대체로 다음의 세 가지 측면에 근거하여 차의 생산지를 구분하고 있다.

1. 육우가 친히 순방하여 살펴본 차의 생산지 : 절서도, 회남도 등의 일련의 지역

2. 자료의 수집과 정리를 통하여 구분한 차의 생산지 : 검남도, 절동도, 회남도 등의 일련의 지역

3. 찻잎 등의 품종을 통하여 그 생산지를 파악

결국 당나라 시대의 차 생산지에 대한 팔도의 구분은 육우의 실제적인 조사와 자료 수집, 찻잎의 품종에 대한 연구 등을 종합하여 이루어진 결과라고 할 수 있다.

팔도지八道之
산남도山南道

>>>> 현재의 쓰촨성 자링장(嘉陵江, 가릉강) 유역의 동쪽, 산시성 친링秦嶺, 간쑤성 판중산蟠塚山 남쪽, 허난성 푸뉴산伏牛山 서남쪽, 후베이성 윈수이鄖水 서쪽 지역 등에 해당되며, 쓰촨성 충칭시重慶市에서 후난성 웨양岳陽 사이의 창장長江 이북 지역을 모두 포괄한다.

1. 협주(峽州 : 현재의 후베이성 이창宜昌 위안안遠安, 이두宜都, 이창시宜昌市)

당나라 시대의 유명한 명차의 생산 지역이다. 당나라 시대의 이조(李肇)는 그의 저서 『국사보(國史補)』에서 '협주의 벽간(碧澗), 명월(明月), 방예(芳蕊), 수유(茱萸)'의 네 종류의 차를 동호주(同湖州)의 고저자순(顧渚紫筍), 수주(壽州)의 황아(黃芽) 등의 명차와 함께 열거하였다.

(1) 원안현(遠安縣) : 명품으로 칭송받는 녹원차(鹿苑茶)의 산지이다. 청나라 시대의 승려 김전(金田)이 그의 시를 통하여 '산정옥액품초군(山精玉液品超群), 만완청향좌상훈(滿碗淸香座上熏)', 즉 "산의 정기인 옥액(찻물) 품해보니 여럿 중에 뛰어나고, 찻잔 가득한 맑은 향기 자리에 피어나네"라고 찬탄한 바가 있다. 이외에도 봉산(鳳山) 부근에서는 봉산차(鳳山茶)가 생산되었다.

(2) 의도현(宜都縣) : 황우(黃牛), 형문(荊門), 여관(女觀), 망주(望州) 등의 산을 포괄하는 차 생산 지역이다.

(3) 이릉현(夷陵縣) : 이릉차(夷陵茶)는 협주의 명차 가운데 하나이며, 청나라 시대에 이르러 동호(東湖)에서는 동호차(東湖茶)가 생산되었다.

2. 형주(荊州 : 현재의 후베이성 징저우荊州 장링江陵)

당나라 시대의 명차 선인장차(仙人掌茶)의 산지이다. 시선(詩仙) 이백과 그의 조카인 승려 중부(中孚)가 발견하면서 최초로 세상에 알려지게 되었다. 이백은

이 차를 위하여 "여문형주옥천사(余聞衡州玉泉寺)……유옥천진공(唯玉泉眞公), 상채이음지(常采而飮之)……기상여수(其狀如手), 호위선인장차(號爲仙人掌茶)……", 즉 "내가 형주 옥천사에 대해 듣기에……오직 옥천진공만이 늘 따서 그것을 마신다……그 형상이 손과 같아 선인장차라 부른다……"라는 내용의 시를 지었으며 또한 이 차를 상시 음용하면 능히 반로환동(返老還童 : 노인이 다시 어린아이의 모습으로 돌아가는 것)을 이룰 수 있다고 찬탄하였다. 선인장차에 대한 다소 과장된 찬사이겠지만 이 차에 대한 이백의 두터운 애정을 짐작할 수 있다. 이백이 발견한 이후 역대의 왕조들을 거치며 한결 같이 두터운 사랑을 받았다. 이시진은 『본초강목(本草綱目)』에서 당나라 시대에 성행하였던 음차의 풍조와 다양한 품종의 차를 설명하면서 또한 선인장차를 명차라고 기록하고 있다.

강릉(江陵)은 남목차(楠木茶)와 대자침차(大柘枕茶)의 산지이기도 하다. 전자는 산천이산류(山川異產類)로 분류되는 명차이며, 후자는 편차류(片茶類)에 속하는 명차이다.

3. 형주(衡州 : 현재의 후난성 헝양衡陽, 헝산衡山, 샹탄湘潭, 차링茶陵)

형산에서 생산된 석름차(石廩茶)는 가히 '불혼매(拂昏昧)'라고 할 수 있다. 호주(湖州)의 고저차(顧渚茶), 복주(福州)의 방산차(方山茶)와 더불어 질적으로 우열을 가리기 어려울 정도로 뛰어났다.

신림차(闈林茶) 역시 형산에서 생산되었다. 전설에 의하면, 이 차는 새의 부리에서 떨어진 씨가 돌 틈에서 자라난 것이라고 한다. 이것이 사실이라면 대단히 기이한 일이다. 형산이 자랑하는 뛰어난 명차 가운데 하나이며 복부의 더부룩함을 해소시키는 효능이 있다.

4. 금주(金州 : 현재의 산시성 안캉安康 지구 안캉安康, 한인현漢陰縣)

당나라 시대의 금주는 공차(貢茶)로 유명한 주(州)들 가운데 하나였다. 그 예하 지역인 자양현(紫陽縣)은 자양차(紫陽茶)의 산지였으며, 현재도 여전히 자양모첨(紫陽毛尖)으로 이름을 떨치고 있다.

5. 양주(梁州 : 현재의 산시성 한중漢中 지역 닝창현寧强縣, 샹청현襄城縣, 진니우현金牛縣)

산남도의 지도

현재의 후베이성 이창(宜昌) 위안안(遠安) : 녹원모첨차(鹿苑毛尖茶)의 산지

자양모첨(紫陽毛尖)의 산지

현재의 후베이성 징저우 : 선인장차(仙人掌茶)의 산지, 남목차(楠木茶)와 대자침차(大柘枕茶)의 산지

이백은 명차 '선인장차'의 발견과 관련이 있다.

한중(漢中)
영강(寧强)
한음(漢陰)
원안(遠安)
자양(紫陽)
안강(安康)
형주(荊州)
의창(宜昌)
형양(衡陽)
석름차(石廩茶), 신차(薪茶)의 산지

협주(峽州) : 현재의 후베이성 이창

차명(茶名) | 벽간(碧澗), 명월(明月), 방예(芳蕊), 수유(茱萸)

형주(荊州) 옥천사(玉泉寺)의 진공(眞公) 화상은 늘 선인장차를 음용하여 '나이를 잊고 젊음을 유지하며, 장수를 누릴 수 있었다(환동진고 부인수還童振枯 扶人壽)'고 한다.

녹원모첨(鹿苑毛尖)

완성품의 차는 튼실한 외형에 흰털이 드러나 있다. 유장한 향기에 맛이 진하고 탕은 깨끗한 황색을 띤다. 호북성에서 생산되는 차 가운데서도 상품으로 여겨지고 있다. '청계사(지금의 후베이성 당양현當陽縣)의 물, 녹원사의 차淸溪寺的水 鹿苑寺的茶)'라는 글귀는 녹원차가 얼마나 뛰어난지를 단적으로 보여주고 있다.

이백의 조카 중부 선사가 이백에게 이 차를 보여주자, 이백이 "그 형상이 마치 사람의 손과 같으니 선인장이라고 부르자(기상여수 호위선인장其狀如手 呼爲仙人掌)"라고 하였다고 한다.

녹원모첨이란 이름은 호북성 원안현(遠安縣) 녹원사(鹿苑寺 : 원안현의 성 서북쪽에 있는 운문산雲門山 기슭에 위치)에서 유래되었다.
기록에 의하면, 녹원차(1225년)는 녹원사의 한 화상이 사찰 안에서 최초로 재배하였다고 한다. 맛이 뛰어나고 향기가 강렬하여 당시의 촌민들이 앞을 다투어 재배하였기 때문에 녹원모첨의 명성이 더욱 높아졌다고 한다.

이백은 이 차를 '광고미관(曠古未觀 : 이전에 없던 차)'이라 부르고 이를 바탕으로 시를 지으니, 명차 선인장차의 명성이 후세까지 전해지게 되었다.

주의할 점 : 섬서성 지역에서는 당나라 시절에 한수(漢水) 유역에서 차가 생산되기 시작하였으며, 그 외 지역에서는 차가 생산되지 않았었다.

03 팔도지八道之
회남도淮南道

>>>> 현재의 화이허淮河 이남, 창장長江 이북, 동쪽으로는 바다에 이어지고 서쪽으로는 호수에 닿아 있는 베이잉산北應山 일대, 한양漢陽 일대, 허난河南의 동남부 지역을 모두 포괄하는 지역이었다.

1. 광주(光州 : 현재의 신양信陽)

광산(光山)은 당나라 시대의 유명한 차 생산지였다. 청나라 건륭(乾隆 : 1736~1795년, 고종高宗 건륭제의 연호) 시기의 『광산현지(光山縣志)』에는 "송나라 시대에 광주(光州)에서는 편차(片茶)가 생산되었으며, 동수(東首), 천산(淺山), 박측(薄側) 등의 명칭이 있었다"고 기록되어 있다.

2. 의양군(義陽郡 : 현재의 허난성 신양시信陽市 남쪽)

현재 신양 지역에서 생산되는 신양모첨(信陽毛尖)은 중국의 명차 가운데 하나로 꼽히고 있으며, 그 가운데서도 신양현 동운산(東雲山)에서 생산되는 것을 최고로 꼽고 있다.

3. 서주(舒州 : 현재의 안후이성 수청舒城 부근)

현재 수청에서 생산되는 난화차(蘭花茶)는 농밀한 향으로 명성이 높다.

안휘성 태호현(太湖縣)은 북송(北宋) 시절에 서주(舒州)의 태호차장(太湖茶場)이었으며, 당시 유명했던 13개 차 농장 가운데 하나였다. 청나라 시대에도 여전히 태호현은 차의 산지로 유명했다.

4. 수주(壽州 : 현재의 안후이성 루안六安)

청나라 도광(道光)의 『수주지(壽州志)』에는 "수주(壽州) 역시 차 산지이며 특히 운무차(雲霧茶)가 뛰어나다. 적체(積滯)에 효능이 있다"라고 기록되어 있다.

안휘성 육안현(六安縣)은 육안차(六安茶)의 생산지이며, 육안차는 당나라 시대부터 지금까지 명차의 하나로 잘 알려져 있다. 품종으로는 육안과편(六安瓜片), 제편(提片), 매편(梅片)과 송몽차(松夢茶) 등이 있다.

5. 기주(蘄州 : 현재의 후베이성 후앙펑黃風 후앙메이黃梅)

기주는 당나라 시대의 유명한 차 산지 가운데 하나였다. 당나라 시대의 이조는 『국사보』에서 "기주(蘄州)에는 기문단황(蘄門團黃)이 있다"라고 말한 바 있다. 이시진은 『본초강목』의 「집해(集解)」에서 당나라 시대의 '초지차(楚之茶)'로 기문단황을 열거하고 있다. 이러한 기록을 통하여 그 명성이 어떠했는지를 능히 짐작할 수 있다.

황매현(黃梅縣)에서는 자운차(紫雲茶)가 생산되었다.

6. 황주(黃州 : 현재의 후베이성 후앙펑黃風 마청麻城)

황주는 당나라 시대 이전의 유명한 차 산지로 특히 공차로 명성이 높았다. 송나라 시대에 이르러서도 황풍 지역에서는 여전히 공차가 생산되었다.

북송(北宋) 시기에 마성산(麻城山)에서 차가 생산되었다는 기록이 있다. 현재 마청(麻城)의 구이펑산(龜峰山, 구봉산)에는 특별한 품종의 녹차인 구산암록(龜山岩綠)이 개발되어 있다.

회남도의 지도

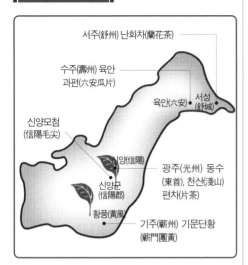

- 서주(舒州) 난화차(蘭花茶)
- 수주(壽州) 육안 과편(六安瓜片)
- 육안(六安)
- 서성(舒城)
- 신양모첨(信陽毛尖)
- 신양(信陽)
- 광주(光州) 동수(東首), 천산(淺山) 편차(片茶)
- 신양군(信陽郡)
- 황풍(黃風)
- 기주(蘄州) 기문단황(蘄門團黃)

육안과편(六安瓜片)

찻잎의 모양이 해바라기의 씨처럼 생겼기 때문에 '과자편(瓜子片)', 즉 '과편(瓜片)'이라고 불렀다. 주요 산지로는 안휘성의 육안(六安), 금채(金寨)를 꼽을 수 있다.
'과편(瓜片)'은 곡우(穀雨) 이전에 채적한 찻잎으로 만든다. 먼저 신선한 찻잎의 잎 조각과 줄기를 나눈 후에 초편(炒片)을 거치며 모양을 만들고 이어서 다시 홍간(烘干)을 행한다.
육안과편은 외형이 전체적으로 가지런하며 독특한 비취색을 띠고 있다. 시원하면서도 달콤한 맛이 진하게 감돈다. 차탕의 색은 벽록색이며, 엽저는 투명한 황록색을 띤다. 맑고 시원한 향이 오래 지속된다.

육안과편 : 이 육안과편은 이미 300여 년의 역사를 자랑하고 있다. 이전의 명칭은 '제산운무(齊山雲霧)'였다. 20세기 초, 육안차를 평하던 차 선생이 녹차의 여린 잎만을 골라 싹의 줄기를 잘라내고 여린 싹만을 덖어서 만들었다.

신양모첨(信陽毛尖)

신양모첨은 하남성 신양현에서 생산된다. 이 지역은 많은 산맥이 기복을 이루며 솟구쳐 있고 계곡 사이에 수많은 운무가 자욱하기 때문에 차나무의 생장에 매우 적합한 환경을 이루고 있으며, 무려 2000여 년의 생산의 역사를 자랑하고 있다. 신양모첨은 곧고 단단한 외형에 하얀 털이 드러나 있다. 맑은 향기가 느껴지며, 차탕의 색은 짙은 녹색을 띤다.

신양모첨에 관한 전설

전설에 의하면, 옛날에 신양모첨의 종자(種子)가 계공산(鷄公山) 위에 있어 이를 '구순차(口脣茶)'라고 불렀는데 기실 구천선녀(九天仙女)가 남긴 것이라고 한다.

물에 끓여 차를 우리면 안개와 같은 연기가 올라오면서 아홉 명의 선녀가 나타나 춤을 추면서 날아다니는 것 같다.

곽산황아(霍山黃芽)

곽산황아는 황차 계열에 속한다. 안휘성 곽산에서 생산되며 당나라 시대의 명차로 유명하였다.
완성품의 특징을 살펴보면, 차아(茶芽)가 가늘고 여리며 털이 나 있다. 찻잎의 색은 황록색이며 차탕의 색은 맑고 투명한 황색을 띤다. 엽저는 황록색을 띠며 시원하면서도 진하게 감도는 단맛이 마치 삶은 밤과 같은 향미를 느끼게 한다.

팔도지八道之
절서도浙西道

>>> 현재의 장쑤성 창장長江 이남, 마오산茅山 동쪽과 저산浙山 신안장新安江 북쪽 지역에 해당한다.

1. 호주(湖州 : 현재의 저장성 자싱嘉興, 창싱長興, 안지安吉)

당나라 시대 이전의 명차의 산지이다. 장성현(長城縣)에서 생산된 고저자순 (顧渚紫筍)은 당나라 시대의 가장 유명한 명차 가운데 하나였다. 육우가 『고저산 기(顧渚山記)』 1권에서 고저산의 고저자순차에 관하여 "자색의 색채를 띠고 있으 며 순(筍)과 유사하다(색자이사순色紫而似筍)"*고 기록하였기 때문에 이러한 이름을 얻게 되었다.

2. 상주(常州 : 현재의 장쑤성 전장鎭江, 이싱宜興)

상주는 당나라 시대에 가장 유명했던 명차의 산지였다. 특히 군산(君山)과 남악산(南嶽山)은 당나라 시대에 공차로 유명한 양선차(陽羨茶)의 산지였다.

3. 선주(宣州 : 현재의 안후이성 우후蕪湖 쉬안청宣城, 후이저우徽州 타이핑太平 쉬안청宣城 야산雅山, 일명 야산鴉山)

야산차(雅山茶)는 당나라 시대와 송나라 시대에 걸쳐 명차로 사랑받았다. 특 히 태평현(太平縣)의 태평후괴(太平猴魁)는 소수의 고위 관료나 귀족들만이 애용하 던 명차 가운데 하나였다.

---

* 순(筍)은 도톰하고 윤택이 흐르는 차의 싹으로 차나무에서 새로 돋아나 침과 같이 뾰족한 상태로 열린 찻잎을 가리킨다.

절서도의 지도

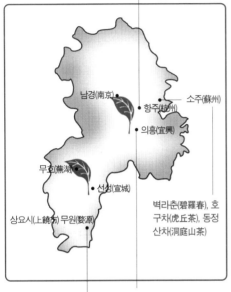

임안(臨安)은 공어차(貢御茶)의 산지였다. 천목산(天目山) 운무차(雲霧茶), 경산차(徑山茶), 서호용정차(西湖龍井茶)가 유명하다.

남경(南京)
항주(杭州)
소주(蘇州)
의흥(宜興)
무호(蕪湖)
선성(宣城)
상요시(上饒市) 무원(婺源)

벽라춘(碧羅春), 호구차(虎丘茶), 동정산차(洞庭山茶)

상주(常州)(의흥현宜興縣의 양선차陽羡茶)

흡주(歙州) 송몽차(松夢茶), 황산모봉(黃山毛峰)

옛날에 황산(黃山) 평현(平縣)에 살던 흰털 원숭이가 어느 날 새끼 원숭이를 잃고 애통한 마음으로 정신없이 찾아 헤매다 그만 낭떠러지 아래로 떨어지게 되었다.

한 노인이 찻잎을 따던 도중에 떨어져 죽은 어미 원숭이를 발견하고 산언덕에 잘 매장해 주었다.

태평후괴(太平猴魁)

안휘성 태평현 후갱(猴坑), 봉황산(鳳凰山), 사동산(獅彤山)에서 생산되었다.
완성품의 차는 곧고 편평한 외형을 하고 있으며 흰털이 드러나 있다. 잎줄기는 전체적으로 녹색을 띠는 가운데 은은한 붉은색이 감도는데, 이를 속칭 '홍사선(紅絲線)'이라고도 한다. 찻잎의 색은 푸른색이며, 차탕의 색은 청록색이다. 치아를 감싸는 부드러운 향과 순일한 풍미가 일품이다. 엽저는 비대하고 두툼하다. 목을 깨끗하게 하고 눈을 맑게 하며 마음을 안정시키고 정신을 일깨우는 약리적 효능이 있다.

이에 고마움을 느낀 어미 원숭이의 영령이 나타나 산언덕 전체를 차나무로 채웠다고 한다.
이후에 어미 원숭이가 묻힌 자리를 후갱(猴坑)이라 불렀으며, 이 차나무에서 따서 만든 차를 '태평후괴'라고 명명하였다.

4. 항주(杭州 : 현재의 저장성 항저우杭州 린안臨安)

(1) 임안현(臨安縣) : 황령산(黃嶺山) 세공어차(歲貢御茶)

(2) 천목산(天目山) : 운무차(雲霧茶)는 절강성의 명차 가운데 하나였다. 그러나 당나라 시대에는 육우가 질에 있어서 서주차(舒州茶)보다 떨어진다고 평하였기 때문에 최고로 인식되지는 않았다.

(3) 경산(徑山) : 경산차(徑山茶)의 산지

(4) 전당현(錢塘縣) : 서호용정차(西湖龍井茶)는 특히 외국에서 그 명성이 높다.

(5) 천축사(天竺寺), 영은사(靈隱寺) : 보운차(寶雲茶), 향림차(香林茶), 백운차(白雲茶)의 산지

5. 목주(睦州 : 현재의 저장성 항저우杭州 퉁루桐廬)

구갱차(鳩坑茶)의 산지이다. 이시진은 구갱차를 당나라 시대의 '오월지차(吳越之茶)'의 명차 가운데 하나로 열거하고 있다.

6. 흡주(歙州 : 현재의 안후이성 서현歙縣, 장시성 상라오上饒 우위안婺源)

흡주는 휘주(徽州)를 말하며 차의 산지로 유명하였다. 명나라 시대에는 송몽차(松夢茶)의 산지로 명성이 높았다. 황산(黃山) 지역에서 생산되는 황산모봉(黃山毛峰)은 특별한 품종의 명차로 유명하다. 육우가 언급하였던 흡주와 무원(婺源)은 특히 녹차로 명성이 높아 '녹차의 본향'으로 인식되어 왔다.

7. 윤주(潤州 : 현재의 장쑤성 난징南京)

섭산(攝山)은 서하산(栖霞山)이라고도 한다. 산기슭에 서하사(栖霞寺)가 있으며 야생의 차나무가 있다.

8. 소주(蘇州 : 현재의 장쑤성 쑤저우蘇州)

장주현(長洲縣)에서 생산되는 명차로는 동정산차(洞庭山茶)와 호구차(虎丘茶)가 있다. 특히 동정산차는 송나라 시대의 '공품(貢品)' 가운데 하나였다.

벽라춘은 서호용정차와 어깨를 나란히 하는 명차로 잘 알려져 있다.

05 팔도지八道之 절동도浙東道

>>> 현재의 저장성 취장(衢江, 구강) 유역과 푸양장(浦陽江, 포양강) 유역의 동쪽 지역에 해당한다.

1. 월주(越州 : 현재의 저장성 닝보寧波 위야오余姚, 사오싱紹興 성현嵊縣)

월주의 각 현에서 고루 차가 생산되었다. 명나라 만력(萬曆 : 1573~1620년, 신종神宗의 연호) 시기의 『소흥부지(紹興府志)』의 기록에 의하면, 월주에서 생산되는 차종으로 서룡차(瑞龍茶), 정예차(丁坑茶), 고오차(高塢茶), 소타차(小朶茶), 안로차(雁路茶), 차산차(茶山茶), 석견차(石筧茶), 폭포차(瀑布茶), 동가오차(童家坳 茶), 후산차(后山茶), 승섬계차(嵊剡溪茶)를 열거하고 있다. 송나라 시대의 구양수(歐陽修 : 1007~1072년, 북송의 정치가이며 문학가)는 『귀전록(歸田錄)』에서 일주차(日鑄茶)가 양절(兩浙 : 절동도, 절서도)의 차 가운데 제일이라고 찬탄한 바가 있다. 서룡차(瑞龍茶)와 더불어 명성이 높았다.

이상의 차 외에도 송나라 시대 고사손(高似孫 : ?~1231년)의 『섬록(剡錄)』에는 폭령선차(瀑嶺仙茶), 오룡차(五龍茶), 진여차(眞如茶), 자암차(紫岩茶), 녹원차(鹿苑茶), 대곤차(大昆茶), 소곤차(小昆茶), 배갱차(焙坑茶), 세갱차(細坑茶)의 아홉 종류가 기술되어 있다. 또한 상우현(上虞縣)에는 지명에서 유래한 봉오산차(鳳鳴山茶), 복치산차(覆巵山茶), 발고암차(鵓鴣岩茶), 은지차(隱地茶), 설수령차(雪水嶺茶)가 있다. 청나라 시대 초기에는 회계현(會稽縣)에서 난설차(蘭雪茶)가 생산되었다.

2. 명주(明州 : 현재의 저장성 닝보寧波 인현鄞縣)

사명산(四明山)은 절강성의 사대명산 가운데 하나로 봉화(奉化), 여요(余姚), 상우(上虞), 승현(嵊縣), 신창(新昌) 등의 여러 현에 걸쳐 있으며 명차의 산지로 알려져 있다. 현재 이 지역은 평수주차(平水珠茶)의 주산지이다.

3. 무주(婺州 : 현재의 저장성 진화金華 동양東陽)

당나라 시대의 이조는 『국사보』에서 무주 지역의 차와 관련하여 "무주에는 동백차가 있다(무주유동백婺州有東白)"라고 기술하고 있다. 오대(五代) 때 촉(蜀)나라의 모문석(毛文錫)은 『다보(茶譜)』에서 무주에는 거암차(擧岩茶)가 있다고 설명하였다. 후대에 이시진은 『본초강목』의 「집해(集解)」에서 '오월지차(吳越之茶)' 가운데 하나로 '금화지거암(金華之擧岩)'을 꼽고 있다. 금화(金華)의 거암차(擧岩茶)는 명나라 시대의 명차 가운데 하나였다.

동백차(東白茶)는 동백산(東白山)에서 생산된 차로 두툼한 외형에 그윽한 난향(蘭香)을 갖추고 있다.

4. 태주(台州)

천태산(天台山)은 절강성의 4대 명산 가운데 하나로 절동(浙東)의 유명한 차 생산 지역이며, 불교 천태종의 발원지로도 유명하다. 상장(桑莊)의 『여지속보(茹芝續譜)』에는 "천태(天台)의 차는 삼품(三品)이 있는데 자응(紫凝)이 으뜸이고 위령(魏嶺)이 다음이고 소계(小溪)가 그 다음이다"라고 기록되어 있다. 그 가운데 자응(紫凝)은 폭포산(瀑布山)이라고 부르기도 하였다. 이상의 천태의 삼품은 청나라 시대 초기에 이르러 그 맥이 끊기게 된다.

천태산의 화정차(華頂茶)는 독특한 색과 향, 풍미를 가지고 있으며 절강의 명차 가운데 하나로 꼽는다.

절동도의 지도

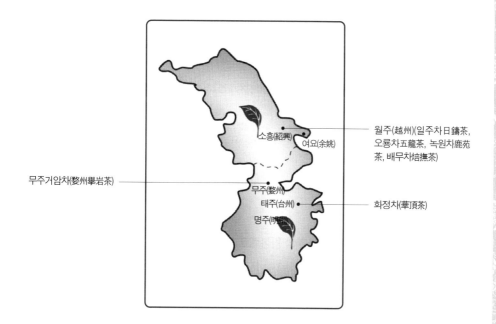

월주(越州)(일주차日鑄茶, 오룡차五龍茶, 녹원차鹿苑茶, 배무차焙撫茶)

무주거암차(婺州擧岩茶)

화정차(華頂茶)

소흥(紹興)
여요(余姚)
무주(婺州)
태주(台州)
명주(明州)

화정운무(華頂雲霧)

천태산은 대단히 유구한 차 생산의 역사를 가지고 있다. 동한(東漢) 말기, 도사 갈현(葛玄)이 천태산 화정봉(華頂峰) 위에 차를 심었다는 기록이 있다. 5세기에 이르기까지 차 생산이 꾸준히 증가하였으며, 당나라 시대에는 이미 그 명성이 자자하였다. 화정봉은 여름에는 서늘하고 겨울에는 한랭한 기후적 조건 때문에 차나무의 생장 기간이 상대적으로 짧다. 그러나 봄에 싹이 틀 때가 되면 온 산이 녹색의 찻잎으로 뒤덮여 장관을 이룬다.
화정운무는 가늘면서도 단단하고 튼실한 외형을 가지고 있다. 차의 색은 녹취색(綠翠色)을 띠고 있으며, 그 향기가 오래 지속된다. 차탕은 밝은 녹색을 띠고 있으며, 한 모금 들이키면 진하면서도 상쾌한 맛이 입안을 감싼다.

무주거암(婺州擧岩)

무주거암은 금화거암(金華擧岩)이라고도 하였다. 차탕의 색이 벽유(碧乳)와 같다고 하여 '향부벽유(香浮碧乳)'라고 부르기도 하였다. 무주거암은 송나라 시대에 처음 세상에 그 모습을 보였으며, 명나라 시대에 이르러 공품(貢品)의 하나가 되었다. 절강성 금화시(金華市) 쌍룡동(雙龍洞) 부근에서 생산되었다.
무주거암은 편평하고 곧은 외형에 부드러운 솜털이 드러나 있다. 차의 색은 은취색(銀翠色)이며 유장한 향기를 갖추고 있다. 꽃가루의 향이 배어 있으며 시원하면서도 진하게 느껴지는 맛이 일품으로 알려져 있다. 차탕의 색은 여린 녹색을 띠고 엽저는 전체적으로 가지런하다.

06 팔도지八道之
검남도劍南道

>>> 현재의 쓰촨성 푸장涪江 유역의 서쪽, 다두허大渡河 유역과 야룽장雅礱江 하류의 동쪽, 윈난성 란창장瀾滄江 유역, 아이라오산哀牢山 동쪽, 취장曲江, 난판장南盤江 북쪽, 구이저우성 수이청水城, 푸안普安 서쪽과 간쑤성 원현文縣 일대에 해당한다.

1. 팽주(彭州 : 현재의 쓰촨성 원장溫江 팽현彭縣)

팽주 구롱현(九隴縣)은 지금의 쓰촨성 팽현(彭縣) 지역을 말한다. 청나라 시대의 사서(史書)에는 팽주현(彭州縣)에 차롱산(茶隴山)이 있다는 기록이 있다. 붕구(棚口), 즉 팽현을 옛날에는 차성(茶城)이라고 불렀다.

2. 면주(綿州 : 현재의 쓰촨성 몐양綿陽 안현安縣, 장유江油)

면주는 부강(涪江)의 오른쪽 연안에 있는 지역으로 예전에는 사천성의 중심적인 차 산지였다. 면양(綿陽) 평무현(平武縣)에서는 기화차(騎火茶)가 주로 생산되었고, 창명현(昌明縣)에서는 창명차(昌明茶)가 생산되었다. 수목차(獸目茶)는 수목산(獸目山)에서 생산되었다.

3. 촉주(蜀州 : 현재의 쓰촨성 원강溫江 관현灌縣)

촉주 역시 당나라 시대의 유명한 차 산지 가운데 하나였다. 모문석의 『다보(茶譜)』에는 촉주에 속하는 진원(晋原), 동구(洞口), 횡원(橫原), 미강(味江), 청성(淸城) 등의 지역에서 생산되는 횡아(橫牙), 작설(雀舌), 조취(鳥嘴), 맥과(麥顆), 편갑(片甲), 선익(蟬翼) 등의 차는 모두 산차 가운데 최상품으로 꼽힌다고 기록되어 있다. 관현(灌縣)은 지금도 여전히 사평차(沙坪茶)로 이름을 떨치고 있다.

4. 공주(邛州 : 현재의 쓰촨성 원장溫江)

공주는 당나라 시대부터 유명한 차의 생산지였다. 남송(南宋)의 위료옹(魏了

검남도 劍南道

검남도의 지도

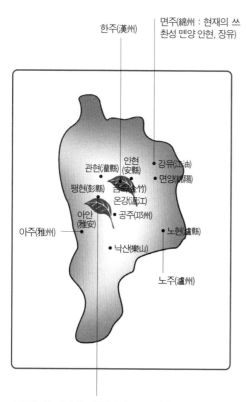

한주(漢州)

면주(綿州 : 현재의 쓰 촨성 멘양 안현, 장유)

관현(灌縣)
안현(安縣)
강유(江油)
팽현(彭縣)
면양(綿陽)
금죽(金竹)
온강(溫江)
아안(雅安)
공주(邛州)
아주(雅州)
노현(盧縣)
낙산(樂山)
노주(瀘州)

팽주(彭州 : 현재의 쓰촨성 원저우溫州 팽현)

몽정황아는 사천성 명산현(名山縣) 몽정산(蒙頂山) 지역에서 생산된다. 서한(西漢) 시대에 제조된 이래 이미 2천여 년의 역사를 가지고 있으며, 고대에 황실에서 전용으로 사용하던 명차였다. 매년 청명절(淸明節)에 둥글고 두툼한 단아(單芽)에서 나오는 신선한 잎을 따서 만든다. 아두(芽頭)가 두툼하고 크기가 일정한 것을 골라 만든다.

완성된 차는 편평하고 곧은 외형에 흰털이 드러나 있다. 차의 색은 여린 황색이며 차탕의 색은 투명한 황색을 띤다. 농밀한 차향에 달고 진한 풍미로 유명하다. 엽저는 여린 황색을 띤다.

몽정황아(蒙頂黃芽)에 얽힌 전설

전하는 바에 의하면, 청의(靑衣)는 강 속에서 부단히 수행하여 선녀가 된 물고기였다. 어느 날 처녀로 화신하여 몽산(蒙山)을 유람하며 차 씨앗을 채적하고 있던 중에 공교롭게도 꽃을 따던 한 청년을 만나게 되었다.

선녀는 차 씨앗을 그 청년에게 건네주고 청년과 가연을 맺게 되었다. 청년은 선녀에게 건네받은 차 씨앗을 몽산 정상에 심었다.

후에 이 선녀는 하늘에서 내려온 사자에게 붙잡혀 하늘로 돌아가게 되었고, 청년은 선녀를 잊지 못하고 한평생 차를 재배하며 살았다.

나이 팔십에 이르러서도 선녀에 대한 사무치는 그리움을 어찌할 수 없던 그 청년은 결국 오래된 우물에 몸을 던졌다고 한다.

翁 : 1178~1237년, 남송의 학자이며 정치가)이 저술한 『공주선다기(邛州先茶記)』에는 남송 시절에 이 지역이 명차의 생산지였음을 설명하는 내용이 있다.

5. 아주(雅州 : 현재의 쓰촨성 야안雅安)

이 지역에서 생산된 차 가운데 관음사차(觀音寺茶)와 태호사차(太湖寺茶)가 비교적 유명하였다. 또한 명산(名山)은 당나라 시대의 명차인 몽정차(蒙頂茶)의 산지였다. 몽정차는 당나라 시대에 검남도에서 생산된 유일한 공차였으며, 백거이는 그의 시에서 "차 중에는 예로부터 몽산차가 친숙하다(차중고구시몽산차茶中故舊是蒙山)"라고 찬탄한 바가 있다.

6. 노주(瀘州 : 현재의 쓰촨성 이빈宜賓 루현瀘縣)

『본초강목』의 「집해」에는 당나라 시대의 '촉지차(蜀之茶)'가 열거되어 있는데, 그 가운데에 '노주지납계(瀘州之納溪)'라는 구절이 있다. 육우가 말하는 노주의 노주차(瀘州茶)는 바로 이 납계차(納溪茶)를 가리키는 것으로 짐작된다.

7. 미주(眉州 : 현재의 쓰촨성 러산樂山 단링丹棱, 펑산彭山, 러산樂山)

아미산(峨嵋山)은 미주에 있는 명산이다. 아미(峨眉)의 백아차(白芽茶)는 과거에 사천 지방의 명차였다. 아미의 백아차는 '처음에는 쓰지만 나중에 단 맛이 도는' 특징이 있다. 육유는 자신의 시를 통하여 '설아근자아미득(雪芽近自峨眉得), 불감홍낭고저춘(不減紅囊顧渚春)'이라고 찬탄한 바가 있다.* 여기서 설아(雪芽)는 바로 백아(白芽)를 말한다.

8. 한주(漢州 : 현재의 쓰촨성 멘양綿陽 멘주綿竹, 스팡什邡)

광한(廣漢)의 월파차(越坡茶)와 아미의 백아(白芽), 아안(雅安)의 몽정(蒙頂)은 모두 '진품(珍品)'으로 칭송받던 명차였다. 그러나 청나라 시대에 이르면서 모두 그 맥이 끊겨 흔적조차 찾기 힘들게 되었다.

---

* 송나라의 시인 육유(陸游)의 시 『동하원입채견오지동정원급천자다(同何元立蔡肩吾至東丁院汲泉煮茶)』에 나오는 "눈같이 흰 차싹 아미산 가까운 곳에서 얻었는데, 붉은 비단 주머니 싼 고저차에 뒤지질 않네. 맑은 나무 그늘 아래 풍로 널어두니, 훗날 진기한 이 일 세 사람에 속할 것이리라(설아근자아미득 불감홍낭고저춘 선치풍로청월하 타년기사속삼인雪芽近自峨眉得 不減紅囊顧渚春 旋置風爐淸樾下 他年奇事屬三人)"라는 시이다.

07 | 팔도지八道之 검중도黔中道

>>>> 진秦나라 시대 검중군黔中郡의 관할은 현재의 후난성 위안수이沅水, 펑수이澧水 유역, 후베이성의 칭장淸江 유역, 쓰촨성의 쳰장黔江 유역과 구이저우貴州의 동북 지방 일부분에 해당한다. 당나라 시대 검중도의 관할과 진秦나라 시대 검중군의 관할은 대체적으로 일치한다. 하지만 동쪽으로 위안수이와 펑수이의 하류 지역, 즉 현재의 타오위안桃源, 츠리慈利의 동쪽은 포함되지 않았으며, 서쪽으로는 오늘날의 구이저우의 대부분 지역을 포함하고 있었다.

1. 사주(思州 : 현재의 구이저우貴州 퉁런銅仁)

사주에 속하는 귀주(貴州)의 무천(務川), 인강(印江), 소하(沼河)와 사천(四川) 유양(酉陽)의 각 현이 모두 차의 생산지였다. 그 가운데 무천의 고수차(高樹茶)는 '고수(高樹)'라는 이름을 통하여 알 수 있듯이 나무의 높이가 대단했다. 이것과 최근에 무천 부근에서 발견된 야생의 큰 차나무는 같은 것일 거라고 추측되고 있다.

2. 파주(播州 : 현재의 구이저우貴州 쭌이遵義)

원래 파주에 속하는 귀주의 준의시(遵義市), 준의(遵義), 동재(桐梓)의 각 현은 차의 산지였다. 준의의 금정산(金鼎山)은 운무차(雲霧茶)로 유명하며, 청평(清平)의 향로산(香爐山) 역시 준의의 금정산과 더불어 차의 산지로 잘 알려져 있다. 귀정현(貴定縣)에서 생산되는 운무차(雲霧茶)는 귀주에서 생산되는 차 가운데 으뜸이라고 할 만하다.

한(漢)나라 시대에 파주는 야랑국(夜郎國)의 영토였다. 그 시대의 『현지(縣之)』에는 "야랑청(夜郎菁)의 정상은 첩첩 구름에 안개가 자욱하며 이곳의 만명(晚茗)은 일품이라 할 수 있다. 딸 수 있을 만큼 따서 끓는 물에 차를 우리면 순식간에 풀어지면서 흰 연기가 피어나 항아리를 덮고 수증기로 발산된다. 사람의 심지를 이롭게 하니, 가히 몽산(蒙山)에 비견될 정도로 진귀하다"라고 기록되어 있다. 이

7장 | 산출 343

기록은 야랑산의 정상은 늘 짙은 운무로 덮여 있으며, 또한 그곳에서 생산되는 차의 수량이 많지 않았음을 말해준다.

현재 메이탄현(湄潭縣, 미담현)에서 생산되는 미담미첨차(湄潭眉尖茶)는 일찍이 '공품'으로 진상되던 명차였다. 미세하게 느껴지는 매끄러운 맛이 가히 일절이라 할 수 있다.

3. 이주(夷州 : 현재의 구이저우貴州 퉁런銅仁)

이주는 현재의 구이저우 스첸현(石阡縣, 석천현) 일대에 위치한 곳이었다. 석천차(石阡茶) 역시 예전에 조정에 진상되던 '공품' 가운데 하나였다.

검중도의 지도

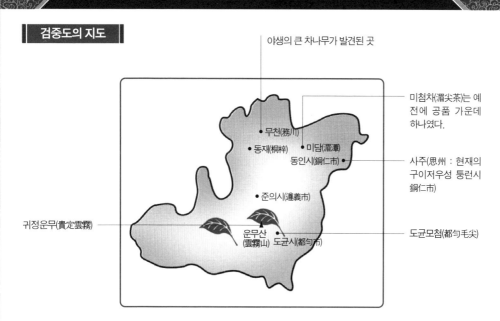

야생의 큰 차나무가 발견된 곳

미첨차(湄尖茶)는 예전에 공품 가운데 하나였다.

사주(思州 : 현재의 구이저우성 퉁런시 銅仁市)

무천(務川)

동재(桐梓)   미담(湄潭)

동인시(銅仁市)

준의시(遵義市)

귀정운무(貴定雲霧)

운무산 (雲霧山)   도균시(都匀市)

도균모첨(都匀毛尖)

도균모첨(都匀毛尖)

도균모첨은 '백모첨(白毛尖)', '세모첨(細毛尖)', '어구차(魚鈎茶)'라고도 부르며, 검남도의 3대 명차 가운데 하나로 꼽히고 있다. 귀주 검남시에 있는 의족(依族)과 묘족(苗族)의 자치구인 도균현(都匀縣)에서 생산된다. 이 지역은 산과 계곡의 굴곡이 심하고 해발 1,000여 미터의 높은 곳에 위치하고 있다. 협곡과 계곡을 둘러싸고 울창한 수림이 이어져 있으며 늘 운무가 자욱하여 앞을 보기 힘들지만 기후는 온화하다. 차아(茶芽)의 발육에 대단히 유리한 환경적 조건을 가지고 있다.

도균모첨은 현지의 태차(苦茶)를 개량하여 만든 것으로 차아(茶芽)의 발육이 빠를 뿐만 아니라 아엽이 매우 크고 두툼하며 솜털이 많이 나 있다. 또한 부드러운 정도가 오래 지속되며 내부에 풍부한 성분을 함유하고 있다. '삼록투삼황(三綠透三黃)'은 도균모첨의 특징을 한마디로 압축하고 있는 표현으로 건차(乾茶)의 색은 전체적으로 녹색을 띤 가운데 은은한 황색을 내포하고 있고 차탕의 색은 전체적으로 녹색을 띠면서도 은연중 투명한 황색이 드러난다.

귀정운무(貴定雲霧)

귀정운무는 귀정어구차(貴定魚鈎茶)라고도 한다. 현지의 묘족(苗族 : 합파묘哈巴苗)은 bulao ji(불로기, 不老幾)라고 부른다. 역사가 매우 유구하며 청나라 강희제 시기의 『귀주통지(貴州通志)』에 따르면 "귀양(貴陽)의 군민부(軍民府)가 있는 용리(龍里)의 동묘파(東苗坡)에서 차가 생산된다"고 기록되어 있다. 청나라 시기에 조정에 진상하던 공품 가운데 하나였다.

주요 산지로는 귀정현(貴定縣) 운무구(雲霧區) 앙망향(仰望鄕)의 십여 개 산채를 들 수 있다. 각각의 산채는 산봉우리가 높이 솟아 있는 해발 약 1,200미터 이상의 위치에 자리 잡고 있다. 이 때문에 일 년 내내 자욱한 운무로 뒤덮여 있는 특수한 기후 환경을 가지고 있다. 귀정운무는 어구(魚鈎)와 같은 외형을 하고 있어 그 굴곡이 아름다우며 흰털로 가득 뒤덮여 있다. 완성된 차는 여린 녹색을 띠고 있으며 농밀한 향기에 진한 맛이 일품이다. 차탕은 투명한 녹색을 띠고, 엽저는 부드러우면서 전체적으로 투명하다.

08 팔도지八道之 강남도江南道

≫≫ 현재의 저장성浙江省, 푸젠성福建省, 장시성江西省, 후난성湖南省 등과 장쑤성江蘇省, 안후이성安徽省의 창장長江 이남 지역, 후베이성湖北省, 쓰촨성四川省의 강남 일부와 구이저우성貴州省의 동북부 지역에 해당한다.

1. 악주(鄂州 : 현재의 후베이성 황스시黃石市 셴닝咸寧 지역)

원래 악주 무한시(武漢市)의 장강 이남 지역, 황석(黃石), 함령(咸寧), 양신(陽新), 통산(通山), 통성(通城), 가어(嘉魚), 무창(武昌), 악성(鄂城), 숭양(崇陽), 포기(蒲圻) 등의 각 현의 대부분이 차의 생산지였다. 특히 무창산(武昌山)은 일찍이 진(晉)나라 무제(武帝)(280년) 시기에 이미 야생의 '총명(叢茗)'이 있었던 것으로 알려져 있다. 무창현(武昌縣)은 청나라 시대에 황룡(黃龍) 산맥에서 생산된 운무차(雲霧茶)의 뛰어난 품질로 명성이 자자했다. 특히 함령(咸寧) 지역 포기현(蒲圻縣)의 양루동(羊樓洞)에서 생산된 차가 가장 유명하였다.

양루동에서 생산된 전차(磚茶)는 과거에는 멀리 몽고와 시베리아 일대에서도 판매되었다.

2. 원주(袁州 : 현재의 장시성 이춘宜春)

『본초강목』의 「집해」에는 원주의 계교차(界橋茶)를 당나라 시대 '오월지차(吳越之茶)' 가운데 하나인 명차로 꼽고 있다.

원주에는 당나라 시대에 신유(新喻), 의춘(宜春), 평향(萍鄉)(당나라 시대의 이름은 평향萍鄉)의 세 현이 있었으며, 계교차(界橋茶)는 의춘현에서 생산되었다. 계교차는 명차로 알려지긴 하였지만, 송나라 시대에 이르면서 사람들의 관심에서 멀어지게 되었다.

강남도의 지도

여산운무(廬山雲霧)

악주시(鄂州市)

여산(廬山)

황석(黃石)

의춘(宜春)

정강산(井岡山)

예전의 악주(鄂州)

황룡운무차(黃龍雲霧茶)

양루동전차(羊樓洞磚茶)

예전의 길주(吉州)에서
공차를 생산하였다.

여산운무에
얽힌 전설

명차 감상 - 여산운무(廬山雲霧)

기록에 의하면 여산에서 차가 재배되기 시작한
것은 진(晉)나라 시대로 거슬러 올라간다. 이후
에 당나라 시대의 몇몇 문인과 선비들이 여산
에 모이기 시작하면서 여산의 차 생산력과 기
술이 한 단계 발전하게 된다.

전하는 바에 의하면, 저명한 시인 백거이가 일
찍이 여산의 향로봉(香爐峰) 아래에 초옥을 짓
고 차와 약을 재배하였다고 한다. 송나라가 들
어서면서 여산차(廬山茶)는 '공차'의 하나로 이
름을 떨치게 된다.

여산운무차는 아름다운 취록색(翠綠色)을 띠고
있으며 그윽한 난향을 갖추고 있다. 한 모금 머금
으면 순일한 맛이 상쾌하게 입안에 퍼진다. 아엽
은 부드럽고 두툼하며 투명한 흰색을 띠고 있다.

그러나 차를 어떻게
채적하는지 모르는
손오공이 망설이고
있을 때 한 무리의 새
들이 하늘을 날아 차
원에 나타났다.

새들은 손오공을 도
와 차 씨앗을 입에 머
금고 화과산으로 날
아가게 되었다.

전설에 의하면, 손오공이 일찍이 화
과산(花果山)에서 원숭이 무리의 왕
노릇을 하고 있을 때 갑자기 왕모낭
랑(王母娘娘)이 즐기던 선차(仙茶)가
마시고 싶어졌다고 한다.

이에 하늘로 솟아오른 손오공은 단
숨에 차원(茶園)으로 날아가 차를 찾
았다.

여산의 상공에 도착
했을 때 새들은 흥에
겨워 자신들도 모르
게 노래를 불렀고, 이
에 입에 물고 있던 차
씨앗이 여산의 바위
틈으로 떨어졌다.

이로부터 여산에서는
사람들을 매혹시키는
맑은 향을 품은 여산
차(廬山茶)가 생산되
기 시작하였다고 한
다.

원나라 시대 마단림(馬端臨 : 1254년~1323년, 남송 말 원나라 초의 유학자이며 역사가)의 『문헌통고(文獻通考)』에는 "녹영(綠英)과 금편(金片)이 원주에서 생산되었다(녹영금편출원주綠英 金片出袁州)"라는 기록이 있다. 이 글에서 가리키는 원주는 바로 의춘현을 말한다. 원주는 명나라와 청나라 양대(兩代)의 조정에 모두 차를 공물로 바쳤다.

3. 길주(吉州 : 현재의 장시성 징펑산井風山)

길주는 당나라, 송나라, 명나라의 각 대(代)에 모두 차를 공물로 올렸다.

09 팔도지八道之 영남도嶺南道

⋙ 현재의 광둥성廣東省, 광시성廣西省의 대부분과 월남越南의 북부 지역에 해당한다.

1. 복주(福州 : 현재의 푸젠성福建省 푸저우시福州市)

복주는 당나라 시대에 조정에 공차를 올렸던 도시 가운데 하나였다. 민방산(閩方山)은 바로 민현(閩縣)의 방산(方山)을 말하며, 이곳에서 생산되는 방산차(方山茶)는 당나라 시대에 그 명성이 매우 높았다. 방산차는 고산차(鼓山茶)와 더불어 "복주의 백암(柏岩)이 매우 뛰어나다(복주백암극가福州柏岩極佳)"라는 한 구절로 『다보(茶譜)』에 소개되어 있다. 고산반암차(鼓山半岩茶)는 '반암(半岩)'으로 불리는데, 그 이유는 고산(鼓山)의 반산(半山)에서 생산되었기 때문이다. 고산반암차는 '색과 향기, 맛이 민중제일(閩中第一)'이라 할 수 있으며 결코 호구(虎丘)나 용정(龍井)에도 앞자리를 양보하지 않는' 명차 중의 명차로서 복주의 북원선춘(北苑先春)이나 용배(龍焙)와 견줄 수 있을 정도였다.

2. 건주(建州 : 현재의 푸젠성 젠양시建陽市)

건주에서 생산되는 차 가운데 가장 유명한 것을 꼽는다면 첫 번째는 북원차(北苑茶), 두 번째는 무이차(武夷茶)를 꼽을 수 있다. 청나라 초기에 무이차는 '중원 제일의 차'로 인식될 정도였다.

공차의 측면에서 보면, 원나라 시대에 무이차가 알려지게 되면서 북원차는 점차 그 명성이 바래지게 된다. 무이차가 최초로 세상에 이름을 알린 것은 당나라 시대의 서인(徐夤)이 지은 「무이춘난월초원(武夷春暖月初圓)」이라는 시문을 통해서였다. 또한 무이차는 '당나라에서 시작되어 송나라, 원나라 시기에 절정을 이루다가 명나라 시대에 잠시 쇠퇴하였으나 청나라 때 다시 부흥하는' 역사적 흥망을 겪는다.

무이산차(武夷山茶)는 암차(岩茶)와 주차(洲茶)의 두 종류로 나눌 수 있다. 산에서 난 것을 암(岩)이라고 하여 상품으로 여겼고, 산기슭에서 난 것을 주(洲)라고 하여 그 다음으로 쳤다. 수백여 종의 품종이 있는데, 시(時), 지(地), 형(形), 색(色), 기(氣), 미(味)의 여섯 가지 기준에 의하여 명명하고 있다. 선춘(先春)이나 우전(雨前)은 시기에 따라 구분하여 붙인 명칭이고, 반천요(半天夭)나 불견천(不見天)은 지리적 기준에 의하여 붙인 명칭이다. 속립(粟粒)이나 유조(柳條)는 형태를 기준 삼아 붙인 명칭이며, 백계관(白鷄冠)과 대홍포(大紅袍)는 색깔에 따라 붙인 명칭이다. 백서향(白瑞香)이나 소심란(素心蘭)은 풍기는 기운에 따라 구분하여 붙인 명칭이며, 육계(肉桂)나 목과(木瓜)는 맛을 기준으로 구분하여 붙인 명칭이다.

3. 상주(象州 : 현재의 광시성廣西省 류저우시柳州)

상주는 차의 재배에 매우 적합한 환경적 조건을 갖추고 있기 때문에 전체 현에서 두루 차가 생산되고 있다. 이곳에서 생산되는 차는 색과 향, 그 맛이 전국 각지에서 생산되는 그 어떤 차와도 비교하기 힘들 정도로 뛰어난 것으로 알려져 있다.

무이암차(武夷岩茶)의 '철라한(鐵羅漢)'

철라한은 무이(武夷)의 차 가운데 가장 먼저 제조된 명차로 그 풍미는 '활(活), 감(甘), 청(淸), 향(香)'의 네 글자로 표현되고 있다.
전설에 의하면, 이 차는 무이산 혜원암(慧苑岩)의 내귀동(內鬼洞)에서 생장하여 암벽의 양쪽으로 솟아올랐다고 한다. 즉 이 차는 양쪽으로 작은 계곡물이 흐르고 있는 긴 협곡 지대에서 생장하였으며, 이러한 환경에서 생장한 철라한은 특히 열병의 치료에 탁월한 효과가 있어 사람들의 열렬한 환영을 받게 되었다고 한다.

영남도의 지도

복주(福州) ● ● 건양(建陽)
● 고산(鼓山)
유주(柳州)

건주(建州)

무이차　　북원차
(武夷茶)　　(北苑茶)

'철라한'에 얽힌 고사

서왕모(西王母)가 휘장으로 장식한 정자에 사람들을 초대하여 연회를 열자 오백 명의 나한이 참석하여 함께 즐겼다.

차를 관장하는 나한이 술을 마시고 크게 취하여 돌아가다가 혜원갱(慧苑坑)의 상공에 도착하였을 때 갑자기 손에 들고 있던 차가 뚝하고 부러져 혜원갱 속으로 떨어져 버리고 말았다.
이때 이곳을 지나던 한 늙은 농민이 부러진 차를 집어 집으로 돌아갔다.

나한은 이 노인의 꿈에 나타나 부러진 차의 가지를 구덩이에 묻고 잘 재배하여 차를 만들면 능히 만병을 치료할 수 있다고 말하고 부러진 가지를 잘 보살펴줄 것을 부탁하였다.
이런 연유로 '철라한'이란 이름을 얻게 되었다.

무이암차(武夷岩茶)의 '수금귀(水金龜)'

완성품의 차는 단단한 외형에 윤기가 흐르는 묵록색(墨綠色)을 띠고 있다. 맑고 그윽한 향기가 유현하게 퍼지며 짙은 단맛이 강렬하게 느껴진다. 차탕의 색은 금황색이며, 엽저는 부드럽고 투명하다.

'수금귀(水金龜)'에 얽힌 전설

전설에 의하면, 청나라 말기에 한 해 내내 서늘한 기온이 지속되자 무이산차를 재배하는 농민들이 다신(茶神)에게 제사를 지냈다고 한다.
농민들이 '차의 발아'를 기원하며 하늘을 향해 외치는 소리가 차나무에 물을 대던 늙은 금구(金龜)를 놀라게 하였다.

이 늙은 금구는 농민들의 정성에 감동하여 스스로 무이산 위에 잎이 무성한 한 그루의 차나무로 변하였다.

산 위에 있는 한 사찰의 화상이 지나가다가 이 차나무가 암벽 사이에서 물을 마시던 금구의 형상을 하고 있는 것을 발견하였다.
화상은 이 차나무가 하늘이 주신 선물이라 여기고 불경을 염불하며 예배를 드렸다.

10

당나라 시대부터 현대까지

차 산지의 분포

≫≫ 음차 문화의 전파와 차의 생산 지역의 발전은 매우 밀접한 상관관계가 있다. 당나라 시대부터 지금까지 이어져 온 차 문화의 광범위한 전파는 차 산지의 확대를 촉진시켰으며, 또한 수많은 명차가 생산될 수 있는 문화적 토대가 되어 왔다.

당나라 시대의 차 생산은 실은 사회적, 산업적 관점에서 차가 생산되기 시작한 출발점이라고도 할 수 있다. 당시의 차 생산 지역은 현재의 장강 남북의 13개 성과 자치구를 포괄하고 있다. 당나라 시대부터 지금에 이르기까지 1000여 년의 유구한 역사를 거치며 최초에 13개 성과 자치구에서 생산되던 차가 현재는 19개 성과 자치구로 확대되었다. 서쪽으로는 윈난성, 북쪽으로는 산둥성, 남쪽으로는 광둥성, 동쪽으로는 타이완(臺灣)까지 확대되어 생산되고 있다.

차 산지의 발전과 사회적 생산력 그리고 사회의 수요는 매우 밀접한 관계가 있다. 당나라 시대부터 지금까지 중국의 차 산지는 모두 두 차례의 큰 변화 과정을 겪었다.

1. 18세기에서 20세기에 이르는 200여 년 동안 음차 문화의 풍조가 외국으로 신속히 전파되면서 차의 수요 또한 대량으로 증가하게 되었다. 이에 따라 차 산지 역시 대규모의 확대와 발전 과정을 거치게 된다.

2. 새로운 중국이 성립된 이후 지금까지 60여 년 동안 정부는 차 생산을 대대적으로 장려하고 차 무역을 강화하였다. 이에 따라 차의 수요가 크게 증가하면서 차 생산 지역 역시 대규모로 확대되었다.

차의 생산 지역은 중국의 역대 왕조에 따라 서로 상이한 분포를 보이고 있다. 각 왕조 시기마다 찻잎의 생태적 조건, 차나무의 유형, 품종의 차이, 차의 생

산동 차구(山東茶區)

진파회양 차구(秦巴淮陽茶區)

절민산지 차구(浙閩山地茶區)

천서남 차구(川西南茶區)

전서남 차구(滇西南茶區)

대만 차구(臺灣茶區)

강남구릉 차구(江南丘陵茶區)

검악산지 차구(黔鄂山地茶區)

남사군도(南沙群島)

영남 차구(嶺南茶區)

이 도해는 역사적 자료를 참고하여 만든 일종의 시의도(示意圖)이기 때문에 지도로 사용해서는 안 된다.

산 역사, 기술적 특징 등의 다양한 측면에서 차이를 보이고 있다. 현재 중국의 차 생산 지역은 대체로 다음과 같은 세 가지 방식으로 구분할 수 있다.

위도(緯度)의 위치에 따라 구분한 3대 차구(茶區) (북위 31도에서 북위 26도에 이르는 기선基線)

1. 북부 차구(난온대 차구) : 현재 쓰촨 분지 이북, 쓰촨성 북부, 산시성 남부, 후베이성 북부, 허난성 남부, 안후이성 북부, 장쑤성 등의 차구를 말한다.

2. 중부 차구(아열대 차구) : 현재 윈난성 북부, 쓰촨성 중부, 쓰촨성 남부, 구이저우성 북부, 후베이성 남부, 안후이성 남부, 푸젠성 북부, 후난성, 장시성, 저장성 등의 전 지역을 말한다.

3. 남부 차구(아열대와 열대 차구) : 현재 윈난성의 중부와 남부, 구이저우성 남부, 푸젠성 남부, 광둥성, 광시성, 타이완 등의 전 지역을 말한다.

당나라 시대의 도명(道名)에 따라 구분한 5대 차구(茶區)

1. 영남 차구(嶺南茶區) : 지금의 푸젠성, 광둥성 두 성의 중남부 지역, 광시성, 윈난성 두 성의 남부 지역, 타이완을 말한다.

2. 서남 차구(西南茶區) : 지금의 구이저우성 전역, 쓰촨성, 윈난성 두 성의 북부 지역, 씨장자치구의 동남부 지역을 말한다.

3. 강남 차구(江南茶區) : 지금의 광둥성, 광시성 두 성의 북부 지역, 푸젠성의 중북부 지역, 안후이성, 장쑤성 두 성의 남부 지역, 후난성, 장시성, 저장성의 3개 성 전부를 말한다.

4. 강북 차구(江北茶區) : 감남(甘南 : 감甘은 간쑤성의 별칭), 섬남(陝南 : 섬陝은 산시성의 별칭), 악(鄂北 : 악鄂은 후베이성의 별칭), 예남(豫南 : 예豫는 허난성의 별칭), 환북(晥北 : 환晥은 안후이성의 별칭)과 소북(蘇北 : 소蘇는 장쑤성의 별칭) 지역을 말한다.

5. 회북 차구(淮北茶區) : 지금의 산둥성 중남부 지역과 장쑤성 북부 지역의 몇 개의 현을 말한다.

지역과 지형적 조건에 따라 구분한 9대 차구(茶區)

1. 진파회양 차구(秦巴淮陽茶區) : 장쑤성, 안후이성 황산 이북 지역, 후베이성 동부, 쓰촨성 동부, 산시성 자양(紫陽), 허난성 신양(信陽) 등의 차구를 말한다.

2. 강남구릉 차구(江南丘陵茶區) : 기홍(祁紅), 영홍(寧紅), 상홍(湘紅), 항호(杭湖), 평수(平水), 둔계(屯溪), 양루동(羊樓洞) 노청(老靑) 차구를 말한다.

3. 절민산지 차구(浙閩山地茶區) : 온주(溫州), 민동(閩東 : 민閩은 푸젠성의 별칭), 민북(閩北) 차구를 말한다.

4. 대만 차구(臺灣茶區)

5. 영남 차구(嶺南茶區) : 민남(閩南), 광동, 광서 차구를 말한다.

6. 검악산지 차구(黔鄂山地茶區) : 의홍(宜紅), 귀주(貴州), 전동북(滇東北 : 전滇은 운남성의 별칭) 차구를 말한다.

7. 천서남 차구(川西南茶區) : 사천 남부, 남로(南路), 서로변(西路邊) 차구를 말한다.

8. 전서남 차구(滇西南茶區) : 전서(滇西)와 전남(滇南) 차구를 말한다.

9. 산동 차구(山東茶區) : 노동남(魯東南) 연안의 차구, 교동반도(膠東半島) 차구, 노중남(魯中南) 차구를 말한다.

11

생산지에 따른 차의 품종

4개의 등급

>>>> 육우는 당나라 시대의 차 산지인 5개의 도(道 : 32개 주州)를 셋 혹은 네 개의 등급으로 나누었다. 나머지 도道는 등급의 구별을 하지 않았다. 이러한 등급은 차의 품질을 기준으로 구분한 것이지만, 오늘날에는 이미 그 의의를 상실하였다.

육우가 구분한 등급은 하나의 도(道) 내에 있는 각 주(州)의 등급을 가리킨다. 각 도의 주들을 동일 등급으로 분류하였지만, 다른 도의 같은 등급과 차의 품질이 같다는 뜻은 아니다. 예를 들면 산남도의 상등급이 절동도의 상등급과 같은 것이 아니었다.

주의할 점 두 가지를 정리하면 다음과 같다.

1. 각 도의 주들을 동일 등급별로 분류하였으나 차의 품질이 같다는 것은 아니라는 점이다. 등급별 구분은 단지 각 주나 현에서 생산되는 찻잎의 등급을 표시하기 위하여 이용되었다.

2. 각 도, 주, 군 이하의 현이나 지구(地區)에서 생산된 찻잎의 품질 또한 일치하는 것이 아니라는 점이다.

여기서 말한 당나라 시대의 차 산지의 품질의 구분은 결코 과학적 근거에 의한 객관적인 분류라고 할 수 없다. 역대 왕조를 거치면서 농업 생산 기술의 혁신과 더불어 찻잎의 종류도 단일 품종에서 다품종으로 발전해 왔으며, 차나무의 재배 기술이나 채재 기술 등 다방면에서 대단히 큰 진보가 이루어졌다. 육우가 구분한 찻잎의 등급은 이미 그 의미를 상실한 것이다.

찻잎을 등급별로 구분하기 위해서는 과학적인 요인에 의한 객관적인 분류가 필요하다. 찻잎의 품질에 영향을 미치는 요인들은 여러 가지가 있지만 그 가

당나라 시대의 차구(茶區)의 등급

	상(上)	차(次)	하(下)	우하(又下)
산남(山南)	협주(峽州)	양주(襄州), 형주(荊州)	형주(荊州)	금주(金州), 양주(梁州)
회남(淮南)	광주(光州)	의양군(義陽郡), 서주(舒州)	수주(壽州)	기주(蘄州), 황주(黃州)
절서(浙西)	호주(湖州)	상주(常州)	선주(宣州), 항주(杭州), 목주(睦州), 흡주(歙州)	윤주(潤州), 소주(蘇州)
절동(浙東)	월주(越州)	명주(明州), 무주(婺州)	태주(台州)	
검남(劍南)	팽주(彭州)	면주(綿州), 촉주(蜀州), 공주(邛州)	아주(雅州), 여주(瀘州)	미주(眉州), 한주(漢州)
검중(黔中)	사주(思州), 파주(播州), 비주(費州), 이주(夷州)			
강남(江南)	악주(鄂州), 원주(袁州), 길주(吉州)			
영남(嶺南)	복주(福州), 건주(建州), 소주(韶州), 상주(象州)			

두 가지 주의 사항
1. 각 도에 있는 주, 군을 동일 등급별로 분류하였으나 차의 품질이 같다는 것은 아니라는 점이다. 등급은 다만 동일 도 내의 각 주나 군에서 생산되는 찻잎의 등급을 표시하기 위하여 이용되었다.
2. 각 도, 주, 군 이하의 현이나 지구(地區)에서 생산된 찻잎의 품질 또한 일치하지 않는다는 점이다.

찻잎의 품질에 영향을 미치는 요인들

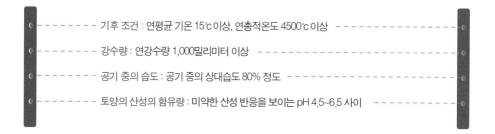

- 기후 조건 : 연평균 기온 15℃ 이상, 연총적온도 4500℃ 이상
- 강수량 : 연강수량 1,000밀리미터 이상
- 공기 중의 습도 : 공기 중의 상대습도 80% 정도
- 토양의 산성의 함유량 : 미약한 산성 반응을 보이는 pH 4.5~6.5 사이

운데서도 차 산지의 자연적, 지리적 조건이 가장 중요한 요소로 작용한다. 차나무의 재배와 생장에 적합한 생태적 조건들을 정리하면 다음과 같다.

1. 토양(土壤) : pH 4.5~6.5 사이의 약산성 반응이 나타나는 곳

2. 기온(氣溫) : 연평균 기온 15℃ 이상, 연총적온도 4500℃ 이상

3. 우량(雨量) : 연강수량 1,000밀리미터 이상

4. 습도(濕度) : 공기 중의 상대습도 80% 정도

차 생산 지역 내의 기후, 토양, 지형, 식생 등의 생태적 조건은 한두 마디의 말로 표현하기 힘들 정도로 대단히 복잡하다. 또한 차나무 품종의 차이에 따라 일련의 생태 조건에 대한 적응력에도 현저한 차이가 있다. 차원(茶園)의 위치를 선택할 때는 기후 조건과 자연적, 지리적 환경 등을 면밀하게 고려해야 하며, 차나무의 품종이나 찻잎의 종류 등을 주의하여 선택해야 한다. 당나라 시대에 형성된 차 산지는 차나무의 적합한 생태적 조건을 찾으려는 농민들의 부단한 실천과 경험의 산물이었다. 당나라 시대 이후의 차 산지 역시 이상의 생태적 조건과 농민들의 경험을 토대로 발전해 온 것이다. 생태적 조건 등의 일련의 객관적 조건을 떠나 생산성의 발전은 있을 수 없으며, 최대의 경제적 효과도 기대하기 어렵다. 그러므로 차 산지를 구분할 때는 먼저 과거와 현재의 자연적, 지리적 자료에 대한 파악이 필수적이라고 할 수 있다.

8장 결론

고아거허화故雅去虛華,
영정은침의寧靜隱沈毅*

　　당나라 시대의 병차는 찻잎을 채적하여 끓이고 마시기까지의 과정이 매우 복잡하였다. 이 때문에 육우는 일정한 객관적 상황 아래서는 일련의 과정이나 도구를 생략할 수 있다고 설명하고 있다. 이 내용은 육우가 찻잎의 채적이나 제조 혹은 자차나 음차 등의 과정에서 지엽적인 과정이나 도구에 얽매이지 않아야 진정한 풍격이 체현됨을 강조하고 있는 것이다. 또한 이는 당나라 시대의 문인들이나 선비들의 고아한 음차 풍조를 엿볼 수 있는 부분이기도 하다.

* 헛된 화려함을 버린 우아함인 까닭에, 침착하고 의연함을 감추고 편안하고 고요하다.

8장의 일러스트 목록

01 제구략制具略 : 도구의 생략

>>>> 일정한 조건에서 음차의 도구나 그릇을 생략할 수 있다. 특정한 시간이나 장소 그리고 기타 객관적인 조건 아래서는 탄력적으로 운용할 수 있다.

당나라 시대에 성행하였던 병차전음법(餅茶煎飮法)은 품음(品飮)의 순서가 대단히 복잡하고 번잡하였기 때문에 일반 대중에게는 형식적으로 따르기 어려운 점이 있었다. 육우는 이러한 점을 충분히 인식하고 일관되게 '검(儉)'을 주창하였으며, 『다경』의 한 장을 할애하여 특정한 상황 아래서 일정한 제구를 생략할 수 있는 가능성과 방법을 설명하고 있다.

그는 이른 봄, '금화(禁火)'의 시기에 야외에 있는 사찰의 차 농장에서 찻잎을 따서 바로 차를 만드는 경우에는 다음과 같은 도구를 생략할 수 있다고 하였다.

배차(焙茶)의 부속 공구 : 계(棨), 박(樸)

배차(焙茶) 공구 : 배(焙), 관(貫), 붕(棚)

천차(穿茶) 공구 : 천(穿)

봉차(封茶) 공구 : 육(育)

환경의 변화에 따라 제차(制茶) 공구 또한 간결한 방향으로 변화되어 갔다. 이를 통하여 생략 가능한 공구에 대하여 살펴보면, 여전히 채(採), 증(蒸), 도(搗), 박(拍)의 과정과 자연 건조의 과정은 필수적인 과정이었다. 하지만 인공 건조와 복홍(復烘)의 두 가지 공정은 생략할 수 있었다. 또한 병차의 원형에 천공(穿孔)을 하여 차를 완성시키는 과정이 생략되었다.

차를 채적한 후에 증차(蒸茶)와 도차(搗茶) 과정을 거쳐 불을 이용하여 홍건(烘

'금화의 시기禁火之時'*에 사용하는 도구는 차아茶芽의 부드러움을 유지할 수 있을 정도의 최소한의 도구만을 갖추어도 된다고 하였다. 육우는 본질적인 측면에서 지엽적인 과정이나 도구에 얽매이지 않고 완전히 찻잎의 신선하고 여린 정도를 그 전제로 하고 있다.

제차(制茶) 공구의 생략(당나라 시대)

금화지시(禁火之時)

초춘금화(初春禁火) : 고대에 한식(寒食)에는 불을 금지하였다. 한식은 청명(淸明) 전의 하루 혹은 이틀이었다. 그러므로 화전(火前)은 곧 청명 이전을 말한다.

야외의 사원(寺院)

옛사람들의 찻잎 채적

증차(蒸茶)

도차(搗茶)

불을 이용한 홍건(烘乾)

이 두 가지 조건 아래서 많은 공구를 생략할 수 있었단다.

생략 가능한 공구

계(棨)

박(樸)

배(焙)

관(貫)

붕(棚)

천(穿)

육(育)

* 금화지시는 한식(寒食)을 말한다. 진(晉)나라 문공(文公)의 공신 개자추(介子推)가 문공의 처사에 회의를 품고 편모와 함께 산속으로 숨어들어 나오지 않았다. 문공이 뉘우치고 개자추를 나오게 하려고 산에 불을 놓았으나 이들은 마음을 바꾸지 않고 불에 타 죽었다. 문공이 개자추 모자의 죽음을 애도하기 위하여 온 나라에 불을 금한 데서 비롯되었다.

乾)을 행하는 방법은 규(規)를 사용하지 않고 완성품을 만들었기 때문에 대단히 간단하고 빠른 제차법이었다. 이러한 방법으로 만들어진 차는 병차(餅茶)가 아니라 산차(散茶)라고 보아야 한다. 육우의 '이화건지(以火乾之)'라는 구절의 도구와 방법은 그 설명이 명확하지 않기 때문에 우리는 이것이 병차의 원형인지 산차의 원형인지 단언하기 힘들다.

'금화(禁火)'의 시기는 봄에 찻잎을 따는 시기를 말한다. "차나무는 한 시진의 풀이다(차수시개시진초茶樹是個時辰草)"라는 구절로 볼 때 찻잎의 채적은 반드시 제때에 이루어져야 했다. 야외에 있는 사찰의 차원(茶園)은 운송이 불편했기 때문에 찻잎의 어린 싹을 따서 제때에 홍배(烘焙)의 과정을 거치지 않으면 변질되기가 쉬웠다. 이 때문에 복잡한 천(穿), 배(焙), 육(育)의 공구를 완전히 생략하였다.

육우가 각종 채제(採制) 도구의 생략에 대하여 말한 것은 간편하게 행하는 것을 강조한 것이지 완전히 건너뛰는 것을 말한 것은 아니다. 병차의 채적이나 제작 혹은 음차에 필요한 기본적인 공구는 모두 갖추어야 했다. 어떤 특정한 환경 아래서는 몇 개의 공구를 적게 사용할 수 있지만, 이렇게 만든 차 역시 '전차법(煎茶法)'의 법도에 부합하는 차이고 여전히 '정행검덕(精行儉德)'의 정신으로 행하여야 한다.

02

고아한 선비의 품격과 음차 문화飲茶文化
자구략煮具略

>>> 육우는 야외에서의 다섯 가지 상황 아래서는 자차煮茶 기구를 생략할 수 있다고 하였다. 다만 이런 경우에도 차탕의 맛이 본래의 순정함을 유지할 수 있어야 한다.

고대의 문인들은 자연과 융화된 생활 방식을 숭상하였다. 그들은 늘 풍광이 수려한 산야(山野)를 찾아 '문회(文會 : 문인들이 과거를 준비하기 위하여 함께 문장을 짓는 등의 활동을 통하여 서로를 연마하는 집회)'를 열고 시를 짓거나 그림을 그리거나 혹은 술을 마시거나 차를 음미하면서 산야의 풍경을 감상하였다. 이러한 활동 가운데 20여 종의 자차(煮茶) 용구를 모두 한 몸에 휴대한다는 것은 대단히 불편한 일이었다. 이 때문에 육우는 야외의 다섯 가지 상황 아래서 생략할 수 있는 다구를 다음과 같이 일일이 열거하고 있다.

1. 송림(松林) 속의 석좌(石座) 위

산야의 송림은 차를 끓이는 데 있어서 흔히 볼 수 있는 야외의 장소다. 소나무 아래에 정돈된 돌상 등은 직접 다구를 놓기에 적합하기 때문에 구열(具列)이 필요 없었다.

2. 산등성이에서 땔감과 화로 등을 이용하여 차를 끓일 때

야외에서 주변의 자연 조건을 이용할 수 있다면 매우 편리하고 신속하게 차를 끓일 수 있다. 이때는 풍로(風爐)나 회승(灰承), 탄과(炭撾), 화협(火夾), 교상(交床)은 생략할 수 있다.

3. 천수(泉水) 혹은 계곡이 옆에 있을 때

육우는 수질에 있어서 천수(泉水)를 첫 번째로 꼽았다. 주변에서 천수를 구할 수 있는 상황에서는 녹수낭(漉水囊)이나 수방(水方), 척방(滌方) 등의 물을 여과하거나 채워두기 위한 도구는 생략할 수 있다.

4. 야외에서 음차(飮茶)에 참여한 인원이 5인 이하일 때

당나라 시대에 병차를 음용할 때는 음차인의 수의 다소가 차탕의 양을 결정하였다. 찻가루를 가늘게 갈아 끓인 차탕의 맛은 비교적 진한 편이었다. 이 때문에 야외에서 음차인의 수가 5인 이하일 때는 직접 찻가루를 미세하게 갈아서 사용할 수 있었으며 나(羅), 합(盒)이 필요하지 않았다.

5. 산 암벽의 동굴

산어귀에서 미리 병차를 익혀 가루로 만들거나 혹은 찻가루를 합(盒)에 넣어갈 때는 연(碾)과 불말(拂末)은 사용하지 않아도 된다.

위에 열거한 상황에 근거하여 생략 가능한 자차 도구를 제외하고 반드시 갖추어야 할 도구를 정리하면 다음과 같다.

차탕을 떠내는 기구 : 표(瓢)

끓인 물을 담아 놓는 기구 : 숙우(熟盂)

소금을 담아 놓는 기구 : 차궤(鹺簋)

차탕을 담아 놓는 기구 : 완(碗)

차를 굽는 기구 : 협(夾)

씻고 닦는 기구 : 찰(札)

완(碗)을 담는 기구 : 거(筥)

육우는 위에 열거한 기구를 하나의 광주리(筥) 안에 넣어도 된다면서 꼭 도람(都籃)이 필요한 것은 아니라고 주장하였다. 주의할 점은 육우는 음차 환경이 위에 열거한 다섯 종류의 상황이 아니라면 24종류의 기구를 모두 갖추어야 하고, 그렇지 않으면 법식에 맞는 음차라고 볼 수 없다는 점을 강조하였다.

각종 기구의 생략을 통하여 알 수 있는 것은 육우는 현장에서 끓여 즉석에서 마시는 것을 선호했다는 점이다. 또한 육우가 예를 들었던 소나무 숲 사이, 바위위, 시냇물 주변, 산 속의 동굴 등의 자차 환경을 통하여 우리는 당나라 시대 선비들의 고아한 음차 풍격을 엿볼 수 있다.

송림(松林)의 바위 위 : 구열을 사용하지 않아도 된다.

구열(具列) (x)

풍로(風爐) (x)

마른 나무와 풍로를 이용한 자차(煮茶) : 풍로, 회승, 탄과, 화협, 교상을 사용하지 않아도 된다.

교상(交牀) (x)

화협(火夾) (x)

탄과(炭撾) (x)

회승(灰承) (x)

거(莒) (o)

표(瓢) (o)

표, 완, 죽, 협, 찰, 숙우, 차궤를 하나의 거(莒)에 넣어둘 수 있으면 도람을 사용하지 않아도 된다.

차궤(鹺簋) (o)

찰(札) (o)

완(碗) (o)

숙우(熟盂) (o)

천수(泉水) 혹은 시냇가 주변에서의 자차 : 수방, 척방, 녹수낭이 필요하지 않다.

품차인의 수가 5인 이하고 찻잎을 갈아 미세한 가루로 만드는 경우 : 나합이 필요하지 않다.

만장절벽 아래 동굴에서 차를 마시는 경우에 산어귀에서 미리 차를 말려 가루로 만드는 경우나 혹은 찻가루를 이미 종이에 싸서 합(盒) 속에 잘 놓아두었을 때 : 연이나 불말이 필요하지 않다.

수방(水方) (x)

녹수낭(漉水囊) (x)

나합(羅合) (x)

연(碾) (x)

불말(拂末) (x)

>>>> 『다경』은 처음에 풍부한 그림圖과 문장文을 함께 엮어 편찬하였던 것으로 짐작된다. 육우는 마지막으로 다인들에게 『다경』을 가까운 곳에 걸어 놓고 늘 감상할 것을 당부하였다.

육우는 『다경』이 진귀한 보물과 다름없다고 생각하였다. 그는 『다경』의 마지막 장에서 『다경』을 흰 비단 위에 정성껏 모사하여 실내에 걸어 두고 늘 감상할 것을 당부하였다. 집 안을 장식한다는 측면뿐만 아니라 가까이 두고 볼 때마다 마음에 새김으로써 일거양득의 효과를 얻을 수 있다고 본 것이다.

육우가 최초로 『다경』을 편찬할 당시에 이미 채차(採茶) 공구, 자차(煮茶) 공구, 채제(採制) 과정, 자차(煮茶) 과정 등의 내용을 도표로 그려 넣었는지의 여부를 후세인들이 정확히 알 길은 없다. 그러나 그가 묘사하고 있는 기구, 기구의 형태, 규격, 재질, 용도, 특징 등의 내용이 정밀한 것을 살펴볼 때 『다경』의 최초의 형태는 그림과 더불어 구성되었을 것으로 짐작된다.

당나라 시대의 다도 환경의 가장 큰 특징은 자연을 중시하여 인간과 자연의 조화와 통일을 도모하고 있다는 점이다. 대부분의 음차 모임이 야외의 숲속이나 맑은 시냇물 주변 혹은 청정한 죽림 속의 아취와 고아한 분위기의 환경에서 이루어졌다. 당시에 음차 모임이 이루어지던 사원(寺院), 도관(道觀), 서원(書院), 회관, 강당, 문인들의 서재 등에는 네 벽을 서예나 산수화 등의 그림으로 장식하는 것이 일종의 사회적 풍조였다. 이 때문에 고아한 선비의 풍모를 가지고 있던 육우가 『다경』의 내용을 담은 두루마기를 벽에 걸어 두라고 당부한 것도 그리 놀라운 일이 아니다.

『다경』최후의 당부

육우가 최초로『다경』을 편찬할 때는 풍부한 그림과 문장을 함께 엮어 편찬하였을 것이다. 그가 자신이 설계한 24가지의 자차煮茶 기구에 대하여 이처럼 정밀하고 섬세하게 묘사한 것은 사람들이『다경』의 그림을 벽에 걸어두고 감상하기를 원하였기 때문이었다. 즉 자차 도구나 과정에 대한 참고도로 삼기를 원했던 것이다. 그는 다인들에게『다경』을 가까운 곳에 걸어두고 시시때때로 감상함으로써 늘 마음에 새길 것을 당부하였다.

● 자차 공구의 상시 감상

● 『다경』 원문의 상시 숙지

● 4폭 혹은 6폭 정도의 흰 비단에 『다경』의 내용이나 관계된 그림을 그렸다.

● 『다경』 전문은 약 7,000여 자이며 육우는 '목격이존(目擊而存)', 즉 '늘 쳐다볼 것'을 당부하였다(내용의 숙지나 암기에 도움이 되며, 그림 또한 감상할 수 있다).

● 가까운 곳에 걸어 둔다.

『사고전서제요(四庫全書提要)』에서는 『다경』의 이 문장을 다음과 같이 해석하고 있다.

"그림이라고 하는 것은 소위 계통상의 구분이며 흰 천에 무엇인가를 쓰는 것도 그림과 다르지 않다. 이런 의미에서 보면, 전체를 십(十)으로 보았을 때 문장이 실지로 구(九)를 차지한다 해도 그림이라 할 수 있다(기왈도자 내위통상구류사견소장지 비유별도 기류십 기문실구야其日圖者 乃謂統上九類寫絹素張之 非有別圖 其類十 其文實九也)."

이러한 해석이 나온 것은 실질적으로 육우는 『다경』에서 아홉 장절(章節)을 흰 천에 써서 '모사'하라고 말하였지만, 그림이라고 표현한 것이 아니었다는 점 때문이다.

그러나 오늘날 일본 다도에서 다실의 실내를 장식하는 것을 중요한 환경적 조건으로 여기고 있으며, 실내에서 음차 모임을 갖는 경우에 다실의 네 벽에 두루마리를 걸어두는 것이 기본적인 법도라는 것을 간과해서는 안 된다. 두루마리를 걸어두는 것이 다도의 전체 과정 속에서 매우 중요한 의미가 있는 것이다.

이러한 점에서 본다면, 일본 다도는 『다경』에서 강조하고 있는 두루마리를 걸어 두는 전통을 계승하고 있다고 볼 수 있다. 다만 두루마리의 내용이 『다경』의 문장이 아닐 수도 있다는 점은 주의해야 한다.

이로부터 당나라 시대 이후의 다인들 역시 육우의 제안을 존중하여 『다경』을 내용으로 하는 서화로 실내의 벽을 장식하였을 가능성이 크다는 것을 알 수 있다. 그리고 이것은 후세에 각종 서화로 벽을 장식하는 풍조와 관련이 있을 것으로 짐작된다.

04 | 결론 1
품品에서 심오心悟까지의 세 단계의 정신경지

>>>> 품차品茶를 통하여 마음의 깨달음心悟을 얻는다는 것은 작게는 마음의 평정을 찾는 것이고, 크게는 일종의 깨달음의 경지에 이르는 것이다. 이러한 형태의 경지는 한 잔의 차 가운데에 인생의 의미를 마시는 것이라고 할 수 있다.

품(品)이라는 글자는 세 잔의 찻잔이 마주하고 있는 형태와 같다. 한 잔은 시원하면서도 순일한 차 본래의 맛이고, 두 번째 잔은 인생의 의미를 생각하는 것이며, 세 번째 잔은 인생의 본질적 괴로움에 대해 참오(參悟)하는 것이다. 차와 인생은 이처럼 여러 가지 측면에서 그 부합하는 바가 결코 적지 않다.

세속에서 살아가는 사람들이 담담하고 고요한 마음을 갖는 것은 쉬운 일이 아니다. 자신도 모르게 세상의 공명과 각종 이권을 추구하게 되는 삶에 있어서 적시에 유혹을 물리치고 자신을 깨끗하게 지킬 수 있도록 노력하는 것도 쉽지 않은 일이다. 그러나 인생의 의미를 끊임없이 자문하며 부단히 노력하는 자세를 가질 때 비로소 조금이라도 더 초범입성(超凡入聖)의 경지에 가까워질 수 있게 될 것이다. 품차인이라면 차를 마시는 일련의 행위 속에서 인생의 진리와 진정한 의미를 깨달아야 한다. 차를 마시는 일이 입으로 무엇인가를 마시는 단순한 행위가 아니라 마음을 써서 깨달음을 얻는 수양의 과정이어야 한다.

또한 차를 마시는 과정이 자신의 생리적 욕구를 해결하는 과정일 뿐만 아니라 일종의 정신적 해탈과 향유를 위한 과정이어야 한다. 한 잔의 차는 사람의 마음을 안정시키고 머리와 눈을 맑게 하며, 스트레스를 해소시켜 주고 삶의 지혜를 밝히는 수단이 될 수 있기 때문에 인간의 마음과 신체의 조화와 통일을 가져다준다.

육우는『다경』의 전 과정에 걸쳐 다학의 핵심적인 지표인 '정행검덕'을 제시하면서 한 잔의 차를 마시기 전에 먼저 자아의 도덕적 수양에 힘쓸 것을 당부하고 있다. 이어서 차에 있어서의 '구난', 즉 '제조, 감별, 기구, 취화, 수선, 고적, 연말, 팽자, 음용'의 어려움을 열거하고 이의 극복을 위한 정신적인 수양의 필요성을 역설하고 있다. 구체적으로 차탕의 정화는 세 잔이 적당하다고 주장하였는데, 이는 정행검덕의 정신을 구현하는 동시에 이렇게 할 때 비로소 시원하고 강렬한 차탕 본래의 풍미를 맛볼 수 있음을 강조한 것이다.

육우의 관점에서 볼 때 음차란 차를 음미하는 과정이며, 또한 인생을 깨달아 가는 과정이기도 하였다. 음차는 남녀노소나 신분의 귀천 등을 불문한다. 각기 다른 사람들이 각각 상이한 차의 맛을 느낄 수 있기 때문에 소위 '인자견인(仁者見仁), 지자견지(智者見智)', 즉 "어진 사람은 어질다고 보고, 지혜로운 사람은 지혜롭다고 본다"고 하는 것이다. 가장 이상적인 경지는 자신의 주변의 일상생활 속에서 자신의 사상적 경지를 구현하는 것이다. 차는 보편적인 일상 음료에 불과할지 모르지만 진정으로 그 향과 맛을 품하기 위해서는 먼저 수신(修身)과 정심(靜心)의 수행이 있어야 한다. 바로 따서 그 자리에서 만들어 바로 끓여 마시는 죽림 속에서의 품명(品茗)은 역대의 문인들이라면 누구나 동경하는 이상적인 꿈이었다.

'품(品)'자는 세 개의 구(口)자로 이루어졌다. 첫 번째의 구(口)자는 '탕혼매(蕩昏寐)'의 의미, 즉 번뇌의 해소, 정신적 각성의 측면에서 그 약리적 효능을 강조하는 것이며, 이것은 또한 차가 고인들에 의하여 발견되고 이용된 실제적인 원인이기도 하다. 두 번째 구(口)자는 그 '색, 향, 미'를 품하는 것이다. 차는 여러 가지 장점을 가지고 있으며 품차인은 음차 과정을 통하여 차의 이러한 각종의 특징을 즐길 수 있다. 세 번째 구(口)자는 정신적 승화로서의 의미를 갖는 것으로 차의 정(靜), 검(儉), 불실(不失), 고아(高雅)한 특성을 다인이 추구하여야 할 정신적 지표로 삼고 노력하는 것이며, 이것은 또한 육우가 주창하는 '정행검덕'을 현실에서 구현할 수 있는 실천적 원리라고 할 수 있다.

인간의 일생은 출생에서 노쇠하기까지 생명의 자연적 법칙에서 벗어날 수 없다. 품차의 과정은 쓰고 떫은맛이나 달콤한 차의 맛을 맛보는 과정이다. 이는 인생과 상통하는 측면이기도 하다. 품차란 실제적으로는 인생을 참구하는 것이며 나아가 생명의 본질적 의미에 대한 깊은 통찰의 과정이기도 한 것이다.

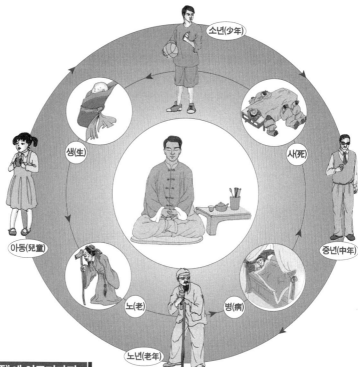

‘품(品)’에서 ‘심오(心悟)’에 이르기까지

“오(悟)는 깨달음이다(悟, 覺也).” ─ 『설문(說文)』.

오(悟)는 미혹에서 명백함으로 모호로부터 분명한 인식에 이르는 것으로 사물에 대한 이해와 분석 능력을 말한다.

차에 있어서 심오란 실제적으로 차를 매개체로 삼는 것이며, 품음의 과정 속에서 천지자연의 이치와 인생의 본질적 의미를 통찰하는 것이다.

정신 승화, 품차를 통해 수신양성의 목적에 도달한다.

색, 향, 미 : 차의 품질, 향기, 구감(口感)

각성제, 신체적·정신적 각성, 번뇌의 해소

>>> 육우는 품차의 궁극적 목표는 '천시天時, 지리地理, 인화人和'를 추구하는 것이라고 생각하였다. 이것은 단지 음차의 관건일 뿐만 아니라 이 세 가지의 조화와 통일은 현대 사회의 모든 방면에서 중요한 의미를 가지고 있다.

'천(天), 지(地), 인(人)' 삼자의 관계

'천, 지, 인'의 관계는 예로부터 지금까지 모든 사람들의 관심사였다. 이 세 가지 가운데 어느 것이 가장 중요한 것인가 하는 문제는 사람들이 늘 토론의 주제로 삼는 문제였다.

순자(荀子)는 일찍이 농업 생산의 관점에서 천시, 지리, 인화의 문제를 논술한 바 있다. 그러나 그는 어느 것이 중요하고 덜 중요한지에 대해서는 구분하지 않고 다만 세 가지가 모두 중요하며 하나라도 결여되어서는 안 된다고 하였다.

맹자(孟子)는 군사적 측면에서 천시, 지리, 인화의 관계를 논하였다. 그는 "천시는 지리에 미치지 못하고, 지리는 인화에 미치지 못한다(천시불여지리 지리불여인화天時不如地利 地利不如人和)"라는 분명한 주관을 가지고 있었다. 그에 의하면 삼자 가운데 '인화'가 가장 결정적으로 작용하는 중요한 요인이었다. '지리'는 그 다음이었으며, '천시'는 다시 그 다음이었다. 이러한 견해는 인간의 주관적 능동성을 중시했던 그의 일관된 사상에서 기인한다. 그는 천시, 지리, 인화 세 가지 관계의 목적을 따로 논술하지는 않았지만 '인화'의 중요성으로부터 '득도자다조(得道者多助), 실도자과조(失道者寡助)', 즉 "인화를 얻은 자에게는 도와주는 사람이 많아지고, 인화를 잃은 자에게는 도와주는 사람이 적어진다"라는 결론을 내리고 있다(여기서 道는 인화를 말한다). 즉 그는 군사적 측면에서 출발하여 점차 정치적 측면으

'천시, 지리, 인화'란 무엇인가?

'지리'는 산천의 험준함이나 성채의 견고함 등을 말한다.

군사 작전을 예로 들면, '천시'는 군사 작전의 시기나 기후 등을 가리킨다.

'인화'는 병사들의 마음으로 내부의 단결 등을 가리킨다고 할 수 있다.

다사(茶事) 가운데의 '천시, 지리, 인화'

'천시'는 찻잎 생산에 있어서 중요한 조건이다.

'지리'는 차의 품질에 직접적인 영향을 미친다.

'인화'는 품차의 의미에 대한 서로간의 토론이나 수신양성을 위한 수행 등의 전제라고 할 수 있다.

로 접근하고 최종적으로 '인정(仁政)'의 문제로 유도하고 있는 것이다.

현대인은 이러한 고인들의 처세의 철학을 받아들여 '천시, 지리, 인화'의 조화를 사회의 모든 방면에서 지표로 삼고 있다. 어떠한 일에 있어서나 이 세 가지가 서로 객관적으로 잘 조화될 때 비로소 만사가 형통한다는 것을 잊어서는 안 된다.

차 가운데의 '천시(天時)'

육우는 '조(造)'를 '구난'의 첫 번째 항목으로 열거하고 있다. 이것은 '천시'에 속하는 것이다. 즉 자연적 특징이나 기후적 조건 등의 요인에 해당한다. 산차과 식물에 속하는 차나무에 대하여 살펴보면, 그 생물학적 특징에 있어서 가장 중요한 것은 생명의 유지를 위한 일이다. 생존에 있어서 필요한 영양분이나 환경을 대자연에 의존하고 있는 것이다. '천시'의 상태는 차나무의 품질에 가장 직접적인 영향을 미친다. '구난'에 있어서 이후의 각 항목은 사실 모두 '조(造)'에 의하여 결정된 질과 양에 종속적인 요인이라고 할 수 있다. 이 때문에 '천시'는 찻잎 생산에 있어서 가장 중요한 조건이라고 할 수 있다.

차 가운데의 '지리(地利)'

찻잎 생산과 품차에 있어서 '지리'적 요소는 사실 '천시'와 병렬적인 요소라고 보아야 한다. 지리적 위치, 지형, 기후 조건 등의 요소 역시 차의 품질에 직접적으로 영향을 미치는 요인들이다. 어떤 지역의 배음(背陰), 배양(背陽), 산비탈, 평평한 냇물 등의 서로 상이한 지형에서 생산되는 찻잎의 품질 역시 천양지차일 수밖에 없다. 이 때문에 육우는 『다경』의 「이지구」를 할애하여 이러한 요소들에 대하여 보다 전문적으로 기술하였던 것이다.

차 가운데의 '인화(人和)'

여기서 '인화'는 두 가지의 중첩된 개념을 가지고 있다. 첫 번째는 '채(採), 조(造), 제(制)' 등의 찻잎의 생산 과정 속에서 사람이 행하는 행위와 감별 등의 작용을 가리키는 것이다. 두 번째는 '품음(品飮), 차사(茶事), 전고(典故)' 등에 있어서 사람들이 차 문화를 전승하고 도를 논하며 수신양성을 통하여 인생의 화해와 통일을 추구하는 이차적 행위를 가리킨다.

부록

『다경(茶經)』*

옮긴이 : 김대영

권상(卷上)

일지원(一之源 : 차의 기원)

차는 남쪽 지방의 상서로운 나무다. (차나무의 크기는)** 한두 자 내지 수십 자
이다. 파산과 협천에는 두 사람이 함께 안을 정도로 큰 것이 있어 (가지를) 베어야
(찻잎을) 딸 수 있다(茶者, 南方之嘉木也. 一尺, 二尺乃至數十尺. 其巴山峽川有兩人合抱者, 伐而
掇之차자, 남방지가목야. 일척, 이척내지수십척. 기파산협천유양인합포자, 벌이철지).

(차나무는) 그 나무가 과로와 같고 잎은 치자와 같으며, 꽃은 백장미와 같고 과
실은 병려와 같으며, 줄기는 정향과 같고 뿌리는 호두와 같다(其樹如瓜蘆, 葉如梔
子, 花如白薔薇, 實如栟櫚, 莖如丁香, 根如胡桃기수여과로, 엽여치자, 화여백장미, 실여병려, 경여정향,
근여호도).

[과로나무는 광주에서 나는데 차나무와 닮았으며 지극히 쓰고 떫다. 병려나

---

* 명(明)나라 만력(萬曆) 40년(1613)에 유정(喩政)의 『다서(茶書)』에 수록된 『다경』 원문을 바탕으로 우제눙(吳
 覺農), 누노메 쵸후(布目潮渢), 선둥메이(沈冬梅) 등의 저술과 교주본을 참조하였다.
** 해석 중 (괄호)에 넣은 부분은 본래 원문에는 없으나 매끄러운 해석을 위해 추가한 것이다.
*** 포규는 야자나무과의 상록교목이다(역주).

무는 포규***에 속하며, 그 씨앗이 차나무와 닮았다. 호두와 차나무는 뿌리가 모두 아래로 자라다 자갈이 많은 곳에 이르면 묘목이 위로 솟아난다(瓜蘆木出廣州, 似茶, 至苦澀. 木枅櫚, 蒲葵之屬, 其子似茶. 胡桃與茶, 根皆下孕, 兆至瓦礫, 苗木上抽과로목출광주, 사차, 지고삽. 목병려, 포규지속, 기자사차. 호도여차, 근개하잉, 조지와륵, 묘목상추).]****

그 글자가 혹은 초두에 따르며, 혹은 목변을 따르고, 혹은 초두와 목변을 함께 쓰기도 한다(其字, 或從草, 或從木, 或草木幷기자, 혹종초, 혹종목, 혹초목병).

[초두를 따르는 것은 '茶'이며, 그 글자는 『개원문자음의』에서 나온다. 목변을 따르는 것은 '梌'이며, 그 글자는 『본초』에서 나온다. 초두와 목변을 함께 쓰는 것은 '荼'가 되며, 그 글자는 『이아』에서 나온다(從草, 當作茶, 其字出『開元文字音義』; 從木, 當作梌, 其字出『本草』; 草木幷, 作荼, 其字出『爾雅』종, 당작차, 기자출『개원문자음의』; 종목, 당작차, 기자출『본초』; 초목병, 작도, 기자출『이아』).]

그 이름이 첫째로 '차'라 하며, 둘째로 '가'라 하며, 셋째로 '설'이라 하며, 넷째로 '명'이라 하며, 다섯째로 '천'이라 한다(其名一曰茶, 二曰檟, 三曰蔎, 四曰茗, 五曰荈기명일왈차, 이왈가, 삼왈설, 사왈명, 오왈천).

[주공이 이르길 '가'는 쓴 차라 한다. 양집극이 이르길 촉의 서남인들은 차를 '설'이라 한다. 곽홍농이 이르길 일찍 딴 것을 '차'라 하고, 늦게 딴 것은 '명'이라 하며 혹은 '천'이라고도 한다(周公云: 檟, 苦茶. 揚執戟云: 蜀西南人謂茶曰蔎. 郭弘農云: 早取爲茶, 晚取爲茗, 或一曰荈耳주공운: 가, 고도. 양집극운: 촉서남인위차왈설. 곽홍농운: 조취위차, 만취위명, 혹일왈천이).]

(차나무가 자라는) 그 땅은 좋은 것은 난석(바위 등이 풍화되어 드러난 자갈밭)에서 자라며, 중간 것은 역양(자갈이 섞인 사질토)에서 자라며, 아래 것은 황토에서 자란다. 무릇 (재배하는) 재주가 부실하면 심어도 무성하기가 드무니, 오이를 심는 법처럼

****[ ]안의 글은 『다경』에 실려 있는 주를 번역한 것이다.

파종하면 3년이면 가히 딸 수가 있다(其地, 上者生爛石, 中者生礫壤, 下者生黃土. 凡藝而不實, 植而罕茂, 法如種瓜, 三歲可採기지, 상자생난석, 중자생역양, 하자생황토. 범예이부실, 식이한무, 법여종과, 삼세가채).

야생의 것이 좋고 밭의 것은 다음이다. 볕 좋은 언덕의 그늘진 숲에서는 자색이 좋으며, 녹색이 그 다음이다. 움(筍)이 좋고 싹(芽)은 그 다음이다. 잎이 말린 것이 좋은 것이며, 잎이 펴진 것은 그 다음이다. 그늘진 산비탈의 골짜기의 것은 성질이 엉키고 막히므로 적병이 걸리게 되니 따서 주을 것이 아니다(野者上, 園者次; 陽崖陰林, 紫者上, 綠者次; 筍者上, 牙者次; 葉卷上, 葉舒次. 陰山坡谷者不堪採掇, 性凝滯, 結瘕疾야자상, 원자차; 양애음림, 자자상, 녹자차; 순자상, 아자차; 엽권상, 엽서차. 음산파곡자불감채철, 성응체, 결하질).

차의 쓰임은 맛이 지극히 차가우니 마심에 가장 마땅한 것은 정행검덕*한 사람이다. 만약 열이나 갈증이 나거나, 가슴이 뭉친 듯 답답하거나, 머리가 아프거나, 눈이 껄끄럽고, 사지가 번거롭고, 온 마디가 잘 펴지지 아니할 때 네댓 잔을 마시면 제호나 감로에 비견할 만하다(茶之爲用, 味至寒, 爲飮最宜精行儉德之人, 若熱渴, 凝悶, 腦疼, 目澀, 四支煩, 百節不舒, 聊四五啜, 與醍醐, 甘露抗衡也차지위용, 미지한, 위음최의정행검덕지인, 약열갈, 응민, 뇌동, 목삽, 사지번, 백절불서, 요사오철, 여제호, 감로항형야).

(찻잎을) 땀에 때가 아니며, 만듦에 정성스럽지 못하며, 다른 잡초들이 섞이면, 그것을 마시면 병에 걸리게 된다. 차가 누가 되는 것은 또 마치 인삼과도 같아 좋은 것은 상당에서 나며, 중간 것은 백제, 신라에서 나며, 아래 것은 고구려에서 난다. 택주, 역주, 유주, 단주에서 나는 것도 있으나 약으로 쓰기에는 무효한데, 하물며 이것도 아닌 것은 (말할 필요도 없는 것이다). 제니를 약으로 쓰면, 어떠한 병도 나아지지 아니한다. 인삼의 누가 됨을 안다면 차의 누도 다 알 것이다(採

* 행실이 반듯하고 정성스러우며 검소하며 덕이 있는 것(역주)

不時, 造不精, 雜以卉莽, 飮之成疾. 茶爲累也, 亦猶人參, 上者生上黨, 中者生百濟, 新羅, 下者生高麗. 有生澤州, 易州, 幽州, 檀州者, 爲藥無效, 況非此者! 設服薺苨, 使六疾不瘳. 知人參爲累, 則茶累盡矣.채불시, 조부정, 잡이훼망, 음지성질. 차위루야, 역유인삼, 상자생상당, 중자생백제, 신라, 하자생고려. 유생택주, 역주, 유주, 단주자, 위약무효, 황비차자! 설복제니, 사육질불추. 지인삼위루, 즉차루진의).

이지구(二之具 : 차의 도구)

영(대바구니 : [발음은 '구'])은 '람'이라고도 하며, '롱'이라고도 하며, '거'라고도 한다. 대나무로 짜는데 다섯 되를 받아들일 수 있으며, 혹은 한 말, 두 말, 세 말짜리도 있으며, 차농들이 등에 지고서 찻잎을 딴다(籯[加追反], 一曰籃, 一曰籠, 一曰筥. 以竹織之, 受五升, 或一斗, 二斗, 三斗者, 茶人負以採茶也.영[가추반], 일왈람, 일왈롱, 일왈거. 이죽직지, 수오승, 혹일두, 이두, 삼두자, 차인부이채차야).

[영은 『한서』에서 음이 '영'이라 했다. 소위 영에 가득한 황금도 한 권의 경전만 못하다고 했다. 안사고가 이르길 "영은 죽기이며 네 되를 담을 수 있다"고 했다(籯, 『漢書』 音盈, 所謂 黃金滿籯, 不如一經; 顔師古云: 籯, 竹器也, 受四升耳영, 『한서』 음영, 소위 황금만영, 불여일경; 안사고운: 영, 죽기야, 수사승이).]

조(부뚜막)는 굴뚝이 있는 것을 쓰지 않으며, 부(솥)는 전이 있는 것을 쓴다(竈, 無用突者, 釜, 用脣口者.조, 무용돌자, 부, 용진구자).

증(시루)은 혹은 나무이거나 혹은 질그릇이다. 시루의 이음새는 진흙으로 봉하고, 대광주리(籃)는 비(다래끼 : 篾)로써 그것을 삼고, 대껍질로 그것을 묶는다. (찻잎을) 찌기를 시작하면 다래끼에 넣고, 익으면 다래끼에서 꺼낸다. 솥에 물이 마르면 시루 가운데 물을 붓는다 [시루는 (천으로) 띠를 하지 않고 진흙으로 봉한다]. 또 세 갈래 진 닥나무로 만든 것으로 찐 싹, 움, 찻잎을 흩트린다. (이는) (차의) 고(진액)가 유실될 것을 두려워하는 것이다(甑, 或木或瓦, 匪腰而泥, 籃以篾之, 篾以系之. 始其蒸也, 入乎篁, 旣其熟也, 出乎篁. 釜涸注於甑中[甑, 不帶而泥之], 又以穀木枝三亞者制之, 散所

蒸牙筍竝葉, 畏流其膏중, 혹목혹와, 비요이니, 람이비지, 멸이게지. 시기증야, 입호비, 기기숙야, 출호비. 부학주어중줘중, 부대이니지], 우이곡목지삼아자제지, 산소중아순병엽, 외류기고).

저구(공이와 절구)는 '대(방아)'라고도 하며 생각건대 항시 쓰던 것이 좋다(杵曰, 一曰碓, 惟恒用者佳저구, 일왈대, 유항용자가).

규(틀)는 '모(거푸집)'라고도 하며, '권*'이라고도 한다. 쇠로 그것을 만드는데, 혹은 둥글거나 네모나거나 꽃모양이다(規, 一曰模, 一曰棬. 以鐵制之, 或圓或方或花규, 일왈모, 일왈권. 이철제지, 혹원혹방혹화).

승(받침대)은 '대'라고도 하며 '침(받침돌)'이라고도 한다. 돌로 그것을 만든다. 그렇지 아니하면 홰나무나 뽕나무로 (만들며), 절반을 땅에 묻어 흔들리거나 움직이는 바가 없도록 한다(承, 一曰臺, 一曰砧. 以石爲之, 不然以槐桑木, 半埋地中, 遣無所搖動승, 일왈대, 일왈침. 이석위지, 불연이괴상목, 반매지중, 견무소요동).

첨(보, 보자기)은 '의(싸개)'라고도 한다. 기름먹인 비단 혹은 비옷이나 홑옷 낡은 것으로 만들어 받침대 위에 보를 놓고, 또 보 위에 틀을 놓고선 차를 만든다. 차를 만들고는 걷어내 바꾼다(襜, 一曰衣. 以油絹或雨衫單服敗者爲之, 以襜置承上, 又以規置襜上, 以造茶也. 茶成, 擧而易之첨, 일왈의. 이유견혹우삼단복패자위지, 이첨치승상, 우이규치첨상, 이조차야. 차성, 거이역지).

비리(대발 : [음은 '파리'])는 '영자(광주리)'라고도 하며, '방랑(키, 채반)'이라고도 한다. 석 자 길이 되는 가는 대나무 두 개로 몸체는 두 자 다섯 치, 자루는 다섯 치 되게 하고, 밭일하는 사람의 흙체 같이 너비가 두 자 되게 대껍질로 네모 눈이 되도록 짜서, 차를 넣어놓는 데 (쓴다)(芘莉[音把離], 一曰嬴子, 一曰筹筤. 以二小竹長三尺, 軀

* 나무를 말아 만든 틀(역주)

二尺五寸, 柄五寸, 以篾織方眼, 如圃人土羅, 闊二尺, 以列茶也비리[음파리], 일왈영자, 일왈방랑. 이이소죽장삼척, 구이척오촌, 병오촌, 이멸직방안, 여포인토라, 활이척, 이열차야).

계는 '추도'라고도 하며, 자루는 단단한 나무로 만들어 차를 뚫는 데 (쓴다)(棨, 一曰錐刀, 柄以堅木爲之, 用穿茶也계, 일왈추도, 병이견목위지, 용천차야).

박(두드리개)은 '편(채찍)'이라고도 한다. 대나무로 만들어 뚫은 차를 흩어놓을 때 쓴다(撲, 一曰鞭. 以竹爲之, 穿茶以解茶也박, 일왈편. 이죽위지, 천차이해차야).

배(배로焙爐)는 깊이가 두 자, 너비가 두 자 다섯 치, 길이가 한 길이 되게 땅을 파서, 높이가 두 자 되게 낮은 담장을 위에 쌓아 진흙을 바른다(焙, 鑿地深二尺, 闊二尺五寸, 長一丈, 上作短墻, 高二尺, 泥之배, 착지심이척, 활이척오촌, 장일장, 상작단장, 고이척, 니지).

관(꼬챙이)은 대나무를 깎아 만들며, 길이가 두 자 다섯 치이며, 차를 꿰어 (배로에 걸쳐) 말리는 데 (쓴다)(貫, 削竹爲之, 長二尺五寸, 以貫茶焙之관, 삭죽위지, 장이척오촌, 이관차배지).

붕(선반)은 '잔(가로대)'이라고도 하며, 나무로 배로 위에 얽어 만들며, 높이가 한 자 되게 나무를 엮어 두 층을 만들어 차를 말리는 데 (쓴다). 반쯤 마른 차는 아래 선반에 올리고, 다 마른 것은 위 선반에다 올린다(棚, 一曰棧, 以木構於焙上, 編木兩層, 高一尺, 以焙茶也. 茶之半乾昇下棚, 全乾昇上棚. 붕, 일왈잔, 이목구어배상, 편목양층, 고일척, 이배차야. 차지반건승하붕, 전건승상붕).

천(꿰미 : [음은 '천'])은 강동과 회남에서는 대나무를 쪼개서 만들고, 파천과 협산에서는 닥나무 껍질을 꼬아서 만든다. 강동에서는 한 근을 상천으로 하고, 반 근을 중천으로 하며, 넉 냥, 다섯 냥을 소천으로 한다. 협중에서는 120근을 상천으로 하고, 80근을 중천으로 하며, 50근을 소천으로 한다. (무게를 새는 단위) 글자는 옛날에는 채천의 '천(釧)'을 쓰거나, 혹은 '관천(貫串)'을 썼으나, 지금은 그러하지 아니하다. '마', '선', '탄', '찬', '봉'의 다섯 글자가 글로는 평성으로 그것을 쓰나, 뜻으로는 거성으로 그것을 부르듯 무게를 새는 단위 글자를 '천'이라부른다(穿[音釧], 江東淮南剖竹爲之, 巴川峽山紉穀皮爲之. 江東以一斤爲上穿, 半斤爲中穿, 四兩五兩爲小穿. 峽中以一百二十斤爲上, 八十斤爲中穿, 五十斤爲小穿. 字舊作釵釧之釧, 字或作貫串, 今則不然. 如磨, 扇, 彈, 鑽, 縫五字, 文以平聲書之, 義以去聲呼之, 其字以穿名之천, 강동회남부죽위지, 파천협산인곡피위지. 강동이일근위상천, 반근위중천, 사량오량위소천. 협중이일백이십근위상, 팔십근위중천, 오십근위소천. 자구작채천지천, 자혹작관천, 금즉불연. 여마, 선, 탄, 찬, 봉오자, 문이평성서지, 의이거성호지, 기자이천명지).

　　육은 나무로 짜고, 대나무로 엮어, 종이를 발라 만들며, 가운데 뜬 공간(칸막이)이 있으며, 위에는 덮개가 있고 아래에는 받침이 있으며, 옆에는 문이 있어 외짝 문으로 닫으며, 가운데 그릇 하나를 놓고 잿불을 담아 재로 묻어 피워서 따뜻하게 한다. 강남에서 장마철에는 불을 피워 지핀다(育, 以木制之, 以竹編之, 以紙糊之, 中有隔, 上有覆, 下有床, 傍有門, 掩一扇, 中置一器, 貯煻煨火, 令熅熅然. 江南梅雨時焚之以火육, 이목제지, 이죽편지, 이지호지, 중유격, 상유복, 하유상, 방유문, 엄일선, 중치일기, 저당외화, 영온온연. 강남매우시분지이화).

　　[육은 저장하여 기른다(숙성한다)는 것으로 이름을 삼았다(育者, 以其藏養爲名육자, 이기장양위명).]

삼지조(三之造 : 차 만들기)

　　대개 차 따기는 2월, 3월, 4월 사이이다. 차의 움은 난석옥토에서 나며, 길이가 네다섯 치로 마치 고비나 고사리가 솟아나기 시작하는 것을 이슬이 있는 때 딴다. 차의 싹은 무성한 차나무 덤불 위로 솟아난 세 가지, 네 가지, 다섯 가지가 있으면 그 중에서 골라 뾰족하게 솟은 것을 딴다. 차 따는 날 비가 내리면 따지 않고, 날이 맑더라도 구름이 끼면 따지 않는다. 맑은 날 차를 따서(採), 찌고(蒸), 찧어

(搗), (틀에) 찧어(拍), (불에) 쬐어 말려서(焙), 꿰미에 꿰어(穿), 저장(封)하는 것이 차를 잘 건조함이다(凡採茶, 在二月三月四月之間. 茶之筍者生爛石沃土, 長四五寸, 若薇蕨始抽, 凌露採焉. 茶之牙者, 發於叢薄之上, 有三枝四枝五枝者, 選其中枝穎拔者採焉. 其日有雨不採, 晴有雲不採. 晴採之, 蒸之, 搗之, 拍之, 焙之, 穿之, 封之, 茶之乾矣범채차, 재이월삼월사월지간. 차지순자생난석옥토, 장사오촌, 약미궐시추, 능로채언. 차지아자, 발어총박지상, 유삼지사지오지자, 선기중지영발자채언. 기일유우불채, 청유운불채. 청채지, 증지, 도지, 박지, 배지, 천지, 봉지, 차지건의).

차에는 여러 모양이 있다. 대충 말하면, 호인(오랑캐)의 가죽신 같이 오그라들어 쭈글쭈글한 모양, [무늬라고 한다], 들소의 가슴팍처럼 모나고 주름진 모양[봉은 음은 '봉', 들소이다], 뜬 구름이 산에서 피어나듯이 굽어져 꼬불꼬불한 모양, 가벼운 회오리바람에 수면이 떨 듯 잔물결이 고요하게 가라앉은 모양, 도공이 체질하여 물에다 깨끗하게 가라앉은 흙과 같은 것 [진흙을 (수비하여) 맑게 가라앉힌 것이라 한다], 또 새로 정비한 땅에 폭우가 내려 괸 물이 흘려 패인 것 같은 것, 이들 모두는 차의 기름지고 좋은 등급들이다(茶有千萬狀, 鹵莽而言, 如胡人靴者蹙縮然[謂文也], 犎牛臆者廉襜然[犎, 音朋, 野牛也], 浮雲出山者輪囷然, 輕飆拂水者涵澹然. 有如陶家之子, 羅膏土以水澄泚之[謂澄泥也], 又如新治地者, 遇暴雨流潦之所經, 此皆茶之精腴차유천만상, 노망이언, 여호인화자축축연[위문야], 봉우억자염첨연[봉, 음붕, 야우야], 부운출산자윤균연, 경표불수자함담연. 유여도가지자, 나고토이수징체지[위징니야], 우여신치지자, 우폭우유료지소경, 차개차지정유).

대껍질과 같은 차는 가지와 줄기가 실하고 단단하여 찌고 찧는 데 있어 어려웠던 까닭에 그 형태가 대나무 체 같은 모양이다. 서리 맞은 연잎 같은 차는 줄기와 잎이 시들고 숨이 죽어 그 생김이 바뀌어버린 까닭에 그 형상이 시들고 초췌한 모양인데, 이들 모두는 차의 수척하고 볼품없는 등급들이다(有如竹籜者, 枝幹堅實, 艱於蒸搗, 故其形籭簁然; 有如霜荷者, 莖葉凋沮, 易其狀貌, 故厥狀委萃然, 此皆茶之瘠老者也유여죽탁자, 지간견실, 간어증도, 고기형사사연; 유여상하자, 경엽조저, 역기상모, 고궐상위췌연, 차개차지척로자야).

(차를 만드는 과정은) 차 따기에서 저장까지 일곱 단계(七經目)를 거치며, (만들어진 차는) 호인의 가죽신에서 서리 맞은 연잎까지 여덟 등급이 있다. 혹은 광택이 나고 검고 평평하며 바른 것으로 좋은 것이라 말하는 것은 이것은 낮은 수준의 감정이다. 주름지고 누렇고 패이고 울퉁불퉁한 것으로 좋은 것이라 말하는 것은 그 보다 다음 수준의 감정이다. 만약 모두 좋다고 말하거나 모두 좋지 않다고 말하는 것은 높은 수준의 감정이다. 왜냐하면 차의 진액이 모두 나온 것은 광택이 나고, 진액이 포함된 것은 주름이 진다. 하루를 묵혀 만든 것은 검고, 하루 중 만든 것은 누렇다. (찻잎을) 찌고서 강하게 누르면 평평하고 반듯하나, 느슨하면 패이고 울퉁불퉁하게 된다. 이런 것은 차와 초목의 잎들이 모두 한결같으니, 차의 나쁘고 좋은 것은 구결(구전비결)에 있는 것이다(自採至於封七經目, 自胡靴至於霜荷八等. 或以光黑平正, 言嘉者, 斯鑒之下也; 以皺黃坳垤言佳者, 鑒之次也. 若皆言嘉及皆言不嘉者, 鑒之上也. 何者? 出膏者光, 含膏者皺. 宿制者則黑, 日成者則黃, 蒸壓則平正, 縱之則坳垤, 此茶與草木葉一也, 茶之否臧, 存於口訣자채지어봉칠경목, 자호화지어상하팔등. 혹이광흑평정, 언가자, 사감지하야; 이추황요질언가자, 감지차야. 약개언가급개언불가자, 감지상야. 하자? 출고자광, 함고자추. 숙제자즉흑, 일성자즉황, 증압즉평정, 종지즉요질, 차차여초목엽일야, 차지부장, 존어구결).

권중(卷中)

사지기(四之器 : 차의 기물)

풍로[회승(재받이그릇)] : 풍로는 동이나 철로 주조한다. 옛 정(鼎)의 형태와 같고, 두께는 세 푼이고, 가장자리의 너비는 아홉 푼인데 여섯 푼은 그 속을 비우고 흙손질하여 마감한다. (풍로의) 발은 모두 세 개이며, 고문으로 스물한 글자를 (발 위에다) 쓴다. 한쪽 발에는 "감괘는 위, 손괘는 아래, 리괘는 가운데에(坎上巽下離於中)"라 쓰고, 다른 한쪽 발에는 "신체의 오행을 고르게 하여 모든 병을 물리친다

(體均五行去百疾)”라 쓰며, 또 다른 한쪽 발에는 “거룩한 당나라가 오랑캐를 멸한 이듬해 주조한다(聖唐滅胡明年鑄)”라고 쓴다(風爐[灰承]: 風爐以銅鐵鑄之, 如古鼎形, 厚三分, 緣闊九分, 令六分虛中, 致其圬墁. 凡三足, 古文書二十一字, 一足云 “坎上巽下離於中”, 一足云 “體均五行去百疾”, 一足云 “聖唐滅胡明年鑄” 풍로[회승]: 풍로이동철주지, 여고정형, 후삼분, 연활구분, 영육분허중, 치기오만. 범삼족, 고문서이십일자, 일족운 “감상손하리어중”, 일족운 “체균오행거백질”, 일족운 “성당멸호명년주”).

그 세 발 사이에 창 세 개를 만들고, 밑바닥에 창 한 개를 만들어 바람이 통하고 타고 남은 재가 빠지도록 하며, (창) 위에 나란히 고문으로 여섯 글자를 쓰는데, 한쪽 창 위에는 ‘이공’ 두 자를 쓰고, 다른 한쪽 창 위에는 ‘갱육’ 두 자를 쓰며, 또 다른 한쪽 창 위에는 ‘씨차’ 두 자를 쓰는데, 이른바 “갱(국)은 이윤, 차는 육우다(伊公羹陸氏茶)”라는 것이다. 풍로 안에다 체얼*을 두는데 세 개의 격**을 만들고, 한쪽 격에는 꿩이 있다. 꿩은 불에 속하는 날짐승이니, 괘를 그리는데 리괘(離 : ☲)이며, 다른 한쪽 격에는 범이 있는데, 범은 바람에 속하는 길짐승이니, 괘를 그리는데 손괘(巽 : ☴)이며, 또 다른 한쪽 격에는 물고기가 있는데, 물고기는 물에 사는 동물이니, 괘를 그리는데 감괘(坎 : ☵)이다. 손괘는 바람을 주관하고, 리괘는 불을 주관하며, 감괘는 물을 주관한다. 바람은 능히 불을 일으키고, 불은 능히 물을 끓게 하는 까닭에 이 세 괘를 갖추는 것이다. 풍로의 장식은 연이은 꽃무늬, 드리운 넝쿨무늬, 굽은 물무늬, 네모 무늬 같은 류의 것으로 꾸민다. 풍로는 혹 철을 단조하여 만들기도 하고 혹은 진흙으로 빚어 만들기도 하며, 재받이는 세 발 달린 철 쟁반으로 만들어 풍로를 얹어둔다(其三足之間設三窗, 底一窗, 以爲通飇漏燼之所, 上竝古文書六字, 一窗之上書 “伊公” 二字, 一窗之上書 “羹陸” 二字, 一窗之上書 “氏茶” 二字, 所謂 “伊公羹陸氏茶” 也. 置墆埦於其內, 設三格, 其一格有翟焉, 翟者, 火禽也, 畵一卦曰離, 其一格有彪焉, 彪者, 風獸也, 畵一卦曰巽, 其一格有魚焉, 魚者, 水蟲也, 畵一卦曰坎. 巽主風, 離主火, 坎主水. 風能興火, 火能熟水, 故備其三卦焉. 其飾以連葩, 垂蔓, 曲水, 方文之類. 其爐或鍛鐵爲之,

* 풍로 안에 넣어 솥을 걸 수 있는 받침대(역주)
** 체얼에서 솥을 받치도록 돋운 칸막이, 울(역주)

或運泥爲之, 其灰承作三足鐵盤臺之기삼족지간설삼창, 저일창, 이위통표누신지소, 상병고문서육자, 일창지상서 "이공" 이자, 일창지상서 "갱육" 이자, 일창지상서 "씨차" 이자, 소위 "이공갱육씨차" 야. 치체얼어기내, 설삼격, 기일격유적언, 적자, 화금야, 화일패왈리, 기일격유표언, 표자, 풍수야, 화일패왈손, 기일격유어언, 어자, 수충야, 화일패왈감. 손주풍, 리주화, 감주수. 풍능흥화, 화능숙수, 고비기삼패언. 기식이연과, 수만, 곡수, 방문지류. 기로혹단철위지, 혹운니위지, 기회승작삼족철반대지).

거(숯 광주리) : 숯 광주리는 대나무로 짜서 만들며, 높이는 한 자 두 치이고, 지름은 일곱 치인데, 혹은 등나무를 쓰기도 한다. 나무로 골을 만들어 광주리 모양처럼 짜는데, 짠 무늬가 여섯 모가 나오게 하고, 바닥과 뚜껑은 만약 아가리가 날카로우면 쇠테를 씌운다(筥 : 筥以竹織之, 高一尺二寸, 徑闊七寸, 或用藤, 作木楦, 如筥形織之, 六出圓眼, 其底蓋若利篋口, 鑠之거 : 거이죽직지, 고일척이촌, 경활칠촌, 혹용등, 작목훤, 여거형직지, 육출원안, 기저개약이협구, 삭지).

탄과(숯가르개) : 숯가르개는 철로 여섯 모가 나게 만들며, 길이는 한 자로 끝은 뾰족하고 가운데는 두툼하고, 손잡이는 가늘게 해서 손잡이 머리에는 작은 쇠고리를 달아 숯가르개를 장식한다. 마치 요즘 하롱 지역 군인들의 목오(나무방망이)와 같은데, 혹은 망치처럼 만들기도 하고 혹은 도끼같이 만들기도 한다. 그(쓰임이) 편한 것에 따른다(炭撾 : 炭撾以鐵六棱制之, 長一尺, 銳上豐中, 執細頭系一小鑷, 以飾撾也. 若今之河隴軍人木吾也, 或作鎚, 或作斧, 隨其便也탄 : 탄과이철육릉제지, 장일척, 예상풍중, 집세두계일소전, 이식과야. 약금지하롱군인목오야, 혹작추, 혹작부, 수기편야).

화협(부젓가락) : 부젓가락은 일명 '저'라고도 한다. 일상에서 사용하는 것처럼 둥글고 곧으며 한 자 세 치이고, 꼭지 끝은 평평하게 잘려 있으며, 파의 꽃대나 굽은 쇠사슬 같은 것으로 장식하지 않고 철이나 숙동(구리 합금)으로 만든다(火筴 : 火筴一名筯, 若常用者圓直一尺三寸, 頂平截, 無蔥臺勾鎖之屬, 以鐵或熟銅製之화협 : 화협일명저, 약상용자원직일척삼촌, 정평절, 무총대구쇄지속, 이철혹숙동제지).

복[음은 보, 혹은 부(가마)나, 혹은 부(가마솥)라고도 한다] : 복(솥)은 생철로써 그것을 만드는데, 요즘 대장간 일을 하는 이들이 소위 급철이라 하는 것이다. 생철은 오래 써 닳은 쟁깃날을 정련하여 주조한 것이다. (거푸집을 만들 때에는) 솥의 내부는 흙을 바르고 외부는 모래를 바른다. 내부는 매끄럽게 하여 문질러 씻기 쉽고, 외부는 모래로 거칠게 하여 불길을 흡수하고자 함이다. 귀(손잡이)를 네모지게 한 것은 영을 바르게 하고자 함이고, 가장자리를 넓게 한 것은 먼 곳까지 힘 쓰고자 함이고, (솥의) 배꼽을 길게 한 것은 중간을 지키고자 함이다. 배꼽이 길면 즉 (물이) 가운데부터 끓고, 가운데부터 끓은 즉 찻가루가 잘 올라오고, 찻가루가 잘 떠오른 즉 차의 맛이 좋게 된다. 홍주에서는 자기로 솥을 만들며, 래주에서는 돌로 솥을 만드는데 자기와 돌은 모두 아취가 있는 기물이나, 성질이 견고하고 실하지 아니하여 오래 쓰기가 어렵다. 은을 사용하여 만들면 매우 깨끗하지만, 사치하고 화려한 것에 이르게 된다. 아취 있는 것은 아취 있는 것이며, 깨끗한 것 또한 깨끗한 것이나, 만약 항시 쓸 것이라면 결국 철로 돌아올 것이다(鍑[音輔, 或作 釜, 或作鬴] : 鍑以生鐵爲之, 今人有業冶者所謂急鐵. 其鐵以耕刀之趄, 煉而鑄之, 內摸土而外摸沙 土. 滑於內, 易其摩滌; 沙澀於外, 吸其炎焰. 方其耳, 以正令也; 廣其緣, 以務遠也; 長其臍, 以守中也. 臍長則沸中, 沸中則末易揚, 末易揚則其味淳也. 洪州以瓷爲之, 萊州以石爲之, 瓷與石皆雅器也, 性 非堅實, 難可持久. 用銀爲之, 至潔, 但涉於侈麗. 雅則雅矣, 潔亦潔矣, 若用之恒而卒歸於鐵也복[음보, 혹작부, 혹작뷔] : 복이생철위지, 금인유업야자소위급철. 기철이경도지저, 연이주지, 내모토이외모사토. 활어 내, 이기마척; 사삽어외, 흡기염염. 방기이, 이정령야; 광기연, 이무원야; 장기제, 이수중야. 제장즉비중, 비중즉 말이양, 말이양즉기미순야. 홍주이자위지, 래주이석위지, 자여석개아기야, 성비견실, 난가지구. 용은위지, 지 결, 단섭어치려. 아즉아의, 결역결의, 약용지항이졸귀어철야).

교상 : 교상은 십자 모양을 짜서 만들며, 가운데를 비게 파내어 솥을 지탱할 수 있게 한다(交床 : 交床以十字交之, 剜中令虛, 以支鍑也교상 : 교상이십자교지, 완중영허, 이지복야).

협(집게) : 집게는 작은 청죽으로 만들며, 길이는 한 자 두 치이고, 한 치 정도에 마디를 있게 하고 마디 위쪽을 쪼개어 차를 굽는 데 쓴다. 조릿대는 불에서는 진액이 나오는데, 그 산뜻한 향기를 빌려 차의 맛을 이롭게 한다. (그러나) 아마도 수풀 진 골짜기 사이가 아니면 구하질 못한다. 혹은 정련된 철이나 구리 합금 같은 것을 쓰기도 하는데 오래 쓸 수 있음을 취한 것이다(夾 : 夾以小靑竹爲之, 長一尺二寸, 令一寸有節, 節已上剖之, 以炙茶也. 彼竹之篠津潤于火, 假其香潔以益茶味, 恐非林谷間莫之致. 或用精鐵熟銅之類, 取其久也협 : 협이소청죽위지, 장일척이촌, 영일촌유절, 절이상부지, 이적차야. 피죽지소진윤우화, 가기향결이익차미, 공비임곡간막지치. 혹용정철숙동지류, 취기구야).

지낭(종이 주머니) : 종이 주머니는 희고 두꺼운 섬등지*를 겹쳐 꿰매서 만드는데, 구운 차를 저장하여 그 향이 유실되지 않도록 하는 것이다(紙囊 : 紙囊以剡藤紙白厚者夾縫之, 以貯所炙茶, 使不泄其香也지낭 : 지낭이섬등지백후자협봉지, 이저소적차, 사불설기향야).

연[불말 : (가루털개)] : 연은 귤나무로 만든 것이 (좋으며), 그 다음으로 배나무, 뽕나무, 오동나무, 산뽕나무로 만든 것이다. 안은 둥글고 밖은 사각지게 한다. 안을 둥글게 한 것은 (연륜의) 운행을 대비한 것이고, 밖을 네모지게 한 것은 (연이) 기우는 위험을 막으려는 것이다. 안으로는 연륜(墮 : 연륜, 연자)이 들어갈 정도로 파고, 밖으로는 남는 부분이 없도록 한다. 연륜의 형태는 수레바퀴와 같으며, 바퀴살이 없이 굴대(軸)만 있다. (연의) 길이는 아홉 치이고, 너비가 한 치 아홉 푼이며, 연륜의 지름은 세 치 여덟 푼, 가운데의 두께가 한 치, 가장자리의 두께가 반 치이고, 굴대의 가운데는 모가 나고 손잡이는 둥글게 한다. 가루털개는 새의 깃으로 만든다(碾[拂末] : 碾以橘木爲之, 次以梨, 桑, 桐, 柘爲之, 內圓而外方. 內圓備於運行也. 外方制其傾危也. 內容墮而外無餘木, 墮形如車輪, 不輻而軸焉, 長九寸, 闊一寸七分, 墮徑三寸八分, 中厚一寸, 邊厚半寸, 軸中方而執圓. 其拂末以鳥羽製之연불말 : 연이귤목위지, 차이이, 상, 동, 자위지, 내원이외방. 내원비어운행야. 외방제기경위야. 내용타이외무여목, 타형여거륜, 불부이축언, 장구촌, 활일촌칠분, 타경삼촌팔분, 중후일촌, 변후반촌, 축중방이집원. 기불말이조우제지).

* 월주 섬계(剡溪) 지역에서 나는 등나무로 만든 종이(역주)

라합(체와 합) : 체질한 찻가루는 합에 뚜껑을 닫아 저장하는데, 차칙(則)도 합에다 넣어둔다. 큰 대나무를 갈라 구부려 쓰며, 사견으로 체를 씌운다. 대의 마디로 만드는데, 혹은 삼나무를 구부려 옻칠해 쓰기도 한다. 높이는 세 치인데, 뚜껑이 한 치 이고, 아래가 두 치이고, 지름이 네 치이다(羅合 : 羅末以合蓋貯之, 以則置合中, 用巨竹剖而屈之, 以紗絹衣之. 其合以竹節爲之, 或屈杉以漆之. 高三寸, 蓋一寸, 底二寸, 口徑四寸라합 : 라말이합개저지, 이칙치합중, 용거죽부이굴지, 이사견의지. 기합이죽절위지, 혹굴삼이칠지. 고삼촌, 개일촌, 저이촌, 구경사촌).

칙 : 차칙은 바다조개, 굴이나 대합에 속하는 것이나 혹은 동, 철, 대나무로 만든 비*와 책**과 같은 것으로 쓴다. 차칙이란 양을 재고, 기준을 잡아, 가늠을 하는 것이다. 대개 한 되의 물을 끓여 찻가루는 방촌비***의 양을 쓴다. 만약 엷은 것을 좋아하면 찻가루의 양을 줄이고, 진한 것을 즐기면 그 양을 늘릴 수 있기 때문에 '칙'이라 부르는 것이다(則 : 則以海貝, 蠣蛤之屬, 或以銅鐵竹, 匕策之類. 則者, 量也, 准也, 度也. 凡煮水一升, 用末方寸匕. 若好薄者減之, 嗜濃者增之, 故云則也칙: 칙이해패, 여합지속, 혹이동철죽, 비책지류. 칙자, 양야, 준야, 도야. 범자수일승, 용말방촌비. 약호박자감지, 기농자증지, 고운칙야).

수방(물통) : 물통은 주목이나 홰나무, 개오동나무, 가래나무 등을 합하여 만드는데, 안쪽과 밖이 맞물리게 꿰매어 옻칠을 한다. 한 말을 담는다(水方 : 水方以椆木, 槐, 楸, 梓等合之, 其裏幷外縫漆之, 受一斗수방 : 수방이주목, 괴, 추, 재등합지, 기리병외봉칠지, 수일두).

녹수낭(물거르개) : 물거르개는 일상에서 쓰는 것과 같다. 그 틀은 생동으로 주조하여 만드는데, 물을 습기에 대비해 이끼나 물때가 끼어 비리고 떫은 것이 없도록 하려는 의도이다. 숙동으로 (만들면) 이끼와 물때가 끼고, 철로 (만들면) 비

* 약재 등을 계량할 때 쓰던 기구, 수저 형태의 물건(역주)
** 산가지, 죽편 같은 형태의 물건(역주)
*** 분말 형태의 약재를 사방 한 치의 약수저로 계량한 양(역주)

리고 떫게 된다. 숲에 살거나 골짜기에 은거하는 이들은 혹 대나 나무를 쓰기도 하는데, 나무와 대는 오래 지니지 못하고 멀리 가지고 다닐 도구가 아닌 까닭에 생동을 쓴다. 자루는 청죽으로 짠 것을 말아서 만들고, 푸른 합사 비단을 잘라 꿰매고, 취전 끈으로 잇는다. 또 녹유낭*을 만들어 녹수낭을 저장한다. (녹수낭의) 지름은 다섯 치, 자루는 한 치 다섯 푼이다(漉水囊 : 漉水囊若常用者, 其格以生銅鑄之, 以備水濕, 無有苔穢腥澀意. 以熟銅苔穢, 鐵腥澀也. 林栖谷隱者或用之竹木, 木與竹非持久, 涉遠之具, 故用之生銅. 其囊織青竹以捲之, 裁碧縑以縫之, 紐翠鈿以綴之. 又作綠油囊以貯之, 圓徑五寸, 柄一寸五分녹수낭 : 녹수낭약상용자, 기격이생동주지, 이비수습, 무유태예성삽의. 이숙동태예, 철성삽야. 임서곡은자혹용지죽목, 목여죽비지구, 섭원지구, 고용지생동. 기낭직청죽이권지, 재벽겸이봉지, 뉴취전이철지. 우작녹유낭이저지, 원경오촌, 병일촌오분).

표(표주박) : 표주박은 일명 '희표'라고도 한다, 박을 갈라 만드는데, 혹은 나무를 깎아서 만들기도 한다. 진(晉)나라 사인이었던 두육이 『천부』에서 이르길 "박으로 따른다"라 했는데, 박(匏)이란 표주박(瓢)이다. 입은 넓고, 정강이(몸체)는 좁으며 자루는 짧다. 영가 연간**에 여요 사람 우홍이 폭포산에 들어가 차를 따다가 한 도사를 만났다. (도사가) 이르길 "나는 단구자인데, 그대에게 바라건대 훗날 (차 마시는 중에) 사발과 구기에 여유가 있거든 (내게도) 남겨주길 비네"라 했는데, 희(犧)란 나무바가지이다. 요즘은 배나무를 써 그것을 만든다(瓢 : 瓢一曰犧杓, 剖瓠爲之, 或刊木爲之. 晉舍人杜毓『荈賦』云: "酌之以匏", 匏, 瓢也. 口闊脛薄柄短. 永嘉中, 餘姚人虞洪入瀑布山採茗, 遇一道士云: "吾丹丘子, 祈子他日, 甌犧之餘, 乞相遺也.", 犧, 木杓也, 今常用以梨木爲之표 : 표일왈희표, 부호위지, 혹간목위지. 진사인두육『천부』운: "작지이포", 포, 표야. 구활경박병단. 영가중, 여요인우홍입폭포산채명, 우일도사운: "오단구자, 기자타일, 구희지여, 걸상유야", 희, 목표야, 금상용이리목위지).

죽협(대젓가락) : 대젓가락은 복숭아나무, 버드나무, 포규나무로도 만들고 혹

---

* 기름 먹인 푸른 주머니(역주)
** 서진 진회제(晉懷帝)의 연호로 307~313년까지이다(역주).

은 감심목(먹감)으로 만들기도 하는데, 길이가 한 자에 양 젓가락의 끝은 은으로 싼다(竹筴: 竹筴或以桃, 柳, 蒲, 葵木爲之, 或以柿心木爲之, 長一尺, 銀裏兩頭竹筴: 죽협혹이도, 류, 포, 규목위지, 혹이시심목위지, 장일척, 은과양두).

차궤(소금 단지)[게(소금 주걱)] : 소금 단지는 자기로 만들며, 지름은 네 치이다. 합의 모양과 같은데, 혹은 병 혹은 뢰(술독)의 모양과도 같다. 소금을 저장하는 것이다. 소금 주걱은 대나무로 만들며, 길이는 네 치 한 푼이고, 너비는 아홉 치이다. 소금 주걱이란 책(策)이다(鹺簋[揭] : 鹺簋以瓷爲之, 圓徑四寸. 若合形, 或瓶或罍, 貯鹽花也. 其揭竹制, 長四寸一分, 闊九分. 揭, 策也차궤[게] : 차궤이자위지, 원경사촌. 약합형, 혹병혹뢰, 저염화야. 기게죽제, 장사촌일분, 활구분. 게, 책야).

숙우 : 숙우는 숙수(熟水 : 끓인 물)를 담아 두는 것인데, 자기 혹은 사기로 만든다. 두 되를 담는다(熟盂 : 熟盂以貯熟水, 或瓷或沙, 受二升숙우 : 숙우이저숙수, 혹자혹사, 수이승).

완(사발) : 사발은 월주 것이 상품이며, 정주 것이 다음이고, 무주 것이 그 다음이다. 악주의 사발도 상품인데, 수주, 홍주는 그 다음이다. 혹자는 형주를 월주보다 위로 두는데, 결코 그렇지 아니하다. 만약 형주의 자기가 은과 같다면, 월주의 자기는 옥과 같다. 형주가 월주만 못한 첫째 (이유)이다. 만약 형주 자기가 눈과 같으면 월주 자기는 얼음과도 같으니, 형주가 월주만 못한 둘째 (이유)이다. 형주 자기는 흰색이라 차탕의 색이 붉게 (보이는데), 월주 자기는 푸른색이라 차탕의 색이 녹색으로 보이니, 형주가 월주만 못한 셋째 (이유)이다. 진나라 두육이 『천부』에서 이른 바 그릇을 택하면 도기를 고르는데, 동구에서 난 것이다. 구란 월주이다. 사발은 월주 것이 상품인데 (사발의) 구순(전)이 말려 있지 않았으나, 바닥(굽)은 말려 있으며 얇다. 반 되 못되게 담는다. 월주 자기와 악주 자기는 모두 푸른색인데, 푸른색은 차탕의 색에 이롭다. 차탕은 백홍색이 되니, 형주 자기는 흰색이라 차탕색이 붉게 보이고, 수주 자기는 황색이라 차탕색은 자색이 되며, 홍주 자기는 갈색이라 차탕색이 검게 보이니, 모두 차에 마땅치 못하다(碗 : 碗, 越州上, 鼎州次, 婺州

次, 岳州上, 壽州, 洪州次. 或者以邢州處越州上, 殊爲不然. 若邢瓷類銀, 越瓷類玉, 邢不如越一也; 若邢瓷類雪, 則越瓷類冰, 邢不如越二也; 邢瓷白而茶色丹, 越瓷靑而茶色綠, 邢不如越三也. 晉, 杜毓『荈賦』所謂, 器擇陶揀, 出自東甌. 甌, 越也. 甌, 越州上口脣不卷, 底卷而淺, 受半升已下. 越州瓷, 岳瓷皆靑, 靑則益茶. 茶作白紅之色, 邢州瓷白, 茶色紅; 壽州瓷黃, 茶色紫; 洪州瓷褐, 茶色黑 : 悉不宜茶완 : 완, 월주상, 정주차, 무주차, 악주상, 수주, 홍주차. 혹자이형주처월주상, 수위불연. 약형자유은, 월자유옥, 형불여월일야; 약형자유설, 즉월자유빙, 형불여월이야; 형자백이차색단, 월자청이차색록, 불여월삼야. 진, 두육『천부』 소위, 기택도간, 출자동구. 구, 월야. 구, 월주상구순불권, 저권이천, 수반승이하. 월주자, 악자개청, 청즉익차. 차작백홍지색, 형주자백, 차색홍; 수주자황, 차색자; 홍주자갈, 차색흑 : 실불의차).

분(삼태기) : 삼태기는 흰 부들(왕골)로 말아서 짠다. 가히 사발 열 개를 담을 수가 있는데, 혹은 광주리를 쓰기도 한다. 종이 싸개는 섬등지를 접어서 꿰매 네 모지게 만드는데, 역시 열 장을 만든다(畚 : 畚以白蒲捲而編之, 可貯碗十枚. 或用筥, 其紙帊, 以剡紙夾縫令方, 亦十之也분 : 분이백포권이편지, 가저완십매. 혹용거, 기지파, 이섬지협봉령방, 역십지야).

찰(솔) : 솔은 병려나무 껍질을 모아 수유나무에 끼워 묶어 만든다. 혹은 자른 대나무에 묶어 대롱처럼 만드는데 마치 큰 붓의 형상 같다(札 : 札緝栟櫚皮以茱萸木夾而縛之. 或截竹束而管之, 若巨筆形찰 : 찰집병려피이수유목협이박지. 혹절죽속이관지, 약거필형).

척방(개수통) : 개수통은 세척하고 남은 것을 담아둔다. 가래나무를 써 합하여 만들며, 물통과 같이 만든다. 여덟 되를 담는다(滌方 : 滌方以貯滌洗之餘, 用楸木合之, 制如水方, 受八升척방 : 척방이저척세지여, 용추목합지, 제여수방, 수팔승).

재방(찌꺼기 통) : 찌꺼기 통은 여러 찌꺼기를 모으는 것인데, 개수통과 같이 만든다. 다섯 되를 담아 둘 수 있다(滓方 : 滓方以集諸滓, 製如滌方, 處五升재방 : 재방이집제재, 제여척방, 처오승).

건(行주) : 행주는 거친 비단이나 베로 만든다. 길이가 두 자 되게 두 장을 만들어 번갈아 사용하여 모든 기물들을 청결히 한다(巾 : 巾以絁爲之, 長二尺, 作二枚, 互用之以潔諸器건 : 건이시위지, 장이척, 작이매, 호용지이결제기).

구열 : 구열은 혹은 상(床)이나 혹은 시렁(架)처럼 만든다. 혹은 나무로만 혹은 대나무로만 만들기도 하고 혹은 대나무를 본 따 나무로 만들면 황흑색으로 문을 여닫을 수 있게 하고 옻칠을 한다. 길이가 세 자, 너비가 두 자, 높이가 여섯 치이다. 구열이라는 것은 모든 기물들을 거둬들여 모두 진열한다는 것이다(具列 : 具列或作床, 或作架, 或純木純竹而製之, 或木法竹黃黑可扃而漆者, 長三尺, 闊二尺, 高六寸, 具列者悉斂諸器物, 悉以陳列也구열 : 구열혹작상, 혹작가, 혹순목순죽이제지, 혹목법죽황흑가경이칠자, 장삼척, 활이척, 고육촌, 구열자실렴제기물, 실이진열야).

도람 : 도람은 여러 기물들을 모두 수납하기에 그렇게 부른다. 대껍질로 안쪽은 삼각형 방안으로 짜고, 바깥쪽은 두 겹의 넓은 대껍질로 세로로 하고 홑겹의 가는 대껍질을 감는데, 번갈아가며 두 겹의 세로 껍질을 눌러 네모 눈을 만들어 빈틈으로 비쳐보이도록 하였다. 높이는 한 자 다섯 치, 바닥의 너비는 한 자 높이는 두 치이며,* (도람의) 길이는 두 자 네 치, 너비는 두 자이다(都籃: 都籃以悉設諸器而名之. 以竹篾內作三角方眼, 外以雙篾闊者經之, 以單篾纖者縛之, 遞壓雙經作方眼, 使玲瓏. 高一尺五寸, 底闊一尺, 高二寸, 長二尺四寸, 闊二尺도람: 도람이실설제기이명지. 이죽멸내작삼각방안, 외이쌍멸활자경지, 이단멸섬자박지, 체압쌍경작방안, 사영롱. 고일척오촌, 저활일척, 고이촌, 장이척사촌, 활이척).

---

* '저활일척(底闊一尺)'의 '闊一尺'은 필요 없이 잘못 들어간 부분으로 보인다(다이텐 겐조大典顯常, 누노메 조후布目潮渢)(역주).

권하(卷下)

오지자(五之煮 : 차 끓이기)

　무릇 차를 굽는 것은 삼가 바람에 불똥이 날릴 때는 굽는 것은 말아야 한다. 날아다니는 불똥은 송곳과 같아 (불꽃이) 타올랐다 식었다하여 고르지 못하기 때문이다. (병차를 집게로 집어) 불 가까이 가져가 자주 뒤집어가며 굽는 것을 살펴[포의 음은) 보와 교의 반절한다] 두꺼비의 등짝같이 (병차에) 올록볼록한 형상이 나오면, 불에서 다섯 치 정도 물린다. 말리는 것이 펴지면 처음 (굽기) 시작할 때처럼 다시 굽는다. 만약 불에 말린 것이면 열기에 익으면 그치고, 볕에 말린 것이면 부드러워지면 그친다(凡炙茶, 愼勿於風爐間炙, 熛焰如鑽, 使炎涼不均. 持以逼火, 屢其翻正, 候炮[普敎反]出培塿狀, 蝦蟆背, 然後去火五寸, 卷而舒則本其始, 又炙之. 若火乾者, 以氣熟止; 日乾者, 以柔止범적차, 신물어풍신간적, 표염여찬, 사염량불균. 지이핍화, 누기번정, 후포[보교반]출배루상, 하마배, 연후거화오촌, 권이서즉본기시, 우적지. 약화건자, 이기숙지; 일건자, 이유지).

　(차를 만들던) 처음에 만약 지극히 여린 찻잎을 쪄서 뜨거울 때 찧으면 잎은 문드러지나 싹과 움은 남아 있다. 가령 힘센 사람이 천균*의 공이를 들고 (찧더라도) 또한 문드러지지 아니하니, 마치 칠과주**를 장사가 접하여 능히 그 손가락에 집질 못하는 것과 같다. 제대로 찧어진다면 줄기가 없는 것과 같다. (이렇게 만든 병차를) 구우면 그 마디가 보들보들하기가 마치 어린 아이의 팔과 같다. (굽기를) 끝내면 뜨거울 때 지낭을 사용해 그것을 저장하여 (차의) 정화지기가 흩어지지 않게 한다. 식기를 기다려 병차를 가루낸다[찻가루의 상품은 그 가루가 세미***와 같고, 찻가루의 하품은 그 가루가 능각****과 같다](其始若茶之至嫩者, 蒸罷熱搗葉爛而牙

---

* 1균(鈞)은 30근(斤)이다(역주).
** 옻칠한 작은 구슬(역주)
*** 쌀가루(역주)
**** 마름 열매의 깍지(역주)

笱存焉. 假以力者, 持千鈞杵亦不之爛, 如漆科珠, 壯士接之不能駐其指, 及就則似無穰骨也. 炙之, 則其節若倪倪如嬰兒之臂耳. 旣而承熱用紙囊貯之, 精華之氣無所散越. 候寒末之[末之上者, 其屑如細米. 末之下者, 其屑如菱角]기시약차지지눈자, 증파열도엽란이아순존언. 가이역자, 지천균저역부지란, 여칠과주, 장사접지불능주기지, 급취즉사무양골야. 적지, 즉기절약예예여영아지비이. 기이승열용지낭저지, 정화지기무소산월. 후한말지[말지상자, 기설여세미. 말지하자, 기설여능각]).

불에는 숯을 쓰고 (그렇지 못하면) 그 다음으로 단단한 땔감[뽕나무, 홰나무, 오동나무, 참나무류를 말한다]을 쓴다. 숯은 일찍이 고기 같은 걸 구워 누린내가 나고 기름진 것과 진이 많은 나무나 썩은 기물은 쓰지 않는다[고목이란 잣나무, 계수나무, 전나무이고, 패기란 썩어 못쓰게 된 기물을 말한다]. 옛사람이 상한 땔감의 (좋지 못한) 맛이 있다함*은 참으로 믿을 만 하구나!(其火用炭, 次用勁薪[謂桑, 槐, 桐, 櫪之類也]. 其炭曾經燔炙, 爲膻膩所及, 及膏木敗器不用之[膏木爲柏, 桂, 檜也. 敗器, 謂朽廢器也]. 古人有勞薪之味, 信哉!기화용탄, 차용경신[위상, 괴, 동, 력지류야]. 기탄증경번적, 위전니소급, 급고목패기불용지[고목위백, 계, 회야. 패기, 위후폐기야]. 고인유노신지미, 신재!)

물은 산수를 씀이 상품이고, 강수는 중품, 우물물은 하품이다[(두육의) 『천부』에서 이르길 "물은 민방에서 긷는데 저 맑게 흐르는 것이라네"라 했다]. 산수는 유천이나 석지에 천천히 흐르는 것이 상품이니 가려 쓰고, 거칠게 솟구치거나 소용돌이치며 언덕에 부딪혀 흐르는 물은 마시지 말아야 한다. (이는) 오래 마시면 사람으로 하여금 목병이 생기게 한다. 또한 산골짜기에서 여러 갈래로 따로 흐르는 물은 맑지만 가라앉아 흐르질 않아 더운 여름부터 서리가 내리기 전까지는 잠룡이 그 사이 독을 쌓아두었을지 (모른다). 마시려는 사람은 나쁜 물을 흘려보냄으로써 이것을 해결할 수 있고, 새로이 샘에 물이 졸졸 흘러들게 하여 그것을 떠야 한다. 강수는 사람들에게서 멀리 떨어진 것을 취한다. 우물물은 (사람들이) 많이 긷는 것을 취한다(其水, 用山水上, 江水中, 井水下[『舜賦』所謂 "水則岷方之注, 挹彼

* 『세설신어』 하권 「술해」편 순욱(筍勖)의 일화에서 유래(역주)

淸流]. 其山水, 揀乳泉石地慢流者上, 其瀑湧湍漱勿食之, 久食令人有頸疾. 又多別流於山谷者, 澄浸不洩, 自火天至霜郊以前, 或潛龍畜毒於其間, 飮者可決之以流其惡, 使新泉涓涓然酌之. 其江水, 取去人遠者. 井取汲多者기수, 용산수상, 강수중, 정수해『천부』 소위 "수즉민방지주, 읍피청류]. 기산수, 간유천석지만류자상, 기폭용단수물식지, 구식영인유경질. 우다별류어산곡자, 징침불설, 자화천지상교이전, 혹잠룡축독어기간, 음자가결지이류기악, 사신천연연연작지. 기강수, 취거인원자. 정취급다자).

    물의 끓음은 물고기눈(魚目) 같이 (동그랗게 기포가 생기면서) 가늘게 소리가 나는 것이 첫 번째 끓는 단계(一沸)이고, (솥의) 가장자리에 샘이 솟듯이 기포가 연달아 올라오는 것(湧泉連珠)이 두 번째 끓는 단계(二沸)이며, 북을 치듯 요란스레 물결이 일렁이는 것(騰波鼓浪)이 세 번째 끓는 단계(三沸)이다. 그 이상 끓은 것은 쇤 물(老水)이니 마실 수가 없다(其沸如魚目, 微有聲爲一沸, 緣邊如湧泉連珠爲二沸, 騰波鼓浪爲三沸, 已上水老不可食也기비여어목, 미유성위일비, 연변여용천연주위이비, 등파고랑위삼비, 이상수노불가식야).

    처음 끓을 때 물의 양에 맞추어 소금으로 맛을 조절하는데, 맛을 보고 나머지를 버리라는 것[철은 맛보다는 것이다. (철의 음은) 시와 세의 반절, 또 세와 열의 반절한다]은 맛없음(餡鹽)이 없으면 그 한 가지 맛으로 모이지 않을까 하는 것이대감은 고와 잠의 반절, 탐은 토와 람의 반전, 맛이 없다는 뜻이다]. 두 번째 끓을 때 물을 한 표주박 떠내고, 대젓가락(竹筴)으로 끓는 물 가운데를 휘젓고, 찻가루를 양을 재서 가운데에 넣는다. 잠시 후 (물 끓는) 기세가 마치 큰 물결이 달리 듯하고 거품이 일면, 덜어 두었던 물로써 그 기세를 멈추게 한다. (이는) 차의 정화를 기르는 것이다(初沸則水合量, 調之以鹽味, 謂棄其啜餘[啜, 嘗也. 市稅反, 又市悅反], 無酒餡鹽 乃而鐘其一味乎[上古暫反, 下吐濫反. 無味也]? 第二沸出水一瓢, 以竹筴環激湯心, 則量末當中心, 而下有頃勢若奔濤濺沫, 以所出水止之, 而育其華也초비즉수합량, 조지이염미, 위기기철예[철, 상야. 시세반, 우시열반], 무내감탐이종기일미회[상고잠반, 하토람반. 무미야]? 제이비출수일표, 이죽협환격탕심, 즉양말당중심, 이하유경세약분도천말, 이소출수지지, 이육기화야).

무릇 차를 여러 완에 나누어 뜨는 것은 말발(沫餑)을 고르게 해야 한다[『자서』와 『본초』에서는 "발은 차의 거품이다, (발의 음은) 포와 홀의 반절이다"고 했다]. 말과 발은 차탕의 정화(거품)이다. 거품이 엷은 것을 일러 '말'이라 하고, 두터운 것을 일러 '발'이라 한다. (또) 가늘고 가벼운 것을 '화'라 하는데, 마치 대추꽃이 둥근 연못 위에 둥둥 떠 있는 모습과도 같다. 또한 물이 도는 연못이나 굽은 물가에 생겨나기 시작한 푸른 부평초와도 같으며 또 날 개어 상쾌한 때 비늘구름이 떠 있는 모습과 같다. 말이라는 것은 마치 이끼가 물에 떠 있는 것과 같으며 또 국화꽃이 술상 가운데 떨어진 것과도 같다. 발이라는 것은 차 찌꺼기를 끓이면 끓어오르면서 거품이 겹쳐 말이 쌓인 것이 눈이 쌓여 새하얀 모습과 같다. 『천부』에서 이르길 "눈부시기가 쌓인 눈과 같고, 빛나기는 봄날 꽃 핀 것과도 같구나"라고 한 것이 있다(凡酌置諸碗, 令沫餑均[『字書』幷『本草』 "餑, 茗沫也. 蒲笏反"]. 沫餑, 湯之華也. 華之薄者曰沫, 厚者曰餑, 細輕者曰花, 如棗花漂漂然於環池之上. 又如迴潭曲渚, 青萍之始生; 又如晴天爽朗, 有浮雲鱗然. 其沫者, 若綠錢浮於水渭, 又如菊英墮於鐏俎之中. 餑者以滓煮之, 及沸則重華累沫, 皤然若積雪耳. 『荈賦』所謂 "煥如積雪, 燁若春敷", 有之[범작치제완, 영말발균[『자서』병『본초』 "발, 명말야. 포홀반"]. 말발, 탕지화야. 화지박자왈말, 후자왈발, 세경자왈화, 여조화표표연어환지지상. 우여회담곡저, 청평지시생; 우여청천상랑, 유부운린연. 기말자, 약녹전부어수위, 우여국영타어준조지중. 발자이재자지, 급비즉중화누말, 파파연약적설이. 『천부』소위 "환여적설, 엽약춘격", 유지).

첫 번째로 물이 끓으면 말 위에 있는 흑운모와 같은 수막을 버리는데, 마시면 그 맛이 바르지 않기 때문이다. 첫 번째로 끓은 물을 '준영'이라 하는데[(준의 음은) 서현과 전현 둘을 반절한다. 지극히 아름다운 것을 준영이라 한다. 준은 맛이며, 영은 길다는 것이다. 『한서』에서는 "괴통이 준영 스무 편을 지었다"라 했다], 혹 이것을 묵혀 저장하여 화(거품)를 기르고 물이 끓어오르는 걸 가라앉히는데(育華救沸) 준비하여 쓴다. 여럿 중에 첫째 잔 그리고 둘째 잔이 (좋으며), 셋째 잔은 그 다음이고, 넷째 잔, 다섯째 잔 외의 것은 갈증이 심한 것이 아니라면 마시지 않는다(第一煮水沸, 而棄其沫之上, 有水膜如黑雲母, 飮之則其味不正. 其第一者爲雋永[徐縣, 全縣二反. 至美者曰雋永. 雋, 味也; 永, 長也. 味長曰雋永. 『漢書』 "蒯通著「雋永」二十篇也"], 或留

熟以貯之, 以備育華救沸之用. 諸第一與第二第三碗次之, 第四第五碗外, 非渴甚莫之飮제일자수비, 이기기말지상, 유수막여혹운모, 음지즉기미부정. 기제일자위준영[서현, 전현이반. 지미자왈준영. 준, 미야; 영, 장야. 미장왈준영. 『한서』 "괴통저준영이십편야"], 혹유숙이저지, 이비육화구비지용. 제제일여제이제삼완차지, 제사제오완외, 비갈심막지음).

　　무릇 물 한 되를 끓이면 다섯 잔을 나누괴[잔의 수는 적게는 세 잔에서 많게는 다섯 잔이 (나오는데), 만약 사람이 많아 열 잔에 이르면 두 개의 풍로로 늘린다], 뜨거울 때 연이어 이를 마시는데, 무겁고 탁한 것은 아래에서 엉키고, 정영(차의 정화)은 위에 뜨기 때문이다. (차가) 식으면 정영이 열기를 따라 다하게 되니, 마셔도 (마음을) 해소치 못하니 역시 그러한 까닭이다(凡煮水一升. 酌分五碗[盌數少至三, 多至五. 若人多至十, 加兩爐], 乘熱連飮之, 以重濁凝其下, 精英浮其上. 如冷則精英隨氣而竭, 飮啜不消亦然矣.범자수일승, 작분오완[완수소지삼, 다지오. 약인다지십, 가양로], 승열연음지, 이중탁응기하, 정영부기상. 여냉즉정영수기이갈, 음철불소역연의).

　　차의 성질은 검박하니, 과함은 마땅치 아니하다. (과한 즉) 그 맛이 어둡고 막막하니, 한 잔 가득한 차도 반을 마시면 맛이 떨어지는 것 같은데, 하물며 과한 것에 있어서랴! (차는) 그 색은 담황색이고, 그 향기는 향기롭다. 그 맛이 단 것은 가(檟)이고, 달지 않고 쓴 것은 천(荈)이며, 마시면 쓰지만 삼키면 단 것은 차(茶)이대[어느 책에서 이르기는 "그 맛이 쓰고 달지 않은 것을 가라하고, 달고 쓰지 않는 것을 천이다"라 했다](茶性儉, 不宜廣, 則其味黯澹, 且如一滿碗, 啜半而味寡, 況其廣乎! 其色緗也, 其馨致也. 其味甘檟也; 不甘而苦, 荈也; 啜苦咽甘, 茶也[一本云 "其味苦而不甘, 檟也; 甘而不苦, 荈也"] 차성검, 불의광, 즉기미암담, 차여일만완, 철반이미과, 황기광호! 기색상야, 기형치야. 기미감가야; 불감이고, 천야; 철고인감, 차야[일본운 "기미고이불감, 가야; 감이불고, 천야"]).

육지음(六之飮 : 차 마시기)

　　날개가 있는 것은 날고, 털이 있는 것은 달리며, 입을 벌리니 말을 하는 이 세 가지(날짐승, 길짐승, 사람)는 모두 하늘과 땅 사이에서 태어나 마시고 쪼아 먹으며 살아가는데, 마실 때 그 뜻이 심원하구나. 목마름을 해결함에 있어서는 장(물이나 음료)을 마시고, 근심과 분노를 제거하려면 술을 마시며, 혼매함을 씻어내려면 차를 마신다(翼而飛, 毛而走, 呿而言, 此三者俱生於天地間, 飮啄以活, 飮之時, 義遠矣哉. 至若救渴, 飮之以漿; 蠲憂忿, 飮之以酒; 蕩昏寐, 飮之以茶익이비, 모이주, 거이언, 차삼자구생어천지간, 음탁이활, 음지시, 의원의재. 지약구갈, 음지이장; 견우분, 음지이주; 탕혼매, 음지이차).

차를 마심으로 한 것은 신농씨에게서 시작되었고 노나라 주공에게서 널리 알려졌으며, 제나라에는 안영이 있고 한나라에는 양웅과 사마상여가 있으며, 오나라에는 위요가 있고 진나라에는 규곤, 장재, (나의) 먼 조상인 육납, 사안, 좌사의 무리가 있어 모두 (차를) 마셨다. 시대가 흘러 세속에도 퍼져 들어 국조(唐代)에는 성행하게 되었으며, 두 도읍(장안, 낙양)과 형주*, 투주** 간에 집집마다 (차를) 마신다(茶之爲飮, 發乎神農氏, 聞於魯周公, 齊有晏嬰, 漢有揚雄, 司馬相如, 吳有韋曜, 晉有劉琨, 張載, 遠祖納, 謝安, 左思之徒, 皆飮焉. 滂時浸俗, 盛於國朝, 兩都幷荊渝間, 以爲比屋之飮차지위음, 발호신농씨, 문어노주공, 제유안영, 한유양웅, 사마상여, 오유위요, 진유유곤, 장재, 원조납, 사안, 좌사지도, 개음언. 방시침속, 성어국조, 양도병형투간, 이위비옥지음).

마시는 것에는 추차, 산차, 말차, 병차란 것이 있고, 베고 쪄서 불에 쬐어 절구질해서 병이나 항아리에 저장하고 끓는 물을 끼얹는 것을 암차라고 이른다. 혹은 파, 생강, 대추, 귤껍질, 수유, 박하 등을 (함께) 써 오래도록 끓여 혹은 걷어내어 (탕을) 부드럽게 하고 혹은 끓여서 거품을 제거하는데, 이것은 하수구(溝渠)에나 버릴 물일 뿐임에도 그 습속이 그치질 않는다(飮有觕茶, 散茶, 末茶, 餠茶者, 乃斫, 乃熬, 乃煬, 乃舂, 貯於餠缶之中, 以湯沃焉, 謂之痷茶. 或用蔥, 薑, 棗, 橘皮, 茱萸, 薄荷之等, 煮之百沸, 或揚令滑, 或煮去沫, 斯溝渠間棄水耳, 而習俗不已음유추차, 산차, 말차, 병차자, 내작, 내오, 내양, 내용, 저어병부지중, 이탕옥언, 위지암차. 혹용총, 강, 조, 귤피, 수유, 박하지등, 자지백비, 혹양영활, 혹자거말, 사

* 지금의 후베이성(湖北省) 징저우시(荊州市)다(역주).
** 지금의 쓰촨성(四川省) 충칭시(重慶市)다(역주).

구거간기수이, 이습속불이).

　아! 하늘이 만물을 양육함에 모두 지극히 오묘함이 있건만, 사람들이 만드는 바는 얕고 쉬운 것을 찾는다. 가릴 것은 집이니 집은 정교하게 하고, 입을 것은 옷이니 옷도 정교하게 하며, 배부르게 할 것은 음식이니 음식과 술은 모두 정교하게 만든다. 차에는 아홉 가지 어려움(茶有九難)이 있으니, 첫째가 만드는 것(造)이며, 둘째가 감별하는 것(別)이며, 셋째가 기물(器), 넷째가 불(火), 다섯째가 물(水), 여섯째가 굽는 것(炙), 일곱째가 가루 내는 것(末), 여덟째가 끓이는 것(煮), 아홉째가 마시는 것(飮)이다. 흐린 날 따서 밤에 만든 것은 제대로 만드는 것이 아니며, 씹어서 맛을 보거나 냄새를 맡아서 향을 (확인하는 것은) 제대로 감별하는 것이 아니며, 누린내 나는 솥이나 비린내 나는 그릇은 제대로 된 다기가 아니며, 진이 많은 땔감이나 부엌에서 쓰던 숯은 제대로 된 불이 아니며, 급하게 흘러 소용돌이치는 물이나 막혀서 고인 물은 제대로 된 물이 아니며, 겉은 익고 속은 익지 않은 것은 제대로 구운 것이 아니며, 푸른 가루가 먼지처럼 날리는 것은 제대로 가루 낸 것이 아니며, 서툴게 다루고 분주히 휘젓는 것은 제대로 끓이는 것이 아니며, 여름에는 많이 마시고 겨울에는 마시지 아니하는 것은 제대로 마시는 것이 아니다(於戲! 天育萬物皆有至妙, 人之所工, 但獵淺易. 所庇者屋屋精極, 所著者衣衣精極, 所飽者飮食, 食與酒皆精極之. 茶有九難 : 一曰造, 二曰別, 三曰器, 四曰火, 五曰水, 六曰炙, 七曰末, 八曰煮, 九曰飮. 陰採夜焙非造也, 嚼味嗅香非別也, 膻鼎腥甌非器也, 膏薪庖炭非火也, 飛湍壅潦非水也, 外熟內生非炙也, 碧粉縹塵非末也, 操艱攪遽非煮也, 夏興冬廢非飮也어희 ! 천육만물개유지묘, 인지소공, 단엽천이. 소비자옥옥정극, 소저자의의정극, 소포자음식, 식여주개정극지. 다유구난 : 일왈조, 이왈별, 삼왈기, 사왈화, 오왈수, 육왈적, 칠왈말, 팔왈자, 구왈음. 음채야배비조야, 작미후향비별야, 전정성구비기야, 고신포탄비화야, 비단옹료비수야, 외숙내생비적야, 벽분표진비말야, 조간교거비자야, 하흥동폐비음야).

　무릇 맛이 좋고 향기가 짙은(珍鮮馥烈)* 차는 그 잔이 석 잔까지이고, 그 다음

* 진선(珍鮮)은 맛이 좋다는 뜻이고, 복렬(馥烈)은 향기가 강하다는 뜻이다(역주).

은 다섯 잔까지이다. 만약 좌객이 다섯이면 세 잔까지 행하고, 일곱이면 다섯 잔을 행한다. 만약 여섯 이하면 잔 수를 합치지 아니하며, 단 한 사람이 빠졌을 뿐이니 준영을 빠진 사람에 보충한다(夫珍鮮馥烈者, 其碗數三; 次之者, 碗數五. 若坐客數至五行三碗, 至七行五碗. 若六人已下, 不約碗數, 但闕一人而已, 其雋永補所闕人부진선복렬자, 기완수삼; 차지자, 완수오. 약좌객수지오행삼완, 지칠행오완. 약육인이하, 불약완수, 단궐일인이이, 기준영보소궐인).

칠지사(七之事 : 차의 옛일)

삼황 시기의 염제 신농씨, 주나라 시기의 노나라 주공 단, 제나라 재상 안영, 한나라 시기의 신선 단구자와 황산군, 문원령 사마상여와 집극 양웅, 오나라의 귀명후(오왕 손호孫晧)와 태부 위홍사(위요韋曜), 진나라의 혜제와 사공 유곤, 유곤의 조카(형의 아들) 연주자사 유연, 황문시랑 장맹양(장재張載), 사예교위 부함, 세마 강통, 참군 손초, 기실 좌태충(좌사左思), 오흥태수 육납과 육납의 조카 회계내사 육숙, 관군장군 사안석(사안謝安), 홍농태수 곽박, 양주자사 환온, 중서사인 두육, 무강 소산사 승려 법요, 패국의 하우개, 여요의 우홍, 북지의 부손, 단양의 홍군거, 신안의 임육장(임첨任瞻), 선성의 진정, 돈황의 선도개, 섬현의 진무의 처, 광릉의 노파, 하내의 산겸지, 후위(北魏) 시기의 낭야의 왕숙, 송나라 시기의 신안왕 자란과 자란의 아우 예장왕 자상, 포조의 누이동생 영휘, 팔공산의 승려 담제. 제나라 세조 무제, 양나라 정위경(유효작劉孝綽)과 도홍경 선생, 황조(당나라) 영국공 서적(三皇炎帝, 神農氏. 周 魯周公旦. 齊 相晏嬰. 漢 仙人丹丘子, 黃山君, 司馬文園令 相如, 楊執戟雄. 吳 歸命侯, 韋太傅弘嗣. 晉 惠帝, 劉司空琨, 琨兄子 兗州刺史演, 張黃門孟陽, 傅司隷咸, 江洗馬統, 孫參軍楚, 左記室太沖, 陸吳興納, 納兄子 會稽內史俶, 謝冠軍安石, 郭弘農璞, 桓揚州溫, 杜舍人毓, 武康小山寺釋法瑤, 沛國夏侯愷, 餘姚虞洪, 北地傅巽, 丹陽弘君擧, 新安任育長, 宣城秦精, 敦煌單道開, 剡縣陳務妻, 廣陵老姥, 河內山謙之. 後魏 瑯琊王肅. 宋 新安王子鸞, 鸞弟豫章王子尚, 鮑照妹令暉, 八公山沙門譚濟. 齊 世祖武帝. 梁 劉廷尉, 陶先生弘景. 皇朝 徐英公勣삼황염제, 신농씨. 주 노주공단. 제 상안영. 한 선인단구자, 황산군, 사마문원령 상여, 양집극웅. 오 귀명후, 위태부홍사. 진 혜제, 유사공곤, 곤형자 연주자사연, 장황문맹양, 부사례함, 강세마통, 손참군초, 좌기실태충, 육오흥납, 납형자 회계내사숙, 사관군안

석, 곽홍농박, 환양주온, 두사인육, 무강소산사석법요, 패국하후개, 여요우홍, 북지부손, 단양홍군거, 신안임육장, 선성진정, 돈황단도개, 섬현진무처, 광릉노모, 하내산겸지. 후위 랑야왕숙. 송 신안왕자란, 란제예장왕자상, 포조매령휘, 팔공산사문담제. 제 세조무제. 양 유정위, 도선생홍경. 황조 서영공적).

『신농』「식경」에서는 "차를 오래 마시면, 사람으로 하여금 힘이 있게 하고 마음이 즐겁게 한다"라 했다(『神農·食經』: 茶茗久服, 令人有力, 悅志『신농·식경』: 차명구복, 영인유력, 열지).

주공의 『이아』에서는 "가는 고도(苦茶)다"라고 했다(周公『爾雅』: 檟, 苦茶주공『이아』: 가, 고도).

『광아』에서 이르길 "형주와 파주 지역에서는 찻잎을 따 병차를 만드는데, 늙은 찻잎을 따서 병차를 만들 때는 쌀미음을 써 만들어 낸다. 차를 끓여 마시고자 하는 사람은 먼저 붉은 색이 되도록 구운 후, (이를) 찧어서 가루 낸 것을 자기 속에 넣고 끓는 물을 쏟아 붓는데, 파, 생강, 귤 등을 섞어 끓이기도 한다. 그것을 마시면 술이 깨고, 사람으로 하여금 잠들지 않게 한다"라 했다(『廣雅』云: 荊巴間採葉作餅, 葉老者餅成, 以米膏出之. 欲煮茗飲, 先炙, 令赤色, 搗末置瓷器中, 以湯澆覆之, 用蔥, 薑, 橘子芼之. 其飲醒酒, 令人不眠『광아』운: 형파간채엽작병, 엽노자병성, 이미고출지. 욕자명음, 선적, 영적색, 도말치자기중, 이탕요복지, 용총, 강, 귤자모지. 기음성주, 영인불면).

『안자춘추』에서 "안영이 제나라 경공의 재상이던 때 거친 현미밥에 구운 고기 세 꼬치, 새알 다섯, 명채(차나물)만을 먹었다"라 했다(『晏子春秋』: 嬰相齊景公時, 食脫粟之飯, 炙三戈五卵茗菜而已『안자춘추』: 영상제경공시, 식탈속지반, 적삼과오묘명채이이).

사마상여의 『범장편』에 "오훼, 길경, 원화, 관동, 패모, 목벽, 누, 금초, 작약, 계, 누로, 비렴, 관균, 천타, 백렴, 백지, 창호, 망소, 완초, 수유 등이 나온다(司馬相如『凡將篇』: 烏喙桔梗芫華, 款冬貝母木蘗蔞, 芩草芍藥桂漏蘆, 蜚廉雚菌荈詫, 白斂白芷菖蒲, 芒消

莞椒茱萸사마상여『범장편』: 오탁길경원화, 관동패모목벽루, 금초작약계누로, 비렴관균천타, 백렴백지창포, 망소완초수유).

『방언』에서는 "촉 서남쪽 사람들은 차를 일러 설이라 한다"라 했다(『方言』: 蜀西南人謂茶曰蔎『방언』: 촉서남인위차왈설).

『오지』「위요전」에 "손호가 매 향연 때마다 좌중에 일곱 되 (술을) 마시지 아니하는 자가 없도록 정하여, 비록 입으로 다 넣질 못하더라도 모두 쏟아 부어 다 마시도록 하였다. 위요는 술 마시는 것이 두 되를 넘기질 못하니, 손호가 처음으로 달리 예우하여 몰래 차를 내려 술을 대신하게 하였다"라 했다(『吳志·韋曜傳』: 孫皓每饗宴, 坐席無不率以七升爲限, 雖不盡入口, 皆澆灌取盡. 曜飮酒不過二升, 皓初禮異, 密賜茶荈以代酒『오지·위요전』: 손호매향연좌석, 무불솔이칠승위한. 수부진입구, 개요관취진, 요음주불과이승, 호초례이, 밀사차천이대주).

진나라 『중흥서』에 "육납이 오흥태수이던 때 위장군 사안이 늘 찾아뵙길 원하였다[『진서』에 이르길 육납이 이부상서였다고 한다]. 육납의 형의 아들 육숙이 납이 준비함이 없는 것을 괴이 여겼으나, 감히 묻지는 못하고 이내 사사로이 십수 인의 음식을 준비해 두었다. 사안이 이미 도착하였는데, 차려진 것이라고는 오직 차와 과실 뿐이었다. 숙이 마침내 성찬을 차리니 진귀한 음식이 갖추어져 있었는데, 사안이 가고 육납은 숙에게 장 사십 대를 때리고 말하기를 '너는 숙부인 (나를) 이롭게 해 빛나게 하지는 못하고 어찌 나의 검소한 업적을 더럽히려 하느냐?'고 했다"라 했다(『晉中興書』: 陸納爲吳興太守時, 衛將軍謝安常欲詣納[『晉書』云納爲吏部尙書]. 納兄子俶 怪納無所備, 不敢問之, 乃私蓄十數人饌. 安旣至, 所設惟茶果而已. 俶遂陳盛饌珍羞畢具, 及安去, 納杖俶四十, 云: "汝旣不能光益叔父, 柰何穢吾素業?"『진중흥서』: 육납위오흥태수시, 위장군사안상욕예납[『진서』운 납위이부상서]. 납형자숙 괴납무소비, 불감문지, 내사축십수인찬. 안기지, 소설유차과이이. 숙수진성찬진수필구, 급안거, 납장숙사십, 운: "여기불능광익숙부, 내하예오소업?")

『진서』에 "환온이 양주목사이던 때 성품이 검소하여 매 잔치 때마다 오직 일곱 개의 전반에 차와 과실만 내릴 뿐이었다"라 했다(『晉書』: 桓溫爲揚州牧, 性儉, 每燕飲, 唯下七奠拌茶果而已『진서』: 환온위양주목, 성검, 매연음, 유하칠전반차과이이).

『수신기』에 "하우개가 병으로 인해 죽었다. 친척 중 자가 구노라는 이가 귀신을 볼 수 있어 보았더니, 하우개가 와서 말을 거둬 가고 아울러 아내의 병을 거뒀으며, 평상책을 쓰고 홑옷을 입고서는 살았을 때처럼 서벽의 큰상에 앉아서 사람을 불러 차를 찾아 마셨다"라 했다(『搜神記』: 夏侯愷因疾死, 宗人字苟奴, 察見鬼神, 見愷來收馬, 并病其妻. 著平上幘單衣入, 坐生時西壁大床, 就人覓茶飲『수신기』: 하후개인질사, 종인자구노, 찰견귀신, 견개내수마, 병병기처, 저평상책단의입, 좌생시서벽대상, 취인멱차음).

유곤은 『여형자남연주자사연서(조카 남연주자사 연에게 보낸 글)』에서 이르길 "일전에 안주에서 얻은 마른 생강 한 근, 계피 한 근, 황금 한 근은 모두 필요한 것들이다. 나는 몸이 번민에 어지러우면 늘 진차를 마셨는데, 네가 그것을 가히 사줄 수가 있겠구나"라 했다(劉琨『與兄子南兗州刺史演書』云: 前得安州乾姜一斤, 桂一斤, 黃芩一斤, 皆所須也, 吾體中潰悶, 常仰眞茶, 汝可置之유곤『여형자남연주자사연서』운: 전득안주건강일근, 계일근, 황금일근, 개소수야, 오체중궤민, 상앙진차, 여가치지).

부함의 『사예교』에서 이르길 "듣자하니 남시에 촉 지방의 노파가 가난해서 차죽을 만들어 팔고 있는데, 염사*가 그 기구를 때려 부수었다. (노파는) 재차 시장에서 떡을 팔고 있는데, 차죽을 금하여 촉의 노파를 곤란하게 하는 것은 어떤 까닭인가?"라 했다(傅咸『司隷敎』曰: 聞南市有以困蜀嫗作茶粥賣, 爲簾事打破其器具. 又賣餠於市, 而禁茶粥以困蜀姥何哉!부함『사예교』왈: 문남시유이곤촉구작차죽매, 위염사타파기기구. 우매병어시, 이금차죽이곤촉모하재!)

---

* 하급관원(역주)

『수신기』에 이르길 "여요 사람 우홍이 산에 들어가 차를 따다가 푸른 소 세 마리를 끌고 가는 어느 도사를 만났는데, (도사는) 우홍을 폭포산까지 데려가 말하기를 '나는 단구자인데, 듣자하니 그대가 차를 잘 끓인다고 하여 항상 만나 볼 수 있길 생각했소. 산속에 큰 차나무가 있어 서로 주고받을 수가 있으니, 바라건대 그대가 훗날 (차를 마시다가) 사발과 구기에 여유가 있거든 (내게도) 남겨주길 바라오'라 했다. 이런 연유로 제사를 지내게 되었다. 훗날 (단구자의) 집안사람들이 산에 들어갈 때마다 큰 차나무를 얻게 되었다"라고 했다(『神異記』 : 餘姚人虞洪入山採茗, 遇一道士牽三靑牛, 引洪至瀑布山曰 : "吾丹丘子也. 聞子善具飮, 常思見惠. 山中有大茗可以相給, 祈子他日有甌犧之餘, 乞相遺也." 因立奠祀. 後常令家人入山, 獲大茗焉『신이기』 : 여요인우홍 입산채명, 우일도사견삼청우, 인홍지폭포산왈 : "오단구자야. 문자선구음, 상사견혜. 산중유대명가이상급, 기자타일유구희지여, 걸상유야." 인입전사. 후상영가인입산, 획대명언).

좌사의 『교녀시』에 이르길 "우리 집에 아리따운 계집아이 있어, 밝디 밝아 자못 살결도 새하얗다네. 이름은 환소인데, 입과 이도 맑고 가지런하다네. 언니는 혜방인데, 눈썹과 눈이 그린 듯이 화려하다네. 동산 숲을 빙빙 돌며 내달리다, 열매 아래 모두 풋 것을 따두었네. 비바람에도 꽃을 탐하더니, 홀연 수백 번을 드나드네. 차 마시고픈 맘 간절하니, 솥 앞에 두고 후후 바람부네(左思 『嬌女詩』 : 吾家有嬌女, 皎皎頗白晳. 小字爲紈素, 口齒自淸歷. 有姉字惠芳, 眉目燦如畫. 馳騖翔園林, 果下皆生摘. 貪華風雨中, 倏忽數百適. 心爲茶荈劇, 吹噓對鼎䤵 좌사 『교녀시』 : 오가유교녀, 교교파백석. 소자위환소, 구치자청력. 유자자혜방, 미목찬여화. 치무상원림, 과하개생적. 탐화풍우중, 숙홀수백적. 심위차천극, 취허대정력)".

장맹양의 『등성도루시』에 이르길 "양웅의 옛집 물어보고, 사마상여의 띠집을 회상하네. 정탁*은 천금을 쌓아 놓고, 교만하고 사치하기 오후와 비겼다네. 문전에는 말 탄 가객 줄을 이루고, 비취 허리띠에는 오구를 찼다네. 정식**은 수시

* 정정(程鄭)과 탁왕손(卓王孫)을 말한다(역주).
** 호사스런 음식(역주)

로 올라오고, 백화*는 신묘하고 또 뛰어나구나. 숲을 헤쳐 가을 귤을 따고, 강에 임해선 춘어를 낚는다네. 혹자는 용해**보다 낫고, 차린 과일은 게장보다 좋구나. 향기로운 차는 육청***보다 뛰어나니, 넘치는 맛 구주에 널리 퍼지네. 인생 한때 안락하자니, 이곳이 가히 즐길 만하다네(張孟陽『登成都樓詩』云：借問楊子舍, 想見長卿廬. 程卓累千金, 驕侈擬五侯. 門有連騎客, 翠帶腰吳鉤. 鼎食隨時進, 百和妙且殊. 披林採秋橘, 臨江釣春魚. 黑子過龍醢, 果饌踰蟹蝑. 芳茶冠六情, 溢味播九區. 人生苟安樂, 玆土聊可娛장맹양『등성도루시』운：차문양자사, 상견장경여. 정탁누천금, 교치의오후. 문유연기객, 취대요오구. 정식수시진, 백화묘차수. 피림채추귤, 임강조춘어. 흑자과용해, 과찬유해서. 방차관육정, 일미파구구. 인생구안락, 자토료가오)."

부손의 『칠회』에 "포현의 복숭아, 완현의 사과, 제나라 감, 연나라 밤, 환양의 누런 배, 무산의 붉은 귤, 남중의 차씨, 서극의 석청"이 나와 있다(傅巽『七誨』：蒲桃, 宛柰, 齊柿, 燕栗, 峘陽黃梨, 巫山朱橘, 南中茶子, 西極石蜜부손『칠회』：포도, 완내, 제시, 연율, 환양황리, 무산주귤, 남중차자, 서극석밀).

홍군거의 『식격』에 이르길 "인사가 이미 마치면, 응당 서리같이 흰 유화가 뜨는 차를 내리고, 석 잔을 마시기가 끝나면, 응당 사탕수수, 모과, 자두, 양매(소귀나무 열매), 오미자, 감람, 현표, 아욱국을 각 한 잔씩 내린다"라 했다(弘君擧『食檄』：寒溫旣畢, 應下霜華之茗, 三爵而終, 應下諸蔗, 木瓜, 元李, 楊梅, 五味, 橄欖, 懸豹****, 葵羹各一杯홍군거『식격』：한온기필, 응하상화지명, 삼작이종, 응하제자, 목과, 원리, 양매, 오미, 감람, 현표, 규갱각일배).

손초의 노래에서 "수유는 향기로운 나무 꼭대기에서 나고 잉어는 낙수의 샘에서 나며, 흰 소금은 하동에서 나고 좋은 메주는 노연에서 난다. 생강과 계

---

* 산해진미가 갖추어진 진수성찬(역주)
** 용의 고기로 만들었다는 육장으로 상상의 음식(역주)
*** 육정(六情)은 육청(六淸)의 오기이다. 육청이란 '수(水), 장(漿), 예(醴), 양(醸), 의(醫), 이(酏)'의 여섯 가지 음료이다(역주).
**** 현구(懸鉤)의 오기로 산딸기와 같은 열매를 말한다(역주).

피, 차는 파촉에서 나고, 산초와 귤, 목련은 높은 산에서 나며, 여뀌와 차조기는 도랑에서 나고, 좋은 피는 밭 가운데서 난다"라 했다(孫楚歌 : 茱萸出芳樹顚, 鯉魚出洛水泉, 白鹽出河東, 美致出魯淵. 姜桂茶荈出巴蜀, 椒橘, 木蘭出高山, 蓼蘇出溝渠, 精稗出中田손초가 : 수유출방수전, 이어출낙수천, 백염출하동, 미시출노연. 강계차천출파촉, 초귤, 목란출고산, 요소출구거, 정패출중전).

화타의 『식론』에서 "쓴 차를 오래도록 마시면 생각하는 데 이롭다"라 했다(華佗『食論』: 苦茶久食益意思화타『식론』: 고차구식익의사).

호거사의 『식기』에서 "쓴 차를 오래 마시면 우화등선하고, 부채와 함께 먹으면 사람으로 하여금 몸이 무겁게 한다"라 했다(壺居士『食忌』: 苦茶久食羽化. 與韭同食, 令人體重호거사『식기』: 고차구식우화. 여구동식, 영인체중).

곽박의 『이아주』에 이르길 "나무가 작은 것은 치자와 같고 겨울에 난 잎은 끓여 국으로 먹을 수가 있는데, 요즘은 일찍 딴 것을 차라 부르고, 늦게 딴 것을 명이라 하며 혹은 천이라고도 하는데, 촉 사람들은 고다라 이름한다"라 했다(郭璞『爾雅注』云 : 樹小似梔子, 冬生葉可煮羹飮, 今呼早取爲茶, 晚取爲茗, 或一日荈, 蜀人名之苦茶곽박『이아주』운 : 수소사치자, 동생엽가자갱음, 금호조취위차, 만취위명, 혹일왈천, 촉인명지고차).

『세설신어』에 "임첨의 자는 육장이고, 어릴 적부터 명성이 있었다. (훗날 서진이 망하자) 양자강을 건넌 뒤 뜻을 잃어버렸다. 차를 대접받고는 사람에게 묻기를 '이것이 차인가? 명인가?'라 했다. 사람이 괴이해 하는 기색을 느끼고서는 이내 스스로 알아차려 밝히길 '내가 물었던 것은 마시기에 뜨거운가 차가운가?'였다'라 했다[하음이란 차를 대접한다는 것이다]"고 나온다(『世說』: 任瞻字育長, 少時有令名. 自過江失志, 旣下飮, 問人云 : "此爲茶爲茗?" 覺人有怪色, 乃自分明云 : "向問飮爲熱爲冷?"[下飮爲設茶也]『세설』: 임첨자육장, 소시유영명. 자과강실지, 기하음, 문인운 : "차위차위명?" 각인유괴색, 내자분명운 : "향문음위열위냉?"[하음위설차야]).

『속수신기』에 이르길 "진나라 무제 때 선성 사람 진정이 늘 무창산에 들어가 차를 땄는데, (어느 날) 키가 열 척도 넘는 털이 난 사람을 만났다. (모인이) 진정을 산 아래까지 끌고 가서 우거진 차나무를 보여주고는 가버렸다. 그리고 이내 다시 돌아와 품속의 귤을 꺼내 진정에게 전하니, 진정은 두려워하며 차를 지고 돌아왔다"라 했다(『續搜神記』: 晉武帝 宣城人秦精, 常入武昌山採茗, 遇一毛人長丈餘, 引精至山下, 示以叢茗而去. 俄而復還, 乃探懷中橘以遺精, 精怖, 負茗而歸『속수신기』: 진무제 선성인진정, 상입무창산채명, 우일모인장장여, 인정지산하, 시이총명이거. 아이부환, 내탐회중귤이유정, 정포, 부명이귀).

　　『진사왕기사』에 "혜제가 몽진*하여 낙양으로 돌아오니, 황문랑이 질그릇 사발에 차를 담아 임금에게 올렸다"라 했다(『晉四王起事』: 惠帝蒙塵, 還洛陽, 黃門以瓦盂盛茶上至尊『진사왕기사』: 혜제몽진, 환낙양, 황문이와우성차상지존).

　　『이원』에 이르길 "섬현에 사는 진무의 처는 젊어서 두 아들과 함께 과부살이하였는데, 차 마시기를 좋아했다. 집 안에 오래된 무덤이 있어 매 마실 적마다 번번이 먼저 무덤에 제사를 지냈다. 두 아들이 근심하여 말하길 '오래된 무덤이 무얼 알겠습니까? 쓸데없는 일입니다'하며 그 무덤을 파내버리길 원했다. 어미가 애써 말리니 그만두었다. 그날 밤 꿈에서 한 사람이 말하길 '내가 이 무덤에 머문 지 삼백여 년이 되었는데, 그대의 두 아들이 항상 훼손하려 했는데 그대에게 힘입어 보호받고 또 나에게 좋은 차까지 제사 지내 주었소. 비록 땅에 묻힌 썩은 유골일지언정 어찌 예상의 은혜 갚음**을 잊을 수 있겠습니까?'라 했다. 날이 밝고서 뜰 가운데에서 십만 냥의 돈을 얻었는데, (돈은) 오래 묻혀 있은 것 같았으나 다만 그 꿰미만은 새 것이었다. 어미가 말을 하니 두 아들이 이를 부끄러워하여 어미를 좇아 더욱 극진히 제사 지냈다"라고 했다(『異苑』: 剡縣陳務妻, 少與二子寡

---

* 임금이 전란을 피해 피난을 가는 것을 말한다(역주).
** 예상지보(翳桑之報)는 예상에서 굶어 죽게 된 영첩을 보고 조순이 구해주었던 일을 영첩이 창을 거꾸로 잡아 조순을 살림으로 은혜를 갚은 일화이다(역주).

居, 好飲茶茗. 以宅中有古塚, 每飲輒先祀之. 二子患之曰 : "古塚何知? 徒以勞." 意欲掘去之, 母苦禁而止. 其夜夢一人云 : "吾止此塚三百餘年, 卿二子恒欲見毁, 賴相保護, 又享吾佳茗, 雖潛壤朽骨, 豈忘翳桑之報". 及曉, 於庭中獲錢十萬, 似久埋者, 但貫新耳. 母告, 二子慚之, 從是禱饋愈甚『이원』: 섬현진무처, 소여이자과거, 호음차명. 이택중유고총, 매음첩선사지. 이자환지왈 : "고총하지? 도이로." 의욕굴거지, 모고금이지. 기야몽일인운 : "오지차총삼백여년, 경이자항욕견훼, 뢰상보호, 우향오가명, 수잠양후골, 기망예상지보". 급효, 어정중획전십만, 사구매자, 단관신이. 모고, 이자참지, 종시도궤유심).

　　『광릉기로전』에 이르길 진나라 원제 때 매일 아침 혼자 한 그릇의 차를 들고 시장에 나와 그것을 파는 노파가 있었다. 시장 사람들이 아침부터 저녁까지 다투어 사는데도 그릇이 줄지 않았고 얻은 돈은 길가의 고아나 걸인들에게 나누어 주었다. 사람들이 그것을 이상하게 여기니, 주의 관리가 옥중에 가두었으나 밤이 되자 노파는 차 팔던 그릇을 들고는 옥의 들창을 통해 날아 가버렸다(『廣陵耆老傳』: 晉元帝時有老姥, 每旦獨提一器茗, 往市鬻之. 市人競買, 自旦至夕, 其器不減, 所得錢散路傍孤貧乞人. 人或異之, 州法曹縶之獄中, 至夜, 老姥執所鬻茗器, 從獄牖中飛出『광릉기로전』: 진원제시유노모, 매단독제일기명, 왕시죽지, 시인경매, 자단지석, 기기불감, 소득전산로방고빈걸인. 인혹이지, 주법조집지옥중, 지야, 노모집소죽명기, 종옥유중비출).

　　『예술전』에 이르길 "돈황 사람 단도개는 추위나 더위를 두려워하지 않고, 늘 작은 돌을 복용하였다. 복용하는 약은 소나무, 계피, 꿀의 기운이고, 그 외에 차와 차조기뿐이었다"라 했다(『藝術傳』: 敦煌人單道開不畏寒暑, 常服小石子. 所服藥有松桂蜜之氣, 所餘茶蘇而已『예술전』: 돈황인단도개불외한서, 상복소석자. 소복약유송계밀지기, 소여차소이이).

　　『속명승전』에서 석도열에 대해 이르길 "송나라의 법요 스님은 성이 양씨이고, 하동사람이다. 원가(元嘉)* 연간에 강을 넘어 심대진을 만났는데, 진군(법요)에

---

* 남북조 시대의 송(宋)나라 문제(文帝) 때 연호(423~453년)이다. 북위 태무제의 법난을 피해 법요가 남으로 피신한 것이 원가 23(446)년의 일이다(역주).

게 무강 소산사로 오길 청하였다. (법요는) 나이가 은퇴할 때가 되었는데도* 끼니 때마다 차를 마셨다. 대명(大明)** 연간에 (황제가) 오흥 태수에게 칙을 내려 예로써 상경토록 하였는데, (그의 나이) 일흔 아홉이었다(釋道說『續名僧傳』: 宋釋法瑤姓楊氏, 河東人, 永嘉中過江遇沈臺眞, 請眞君武康小山寺, 年垂懸車, 飯所飮茶, 永明中敕吳興禮致上京, 年七十九석도열『속명승전』: 송석법요성양씨, 하동인, 영가중과강우심대진, 청진군무강소산사, 연수현차, 반소음차, 영명중칙오흥예치상경, 연칠십구).

송나라의『강씨가전』에 이르길 "강통의 자는 응원이며, 민회 태자의 세마로 (관직을) 옮겼고, 늘 상소하여 간하여 이르되 '지금 서원에서 식초, 국수, 쪽의 씨앗, 채소, 차 같은 것을 팔고 있는데 나라의 예를 훼손시키는 것입니다'라 말했다"라 했다(宋『江氏家傳』: 江統字應元, 遷愍懷太子洗馬, 常上疏諫云 : 今西園賣醯, 麵, 藍子, 菜, 茶之屬, 虧敗國體송『강씨가전』: 강통자응원, 천민회태자세마, 상상소간운 : 금서원매혜, 면, 남자, 채, 차지속, 휴패국체).

『송록』에서 이르길 "신안왕 자란과 예장왕 자상이 팔공산에 있는 담제 도인을 배알하니, 도인이 차를 대접하였다. 자상이 이를 맛보고 이르길 '이것은 감로이지 어찌 차라 하겠습니까?'라 했다"라 했다(『宋錄』: 新安王子鸞, 豫章王子尙, 詣曇濟道人於八公山, 道人設茶茗, 子尙味之曰 : 此甘露也, 何言茶茗?『송록』: 신안왕자란, 예장왕자상, 예담제도인어팔공산, 도인설차명, 자상미지왈 : 차감로야, 하언차명?)

왕미의『잡시』에 이르길 "적적함은 높은 누각을 감싸고, 쓸쓸함은 너른 집을 텅 비웠네. 기다리는 임은 끝내 돌아오질 않으니, 이제 옷깃을 거두고 차를 마셔야지"라 했다(王微『雜詩』: 寂寂掩高閣, 寥寥空廣廈. 待君竟不歸, 收領今就櫃왕미『잡시』: 적적엄고각, 요요공광하. 대군경불귀, 수령금취가).

* 연수(年垂)란 어떠한 해가 되었다는 의미이고, 현차(懸車)란 치사(致仕)와 동의어로 나이가 들어 벼슬에서 물러남을 뜻한다(역주).
**송(宋)나라 효무제(孝武帝) 유준(劉駿)의 연호(457~464년)이다(역주).

포소의 여동생 영휘가 『향명부』를 지었다(鮑照妹令暉著『香茗賦』포소매영휘저『향명부』).

남제의 세조 무왕의 유조에는 "나의 제사상에는 (가축을) 희생하여 제물 올리는 것을 삼가고, 다만 떡과 과일, 차, 말린 밥, 술, 포만을 차리라"라 했다(南齊世祖武皇帝遺詔 : 我靈座上, 愼勿以牲爲祭, 但設餠果, 茶飮, 乾飯, 酒脯而已남제세조무황제유조 : 아영좌상, 신물이생위제, 단설병과, 차음, 건반, 주포이이).

양나라 유효작이 『사진안왕향미등계』에서 이르길 "전조 이맹손이 교지를 내리며, 쌀, 술, 오이, 죽순, 채소절임, 포, 식초, 차의 여덟 가지를 하사하였습니다. (쌀은) 신성에서 나는 것보다 향기롭고 알차며, (술은) 맛이 운송에서 나는 것보다 향기롭습니다. (죽순은) 강담에서 마디를 뻗은 창포와 마름의 진귀함을 뛰어넘고, (오이는) 밭두둑 높이 자라 맛의 정미함이 거듭 뛰어나며, (육포는) 실로 묶은 노루고기에 손색이 없어 향기가 눈밭의 나귀와 같습니다. (채소절임은) 젓갈로 만들어 질항아리에 넣은 잉어와 달리 옥과 같이 선명하게 만들어졌습니다. 차는 밥을 먹는 것과 같고, 식초는 귤을 떠올리게 합니다. 천리 먼 길을 떠나려면 밤새 절구질해 석 달의 곡식을 모아야 하는 수고를 면하게 해주었습니다. 소인이 은혜를 생각하며, 크게 기리어 잊기가 어렵습니다"라 했다(梁劉孝綽『謝晉安王餉米等啓』: 傳詔李孟孫宣敎旨, 垂賜米, 酒, 瓜, 筍, 菹, 脯, 酢, 茗八種. 氣苾新城, 味芳雲松. 江潭抽節, 邁昌荇之珍; 疆場擢翹, 越葺精之美. 羞非純束野麏, 裹似雪之驢; 鮓異陶瓶河鯉, 操如瓊之粲. 茗同食粲, 酢顏望柑. 免千里宿舂, 省三月種聚. 小人懷惠, 大懿難忘양유효작『사진안왕향미등계』: 전조이맹손선교지, 수사미, 주, 과, 순, 저, 포, 초, 명팔종. 기필신성, 미방운송. 강담추절, 매창행지진; 강장탁교, 월즙정지미. 수비순속야균, 읍사설지려; 자이도병하리, 조여경지찬. 명동식찬, 초안망감. 면천리숙용, 성삼월종취. 소인회혜, 대의난망).

도홍경이 『잡록』에서 이르길 "쓴 차는 몸을 가볍게 하고 뼈를 바꾼다. 옛날 단구자와 황산군도 이를 복용했다"라 했다(陶弘景『雜錄』: 苦茶輕換骨, 昔丹丘子黃山君服之도홍경『잡록』: 고차경환골, 석단구자황산군복지).

『후위록』에 이르길 "낭야의 왕숙이 남조(南齊)에서 벼슬할 때 차 마시기와 순갱을 좋아했다. 북지(北魏)로 돌아와서는 양고기와 낙장을 좋아했다. 사람들이 혹 묻기를 '차가 낙장만 한가?' 하니, 숙은 '차는 낙과 함께 노에 삼을 수가 없다'라 대답했다"라 했다(『後魏錄』: 瑯琊王蕭仕南朝, 好茗飮蓴羹. 及還北地, 又好羊肉酪漿. 人或問之: 茗何如酪? 蕭日: 茗不堪與酪爲奴『후위록』: 낭야왕숙사남조, 호명음순갱. 급환북지, 우호양육낙장. 인혹문지: 명하여낙? 숙왈: 명불감여낙위노).

『동군록』에 이르길 "서양, 무창, 여강, 진릉에서 좋아하는 차는 모두 동쪽 지방 사람들이 만든 청명이다. 차에 유화가 있어 마시기에 사람에게 마땅하다. 무릇 마실 수 있는 것은 모두 (식물의) 잎을 많이 따지만, 천문동 발설은 뿌리를 취해도 모두 사람에게 이롭다. 또 파동 지역에서는 달리 진짜 명차가 있는데, 끓여서 마시면 사람으로 하여금 잠들지 않게 한다. 풍속 중에 박달나무 잎이나 대조리로 차를 만들어 많이 끓여 먹으나 모두 냉하다. 또 남방에는 과로목이 있어 차와 닮았으나 몹시 쓰고 떫으며, 취하여 가루내 차로 만들어 마시면 또한 밤새 잠을 못 자게 한다. 소금을 굽는 사람들은 이것을 마셔 도움을 얻으며, 교주와 광주에서도 매우 중하게 여겨 객이 오면 먼저 차를 내는데, 향초 같은 것을 더한다"라 했다(『桐君錄』: 西陽武昌廬江晉陵好茗, 皆東人作淸茗. 茗有餑, 飮之宜人. 凡可飮之物, 皆多取其葉, 天門冬, 拔揳取根, 皆益人. 又巴東別有眞茗茶, 煎飮令人不眠. 俗中多煮檀葉, 幷大皁李作茶, 竝冷. 又南方有瓜蘆木, 亦似茗, 至苦澀, 取爲屑茶, 飮亦可通夜不眠. 煮鹽人但資此飮, 而交廣最重, 客來先設, 乃加以香芼輩『동군록』: 서양무창여강진릉호명, 개동인작청명. 명유발, 음지의인. 범가음지물, 개다취기엽, 천문동, 발설취근, 개익인. 우파동별유진명차, 전음영인불면. 속중다자단엽, 병대조리작차, 병냉. 우남방유과로목, 역사명, 지고삽, 취위설차, 음역가통야불면. 자염인단자차음, 이교광최중, 객래선설, 내가이향모배).

『곤원록』에서 이르길 "진주 서포현 서북 삼백오십 리에 무야산이 있다. 말하길 만족의 풍속에 경사로운 때가 되면 친족이 모여 산 위에서 노래하고 춤을 추는데, 산에는 차나무가 많았다"라 했다(『坤元錄』: 辰州漵浦縣西北三百五十里無射山,

云蠻俗當吉慶之時, 親族集會, 歌舞於山上, 山多茶樹『곤원록』: 진주서포현서북삼백오십리무사산, 운만속당길경지시, 친족집회, 가무어산상, 산다차수)

『괄지도』에 이르길 "임수현 동쪽 백사십 리에 다계가 있다"라 했다(『括地圖』: 臨遂縣東一百四十里有茶溪『괄지도』: 임수현동일백사십리유다계).

산겸지의 『오흥기』에서 이르길 "오정현 서쪽 이십 리에 온산이 있는데, (황실에 조공하는) 어천이 난다"라 했다(山謙之『吳興記』: 烏程縣西二十里有溫山, 出御荈산겸지『오흥기』: 오정현서이십리유온산, 출어천).

『이릉도경』에 이르길 "황우, 형문, 여관, 망주 등의 산에서 차가 난다"라 했다(『夷陵圖經』: 黃牛, 荊門, 女觀, 望州等山, 茶茗出焉『이릉도경』: 황우, 형문, 여관, 망주등산, 차명출언).

『영가도경』에 이르길 "영가현 동쪽 삼백 리에 백차산이 있다"라 했다(『永嘉圖經』: 永嘉縣東三百里有白茶山『영가도경』: 영가현동삼백리유백차산).

『회음도경』에 이르길 "산양현 남쪽 이십 리에 차나무 언덕이 있다"라 했다(『淮陰圖經』: 山陽縣南二十里有茶坡『회음도경』: 산양현남이십리유차파).

『다릉도경』에서 이르길 "다릉이란 언덕과 계곡에서 차가 생산되는 곳이다"라 했다(『茶陵圖經』云: 茶陵者, 所謂陵谷, 生茶茗焉『다릉도경』운: 다릉자, 소위능곡, 생차명언).

『본초』「목부」에 이르길 "명이란 고도인데, 맛은 달고 쓰며, 성질은 미한하며, 무독하다. 부스럼병에 주효하며, 소변을 잘 보게 하고 담과 갈증, 열을 없애주며, 사람으로 하여금 잠을 적게 한다. 가을에 딴 것은 쓴데, 기운을 내려주고 소화를 시키는데 주효하다. 주에서 이르기는 차는 봄에 딴다"라 했다(『本草·木部』: 茗, 苦茶, 味甘苦, 微寒, 無毒. 主瘻瘡, 利小便, 去痰渴熱, 令人少睡. 秋採之苦, 主下氣消食. 注云:

春採之『본초·목부』: 명, 고도, 미감고, 미한, 무독. 주루창, 이소변, 거담갈열, 영인소수. 추채지고, 주하기소식. 주운: 춘채지).

『본초』「채부」에서 이르길 "고차는 일명 도, 일명 선, 일명 유동이라 한다. 익주의 개천이나 골짜기, 언덕, 길 옆에서도 자라는데, 죽지 않고 겨울을 넘긴다. (음력) 삼월 삼일 따서 말린다. 주에서 이르길 아마도 이것이 오늘날의 차인데, 일명 도라 하며 사람으로 하여금 잠을 자지 않게 한다.『본초』의 주에서『시경』에 이르길 누군가 도가 쓰다고 했다. 또 이르길 근도는 엿과 같다. 모두 고채이다. 도홍경이 이르길 고차란 나무 종류이지 채소류가 아니라 했다. 명은 봄에 따며 고차라 한다(차의 음은) 도와 하를 반절한다]"라고 했다(『本草·菜部』: 苦茶, 一名茶, 一名選, 一名游冬. 生益州川谷山陵道傍, 凌冬不死. 三月三日採乾. 注云: 疑此卽是今茶, 一名茶, 令人不眠. 本草注. 按詩云 誰謂茶苦. 又云 菫茶如飴. 皆苦菜也. 陶謂之苦茶, 木類, 非菜流. 茗, 春採謂之苦茶).[途遐反]『본초·채부』: 고차, 일명도, 일명선, 일명유동. 생익주천곡산릉도방, 능동불사. 삼월삼일채건. 주운: 의차즉시금차, 일명도, 영인불면. 본초주. 안시운 수위도고. 우운 근도여이. 개고채야. 도위지고차, 목류, 비채류. 명, 춘채위지고차[도하반]).

『침중방』에서 이르길 "오래된 부스럼을 치료하려면, 차와 지네를 같이 구워 향이 숙성되게 하여 반으로 나누어 찧고 체질하여 (반은) 감초를 넣고 끓여 (환부를) 씻고, (반은) 곱게 가루 내어 (환부에) 펴 바른다"라 했다(『枕中方』: 療積年瘻, 苦茶, 蜈蚣竝炙, 令香熟, 等分搗篩, 煮甘草湯洗, 以末傅之『침중방』: 요적년루, 고차, 오공병적, 영향숙, 등분도사, 자감초탕세, 이말부지).

『유자방』에서 이르길 "어린아이가 이유 없이 경기를 하는 것을 치료하려면, 차에 파뿌리를 함께 달여 복용시킨다"라 했다(『孺子方』: 療小兒無故驚蹶, 以蔥鬚煮服之『유자방』: 요소아무고경궐, 이총수자복지).

팔지출(八之出 : 차의 산지)

산남(山南) 지역

협주를 상품으로 치며[협주의 원안, 의도, 이릉 세 현의 산골짜기에서 난다], 양주와 형주는 그 다음이고[양주의 남장현 산골짜기에서 나고, 형주의 강릉현 산골짜기에서 난다], 형주는 그 아래 이며[형산, 다릉 두 현의 산골짜기에서 난다], 금주와 양주는 또 그 아래 (등급)이다[금주의 서성, 안강 두 현의 산골짜기에서 나고, 양주의 양성과 금우 두 현의 산골짜기에서 난다](以峽州上[峽州生遠安, 宜都, 夷陵三縣山谷], 襄州, 荊州次[襄州生南漳縣山谷, 荊州生江陵縣山谷], 衡州下[生衡山, 茶陵二縣山谷], 金州, 梁州又下[金州生西城, 安康二縣山谷, 梁州生襄城, 金牛二縣山谷]이협주생[협주생원안, 의도, 이릉삼현산곡], 양주, 형주차[양주생남장현산곡, 형주생강릉현산곡], 형주하[생형산, 다릉이현산곡], 금주, 양주우하[금주생서성, 안강이현산곡, 양주생양성, 금우이현산곡])

회남(淮南) 지역

광주를 상품으로 치며[광산현의 황두항에서 난 것은 협주의 차와 같다], 의양군과 서주가 그 다음이고[의양현 종산에서 난 것은 양주의 차와 같고, 서주의 태호현 잠산에서 난 것은 형주의 차와 같다], 수주는 그 아래이며[성당현 곽산에서 난 것은 형산의 차와 같다], 기주와 황주는 또 그 아래 (등급)이다[기주의 황매현 산골짜기에서 난 것, 황주의 마성현 산골짜기에서 난 것은 둘 다 금주, 양주의 차와 같다](以光州上[生光山縣黃頭港者與峽州同], 義陽郡, 舒州次[生義陽縣鐘山者與襄州同, 舒州生太湖縣潛山者與荊州同], 壽州下[盛唐縣生霍山者與衡山同也], 蘄州, 黃州又下[蘄州生黃梅縣山谷, 黃州生麻城縣山谷, 並與金州, 梁州同也]이광주상[생광산현황두항자여협주동], 의양군, 서주차[생의양현종산자여양주동, 서주생태호현잠산자여형주동], 수주하[성당현생곽산자여형산동야], 기주, 황주우하[기주생황매현산곡, 황주생마성현산곡, 병여금주, 양주동야]).

절서(浙西)지역

호주를 상품으로 치며[호주의 장성현 고저산 골짜기에서 난 것은 협주와 광주의 차와 같고, 산상사, 유사사 두 절과 천목산, 백모산 현각령에서 난 것은 양주, 형남, 의양군의 차와 같으며, 봉정산의 복익각, 비운사, 곡수가 두 절, 탁목령에서 난 것은 수주, 상주의 차와 같고, 안길, 무강 두 현 산골짜기에서 난 것은 금주, 양주의 차와 같다], 상주는 그 다음이며[상주 의흥현에서는 군산 현각령 북봉 아래에서 나는 것이 형주, 의양군의 차와 같고, 권형의 선권사, 석정산에서 나는 것은 서주의 차와 같다], 선주, 항주, 목주, 흡주는 그 아래이며[선주의 선성형 아산에서 나는 것은 기주의 차와 같고, 태평현 상목과 임목에서 나는 것은 황주의 차와 같으며, 항주의 임안, 어잠 두 현의 천목산에서 나는 것은 서주의 차와 같고, 전당의 천축사와 영은사 두 절에서 나는 것, 목주의 동려현 산골짜기에서 나는 것, 흡주의 무원 산골짜기에서 나는 것은 형주의 차와 같다], 윤주와 소주는 또 그 아래 (등급)이다[윤주의 강녕현 오산에서 나는 것, 소주의 장주현 동정산에서 나는 것은 금주, 기주, 양주의 차와 같다](以湖州上[湖州生長城縣顧渚山谷與峽州, 光州同; 生山桑儒師二寺, 天目山, 白茅山懸脚嶺與襄州, 荊南, 義陽郡同; 生鳳亭山伏翼閣飛雲, 曲水二寺, 啄木嶺與壽州, 常州同; 生安吉, 武康二縣山谷與金州, 梁州同], 常州次[常州義興縣生君山懸脚嶺北峰下與荊州, 義陽郡同; 生圈嶺善權寺, 石亭山與舒州同], 宣州, 杭州, 睦州, 歙州下[宣州生宣城縣雅山與蘄州同; 太平縣生上睦, 臨睦與黃州同; 杭州臨安, 於潛二縣生天目山與舒州同; 錢塘生天竺, 靈隱二寺, 睦州生桐廬縣山谷, 歙州生婺源山谷與衡州同], 潤州, 蘇州又下[潤州江寧縣生傲山, 蘇州長州縣生洞庭山與金州, 蘄州, 梁州同]이호주상[호주생장성현고저산곡여협주, 광주동; 생산상유사이사, 천목산, 백모산현각령여양주, 형남, 의양군동; 생봉정산복익각비운, 곡수이사, 탁목령여수주, 상주동; 생안길, 무강이현산곡여금주, 양주동], 상주차[상주의흥현생군산현각령북봉하여형주, 의양군동; 생권령선권사, 석정산여서주동], 선주, 항주, 목주, 흡주해[선주생선성현아산여기주동; 태평현생상목, 임목여황주동; 항주임안, 어잠이현생천목산여서주동; 전당생천축, 영은이사, 목주생동려현산곡, 흡주생무원산곡여형주동], 윤주, 소주우하[윤주강녕현생오산, 소주장주현생동정산여금주, 기주, 양주동]).

검남(劍南)지역

팽주를 상품으로 치며[구롱현 마안산 지덕사와 붕구에서 나는 것은 양주의 차와 같다], 면주와 촉주는 그 다음이며[면주의 용안현 송령관에서 나는 것은 형주의 차과 같고, 그 서창, 창명, 신천현 서산에서 나는 것은 모두 좋지만, 송령을 넘어서 나는 것은 딸 것이 못된다. 촉주의 청성현 장인산에서 나는 것은 면주의 차와 같은데, 청성현에는 산차와 목차가 있다], 공주는 그 다음이며, 아주와 노주는 그 아래이며[아주의 백장산과 명산에서 나는 것, 노주의 노천에서 나는 것은 금주의 차와 같다], 미주와 한주는 또 그 아래 (등급)이다[미주의 단릉현 철산에서 나는 것, 한주의 면죽현 죽산에서 나는 것은 윤주의 차와 같다](以彭州上[生九隴縣馬鞍山至德寺, 棚口與襄州同], 綿州, 蜀州次[綿州龍安縣生松嶺關與荊州同]; 其西昌, 昌明, 神泉縣西山者並佳, 有過松嶺者不堪採.* 蜀州青城縣生丈人山與綿州同, 青城縣有散茶, 木茶*], 邛州次, 雅州, 瀘州下[雅州百丈山, 名山, 瀘州瀘川者與金州同], 眉州, 漢州又下[眉州丹棱縣生鐵山者, 漢州綿竹縣生竹山者與潤州同]이팽주상[생구롱현마안산지덕사, 붕구여양주동], 면주, 촉주차[면주용안현생송령관여형주동; 기서창, 창명, 신천현서산자병가, 유과송령자불감채. 촉주청성현생장인산여면주동, 청성현유산차, 목차], 공주차, 아주, 노주하[아주백장산, 명산, 로주로천자여금주동], 미주, 한주우하[미주단릉현생철산자, 한주면죽현생죽산자여윤주동]).

절동(浙東) 지역

월주를 상품으로 치며[여요현 폭포천령에서 나는 것을 선명이라 하는데, 큰 것은 매우 다르나 작은 것은 양주의 차와 같다], 명주와 무주는 그 다음이며[명주의 무현 유협촌에서 나는 것, 무주의 동양현 동백산에서 나는 것은 형주의 차와 같다], 태주는 그 아래이다[태주의 풍현 적성에서 나는 것은 흡주의 차와 같다](以越州上[餘姚縣生瀑布泉嶺曰仙茗, 大者殊異, 小者與襄州同], 明州, 婺州次[明州鄮縣生榆筴村, 婺州東陽縣東白山與荊州同], 台州下[台州豐縣生赤城者與歙州同]이월주상[여요현생폭포천령왈선명, 대자수이, 소자여양주동], 명주, 무주차[명주무현생유협촌, 무주동양현동백산여형주동], 태주하[태주풍

---

* 「육지음」의 내용에서 유추할 때 목차(木茶)는 말차(末茶)의 오자로 보인다(우줴농吳覺農, 누노메 조후布目潮渢)(역주).

현생적성자여흡주동).

검중(黔中) 지역

사주, 파주, 비주, 이주에서 차가 난다(生思州, 播州, 費州, 夷州생사주, 파주, 비주, 이주).

강남(江南) 지역

악주, 원주, 길주에서 차가 난다(生鄂州, 袁州, 吉州생악주, 원주, 길주).

영남(嶺南) 지역

복주, 건주, 소주, 상주에서 차가 난다[복주의 민현 방산의 음현에서 차가 난다](生福州, 建州, 韶州, 象州[福州生閩縣方山之陰縣也]생복주, 건주, 소주, 상주[복주생민현방산지음현야]).

사주, 파주, 비주, 이주, 악주, 원주, 길주, 복주, 건주, 소주, 상주의 11개 주에는 아직 소상하지 못하였다. 때때로 (그곳의) 차를 구했는데, 그 맛이 극히 좋았다(其思, 播, 費, 夷, 鄂, 袁, 吉, 福, 建, 韶, 象十一州未詳. 往往得之, 其味極佳기사, 파, 비, 이, 악, 원, 길, 복, 건, 소, 상십일주미상. 왕왕득지, 기미극가).

구지략(九之略 : 찻일에서의 생략)

차를 만드는 기구(다구)는 만약 바야흐로 봄의 금화(한식) 때가 되어 들의 절이나 산의 다원에서 많은 일손이 같이 (차를) 따서, 이내 찌고, 찧어서, 불로 건조한다면, 즉 송곳이나 두드리개, 배로, 꼬챙이, 선반, 꿰미, 육과 같은 일곱 가지 기구는 쓰지 않는다(其造具, 若方春禁火之時, 於野寺山園叢手而掇, 乃蒸, 乃舂, 乃以火乾之, 則又棨, 樸, 焙, 貫, 棚, 穿, 育等七事皆廢기조구, 약방춘금화지시, 어야사산원총수이철, 내증, 내용, 내이화건지, 즉우계, 박, 배, 관, 붕, 천, 육등칠사개폐).

차를 끓이는 기물(다기)은 만약 소나무 사이 바위 위에 앉을 수가 있다면 구열을 쓰지 않으며, 마른 땔감과 정력* 같은 것을 쓴다면 풍로, 재받이 그릇, 숯가르개, 부젓가락, 교상 등은 쓰지 않는다. 만약 샘이 내려다보이는 시내 가까이라면, 수방, 척방, 녹수낭은 쓰지 않는다. 만약 차객이 다섯 사람 이하이고 차가 잘 가루 낼 수 있어 정제되어 있다면, 체는 쓰지 않는다. 만약 넝쿨을 잡고서 바위에 오르거나, 밧줄을 내려 골짜기에 들어가거나, 산 입구에서 차를 구워 가루 내거나 혹은 종이에 싸서 합에 넣어 두었다면, 연과 불말 같은 것은 쓰지 않는다. 이미 표주박, 대젓가락, 솔, 사발, 숙우, 소금 단지를 모두 하나의 광주리에 담았으면, 도람은 쓰지 않는다. 다만 성읍 가운데 왕공의 집안에서는 스물네 가지 기물 중 하나라도 빠지면 차는 마시질 않는다(其煮器, 若松間石上可坐, 則具列廢, 用槁薪鼎鑑之屬, 則風爐, 灰承, 炭撾, 火筴, 交床等廢; 若瞰泉臨澗, 則水方, 滌方, 漉水囊廢. 若五人已下, 茶可末而精者, 則羅廢; 若援藟躋巖, 引緪入洞, 於山口炙而末之, 或紙包合貯, 則碾, 拂末等廢; 旣瓢碗, 筴, 札, 熟盂, 鹺簋 悉以一筥盛之, 則都籃廢. 但城邑之中, 王公之門, 二十四器闕一則茶廢矣!기자기, 약송간석상가좌, 즉구열폐; 용고신정력지속, 즉풍로, 회승, 탄과, 화협, 교상등폐; 약감천임간, 즉수방, 척방, 녹수낭폐. 약오인이하, 차가말이정자, 즉나폐; 약원류제암, 인환입동, 어산구적이말지, 혹지포합저, 즉연, 불말등폐; 기표완, 협, 찰, 숙우, 차궤 실이일거성지, 즉도람폐. 단성읍지중, 왕공지문, 이십사기궐일즉차폐의!).

십지도(十之圖 : 다경의 필사)

흰 비단 네 폭이나 여섯 폭에 (『다경』의 내용을) 나누어 베껴 쓰고, 앉는 자리 곁에 늘어 두면, 즉 차의 근원, 만드는 기구, 만드는 법, 마시는 기물, 끓이는 법, 마시는 법, 차의 고사, 산지, 생략법들을 눈으로 보아 기억하게 되면, 이에 『다경』의 시작과 끝이 갖춰지는 것이다(以絹素或四幅或六幅, 分布寫之, 陳諸座隅, 則茶之源, 之具, 之造, 之器, 之煮, 之飲, 之事, 之出, 之略, 目擊而存, 於是『茶經』之始終備焉이견소혹사폭혹육폭, 분포사지, 진제좌우, 즉차지원, 지구, 지조, 지기, 지자, 지음, 지사, 지출, 지략, 목격이존, 어시『다경』지시종비언).

---

* 세 발이 달린 솥을 말한다(역주).

중국의 명차 도감(名茶圖鑑)

헤이룽장(黑龍江)

지린(吉林)

랴오닝(遼寧)

신장웨이우얼자치구(新疆維吾爾自治區)

네이멍구자치구(內蒙古自治區)

베이징(北京)

톈진(天津)

닝샤후이족자치구(寧夏回族自治區)

허베이(河北)

산시(山西)

산둥성(山東)

칭하이(靑海)

간쑤(甘肅)

산시(陝西)

허난(河南)

장수(江蘇)

안후이(安徽)

상하이(上海)

시짱(티베트)자치구(西藏自治區)

쓰촨(四川)

충칭(重慶)

후베이(湖北)

저장성(浙江)

윈난(雲南)

구이저우(貴州)

후난(湖南)

장시(江西)

푸젠(福建)

타이완(臺灣)

광시좡족자치구(廣西壯族自治區)

광둥(廣東)

홍콩특별행정구

마카오특별행정구

하이난(海南省)

난사군도(南沙群島)

중국 녹차의 분포 지도

녹차(綠茶)

　　녹차는 '불발효차'에 속하며 가장 기본적인 차종 가운데 하나이다. 건차(乾茶), 탕색(湯色), 엽저(葉底)가 모두 녹색을 띠기 때문에 '녹차(綠茶)'라고 명명되었다. 녹차는 중국 역사에서 가장 먼저 출현한 차종이다. 오늘날 중국에서 생산되는 차의 약 70%를 차지하고 있으며 연생산량이 50만 톤 이상이다. 주로 중국 내에서 소비되고 있으며 일부만 수출되고 있다.

　　찻잎을 제작하는 공정 기술의 차이에 따라 초청녹차(炒青綠茶), 홍청녹차(烘青綠茶), 쇄청녹차(曬青綠茶), 증청녹차(蒸青綠茶), 반홍반초녹차(半烘半炒綠茶)의 다섯 종류로 나눌 수 있다. 중국 전역의 각 성에서 고루 녹차가 생산되고 있지만, 특히 저장성(浙江省), 안후이성(安徽省), 후베이성(湖北省), 후난성(湖南省), 장시성(江西省), 장쑤성(江蘇省), 구이저우성(貴州省)에서 많이 생산되고 있다.

　　녹차는 윤기가 흐르는 녹색의 색채에 빼어난 조형미를 가지고 있으며, 입 안에서 시원하고 상쾌하게 감도는 맛에 그 특징이 있다.

양선설아(陽羨雪芽)

건차(乾茶) 긴밀

엽저(葉底) 눈균

특징

형상(形狀) : 긴밀(緊密 : 단단한 외형)
색택(色澤) : 취록(翠綠)
탕색(湯色) : 명랑(明亮 : 맑고 투명함)
향기(香氣) : 청아(淸雅 : 청아한 향기)
지미(滋味) : 선순(鮮醇 : 신선하고 진함)
엽저(葉底) : 눈균(嫩均 : 여리고 균일함)
산지(産地) : 장쑤성 의흥시(宜興市)

역사적인 명차의 하나로 초청녹차 계열에 속한다. 일찍이 동한(東漢) 시기에 이미 의흥(宜興)에서 양선차(陽羨茶)가 생산되었으며, 당나라가 들어서면서 유명한 공차(貢茶)의 하나가 되었다. 양선설아차(陽羨雪芽茶)는 곡우(穀雨) 무렵에 일아일엽(一芽一葉)의 신선한 찻잎을 채적하여 살청(殺靑), 유념(揉捻), 건조 등의 공정을 거쳐 만든다.

벽라춘(碧羅春)

건차 권곡정라

엽저 아대엽소

특징

형상 : 권곡정라(卷曲呈螺 : 나선형으로 소라처럼 둥글게 말린 형태)
색택 : 은록(銀綠)
탕색 : 눈녹(嫩綠 : 엷은 녹색)
향기 : 분방(芬芳 : 꽃향기처럼 향긋함)
지미 : 선순(鮮醇 : 신선하고 진함)
엽저 : 아대엽소(芽大葉小 : 싹이 크고 잎이 작음)
산지 : 장쑤성 오현(吳縣) 태호(太湖) 동정산(洞庭山)

역사적인 명차의 하나로 초청녹차 계열에 속한다. 명나라 말 청나라 초에 창제되었다. 현지의 사람들은 벽라춘을 '하살인향(嚇煞人香)'이라고 부르고 있다. 고급의 벽라춘은 춘분(春分) 전후에 채적한 찻잎으로 만든다. 차나무에 움튼 싹에서 처음 돋아난 일아일엽을 '작설(雀舌)'이라고 한다. 벽라춘은 그 색(色), 향(香), 미(味), 형(形)에 있어서 모두 독특한 풍격을 갖추고 있다.

서호용정(西湖龍井)

건차	편직
엽저	성타, 균제

특징

형상 : 편직(扁直 : 납작하고 곧은 형태)
색택 : 취록(翠綠)
탕색 : 청록(淸綠 : 맑은 녹색)
향기 : 순욱청향(醇郁淸香 : 향기가 맑고 진하며 오래감)
자미 : 감순(甘醇 : 달고 진함)
엽저 : 성타, 균제(成朵, 均齊 : 전체적으로 가지런하며 꽃송이 형태를 이룸)
산지 : 항저우시 서호산구(西湖山區)

중국의 내외를 막론하고 명성이 높은 넓적한 형태의 녹차이다. '색록(色綠), 향욱(香郁), 미효(味酵), 형미(形味)'의 사절(四絕)로 유명하다.
용정(龍井)에서 가장 아름다운 계절인 청명(淸明) 전후에서 곡우까지 찻잎을 채적하여 만든다. 특급의 용정차의 표준이 되는 것은 일아일엽 혹은 일아이엽이며, 초제의 과정은 조(抓), 탑(搭), 날(捺), 추(推), 솔(甩), 마(磨), 압(壓) 등의 기본 동작으로 나누어지고 일일이 직접 손으로 진행한다. 솥에 넣어 덖으면서 두 번의 살청 과정을 거쳐 만든다.

장흥자순차(長興紫笋茶)

건차	아엽상포사난화
엽저	세연눈록

특징

형상 : 아엽상포사난화(芽葉相抱似蘭花 : 아엽이 난꽃처럼 서로 감싸고 있음)
색택 : 취록(翠綠), 은색의 털(銀毫)이 드러나 있다.
탕색 : 명랑청철(明亮淸澈 : 맑고 투명하며 밝음)
향기 : 순고(淳高 : 맑고 순함)
자미 : 감첨선향(甘甛鮮香 : 달콤하면서도 상쾌한 향이 감돎)
엽저 : 세연눈록(細軟嫩綠 : 가늘고 부드러우며 얇은 녹색)
산지 : 저장성 장흥현(長興縣) 고저산(顧渚山)

역사적으로 유명한 공차의 하나로 당나라 시대에 창제되었다. 반홍초녹차(半烘炒綠茶) 계열에 속한다. 일아일엽이 처음 열릴 때를 채적의 기준으로 삼고 있으며, 그 여린 정도에 따라 자순(紫笋), 기아(旗芽), 작설(雀舌)의 세 개의 등급으로 분별된다. 채적(採摘), 탄청(攤靑), 살청(殺靑), 이조(理條), 탄량(攤涼), 초홍(初烘), 복홍(復烘) 등의 공정을 거쳐 만들어진다.

경산차(徑山茶)

형상 : 긴결, 현호(緊結, 顯毫 : 긴밀하고
　　　단단하며 털이 드러나 있음)
색택 : 취록(翠綠)
탕색 : 영량(瑩亮 : 밝고 빛이 남)
향기 : 선율향(鮮栗香 : 신선한 밤의 향
　　　기)
자미 : 감상(甘爽 : 달고 상쾌함)
엽저 : 세눈성타(細嫩成朵 : 가늘고 부드
　　　러우며 꽃송이 형태를 이룸)
산지 : 저장성 여항시(余杭市) 장낙진(長
　　　樂鎭) 경산촌(徑山村)

| 건차 | 긴결, 현호 |

| 엽저 | 세눈성타 |

역사적인 명차의 하나로 홍청녹차(烘靑綠茶) 계열에 속한다. 당나라 시대에 창제되었으며, 양송(兩宋) 시절에 세상에 크게 명성을 떨쳤다. 일아일엽 혹은 일아이엽이 처음 돋아나는 때를 채적의 표준으로 삼고 있다. 탄방, 살청, 유념, 홍배 등의 가공 과정을 거쳐 만들어진다. 경산차의 등급은 특일급, 특이급, 특삼급으로 나누어진다.

방산차(方山茶)

형상 : 조삭긴세(條索緊細 : 말림이 팽팽
　　　하고 가늘고, 형사난화(形似蘭花 :
　　　형태가 난꽃과 유사함)
색택 : 녹윤(綠潤 : 윤기 나는 녹색)
탕색 : 청철눈록(淸澈嫩綠 : 맑고 투명하
　　　며 엷은 녹색)
향기 : 유향지구(幽香持久 : 향기가 그윽
　　　하고 오래감)
자미 : 선순(鮮醇 : 신선하고 진함)
엽저 : 가늘고 여리며 꽃송이 형태를 이룸
산지 : 저장성 용유현(龍遊縣) 계구(溪口)

| 건차 | 조삭긴세, 형사난화 |

| 엽저 | 세눈성타 |

역사적인 명차의 하나로 송(宋)나라, 명(明)나라 시기에 크게 이름을 떨쳤다. 반홍초(半烘炒) 유형의 녹차 계열에 속한다. 방산(方山)은 용유(龍遊) 이남의 구릉 지역에 위치해 있다. 주야의 온도차가 크고 자연 조건이 뛰어나다. 방산차(方山茶)는 일아(一芽), 이엽(二葉)을 채적의 기준으로 삼고 있다. 살청, 유념, 초홍, 초건(炒乾), 이조(理條), 복홍의 공정 과정을 거쳐 만들어진다. 완성품의 차는 특급, 일급, 이급으로 분류하고 있다.

폭포선명(瀑布仙茗)

| 건차 | 긴결, 현호 |

| 엽저 | 명량 |

형상 : 긴밀하고 단단하며 털이 드러나 있음
색택 : 광윤녹취(光潤綠翠 : 광택과 윤기가 있는 취록색)
탕색 : 눈록(嫩綠 : 엷은 녹색)
향기 : 지구, 율향(持久, 栗香 : 향기가 오래 가며 밤 향)
자미 : 선순(鮮醇 : 신선하고 진함)
엽저 : 명량(明亮 : 맑고 투명함)
산지 : 저장성 여요시(余姚市) 사명산(四明山)

절강성에서 생산된 차 가운데 가장 오래된 역사를 가지고 있는 명차이다. 서진(西晉) 영희(永熙) 연간의 기록에 이미 이에 대한 설명이 있다. 지금까지 무려 1600여 년의 역사를 가지고 있다. 사명산구(四明山區)는 산림이 밀집되어 있고 운무가 자욱하여 폭포선명(瀑布仙茗)의 생장에 최적의 생태적 조건이 형성되어 있다.
폭포선명(瀑布仙茗)은 봄과 가을 두 계절로 나누어 찻잎을 채적한다. 춘차(春茶)는 청명(淸明) 전에 시작하여 10월이 되면 끝맺는다. 추차(秋茶)는 9월 하순에 시작하여 10월에 끝맺는다. 일아일엽을 채적의 표준으로 삼고 있으며, 탄방, 살청, 유념, 이조(理條), 정형(整形), 족화(足火) 등의 공정을 거쳐 생산된다.

안길백편(安吉白片)

| 건차 | 편평조삭 |

| 엽저 | 유비 |

형상 : 편평조삭(扁平條索 : 편평한 형태)
색택 : 취록(翠綠)
탕색 : 명량(明亮 : 맑고 투명함)
향기 : 향기지구(香氣持久 : 향기가 오래감)
자미 : 선상(鮮爽 : 신선하고 상쾌함)
엽저 : 유비(柔肥 : 부드럽고 통통함)
산지 : 저장성 안길현(安吉縣) 송양(松陽) 등의 지역

역사적인 명차의 하나이다. 육우의 『다경』 「팔지출」에는 "절서(浙西)…… 안길(安吉), 무강(武康) 두 현의 산골에서 생산된다"고 기록되어 있다. 안길현은 울창한 수림과 자욱한 운무로 둘러싸여 있어 차나무의 생장에 양호한 조건이 형성되어 있다. 일아일엽이 처음 돋아날 때를 채적의 표준으로 삼고 있으며, 탄방, 살청, 압편(壓片), 초홍, 탄량(攤涼), 복홍 등의 공정 과정을 거쳐 제작된다.

태백정아(太白頂芽)

| 건차 | 사사(似梭), 현호(顯毫) |

| 엽저 | 균정 |

육우의 『다경』 「팔지출」에는 "무주(婺州) 동백산(東白山)의 차는 형주(荊州)에서 생산되는 차와 품질이 같다"라고 설명되어 있다. 찻잎의 채적은 청명에서 곡우 사이에 이루어진다. 싹의 형태가 마치 순두(筍頭)와 같은 형상을 하고 있다. 탄방, 살청, 초유(炒揉), 홍배 등의 공정 과정을 거쳐 제작된다. 태백정아차(太白頂芽茶)는 그 외형이 곧게 뻗어있다는 특징이 있으며 또한 독보적일 만큼 뛰어난 품질로 유명하다.

태평후괴(太平猴魁)

| 건차 | 편실, 백호현로(白毫顯露) |

| 엽저 | 비연(肥軟) |

역사적인 명차 가운데 하나로 청나라 말기에 제작되었다. 현지의 시엽종(柿葉種)에서 딴 신선한 찻잎을 원료로 한다. 산 위에 운무가 가득할 때 채적하여 운무가 걷히면 공정에 들어간다. 오전 10시까지만 채적한다. 신선한 찻잎의 일아이엽을 채적의 표준으로 삼고 있다. 태평후괴(太平猴魁)는 '도창운집(刀槍雲集), 용비봉무(龍飛鳳舞)', 즉 "칼과 창이 운집해 있고, 용이 날고 봉황이 춤추는 듯하다"는 특색으로 잘 알려져 있다. 이것은 찻잎이 모두 두 개의 잎이 하나의 싹을 감싸고 있는 외형적(양도일창兩刀一槍) 특색을 나타내는 표현이다. 제작 공정은 크게 살청과 홍건(烘乾)의 두 개의 과정으로 나누어진다.

육안과편(六安瓜片)

특징

형상 : 단편엽(單片葉), 배권(背卷)
색택 : 백상(白霜)을 띤 청록(靑綠)색
탕색 : 벽록(碧綠)
향기 : 청상(淸爽 : 맑고 상쾌함)
자미 : 감순(甘醇 : 달고 진함)
엽저 : 황록(黃綠)
산지 : 안후이성 육안(六安), 곽산(霍山), 금채(金寨) 등의 지구

건차	단편엽, 뒤로 말려 있는 형상	엽저	황록

유일하게 한 개의 어린 편엽(片葉)으로 제작하는 명차로 알려져 있다. 제운산(齊雲山)의 과편이 가장 뛰어나 이를 '제운과편(齊雲瓜片)'이라 부르기도 한다. 당나라 시대의 이백은 '양자강의 물(양자강중수揚子江中水), 제운산 정상의 차(제운정상차齊雲頂上茶)'라는 글귀로 그 아름다움을 찬탄한 바 있다.

황산모봉(黃山毛峰)

특징

형상 : 작설과 같은 외형에 흰털이 드러나 있음
색택 : 유록(油綠 : 반지르르한 녹색)
탕색 : 황록청철(黃綠淸澈 : 맑고 투명한 황록색)
향기 : 청향복욱(淸香馥郁 : 맑은 향이 짙음)
자미 : 선순상구(鮮醇爽口 : 신선하고 진하며 입안이 상쾌함)
엽저 : 눈황유연(嫩黃柔軟 : 엷은 황색에 부드러움)
산지 : 안후이성 황산(黃山), 흡현(歙縣), 휴령(休寧)

건차	사작설(似雀舌), 현백호(顯白豪)	엽저	눈황유연

황산모봉은 황산의 뛰어난 환경에서 생장한 대엽종(大葉種)의 질 좋은 찻잎을 채적하여 만든 품종이다. 찻잎이 전체적으로 가지런하게 발아하며 무수히 많은 털이 솟아나 있다. 또한 아두(芽頭)가 두툼하고 잎이 부드러워 물에 담갔을 때 찻잎에서 빠져나오는 물질의 함량이 비교적 높다. 완성된 차는 외형적으로 흰털이 드러나 있다. 한 모금 마시면 상쾌하면서도 농밀한 맛이 입안에 가득 감돈다.

제작 공정은 크게 살청과 홍배의 과정으로 나누어진다. 살청 과정은 솥 안에서 진행하며 뒤집을 때는 빠르게 뒤집고 들어올릴 때는 되도록 높이 들어 올리며 펼칠 때는 섞이지 않도록 주의해야 한다. 찻잎의 색이 검게 변할 때까지 솥 안에서 덖는다. 특일급의 모봉(毛峰)은 유념을 행하지 않지만, 이급 이하 품질의 차는 손으로 유념을 행한다. 홍배 과정은 모화와 족화로 나누어진다. 모화(毛火)는 피어나는 탄불을 이용하여 진행하고, 족화(足火)는 저온에서의 만홍(慢烘)의 방법으로 꺼져가는 목탄의 불길을 이용하여 진행한다. 황산모봉을 끓는 물에 충포하면 농밀한 향기가 사방으로 퍼져 나온다. 수증기가 솟아오르기 시작하면 모봉의 아엽이 차탕 속에 떠오르는데 싹은 뻣뻣하고 잎은 부드럽다. 여러 차례 충포를 거듭해도 잔향이 오래 지속된다.

여산운무(廬山雲霧)

특징

형상 : 원직(圓直 : 둥글고 곧으며), 흰
　　　털이 많이 드러나 있음
색택 : 녹윤(綠潤 : 윤기 있는 녹색)
탕색 : 명량(明亮 : 맑고 투명함)
향기 : 선상(鮮爽 : 신선하고 상쾌하
　　　며), 난향(蘭香)을 띠고 있음
자미 : 순이감상(醇而甘爽 : 진하면서
　　　달고 상쾌함)
엽저 : 녹이균제(綠而均齊 : 녹색을 띠
　　　며 전체적으로 가지런함)
산지 : 장시성 여산함(廬山舍) 선인동
　　　(仙人洞) 등의 지구

| 건차 | 원직, 다백호(多白豪) | 엽저 | 녹이균제 |

여산차는 당나라 시대 말기에 이미 원근에 그 명성이 높았으며 적지 않은 시인과 학자들이 이 차에 관한 시문을 남기고 있다. 명나라와 청나라 시기에는 여산차의 생산력이 단순한 농업적 수요를 넘어 상업적 성격을 띠게 될 정도로 확대되었다.

새로운 중국이 성립된 이후에도 여산운무차는 중국의 주요한 명차 가운데 하나로 자리를 잡고 있다. 여산차구(廬山茶區)는 해발 800미터 정도의 높이에 위치해 있으며 운무가 무성한 지역으로 자연적 환경이 뛰어나고 토양이 비옥하여 찻잎의 품질이 특히 우수하다. 여산운무(廬山雲霧)의 채적은 매년 5월 초에 이루어지고 있으며, 일아일엽이 처음 돋아날 때를 채적의 표준으로 삼고 있다. 탄방, 살청, 경유(輕揉), 이조(理條), 정형(整形), 제호(提毫), 홍건 등의 공정 과정을 거쳐 제작된다. 수출되고 있는 차는 특급, 일급, 이급의 등급으로 나누고 있으며, 내수용 차는 특일급, 특이급으로 나누고 있다.

신양모첨(信陽毛尖)

특징

형상 : 세직(細直 : 가늘고 곧으며), 흰
　　　털이 드러나 있음
색택 : 취록(翠綠)
탕색 : 황차량(黃且亮 : 황색이며 투명
　　　함)
향기 : 향고장락(香高長略 : 향기가 짙
　　　고 오래가며), 판율향(板栗香 :
　　　밤 굽는 향기)을 띠고 있음
자미 : 농상(濃爽 : 농후하며 상쾌함)
엽저 : 균정(均整 : 전체적으로 고르고
　　　반듯함)
산지 : 허난성 신양현(信陽縣) 지구

| 건차 | 세직, 현백호(顯白豪) | 엽저 | 균정 |

신양모첨은 색록(色綠), 향고(香高), 미선(味鮮), 형수(形秀)로 명성을 떨치고 있으며, 녹차 가운데서도 특히 진품(珍品)으로 취급되고 있다. 신양(信陽) 지역은 아열대에서 온열대로 넘어가는 중간 지역으로 사계절이 뚜렷하고 햇빛과 열량, 수분 등이 풍부하다. 또한 이 지역은 황종토(黃棕土)의 토양이 주를 이루고 있기 때문에 지층이 깊고 지질이 단단하지 않아 통기성이 양호하다. 기후와 토양이라는 측면에서 차나무의 생장에 최적의 환경이 조성되어 있는 것이다.

신양에서 생산되는 특급 모첨은 곡우 전에 일아일엽이 처음 열리는 시기를 채적의 표준으로 삼고 있다. 탄량(攤晾), 생과(生鍋), 숙과(熟鍋), 초홍, 탄량(攤凉), 복홍, 간척(揀剔), 재복홍(再復烘) 등의 공정 과정을 거쳐 제작되고 있다.

도균모첨(都匀毛尖)

특징

특징

형상 : 권곡(卷曲 : 둥글게 말렸으며),
　　　털이 드러나 있음
색택 : 녹윤(綠潤 : 윤기 있는 녹색)
탕향 : 명량(明亮 : 맑고 투명함)
향기 : 청향(清香 : 맑은 향기)
자미 : 선농회감(鮮濃回甘 : 신선하고
　　　농후하며 단맛이 돎)
엽저 : 비장(肥壯 : 두툼하고 튼실함)
산지 : 구이저우성 도균시(都匀市) 단
　　　산(團山) 지구

| 건차 | 권곡현호(卷曲顯豪) | 엽저 | 비장 |

역사적인 명차 가운데 하나로 명나라와 청나라 시기에 창제되었다. 권곡형(卷曲形)의 초청녹차(炒靑綠茶) 계열에 속한다. 가늘고 긴 아엽의 신선하고 부드러운 찻잎을 채적하여 원료로 삼는다. 일반적으로 청명 전후에 따기 시작하여 곡우 전후에 끝을 맺는다. 일아(一芽) 혹은 일엽(一葉)이 처음 돋아날 때를 채적의 기준으로 삼고 있다. 그 길이는 일반적으로 2밀리미터를 넘지 않아야 하는데 그 형태가 작설과 같다. 탄방, 살청, 유념, 주형(做形), 홍건 등의 공정 과정을 거쳐 제작된다. 완성된 차는 아미노산 2.3%, 폴리페놀류 27.8%, 수용성물질 41.4%를 함유하고 있다.

금단작설(金壇雀舌)

특징

형상 : 편평하다.
색택 : 윤기가 흐르는 녹색
탕색 : 여린 황색
향기 : 부드러운 향기
자미 : 시원하고 상쾌하다.
엽저 : 전체적으로 부드럽다.
산지 : 장쑤성 금단시(金壇市)

| 건차 | 편평(扁平) | 엽저 | 눈균(嫩均) |

초청녹차에 속한다. 금단현(金壇縣)의 지명과 찻잎의 형상을 합하여 명명하였다. 금단작설(金壇雀舌)은 주로 방록차장(方麓茶場)에서 생산된다. 매년 청명 이전에 신선한 찻잎을 채적하여 만든다. 찻잎의 아포(芽苞)와 일아일엽이 처음 열리는 때를 채적의 기준으로 삼고 있다. 살청, 탄량, 정형(整形), 건조 등의 공정 과정을 거쳐 완성된다. 특히 살청과 정형은 좋은 품질의 금단작설을 만드는 관건이 되는 중요한 과정이다.

임해반호(臨海蟠毫)

| 건차 | 편평 | 엽저 | 눈녹성타 |

반홍반초형(半烘半炒型) 녹차에 속한다. 감싸듯 둥글게 굽어있는 외형에 털이 드러나 있기 때문에 '임해반호(臨海蟠毫)'라는 이름을 얻게 되었다. 그 특징은 형미(形美), 색록(色綠), 호다(毫多), 향욱(香郁), 미감(味甘)'으로 정리할 수 있다. 복정백호(福丁白毫)에서 일아일엽 혹은 일아이엽이 처음 돋아날 때 채적한 찻잎을 원료로 삼아 만든다. 춘분 전후에 채적하기 시작하여 탄방, 살청, 조형(造型)(초건炒乾), 홍건의 공정 과정을 거쳐 제작된다. 이 가운데 조형 과정은 '반호(蟠毫)'라는 형태적 특징을 만드는 중요한 과정이다.

동백춘아(東白春芽)

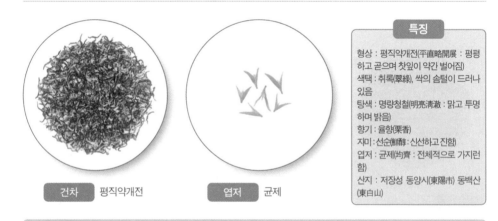

| 건차 | 평직약개전 | 엽저 | 균제 |

반홍반초형 녹차에 속한다. 유구한 역사를 가지고 있으며, 당나라 시대의 유명한 명차 가운데 하나다.
동백산(東白山)은 동양현(東陽縣)의 동북부에 위치하고 있다. 험준한 산맥은 짙은 운무로 휩싸여 있으며 강우량이 풍부하여 차나무의 아엽이 특히 충실하다. 동백춘아는 청명에서 곡우 사이에 채적한 신선한 찻잎을 원료로 하여 제작된다. 하나의 싹에서 일엽 혹은 이엽이 처음 돋아나기 시작할 때를 채적의 기준으로 삼고 있다. 탄방, 살청, 초유(炒揉), 초홍, 복홍 등의 공정 과정을 거쳐 제작된다. 양호한 자연 환경, 우수한 품종, 엄격한 채제(採制) 기술 등이 동백춘아의 뛰어난 풍미의 바탕이 되고 있다.

노죽대방(老竹大方)

형상:정수광활(挺秀光骨) : 찻잎의 끝
    이 곧고 빼어나며 밝고 매끈함
색택:심록(深綠) : 짙은 녹색)
탕색:담황(淡黃) : 옅은 황색)
향기:판율향(板栗香 : 밤 굽는 향기)
자미:농순(濃醇 : 농후하고 진함)
엽저:눈균황록(嫩均黃綠 : 여리고
    고르며 황록색)
산지:안후이성 흡현(歙縣) 동남쪽
    노죽포(老竹鋪) 지구

건차	정수광활

엽저	눈균황록

대방차는 명나라 시대의 대방(大方) 화상이 창제하였다. 곡우 이전에 일아이엽이 처음 돋아나는 때 채적한 신선한 찻잎을 원료로 간척(揀剔), 박탄(薄攤), 수공(手工)의 살청, 주형(做形), 휘과(輝鍋 : 찻잎의 모양을 정교하게 만들어 건조시키는 과정) 등의 가공 과정을 거쳐 제작된다.

대방차는 노죽대방(老竹大方), 정곡대방(頂谷大方), 소배대방(素胚大方)의 세 종류로 나누어진다. 노죽대방은 죽엽대방(竹葉大方)이라고도 부르고 있다. 그 외형은 전체적으로 가지런하고 편평하며 윤택이 난다. 서호용정차와 비슷하지만 조금 더 두터운 편이다.

구고뇌(狗牯腦)

형상:차단미구(茶端微勾 : 찻잎의 끝이
    미세하게 갈고리처럼 굽음)
색택:취록(翠綠)
탕색:황록명량(黃綠明亮 : 황록색으
    로 맑고 투명함)
향기:고아대화향(高雅帶花香 : 향이 높
    고 우아하며 화향을 띠고 있음)
자미:순상(醇爽 : 진하고 상쾌함)
엽저:황록균정(黃綠均整 : 황록색이며
    전체적으로 고르고 반듯함)
산지:장시성 수천(遂川) 탕호향(湯湖鄕)
    구고뇌산(狗牯腦山) 지구

건차	차단미구

엽저	황록균정

초청녹차에 속하며 이를 구고뇌석산차(狗牯腦石山茶)라고도 한다. 구고뇌산은 나소산맥(羅霄山脈)의 남쪽 산기슭에 위치하고 있다. 토양이 비옥하며 생태 조건이 매우 우수하다. 완성품의 차는 현지의 소엽종(小葉種) 차나무에서 채적한 신선한 찻잎을 이용하여 만든다. 청명절 전후에 일아일엽이 돋아나는 시기에 채적하여 살청, 초유(初揉), 이청(二靑), 복유(復揉), 제호(提毫), 초건(炒乾) 등의 공정 과정을 거쳐 제작된다. 끓는 물에 차를 우리면 찻잎이 곧게 펴지면서 뾰족한 끝부분이 위를 향한다.

교남춘(膠南春)

| 건차 | 긴세권곡 |

| 엽저 | 눈록 |

특징

형상 : 긴세권곡(緊細卷曲 : 팽팽하고
　　　가늘며 둥글게 말렸음)
색택 : 심록(深綠 : 짙은 녹색)
탕색 : 눈록(嫩綠 : 엷은 녹색)
향기 : 청향(清香 : 맑은 향기)
자미 : 선상(鮮爽 : 신선하고 상쾌함)
엽저 : 눈록(嫩綠 : 엷은 녹색)
산지 : 산둥성 교남시(膠南市) 해청진
　　　(海青鎭) 지구

교남춘차는 둥글게 말린 형태의 외형을 하고 있다. 사람의 마음을 빼앗는 청아한 향기와 독특한 품질로 유명하다. 산동(山東)에서 생산된 명차 가운데 비교적 최근에 제작된 차이다.

교남(膠南) 지역은 황해 연안에 있는 곳으로 해양성 기후의 영향을 받아 사계가 뚜렷하며 강우량이 풍부한 지역으로 차원(茶園)의 대부분이 완만하게 이어지는 구릉 지대에 분포되어 있다. 토양이 비옥할 뿐만 아니라 생장 조건이 대단히 우수하다. 교남춘은 차나무에서 돋아나는 일아일엽 혹은 일아이엽의 신선한 찻잎을 원료로 하여 제작된다. 이때 채적한 찻잎은 그 균도(均度)가 일정해야 한다. 탄방, 살청 등의 가공 과정을 거쳐 완성된다.

노산춘(嶗山春)

| 건차 | 편평광활 |

| 엽저 | 비눈 |

특징

형상 : 편평광활(扁平光滑 : 편평하며
　　　밝고 매끈함)
색택 : 녹중투황(綠中透黃 : 황색이 은
　　　은히 비치는 녹색)
탕색 : 명랑(明亮 : 맑고 투명함)
향기 : 율향(栗香)
자미 : 선상(鮮爽 : 신선하고 상쾌함)
엽저 : 비눈(肥嫩 : 통통하고 여림)
산지 : 산둥성 청도시(青島市) 노산(嶗
　　　山) 지구

노산춘은 산동성(山東城) 청도시(青島市) 노산산맥(嶗山山脈)에 위치하고 있다. 매년 4월 하순에서 5월 상순까지 찻잎을 채적한다. 일아일엽이 처음 돋아나는 때를 채적의 기준으로 삼아 신선한 찻잎을 채적하여 탄청(攤青), 살청, 회조(回潮 : 찻잎을 솥에서 꺼내어 얇게 편 후에 건조시키는 과정), 휘초(輝炒), 건차(乾茶) 등의 공정 과정을 거쳐 생산된다. 노산춘은 녹차 계열에 속하며 아름다운 형태와 농밀한 풍미로 유명하다. 청도시에서 생산되는 주요한 명차 가운데 하나이다.

중국의 홍차(紅茶) 분포도

![홍차 로고] 홍차(紅茶)

홍차는 발효차의 일종으로 차나무에서 새로 돋아나는 적당한 아엽을 원료로 하여 위조(萎凋), 유념(揉捻), 발효(醱酵), 건조(乾燥) 등의 전형적인 공정 과정을 거쳐 제작된다. 건차(乾茶)의 색뿐만 아니라 끓인 물에 우려 낸 차탕의 색 또한 홍색을 띠기 때문에 '홍차'라고 명명되었다. 성숙기의 차나무의 여린 가지에 돋아

나는 아엽을 채적하여 위조, 유념, 발효, 홍건 등의 공정 과정을 거쳐 완성된다. 홍차는 전 세계인이 가장 보편적으로 선호하고 있는 음료의 하나이다. 현재 중국에서 가장 많이 생산되고 있는 품종이며, 또한 국외로 가장 많이 수출되고 있는 품종이기도 하다.

홍차는 그 제작 방법의 차이에 따라 세 종류로 나누어진다. 첫 번째는 공부차(工夫茶)다. 이 품종은 가늘고 긴 찻잎이 모(苗)처럼 뾰족하게 솟은 형태를 하고 있으며 부드럽고 순일한 풍미를 가지고 있다. 엽저는 비교적 완전한 형태를 그대로 유지하는 것이 특징이다. 두 번째는 홍쇄차(紅碎茶)다. 이 품종은 가늘게 부서진 외형에 차탕의 색이 투명한 홍색을 띠고 있다. 진하고 강렬하면서도 시원하고 상쾌한 맛이 일품이며 강한 중독성이 있다. 국제 시장에서 가장 많이 거래되고 있는 차종이기도 하다. 홍쇄차는 다시 그 외형의 차이에 따라 엽차(葉茶), 쇄차(碎茶), 편차(片茶), 말차(末茶) 등으로 나눌 수 있다. 세 번째는 푸젠성에서 생산되는 대엽종의 공부홍차(工夫紅茶)다. 이 품종은 찻잎의 품질이 특히 우수하며 연미(烟味)라는 특수한 가공 과정을 거쳐서 생산되기 때문에 소종홍차(小種紅茶)라고 부르기도 한다.

중국의 홍차 생산 지역으로는 윈난성(雲南省), 쓰촨성(四川省), 후난성, 광둥성(廣東省), 광시성(廣西省), 푸젠성(福建省), 안후이성, 장쑤성, 저장성, 장시성, 후베이성, 구이저우성과 타이완(臺灣) 지역을 들 수 있다.

구곡홍매(九曲紅梅)

건차(乾茶) 세긴수려

엽저(葉底) 홍눈

특징

형상(形狀) : 세긴수려(細緊秀麗 : 가늘고 단단하며 수려함)
색택(色澤) : 오윤(烏潤 : 윤기 있는 검은색)
탕색(湯色) : 홍염(紅艶 : 홍색에 산뜻함)
향기(香氣) : 향고(香高 : 향기가 짙고 높음)
자미(滋味) : 순후(醇厚 : 맛이 진하고 두터움)
엽저(葉底) : 홍눈(紅嫩 : 홍색에 여림)
산지(産地) : 저장성 항주시(杭州市) 서남쪽 주변의 포구(浦口)

원산지는 복건성의 무이산(武夷山) 구곡(九曲) 지구이며, 이를 '구곡오룡(九曲烏龍)'이라고 부르기도 한다.
매년 청명에서 곡우 사이에 구곡홍매(九曲紅梅)의 신선한 찻잎을 채적한다. 새벽에 내린 이슬이 마른 후에 하나의 싹(芽)에 돋아나 있는 일엽(一葉) 혹은 이엽(二葉)을 채적하여 위조(萎凋), 유념(揉捻), 발효(醱酵), 홍배(烘焙) 등의 공정 과정을 거쳐 제작된다.

기문홍차(祁門紅茶)

건차 긴세균제

엽저 눈균명량

특징

형상 : 긴세균제(緊細均齊 : 팽팽하고 가늘며 전체적으로 가지런함)
색택 : 오윤(烏潤 : 윤기 있는 검은색)
탕색 : 명량(明亮 : 맑고 투명함)
향기 : 과당향(果糖香)
자미 : 순화(醇和 : 순하고 부드러움)
엽저 : 눈균명량(嫩均明亮 : 여리고 고르며 맑고 투명함)
산지 : 안후이성 기문(祁門) 지구

기문홍차는 저계량종(儲系良種)의 차나무에서 채적한 신선한 찻잎을 재료로 위조, 유념, 발효, 모화(毛火), 족화(足火) 등의 가공 과정을 거쳐 제작된다. 유념은 충분히 행하여 소홀함이 없어야 하고 발효는 적당한 온도에서 알맞게 이루어져야 한다. 또한 불에 말릴 때는 고온에서 빠르게 말려야 하지만, 족화의 과정은 저온에서 서서히 이루어져야 한다.
차탕의 정화인 준영(雋永)을 한 모금 입에 머금으면 설명하기 힘든 감미로운 맛이 입안을 감돈다. 차탕의 색은 투명한 홍색을 띠며 잔의 바닥까지 투명한 붉은색으로 물든다. 단독으로 충포하여 마셔도 특유의 뛰어난 향미가 일품이지만, 소젖을 가미하여 마시기도 한다. 기문홍차는 영국인들이 가장 애호하는 차이기도 하다.

정산소종홍차(正山小種紅茶)

형상 : 비장(肥壯 : 두툼하고 튼실함),
　　　긴결(緊結 : 긴밀하고 단단함)
색택 : 오흑(烏黑)
탕색 : 홍염(紅艷 : 홍색에 산뜻함)
향기 : 송연향(松烟香)
자미 : 순감(醇甘 : 진한 단맛)
엽저 : 홍랑(紅亮 : 홍색에 밝음)
산지 : 푸젠성 무이산구(武夷山區)

건차　비장, 긴결　　엽저　홍랑

봄과 가을 두 계절에만 채적한다. 춘차(春茶)는 입춘 무렵에 따기 시작한다. 소개면(小開面 : 싹 하나에 둘 혹은 세 장의 찻잎이 돋아날 때가 가장 적당) 상태의 신선한 찻잎을 채적하여 위조, 유념, 발효, 과홍과(過紅鍋), 복유(復揉), 훈배(薰焙), 사간(篩揀), 복화(復火), 균퇴(均堆) 등의 가공 과정을 거쳐 완성된다.
이 가운데 과홍과는 소종홍차의 특수한 공정 기술이다. 이 과정은 풀 특유의 떫은맛을 제거하기 위한 목적에서 이루어진다. 이후에 건조를 행할 때는 젖은 소나무를 이용하여 훈연배건(薰烟焙乾)을 진행한다.

정화공부홍차(政和工夫紅茶)

형상 : 긴실(緊實 : 단단하고 튼실하
　　　며), 털이 드러나 있음
색택 : 오흑(烏黑)
탕색 : 홍염(紅艷 : 홍색에 산뜻함)
향기 : 자라난향(紫羅蘭香)
자미 : 순후(醇厚 : 맛이 진하고 두터
　　　움)
엽저 : 등홍(橙紅)
산지 : 푸젠성 정화현(政和縣) 지구

건차　긴실, 현호(顯毫)　　엽저　등홍

　역사적인 명차의 하나로 위조, 유념, 발효, 건조 등의 공정 과정을 거치고 최종적인 가공을 통하여 생산되는 조형홍차(條形紅茶)의 일종이다. 정화공부홍차는 장기간 동안 그 품질이 변하지 않는다는 특징을 가지고 있다. 원료 선택에 있어서 정화대백차(政和大白茶) 품종의 신선한 찻잎을 고르는 것이 중요한 관건이라고 할 수 있다. 정화대백차 품종은 매우 상쾌한 풍미를 가지고 있으며, 차탕의 붉은색 역시 상당히 오래 유지된다. 여기에 소엽종(小葉種)을 적당히 배합하면 농밀한 화향(花香)이 배어나오는 특징이 있다.
고급의 정화공부홍차는 한순간 털 사이에 이슬이 맺히는 듯한 아름다운 형상을 가지고 있으며, 전체적으로 윤기가 흐르는 검은 색을 띠고 있다. 또한 투명하고 붉은 차탕에서 배어 나오는 짙은 향기와 독특한 풍미는 일품이라고 할 수 있다. 이 때문에 애호가들의 열렬한 지지를 받고 있다.

단양공부홍차(壇洋工夫紅茶)

형상 : 긴결(緊結 : 긴밀하고 단단함)
색택 : 오윤(烏潤 : 윤기 있는 검은색)
탕색 : 홍명(紅明 : 홍색에 밝음)
향기 : 고상(高爽 : 짙고 상쾌함)
자미 : 순후(醇厚 : 맛이 진하고 두터움)
엽저 : 홍량(紅亮 : 홍색에 밝음)
산지 : 푸젠성 민동(閩東), 수령(壽寧) 등의 지구

건차   긴결

엽저   홍량

채차차수종(菜茶茶樹種)의 신선한 찻잎을 채적하여 위조, 유념, 발효, 건조의 과정을 거쳐 생산된다. 제작 과정에서 적당히 잘 뭉쳐 놓은 차 덩어리를 적당한 온도에서 골고루 잘 시들게 하여 빠짐없이 비벼주는 것이 중요하다.
이후에 적당한 온도에서 발효를 진행시킨 다음 고온에서 빠르게 모화(毛火)의 과정을 진행하지만, 족화(足火)의 과정은 저온에서 서서히 이루어져야 한다. 이 외에도 차를 완전히 장악하는 병배(拼配) 기술이 필요하다.

영덕홍차(英德紅茶)

형상 : 세긴(細緊 : 가늘고 단단하며), 균정(均整 : 전체적으로 고르고 반듯함)
색택 : 오윤(烏潤 : 윤기 있는 검은색)
탕색 : 홍염(紅艶 : 홍색에 산뜻함)
향기 : 농욱(濃郁 : 농후하고 진함)
자미 : 순후(醇厚 : 맛이 진하고 두터움)
엽저 : 홍량(紅亮 : 홍색에 밝음)
산지 : 광둥성 영덕시(英德市)

건차   세긴, 균정

엽저   홍량

조형홍차(條形紅茶)에 속하며 1959년에 처음으로 성공하였다. 운남대엽종(雲南大葉種)이나 봉황수선차(鳳凰水仙茶)의 신선한 찻잎을 채적하여 만든다. 일아이엽 혹은 일아삼엽(一芽三葉)의 시기를 적당한 채적의 기준으로 보고 있다. 공정 과정은 위조, 유념, 발효, 모화, 족화 등의 과정으로 나누어진다.
완성품의 차는 품질이 매우 뛰어나며 폴리페놀 성분의 함유량이 특히 높다. 차탕의 색은 붉은색을 띠며 맛이 강렬하고 상큼한 향기가 오래 지속된다.

영덕금호차(英德金毫茶)

| 건차 | 조삭긴세 | | 엽저 | 홍량 |

이 차는 금빛 털이 예리하게 솟아나 있는 형상을 하고 있기 때문에 금호차라는 이름을 얻게 되었다. 금호차는 영홍(英紅) 9호(號) 차나무 품종의 홑눈(單芽) 혹은 일아일엽이 처음 열릴 때의 신선한 찻잎을 채적하여 만든다.
공정 과정은 위조, 유념, 발효, 해괴(解塊), 복유(復揉), 초홍(初烘), 이조(理條), 제호(提毫), 족건(足乾) 등의 과정으로 이루어져 있다. 완성품의 차는 금빛 털이 뾰족하게 드러나 있으며 금황색을 띠고 있다. 장미향이 풍겨 나온다.

광동여지홍차(廣東荔枝紅茶)

| 건차 | 조삭긴세 | | 엽저 | 유연, 홍염 |

홍차 가운데 향료차(香料茶) 계열에 속한다. 1950년대에 창제되었다. 여지홍차는 영덕공부홍차의 기술을 참조하여 여지(荔枝)의 즙을 가미하여 만든다. 일반적인 홍차에 과학적인 방법을 통하여 여지의 즙이 가지고 있는 향미를 충분히 흡수할 수 있도록 제작하는 것이 특징이라고 할 수 있다.
완성된 차의 외형은 상술한 일반적 홍차와 매우 유사하다. 윤기가 흐르는 검은색의 외형에 매우 농밀한 향기를 가지고 있다. 입에 넣으면 시원하면서도 상큼한 맛이 입안을 감싼다. 차탕 역시 투명한 붉은색을 띠고 있으며 여지의 향이 짙게 배어 나온다.

죽해금명홍차(竹海金茗紅茶)

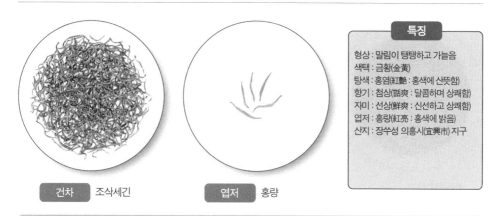

형상 : 말림이 탱탱하고 가늘음
색택 : 금황(金黃)
탕색 : 홍염(紅艷 : 홍색에 산뜻함)
향기 : 첨상(甛爽 : 달콤하며 상쾌함)
자미 : 선상(鮮爽 : 신선하고 상쾌함)
엽저 : 홍량(紅亮 : 홍색에 밝음)
산지 : 장쑤성 의흥시(宜興市) 지구

건차　조삭세긴

엽저　홍량

새로 제작된 명차이다. 대호(大毫) 품종의 차나무에 돋아난 홑눈(단아單芽)을 채적하여 만든다. 공정 과정에 있어서 홍조차(紅條茶)의 제작 기술이 가미된다. 기본적 공정 과정은 위조, 유념, 발효, 건조(모화毛火, 족화足火) 과정으로 이루어진다.
완성품의 차는 가늘고 단단한 외형에 향기가 오래 지속되는 특징이 있다. 차탕은 짙은 홍색을 띠며, 엽저는 전체적으로 부드럽다.

금호전홍공부(金毫滇紅工夫)

형상 : 긴밀하고 단단함
색택 : 금황섬삭(金黃閃爍 : 섬광처럼 빛나는 금황색)
탕색 : 홍염(紅艷 : 홍색에 산뜻함)
향기 : 농욱지구(濃郁持久 : 향기가 농후하고 진하며 오래감)
자미 : 선순(鮮醇 : 신선하고 진함)
엽저 : 홍염(紅艷 : 홍색에 산뜻함)
산지 : 윈난성 봉경(鳳慶), 임창(臨滄) 등의 지구

건차　긴결

엽저　홍염

금호전홍공부차는 봉경대엽종(鳳慶大葉種)의 차나무에서 채적한 신선한 찻잎으로 만든다. 공정 과정은 위조, 경유, 발효, 모화, 족화 등의 과정으로 이루어져 있다.
완성품의 차는 금황색이 슬쩍슬쩍 번쩍거리는 아름다운 외형을 가지고 있으며 향기가 매우 농밀하다. 차탕의 색 역시 매우 투명하다.

CTC홍쇄차(紅碎茶) 5호(號)

형상 : 차엽정과립상(茶葉呈顆粒狀)
색택 : 종홍(棕紅)
탕색 : 홍염(紅艶 : 홍색에 산뜻함)
향기 : 지구(持久 : 향기가 오래감)
자미 : 선상(鮮爽 : 신선하고 상쾌함)
엽저 : 홍량(紅亮 : 홍색에 밝음)
산지 : 윈난성 서쌍판납(西雙版納) 대
　　　도강(大渡崗) 차농장

| 건차 | 차엽정과립상 |
| 엽저 | 홍량 |

최근에 제작된 명차로 홍쇄차(紅碎茶) 계열에 속한다. 운남대엽종(雲南大葉種)의 차나무에서 일아이엽 혹은 일아삼엽이 처음 열리는 때에 채적한 신선한 찻잎을 원료로 하여 제작한다. 눈도(嫩度)가 같은 단엽(單葉) 혹은 협엽(夾葉)을 채적한다. 위조(萎凋), CTC 삼련 유절(三連揉切), 연속적인 자동 발효, 이동식 탁자에서의 홍건(流化床烘乾), 사분(篩分), 균퇴(均堆), 복화(復火), 요두(撩頭), 할말(割末) 등의 공정 과정을 거쳐 완성된다.
과립 형태의 찻잎은 튼실한 외형에 달콤한 향기를 가지고 있다. 차탕은 짙은 홍색을 띠고 있으며 진하고 강렬한 맛이 느껴진다. 엽저는 투명한 홍색을 띠고 있다.

일월담홍차(日月潭紅茶)

형상 : 조삭긴결(條索緊結 : 말림이 긴
　　　밀하고 단단함)
색택 : 심갈(深褐 : 짙은 갈색)
탕색 : 귤홍(橘紅)
향기 : 농욱(濃郁 : 향기가 농후하고
　　　진함)
자미 : 농후(濃厚 : 짙고 두터움)
엽저 : 홍량(紅亮 : 홍색에 밝음)
산지 : 대만(臺灣) 남투현(南投縣) 포리
　　　진(捕里鎭), 어지향(魚汕鄕) 지구

| 건차 | 조삭긴결 |
| 엽저 | 홍량 |

역사적인 명차의 하나로 100여 년의 역사를 가지고 있다. 일월담(日月潭) 부근에서 생산되었기 때문에 이러한 이름을 얻게 되었다.
현지의 중·소엽종의 차나무에서 채적한 신선한 찻잎을 원료로 하여 제작한다. 일아이엽의 시기를 채적의 기준으로 삼고 있다. 위조, 유념, 발효, 건조(모화毛火, 족화足火) 등의 공정 과정을 거쳐 완성된다. 차탕은 선명한 홍색을 띠고 있으며, 여기에 레몬이나 백설탕을 가미하면 그 맛이 더욱 뛰어나다.

중국의 오룡차(烏龍茶) 분포도

오룡차(烏龍茶)

오룡차는 반발효차에 속하며 청차(靑茶)라고 부르기도 한다. 중국의 여러 차종 가운데서도 자신만의 뚜렷한 특색을 가지고 있는 품종으로 '차치(茶痴 : 차 매니아)' 들이 가장 좋아하는 차로 잘 알려져 있다.

오룡차는 녹차와 홍차의 제조 기법을 종합적으로 고려하여 만든 차로 그 품질적인 특징이 녹차와 홍차의 중간에 있다고 보면 된다. 홍차의 강렬한 풍미와 녹차의 청아한 향기를 모두 갖추고 있기 때문에 '녹엽홍양변(綠葉紅鑲邊)'이라는 명예로운 찬사를 받고 있다. 입에 넣으면 치아 사이로 향기가 번지며 상큼하면서도 달콤한 맛이 입 안에 감돈다. 좋은 품질의 오룡차는 그 외형이 장대하고 사록색(砂綠色)에서 오갈색(烏褐色)까지 다양한 색채에 윤기가 흐르고 있다. 차탕의 색 역시 등황색(橙黃色)에서 투명한 등홍색(橙紅色)에 이르기까지 매우 다양하다. 농밀한 향기가 오래 지속되며 사람의 폐부까지 스며든다. 또한 시원하면서도 진하게 느껴지는 단맛이 입 안에 오래 감돌다가 서서히 사라진다.

오룡차는 중국의 특유한 차종이며 주요한 산지로는 푸젠성의 민북(閩北)과 민남(閩南) 지역, 광둥성, 타이완을 들 수 있다. 최근에는 쓰촨성, 후난성 등의 지역에서도 소량 생산되고 있다. 주요한 품종으로는 안계철관음(安溪鐵觀音), 대홍포(大紅袍), 육계(肉桂), 봉황수선(鳳凰水仙), 동정오룡차(凍頂烏龍茶) 등을 꼽을 수 있다.

안계철관음(安溪鐵觀音)

건차(乾茶) 원결, 균정

엽저(葉底) 연량유홍변

특징

형상(形狀) : 원결균정(圓結均整 : 둥글고 단단하게 말렸으며 전체적으로 고르고 반듯함)
색택(色澤) : 사록색(砂綠色)에 붉은 점이 드러나 있음
탕색(湯色) : 황량(黃亮 : 황색에 밝음)
향기(香氣) : 농욱(濃郁 : 향기가 농후하고 진하며, 풍부한 난향(蘭香)
자미(滋味) : 순후회감(醇厚回甘 : 맛이 진하고 두터우며 단맛이 돔)
엽저(葉底) : 연량유홍변(軟亮有紅邊 : 부드러우며 가장자리가 붉은색을 띠고 있음)
산지(産地) : 푸젠성 안계현(安溪縣)지구

역사적인 명차의 하나이며 오룡차 계열의 차종 가운데서도 극상품에 속한다. 청나라 건륭(乾隆 : 1736~1795년, 고종高宗의 연호) 연간에 창제되었다. 철관음이라는 명칭은 "관음(觀音)처럼 아름다운 자태에 철(鐵)처럼 무겁다(미여관음중사철美如觀音重似鐵)"고 하여 붙여진 이름이다. 소개면(小開面)의 적당한 시기에 채적한 신선한 찻잎을 원료로 하여 양청(涼青), 쇄청(曬青), 요청(搖青), 초청(炒青), 유념(揉捻), 홍건(烘乾) 등의 십여 개의 공정 과정을 거쳐 완성된다.
완성품의 철관음은 그 외형이 단단하고 튼실하며 장대하다. 품질적인 특징으로는 홍차의 감순한 맛과 녹차의 청아한 향기를 함께 갖추고 있다는 것을 꼽을 수 있다. 또한 충포 후에는 찻잎의 엽저가 '녹엽홍양변'을 띤다는 특색이 있다. 차 탕은 시원하고 상쾌한 맛이 진하게 느껴지며, 마시고 난 뒤에도 오랫동안 입안에 잔향이 남아 있다.

안계황금계(安溪黃金桂)

건차 권곡이균제

엽저 황록대홍변

특징

형상 : 권곡이균제(卷曲而均齊 : 둥글게 말렸으며 전체적으로 가지런함)
색택 : 금황이윤택(金黃而潤澤 : 금황색이며 윤택이 있음)
탕색 : 금황명량(金黃明亮 : 금황색에 맑고 투명함)
향기 : 청신고장(淸新高長 : 유장하고 청신한 향기)
자미 : 선상(鮮爽 : 신선하고 상쾌함)
엽저 : 황록대홍변(黃綠帶紅邊 : 황록색에 가장자리가 홍색을 띠고 있음)
산지 : 푸젠성 안계현

역사적인 명차의 하나로 오룡차 계열에 속한다. 청나라 광서(光緖 : 1875~1908년, 덕종德宗의 연호) 연간에 창제되었다. 황금계는 황담품종(黃淡品種)의 차나무에서 채적한 신선한 찻잎으로 만든 오룡차의 일종이다. 황금계는 다른 어떤 것도 가미하지 않고 충포한 후에 잔을 덮지 않고 마셔야 기품 있는 향을 그대로 느낄 수 있다. 때문에 달리 투천향(透天香)'이라고도 한다.
황금계는 양청, 쇄청, 요청, 초청, 유념, 초홍(初烘), 포유(包揉), 복홍(復烘), 복포유(復包揉), 홍건(烘乾) 등의 공정 과정을 거쳐 완성된다. 완성품의 차는 계화(桂花), 이화(梨花), 치자화(梔子花) 등의 향기가 혼합되어 있는 것 같은 청아한 향기가 멀리까지 퍼져나가며 오랫동안 지속된다.

무이철라한(武夷鐵羅漢)

건차 균정   엽저 미홍발량

무이산 지역에서 최초로 생산된 명차이며, 차나무 품종의 이름을 따서 명명하였다. 역사적인 명차의 하나로 오룡차 계열에 속한다.
철라한의 제작 과정은 쇄청, 양청, 주청(做靑), 초초(初揉), 복초(復炒), 복유(復揉), 정수배(定水焙), 파간(簸揀), 탄량(攤涼), 간척(揀剔), 복배(復焙), 돈화(炖火), 모차(毛茶), 재파간(再簸揀), 보화(補火) 등의 십여 개의 공정으로 나누어진다. 완성품의 차는 품질이 우수하며 화향(花香)이 느껴지는 특별한 풍미를 지니고 있다. 철라한은 현재 무이산(武夷山 : 푸젠성과 장시성의 경계에 있는 산) 지역의 여러 장소에서 재배되고 있다.

대홍포(大紅袍)

건차 장실균제   엽저 엽중록, 엽변홍

역사적인 명차의 하나로 오룡차 계열에 속한다. 대홍포는 구룡과(九龍窠)의 바위틈에서 생장한 차나무의 신선한 찻잎을 채적하여 만든다. 바위틈은 일조 시간이 짧고 기온의 변화가 분명하지 않지만 토양이 비옥하다는 장점이 있다. 이곳에서 생장한 대홍포의 차나무는 싹이 두텁고 튼실할 뿐만 아니라 잎의 품질 역시 대단히 뛰어나다.
대홍포는 무이산의 바위에서 생장한 차나무의 신선한 찻잎을 채적하여 쇄청, 양청, 주청, 초유, 복초, 복유, 정수배, 파간, 탄량, 간척, 복배, 돈화, 모차, 재파간, 보화 등의 십여 개의 공정을 거쳐 제작된다.

무이수선(武夷水仙)

| 건차 | 균제, 조장 |

| 엽저 | 엽변발매홍(葉邊發黴紅) |

특징

형상 : 균제(均齊 : 전체적으로 가지런
하며), 조장(粗壯 : 거칠고 큼직함)
색택 : 오갈색(烏褐色)
탕색 : 맑고 투명한 황색
향기 : 농욱(濃郁 : 향기가 농후하고
진하며), 풍부한 난화향을 지님
자미 : 선상(鮮爽 : 신선하고 상쾌함)
엽저 : 잎의 가장자리에 매홍(黴紅)이
보임
산지 : 푸젠성 무이산 지구

무이수선은 무이산에서 자라는 차나무 품종의 하나이며, 무이수선차는 이 품종의 이름을 따서 명명한 것이다. 역사적
인 명차의 하나로 오룡차 계열에 속한다.
무이수선은 수선차나무의 부드럽고 신선한 잎을 채적하여 쇄청, 양청, 주청, 초청, 초유, 복초, 복유, 주수배(走水焙),
파간, 탄량, 간척, 복배, 돈화, 모차, 재파간, 보화 등의 십여 개의 공정을 거쳐 완성된다. 완성된 무이수선은 오갈색(烏
褐色)을 띠고 있다. 그 엽편(葉片)은 크고 두터우며 엽편의 뒷부분에 모래알 같은 형상이 나타난다. 차탕에서는 난향(蘭
香)이 진하게 풍겨 나온다. 맛이 순후하여 입 안에 넣으면 상쾌한 느낌이 든다. 완성품의 차는 충포하기에 대단히 적합
한 밀도를 가지고 있으며, 엽저는 가장자리에 홍색을 띠고 있다.

무이육계(武夷肉桂)

| 건차 | 장실 |

| 엽저 | 홍변명현투황색(紅邊明顯透黃色) |

특징

형상 : 장실(壯實 : 크고 튼실함)
색택 : 청갈색(靑褐色)
탕색 : 맑고 투명한 금황색
향기 : 육계향(肉桂香)
자미 : 감윤(甘潤 : 달고 윤기가 있음)
엽저 : 맑고 투명한 황색을 띠고 있지만
잎의 가장자리는 홍색을 띠고 있
음
산지 : 푸젠성 무이산 지구

무이육계는 육계(肉桂) 품종의 차나무의 이름을 따서 명명한 것이다. 역사적인 명차의 하나로 오룡차 계열에 속한다.
무이육계는 육계차나무의 햇가지에 돋아나는 싹이 성장하다가 멈추는 시기에 한 가지에 달린 서너 개의 잎을 따서 만
드는데, 이것을 '개면채(開面採)'라고 한다. 이렇게 채적한 신선한 찻잎을 원료로 하여 쇄청, 양청, 주청, 초청, 초유, 복
초, 복유, 주수배, 파간, 탄량, 간척, 복배, 돈화, 모차, 재파간, 보화 등의 십여 개의 공정을 거쳐 제작된다.
완성된 차는 단단한 외형에 청갈색을 띠고 있다. 차탕은 자극적일 정도로 향기가 뛰어나지만 조채(早採)와 만채(晚採)로
구별하고 있다. 조채는 유향(乳香)이 느껴지고, 만채는 계피(桂皮)향이 느껴진다. 탕미는 윤기있고 신선하다. 무이육계는
완성차의 품질이 특출하고, 독특한 향형을 가지고 있어, 오룡차 가운데 얻기 쉽지 않은 높은 향의 차종이다.

백기란(白奇蘭)

건차	긴결	엽저	천량

역사적인 명차의 하나로 오룡차 계열에 속한다. 청나라 시대에 창제되었으며, 이미 백여 년 이상의 역사를 가지고 있다. 백기란은 백기란 차나무 품종의 이름을 따서 명명한 것으로 관목형(灌木型) 중엽종(中葉種)에 속한다. 백기란의 차탕은 매우 선명한 난 꽃향기를 풍긴다. 백기란은 가지가 잘 발달되어 있으며 반쯤 열린 잎의 형상에 잎 조각은 수평으로 달려 있다. 찻잎은 타원형이며 녹황색을 띠고 있다. 잎 조각의 가장자리가 가지런하거나 혹은 수평으로 달려 있다. 백기란은 주아(駐芽) 시의 소개면(小開面)이나 중개면(中開面)의 3, 4개의 지엽을 채적의 기준으로 삼고 있다. 공정 과정은 민북오룡차(閩北烏龍茶)의 공정 방법과 유사하다. 기본적 공정 과정은 위조, 양청, 주청(요청搖靑), 초유(初揉), 복초(復炒), 복유(復揉), 탄량, 홍건 등으로 이루어진다.

동정오룡차(凍頂烏龍茶)

건차	긴결성구	엽저	녹엽홍양변

동정산은 타이완 지역의 명산이다. 남투현의 봉황산맥(鳳凰山脈)의 한 자락으로 해발 700여 미터 정도의 높이를 가지고 있다. 농부들이 차를 따기 위해 산 위에 오르려면 반드시 발뒤꿈치를 들고(동각첨凍脚尖) 올라야 했기 때문에 동정산이라는 이름을 얻게 되었다고 한다. 동정오룡차는 대단히 유구한 역사를 가지고 있으며, 일종의 반구형(半球形) 포종차(包種茶)에 속한다.

동정오룡차는 청심오룡(靑心烏龍)이란 차나무의 소개면에서 일심이엽 혹은 일심삼엽을 채적하거나 혹은 마주한 두 개의 잎을 채적하여 만든다. 기본적 공정 과정은 쇄청, 양청, 낭청(浪靑), 초청(炒靑), 유념, 초홍(初烘), 여러 차례의 단유(團揉), 복홍(復烘), 재배(再焙) 등의 십여 개의 과정으로 이루어진다.

동정오룡차는 비교적 가볍게 발효시켜서 만드는데, 대략 20~25% 정도의 발효가 적당하다. 완성품의 차는 반구형(半球形)의 외형을 하고 있으며 화향을 갖추고 있다. 대만 지역의 대표적인 오룡차라고 할 수 있다. '북문산(北文山), 남동정(南凍頂)'으로 잘 알려져 있다.

문산포종차(文山包種茶)

건차	긴결엽첨만곡

엽저	청록미홍변(靑綠微紅邊)

특징

형상 : 긴결엽첨만곡(緊結葉尖彎曲 : 긴밀하고 단단하며 찻잎 끝이 크게 휘어있음)
색택 : 청개구리 피부처럼 짙은 녹색을 띤다.
탕색 : 투명한 죽황색(竹黃色)
향기 : 난화향(蘭花香)
지미 : 선상대과미(鮮爽帶果味 : 신선하고 상쾌하며 과일 맛을 띠고 있음)
엽저 : 전체적으로 청록색을 띠지만 가장 자리는 은은한 홍색을 띠고 있다.
산지 : 타이완 대북현(臺北縣) 석정(石碇), 평림(坪林) 등의 지구

문산포종차는 생산지인 문산(文山) 지역의 이름을 따서 명명된 것이다. 문산오룡차 역시 유구한 역사를 자랑하고 있다. 일반적으로 청심오룡이나 대엽오룡(大葉烏龍) 등의 우수한 품종의 차나무의 신선한 찻잎을 채적하여 만든다. 차나무의 싹에서 소개면이 열리고 난 후 3일 내에 2, 3개의 부드러운 찻잎을 채적하여 쇄청, 양청, 요청, 살청, 경유(輕揉), 홍건(烘乾), 제성모차(制成毛茶), 재간척(再揀剔) 등의 십여 개의 공정 과정을 거쳐 완성된다. 문산포종차는 15~20% 정도로 발효시키는 것이 적당하다. 오룡차 가운데 가장 가볍게 발효시킨 차라고 할 수 있다.
완성된 문산포종차는 타이완의 다른 오룡차와 외형적으로 차이가 있다. 완성품의 차는 개구리 피부색을 띠며 은은한 난향을 갖추고 있다. 타이완의 북부 지역을 대표하는 명차로 북문산(北文山), 남동정(南凍頁)으로 잘 알려져 있다.

아리산오룡차(阿里山烏龍茶)

건차	반구형(半球形), 긴결(緊結)

엽저	녹엽미양홍변(綠葉微鑲紅邊)

특징

형상 : 반구형의 외형에 긴밀하고 단단함
색택 : 사록색(砂綠色)
탕색 : 황밀색(黃密色)
향기 : 농욱(濃郁 : 향기가 농후하고 진함)
지미 : 상순(爽醇 : 상쾌하며 진함)
엽저 : 전체적으로 녹색을 띠며 가장 자리는 은은한 홍색이 감돈다.
산지 : 타이완 가의현(嘉義縣) 아리산(阿里山) 등의 지구

아리산오룡차는 해발 1,200~1,400미터의 고산 지대에서 생산된다. 완성품의 차는 반구형의 외형을 가지고 있다. 청심오룡(靑心烏龍)의 차나무에서 채적한 신선한 잎을 원료로 하여 쇄청, 양청, 요청, 살청, 유념, 초홍, 포유(包揉), 복홍 등의 공정 과정을 거쳐 완성된다.
아리산요룡차를 충포하면 서서히 풀어지면서 은은한 난향이 흘러나온다. 완성품의 차는 전체적으로 튼실하며 품질이 우수하고 순후한 풍미를 가지고 있다.

금불차(金佛茶)

| 건차 | 편평 |
| 엽저 | 연량 |

금불차의 원료는 무이암차(武夷岩茶)의 이종(異種)으로 삼엽포심(三葉包心)의 차청(茶靑)을 선택하여 만든다. 채적 기준이 엄격하여 이슬이 내린 찻잎이나 비가 오는 날이나 혹은 아주 뜨거운 날에는 채적하지 않는다. 차청은 품종이나 산지, 횟수 등의 차이를 엄격하게 구분하여 서로 섞이지 않도록 하여야 한다. 위조, 양청, 주청, 유념, 홍건, 모차(毛茶), 재간경(再揀梗), 균퇴(均堆), 풍선(風選), 복간(復揀), 배화(焙火) 등의 공정 과정을 거쳐 생산된다. 금불차는 선명하고 자극인 선명한 향기를 갖추고 있기 때문에 무이암차 가운데에서도 진품으로 그 명성이 높다.

영춘불수(永春佛手)

| 건차 | 비장, 반구형 |
| 엽저 | 황량(黃亮) |

역사적인 명차의 하나로 오룡차 계열에 속한다. 차나무 품종의 이름을 따서 명명하였다. 불수(佛手)라는 이름의 이 차나무는 잎의 형상이 부처님 손과 유사한 모양을 하고 있으며 잎 조각의 표면에 울퉁불퉁한 요철이 있다. 또한 차아(茶芽)가 비대하고 유연하며 윤기가 흐르는 황록색을 띠고 있다. 충포 후에는 불수감(佛手柑)에서 나는 기이한 향기가 흘러나온다. 영춘불수는 매년 4월 중순에 채적한 찻잎을 원료로 제작된다. 주아(駐芽) 시의 2, 3개의 찻잎을 채적의 기준으로 삼고 있다. 양청, 쇄청, 요청, 살청, 유념, 초홍, 포유, 복홍, 복포유(復包揉), 족화(足火), 탄량(攤涼), 수장(收藏) 등의 공정 과정을 거쳐 제작된다.

중국의 황차(黃茶) 분포도

헤이룽장(黑龍江)

지린(吉林)

랴오닝
(遼寧)

네이멍구자치구
(內蒙古自治區)

베이징(北京)
톈진(天津)

신장웨이우얼자치구(新疆維吾爾自治區)

닝샤후이족자치구

허베이
(河北)

칭하이(靑海)

간쑤
(甘肅)

산시
(山西)

산둥성
(山東)

산시
(陝西)

허난(河南)

장쑤
(江蘇)

상하이(上海)

시짱(티베트)자치구(西藏自治區)

쓰촨(四川)

충칭(重慶)

후베이(湖北)

안후이
(安徽)

저장성
(浙江)

구이저우
(貴州)

후난(湖南)

장시
(江西)

푸젠
(福建)

윈난(雲南)

광시좡족자치구
(廣西壯族自治區)

광둥(廣東)

타이완(臺灣)

홍콩특별행정구
마카오특별행정구

하이난(海南省)

난사군도
(南沙群島)

황차(黃茶)

황차는 처음에 초청녹차의 제작 과정에서 비롯되었다. 초청녹차의 제작 과
정에 있어서 살청과 유념 이후에 건조가 부족하거나 과도하게 되면 찻잎의 색이
황색으로 변하는 것을 발견하였다. 이로부터 점진적으로 새로운 차의 종류인 황
차가 제작되게 되었다. 황차의 제작 공정은 녹차의 생산 과정과 많은 점에서 유

사하지만, 특별히 '민황(燜黃)'이라는 기술에 그 차이점이 있다.

황차는 완성품의 차가 황색을 띠고 있으며, 차탕 역시 옅은 황색에서 짙은 황색까지 어느 정도의 차이는 있지만 황색을 띠고 있기 때문에 '황탕황엽(黃湯黃葉)'이라는 특징을 보여주고 있다. 명실상부 '황차'라는 이름에 걸 맞는 특징과 풍미를 가지고 있다.

황차는 중국의 독특한 차종으로 쓰촨성, 후난성, 후베이성, 저장성, 안후이성 등에서 주로 생산되고 있다. 황차는 민퇴악황(悶堆渥黃)이라는 특수한 처리 기술을 사용함으로써 '황엽황탕'이라는 특징과 청아한 향기, 강렬하면서도 시원한 풍미 등이 일반적인 녹차의 풍미와는 또 다른 풍격을 느끼게 한다. 황차의 생산의 역사 역시 대단히 유구하며, 지금까지 390여 년의 역사를 지니고 있다.

태순황탕(泰順黃湯)

엽저(葉底) 정제눈황

특징

형상(形狀) : 균정현백호(均整顯白毫 : 전체적으로 고르고 반듯하며, 흰털이 드러나 있음)
색택(色澤) : 황윤(黃潤)
탕색(湯色) : 명랑(明亮)
향기(香氣) : 고원(高遠)
자미(滋味) : 감순(甘醇 : 달고 진함)
엽저(葉底) : 균제눈황(均齊嫩黃 : 전체적으로 가지런하며 엷은 황색)
산지(産地) : 저장성 태순현(泰順縣) 오리패(五里牌) 지구

태순황탕은 황차에 속한다. 청나라 건륭(乾隆), 가경(嘉慶) 연간에 창제되어 2백여 년의 역사를 가지고 있다. 청나라 가경(嘉慶 : 1796~1820년, 인종仁宗의 연호) 시기에 공차로 선정되었다.
태순황탕은 청명 이전의 일주일 사이에 팽계조차(彭溪早茶), 동계조차(東溪早茶), 오리패과차(五里牌果茶) 등의 차나무의 싹에 돋아난 일아이엽에서 채적한 신선한 찻잎을 원료로 하여 살청, 유념, 민퇴, 초홍(初烘), 복민(復燜), 복홍(復烘), 족화(足火) 등의 공정 과정을 거쳐 제작된다. 이 가운데 특히 민퇴는 황탕(黃湯)의 관건이 되는 중요한 공정으로 약 10~15분 정도의 시간이 소요된다. 탄량 이후에는 초홍(初烘)과 보홍(補烘)을 통하여 약 70~80% 정도를 말리고 다시 복민(復燜)을 진행한 후에 복홍(復烘)과 족화홍건(足火烘乾)을 행한다.
완성품의 차는 '삼황일고(三黃一高)'라는 특징으로 유명하다. 즉 건차(乾茶), 차탕(茶湯), 엽저(葉底)가 모두 금황색(金黃色)을 띠며 기품 높은 향기가 멀리까지 퍼져나간다.

막간황아(莫干黃芽)

엽저 황색이성타(黃色而成朵)

특징

형상 : 작설(雀舌)과 같은 형상에 털이 드러나 있음
색택 : 윤기가 흐르는 녹색에 매황색(徽黃色)이 섞여 있음
탕색 : 맑고 투명하며 황색을 띠고 있음
향기 : 유아(幽雅 : 그윽하고 고아한 향기)
자미 : 선순(鮮醇 : 신선하고 진함)
엽저 : 전체적으로 황색을 띠며 꽃송이 형태를 하고 있다.
산지 : 저장성 덕청현(德淸縣) 막간산구(莫干山區)

막간황아 역시 황차의 일종으로 유구한 역사를 가지고 있다. 옛 시절에는 막간산황아(莫干山黃芽)라고 부르기도 하였다. 막간산에서 찻잎이 생산되기 시작한 것은 송나라 시대부터라고 알려져 있다.
막간황아는 차나무에서 일아일엽 혹은 일아이엽이 처음 열리는 때를 채적의 기준으로 삼고 있다. 기본적 공정 과정은 탄방(攤放), 살청, 유념, 민황(燜黃), 초고(初烤), 과초(鍋炒), 족홍(足烘), 유념, 습배(濕坯), 민황(녹차의 가공 기술과 구별됨) 등으로 이루어진다. 찻잎과 차탕이 모두 황색이라는 특징이 있다. 시원하고 순후한 풍미에 품질이 매우 우수하다.

곽산황아(霍山黃芽)

건차 형사작설(形似雀舌)

엽저 황록균눈(黃綠均嫩)

특징

형상 : 작설과 같은 형상을 하고 있음
색택 : 황록색에 많은 털이 있음
탕색 : 맑고 투명하며 황색을 띠고 있음
향기 : 유아(幽雅 : 그윽하고 고아한 향기)
자미 : 선순(鮮醇 : 신선하고 진함)
엽저 : 전체적으로 여리며 황록색을 띠고 있음
산지 : 안후이 곽산현(霍山縣) 금계산(金鷄山) 등의 지구

곽산황아는 당나라 시대에 처음 창제되어 명나라와 청나라 시기에 크게 유행하였다. 고대에는 곽산황아가 황차류로 분류되었지만, 현재는 그 가공 기술과 품질에서 녹차에 근접하고 있다. 곡우를 전후로 차아(茶芽)에서 두 번째 잎이 새로 돋아날 때를 적당한 채적의 기준으로 삼고 있다. 살청, 초홍, 탄량, 복홍, 탄방, 족홍 등의 공정 과정을 거쳐 생산된다.
완성품의 곽산황아는 녹색과 황색이 섞여 있고 전체적으로 윤기가 흐른다. 곽산황아차에 가장 적합한 품종으로는 대화평(大化坪)의 금계차수종(金鷄茶樹種)을 꼽고 있다. 특급의 곽산황아는 일아일엽이 처음 돋아날 때부터 외형적으로 윤기가 흐르는 황색을 띠고 있다.

군산은침(群山銀針)

건차 정직, 균정

엽저 황량균제(黃亮均齊)

특징

형상 : 정직(挺直 : 곧게 뻗어 있으며), 균정(均整 : 전체적으로 고르고 반듯함)
색택 : 황록색(黃綠色)
탕색 : 깨끗한 행황색(杏黃色)
향기 : 농욱(濃郁 : 향기가 농후하고 진함)
자미 : 감순(甘醇 : 달고 진함)
엽저 : 전체적으로 가지런하며 투명한 황색을 띠고 있다.
산지 : 후난성 동정호산(洞庭湖山) 군산(君山) 주변

군산은침은 당나라 시대에 처음 창제되었으며, 이를 '황령모(黃翎毛)'라고도 하였다. 역사적인 명차의 하나로 황차 계열에 속한다.
군산은침은 은침(銀針) 1호(號) 차종의 홑눈(단아單芽)에서 채적한 신선한 찻잎을 원료로 하여 탄청, 살청, 탄량, 초홍, 탄량, 초포(初包 : 민황燜黃), 복홍, 탄량, 복포(復包 : 민황燜黃), 족화, 간선(揀選) 등의 공정 과정을 거쳐 제작된다. '색, 향, 미, 형(形)'의 네 가지 측면이 모두 뛰어난 것으로 잘 알려져 있다. 금황색의 아두(芽頭)로 인하여 널리 '금양옥(金鑲玉)'이라는 미명으로도 유명하다.

몽정황아(蒙頂黃芽)

건차	편평현백호(扁平顯白毫)	엽저	균제

역사적인 명차의 하나로 황차의 일종이다. 서한(西漢) 시기에 그 기원을 찾을 수 있으며 일찍이 공차로 선정되었다.
몽정황아는 춘분 전후에 차나무의 홑눈에서 일아일엽이 처음 돋아날 때를 적당한 채적의 기준으로 삼고 있다. 아두
(芽頭)는 크고 튼실하며 전체적으로 가지런하다. 살청, 초포(初包 : 민황燜黃), 이초(二炒), 탄방(攤放), 정형(整形), 제호
(提毫), 홍배(烘焙) 등의 공정 과정을 거쳐 생산된다. 특히 초포와 복포(復包)의 과정은 황차의 특징인 황엽황탕(黃葉黃
湯)을 형성하는 중요한 과정이다.

중국의 백차(白茶) 분포도

헤이룽장(黑龍江)

지린(吉林)

랴오닝
(遼寧)

신장웨이우얼자치구(新疆維吾爾自治區)

네이멍구자치구
(內蒙古自治區)

베이징(北京)

톈진(天津)

허베이
(河北)

닝샤후이족자치구
寧夏回族自治區

칭하이(靑海)

간쑤
(甘肅)

산시
(陝西)

산시
(山西)

산둥성
(山東)

허난(河南)

장수
(江蘇)

상하이(上海)

안후이
(安徽)

시짱(티베트)자치구(西藏自治區)

쓰촨(四川)

충칭(重慶)

후베이(湖北)

저장성
(浙江)

윈난(雲南)

구이저우
(貴州)

후난(湖南)

장시
(江西)

푸젠
(福建)

광시좡족자치구
(廣西壯族自治區)

광둥(廣東)

타이완(臺灣)

홍콩특별행정구

마카오특별행정구

하이난(海南省)

난사군도
(南沙群島)

백차(白茶)

　백차는 경미하게 발효시킨 차의 일종으로 중국에서 생산되는 차 가운데서
도 대단히 진귀한 제품으로 인식되고 있다. 완성품의 백차는 대부분 아두(芽頭)
가 눈처럼 흰털로 덮여 있기 때문에 '백차'라는 이름을 얻게 되었다. 백차 역시
유구한 역사를 자랑하고 있으며, 그 명성이 세상에 알려진 이래 어느덧 880여 년

의 역사를 지니고 있다.

백차는 찻잎을 채적할 때 '삼백(三白)'이라는 엄격한 기준을 가지고 있다. 즉 부드러운 어린 싹과 양쪽의 어린잎이 모두 흰색의 털로 가득 덮여 있을 것을 요구한다. 백차의 제작 과정은 일반적으로 위조(萎凋)와 건조(乾燥)의 두 공정으로 나누어진다. 이 가운데서도 관건이 되는 것은 위조의 과정이다. 보통 신선한 찻잎을 채적한 후에 그 자리에서 이루어진다. 백차는 외형이 대단히 아름다울 뿐만 아니라 냉랭한 성질로 인하여 더위를 쫓고 열을 내리며 각종 독을 해소하는 약리적 효능이 있다.

백차는 중국의 특산품의 하나로 세계에서도 특히 그 명성이 높은 진귀한 제품이다. 푸젠성의 송정(松政), 복정(福鼎), 건양(建陽) 등의 현에서 생산되고 있다.

정화백호은침(政和白毫銀針)

형상(形狀) : 아두(芽頭)가 두툼하고 크며 침(針)과 같은 형상
색택(色澤) : 은색(銀色)으로 털이 많고 광택이 있음
탕색(湯色) : 천황(淺黃) : 옅은 황색)
향기(香氣) : 호향(毫香)
자미(滋味) : 순후(醇厚 : 맛이 진하고 두터움)
엽저(葉底) : 녹색을 띠고 있으며 전체적으로 단정하다.
산지(産地) : 푸젠성 정화현(政和縣) 지구

건차(乾茶)   아두비석병사침(芽頭肥碩幷似針)   엽저(葉底)   완정(完整), 녹색(綠色)

역사적인 명차의 하나로 백차의 일종이다. 청나라 가경(嘉慶) 초년에 창제되었다. 초기에는 채차(菜茶) 품종의 튼실한 싹을 채적하여 만들었다. 이후에 정화(政和) 품종의 차나무가 채차 품종을 대체하게 되었다.
백호은침은 정화대백수(政和大白樹)의 춘아(春芽 : 3월 하순에서 청명절)에 일아일엽이 처음 돋아날 때를 채적의 기준으로 삼고 있다. 차아(茶芽)를 벗기는 것을 '박침(剝針)'이라고 한다. 차아의 두툼한 싹으로만 백호은침을 만들고, 잎은 다른 차를 만드는 데 사용한다. 공정 과정은 위조(萎凋)와 건조(乾燥) 두 개의 과정으로 나누어진다.

백목단(白牧丹)

형상 : 녹색의 잎에 흰털이 끼여 있음
색택 : 심록(深綠 : 짙은 녹색)
탕색 : 행황색(杏黃色)
향기 : 선명한 향기
자미 : 선순(鮮醇 : 신선하고 진함)
엽저 : 비눈(肥嫩 : 두툼하고 여리며), 천록(淺綠 : 옅은 녹색)을 띠고 있음
산지 : 푸젠성 건양(建陽), 정화(政和), 송계(松溪), 복정(福鼎) 지구

건차   녹엽중협백호(綠葉中夾白毫)   엽저   비눈, 천록

백목단은 정화대백차(政和大白茶), 복정대백차(福鼎大白茶), 수선(水仙) 차나무의 싹에서 채적한 신선한 찻잎으로 만든다. 흰털이 드러나 있어야 한다. 아엽은 두툼하고 부드러워야 하며 싹에서 돋아나는 첫 번째 잎과 두 번째 잎에 모두 흰털이 있어야 한다. 일반적으로는 봄에만 채적하여 만든다. 제작 과정은 위조와 건조의 두 공정으로 이루어져 있다.
백목단은 초유(炒揉)의 과정을 거치지 않지만 자연스럽게 엽편(葉片)이 드러나 있다. 완성품의 차는 회록색(灰綠色)을 띠고 있다. 외형상으로는 녹차와 유사하지만 일정한 정도의 발효가 이루어진다는 점에 차이가 있다. 맛과 향이 부드럽고 순일하며 충포를 하였을 때 홍차에 비하여 떫은맛이 없다. 그 뿐만 아니라 냉랭한 성질로 인하여 열을 내리고 더위를 쫓는 약리적 효능이 있다.

복안백옥아(福安白玉芽)

| 건차 | 비장, 정이사검(挺而似劍) | 엽저 | 눈록 |

특징

형상 : 비장(肥壯 : 두툼하고 크며), 마치 검처럼 뻗어 있음
색택 : 은회색(銀灰色)이며 털이 많이 나 있음
탕색 : 천황(淺黃 : 옅은 황색)
향기 : 청순(淸純 : 청순한 향기)
자미 : 순상(醇爽 : 진하고 상쾌함)
엽저 : 눈록(嫩綠 : 여린 녹색)
산지 : 푸젠성 복안시(福安市) 사구(社口) 지구

차아(茶芽)가 옥(玉)처럼 희고 검(劍) 같은 형태를 가지고 있기 때문에 이러한 이름을 얻게 되었다. 채적한 찻잎을 먼저 뜨거운 태양 아래 하루 정도 놓아두고 자연스럽게 시들게 한다. 80~90% 정도의 건조가 이루어지면 이 가운데 여전히 풀 기운이 많은 아엽을 골라낸 후에 낮은 불에 서서히 홍배를 행하여 완전히 건조시킨 다음 적당한 곳에 잘 저장한다. 홍배를 행할 때는 먼저 백지 한 겹을 받쳐 차아가 불에 상하는 것을 방지하여야 한다. 또한 이렇게 하면 차가 완성되었을 때 흰털이 더욱 투명하게 드러나 보인다.

백옥아는 크고 튼실한 외형에 흰털로 가득 덮여 있다. 백호은침과 백목단의 중간 정도로 보면 된다. 품질은 홍청녹차(烘靑綠茶)와 비슷하다. 신선하면서도 상큼한 향기가 흘러나오며 외형에는 흰털이 드러나 있다. 시원하면서도 달게 느껴지는 풍미가 일품이다. 차탕의 색은 옅은 황색을 띠며, 엽저는 부드러운 녹색을 띤다. 충포를 하면 차아(茶芽)가 세로로 곧게 서서 오르락내리락 하며 보는 사람을 즐겁게 한다.

은침백호(銀針白毫)

| 건차 | 균정, 조삭여침(條索如針) | 엽저 | 비눈 |

특징

형상 : 균정(均整 : 전체적으로 고르고 반듯하며), 침상(針狀)
색택 : 결백(潔白 : 깨끗한 흰색)
탕색 : 행황색(杏黃色)
향기 : 호향(毫香)
자미 : 선감(鮮甘 : 신선하고 단맛)
엽저 : 비눈(肥嫩 : 두툼하고 여림)
산지 : 푸젠성 민동(閩東) 지구

복정대백차(福鼎大白茶) 차나무에서 신선한 찻잎을 채적하여 수사(水篩)에 올려놓고 차아(茶芽)를 골라 휘장을 치고 시들게 한 뒤에 다시 따가운 햇볕 아래서 하루 정도 시들게 하면서 80~90% 정도의 건조가 이루어지게 한다. 여기서 적당하지 않은 싹을 골라낸 후에 낮은 불에서 완전히 건조될 때까지 홍배를 행하여 모차(毛茶)를 완성시킨다. 이후에 신경을 써서 사분(篩分)과 복화(復火)를 행한 뒤에 열이 있을 때 잘 포장한다.

은침백호는 침(針) 같은 형상에 은(銀) 같은 털이 있으며 시원하고 상쾌한 풍미를 가지고 있다. 유리잔을 이용하여 충포하면 은 같은 싹이 공중에 걸려 있는 것처럼 가히 볼만한 장면이 연출된다. 은침백호는 중국의 백차 계열 가운데서도 특히 진귀한 제품으로 인식되고 있다.

중국의 흑차 분포도

🍃 흑차(黑茶)

　　흑차는 차 색깔이 흑갈색을 띠기 때문에 이러한 이름을 얻게 되었다. 흑차는
후발효차에 속하며 중국의 특유한 차종 가운데 하나다. 대단히 유구한 생산의
역사를 가지고 있다. 최초의 흑차는 사천 지방에서 생산되었으며, 녹차의 모차
(毛茶)에 증압(蒸壓) 처리를 하여 제작하였다.

　　흑차의 주요 산지로는 후난성, 후베이성, 쓰촨성, 윈난성, 광시성 등을 들 수 있다. 주요한 품종으로는 호남흑차(湖南黑茶), 호북노변차(湖北老邊茶), 사천변차(四川邊茶), 광서육보산차(廣西六堡散茶), 운남보이차(雲南普洱茶) 등이 있다.

흑차는 비교적 오래되고 질이 낮은 찻잎을 가공하여 만든다. 차나무의 싹에 5개나 6개의 찻잎이 돋아날 때까지 기다려 찻잎을 채적하기 때문에 오래되어 부드럽지 못한 찻잎을 원료로 하게 된다. 이 때문에 흑차의 제작은 오래된 찻잎을 가공하기에 적합한 방법으로 처리된다. 흑차의 공정 과정은 기본적으로 살청(殺青), 유념(揉捻), 악퇴주색(渥堆做色), 건조(乾燥)의 네 개의 과정으로 이루어진다. 흑차의 차탕은 전체적으로 황색을 띠고 있지만, 그 가운데 은은한 홍색이 감돌고 있다. 순후한 향미와 독특한 풍미로 잘 알려져 있다.

청타차(靑沱茶)

건차(乾茶)	긴결(緊結), 사완구상(似碗臼狀)	엽저(葉底)	눈균

비교적 최근에 제작된 명차의 하나로 흑차 계열에서도 긴압차로 분류된다. 맹해 지방은 운남성의 최남단에 위치하고 있다. 이 지역은 약산성(弱酸性)의 비옥한 토양이 형성되어 있다. 이 때문에 운남대엽종(雲南大葉種) 차나무의 생장에 최적의 자연 환경을 구비하고 있다. 운남대엽종의 쇄청모차(曬靑毛茶)를 원료로 하여 사간(篩揀)을 거쳐 병퇴(拼堆)를 진행한다. 이후에 악퇴(渥堆)를 행하지 않고 직접 증압하여 형태를 만든 후에 건조시킨다.
청타차는 단단하고 견실한 형태에 마치 주발(碗) 같은 외형을 하고 있다. 청아한 향기가 짙게 풍기며 입 안을 감도는 단맛이 일품이다. 해갈이나 정신 각성에 좋을 뿐만 아니라 소화 기능을 활성화시키고 일정한 증상을 치유하는 약리적 효능을 가지고 있기 때문에 심신의 건강에 매우 이로운 음료로 잘 알려져 있다.

운남용병공차(雲南龍餅貢茶)

건차	단정광활	엽저	저간색

용병공차는 운남보이병차(雲南普拼餅茶)에 속한다. 송나라 시대에 유행하였던 '용풍단차(龍風團茶)'로부터 변화되어 나온 차라고 할 수 있다. 용병단차는 원병형(圓餅型)의 외형을 가지고 있다. 운남대엽종(雲南大葉種)의 쇄청모차(曬靑毛茶)를 원료로 하여 운남공차(雲南貢茶)의 제작 방법과 동일한 방법과 공정으로 제작된다.
용병공차의 특징으로는 짙은 홍색의 차탕, 독특한 진향, 진하고 강렬한 풍미를 꼽을 수 있다.

흑모차(黑毛茶)

건차	차조상권

엽저	황갈

호남성 안화(安化), 도강(桃江), 원강(元江), 한수(漢壽), 영향(寧鄉), 익양(益陽), 임상(臨湘) 등의 지역에서 생산된다. 흑차의 일종으로 일반적으로 긴압차의 원료를 사용한다.
통상적으로 차나무의 싹 하나에 4~5개의 찻잎이나 혹은 마주 보는 두 개의 찻잎이 모두 돋아날 때를 기다려 찻잎을 채적하여 원료로 삼고 있다. 사계절 모두 채적할 수 있다. 춘차(春茶)는 곡우 이전에 채적하고, 자차(仔茶)는 망종(芒種) 전후에 채적한다. 화차(禾茶)는 벼(도곡稻谷)에 꽃이 피는 시기에 채적하고, 백로차(白露茶)는 백로(白露) 전후에 채적한다. 기본적 공정 과정은 살청, 유념, 악퇴, 복유, 건조 등으로 이루어져 있다. 여기에 다시 압제(壓制) 처리를 하여 흑전차(黑磚茶), 화전차(花磚茶), 복전차(茯磚茶), 상첨차(湘尖茶) 등의 다양한 제품이 제작되고 있다.

궁정보이예차(宮廷普洱禮茶)

건차	세긴(細緊), 현호(顯毫)

엽저	세눈, 저간색

흑차의 일종이다. 궁정보이예차는 1992년에 처음 세상에 그 모습을 드러냈으며 고급의 보이차로 분류되고 있다. 윈난성의 임창(臨滄)이나 서쌍판납(西雙版納) 지역에서 자라는 운남대엽종의 쇄청모차(曬靑毛茶)를 원료로 하여 발수(潑水), 악퇴, 건조, 사제(篩制)를 행한 후에 아첨(芽尖)을 골라 제작한다. 건조 과정은 그늘진 곳에서 행해야 한다. 이후에 진향이 짙은 동등한 품질의 제품만을 골라 시장에서 거래한다. 일반적인 흑차와 달리 가늘고 어린 찻잎을 원료로 삼고 있다. 강렬한 향기와 진한 풍미로 잘 알려져 있다.

보이산차(普洱散茶)

| 건차 | 단정, 균정 |  | 엽저 | 세눈, 저간색 |

보이산차는 운남대엽종의 차나무에서 채적한 신선한 찻잎을 원료로 하여 살청, 유념, 쇄건(曬乾), 악퇴(渥堆) 등의 공정 과정을 거쳐 제작한 후에 체로 걸러 등급을 나눈다. 차의 성질이 온화하여 저장과 보존에 매우 적합하며 오래될수록 점점 그 향이 그윽해진다. 삶아 마셔도 좋고 끓여 마셔도 좋다. 해갈, 정신 각성, 숙취 해소, 발열 해소, 소화 방조, 위장 의 청결, 세균의 억제, 지방질의 분해, 비만 방지, 혈압 강하 등의 약리적 효능이 있다.

진향보이차(陳香普洱茶)

| 건차 | 세긴, 균칭 |  | 엽저 | 세눈(細嫩), 저간색 |

흑차의 일종으로 보이산차에 속한다. 1995년에 처음 제작되었다.
진향보이차는 봉경이나 임창 지방의 운남대엽종의 차나무에서 채적한 신선한 찻잎을 원료로 하여 제작된다. 일아일 엽 혹은 일아이엽의 시기를 적당한 채적의 기준으로 삼고 있다. 기본적 공정 과정은 살청, 유념, 쇄건, 발수(潑水), 악 퇴, 건조(乾燥), 사제분급(篩制分級)의 과정으로 이루어져 있다. 진향아차(陳香芽茶)와 엽차(葉茶)로 나누어진다. 진향아차의 원료가 엽차의 원료에 비하여 보다 우수하다. 일반적으로 생산 직후에 바로 거래하지 않고, 3년에서 5년 정도 건조를 시키며 저장한다. 이후에 진향이 짙은 동등한 품질의 진향보이차를 골라 시장에서 매매하게 된다. 이러 한 엄격한 과정 때문에 그 품질을 보증할 수 있다.

운남보이타차(雲南普洱沱茶)

특징

형상 : 주발이나 절구 같은 형상에 흰 털이 드러나 있다.
색택 : 갈홍색(褐紅色)
탕색 : 홍농(紅濃 : 짙은 홍색)
향기 : 진향(陳香)
자미 : 회감(回甘 : 단맛이 감돎)
엽저 : 짙은 돼지의 간과 같은 색을 띤다.
산지 : 윈난성 하관(下關) 지구

| 건차 | 사완구현백호(似碗臼顯白毫) | 엽저 | 심저간색(深猪肝色) |

흑차의 일종이다. 월병(月餅)과 같은 외형을 가지고 있기 때문에 달리 '고랑차(姑娘茶)'라고 부르기도 한다. 원산지는 경곡현(景谷縣)이다.

타차(沱茶)는 운남대엽종의 쇄청모차(曬靑毛茶)의 신선한 찻잎을 채적하여 발효, 탄량, 사분(篩分), 간척(揀剔), 병배(拼配), 증압성형(蒸壓成型), 건조, 성품포장(成品包裝) 등의 과정을 거쳐 생산된다.

타차는 크게 녹차형(綠茶型), 홍차형(紅茶型), 화차형(花茶型), 보이형(普洱型)의 네 종류로 나누어진다. 윈난성의 서남쪽 지역에서 생산되는 것은 주로 보이형(普洱型)이다. 완성품의 차를 음용하기 위해서는 먼저 덩어리를 잘게 쪼개어 (증기나 열을 이용하여 먼저 단단하게 뭉친 덩어리를 풀어 서늘한 곳에서 말림) 물에 충포한 후 5분 정도 기다려야 한다. 혹은 잘게 쪼갠 차를 와관(瓦罐)에 넣고 불에 쪼이다가 끓는 물에 우려서 마셔도 된다.

보이차전(普洱茶磚)

특징

형상 : 장방형의 외형에 모서리에 각이 져 있다.
색택 : 갈홍색(褐紅色)
탕색 : 심홍갈(深紅褐 : 짙은 홍갈색)
향기 : 진향(陳香)
자미 : 순화(醇和 : 순하고 부드러움)
엽저 : 짙은 돼지의 간과 같은 색을 띤다.
산지 : 윈난성 맹해, 덕굉 자치구

| 건차 | 장방형구릉각(長方形具棱角) | 엽저 | 심저간색 |

흑차의 일종으로 긴압차로 분류된다. 역사적인 명차의 하나이다.

보이차전은 운남대엽종의 쇄청모차로부터 채적한 찻잎으로 만든다. 기본적 공정 과정은 사분(篩分), 풍선(風選), 간척(揀剔), 반성품(半成品), 병배개차(拼配盖茶), 이차(理茶), 발수, 악퇴 등으로 이루어져 있다. 이후에 개차(盖茶)와 이차(理茶)의 비율에 맞추어 수분을 없애고 무게를 단다. 이어서 상증(上蒸), 모압(模壓), 성형(成型)의 과정을 행하고 난 후 열이 식기 전에 틀을 치우고 건조시킨다.

운남공차(雲南貢茶)

| 건차 | 능각정제정방형(棱角整齊呈方形) | 엽저 | 심저간색 |

흑차의 일종으로 긴압차로 분류된다. 역사적인 명차의 하나이다. 운남공차는 명나라 시대의 보이단차(普洱團茶), 청나라 시대의 여아차(女兒茶)에서 변화되어 나온 것이다.
운남대엽종(雲南大葉種)의 쇄청모차에서 채적한 신선한 찻잎으로 만든다. 기본적 공정 과정은 풍(風), 사(篩), 간제성사호차(揀制成篩號茶), 병배성개차(拼配成盖茶), 이차(理茶), 압제(壓制) 전의 발수, 악퇴, 발효의 과정으로 이루어져 있다. 악퇴 후에는 개차(盖茶)와 이차(理茶)의 비율에 맞추어 무게를 달고 상증(上蒸)을 거쳐 모압성형(模壓成型)을 행한 후에 건조시킨다.

칠자병차(七子餅茶)

| 건차 | 원정(圓整), 현호(顯毫) | 엽저 | 심저간색 |

흑차의 일종이며 긴압차에 속한다. 역사적인 명차의 하나이다. 칠자병차(七子餅茶)는 운남보이차 종류의 하나로 분류된다. 운남대엽종의 쇄청모차에서 채적한 신선한 찻잎으로 만든다. 기본적 공정 과정은 사분(篩分), 병배(拼配), 악퇴, 증압(악퇴의 정도가 중요)의 과정으로 이루어져 있다. 품종에 따라 숙병(熟餅 : 보이차 종류의 성형차成型茶)과 청병(靑餅 : 대엽청차大葉靑茶 종류의 성형차成型茶)으로 나누어진다.
고대에 소수민족 지역에서는 칠자병차(七子餅茶)를 혼례 등의 행사 때 예품(禮品)으로 사용하였다. '칠자(七子)'는 직접적으로는 자손의 번성과 부귀를 뜻하며, 간접적으로는 집단의 안녕과 행복을 의미한다.

노서죽통향차(潞西竹筒香茶)

특징

형상 : 원기둥의 형태
색택 : 청갈색(靑褐色)
탕색 : 등홍색(橙紅色)
향기 : 청아한 죽엽향(竹葉香)
자미 : 선상(鮮爽 : 신선하고 상쾌함)
엽저 : 눈황(嫩黃 : 여린 황색)
산지 : 윈난성 강서현(潞西縣), 맹해,
　　　광남현(廣南縣) 지구

건차　원주형(圓柱形)　　엽저　눈황

역사적인 명차의 하나로 긴압 보이차의 일종이다. 죽통향차는 운남성의 특산품이다. 노서죽통향차는 운남대엽종의 쇄청모차 혹은 보이차에서 채적한 신선한 찻잎으로 만든다. 죽통 안에서 쪄서 부드럽게 만든 후에 낮은 불에서 서서히 홍배를 행한다.

'향죽통청차(香竹筒靑茶)'는 청모차(靑毛茶)를 이용하여 만든다. 시원한 풍미를 가지고 있으며 차탕의 색은 등홍색(橙紅色)이다.

'향죽통보이차(香竹筒普洱茶)'는 보이차를 이용하여 만든 것이다. 진하고 농익은 풍미를 가지고 있으며 차탕의 색은 갈홍색(褐紅色)이다.

유자과차(柚子果茶)

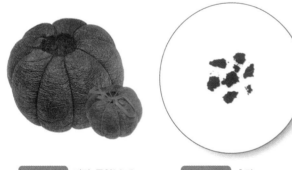

특징

형상 : 편평하면서도 공과 같은 둥근
　　　형상
색택 : 홍갈색(紅褐色)
탕색 : 짙은 갈색(褐色)
향기 : 산첨(酸甛 : 시고 달콤한 향기)
자미 : 순후(醇厚)
엽저 : 흑갈색(黑褐色)
산지 : 윈난성 맹해, 봉경(鳳慶) 지구

건차　편평, 구형(球形)　　엽저　흑갈

흑차의 일종으로 긴압차에 속한다. 보이차에 감귤 종류의 과실의 육즙과 약재를 혼합하여 압제한 후에 건조시킨 차이다. 가공 과정은 다음과 같다. 먼저 감이나 유자 등을 소금물로 깨끗이 씻은 후에 과즙을 짜내고 과일 껍데기만 남긴다. 과즙을 보이산차(普洱散茶)에 넣고 이어서 약재(감초甘草, 두충杜仲, 불수佛手)를 넣어 잘 섞어준다. 이것을 따로 남겨두었던 과일 껍데기에 넣고 줄로 묶은 후에 증자(蒸煮), 살균, 초건, 제압(擠壓), 정치(靜置 : 앞 단계의 공정 과정이 끝난 찻잎을 그대로 놓아두고 식히는 과정), 재증(再蒸), 재압(再壓), 재건(再乾) 등을 행하여 그 중량이 반 정도로 줄어들면 완성된다. 전체의 공정 과정에는 약 20여 일의 시간이 소요된다.

매화병차(梅花餠茶)

특징

형상 : 둥근 떡의 형상에 빛이 나고 매
      끄러움
색택 : 갈홍색(褐紅色)
탕색 : 심홍갈(深紅褐 : 짙은 홍갈색)
향기 : 진향(陳香)
자미 : 감순(甘醇 : 달고 진함)
엽저 : 저간색(猪肝色)
산지 : 윈난성 하관(下關), 맹해, 덕굉
      지구

건차	원병형(圓餅形), 광활(光滑)	엽저	저간색

역사적인 명차의 하나로 흑차 긴압차에 속한다. 매화병차는 송나라 시대의 '용풍단차(龍風團茶)'에서 변화되어 나왔
다. 원병형의 형상을 가지고 있다.
대엽종(大葉種) 쇄청모차의 신선한 찻잎을 채적하여 만든다. 기본적 공정 과정은 보이공차(普洱貢茶)의 공정 과정과 같
다. 매화병차는 온화한 차의 성질을 가지고 있기 때문에 보존과 저장이 비교적 용이하고 대단히 탁월한 약리적 효능을
가지고 있다. 정신 각성이나 해갈에 효과가 있을 뿐만 아니라 특히 세균을 억제하는 데 뛰어난 효과가 있다.

매괴소타차(玫瑰小沱茶)

특징

형상 : 단단하고 빛이 나는 외형에 주
      발이나 절구와 같은 형상
색택 : 갈홍색(褐紅色)
탕색 : 홍농(紅濃 : 짙은 홍색)
향기 : 매괴향(玫瑰香 : 장미향)
자미 : 감순(甘醇 : 달고 진함)
엽저 : 저간색(猪肝色)
산지 : 윈난성 곤명(昆明), 하관, 봉경
      등의 지구

건차	긴결(緊結), 광활(光滑), 완구상(碗臼狀)	엽저(葉底)	저간색

비교적 최근에 제작된 명차의 하나이며 흑차 긴압차에 속한다. 매괴소타차는 화차형타차(花茶型沱茶)의 일종으로 보
이차를 원료로 사용하고 있다. 증압 과정에서 매괴화(장미)를 첨가하여 제작한다. 작고 아름다운 형태에 매괴화향(장
미향)이 배어나오며 입에 넣으면 순정한 맛이 느껴진다. 어혈(瘀血)의 해소, 이기(理氣), 우울증 해소 등의 약리적 효능
이 있다.

국화소타차(菊花小沱茶)

건차	긴결, 완구상	엽저	저간색

흑차긴압차에 속한다. 화차형타차(花茶型沱茶)의 일종으로 질 좋은 보이차를 원료로 사용하고 있다. 압제(壓制) 과정에서 국화를 첨가하고 음제(窨制)를 행하여 제작한다. 작고 아름다운 형태에 그윽한 국화향을 갖추고 있으며 입에 넣으면 순정한 맛이 느껴진다. 열을 내리고 눈을 밝게 만드는 약리적 효능이 있다.

산감과차(酸柑果茶)

건차	편평, 능각(棱角), 구형	엽저	흑갈

흑차 가운데서도 특수한 긴압차에 속한다. 산감과차는 찻잎과 산감나무의 과즙과 약재를 함께 혼합하여 가공하고 건조시켜 만든 특수한 긴압차이다.

가공 과정을 살펴보면 다음과 같다. 산감나무에서 딴 과일 중에서 비교적 큰 것을 골라 소금물에 깨끗이 씻는다. 과육(果肉)을 파내어 오룡차와 함께 혼합한 후에 원래의 과일 껍데기에 넣는다. 살균, 초건, 압제, 정치(靜置)의 과정을 거친 후 다시 증(蒸), 압(壓), 건조(乾燥)의 과정을 진행하여 제작한다.

끓는 물에 충포할 때에 얼음사탕(빙당冰糖)을 첨가하여 마시는 것이 가장 효과가 좋다. 철제(鐵製)의 다구는 사용하지 않는 것이 좋다. 입에 넣으면 달면서도 상쾌한 맛이 입안에 감돈다. 특히 정신 각성에 효과가 있다.

중국의 화차 분포도

화차(花茶)

화차는 또한 훈화차(熏花茶), 훈제차(熏制茶), 향화차(香花茶), 향편(香片)이라고
도 한다. 화차는 품질 좋은 녹차나 홍차, 오룡차 등의 차배(茶胚)에 식용으로 사용
할 수 있는 향기 좋은 꽃의 신선한 꽃잎을 음제(窨制 : 차에 신선한 꽃의 향이 깊숙이 스
며들게 함)라는 특수한 기술로 함께 처리하여 제작한 차이다. 화차의 주요한 산지

로는 푸젠성, 광시성, 광둥성, 저장성, 장쑤성, 후난성, 쓰촨성, 충칭(重慶) 등을 들 수 있다.

화차가 처음 생산되기 시작한 것은 천여 년 전이다. 음제화차(窨制花茶)의 주된 원료로 사용되는 것은 녹차이며, 이외에 홍차와 오룡차가 일부 사용되고 있다. 녹차 중에서도 다시 홍청녹차(烘靑綠茶)로 음제한 것이 가장 품질이 뛰어나다고 알려져 있다. 화차는 음제할 때 사용되는 꽃의 종류에 따라 말리화차(茉莉花茶), 백란화차(白蘭花茶), 주란화차(珠蘭花茶), 대대화차(玳玳花茶), 계화화차(桂花花茶), 매괴화차(玫瑰花茶) 등으로 나누어진다. 이 가운데 말리화차가 최대의 생산량을 자랑하고 있으며, 총 화차 생산량의 70% 정도를 차지하고 있다.

화차의 기본적인 공정 과정은 차배복화(茶胚復火), 옥란화타저(玉蘭花打底), 음제병화(窨制幷和), 통화산열(通花散熱), 기화(起花), 복화(復火), 제화(提花), 균퇴장상(均堆裝箱) 등의 과정으로 이루어져 있다.

화차의 주요 소비 지역은 화북 지역이지만, 최근에는 서북, 서남 등의 지역에서도 소비가 크게 증가하고 있다. 그 뿐만 아니라 중국의 주요 수출품으로 현재는 40여 개 나라에 수출되고 있으며 애호가들의 열렬한 사랑을 받고 있다.

주란화차(珠蘭花茶)

형상(形狀) : 긴세(緊細 : 단단하고 가늘며, 정수(挺秀 : 찻잎의 끝이 곧고 빼어남)
색택(色澤) : 심록(深綠 : 짙은 녹색)
탕색(湯色) : 금황색(金黃色)
향기(香氣) : 유아(幽雅 : 그윽하고 우아하며), 선상(鮮爽 : 신선하고 상쾌한)
자미(滋味) : 순후(醇厚)
엽저(葉底) : 눈록(嫩綠 : 여린 녹색)
산지(産地) : 안후이성 흡현(歙縣) 임촌(琳村) 지구

| 건차(乾茶) | 긴세, 정수 |

| 엽저(葉底) | 눈록 |

역사적인 명차의 하나로 화차류(花茶類)에 속한다. 명나라 시대에 창제되었다. 주란화차의 찻잎은 일반적으로 오전에 채적한다. 평평하게 펼쳐두어 수분을 없애주어야 향기가 더욱 쉽게 배어나온다. 정오 무렵에 차와 주란화의 꽃잎을 함께 음제한다. 이때 꽃의 비율은 약 5~6% 사이가 적당하다. 음제 후에는 복화(復火)나 기화(起花)를 행하지 않고 바로 잘 다듬어 포장한다.

연구에 의하면, 주란화차의 향기 성분과 찻잎의 향기 성분이 완전히 융합하기 위해서는 100일 정도의 시간이 필요하다고 한다. 이렇게 완성된 주란화차는 대단히 짙고 강렬한 향기로 잘 알려져 있다.

흡현말리화차(歙縣茉莉花茶)

형상 : 세긴(細緊 : 가늘고 단단하며), 균정(均整 : 전체적으로 고르고 반듯함)
색택 : 갈록색(褐綠色)
탕색 : 황록색(黃綠色)
향기 : 농욱(濃郁 : 향기가 농후하고 진함)
자미 : 순농(醇濃 : 진하고 농밀한 맛)
엽저 : 황록색(黃綠色)
산지 : 안후이성 흡현

| 건차 | 세긴, 균정 |

| 엽저 | 황록 |

역사적인 명차의 하나로 화차류에 속한다. 흡현의 홍청차(烘靑茶)를 원료로 사용하고 있으며, 음제에 이용되는 꽃은 현지의 말리화를 채적하여 사용하고 있다. 기본적 공정 과정은 차배처리(茶胚處理), 선화양호(鮮花養護), 반화화차(拌和花茶), 정치음제(靜置窨制), 통화속음(通花續窨), 기화(起花), 홍배(烘焙), 제화(提花), 균퇴장상(均堆裝箱) 등의 십여 개의 공정으로 이루어져 있다. 흡현말리화차는 짙고 강렬한 풍미를 가지고 있으며 충포에 매우 적합하다.

복주말리화차(福州茉莉花茶)

| 건차 | 균정, 현호(顯毫) | 엽저 | 황록 |

역사적인 명차의 하나로 화차류에 속한다. 명나라, 청나라 시기에 창제되었다. 복주말리화차의 기본적 공정은 차배처리(茶胚處理), 선화양호(鮮花養護), 차화반화(茶花拌和), 정치음화(靜置窨花), 속음(續窨), 기화(起花), 홍배(烘焙), 제화(提花), 균퇴(均堆), 장상(裝裳) 등의 십여 개의 공정으로 이루어져 있다. 복주말리화차는 짙고 강렬한 향기를 가지고 있으며, 차탕은 투명한 황록색을 띤다. 순후하면서도 시원한 풍미가 일품이다.

말리용단주(茉莉龍團珠)

| 건차 | 원주형(圓珠形), 현호 | 엽저 | 황록 |

특징

형상 : 둥근 구슬 형상에 털이 나 있음
색택 : 녹윤(綠潤 : 윤기가 흐르는 녹색)
탕색 : 황록색(黃綠色)
향기 : 농욱(濃郁 : 향기가 농후하고 진함)
자미 : 순후(醇厚)
엽저 : 황록색(黃綠色)
산지 : 푸젠성 복정(福鼎), 복안(福安), 영덕(寧德), 민동(閩東) 지구

화차류에 속한다. 말리용단주는 복정대백차(福鼎大白茶) 등의 차종에서 채적한 신선한 찻잎을 원료로 사용한다. 말리용단주는 살청, 유념, 홍배, 탄량, 포유정형(包揉整形)의 반복, 홍건 등의 과정을 거쳐 차배(茶胚)를 만든 후에 다시 이것과 말리화를 함께 음제하여 제작한다.

횡현말리화차(橫縣茉莉花茶)

특징

형상 : 단단하고 가는 외형에 털이 나
있음
색택 : 갈녹색(褐綠色)
탕색 : 황록색(黃綠色)
향기 : 농욱(濃郁)한 화향(花香)
자미 : 감순(甘醇 : 달고 진함)
엽저 : 황록색, 균눈(均嫩 : 전체적으
로 여림)
산지 : 광시성 횡현(橫縣) 지구

건차 조삭긴세(條索緊細), 현호(顯毫)　　**엽저** 황록, 균눈

비교적 최근에 제작된 명차의 하나로 말리홍청화차(茉莉烘靑花茶)에 속한다. 횡현말리화차의 기본적 공정 과정은 차
배처리(茶胚處理), 선화유호(鮮花維護), 차화반화(茶花拌和), 음제퇴입(窨制堆入), 선화속음(鮮花續窨), 기화(起花), 홍배
(烘焙), 제화(提花), 과사(過篩), 균퇴장상(均堆裝裳) 등으로 이루어져 있다.
횡현말리화차는 가늘고 단단하며 전체적으로 단정한 형태를 하고 있다. 진하고 강렬한 향기로 잘 알려져 있다.

산성향명(山城香茗)

특징

형상 : 단단하고 가는 외형에 뾰족한
형상
색택 : 녹황색(綠黃色)
탕색 : 맑고 투명한 황록색
향기 : 선농(鮮濃 : 신선하고 농밀한
향기)
자미 : 순상(醇爽 : 진하고 상쾌함)
엽저 : 녹황색
산지 : 충칭시(重慶市) 지구

건차 긴세(緊細), 봉묘(鋒苗)　　**엽저** 녹황

말리홍청화차(茉莉烘靑花茶)에 속한다. 복정대백차(福鼎大白茶) 품종의 차나무에서 채적한 신선한 찻잎을 원료로 사
용한다. 먼저 살청, 탄량, 초유(初揉), 해괴(解塊), 초홍(初烘), 탄량(攤涼), 복유(復揉), 해괴(解塊), 족화(足火) 등의 과정을
거쳐 차배(茶胚)를 만든다. 산성향명은 일반적인 '삼음일제(三窨一提)'의 화차이다. 뛰어난 품질과 순정하고 강렬한
풍미로 잘 알려져 있다.

금련예상(金蓮霓裳)

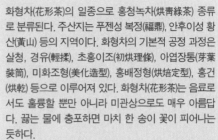

화형차(花形茶)의 일종으로 홍청녹차(烘靑綠茶) 종류로 분류된다. 주산지는 푸젠성 복정(福鼎), 안후이성 황산(黃山) 등의 지역이다. 화형차의 기본적 공정 과정은 살청, 경유(輕揉), 초홍이조(初烘理條), 아엽장통(芽葉裝筒), 미화조형(美化造型), 홍배정형(烘焙定型), 홍건(烘乾) 등으로 이루어져 있다. 화형차(花形茶)는 음료로서도 훌륭할 뿐만 아니라 미관상으로도 매우 아름답다. 끓는 물에 충포하면 마치 한 송이 꽃이 피어나는 듯하다.
금련예상은 금련화(金蓮花)의 꽃잎과 차아(茶芽)를 함께 섞어 만든다. 금련화는 폐를 깨끗하게 하고 몸 안의 풍증을 제거하며 담을 없애고 열을 해소하는 등의 약리적 효능이 있다.

백합선자(百合仙子)

화형차의 일종으로 홍청녹차 종류로 분류된다. 주산지는 푸젠성 복정(福鼎), 안후이성 황산(黃山) 등의 지역이다. 화형차의 기본적 공정 과정은 살청, 경유, 초홍이조(初烘理條), 아엽장통(芽葉裝筒), 미화조형(美化造型), 홍배정형(烘焙定型), 홍건 등으로 이루어져 있다. 화형차는 음료로서도 훌륭할 뿐만 아니라 미관상으로도 매우 아름답다. 끓는 물에 충포하면 마치 한 송이 꽃이 피어나는 듯하다.
백합선자는 말리화의 꽃잎과 차아를 함께 섞어 만든다. 말리화는 혼탁한 공기나 먼지를 정화하는 작용을 한다. 또한 복통, 이질, 결막염 등의 치유를 돕는 약리적 효능을 가지고 있다.

『다경』의 이해를 돕기 위한 간단한 용어 사전

| ㄱ |

감(贛) 강서성(江西省)의 별칭

개면채(開面採) 차나무에서 일아이엽(一芽二葉) 혹은 일아삼엽(一芽三葉)의 찻잎이 돋아나기를 기다려 채적하는 것을 말한다.

거(筥 : 광주리) 대나무를 이용하여 방형(方形)으로 엮어 만들었으며 찻잎을 따는 데 이용하는 도구였다. 사용상의 편의성과 미관상의 아름다움을 함께 고려하여 만들었다.

건(巾) 다기 등을 닦는 데 이용하는 천. 거친 명주를 이용하여 만들었다. 길이 2척(尺) 정도로 두 개씩 만들어 각종 그릇과 다기를 교대로 닦을 수 있도록 하였다.

건간(乾看) 차의 품질을 감별하는 방법의 하나. 완성된 차의 색이나 기미 등을 눈으로 살펴보기도 하고 혹은 찻잎을 씹어보거나 그 향기를 맡아본다.

건조(乾燥) 찻잎 줄기에 남아 있는 수분을 제거하고 찻잎에 있는 거친 향기를 발산시키는 과정. 초건(炒乾)과 홍건(烘乾)이라는 두 종류의 방식으로 나누어진다.

검(黔) 귀주성(貴州省)의 별칭

게(揭) 소금을 취하는 용구. 대나무로 만들었다.

격불(擊拂) 끓는 물에 차 가루를 집어넣고 차시(茶匙)나 차선(茶筅)을 이용하여 거품을 걷어내는 행위. 송나라 시대의 음차법인 점차법과 관련이 있다.

계(棨) 이를 대도(碓刀)라고도 하였으며, 병차에 구멍을 뚫는 데 사용하였다.

계(桂) 광서성(廣西省)의 별칭

고(膏) 식물 속에 들어있는 액즙. 차고(茶膏)는 찻잎을 고아서 얻은 엉긴 즙을 말한다.

고차(烤茶) 차를 불에 말리는 과정. 맞바람이 부는 상태에서 불 위에서 고차를 행해서는 안 된다. 불의 세기가 일정하지 않고 또한 불의 기운이 고루 퍼지지 않기 때문이다. 또한 고차는 고온에서 이루어져야 하며 열을 받는 면이 한쪽에 치우치지 않도록 주의해서 뒤집어주어야 한다. 복고(復烤)의 진행 여부는 병차의 건조 방법(홍건烘乾 혹은 일쇄日曬)에 따른 기화 상태나 유연성 등을 고려하여 결정한다.

고향차(高香茶) 향기가 특히 뛰어난 차. 중국의 기문홍차, 인도의 다르질링 홍차, 스리랑카의 우바 홍차를 세계의 3대 고향차로 꼽고 있다.

고형차(固形茶) 분말을 내어 굳게 만든 것과 잎 그대로 굳힌 것을 총칭한다.

곡우차(穀雨茶) 매년 곡우 무렵에 채적한 찻잎으로 만든 차. 곡우 이전에 딴 찻잎으로 만든 차를 우전차(雨前茶), 곡우 이후에 딴 찻잎으로 만든 차를 우후차(雨後茶)라고 한다.

곤곡(昆曲) 중국의 전통 희곡의 하나. 세계문화유산으로 지정되었다.

관차(貫茶) 관(貫)을 이용하여 병차를 꿰는 과정

공도배(公道杯) 차를 나누는 데 사용하는 잔. 찻물을 고르게 나누는 용도로 사용하였다.

공부차(工夫茶) 중국 복건성 남부 지역과 광동성 남부 지역에서 만든 오룡차의 음용 방식. 공부차는 오룡차를 넣는 방법에 일정한 법식을 가미한 것으로 일종의 다예 기술이라고 할 수 있다. 명나라 시대의 음차법인 포차법과 관련이 있다.

공차(貢茶) 조정에 공물로 바치는 차

과홍과(過紅鍋) 소종홍차(小種紅茶)에 가해지는 특수한 처리 과정. 발효를 정지시키고 가용성의 폴리페놀 성분을 일부분 보존시킴으로써 찻물이 더욱 농밀해지며 고온에서 싱긋한 향을 발산시켜 향기를 더욱 좋게 만드는 작용을 한다.

관관차(罐罐茶) 회족(回族)의 특유한 음차 풍속. 회족의 관관차(罐罐茶)는 중·하등 품질의 초청녹차(炒青綠茶)를 원재료로 하여 물을 끓여 만든다. 차를 끓이는 관자(罐子)는 질그릇의 일종으로 크기가 그리 크지 않았으며 주로 흙을 이용하여 만들었다. 차를 끓이는 과정은 약

을 삶고 달이는 과정과 유사하였다.

교상(交床) 나무로 만들었다. 십자로 교차하여 다리를 만들고 위에는 널판을 놓고 중간을 파서 솥을 놓는 데 이용하였다.

교잔(咬盞) 고대의 전차법(煎茶法)에서 찻물이 비등할 때 거품이 다기의 가장자리 부분에 닿아 넘치지 않고 모여 있는 상태를 가리키는 용어이다. 이를 잔을 먹는다고 표현한 것이다.

구(臼) 돌이나 나무로 만든다. 차를 찧는 기구로 중간의 아랫부분이 쏙 들어가 있다.

구열(具列) 다기를 진열하는 데 사용하며 현대의 술 진열대와 비슷하였다. 나무나 대나무를 이용하여 선반 형태로 만들었다. 빈틈이 없도록 칠을 하였기 때문에 옅은 흑색을 띠었다.

권곡(卷曲) 완성된 차의 조삭(條索) 상태. 둥글게 말려 있는 모양이다.

규(規) 형태를 만드는 일종의 틀을 말한다. 이를 모(模) 혹은 권(棬)이라고 부르기도 하였다. 철(鐵)을 이용하여 방형(方形), 원형(圓形), 화형(花形)의 규를 만들었다. 병차의 모양을 잡는데 사용하는 도구로 행주치마 등의 천 위에 올려놓고 사용하였다.

균정(均整) 완성된 차의 조삭 상태. 차의 두께나 크기 등이 단정하고 일정하다.

균제(均齊) 완성된 차의 조삭 상태. 차의 밀도나 크기 등에 있어서 전체적으로 가지런하다.

금탁(琴卓) 거문고를 두는 탁상

금화지시(禁火之時) 한식(寒食)을 말한다. 진(晉)나라 문공(文公)의 공신 개자추(介子推)가 문공의 처사에 회의를 품고 편모와 함께 산속으로 숨어들어 나오지 않았다. 문공이 뉘우치고 개자추를 나오게 하려고 산에 불을 놓았으나 이들은 마음을 바꾸지 않고 불에 타 죽었다. 문공이 개자추 모자의 죽음을 애도하기 위하여 온 나라에 불을 금한 데서 비롯되었다.

긴결(緊結) 완성된 차의 조삭 상태. 말림이 굳고 단단하게 얽혀 있다.

긴세(緊細) 완성된 차의 조삭 상태. 말림이 단단하고 싹 끝이 뾰족하게 살아 있다.

긴실(緊實) 완성된 차의 조삭 상태. 말림이 단단하고 튼실하다.

긴압차(緊壓茶) 증압(蒸壓)을 하여 단단하게 만든 차. 그 원료에 따라 녹차로 만든 녹전차, 홍차로 만든 홍전차, 흑차로 만든 흑전차, 포종차로 만든 청전차로 구분한다.

나(羅) 나사(羅篩). 찻가루를 거르는 데 사용하는 도구. 큰 대나무의 굽은 부분을 잘라 원형으로 만들고 윗부분을 가는 사(紗)나 명주로 덮었다.

난석토(爛石土) 석회암이나 사암 등이 풍화되어 이루어진 땅. 통기성이 좋고 습도가 적당하기 때문에 차나무의 생장에 적합하다.

내차(奶茶) 유오이족(維吾爾族 : 위구르족)의 독특한 음차 풍속. 신강(新疆)의 북강(北疆 : 천산 이북의 지역) 지역에 사는 위구르족은 소젖을 가미한 내차(奶茶)를 주로 마시는 풍속이 있다.

냉죽면(冷粥面) 투차를 판정하는 과정에서 중요한 것은 찻물의 표면의 색과 거품이다. 잔의 안쪽과 찻물이 닿는 곳의 물의 흔적을 확인하고 찻물 표면의 거품의 색이 흰색인지를 승패의 기준으로 삼았다. 이때 찻물의 거품이 마치 죽이 식어 응결되어 있을 때의 모습과 유사하였기 때문에 냉죽면이라고 표현하였다.

노신지미(勞薪之味) 땔감의 안 좋은 냄새가 음식이나 차에 배어나는 맛. 이 고사는 진(晉)나라의 순욱(荀勖)이 황제(皇帝)와 함께 식사를 하면서 있었던 일에서 유래한 것이다.
황제와 함께 식사를 마친 순욱이 갑자기 '노신(勞薪 : 낡아서 못쓰게 된 나무나 썩은 나무)'을 불살라 지은 음식이라고 말하였다. 이에 의아함과 호기심을 느낀 황제가 다른 신하에게 어떻게 된 일인지를 물었다. 질문을 받은 신하가 나가서 전말을 살펴보고 돌아와 과연 오래된 마차의 다리(勞薪)를 살라 지은 음식이 틀림없다고 대답하였다고 한다.

녹수낭(漉水囊) 범어 parisravana. 육우가 자차 용구의 하나로 편입하기 이전에는 물을 여과하거나 벌레를 쫓는 데 사용하던 불가(佛家)의 도구로 승려들을 위한 육물(六物) 혹은 십팔물(十八物) 가운데 하나였다. 승려들은 계를 받은 후 항상 이 물건을 휴대하여 실수로 물속의 벌레들을 죽이는 것을 피할 수 있었으며 또한 위생적인 문제를 해결할 수 있었다.

녹유낭(綠油囊) 녹수낭을 보관하는 용구. 큰 입을 가진 자루 모양이었으며 물을 저장하는 용도로도 사용할 수 있었다. 물이 새는 것을 막기 위하여 기름칠을 하였다.

녹차(綠茶) 중국에서 가장 많이 생산되고 있는 차종으로 '불발효차(不醱酵茶)'에 속한다. 건조를 마친 찻잎, 찻물, 엽저(葉底)가 모두 녹색이라는 점을 특징으로 꼽을 수 있다.
이 계열에 속하는 주요 품종으로는 서호용정차(西湖龍井茶), 벽라춘(碧螺春) 등이 있다. 또한 찻잎을 제작하는 공정 기술의 차이에 따라 초청녹차(炒靑綠茶), 홍청녹차(烘靑綠茶), 쇄청녹차(曬靑綠茶), 증청녹차(蒸靑綠茶), 반홍반초녹차(半烘半炒綠茶)의 다섯 종류로 나누어진다.

녹엽홍양변(綠葉紅鑲邊) 잎의 안쪽은 녹색을 띠고 가장자리는 홍색을 띠는 형색.

뇌차(擂茶) 토가족(土家族)의 독특한 음차 풍속. 토가족은 주로 중국의 사천청, 귀주성, 호북성, 호남성의 네 성의 교차 지구에 거주하고 있는 소수 민족이다. 뇌차는 '삼생탕(三生湯)'이라고도 부른다. 이것은 선엽과 생강, 생쌀 등 세 종류의 생질의 재료에 끓는 물을 더하여 만든다. 뇌차는 열을 내리고 독을 해소하며 폐의 기능을 원활하게 하는 효능이 있다.

눈균(嫩均) 싹이 고르고 연하며 부드럽다.

능로(凌露) 이슬을 쫓거나 혹은 맞이한다는 뜻. 새벽녘에 서서히 밝아오는 햇빛을 맞아 찻잎을 채적하는 것을 가리킨다.

| ㄷ |

단차(團茶) 틀에서 찍어낸 고형차(固形茶)의 일종으로 덩어리 형태의 차를 말한다.

대(碓) 나무나 돌로 만들며 다리로 밟아 기울어진 추를 움직여 찻잎을 빻는 기구로 추가 떨어지면서 절구 안의 찻잎을 빻았다.

대엽종(大葉種) 일반적으로 찻잎의 길이가 10센티미터 이상인 것을 가리킨다.

대자회태(帶子懷胎) 차나무는 꽃이 피기까지 18개월 정도의 시간이 필요한데, 그해에 핀 꽃과 그 전 해에 열린 열매가 같이 맺히는 특징이 있다. 이러한 현상에 대하여 씨와 꽃이 같이 있다고 하여 실화상봉수(實花相逢樹) 혹은 자식을 두고 다시 회임하는 것과 같다고 하여 대자회태라고 표현한다.

도람(都籃) 차를 모두 마신 후 나중에 사용하기 위하여 다구를 거두어 저장하는 용구였다. 대나무 껍질을 삼각형의 방안(方眼) 모양으로 엮어 만들었다. 외면은 널찍한 대껍질 두 개씩을 세로로 엮고 가는 대껍질로 묶었다.

도차(搗茶) 공이를 이용하여 증청(蒸青)을 마친 찻잎을 절구 속에 넣고 찧거나 쳐서 찻잎을 조각조각 분쇄하는 과정이다. 도차 도구로는 저(杵 : 공이)나 구(臼 : 절구)가 사용되었다.

| ㅁ |

만화(慢火) 서서히 불에 쪼여 말리는 것.

말(沫) 물이 비등할 때 일비(一沸) 상태에서 나타나는 거품을 지칭. 방울이 작고 얇은 거품으로 수면에 뜬 녹태(綠苔)나 술잔 속의 국판(菊瓣)처럼 보인다.

말발(沫餑) 찻물의 표면에 떠 있는 거품으로 당시에는 이것이 곧 찻물의 정화라고 생각하였다. 얇은 거품을 말(沫)이라고 부르고, 두꺼운 거품은 발(餑)이라고 하였으며, 가늘고 가벼운 거품은 화(花)라고 하였다.

말차(末茶) 찻잎을 맷돌 등에 갈아서 미세한 가루 형태로 만든 가루차. 당나라 시대에는 격불(擊拂)하지 않고 물에 우려서 마셨으나, 송나라 시대에는 격불해서 마셨다.

매우(梅雨) 초여름 무렵 강회(江淮) 지역에 오래 내리는 비를 말하며, 이때가 매실이 익는 계절이기 때문에 매우라고 하였다. 달리 황매천(黃梅天)이라고도 한다.

명전(茗戰) 투차(鬪茶)의 별칭

모화(毛火) 홍배(烘焙) 과정의 하나. 밝은 숯불을 사용하여 홍배를 진행한다. 이에 반해 족화(足火)는 꺼져가는 숯불을 이용하여 홍배를 진행하는 것이다.

모차(毛茶) 각종 보이차(普洱茶)의 원료가 되는 차로 다음의 이차 공정을 위해 일차 공정을 마친 차를 말한다.

모첨(毛尖) 녹차의 일종. 품질 좋은 차나무의 어린 순만 가공하여 만듦.

문향배(聞香杯) 차의 향을 음미하기 위한 도구. 차를 따를 때 문향배에 먼저 따르지만 마시기 위한 것이 아니기 때문에 이를 다시 음용배에 따라 놓고 문향배에 남아 있는 향을 즐기는 것이다.

문화만홍(文火慢烘) 낮은 불에서 서서히 말리는 것

문화홍간(文火烘干) 낮은 불에서 불에 쬐여 말리는 것

민(閩) 복건성(福建省)의 별칭

민황(悶黃) 습열(濕熱)의 조건에 따라 녹차의 찻잎을 인위적으로 '황차(黃茶)'로 변하게 만드는 공정 기술로 찻잎의 발효를 촉진시키는 과정이다. 적당한 통제를 통하여 차의 향과 맛을 개선할 수 있다. 이 기술은 녹차로부터 황차를 만드는 최초의 단초가 되었다.

|ㅂ|

박(朴) 이를 편(鞭)이라고도 하였다. 대나무로 만들었으며, 병차를 뚫는 데 사용하였다. 이렇게 하면 풀어서 운반하기가 수월하였다.

박차(拍茶) 도차(搗茶)를 마친 찻잎을 모아 일정한 틀에 넣고 눌러서 모양을 만드는 과정. 박차 공구로는 규(規), 승(承), 첨(檐), 비리(筐莉) 등이 사용되었다.

발(餑) 찻물이 비등할 때 이비(二沸)의 상태에 나타나는 거품을 지칭. 차 찌꺼기에서 나오는 두꺼운 거품으로 마치 흰색의 눈처럼 보인다.

배차(焙茶) 일정한 모양으로 만든 찻잎 덩어리를 인공적으로 건조하는 과정. 배차 공구에는 계(棨), 박(朴), 배(焙), 관(貫), 붕(棚), 육(育) 등이 있었다.

백자소충(白瓷小盅) 백자로 만든 손잡이가 없는 작은 잔

백차(白茶) '경발효차(輕醱酵茶)'에 속하는 차로 표면이 백색의 솜털로 가득 차 있다. 가공 방법이 특이하면서도 간단하다. 즉 살청(殺靑)이나 유념(揉捻), 발효(醱酵) 과정을 거치지 않고 단지 위조(萎凋)와 건조(乾燥)의 두 가지 과정만을 거쳐 만든다. 주요한 품종으로는 백호은침(白毫銀針), 백목단(白牧丹), 공미(貢眉), 수미(壽眉) 등을 들 수 있다.

병차(餠茶) 당나라 시대에 유행하던 덩어리 형태의 떡차. 송나라 시대에는 말차(末茶)가 유행하였고, 명나라 시대에는 엽차(葉茶)가 유행하였다.

복(鍑) 부(釜 : 솥) 혹은 과(鍋 : 솥)를 말하며 물을 끓여 차를 익히는 데 사용하는 용구다. 오늘날의 차부(茶釜)로 보면 된다. 대부분 생철로 만들었다.

복유(復揉) 두 번째의 유념(揉捻) 과정

복홍(復烘) 두 번째의 홍배(烘焙) 과정

봉묘(鋒苗) 완성된 차의 조삭 상태를 나타내는 용어. 싹이 가늘고 어리며 말림이 곧고 끝이 뾰족하다.

봉차(封茶) 구멍이 뚫린 병차를 다시 불에 쬐어 봉함하는 과정. 봉차 공구로는 육(育)이 이용되었다.

분(畚) 완(碗)을 담아놓는 용구. 백포(白蒲)를 둥글게 말아 엮어 만들었다. 10개 정도의 차완을 놓아둘 수 있었다.

불말(拂末) 까마귀의 깃털을 이용하여 만들었다. 차를 털어 깨끗하게 청소하는 용도로 이용되었다.

붕(棚) 이를 잔(棧)이라고도 하였다. 높이는 1척(尺) 정도였다. 이층으로 이루어진 나무선반

의 형태로 차를 불에 쬐는 데 이용하였다. 차가 반쯤 말랐을 때 아래층에서 홍배를 행하다가 완전히 마르게 되면 위층으로 옮겼다.

비석(肥碩) 완성된 차의 조삭 상태. 비대하고 튼실하다. 비장(肥壯)과 같다.

비장(肥壯) 완성된 차의 조삭 상태. 비대하고 튼실하다.

| ㅅ |

산차(散茶) 잎차 형태로 만든 차. 잎을 덖거나 찌거나 말려서 그 상태로 보관하였다가 마시는 차를 가리킨다. 명나라 시대 이후에 크게 유행하였다.

살청(殺靑) 신선한 찻잎을 불에 덖는 과정. 찻잎의 억센 풀 기운을 제거하는 과정이라고 할 수 있다. 살청은 신선한 잎에 있는 발효 혹은 산화를 촉진시키는 효소를 억제하고 찻잎에 있는 수분을 제거하여 찻잎을 부드럽게 만들고 완성품의 형태를 만들기 편하게 하기 위한 목적으로 이루어진다.

삼도차(三道茶) 백족(白族)의 특유한 음차 풍속. 명절이나 환갑잔치, 혼인, 빈객의 방문 등에 있어서 주인은 '일고이첨삼회미(一苦二甜三回味)'라는 삼도차(三道茶)로 환영하는 풍속을 가지고 있다. 주인이 정해진 순서에 따라 손님을 향하여 차례로 고차(苦茶), 첨차(甜茶), 회미차(回味茶)를 내놓는다. 이러한 순서와 과정은 인생에 대한 깨달음을 상징한다.

삼색세아(三色細芽) 아차(芽茶)의 일종. 청나라 시대에는 세차(細茶)라고 하기도 하였다.

상(湘) 호남성의 별칭

세긴(細緊) 완성된 차의 조삭 상태. 잎이 연하고 가늘며 말림이 단단하다.

세눈(細嫩) 완성된 차의 조삭 상태. 싹이 가늘고 연하며 흰털이 보인다.

소개면(小開面) 햇가지의 윗부분의 첫 번째 잎이 두 번째 잎의 1/3 정도보다 작은 크기

소엽종(小葉種) 일반적으로 찻잎의 길이가 7센티미터 이하인 것을 가리킨다.

쇄청(曬靑) 햇빛을 이용하여 선엽의 수분을 말리고 잎 조각을 부드럽게 하는 과정. 이를 통하여 요청(搖靑) 시간을 줄이고 함유 물질의 화학 변화를 촉진시킨다. 또한 엽록소를 파괴하고 청기(靑氣)를 제거함으로써 요청 과정을 순조롭게 한다.

쇄청녹차(曬青綠茶) 햇볕으로 자연 건조시켜 만든 녹차

수눈(水嫩) 아직 비등이 이루어지지 않은 상태의 물. 차 속에 함유되어 있는 유익한 물질이 충분히 용해되지 않아 향기가 떨어질 뿐만 아니라 찻가루가 떠올라 마시기에도 불편하다.

수로(水老) 비등이 오래 지속된 상태의 물. 이산화탄소가 모두 발산되어 차의 시원하고 상쾌한 맛이 크게 떨어진다.

수방(水方) 생수를 저장하는 용도로 사용하는 도구. 주목(椆木) 혹은 홰나무, 개오동나무, 가래나무 등의 목판으로 만들었다. 안과 밖의 이음새는 모두 옻으로 칠하여 밀봉하였으며 물 1승(升)을 가득 채울 수 있었다.

수우(水盂) 다 쓴 물을 담아두는 그릇

수유차(酥油茶) 장족(藏族)의 고유한 음차 풍속. 수유차는 갈은 차를 알맞게 삶아 수유(酥油)를 첨가하여 목통 안에 넣은 후에 봉을 이용하여 힘껏 내리치면서 휘저어 유탁액(乳濁液)을 만드는 것이다. 이 때문에 '타(打) 수유차(酥油茶 혹은 소유차)라고도 한다.

수차(受茶) 여자 측에서 남자 쪽이 보낸 예물을 받는 것을 말한다. 일부 지역에서는 여자 쪽에서 남자 쪽에 한 포의 차와 한 자루의 쌀을 주어야만 했는데, 당시 곤궁한 여자 쪽에서는 '물로 차를 대신하거나 흙으로 쌀을 대신하여' 남자 쪽에 예를 표시하였으며, 남자 쪽에서 '물과 흙(水土)'을 받아들이기도 하였다.

수호(水壺) 물을 끓이는 데 이용되는 차호이며, 우리가 흔히 볼 수 있는 것은 질그릇으로 만든 것이다.

숙우(熟盂) 사기(瓷) 혹은 질그릇(陶)으로 만들었으며 물 2리터를 채울 수 있었다. 물을 가득 채워 저장하는 용도로 사용되었다.

순(筍) 도톰하고 윤택이 흐르는 차의 싹으로 차나무에서 새로 돋아나 침과 같이 뾰족한 상태로 열린 찻잎을 가리킨다.

습간(濕看) 차의 품질을 살펴보는 방법의 하나. 차를 끓여서 찻물의 맛이 어떤지를 살펴보는 것이다. 시원하고 상쾌한지 혹은 진한 맛이 나는지 등을 세밀하게 살펴본다.

| ㅇ |

아(芽) 아주 어린 싹을 말하며 보통은 곁가지 중에서 제일 높이 솟은 것을 가리킨다.

악(鄂) 호북성의 별칭

악퇴(渥堆) 유념이 잘된 찻잎을 습한 환경에 두고서 세균의 힘을 이용하여 발효를 진행하는 과정. 온열(溫熱) 작용을 하는 설비를 갖추어야 한다. 악퇴는 특히 흑차의 품질을 결정하는 관건이라고 할 수 있는 중요한 과정으로 악퇴 시간의 장단, 그 정도의 경중 등이 모두 완성된 흑차의 품질에 상당한 영향을 미친다. 또한 흑차의 종류에 따라 그 풍격에도 명확한 차별이 있다.

양반차(凉拌茶) 신선한 찻잎을 채적하여 잘 비빈 후에 큰 그릇에 넣고 물, 소금, 고추 등을 섞어서 먹거나 혹은 마늘이나 죽순 등을 첨가하여 먹는 것이다.

양청(凉青) 통풍이 잘되는 실내의 서늘한 그늘에서 열량을 발산시키는 과정. 잎 속에 들어 있는 수분의 분포를 새롭게 하여 요청(搖青) 과정을 순조롭게 한다. 일반적으로 약 30분 정도 진행한다.

여수낭(濾水囊) 차를 끓이는 물을 여과하는 용도로 이용하는 도구. 생동(生銅)으로 골격을 만들고 푸른색 대나무 껍질을 엮어 낭(囊)을 만들었다. 생동은 물이 스민 후에도 이끼 등의 더러운 물질이 남지 않았을 뿐만 아니라 비리거나 떫은맛을 없앨 수 있었다. 열동(熱銅)으로 만들면 쉽게 더러워질 수 있고 철(鐵)로 만들면 비리거나 떫은맛이 느껴졌기 때문에 이러한 재료는 피하였다.
숲이나 계곡에 은거하는 사람은 대나무나 나무를 이용하여 만들기도 하였는데, 대나무로 만든 것은 내구성이 강하지 않고 먼 여행길에 휴대하기 불편하였기 때문에 일반적으로 생동으로 만드는 것을 많이 사용하였다.

역양토(礫壤土) 자갈이 많이 섞인 토양. 작은 자갈이 많이 섞여 있기 때문에 물이 잘 빠진다.

연(碾) 찻잎을 분쇄하여 가루로 만드는 데 사용하는 도구. 연(碾)의 안쪽은 원형으로 만들고 바깥쪽은 방형으로 만들었다. 안쪽의 원은 돌리기 쉽게 하기 위해서였고 바깥쪽의 방형은 기울어짐을 방지하기 위해서였다.

연말(碾末) 찻잎을 갈아서 가루로 만드는 과정

연미(烟味) 찻잎의 살청 과정에서 목탄의 연기 냄새를 흡수하여 나타나는 특유한 그을음 냄새

연훈홍배(烟薰烘焙) 소종홍차(小種紅茶)의 특수한 처리 과정. 모화(毛火) 시에 행해지며 '과홍(過紅)' 복유(復揉)를 거친 찻잎을 수사(水篩 : 물 거르는 체) 위에 펼쳐 홍청(烘青)을 하는 동안 선반에 놓고 아래에서 소나무로 불을 때면 소나무 연기가 상승하면서 찻잎에 흡수되어 차에 소나무 향이 베어나게 된다. 이것 또한 소종홍차의 특징이다.

열차(列茶) 출모(出模)된 병차를 비리(芘莉) 위에 잘 배열하여 자연 건조를 행하는 것

엽차(葉茶) 잎차. 명나라 시대 이후에 유행하였다. 홍차나 녹차처럼 끓는 물에 우리고 난 뒤에 잎의 모양이 되살아나는 것이 특징이다.

엽저(葉底) 끓는 물에 우리고 난 뒤에 나타나는 찻잎의 모양이나 형상

영발(穎拔) 영(穎)은 지력이 높음을 뜻한다. 영발은 차나무의 생장이 양호하게 이루어지는 것을 말한다.

요청(搖靑) 바구니에 담은 찻잎을 가볍게 흔들어주면서 발효를 진행시키는 과정

원결(圓結) 완성된 차의 조삭 상태. 둥근 과립 모양으로 비교적 튼실하다.

월(粤) 광동성의 별칭

유념(揉捻) 살청을 마친 찻잎을 비비고 문지르는 과정. 유념은 찻잎을 일정한 형태로 조각내게 되면 잎에 남아 있는 수분이 잎 표면으로 옮겨지게 되는데, 충포(沖泡) 시에 그 액이 물에 용해되기 쉽게 하기 위한 목적으로 이루어진다.

용봉단병(龍鳳團幷) 송나라 시대의 증청단차(蒸靑團茶)의 일종으로 둥근 떡차의 표면에 용과 봉황의 문양이 찍혀 있다. 용무늬가 찍힌 것을 용단(龍團), 봉황무늬가 찍힌 것을 봉단(鳳團)이라고 하였다.

유절(揉切) 수유제차(手揉製茶)에서 중화(中火) 후의 끝마무리 비비기의 제1단계의 조작을 말한다. 차를 양손에 끼우고 손바닥을 전후로 움직여서 손바닥 안의 차가 굳어지지 않게 비비면서 떨어뜨린다. 수유제차 중에서 아주 기교를 요하는 손 사용이다.

육(育) 병차의 봉장(封藏)이나 복홍(復烘)을 위한 공구. 육(育)은 나무로 만든 일종의 궤(櫃)였다. 대나무를 엮어 만들고 그 위를 종이로 풀칠하였다. 병차를 소장하거나 발효시키는 데 사용되었다.

위조(萎凋) 찻잎을 시들게 하는 과정으로 적당한 온도에서 선엽의 수분을 유실시키고 내부에 함유되어 있는 물질을 전환시키기 위한 목적에서 행하여진다. 유념과 발효를 위한 준비 과정이라고 할 수 있으며 실내 위조와 실외 위조로 나누어진다.

음화(窨花) 차에 꽃의 향이 깊숙이 스며들게 하는 작업

음제(窨制) 차에 꽃의 향이 깊숙이 스며들게 하는 공정 기술

일아일엽(一芽一葉) 차나무의 윗부분에 뾰족하게 움튼 싹과 바로 아래 돋아난 찻잎 하나를 가리킨다. 싹은 창과 같이 뾰족하고 잎은 펄럭이는 깃발과 같은 모양을 하고 있기 때문에 기창(旗槍) 혹은 일창일기(一槍一旗)라고도 한다.

일아이엽(一芽二葉) 차나무에 움튼 싹 하나에서 잎 두 개가 막 갈라져 나오는 상태로 일창이기(一槍二旗)라고도 하며, 잎의 형태가 완전히 퍼지지 않고 살짝 말려 있는 형상을 하고 있기 때문에 작설(雀舌)이라고도 한다.

일창일기(一槍一旗) 싹의 끝에서 돋아난 움과 찻잎이 하나가 된 것. 창(槍)은 싹의 끝 모양이 창끝과 비슷하기 때문이고, 기(旗)는 찻잎의 모양이 펄럭이는 깃발과 비슷하기 때문에 이렇게 표현한 것이다.

이차대주(以茶代酒) 차로 술을 대신함. 삼국 시대 동오(東吳)의 군주 손호(孫皓 : 손권의 후예)가 술이 약했던 신하 위요(韋曜)를 위하여 "차를 내려 술을 대신하였다(사차명이당주賜茶茗以當酒)"는 고사에서 유래되었다.

| ㅈ |

자차(煮茶) 차를 달이는 과정. 보다 넓은 의미에 있어서는 포차(泡茶)나 팽차(烹茶) 등이 모두 같은 의미로 사용된다.

자차법(煮茶法) 전차법(煎茶法)과 같은 의미로 사용되기도 한다.

작차(酌茶) 찻물을 떠내어 따르는 것을 말한다.

장모(裝模) 증청 과정을 모두 마친 다음에 곱게 찧은 찻잎을 일정한 틀에 넣어 모양을 만드는 과정으로 박차(拍茶) 이전의 과정이다.

장상(裝裳) 완성된 차가 부스러지지 않게 하고 보존을 용이하게 하기 위해 상자에 넣어 포장하는 과정이다.

재방(滓方) 차의 찌꺼기를 모아두는 데 사용하는 용구를 말한다. 제조법은 척방과 동일하고 그 용량은 5승(升) 정도였다.

저(杵) 차를 빻는 데 사용하는 목봉(木棒)

적차(炙茶) 찻잎을 불에 굽는 과정. 수분을 증발시킴으로써 다음 과정인 연말(碾末)을 쉽게 할 수 있었다.

전차법(煎茶法)　넓은 의미로는 당나라 시대에 육우가 제창하였던 차의 제작과 음용 방식을 포괄하는 의미로 사용되지만, 좁은 의미로는 솥에서 끓인 물에 찻가루를 넣고 달인 후에 찻잔에 나누어 마시는 당나라 시대의 음용 방식을 뜻한다.

점차(點茶)　차를 달이거나 우리는 것을 뜻한다. 때에 따라 포차(泡茶), 전차(煎茶), 팽차(烹茶) 등이 모두 같은 의미로 사용된다.

점차법(點茶法)　가루차를 넣은 차 사발에 끓인 물을 붓고 차선(茶筅)으로 격불하여 거품을 일으켜 마시는 방식으로 송나라 시대에 크게 유행하였다.

정아(頂芽)　끝 눈, 꼭대기의 싹. 가장 최근에 생긴 싹을 말한다.

정직(挺直)　완성된 차의 조삭 상태. 찻잎이 곧게 쭉 뻗어 있다.

정치(靜置)　앞 단계의 공정 과정이 끝난 찻잎을 그대로 놓아두고 식히는 과정이다.

정행검덕(精行儉德)　육우가 차를 마시는 사람들에게 요구하는 도덕적 수양의 기본적 덕목으로 그가 생각하는 다인의 사상, 품성, 행위, 신념 등의 기준이라고 할 수 있다.
정(精)은 모든 일에 정성을 다하여 전심전력하는 자세를 가리키고, 행(行)은 도덕적 소양이 체화되어 있는 행동, 행위를 말한다. 검(儉)은 사치나 낭비를 경계하는 정신적 품격과 태도를 의미하고, 덕(德)은 군자와 같은 고상한 성정과 기품을 갖춘 것을 말한다. 학자에 따라서는 정신과 행동에 있어서 절제와 근검의 덕을 알고 실천하는 성품으로 해석하기도 한다.

조삭(條索)　완성된 차의 단단하고 튼실한 정도 혹은 그 형태를 말한다.

조음법(調飮法)　찻물 가운데 다른 것을 가미하는 음차의 풍속이다. 중국의 소수 민족에서 볼 수 있는 소유차(酥油茶), 염파차(鹽巴茶), 타유차(打油茶) 등이 이 계열에 속한다.

조장(粗壯)　완성된 차의 조삭 상태. 잎이 크고 거칠다.

조화차(調和茶)　향기로운 꽃과 함께 조제한 차

족화(足火)　홍배(烘焙) 과정의 하나. 꺼져가는 숯불을 이용하여 홍배를 행한다. 이에 반해 모화(毛火)는 밝은 숯불을 이용하여 홍배를 진행하는 것이다.

주아(駐芽)　차나무의 성장이 멈추거나 지연되면서 더 이상 자라지 않는 잎에 난 싹

주청(做靑)　잎들을 대고 서로 비비는 과정. 잎의 조직을 파괴하여 차 속에 함유되어 있는 페놀 성분의 기화를 촉진시키고, 오룡차에 특유한 '녹엽홍양변(綠葉紅鑲邊)'의 특징을 형성시

킨다. 또한 수분을 증발시켜 함유 물질의 생화학 반응을 가속화시키면서 차의 향기를 더욱 뛰어나게 만든다. 요청(搖靑)과 정치(靜置) 과정을 함께 주청(做靑)이라 하기도 한다.

준영(雋永) 국자나 표주박을 이용하여 첫 번째로 떠낸 찻물. 준(雋)은 그 맛이 뛰어난 것을 의미하고, 영(永)은 그 맛이 오래가는 것을 가리킨다. 국자로 떠낸 이 준영의 찻물은 버리지 않고 '숙우(熟盂)'에 담아두었다가 말(沫), 발(餑), 화(花) 상태의 거품을 북돋우면서 물이 다시 비등하는 것을 방지하는 데 이용하였다. 이후에 국자를 사용하여 일일이 차완(茶碗)에 따라서 마시게 되지만, 그 맛이 처음의 '준영'에 미치지 못한다.

죽통향차(竹筒香茶) 태족(傣族)과 납고족(拉枯族)의 특유한 음료의 일종이다. 원재료가 여자의 자태처럼 가늘고 연하기 때문에 이를 '고랑차(姑娘茶)'라고도 하였다. 운남성 서쌍판납(西雙版納)의 태족 자치구인 맹해현(勐海縣)에서 생산된다.

죽협(竹筴) 대나무로 만든 부젓가락의 일종. 차를 끓일 때에 탕의 중심 부분을 돌아가며 처주면 차의 고유한 성질을 일깨울 수 있다.

준법(皴法) 동양화의 산수화에서 산이나 절벽, 암석 등의 주름을 그리는 화법. 산이나 흙더미 등의 입체감이나 양감(量感) 등을 표현하기 위한 일종의 동양적 음영법(陰影法)이다.

중개면(中開面) 햇가지의 윗부분 첫 번째 잎이 두 번째 잎의 2/3 정도의 크기

중엽종(中葉種) 일반적으로 찻잎의 길이가 7~10센티미터 사이인 것을 가리킨다.

증청(蒸靑) 채적한 찻잎을 솥에 넣고 찌면서 찻잎에 남아 있는 풀 기운을 제거하는 과정

증청녹차(蒸靑綠茶) 증기로 살청하여 만든 녹차

증차(蒸茶) 채적된 찻잎을 밀봉된 솥에 넣고 고온으로 쪄서 증청하는 과정. 증차 공구로는 조(竈 : 아궁이), 부(釜), 증(甑 : 시루), 비(箄 : 대바구니), 곡목지(穀木枝) 등이 사용되었다.

지낭(紙囊) 종이로 만든 주머니. 희고 두터운 섬등지(剡藤紙)를 이용하여 양 층으로 봉제하였다. 그 가운데에 불에 구운 차를 넣어서 보존하였으며 또한 차의 향이 산실되지 않도록 하기 위한 목적으로 사용하던 도구였다.

진향(陳香) 곰팡이 냄새는 아니지만 자연적으로 나는 묵은 향기

차고(茶膏) 찻잎을 고아서 얻은 엉긴 즙을 말한다.

차건(茶巾) 다구 밑바닥의 수분을 닦는 데 사용하는 도구

차관(茶罐) 찻잎을 놓아두는 기구

차궤(鹺簋) 소금을 놓아두는 그릇. 사기(瓷)로 만들었다. 원의 직경은 4촌(寸) 정도였고, 합형(盒形), 병형(甁形) 혹은 호형(壺形) 등의 다양한 형태를 가지고 있었다.

차루(茶漏) 원형으로 된 일종의 깔때기. 찻잎을 넣을 때 차호(茶壺)의 입구에 놓아두면 차를 흘리지 않고 차호에 쉽게 넣을 수 있다.

차마고도(茶馬古道) 차마고도는 당나라와 송나라 시기의 '차마호시(茶馬互市)'에서 유래되었다. 내지의 민간에서 부담하던 각종 사역이나 군대의 전투 등에는 대량의 마필이 필요하였고, 변방의 소수 민족은 내지에서 생산되던 차에 대한 욕구가 강렬하였다. 이에 따라 자연스럽게 일정한 장소에 차마호시가 형성되었는데, 이 차마호시가 열리는 곳을 중심으로 새로운 교역로가 만들어졌다. 서장 지역과 사천, 운남 지역 인근에서 나오는 라마, 모피, 약재 등과 사천과 운남에서 생산된 차, 비단, 소금, 일용품 등의 교역을 위하여 고원심곡 사이의 내왕이 끊임없이 이어지면서 형성된 고대의 교역로가 바로 '차마고도'였다.

차마호시(茶馬互市) 중국 서남부에서 생산되던 차와 인근의 소수 민족에게 풍부했던 말을 교환하던 장소로 주로 변방의 관문 부근에 설치되었다.

차반(茶盤) 찻잔이나 다른 다기 등을 담아두는 소반

차선(茶船) 차호나 찻잔을 담아두는 도구. 차호에서 끓어 흘러넘친 물을 모아둔다.

차시(茶匙) 찻잎을 직접 차호에 넣는 데 이용하는 도구

차창(茶倉) 찻잎을 보관하거나 저장하는 용기

차칙(茶則) 차관(茶罐)에 들어 있는 찻잎을 꺼내어 차호에 넣는 데 사용하는 도구

차통(茶筒) 차시(茶匙), 차칙(茶則), 차루(茶漏) 등을 넣어두는 죽기(竹器)

차해(茶海) 차충(茶盅) 혹은 공도배(公道杯)

차협(茶夾) 차호(茶壺) 안에 깔린 찻잎을 깨끗이 청소하는 도구

차호(茶壺) 포차(泡茶)에 이용되는 주요한 용구. 백자차호(白瓷茶壺)와 자사차호(紫砂茶壺) 등이 있다.

찰(札) 붓처럼 생긴 솔. 다구를 씻을 때 사용하는 도구이다. 수유나무를 종려나무 껍질에 빈 틈없이 밀착시켜 묶어 만들거나 혹은 대나무 조각을 종려나무 위에 단단히 묶어 만들었다.

척방(滌方) 씻은 후의 물을 저장하는 데 이용하는 용구를 말한다. 추목(楸木)을 잘라 만들었다. 제조법이 수방(水方)과 동일하였다. 물 8승(升)을 담을 수 있었다.

천(川) 사천성(四川省)의 별칭

천(穿) 대나무 혹은 나무나 곡식의 껍질을 이용하여 만든 일종의 새끼줄이며 차를 꿰어 계수하는 공구를 말한다.

천공(穿孔) 계(棨 : 창)를 이용하여 구멍을 뚫는 과정으로 박(朴)을 이용하여 서로 묶기 편하게 하기 위한 과정이었다.

천차(穿茶) 구멍을 뚫어 병차의 수효를 헤아리는 과정. 천차 공구로는 천(穿)이 주로 사용되었다.

첨(襜) 이를 의(衣)라고도 하며, 유견(油絹)이나 낡은 우의(雨衣), 단삼(單衫) 등을 이용하여 만들었다. 첨(襜)을 승(承) 위에 올려놓고 다시 그 위에 규(規)를 고정시킨 다음 힘을 주어 눌러서 병차를 만들었다.

청과(靑鍋) 차의 제작 과정에서 살청을 행하면서 차의 기본적인 형태를 만드는 과정이다.

청음법(淸飮法) 내지의 한족(漢族)이 선호하는 음차법. 우유 등의 이물질을 가미하지 않고 차의 본래의 맛을 추구하는 것이다. 중국의 녹차(綠茶), 화차(花茶), 보이차(普洱茶), 오룡차(烏龍茶) 등이 이 계열에 속한다.

청차(靑茶) 오룡차(烏龍茶)의 별칭. '반발효차 혹은 부분발효차'에 속한다. 찻잎의 색은 청갈색이며 찻물의 색은 황색을 띤다. 엽저(葉底)는 '녹엽홍양변'의 특징이 있으며 농밀한 화향(花香)을 갖추고 있다. 주요한 품종으로는 안계철관음(安溪鐵觀音), 무이대홍포(武夷大紅袍), 동정오룡차(凍頂烏龍茶)를 꼽을 수 있다.

초건(炒乾) 건조 방식의 하나. 솥에서 덖어 말리는 과정을 말한다. 이에 반해 홍건(烘乾)은 불에 쬐어 말리는 과정을 가리킨다.

초유(初揉) 첫 번째의 유념(揉捻) 과정

초청(炒青) 찻잎을 덖는 과정. 고온의 열을 이용하여 효소의 활성화를 둔화시키거나 저지할 목적으로 행해진다. 결국 발효를 억제하고 보다 좋은 차향을 만들기 위한 목적과 다음 과정인 유념을 용이하게 하기 위한 목적에서 행해진다.

초청녹차(炒青綠茶) 가마솥에 덖어서 살청한 찻잎을 유념한 후에 최종적으로 가마솥의 열을 이용하여 건조시켜 만든 차. 초청녹차가 마지막으로 솥에서 덖음으로 건조시킨 것이라면 증청녹차는 증기를 이용하여 살청 방식으로 제조하여 건조시킨 녹차를 말한다.

출모(出模) 병차를 쳐서 누른 후에 일정한 형상으로 뽑아내는 과정을 말한다.

칙(則) 바다조개, 굴, 조개 등의 껍질을 이용하여 만들거나 혹은 동, 철, 대나무를 이용하여 탕시형(湯匙形)으로 만들었다. 차의 양을 헤아리는 용도로 이용하였다.

| ㅌ |

타유차(打油茶) 계북동족(桂北侗族), 장족(壯族), 묘족(苗族) 등의 다민족의 취거지에서 볼 수 있는 민간의 음차 풍속이다.

탄과(炭撾) 여섯 개의 모서리가 있는 철 기구. 길이는 1척 정도이며 탄을 부수는 데 이용하였다. 윗부분은 뾰족하고 중간 부분은 비대하였다. 잡는 부분에 작은 장식품을 묶어 두기도 하였다. 때로는 망치나 도끼로 만들어 쓰기도 하였다.

탄량(攤凉) 채적한 찻잎을 그늘진 곳에 펼쳐 놓고 수분을 말리는 과정

탄방(攤放) 채적한 찻잎을 일정 시간 그대로 놓아두어 산화를 유도하면서 수분을 말리는 과정을 말하며, 넓은 의미에서는 탄량(攤凉)이나 양청(凉青)과 같다.

투차(鬥茶) 매년 봄, 새로운 차를 만든 후에 차농(茶農)이나 차객(茶客)들이 중심이 되어 새로운 차의 품질을 비교하고 그 우열을 가리는 일종의 축제적 성격을 지닌 경쟁 시합이다. 승리를 하기 위해서는 특히 풍부한 창조성과 도전 정신이 요구되었다. 외형적으로는 승부의 색채가 대단히 강하였지만, 실질적으로는 차에 대한 일종의 사회적 비평 활동이었다.

탕변(湯辨) 끓는 물이나 찻물을 분별하는 방법

탕화(湯花) 탕의 표면에 떠오르는 거품

| ㅍ |

포유(包揉) 복건성 이남이나 대만의 오룡차 제작 과정에서 찻잎을 둥글게 말아주는 과정이다.

포차(泡茶) 광의로는 차를 달이거나 우리는 일반적인 방법을 말하며, 협의로는 엽차(葉茶)를 끓는 물에 우리는 방법을 가리킨다. 명나라 시대 이후에 유행하였다.

포차법(泡茶法) 명나라 시대 이후에 유행하였던 방식으로 마른 찻잎(葉茶)을 뜨거운 물에 넣어 우려마시는 방식이다.

표(瓢) 물이나 찻물을 떠내는 데 사용하는 바가지로 희표(犧杓)라고 부르기도 하였다. 호로 (葫蘆)를 절개하여 만들거나 혹은 나무를 조각하여 만들었다. 희(犧)는 바로 목표(木杓)를 말하며, 현재는 배나무로 만든 것을 상용하고 있다.

| ㅎ |

함내차(咸奶茶) 몽고족의 특유한 음차 풍속. 몽고족은 소젖이나 소금을 넣어 함께 끓인 함내차를 마시는 것을 선호하였다. 차는 청전차(靑磚茶)나 흑전차(黑磚茶)를 많이 애용하였으며 철 화로를 이용하여 삶았다. 차를 삶는 과정에 소젖을 가미하는데, 이때 '용기(器), 차(茶), 젖(奶), 소금(鹽), 온기(溫)'의 다섯 가지의 조화를 중시하였다.

합(合) 합은 합(盒)을 말한다. 나사(羅篩)의 체에 걸러진 차를 덮개가 있는 합에 저장하는 데 사용하는 도구였다. 대나무 마디나 삼나무를 이용하여 만들고 그 위를 옻으로 칠하였다.

해괴(解塊) 증차(蒸茶) 이후 도차(搗茶) 이전에 행하여지는 공정으로 차(叉 : 깍지)를 이용하여 잘 쪄진 아엽(芽葉)을 뒤집어주어 열을 고루 발산하게 하는 과정이다. 찻잎의 색이 황색으로 변하는 것을 방지하고 찻물이 혼탁하게 변하거나 향기가 가라앉게 하는 것을 방지하게 할 목적으로 행해졌다.

해차(解茶) 병차를 나누는 과정으로 운송의 편의를 위하여 행하였다.

해안탕(蟹眼湯) 송나라 시대에는 끓는 물의 상태를 감별할 때 당나라 시대의 삼비(三沸)의 기준에 하나 더 추가하여 사비(四沸)를 사용하였다. 당나라 시대의 일비(一沸)인 어안(魚眼)의 전 단계로 해안(蟹眼 : 게눈)을 추가하여 사용하였다.

향차(香茶) 유오이족(維吾爾族)의 독특한 음차 풍속. 신강(新疆)의 남강(南疆 : 천산 이남의 지역)은 향료를 가미한 향차를 주로 마시는 풍속이 있다.

현호(顯毫) 완성된 차의 조삭 상태를 나타내는 용어. 흰털이 드러나 있는 상태이다.

홍건(烘乾) 건조 방식의 하나. 불에 쬐여 찻잎의 수분을 건조시키는 과정이다. 이에 반해 초건(炒乾)은 솥에서 덖어 말리는 과정을 말한다.

홍배(烘焙) 건조가 양호하게 이루어진 찻잎을 다시 약한 불에 서서히 말리는 과정. 모화(毛火)와 족화(足火)로 나누어진다.

홍차(紅茶) '완전 발효차'에 속하며 붉은 잎과 붉은 찻물을 특징으로 한다. 크게 공부홍차(工夫紅茶), 홍쇄차(紅碎茶), 소종홍차(小種紅茶)의 세 종류로 구별된다. 주요한 품종으로는 기홍(祁紅), 전홍(滇紅), 민홍(閩紅), 천홍(川紅), 의홍(宜紅), 영홍(寧紅), 월홍(越紅), 호홍(湖紅), 소홍(蘇紅) 등이 있다.

홍청녹차(烘靑綠茶) 찻잎을 불에 말린 후에 다시 채반에 말린 것

화(花) 가늘고 가벼운 거품. 육우는 이것을 표류하고 있는 조화(棗花)나 물가에 떠 있는 청평(靑萍) 혹은 푸른 하늘에 떠 있는 구름(浮雲)에 비유하였다.

화차(花茶) 이를 훈화차(薰花茶) 혹은 향편차(香片茶)라고도 한다. 찻잎과 향기로운 꽃을 함께 붙여 음제(窨制)하여 재가공한 차의 일종이다. 사용된 꽃의 종류에 따라 말리화차, 매괴화차(玫瑰花茶), 백란화차(白蘭花茶), 대대화차(玳玳花茶) 등으로 분류된다. 완성품의 특징으로는 향기가 농밀하고 맛이 신선할 뿐만 아니라 찻물의 색이 청량하다는 점을 들 수 있다.

화협(火夾) 이를 저(筯)라고 부르기도 하였다. 부젓가락(화저火箸)을 말하며 둥글고 곧은 모양이었다. 탄을 잡아 풍로에 넣는 데 사용하였다. 길이는 1척 3촌 정도였으며, 정수리 부분의 끝이 편평하였고 장식은 하지 않았다. 철이나 구리를 열에 달구어 만들었다.

황차(黃茶) '경발효차(輕醱酵茶)'로 분류할 수 있다. 서한(西漢) 시대에 만들어졌다. 기본적인 제조 과정은 녹차와 유사하지만 찻잎과 찻물이 모두 황색을 띤다는 점에 특징이 있다. 특히 '민황(悶黃)'이라는 기술에 그 차이점이 있다. 완성품의 차는 촘촘하고 단단한 외형에 가는 털이 드러나 있다. 찻물의 색이 행황색(杏黃色)을 띤다. 주요한 품종으로는 군산은침(群山銀針), 몽정황아(蒙頂黃芽), 막간황아(莫干黃芽) 등을 들 수 있다.

환(皖) 안휘성(安徽省)의 별칭

회승(灰承) 3개의 다리를 가진 철 받침대. 풍로의 재를 쌓아놓는 데 이용하였다.

회조(回潮) 찻잎을 솥에서 꺼내어 얇게 편 후에 건조시키는 과정

휘과(輝鍋) 찻잎의 모양을 정교하게 만들어 건조시키는 과정

흑차(黑茶) 중국에 특유한 차의 일종으로 대단히 유구한 생산 역사를 지니고 있다. 비교적 질이 떨어지는 찻잎을 원료로 하여 살청(殺青), 유념(揉捻), 악퇴(渥堆), 건조 등의 공정 과정을 거쳐 제작된다. 주요한 품종으로는 호남흑모차(湖南黑毛茶), 호북노청차(湖北老青茶), 운남보이차(雲南普洱茶), 사천남로변차(四川南路邊茶), 광서육보차(廣西六堡茶) 등을 들 수 있다.

흘차(吃茶) 고대에 남자 쪽이 여자 쪽에 구혼하고 사람을 시켜 여자 집안에 정혼의 예물을 보내는 행위를 말한다. 이 당시에는 '흘차'의 관습이 혼인의 필수적인 절차로 인식되었다. 그 시초는 당나라 시대에서 찾을 수 있다. 『구당서(舊唐書)』「토번전(吐藩傳)」에 의하면 문성(文成) 공주가 장족(藏族) 송찬간포(松贊干布)에게 시집을 갈 때 찻잎을 휴대하였다는 기록이 있다.

옮긴이의 글

　'차'는 어릴 적 은근한 향수와 함께 깊은 여운을 느끼게 해주는 몇 단어 가운데 하나이다. 언제 처음 차를 마셔봤을까? 그 명확한 기억은 사라지고 없지만, 승가에 깊은 반연이 있어 이미 초등학교 시절부터 차를 접했으며, 차와 관련된 다양한 일들이 기억 속에 숨어 있다. 지금은 법명도 생각나지 않는 어떤 스님으로부터 차의 '색(色)·향(香)·미(味)'와 다도(茶道)의 강좌를 들었던 일, 제다(製茶)로 유명하신 종원 스님의 차를 덖는 일을 도와드렸던 일, 통도사 극락선원장 명정 스님의 진하면서도 맑은 녹차 등 지금까지 차와 관련된 숱한 기억들이 남아 있다. 특히 중국에 유학하면서 다양한 중국 차를 찾아다니며 음미하였고, 박사 학위 논문을 쓰던 내내 차를 항상 마셔 버릇하여 지금도 번역과 논문 등의 집필 작업에는 먼저 차를 우려 보온병에 담아 놓아야만 시작하게끔 되었다. 이러한 차와의 인연 때문에 출판사로부터 『도해 다경』의 번역 제의가 왔을 때, 흔쾌히 번역을 수락하였다.

　본래 『다경』은 후대에 다성(茶聖)으로 추앙받는 육우(陸羽)가 자신이 매진하였던 다도를 집대성한 저술이다. 『다경』은 당나라 시대의 차 문화의 집대성이며, 이후 차 문화의 발전에 있어서도 그 기틀을 마련한 세계 최초의 전문적 다서(茶書)이다. 또한 『다경』은 그 내용면에서 차나무의 특징으로부터 제다(制茶), 음다(飮茶)의 방법과 그 도구, 역사 등 광범위하게 차의 영역을 다루어 차의 백과사전과도 같다. 육우 자신도 중요성을 인식하여 '다경'이라 이름을 붙였으며, 후대에 있어서도 여전히 차학(茶學)의 바이블과 같이 추앙을 받고 있다. 그렇지만 『다경』은 당나라 시대의 다법(茶法)을 중심으로 쓰인 기록이라는 점에서 후대 다법의 변천에 주의하여 읽을 필요가 있다. 그러나 오늘날과 다른 시대적 상황에도 불구하고 육우가 『다경』을 통해 드러낸 '정행검덕(精行儉德)'과 같은 다도 정신은 여전히 그 효용성을 지닌 내용이라고 하겠다.

이 책의 텍스트는 중국의 남해출판사(南海出版社)의 『도해 다경(圖解茶經)』이며, 육우의 『다경』을 도표와 일러스트 등의 여러 도해를 사용하여 초심자들이 보다 쉽게 읽고 이해할 수 있도록 만들어진 책이다. 경전이란 딱딱한 문체의 문장을 개별 키워드와 테마별로 나누어 도해를 통해 쉽게 풀이하였고, 현대 중국의 차 문화의 내용을 첨가하여 유기적 이해를 돕고 있다. 그러나 이 텍스트는 차학의 전문서가 아니고 입문서이다. 중국 텍스트의 편집진이 차학을 전공한 사람들로 구성된 것이 아닌 까닭으로 부분적으로 중국어의 관용적 해석이나 원전들의 인용에 있어 다소의 혼동이 있는 곳이 발견된다. 심각한 오탈자나 내용상의 오류는 번역 과정에서 교정하였지만, 해석의 범위가 넓어 관용의 여지가 있는 내용들은 교정을 하기 보다는 원서의 내용을 따랐다. 어디까지나 이 책의 목적은 『다경』에 보다 쉽게 입문하도록 하는 데 있기 때문이다. 여전히 학술적 이론(異論)이 있는 전문 영역들은 『다경』 원문의 숙지를 통해 해결해야 할 문제들이라고 하겠다.

이 책을 번역하는 데 있어서 「옮긴이의 글」을 쓰는 역자가 전체적인 초역을 진행하였는데, 역자의 전공이 불교학과 중국 선학인 까닭에 차학에서 쓰는 적실한 용어와 개념에 미진함을 느꼈었다. 그러던 차에 원광대학교 예다학과의 김대영 선생을 만나게 되어 검토를 부탁하였는데, 전체적으로 교열하면서 상당히 많은 용어를 수정하였으며, 또한 육우의 『다경』 원문을 번역하고 해설한 원고를 제공해 주었다. 이러한 김대영 선생의 노력은 실제적으로 이 책의 가치를 높여 주었다. 그에 따라 이 책을 번역한 공역자로 모시게 되었고, 또한 이 지면을 빌려 깊은 감사의 마음을 전한다.

2017년 봄 월평동 자택에서
김진무

다경

초판 1쇄 발행일 2017년 4월 20일
초판 2쇄 발행일 2019년 2월 8일

지은이 | 육우
옮긴이 | 김진무·김대영

펴낸이 | 이성우
펴낸곳 | 도서출판 일빛
등록번호 | 제10-1424호(1990년 4월 6일)
주소 | 03993 서울시 마포구 동교로27길 12 동교씨티빌 201호
전화 | 02) 3142-1703〜4
팩스 | 02) 3142-1706
전자우편 | ilbit@naver.com

값 28,000원
ISBN 978-89-5645-180-0 (03820)

The Classic Series

동양 최고의 역사서이며, 걸출한 문학 작품이며,
풍부한 사상과 철학을 엿볼 수 있는 사마천의 『사기』,
『사기』 원전 130권을 입체화하여 한 권에 담아내다!

사마천 사기

인생의 지혜와 통찰의 안내서

원전인 사마천의 『사기』를 바탕으로 그림과 일러스트, 도표를 사용한 새로운 해설과
편집 방식으로 『사기』 130권의 정수를 한 권에 담아냈다. 따라서 독자들은 중국 고대
왕조와 제왕, 장수, 재상, 풍류 인물들의 드라마틱한 삶과 운명을 통해서 인생의 지혜
를, 상전벽해에 버금가는 역사의 변화무쌍함을 통해서는 미래를 내다보는 혜안과 통
찰력을 얻게 될 것이다.

사마천 지음 | **스진** 풀어씀 | **노만수** 옮김 | **25,000원**

혜능 육조단경

선의 핵심을 오롯이 담아낸 마음공부 지침서

이 책에서는 불림문자의 원리에 따라 그림과 문장을 하나로 결합하고, 그림으로써
경전을 해석하는 방식으로 『단경』에 숨어 있는 지혜를 풀어냈다. 따라서 출가자뿐
만 아니라 일반인들도 심오하여 이해하기 어려운 불법佛法과 선리禪理를 한 폭의 그
림을 통해 쉽고 명확하게 이해할 수 있다. 생동감 있는 문장과 의미 깊은 그림은 당
신을 삶과 인생의 지혜가 충만한 선종의 세계로 안내할 것이다.

혜능 지음 | **단칭선사** 풀어씀 | **김진무** 옮김 | **25,000원**

나관중 三國志

삼국시대 영웅호걸의 처세와 용인의 지침서

'인물', '이야기', '분석', '번외'의 네 부분으로 나누어 삼국 시대 중요 인물들의 운
명과 성격을 살펴보고, 『삼국지』 주요 명장면의 전후 상황을 도표와 당시의 지도를
사용해 상세하게 해설하였다. 또한 『삼국지』에 원용된 다양한 책략과 용인술을 비
롯해 지금까지도 논쟁이 계속되고 있는 사안들에 대해서도 심층 분석하였다. 따라
서 독자들은 선명하고도 형상적인 삼국 시대의 모습을 들여다볼 수 있을 것이다.

나관중 지음 | **우위** 풀어씀 | **심규호** 옮김 | **25,000원**

현대인에게 몸을 자연 상태로 유지하도록 이끄는
장수와 양생의 도인술導引術, 몸의 승화를 통해
정신의 승화를 추구하다!

천년 도인술

질병과 스트레스를 예방, 치유하는 인체 경락 사용의 완전한 지침서
일반인들이 인체 경락의 사용을 손쉽게 따라서 할 수 있도록 600여 컷의 일러스트, 도표와 함께 40여 가지의 전형적인 도인술 동작을 단계별로 제시하였다. 또한 도인술의 호흡과 동작을 비롯한 수련 기법의 다양한 사례를 하나로 융합하여 실용적인 수련 방법과 순서를 제시한다. 따라서 이 책은 각종 질병과 스트레스에 시달리는 현대인들이 젊음과 건강을 유지하는 데 유익한 도구가 될 것이다.

지부 지음 | **신진식** 옮김 | **25,000**원

오륜서

경쟁에서 살아남는 생존 전략의 지침서
『손자병법』이 집단 전략에 포커스를 맞춘 병법서라면 『오륜서』는 개개인의 승리와 생존 전략에 포커스를 맞춘 병법서라고 할 수 있다. 그러나 하나의 기업이든 한 개인이든, 격렬한 경쟁의 틈바구니에서 성공을 얻고자 한다면, 원대한 포부와 호방한 의욕만으로는 부족하다. 반드시 실용적이면서도 실제적이고 효과적인 전술과 수단으로 그 꿈을 실현시켜야 한다. 이런 의미에서 이 책은 승리를 얻는 확실한 방법을 가르쳐 준다.

미야모토 무사시 지음 | **류서우징** 풀어씀 | **노만수** 옮김 | **25,000**원

장자

21세기 한국 사회에서 읽는 『장자』
우리는 21세기의 한국 사회가 아마도 역사상 가장 최적의 자유를 누리고 있다고 자부하고 있을지 모른다. 허나 우리가 누리고 있는 자유란 어떤 자유인가? 장자가 추구한 최고의 가치는 '완전한 자유의 경지'다. 이 책을 통해 선과 악, 아름다움과 추함, 쓸모있음과 쓸모없음, 귀함과 천함, 의식과 무의식의 세계 중 어느 한쪽에 얽매이거나 구속당하지 않고 그 둘 사이를 자유롭게 넘나드는 모든 행위의 속박으로부터 해방되는 자유를 이해하게 될 것이다.

장자 지음 | **완샤** 풀어씀 | **심규호** 옮김 | **25,000**원

The Classic Series

죽음과 삶을 통찰하는 동서고금의 교과서,
죽음의 순간 오직 한번 듣는 것만으로도 삶과 죽음의
본질을 깨닫게 하다!

티베트 사자의 서

죽음 뒤의 세계에 대한 안내서

파드마삼바바의 가르침은 한마디로 "죽음을 배우면 삶을 배울 수 있다"는 것이다.
이 책은 죽음의 순간 오직 한번 듣는 것만으로도 삶과 죽음의 본질을 깨닫고, 바르도
세계의 기회와 환상을 통찰하여 해탈의 경지에 이를 수 있도록 도와줄 것이다. 또한
우리는 티베트 불교 전공자의 번역을 통해 그 진수를 맛보게 될 것이다.

파드마삼바바 지음 | **다허** 풀어씀 | **정성준** 옮김 | **28,000원**

반야심경

불교의 가르침을 가장 압축적으로 담고 있는 260자 경전

『반야심경』은 우리에게 가장 친근한 경전이지만, 동시에 가장 깊은 의미를 담고 있
는 경전이라 할 수 있다. 또한 성인들이 깨달은 최고의 이상적 경지이며, 경전을 공
부하는 사람들의 최종적 목표이기도 하다. 이 책은 하룻밤에도 누구나 쉽게 읽을 수
있으면서도 바로 그런 깨달음과 진리에 대한 갈증을 풀어주는 샘물과 같은 책이다.

지뿌 지음 | **현장법사** 원역 | **김진무** 옮김 | **28,000원**

쾌적하고 유쾌한 생활을 위한 불교 명상,
내면의 근심이나 두려움에서 벗어나 정신과 의식을 이완시키고
생활의 즐거움을 얻을 수 있도록 안내하다!

불교 명상 | 수심방 시리즈 01

일상의 스트레스와 번뇌에서 벗어나는 정신 수련법

이 책에서 독자들에게 소개하는 명상법은 불교의 명상 수련법의 정화 가운데 실천적인 방법만을 가려낸 것들이다. 도시에서 유행하는 마음의 수련에 관한 각양각색의 수련법 가운데서도 명상 수련법은 특히 일상생활이나 업무로부터 발생하는 스트레스 해소에 매우 탁월한 효과를 보이고 있다. 내면의 근심이나 두려움에서 벗어나 수련자의 의식과 정신을 이완시킴으로써 진정한 의미에서의 생활의 즐거움을 맛볼 수 있게 될 것이다.

란메이 지음 | **김진무** 옮김 | **25,000원**

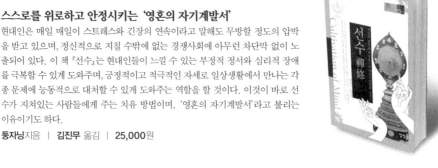

선수

스스로를 위로하고 안정시키는 '영혼의 자기계발서'

현대인은 매일 매일이 스트레스와 긴장의 연속이라고 말해도 무방할 정도의 압박을 받고 있으며, 정신적으로 지칠 수밖에 없는 경쟁사회에 아무런 차단막 없이 노출되어 있다. 이 책 『선수』는 현대인들이 느낄 수 있는 부정적 정서와 심리적 장애를 극복할 수 있게 도와주며, 긍정적이고 적극적인 자세로 일상생활에서 만나는 각종 문제에 능동적으로 대처할 수 있게 도와주는 역할을 할 것이다. 이것이 바로 선수가 지쳐있는 사람들에게 주는 치유 방법이며, '영혼의 자기계발서'라고 불리는 이유이기도 하다.

동자닝 지음 | **김진무** 옮김 | **25,000원**